Otto Ruppius

Der Pedlar und

sein Vermächtnis

Beide Romane in einem Buch

(Großdruck)

Otto Ruppius: Der Pedlar und sein Vermächtnis. Beide Romane in einem Buch (Großdruck)

Der Pedlar:
    Erstdruck: Berlin (Duncker) 1859. Erschien in New York bereits 1857.
Das Vermächtnis des Pedlars:
    Erstdruck: Berlin (Duncker) 1859.

Neuausgabe mit einer Biographie des Autors
Herausgegeben von Theodor Borken
Berlin 2019

Der Text dieser Ausgabe folgt:
Otto Ruppius: Der Pedlar. Roman aus dem amerikanischen Leben, Leipzig: Philipp Reclam jun., [um 1910].
Otto Ruppius: Das Vermächtnis des Pedlars. Folge des Romans: »Der Pedlar«, Leipzig: Philipp Reclam jun., [o.J.].

Dieses Buch folgt in Rechtschreibung und Zeichensetzung obiger Textgrundlage.

Umschlaggestaltung von Thomas Schultz-Overhage

Gesetzt aus der Minion Pro, 16 pt, in lesefreundlichem Großdruck

ISBN 978-3-8478-3469-4

Die Deutsche Nationalbibliothek verzeichnet diese Publikation in der Deutschen Nationalbibliografie; detaillierte bibliografische Daten sind im Internet über www.dnb.de abrufbar.

Henricus Edition Deutsche Klassik UG (haftungsbeschränkt), Berlin
Herstellung: BoD – Books on Demand, Norderstedt

Der Pedlar

Roman aus dem amerikanischen Leben

Prolog.

Es war an einem Abende in der Mitte des Septembers 1849, als unter den Bäumen des Parks vor City-Hall in New-York ein junger Mann lässig auf einer der dort angebrachten Bänke ruhte. Er hatte den Strohhut abgenommen und das volle dunkle Haar der Abendluft preisgegeben. Die Sommerkleidung, die er trug, war sauber und von elegantem Schnitte und das strohgelbe seidene Halstuch, über welches zwanglos der blendend weiße Kragen fiel, stach gefällig von seinem leicht gebräunten, kräftigen Halse ab. Eine fein geschnittene Nase, mit dem schwarzen, wohlgepflegten Schnurrbarte darunter und den regelmäßig gezeichneten Brauen darüber, gaben seinem Gesichte einen Anstrich von Noblesse, während die zwei Furchen an der Nasenwurzel und das leicht in die Höhe gezogene Kinn ihm den Charakter einer festen Bestimmtheit aufdrückten.

Seine Augen hatten bisher planlos über alle die Gestalten, welche geschäftig den Platz durchkreuzten, hinweg geschweift; in diesem Augenblicke aber waren sie plötzlich auf einem Punkte haften geblieben, der sein besonderes Interesse zu erregen schien. Vom Broadway aus war eine der fashionable gekleideten Damen, wie sie diesen Theil der Stadt bevölkern, in den Park getreten und bog

3

jetzt in einen Seitenweg ein, der dicht an dem Sitze des jungen Mannes vorüberführte.

»Da ist sie wahrhaftig wieder, und dies ist heute der dritte Abend, an dem sie um dieselbe Zeit kommt!« brummte der Dasitzende vor sich hin. »Wäre ich eitel, so könnte ich denken, ich hätte eine Eroberung gemacht!«

Die Dame näherte sich. Unter dem eleganten Hut sah ein frisches, kokettes Gesicht hervor und den kleinen aufgeworfenen Mund umspielte ein Lächeln der Befriedigung, als sie den Inhaber der Bank bemerkte. Ihr Schritt zögerte, als sei sie ungewiß, was zu thun; doch wie in raschem Entschlusse trat sie plötzlich heran und wandte sich mit einigen halblauten Worten an den jungen Mann. Der war überrascht aufgesprungen, denn er konnte nur in peinlicher Verlegenheit den Kopf schütteln; er wußte wohl, was er höre, sei englisch, aber er verstand bis jetzt noch kein Wort davon. Ein neues Lächeln umspielte den hübschen Mund vor ihm – sie ließ die Augen prüfend über sein Gesicht laufen, fast etwas zu dreist, wie es ihm scheinen wollte; als sich jetzt aber die Schritte eines Dritten der Bank näherten, wandte sie sich mit einem *»Beg your pardon, Sir!«* weg und ging davon.

Der Andere sah ihr kopfschüttelnd nach, bis ihn ein Schlag auf die Achsel aus seiner Verwunderung riß.

»Guten Abend, Herr von Helmstedt, wie geht's Hochdenen?« klang die Stimme des Angekommenen, der indessen in seinem abgetragenen, bis an den Hals zugeknöpften Rocke und dem alten schwarzen Hute, der schon theilweise der Krempe untreu geworden war, einen auffallenden Contrast mit dem Ersteren bildete. »Ich sehe, Sie bewundern die schöne Natur in allen ihren Branchen,« setzte er hinzu, mit dem Kopfe nach der forteilenden Frauengestalt hindeutend, »es sollte mir leid thun, wenn ich gestört hätte!«

»Hat nichts zu sagen,« erwiderte Jener und nahm seinen früheren Platz ein, »ich möchte mich nur todtärgern, daß ich so ein

4

Dummkopf im Englischsprechen bin. Ueber zwei Monate schon treibe ich mich hier herum und kann noch nicht einmal eine einzige Frage verstehen!«

»Ich habe Ihnen das vom Anfange an prophezeit,« sagte der neue Gefährte, indem er sich mit der aristokratischen Nachlässigkeit eines Berliner Gardelieutenants auf die Bank warf, »Sie wollen aber von meiner Methode, schnell und gründlich in die Geheimnisse der Sprache zu dringen, nichts wissen. Apropos! Haben sie nicht eine Cigarre bei sich? Ich war heute zufällig etwas zu derangirt, um mir neuen Vorrath kaufen zu können, und ich vermisse lieber eine Mahlzeit, als meine gewöhnliche Cigarre.«

Helmstedt hatte ihm schon sein Etui hingehalten, aus welchem sich der Andere bediente, hierauf in seiner sich bescheiden verbergenden Weste ein Schwefelholz suchte und bald mit der Miene eines Kenners den blauen Rauch in die Luft blies. »Ja,« fuhr er dann behaglich fort, »ich bin doch kaum achtzehn Monate länger hier als Sie, aber ich kann wirklich sagen, daß ich in den meisten New-Yorker Verhältnissen vollkommen zu Hause bin, und meine augenblickliche Lage würde auch eine bessere sein, hätte ich in den letzten Monaten nicht positives Malheur gehabt. Erstlich hatte meine letzte Freundin, deren Wohnung ich theilte, die seltsame Marotte, daß ich ihr Geld nicht zum Spiele verwenden solle – und als ich ihr darin nicht willfahren konnte, finde ich mich am Morgen nach einer etwas wilden Nacht allein in dem vollkommen ausgeräumten Quartiere, verlassen von dem tollen Mädchen und von allen Existenzmitteln. Ich gehe nun nothgedrungen in ein Boardinghaus, werde aber hier schon nach der ausgebliebenen Zahlung für die erste Woche freundlich ersucht, Raum zu machen, und gegen alles Gesetz werden mir auch noch meine Habseligkeiten inne behalten. Die Wirthe werden jetzt wirklich jeden Tag gemeiner und illiberaler. Indessen,« fuhr er fort, zwei wohlgelungene Ringel in die Luft blasend, »ich habe bereits wieder Aussichten; es ist merkwürdig, wie hier ein nobles Air geliebt wird!«

Helmstedts Augen überliefen bei diesen Worten die äußere Erscheinung seines Gefährten und er konnte ein halb sarkastisches Lächeln nicht unterdrücken.

»O, Sie verziehen den Mund über mein jetziges Derangement,« fuhr der Redende gemessen fort, »was wollen Sie aber, lieber Freund? In einiger Zeit sind Sie vielleicht genau in demselben Zustande, ohne aber die Mittel zu besitzen, sich zu helfen, wie ich es kann. Sie verschleudern jetzt Zeit und Geld, um hier eine Stellung für Sie zu finden, wie sie gar nicht existirt. Sie leiden an derselben Krankheit, woran jährlich Hunderte von gebildeten jungen Deutschen hier zu Grunde gehen. Hacken und graben mögen sie nicht, ein Handwerk versteht Keiner, nach dem Westen zu gehen fürchten sie sich und nun suchen sie noch Stellungen als Ladendiener, Schreiber, Lehrer oder dergleichen, ohne auch nur das Haupterforderniß, das Verständniß der Landessprache, zu besitzen. Das dauert so lange, als das mitgebrachte Geld vorhält, und die Hoffnungen schwinden erst, wenn der Credit im Boardinghause gekündigt wird. Dann folgt noch eine kurze Zeit des Straßenelends und Mancher, der nicht den moralischen Muth hat, als letztes Mittel zur Hacke zu greifen oder Knecht auf einer Farm zu werden, macht seiner Noth durch einen Sprung in den North-River ein Ende. Welche Hilfsmittel haben *Sie* denn, Verehrter, wenn Ihre jetzigen Baaria zu Ende gehen und sich nicht ein ganz besonderer Zufall Ihnen entgegenwirft? Man denkt in der Regel nicht eher an die trübe Zeit, bis sie ins Zimmer herein sieht.«

Helmstedts Gesicht war nachdenklich geworden. »Sie malen schwarz, Seifert,« sagte er nach einer Weile; »ich habe mir indessen schon manche Freunde erworben, die mir ihre Hilfe zugesagt, und ich denke, ich will doch wenigstens den Anfang zu einer Existenz gewinnen, ehe ich ganz auf dem Trockenen sitze. Uebrigens,« fuhr er lebendiger fort, »haben *Sie* denn so große Resourcen? Sie scheinen mir den Prediger zu machen und auch in eigener Person die abschreckenden Beispiele darzustellen.«

»Durchaus fehlgeschossen,« erwiderte der Andere ernsthaft und schnippte die Asche von seiner Cigarre. »Ihre Freunde werden Ihnen nichts nützen, sondern Sie im Gegentheil früher ruiniren, da sie Ihnen das Geld durchbringen helfen. Trauen Sie darin meiner Erfahrung. Was meine geringe Person aber betrifft, so sollen Sie gleich anderer Meinung werden. – Sie wissen, ich mußte Deutschland meiner Ueberzeugungen und einiger zufälliger Schulden wegen verlassen, brachte indessen noch so viel baares Kapital hierher, um für einige Monate mich sorglos in das hiesige Treiben stürzen zu können. Ohne Selbstlob muß ich sagen, daß ich bald die Verhältnisse richtig beurtheilen lernte, besonders da das unglückliche Ende zweier Bekannten mich mit der Nase auf die rechte Erkenntniß stieß. Ich beschloß, vor allen Dingen Amerikaner zu werden, besuchte nur amerikanische Trinklokale und hatte bald vermöge meines offenen Beutels einen Kreis von ›first rate boys‹ als Freunde um mich. Sie rechneten es sich zur Ehre, mich bei ihren verschiedenen Freundinnen einzuführen und schon nach dem ersten Champagner-Supper und einigen splendiden Landpartien, die ich veranstaltete, rissen sich die Mädchen um den ›Grafen‹, unter welchem Titel ich allgemein passirte, und der Graf hatte Tag und Nacht überall freien Eintritt. Innerhalb der ersten drei Monate schon sprach ich perfect englisch und war *au fait* in den New-Yorker Geheimnissen – es gibt keine besseren Lehrer für Beides als zärtliche Mädchen und flotte Jungen. Vier Wochen später war indessen auch mein Geld zu Ende, meine Freunde zogen sich bis auf wenige zurück, wie ich es erwartet, meine Freundinnen aber konnten den ›nobeln Grafen‹ nicht so schnell entbehren. Jede wollte mich jetzt zu ihrem besonderen Galan haben, um mich zu ernähren und auf der Straße mit mir Staat zu machen. Ich verbrachte ein Jahr in wahrer Schmetterlingsexistenz, von einer Blume zur andern flatternd. Da mußte ich die Thorheit begehen, mich von einer neu angekommenen Creolin für längere Zeit fesseln zu lassen und dadurch die ganze Zahl meiner übrigen Herrinnen gegen mich aufzuregen – die Folge davon sehen Sie in meiner jetzigen Lage, wie ich Ihnen vorhin mittheilte. Indessen hat das nichts zu sagen. Mehrere gute Hotels, die in meiner Bildung und Attitude, verbunden mit einer gründlichen Kenntniß der Stadt, ein brauchbares Werkzeug für sich erkannten, haben mir schon früher Vorschläge machen lassen; indessen habe ich mich erst heute entschlossen eine dieser Anerbietungen anzunehmen, da diese mir eine bestimmte Aussicht für die Zukunft gibt. Ich werde morgen abschließen und hoffe bestimmt in zwei Jahren mein eigenes gutfundirtes Etablissement zu besitzen.«

»Und in welcher Eigenschaft werden Sie dort sein?« fragte Helmstedt, den Kopf in die Hand stützend.

»In einer rein menschenfreundlichen!« antwortete Seifert und warf das letzte Endchen seiner Cigarre weg. »Ich werde erstens den ankommenden Fremden zu einem guten Hotel verhelfen, zweitens aber ihr Beistand in allen Verlegenheiten des Fleisches oder Geldbeutels, überhaupt in allen Dingen sein, die nicht in das öffentliche Geschäftsleben hineinpassen.«

»Das heißt einfach, Sie werden Runner, Kuppler, Wuchergehilfe und dergleichen werden.«

»Was wollen Sie, lieber Freund? Wir sind in Amerika und jedes geldbringende Geschäft ist achtungswürdig – nur die Dummheit wird hier gebrandmarkt. Uebrigens können Sie unter unseren Upper Tens Manchen finden, der mit nichts Besserem angefangen hat, und ich habe eine gewaltige Achtung vor diesen Leuten.«

Helmstedt drückte mit einem tiefen Athemzuge die Hand vor die Augen. »Wo logiren Sie denn, Seifert, seit Sie Ihr Boardinghaus verlassen haben?« fragte er nach einer Weile, als wolle er das eingetretene Schweigen unterbrechen.

»Vorläufig im Hotel Park!« war die Antwort.

»Hotel Park? Wo ist das?«

»Kennen Sie das größte und interessanteste Hotel New-Yorks nicht!? Sie sind wirklich noch weit zurück. Sehen Sie, so weit der grüne Rasen und die Bäume um uns reichen, erstreckt sich Hotel Park und Nachts können Sie das große und kleine Unglück beider Hemisphären hier einquartirt finden, hier, wo kein Schlafgeld verlangt wird. Dort hinter City-Hall, zwischen zwei ausgezeichnet schönen Bäumen, kann ich Ihnen mein bisheriges Schlafzimmer zeigen. Schade nur, daß nebenbei nicht auch für die nöthigen Mahlzeiten gesorgt ist. Morgen indessen hoffe ich das Versäumte nachholen zu können, denn mich verlangt gewaltig danach, und falls Sie mich heute Abend mit einer Einladung zum Supper beehren sollten, würde ich es gern annehmen!«

Helmstedt richtete sich aus seiner gebückten Stellung in die Höhe.

»Ich gestehe Ihnen ehrlich,« sagte er nach einer Pause, »daß ich nicht geglaubt hätte, einen Deutschen von Ihrer Erziehung sich so wohlgefällig im Schlamme seiner Erniedrigung wälzen zu sehen. Sagen Sie mir nur, finden Sie denn nicht selbst Ihr Leben unter aller Würde schmutzig und gemein?«

Seifert zog ein halb lächelndes, halb nachdenkliches Gesicht, langte nach dem auf der Bank liegenden Etui und zündete sich eine neue Cigarre an.

»Vom Standpunkte des deutschen Moralprincips aus mögen Sie Recht haben!« – sagte er dann; »ich huldige aber durchaus der Zweckmäßigkeits-Theorie, der einzig in Amerika anwendbaren, und sobald nur der Erfolg am Ziele lohnt, ist die Art des Weges dahin, ob schmutzig oder trocken, ziemlich gleichgiltig. Ich kann Ihre Indignation vollständig verstehen, denn Sie sind noch ein Kind für Amerika; Sie werden mich aber anders beurtheilen, wenn Sie später denselben Grundsatz nicht allein im Geschäftsleben, sondern auch in allen Branchen unserer Staatsmaschine durchgeführt finden. – Jetzt lassen Sie uns aber das bewußte Supper zu uns nehmen, denn ich fühle wirklich einen wahren Wolfshunger.«

Sie erhoben sich und verließen den Platz, Seifert fortwährend schwatzend, Helmstedt mit widerwilligem Gesichte neben ihm hergehend. –

Am Abend des nächsten Tages saß der junge Mann wieder auf seinem alten Platz, ohne aber dem regen Treiben vor seinen Augen einen Blick zu schenken. Sein bewölktes Gesicht war zur Erde niedergewandt. Das Bild von dem Schicksale so manches jungen Deutschen, das Seifert Tags vorher vor ihm aufgerollt, hatte mehr Eindruck auf ihn gemacht, als er sich selbst gestehen wollte; er hatte noch denselben Abend sein Geld durchgezählt und mit Schrecken die bedeutende Abnahme desselben wahrgenommen; er hatte den Morgen darauf die Runde bei allen seinen Bekannten gemacht, um ein klares Bild von den Aussichten zu erhalten, die er habe; – aber die ganze Beute, die er heimbrachte, war: daß für den Augenblick keine passende Stellung für ihn aufzutreiben sei, daß sich aber gewiß mit der Zeit etwas finden würde, daß sich solche Angelegenheiten eben nicht zwingen ließen und abgewartet werden müßten, und daß er nur den guten Muth nicht verlieren solle. Helmstedt aber sah die Sache heute anders an als gestern und erblickte schon die Zeit vor sich, wo er, aller Existenzmittel baar, dieselben Vertröstungen werde hören müssen. Er erkannte die dringende Nothwendigkeit, selbst und energisch zur Gründung einer Existenz Hand anzulegen, aber wie? Er war preußischer Referendar gewesen, hatte sich während der verunglückten Revolution mit dem Staate und seiner Familie entzweit und war mit der letzten Unterstützung, die ihm die väterliche Hand gereicht, ohne Plan, aber wohlgemuth nach dem Lande der Freiheit gegangen. Er hatte gerade nicht mehr gelernt, als sein Brodstudium und eine allgemeine Bildung erforderten; alle praktischen Kenntnisse, um hier fortzukommen, fehlten ihm gänzlich. Je mehr er seine Fähigkeiten prüfte, je mehr erkannte er die Richtigkeit von Seiferts Bemerkung in diesem Punkte. Zum Lehrer an einer höheren deutschen Anstalt fehlten ihm die gründlichen Kenntnisse, als niederer Schulmeister hätte er kaum gewußt, wie zu beginnen – das war indessen doch etwas zu Erreichendes. Zum Ladendiener oder Buchhalter mangelte ihm jeder Begriff der Sache und er verstand kein Englisch; an einer Zeitung beschäftigt zu werden, war aus denselben Gründen gar keine Aussicht. Er konnte ziemlich Clavier spielen, aber wie viele brodlose Musiklehrer hatte er schon getroffen! – Schulmeister also! Aber wie dahin gelangen? Er wollte sich morgen erkundigen und von früh bis Abends danach auf den Beinen sein.

So weit war er in seinen Gedanken gekommen, als ein verdunkelnder Körper vor seinen gesenkten Kopf trat – er blickte auf und sah gerade in das Gesicht der Dame von gestern, die mit demselben neckischen Lächeln ihr Auge auf ihm ruhen ließ. Unruhig, in eine neue Sprachverlegenheit zu gerathen, sprang er auf, aber im reinsten Deutsch hörte er die Frage: »Heißen Sie nicht August von Helmstedt?«

»Ja, – zu Befehl – jawol heiße ich so!« antwortete er etwas verblüfft und starrte die Fragerin an, – »mit wem habe ich die Ehre –«

»Keine besondere Ehre!« erwiderte diese und zeigte lachend ihre schönen Zähne. »Kennen Sie mich wirklich nicht, Herr ›August‹ ich heiße Pauline Peters.«

»Pauline – meine kleine Nachbarin aus der Friedrichsstraße?« rief Helmstedt halb erstaunt, halb ungläubig.

»Gerade dieselbe, die aber während der Zeit ziemlich groß geworden ist.«

»Aber um Gottes willen, Fräulein, was hat Sie denn nach New-York geführt?«

»O lassen Sie doch das Fräulein weg!« rief sie mit einem halb schmollenden, halb bittenden Ausdruck, »sind wir denn nicht Duzfreunde gewesen? Und wenn Sie sonst nichts hier hält, so geben Sie mir Ihren Arm, lassen Sie uns einen Spaziergang machen und plaudern – ich bin so glücklich, daß ich einmal wieder einen Bekannten aus früherer Zeit gefunden habe!«

Ehe noch Helmstedt recht wußte wie, hatte er schon den halben Park an des Mädchens Seite durchschritten und fühlte ihren Arm leicht wie eine Feder in dem seinen liegen, aber gerade diese leise Berührung ging ihm durch alle Nerven; er sah in ihr frisches Gesicht und hatte doch eigentlich noch kein Wort von ihrem Geplauder bis hierher gehört.

»Aber sagen Sie mir doch nur für's Allererste, wie Sie nach New-York kommen!« begann er wieder, »sind denn Ihre Eltern auch hier?«

Ein Schatten zog über das Gesicht seiner Begleiterin und als sie die Augen nach ihm hob und wieder senkte, war der Ausdruck darin ein so ganz von ihrem frühern neckischen Blick verschiedener, daß der junge Mann seine Frage fast bereute. Ein wunderbarer Reiz aber lag in der leichten Beweglichkeit ihrer Züge, welche die kleinste Seelenregung wiederzuspiegeln schienen.

»Meine Eltern sind ja schon drei Jahre todt; sie starben in der Choleraperiode,« sagte sie augenscheinlich gedrückt. »Sie waren damals schon längst aus Ihrem elterlichen Hause. Ich mußte unter fremde Leute gehen und schlimme Zeiten durchmachen; ich war wirklich mehr zur ›Gräfin‹ geboren, – wie Sie in früheren Jahren oft meinten, wenn Sie mir recht was Schönes sagen wollten,« und ein lächelnder, schelmischer Sonnenblitz brach aus ihrem Auge, das sie einen Moment zu ihrem Begleiter aufschlug, »meine Hände waren für schwere Arbeit zu dünn und zu klein, und um den ganzen Tag am Nähtische zu sitzen, hatte ich zu viel elastisches Gummi in mir – es war wirklich eine ganz unglückselige Geschichte.

Endlich erhielt eine Freundin von mir, die sich auch am Nähtische schon halb den Rücken zerbrochen hatte, von einem Bruder hier in New-York das Geld zur Reise nach Amerika gesandt, und im Briefe dabei stand eine so wundervolle Schilderung über das Leben und die Stellung der Frauen hier, daß ich Alles, was noch vom Nachlaß meiner Eltern übrig war, zusammenraffte und kurz entschlossen mitreiste.«

»Und so leben Sie jetzt bei den Verwandten Ihrer Freundin?«

»Nicht mehr; die Familie ist ins Land gezogen und ich wollte New-York nicht verlassen. – Ich stehe jetzt hier ziemlich allein.«

Helmstedts Auge überflog die reiche, fashionable Kleidung des Mädchens und ein unangenehmer Gedanke dämmerte in ihm auf, der aber nicht zur vollen Macht kommen wollte, als er einen Blick in ihr Gesicht warf, dessen rosige, weiche Züge trotz des koketten Schelmes, der daraus hervorguckte, noch mit dem unberührten Duft der Jungfräulichkeit überhaucht zu sein schienen.

»Sie stehen allein hier, Fräulein?« fragte er nach einer augenblicklichen Pause, aber die leise Veränderung in seinem Tone schien ihr Alles, was in ihm vorging, verrathen zu haben. »Ja, *fast* allein, Herr von Helmstedt,« erwiderte sie und blickte ihn ernst und voll an, »aber ich will Ihnen zweierlei sagen: Erstens genießt die Frau hier zu Lande einen ganz merkwürdigen Schutz, wenn sie sich nur *selbst* schützen *will*, und zweitens können Sie, ohne Sorge, Ihre Ehre zu gefährden, sich mit mir in den Straßen New-Yorks zeigen!«

»Aber Fräulein –«

»Aber Herr von Helmstedt! Warum nennen Sie mich ›Fräulein‹, warum legen Sie einen solchen Gespensterton in Ihre Frage, ob ich allein stehe, und verderben mir meine ganze Freude, Sie wieder zu sehen? Ich bin doch nicht an vier hintereinanderfolgenden Tagen durch den Park gegangen, nur um sicher zu werden, ob Sie es auch wirklich seien, der auf die Bank dort gebannt schien, wie der trauernde Genius dort unten im Marbleshop auf dem Grabstein, den Niemand kaufen will, und habe Sie endlich zweimal angeredet – damit Sie alle Kindererinnerungen, die mich zu Ihnen trieben, vergessen und mich zuerst vorsichtig und bedächtig ins Gebet nehmen sollen, welche Stellung ich hier einnehme?«

»Aber liebe Pauline, es ist mir ja doch nicht eingefallen –«

»Gut, Herr August, ich bin jetzt schon zufrieden – sagen Sie mir nun aber auch, wollen Sie wol heute Abend den Thee mit mir nehmen? – ich meine in meiner Wohnung, wir werden ganz allein sein!«

»Ja – von Herzen gern!« erwiderte Helmstedt, dem bei dieser Einladung zehn verschiedene Vorstellungen durch den Kopf schossen und eine eigenthümliche Befangenheit in ihm erzeugten – als er sie aber anblickte, traf er auf ein so feuchtes, inniges Auge, welches zu ihm aufschaute, daß er ihren Arm fester an sich zog, ohne sich von den ihn durchkreuzenden Gefühlen Rechenschaft zu geben.

Sie hatten Broadway erreicht und diesen eine Strecke verfolgt, ohne daß die lebhafte Passage ihnen viel Worte erlaubt hätte; jetzt aber bog Helmstedts Begleiterin in eine Seitenstraße ein. »Wir haben noch ein gutes Stück bis zu meiner Wohnung,« sagte sie, »aber lassen Sie uns den Weg durch eine der stilleren Avenues nehmen – und jetzt sagen Sie mir doch nur mit zwei Worten, was *Sie* nach New-York gebracht? Ich hörte noch in Berlin, daß Sie Ihr Examen bestanden und beim Kammergericht eingetreten waren; das ist etwa ein und ein halbes Jahr her und ich habe mir in den letzten Tagen fast den Kopf wirre gedacht, was sie aus Ihrer Carriere nach Amerika hat werfen können. Hätte mich der Schnurrbart nicht unsicher gemacht – 's ist schon so lange her, daß ich Sie zum letzten Male gesehen – so hätte ich Sie schon am ersten Abend angesprochen.«

Helmstedt fühlte sich von der naiven Theilnahme, die sich in jedem Worte des Mädchens aussprach, warm und wohlthuend be-

14

rührt, für ihn hatte aber die Zeit der früheren Bekanntschaft so fern gelegen, daß ihre plötzliche Erneuerung eine vollständige Ueberrumpelung für ihn gewesen war, zwischen der kleinen Pauline und dem blühenden Mädchen an seiner Seite, das sich bei ihren letzten Worten eben fester an seinen Arm gehangen, fand er keine Verbindungsglieder, und trotz allem Wollen konnte er sich nicht bis zur völligen Unbefangenheit hinaufarbeiten. Er erzählte ihr in kurzen Worten, was ihn nach New-York gebracht, daß er eben dabei sei, sich nach irgend einer neuen Lebensstellung umzusehen, und ihr Auge hatte dabei unverwandt an seinem Gesichte gehangen. »Aber Sie verstehen noch kein Englisch, August!« sagte sie, als er eine Pause machte, »und im niedersten deutschen Leben, wo Sie das etwa entbehren könnten, wollen Sie doch nicht anfangen?«

»Ich denke, ich bewerbe mich irgendwo um eine Schulmeisterstelle!«

»Um – um eine Schulmeisterstelle?« wiederholte seine Begleiterin, die plötzlich ihren Schritt anhielt und in ein Lachen ausbrach, so hell und klar wie Silber. »Sie, August, Schulmeister? – aber seien Sie nicht böse, ich konnte mir wahrhaftig nicht helfen!« sagte sie weitergehend, augenscheinlich bemüht, ihre lustige Laune zu bändigen; »wie um Gottes willen sind Sie denn auf die Idee gekommen?«

»Ja, wie!« erwiderte Helmstedt, und trotz aller sorgenvollen Gedanken, die plötzlich wieder vor seine Seele traten, hätte ihn beinahe das Lachen seiner Gefährtin angesteckt. »Wissen Sie vielleicht etwas anderes für mich?«

»Aber Sie sind doch Jurist,« erwiderte sie, ernster werdend, »warum gehen Sie nicht zuerst als Schreiber zu einem Advocaten und lernen, was Ihnen hier noch Noth thut, halten nachher Reden, werden bekannt, bekommen dadurch tüchtige Praxis oder lassen sich in ein paar Jahren zu irgend einem Amte wählen? Wenn ich ein Mann wäre, ich würde in Amerika gar nichts anderes als Advocat!«

»Aber ich verstehe ja noch nicht einmal ein Wort Englisch!«

»Well, das ist bald gelernt. Sie nehmen sich für ein paar Monate einen Lehrer und halten sich von aller deutschen Gesellschaft fern. Stehe ich auch allein, so habe ich doch *einen* Freund, der Sie in die beste amerikanische Gesellschaft bringen kann – ich weiß, August, daß es gerade Ihnen unter den Amerikanern gar nicht fehlen kann, wenn Sie nur wollen!«

Helmstedt antwortete nicht sogleich, aber sein Gesicht verrieth einen ganzen Berg trüber Gedanken. »Sie sind ein liebes, gutes Kind, Pauline,« sagte er nach einer Weile, »aber mit dem Plane ist es nichts.«

»Aber der Grund?«

»Weil's – weil's eben nicht geht. Hätte ich zwei Monate, die ich bereits in New-York verlebt, nach Ihren Ideen genutzt, so hätte ich diese vielleicht verfolgen können, – jetzt ist es zu spät!«

Das Mädchen sah ihm einen Augenblick forschend ins Gesicht, dann schien ihr plötzlich ein Verständniß aufzugehen, das sich wie ein Sonnenschein über ihre Züge verbreitete. »Dort ist meine Wohnung,« begann sie nach einer kurzen Pause, »wir wollen dort weiter über die Sache reden, vielleicht läßt sich trotz aller Unmöglichkeiten doch ein Ausweg finden.« Helmstedt sah das strahlende Lächeln in ihrem Gesichte, aber er begriff es nicht, wie ihm das ganze Mädchen und ihre Verhältnisse ein Räthsel waren.

Ueber einen von Bäumen beschatteten grünen Vorplatz, von der Straße durch ein eisernes Gitter abgeschlossen, schritt ihm das Mädchen nach einem kleinen, im eleganten »Cottagestile« gebauten Hause voran. Sie sprang behend die Außentreppe hinauf, zog die Klingel und eine Mulattin, knapp und Zauber gekleidet, öffnete. Sie machte der Eintretenden eine Meldung in englischer Sprache, von der Helmstedt aber nur die Worte: »Ihr Onkel ist hier gewesen,

16

Miß Peters!« verstehen konnte, er sah aber, wie das Gesicht seiner Jugendfreundin ein schnelles Roth überflog, das indessen schon wieder verschwunden war, als sie sich nach ihm wandte. »Lassen Sie uns hinaufgehen,« sagte sie, »es ist gemüthlicher dort als in dem steifen Parlor; sobald der Thee fertig ist, wird uns Mary rufen.«

Sie schritten die elegante, mit dicken Teppichen belegte Treppe nach einer Vorhalle hinauf, aus welcher Helmstedt in ein Zimmer trat, das eine Empfindung in ihm hervorbrachte, als werde er mit einer weichen, duftigen Decke umhüllt. Die Luft war von jenem unbeschreiblichen Wohlgeruch geschwängert, der das Eigenthum der Bekleidung jeder wahren Dame zu sein scheint; die schweren Gardinen ließen die Helle nur gebrochen ins Zimmer fallen, und die Anordnung der Meubles, der weichen Divans und niederen Ruhesessel gaben in Gemeinschaft mit dem schweren Fußteppiche, der keinen Schritt hören ließ, dem Zimmer einen Charakter von wunderbarer Heimlichkeit. Helmstedt hatte noch nie den Comfort des amerikanischen Südens gesehen, wie er sich hier darbot, und als seine Begleiterin ihm mit einem Lächeln den Hut aus der Hand nahm, dann sich des ihrigen entledigte, Mantille und Handschuhe bei Seite that, mit einem kurzen Blick in den Spiegel die Haare zurückstrich und nun die kleine Hand hinstreckend auf ihn zutrat, wollte ihn das Gefühl einer entnervenden Aufregung überkommen, wie sie ihm bis jetzt vollkommen fremd war.

»Sie wohnen allein hier, Pauline?« fragte Helmstedt, nur leise die dargebotene Hand zwischen die seine nehmend.

»Mary und ihr schwarzer Mann haben das Basement inne,« erwiderte sie, ihm ruhig ins Gesicht sehend – »und das sind zwei Dienstboten treu wie Bulldoggen. Mr. Morton, dem das Haus gehört und der Zeitweise ein paar Zimmer hier oben einnimmt, hat sie erst vor drei Monaten aus Alabama mit herausgebracht. Mr. Morton ist nämlich ein alter Herr, den ich Onkel nenne,« setzte sie mit einem neuen Anflug von Röthe hinzu ohne indessen das Auge zu senken, »ich werde Ihnen die Verhältnisse noch ganz ausführlich und ohne Verhör erzählen, – jetzt aber haben wir von andern Angelegenheiten zu reden und deshalb setzen Sie sich einmal hierher!« Sie deutete auf einen der Divans dicht an seiner Seite – und Helmstedt saß in dem weichen Polster, das sich von allen Seiten seinem Körper anschmiegte, mit einem Gefühle, halb aus Behagen und halb aus einer Unruhe gemischt, von der er sich selbst keine Rechenschaft geben konnte; das Mädchen aber hatte einen der niederen Sessel ohne Rücklehne herangezogen, saß zu seinen Füßen und sah mit einem stillen warmen Blick zu ihm auf. »Sagen Sie nur erst einmal, August,« begann sie und legte ihren Arm auf seine Knie, »sind Sie noch immer so stolz wie früher?«

»Stolz – ich?«

»Daß jede angebotene Hilfe wie eine Beleidigung, wie ein Zweifel an Ihrer eigenen Kraft von Ihnen aufgenommen wird – Sie waren wenigstens als wilder Junge so und Sie haben gerade noch denselben Zug zwischen den Augen!«

»Nun, und wenn ich nun noch so wäre?«

»Hören Sie einmal, August – nicht wahr, Ihnen fehlt weiter nichts als das Geld, um hier wieder Ihre alte Carriere einzuschlagen? Wenigstens habe ich das errathen!«

»Nun?«

»Und wenn Sie nun Jemand dadurch glücklich machen können, daß Sie seine Hilfe annehmen, würden Sie sie zurückstoßen? – halt, warten Sie erst!« rief sie aufspringend, als Helmstedt Miene machte sich zu erheben, und faßte seine beiden Arme, »August, wir sind doch Freunde aus der Kindheit und wenn mir irgend ein Glück widerfahren wäre, so hätt's nicht größer sein können, als das, Sie wiederzusehen – ich habe ein Recht, Ihnen zu helfen; nicht wahr, Sie schlagen mir's nicht ab, da ich's kann?« Ihr Blick wurzelte in dem seinen mit einer Innigkeit, die ihm bis tief ins Herz drang.

18

»Pauline, Sie wären im Stande, mich zu einer Thorheit zu bewegen, – aber lassen Sie das!« sagte er und drückte sie sanft auf ihren Sitz zurück. »Sie gehen Ihren Weg und ich den meinigen, die beide wahrscheinlich ganz verschiedene Richtungen nehmen. Ich habe kein Recht, nach dem Ihrigen zu fragen, auf dem Sie meiner nicht bedürfen –«

»Aber ich *will* Ihnen Rechenschaft geben!« rief sie leidenschaftlich aufspringend – »ich weiß, was du denkst, August, aber es ist nicht so, und du sollst noch Alles erfahren – sei jetzt gut gegen mich, wie du's früher warst – 's ist eine glänzende Einöde, in der ich hier lebe; aber an dem Tage, an welchem ich dich in dem Parke sitzen sah, war mir's, als blühe ein ganzes Paradies in mir auf! sei kein gefühlloser Bär, August,« rief sie, als Helmstedt sich erheben wollte und legte ihre beiden Arme auf seine Schultern, »ich will ja nichts, als daß du mich ein klein wenig lieb haben sollst – ein ganz klein Bischen nur, denn dann wirst du mir's nicht verweigern, daß ich dir helfe und daß ich dich lieb haben darf wie mein Leben!« Sie hatte seinen Kopf zwischen ihre Hände genommen, Helmstedt fühlte einen brennenden Kuß auf seinen Lippen, dann aber hatte sie sich umgedreht, war nach dem Fenster gegangen und brach dort in ein krampfhaftes Weinen und Schluchzen aus. Helmstedt sprang auf, von zehn widerstreitenden Empfindungen bestürmt. »Pauline, seien Sie kein Kind!« sagte er und wollte sie in seinen Arm nehmen, aber sie wand sich leicht los, trat in die Vertiefung des nächsten Fensters und war in kurzem Kampfe bald ihrer Aufregung Herr geworden. »'S ist schon gut, August,« sagte sie mit einem Lächeln in Thränen sich umkehrend; »ich bin eine Närrin, aber seien Sie mir nicht bös darüber!«

»Sie sind ein leidenschaftliches Kind, Pauline, und haben mir noch nicht einmal Zeit zu einem einzigen Worte gelassen!« erwiderte Helmstedt und nahm ihre Hand zwischen die seinigen. »Sehen Sie, es läuft nun einmal gegen mein Gefühl, von irgend Jemand, sei es Bruder oder Freund, eine Unterstützung anzunehmen, wo meine eigenen Hilfsmittel noch nicht vollständig erschöpft sind und ich will mir lieber aus den untersten Klassen herauf eine Laufbahn durch meine eigene Kraft öffnen, als einen bequemeren Anfang der zufälligen Hilfe Anderer zu verdanken haben. Ich bin nun einmal so, Pauline!«

Sie nickte still mit dem Kopfe. »Aber, gesetzt den Fall, Sie hätten eine reiche Braut, die Sie liebten,« sagte sie nach einer kurzen Weile, »würden Sie sich auch von der nicht Ihren Weg erleichtern lassen?«

»Ich glaube nicht, daß, wenn ich selbst nicht viel Geld hätte, ich jemals ein reiches Mädchen zu meiner Braut machen könnte.«

»*Supper is ready!*« rief die Mulattin durch die halbgeöffnete Thür.

»Lassen Sie uns hinunter zum Abendbrode gehen!« sagte das Mädchen mit einem trüben Blicke und wollte ihre Hand aus der des jungen Mannes ziehen; dieser hielt sie aber mit kurzem Drucke fest. »Verstehen Sie mich nicht falsch, Pauline,« sagte er, »aber ich meine, es ist besser, wenn ich nach Hause gehe, wir sind Beide zu aufgeregt, ich sehe Sie ein andermal wieder!«

»Ich will Ihnen zu nichts mehr zureden,« erwiderte sie mit gedrückter Stimme, »ob wir uns so bald wiedersehen werden, weiß ich auch nicht; Mr. Morton ist angekommen und hat über mich zu bestimmen. Aber um Eins bitte ich Sie, August! Wenn einmal eine Zeit kommen sollte, wo Ihre eigene Kraft die Hindernisse hier im Lande nicht mehr bändigen kann und wo eine helfende Hand nicht mehr gegen Ihre Ehre ist, so vergessen Sie nicht, daß Sie hier trotz Ihres Stolzes eine warme Freundin haben, wärmer – als Sie es verdienen!« Sie schlug einen Moment das Auge überquellend zu ihm auf, dann machte sie ihre Hand los und ging mit abgewendetem Gesicht ins Nebenzimmer. Helmstedt sah ihr nach und schwankte, ob er ihr folgen solle – langsam nahm er aber endlich seinen Hut und verließ das Haus. Er ging die Straße hinab,

Broadway zu, aber er war in einem Zwiespalt mit sich selbst, den er umsonst auszugleichen suchte. Bald erschien er sich wie ein Narr, der mit dem Fuße die Rosen wegstößt, die auf seinen Weg fallen – bald kam ein Gefühl von Genugthuung, wie nach einer überwundenen Versuchung über ihn – bald trat der Eindruck, den das duftige Zimmer und das blühende Mädchen an seinem Halse auf ihn gemacht, wie ein Traum vor seine Seele, daß er stillstehen und sich noch einmal nach dem Hause umsehen mußte. »'S ist besser so!« brummte er endlich, mit der Hand über die Stirne streichend, und verfolgte die Straße weiter.

An der Ecke von Broadway stand, einen Korb voll kleiner Toiletten-Gegenstände zum Verkauf um den Hals gehangen, ein Junge mit ausgeprägt jüdischen Zügen. Ein wild gewordenes Pferd mit einem Wagen hinter sich kam prasselnd die Straße herab, und in dem augenblicklichen Gedränge, das durch die flüchtenden Fußgänger auf dem Seitenwege entstand, wurde dem kleinen Verkäufer der Korb vom Halse gerissen, und alle Herrlichkeiten darin über das Pflaster gestreut. Der Bube versuchte weinend seine Sachen wieder zusammen zu lesen und vor den Tritten der Passirenden zu schützen, und Helmstedt, der den ganzen Jammer des jungen Herzens mitfühlte, trat rasch hinzu, um aus dem Bankerott retten zu helfen, was möglich. Als aber in dem wieder gefüllten Korbe, der jetzt ein Chaos von zerbrochenen Seifenstücken und in den Schmutz getretenen Allerhands bot, sich die ganze Größe des Unglücks zeigte und der Knabe nach einem trostlosen Blicke darauf in ein bitteres Schluchzen ausbrach, klopfte ihm Helmstedt in einer Aufwallung des Mitgefühls auf den schwarzen Krauskopf. »Heule nicht, Bub, das Malheur wird sich ja noch gut machen lassen!« sagte er. »Weißt du, wo Williamstreet ist? Komm morgen früh mit deinen Sachen hin. Hier hast du meinen Namen und die Nummer.« Er warf ihm seine Karte in den Korb und ging mit einem »Vergiß nicht!« von den großen Augen des Knaben gefolgt, rasch weiter, da sich bereits ein Haufen Neugieriger um sie versammelt hatte. Er hatte eben angefangen seinen Schritt wieder zu mäßigen, als er in dem Durcheinander der Fußgänger einen Menschen neben sich bemerkte, der eine Weile gleichen Schritt mit ihm hielt und ihn seitwärts betrachtete. »Bitt' um Verzeihung, Sie sind wol ein Deutscher?« begann er endlich. Helmstedt wandte den Kopf, und zwischen einem grauen Barte blickten ihn eine gebogene Nase und zwei kleine lebhafte Augen an, in denen der Jude nicht zu verkennen war. »*Yes Sir!* das bin ich,« erwiderte Helmstedt und wandte den Blick nach einem der Schaufenster, um einer weiteren Unterhaltung zu entgehen. »Sie sind wol noch nicht lange im Lande?« war die zweite Frage. »*No Sir!*« antwortete der Angeredete kurz und ging rasch weiter. »Darf man fragen, was Sie für ein Geschäft haben?« Helmstedt warf auf den zudringlichen Frager einen kurzen, messenden Blick und antwortete nicht. »Ich meinte es nicht bös, junger Herr – ich dachte nicht, daß Sie stolz wären – bitt' um Verzeihung!« – und damit blieb der aufgedrungene Begleiter zurück. Helmstedt schüttelte etwas verwundert den Kopf, hatte aber bald die kurze Scene in der wieder auftauchenden Erinnerung an die eben durchlebte Zusammenkunft vergessen. Erst als er sein Boardinghaus in Williamstreet und sein bereits dunkel gewordenes Zimmer erreicht hatte, trat die Sorge für die Zukunft wieder mit Macht vor seine Seele. Er fühlte keinen Appetit zum Abendbrod, warf sich auf sein Bett und ließ die Gedanken durch seinen Kopf streichen. Seit dem Lachen des neckischen Mädchens über seine Schulmeisteridee kam ihm diese, wenn er sich mit seinem ganzen Wesen hineindachte, selbst so absurd vor, daß er sie gar nicht mehr ansehen mochte und als aufgegeben über Bord warf – aber was dann? Wollte er nicht die ordinärsten Handlangerdienste verrichten, so war »Englisch können« der einzige Schlüssel zur Verwerthung seiner etwaigen Kenntnisse, – aber wenn er auch den Rest seines Geldes zum Studium der Sprache anwandte, wer gab ihm die Versicherung, daß er dann sogleich eine Stellung finden, oder daß auch nur sein Geld hinreichen würde, bis er so fix und fertig sei, wie er's für nothwendig hielt? Er sprang vom Bette, schloß seinen Koffer auf und begann wieder sein Geld durchzuzählen und zu berechnen. Nahm er einen guten Lehrer, so konnte er noch zwei, bei äußerster Einschränkung drei Monate leben; das langte weder hinten noch vorn, und doch mußte etwas geschehen, wenn er nicht auf gut Glück hin seine Mittel zu Ende gehen lassen wollte.

»Halloh, Herr von Helmstedt, so einsam im Halbdunkel?« rief Seifert, der in diesem Augenblick zur Thür hereintrat, »delibrirend? O! Cassa machend – Ausgezeichnetes Geschäft! – aber lassen Sie sich nicht stören!« fuhr er fort, als Helmstedt das noch offen liegende Geld in die Börse zurückstrich, sie im Koffer verbarg und diesen zuschlug, »ich wollte Ihnen im Vorübergehen nur einen guten Abend wünschen!« Helmstedt sah auf und hätte kaum den früheren Menschen in ihm wiedererkannt; ein flotter, modischer Frack saß wie angegossen um ihn, über die weiße Weste fiel eine goldene Kette, das Fischbeinstöckchen schlug die enganschließenden Beinkleider und auf dem wohlfrisirten Haare saß keck ein feiner Kastor.

»Mit Ihnen ist ja eine merkwürdige Veränderung vorgegangen!« sagte Helmstedt, ihn musternd, und es war ihm, als nehme seine Erscheinung eine Sorge von ihm, die noch über die Ausführung seiner eben gefaßten Entschlüsse auf ihm gelastet. »Kommen Sie her und nehmen Sie Platz!«

»Meinen Sie mich oder meinen Frack, dem diese Ehre zum ersten Mal widerfahren soll?« lachte Seifert, »aber ich hoffe, Sie werden Scherz verstehen,« setzte er hinzu, als er das Blut in Helmstedts Gesicht steigen sah, »ich habe dieselbe Frage schon an zehn Bekannte gerichtet, die mich heute zum ersten Male wiedererkennen wollten.«

»Vielleicht hätte sie auch bei mir gepaßt,« erwiderte Helmstedt, und machte einen Stuhl von den darauf liegenden Kleidungsstücken frei, »wenn Sie mir nicht erst gestern von Ihren verschiedenen Anstellungen erzählt hätten, wozu natürlich eine entsprechende Livree gehört. Also setzen Sie sich ohne Sorge um ein Mißverständniß.«

»Fein revanchirt, beißend revanchirt,« sagte Seifert mit einem Lächeln, dessen Deutung schwer gewesen wäre, »aber Sie wissen, wir differiren in einzelnen Punkten, und darum lassen Sie uns die Streitaxt begraben.«

»Sie kommen mir eigentlich gerade recht,« begann Helmstedt, sich auf seinen Koffer niederlassend und die Stirn in die Hand stützend, »ich möchte mir ein paar Fragen an Sie erlauben. Haben Sie wol die Dame genau gesehen, mit der ich sprach, als Sie mich gestern im Park trafen?«

»Mir entgeht Derartiges nicht leicht,« sagte der Besucher und lehnte sich auf seinen Stuhl zurück, »und ich gestehe Ihnen, daß mich Ihr Glück einigermaßen frappirt hatte.«

Helmstedt hob den Kopf. »Davon ist nicht die Rede. Ich möchte nur wissen, ob Sie das Gesicht in Ihren Kreisen einmal irgendwo vor die Augen bekommen haben?«

»Das heißt – erlauben Sie,« lachte Seifert, »in dem Falle hätte ich mir andere Bemerkungen gegen Sie und Ihre stillen Vergnügungen erlaubt, ich habe nicht einmal einen Zweifel in mir laut werden lassen, so fremd war mir die Erscheinung.«

Helmstedt ließ den Kopf wieder in die Hand sinken. »Seifert, ich glaube, Sie haben Recht, ich muß amerikanische Gesellschaft suchen – aber wie?« begann er nach einer Weile wieder, »ich möchte zuerst aus diesem Hause heraus und mich kopfüber unter das englisch-sprechende Publikum stürzen!«

»Spät kommt die Erkenntniß, aber sie kommt!« declamirte der Andere, »und ich gratulire Ihnen zu dem Entschlusse, wenn er auch wahrscheinlich nur in einem Paar hellen Augen wurzelt, die übrigens die besten Lehrmeister abgeben! Lassen wir aber Ihre vernünftige Stimmung nicht verstreichen, ich denke, wir fangen mit dem Kopfübersturz gleich heute Abend an.«

»Je eher, je lieber,« erwiderte Helmstedt, sich erhebend, »aber lassen Sie mich Eins sagen, Seifert, bringen Sie mich nicht an Orte, gegen die ich nun einmal grundsätzlich einen Widerwillen habe. Sie werden gewiß irgendwo muntere, aber anständige Gesellschaft wissen und ich will's Ihnen doppelt danken, wenn Sie diese Rücksicht für mich nehmen!«

»Werde Ihr jungfräuliches Gefühl möglichst zu schonen wissen! Lassen Sie sehen. Heute Abend sind Sie mein Gast bei einem Familien-Supper – fünf bis sechs noble junge Leute, einige Damen – das macht den Anfang, morgen werde ich Ihnen ein amerikanisches Boardinghaus, für Ihren Zweck vorzüglich geeignet, zuweisen, und dann findet sich das Uebrige.«

»Aber, lieber Freund, ich will nicht extravagiren, meine Mittel sind so geschmolzen, daß ich mich einschränken muß so viel als möglich!«

Seifert zuckte die Achseln. »Richten Sie sich ein wie Sie wollen,« sagte er, »einmal gehen Sie doch zu Ende und die Hauptfrage bleibt nur, auf welche Weise der möglichste Nutzen daraus zu ziehen ist. Aber wir verstehen uns darin nicht, und ich will Ihnen auch nie eher wieder einen Rath geben, als bis Sie mich bestimmt darum bitten. Jetzt wollen Sie amerikanisches Leben und die Sprache kennen lernen, gut, ich bin Ihr Mann, im Uebrigen folgen Sie Ihrem eigenen Gutdünken.«

»Und um welche Zeit findet Ihr Supper statt?« fragte der Andere, seine Stirne reibend.

»Wir können sogleich gehen!« war die Antwort, »wir holen einen meiner Freunde im Metropolitan-Hotel ab und sind von dort aus rasch an Ort und Stelle – Sie sind natürlich mein Gast, wie ich schon oft genug der Ihre gewesen bin.«

Helmstedt ging zum Spiegel, ordnete Haar und Anzug, verschloß dann sorgfältig seinen Koffer und Beide verließen das Haus.

In einer der Straßen im obern Theile von New-York, nicht weit ab von Broadway, stand eine Stunde später Seifert in Begleitung seines Landsmannes und eines Dritten vor einem Hause, das sich in nichts von den übrigen Wohnhäusern unterschied, und zog die Glocke. Ein Portier öffnete und ließ sie nach Abforderung ihrer Einlaßkarten passiren. Seifert, der volle Lokalkenntniß zu haben schien, schritt nach dem hintern Theile der Halle voran und öffnete dort die Thür zu einem schwach erleuchteten Zimmer, das eine Art Garderobe vorzustellen schien. Als sie hier ihre Hüte neben mehrere bereits vorhandene ablegten, sah Helmstedt die dritte Person, die bei ihnen war und eben Seifert eine Bemerkung zuraunte, zum ersten Male genauer an, da ihre gegenseitige Vorstellung nur flüchtig und im Halbdunkel des Hotel-Ausganges erfolgt war; und wenn auch Kleidung und Haltung den Mann aus der fashionablen Welt bezeichneten, so lag doch in diesem Augenblick ein solcher Ausdruck von gemeiner Begierde in seinem Gesichte, und Seiferts Lachen auf seine Bemerkung stimmte so dazu, daß sich Helmstedt eines widerwilligen Gefühls nicht erwehren konnte. In diesem Augenblicke aber flog die Thür des nächsten Zimmers auf, strahlender Lichtschein und helles Lachen brachen heraus, und mit zwei Schritten standen die Ankömmlinge in einem prachtvoll erleuchteten geöffneten Doppelparlor. Die Divans, die ohne besondere Ordnung umherstanden, nahmen zwanglose Gruppen von jungen Männern und lachenden Frauengestalten ein. Hier kniete Einer und küßte die Hand einer feinen Blondine, während sie kichernd den Ohrenflüstereien eines Zweiten lauschte; dort auf einem niedern Sessel erwehrte sich ein Anderer kaum der Neckereien dreier weiblicher Kobolde; weiter hinten saß ein einsames Pärchen und rechts, wo ein offenes Piano stand, bestrebte sich eine junge Dame ihrem Gesellschafter den Polkaschritt zu zeigen, wobei sie hoch aufgeschürzt ihre Pantalettes paradiren ließ. Im Hinterparlor aber stand ein gedeckter, mit Flaschen, Schüsseln und Tellern besetzter Tisch.

»*Mesdames et Messieurs!*« rief Seifert, neben seine beiden Begleiter tretend und in französischer Sprache fortfahrend, »ich habe die Ehre, Ihnen zwei meiner Freunde, hier, ›*le comte de Helmstedt*‹, der sich unter Ihre Fittige begibt, um Englisch zu lernen, und hier Mr. Baker von Alabama vorzustellen. Beides zwei ausgezeichnete Jungen, die ich Ihrer Fürsorge empfehle. Aber ich sehe mit Bedauern, daß Sie auf uns gewartet haben, und da ich ausersehen bin den Wirth zu spielen, so bitte ich zu Tische zu gehen, damit der Champagner nicht warm wird.« Aller Augen hatten sich bei der Vorstellung den neuen Ankömmlingen zugewandt und hauptsächlich die Blicke der Mädchen nach der noblen Gestalt des »*comte*« gerichtet. »Zu Tisch!« rief Seifert aus dem Hinterparlor, der bereits den Kopf einer Flasche bearbeitete; die Gruppen erhoben sich und eben als Helmstedt überlegte, wie er sich am besten benehme, stand ein schwarzlockiges, blitzäugiges Mädchen vor ihm, das ihm mit einem »*s'il vous plait, Monsieur!*« die Hand reichte und ihn zu Tische führte. – –

Am andern Morgen erwachte Helmstedt in seinem Zimmer mit einem Gefühle von bleierner Schwere im Kopfe. Er richtete sich langsam auf und die Erinnerung des vergangenen Abends begann in einzelnen Zügen in ihm aufzudämmern. Er sah seine Tischnachbarin, wie sie ihn in Beschlag nahm, ihm unaufhörlich einschenkte und credenzte, zuletzt aber ihr Glas zu Boden warf und nur aus dem seinigen mit ihm trinken wollte; wie sie, als ihr Französisch ausgegangen und er ihr Englisch nicht hatte verstehen können, ihn im tollen Uebermuthe bei den Ohren faßte, und in die Backe beißen wollte – er sah das übrige tolle Treiben am Tische, hörte das Knallen der Champagner-Pfropfen und das ausgelassene Gelächter – eine spätere Scene tauchte vor ihm auf, er saß mit der Cigarre im Munde am Piano und spielte eine Quadrille, nach der die wilde Gesellschaft tanzte, Seifert mit Stentorstimme die Touren ausrufend, zwischen jedem Theile aber hatten ihm die ausgelassenen Mädchen bald Wein, bald kalten Ananas-Punsch eingefüllt, – weiterhin verfloß Alles in seiner Erinnerung wie Nebel, und wie er nach Hause gekommen, wußte er gar nicht. – Das war seine erste Unterrichtsstunde im Englischen gewesen. – Langsam und verdrießlich rieb er sich die Stirne und sprang dann aus dem Bette, um durch ein kaltes Kopfbad die Dünste daraus zu vertreiben; er öffnete seinen Koffer, um reine Wäsche herauszunehmen, stutzte aber, als er den bisher wohlgeordneten Inhalt wild durcheinander gewühlt fand. Einen Augenblick überlegte er, ob er selbst vielleicht die Ursache habe sein können, im nächsten aber fuhr er nach der Ecke, wo er seinen Geldvorrath aufzubewahren pflegte – der Beutel war verschwunden. Sein Gesicht entfärbte sich und seine Hand blieb wie gelähmt, wo sie gesucht hatte, dann aber riß er die einzelnen Stücke aus dem Koffer, jedes ausschüttelnd mit immer größerer Hast, dazwischen nochmals in die Ecke fühlend – aber Alles war durchsucht und die Börse blieb verschwunden. Helmstedt stand da, einer Statue gleich in den leeren Koffer starrend.

Plötzlich schien ein zweiter Gedanke durch seinen Kopf zu zucken. Er fuhr auf und ließ mit Blitzesschnelle den Blick über alle Gegenstände im Zimmer laufen, nahm mit Hast seine umherliegenden Kleidungsstücke vom Tische und den Stühlen – es war seine goldene, mit aus Deutschland gebrachte Uhr, die er suchte; aber auch davon war nirgends eine Spur zu entdecken, und als ihm die Gewißheit eines Raubes vor die Seele trat, der ihn aller Existenzmittel baar hinstellte, nahm er seinen Kopf zwischen beide Hände, als fürchte er, er möge ihm zerspringen. »Ruhig, August!« sagte er nach einer kurzen Weile, sich gewaltsam fassend, »es muß sich irgend eine Spur des Thäters entdecken lassen, wenn ich nur erst eine einzige Erinnerung finde, wie ich nach Hause gekommen bin!

Ruhe, August!« Er suchte seine Kleider zusammen und fühlte das Portemonnaie in einer seiner Taschen – aber außer einigem kleinen Geld war nur ein einfacher Papierdollar darin – langsam und mit Anstrengung die Scenen des vergangenen Abends zurückrufend, vollendete er seinen Anzug; so viel er aber sein Gedächtniß quälte, nicht ein Funke, der Helle über seinen Heimgang verbreitet hätte, wollte herausspringen. »Keinesfalls bin ich also allein gekommen, es war spät, die Hausthür muß verschlossen gewesen sein und irgend Jemand im Hause, der geöffnet, muß Auskunft geben können.« Das war der Schlußgedanke, der ihm wenigstens etwas von seiner gewöhnlichen Haltung wieder zurückgab. Eben wollte er seinen Hut nehmen, um die nöthigen Erkundigungen beim Wirthe einzuziehen, als es klopfte – der Judenknabe vom Broadway, seinen Korb am Halse, sah durch die geöffnete Thür herein und reichte ihm schweigend die Karte hin, die er Tags zuvor von dem jungen Manne erhalten. »Bob, du kommst zu einer schlimmen Zeit!« rief Helmstedt und konnte ein Zucken in seinem Gesichte, als sei ihm das Weinen nahe, nicht verhindern – »sieh her, ich bin diese Nacht um mein ganzes Geld und um meine Uhr bestohlen worden, ich bin jetzt noch ärmer als du, denn du hast doch wenigstens einen Erwerbszweig!« Der Junge ließ die großen schwarzen Augen über die Verwirrung im Zimmer und über Helmstedts Züge laufen, als dieser aber sein Portemonnaie zog und sagte: »Da ist wenigstens eine Kleinigkeit für deinen Weg!« schüttelte er mit einem ernsten *No Sir!*« den Kopf, warf noch einen Blick über das Zimmer und schloß die Thür wieder.

Helmstedt ging ins Gastzimmer hinab, ließ den Wirth rufen und theilte ihm in möglichster Fassung das Geschehene mit; der Mann sah ihm einen Augenblick scharf in das bleiche Gesicht und rief dann den Porter. Es sei spät in der Nacht gewesen, erzählte dieser, als er auf das Anziehen der Klingel die Thür geöffnet; derselbe Herr, mit dem Helmstedt gestern Abend ausgegangen, habe ihn, der total betrunken gewesen sei, zur Thür hereingeführt, habe sich von ihm, dem Porter, ein Stück Licht und den Schlüssel zum Zimmer geben lassen und sodann den Betrunkenen mühsam zur Treppe hinauftransportirt – nach kurzer Zeit sei er aber wieder herunter gekommen und habe ihn zur Hilfe geholt, da Helmstedt ganz besinnungslos sei und er ihn nicht allein weiter bringen könne. Helmstedt habe auf einem Absatz der Treppe gelegen und von dort hätten ihn Beide nach seinem Zimmer getragen, hätten das Stück Licht an der Gasflamme angebrannt und ihn dann ins Bett gelegt. Der Herr sei sodann mit ihm, dem Porter, wieder die Treppe herabgekommen, und er habe ihn zur Hausthüre hinausgelassen. – Helmstedt hatte mit peinlicher Aufmerksamkeit dem Berichte zugehört.

»Und ist der Mann, der mich brachte, nicht allein im Zimmer gewesen?« fragte Helmstedt nach einer augenblicklichen Pause.

»So viel ich weiß, nicht,« war die Antwort. »Er gab mir den Schlüssel, als wir hinaufkamen, und ich schloß auf, da er Sie beim Kopfe trug; nachher sind wir zusammen heruntergegangen.«

»Haben Sie meine Uhr beim Auskleiden nicht bemerkt?« fragte Helmstedt.

Der Porter dachte einen Augenblick nach. »Ich glaube nicht, daß ich etwas von einer Uhr überhaupt gesehen habe.«

»Und die Thür ist die ganze Nacht offen geblieben?« fragte Helmstedt weiter.

»Ja natürlich, ich konnte Sie doch nicht einschließen!«

Der Wirth schüttelte den Kopf. »Es hätte mir nichts Unangenehmeres begegnen können,« sagte er, »aber für die Leute im Hause möchte ich mich verbürgen. Wo war Ihr Kofferschlüssel, als Sie gestern ausgingen?«

»In meinen Beinkleidern!«

»Und wo war er heute Morgen?«

»Noch an derselben Stelle in meiner Tasche!«

»Haben Sie wieder geschlafen, während der Herr hier von dem andern die Treppe allein hinaufgebracht wurde?« wandte sich der Wirth an den Porter.

»Ich glaube nicht, aber ich war müde!«

Der Wirth nickte. »Ich will Ihnen sagen, lieber Herr, Sie scheinen in die allerschlimmste Gesellschaft gerathen zu sein. Wo Sie gewesen sind, geht mich nichts an, aber es ist ziemlich klar, daß der gute Mann, der Sie heimgebracht, sich die Gelegenheit und Ihren Zustand bestens zu Nutze gemacht, Ihnen Uhr und Kofferschlüssel abgenommen und Sie auf der Treppe hat liegen lassen, bis er Ihr Geld aus dem Koffer geholt. Nachher hat er den verschlafenen Porter gerufen. Auf jeden Fall müssen Sie selbst durch eine Unvorsichtigkeit ihm Kenntniß von dem Gelde gegeben haben und ich kann Ihnen nur rathen, der Polizei sofort von dem Falle Kenntniß zu geben, oder noch besser, gleich mit einem Officier dem Burschen auf's Quartier zu rücken.«

»Und nun weiß ich nicht einmal, wo er wohnt!« rief Helmstedt und schlug sich mit der Faust vor den Kopf, »aber halt! ich finde ihn!« Und von einem lichten Gedanken gefaßt, verließ er das Zimmer und ging im Sturmschritt Broadway zu. Im Metropolitan-Hotel mußten sie etwas von dem Menschen wissen; er hatte den Abend vorher mit allen Aufwärtern vollkommen bekannt gethan, und außerdem logirte dort ihr Gefährte von letzter Nacht, Mr. Baker von Alabama, der sicherlich auch einige Auskunft über Seiferts Verbleib geben konnte. – Er hatte den Weg in kurzer Zeit zurückgelegt, mußte aber beim Uebergange einer der letzten Querstraßen mit vielen Andern anhalten, um eine Lücke in der Reihe der dort passirenden Fuhrwerke abzuwarten – eine Equipage der elegantesten Bauart folgte soeben, Helmstedt sah auf und stutzte, im Fond des Wagens saß, nachlässig zurück gelehnt, Pauline Peters neben einem Herrn, dessen Backenbart schon das volle Grau des Alters zeigte, dessen Haltung aber dennoch eine noch unge-

31

schwächte Kraft verrieth. Ihr Blick schweifte gleichgiltig über die wartenden Menschen, er traf Helmstedts Gestalt, aber kaum, daß ein schwaches, aufsteigendes Roth in ihrem Gesichte ihre Erkennung andeutete, ihr Auge blieb kalt und wandte sich ruhig anderen Gegenständen zu. Trotz aller Sorge, die auf dem jungen Manne lastete, trotz aller Gleichgiltigkeit gegen das Mädchen wollte sich ein leiser Aerger seiner bemächtigen – da war die Lücke in der Wagenreihe gekommen, die Menschen drängten zu und als er den Fahrweg passirt, war auch der erlittene Verlust wieder sein einziger Gedanke. Bald stand er vor dem Metropolitan-Hotel und wollte seine Erkundigungen bei einem der Aufwärter, der nach irgend etwas ausschauend in dem Ausgange der Halle stand, beginnen; der aber schüttelte lächelnd mit einem »Nix versteh!« den Kopf. Helmstedt wiederholte seine Frage französisch, erhielt aber ein gleiches Kopfschütteln zur Antwort. Dem Frager trat der Schweiß vor die Stirne.

»Kann ich Ihnen mit etwas diene?« ließ sich jetzt eine Stimme neben ihm hören. »Sie sind bestohle worden, hat mir mein Schwestersohn gesagt, der heute Morgen bei Ihne war?« Helmstedt sah, sich umwendend, in das Gesicht desselben Juden, der ihn Tags vorher schon auf der Straße angesprochen hatte, aber das graubärtige Gesicht erschien ihm heute wie eine Hilfe in der Noth. »Well, Sir, ich kenne Sie zwar nicht,« begann er –

»Aber ich kenne Sie schon, wenn ich auch nicht weiß, wie Sie heiße,« unterbrach ihn der Andere, und es soll mich freue, wenn ich Ihne mit etwas diene kann!

Helmstedt warf einen Blick in sein Gesicht, das trotz der schlauen Augen eine eigenthümlich gutmüthige Theilnahme zeigte, trat mit ihm bei Seite und hatte ihm schnell genug sein Unglück und die Absicht, die ihn hierhergeführt, mitgetheilt.

»Wird nicht viel zu hole sein!« erwiderte der Jude nachdenklich. »Ich kenne den Mann von Alabama, den Sie meine – ich kenne ihn,« wiederholte er, langsam mit dem Kopfe nickend und ein Zug wie stiller Ingrimm zuckte über sein Gesicht, »und den Andern hab' ich gestern mit ihm zusammen gesehen – wird nicht viel zu hole sein – können's aber probire, komme Sie!« Damit schritt er Helmstedt nach dem Innern des Hotels voran, wandte sich an den Klerk der »Office« und begann mit diesem ein Gespräch, von dem Helmstedt eben nur das Kopfschütteln des Klerks und das Nicken seines Begleiters verstehen konnte. »'S ist schon, wie ich gedacht!« sagte dieser endlich achselzuckend, sich dem Ausgange zuwendend, »Mr. Baker ist heute Morgen abgereist, und den Andern, der ihn gestern Abend abgeholt, kennen sie nicht weiter, als daß er früher oft hierher gekommen ist – er ist nicht hier beschäftigt und sie wissen auch nichts von seiner Wohnung. Jetzt komme Sie mit mir nach der Polizei, vielleicht kann die den Vogelfange – aber's Geld schlagen Sie sich nur aus den Gedanken, das ist Ihr Lehrgeld gewese!«

Ueber Helmstedt kam es wie ein Schwindel, als er an der Seite des Alten die Straße hinab ging, die ganze Hilflosigkeit seiner Lage trat wie ein Gespenst vor ihn. Wenn sein Wirth ihm nicht der Barmherzigkeit willen Credit geben wollte, bis er irgend einen Verdienst gefunden, so mußte er Alles, was er nicht zum Allernothwendigsten an Kleidern und Wäsche brauchte, verkaufen und konnte, wenn das aufgezehrt war, im Hotel Park logiren mit der Aussicht, sein Leben im »North-River« zu beschließen. Ein Schauder überlief seinen Kopf, als würde jede einzelne Wurzel seiner Haare lebendig.

»Habe Sie denn gar kein Geschäft?« begann der Alte an seiner Seite das Gespräch wieder. Helmstedt schüttelte den Kopf. »Ich bin im Gerichtsfach in Preußen angestellt gewesen,« sagte er, »und das kann ich hier nicht brauchen.«

»Nun, habe Sie denn nicht irgend einen Gedanken gehabt, wie Sie hier Ihr Leben machen wollen?«

»Ich habe gedacht, es würde sich irgend eine Stelle für mich finden, wie so viele Andere auch ihr Leben durchbringen, aber das Schlimmste ist, das ich kein Englisch verstehe.«

»Ja, was wolle Sie denn jetzt anfange?« fragte der Jude kopfschüttelnd; »an der Eisenbahn oder am Kanal könne Sie doch nicht arbeiten, da ist mit solchen Händchens nichts zu mache – so geht's nun den großen Herren, wenn's einmal heißt: hilf dir selber!«

Helmstedt warf einen Blick auf seinen Begleiter und preßte dann die Lippen aufeinander, ohne zu antworten. Der Alte sah ihn von der Seite an. »Ja, das thut weh, weil's den Stolz beißt!« sagte er, »und der müßte auch erst ganz todt sein, ehe's eine Möglichkeit wäre, daß Ihnen irgendwie geholfen werden könnte!«

Helmstedt ließ mit zusammengezogenen Augenbrauen noch einmal den Blick über die reinliche aber schäbige Kleidung seines Begleiters laufen und blieb dann stehen. »Ich danke Ihnen für den Dienst, den Sie mir erwiesen haben,« sagte er, »aber ich finde jetzt schon einen Bekannten, der mit mir nach der Polizei geht.«

Der Alte nickte mit dem Kopfe. »Sehen Sie, der Stolz schlägt hinten und vorn aus, trotz Ihrer Noth! Sie haben mir doch gesagt, daß Sie Niemand wissen, der Ihnen einen bestimmten Rath für Ihr Fortkommen geben kann, und doch schieben Sie mich fort, blos weil ich Ihnen gradaus ein bischen sage, was Sie hören müssen.«

»Ja, lieber Himmel, können *Sie* mir denn etwa helfen oder rathen?« rief Helmstedt, ungeduldig aber von einer unbestimmten Hoffnung berührt, »und warum nehmen Sie denn gerade an mir solchen Antheil?«

»Da doch der Jud' nichts ohne Profit thut, meine Sie?« sagte der Alte weitergehend. »Nun, ich hab' vielleicht meinen Profit dabei, wenn auch bei Ihnen jetzt nichts zu holen ist. Sie sind ein Mann, der's Herz grad hat, wo's sein muß, auf einem bessern Fleck, als viele von Ihren Christenleuten, das hab' ich blos an der kleinen Sache mit meinem Schwestersohn gemerkt und in Ihrem Gesichte steht auch noch was geschrieben. Ob ich aber mit all' meinem guten Willen helfen kann, das muß erst untersucht werden. Sie müssen mir sagen, was Sie gelernt haben, dann sage ich Ihnen meine Meinung, und ob Sie die annehmen wollen, ist nachher Ihre Sache!«

Helmstedt strich mit der Hand über das Gesicht. Die Rede seines Begleiters war ihm bald wie das bloße Wichtigmachen eines aufdringlichen Menschen vorgekommen, bald hatte aber auch wieder eine Sicherheit mit halbem Spott gemischt darin gelegen, die ihn beleidigte und doch unwillkürlich imponirte.

»Ich kann eben nichts, als was man auf deutschen Schulen und Universitäten lernt, ich hab's Ihnen schon gesagt,« erwiderte er, »und ein bischen Clavierspielen daneben; sollten Sie nicht wirklich eine Hoffnung für mich haben, so lassen Sie uns lieber das Gespräch abbrechen, damit mir wenigstens eine neue Täuschung erspart wird.«

»Ja, wenn Sie aber hier in Amerika Ihren Weg machen wollen, so dürfen Sie nicht so kurz gebunden sein, dürfen keine Gelegenheit fortstoßen, wo vielleicht was für Sie herausspringen könnte, wenn's auch zehnmal nichts damit ist. Sie verlieren doch nichts dabei, wenn wir hier mit einander sprechen?«

Helmstedts Gesicht färbte sich höher, aber er schwieg. »Sie spielen Clavier, da wird die Sache für jetzt schon gehen,« fuhr der Alte fort. »Ich habe Bekannte, die Ihnen einen Verdienst als Clavierspieler in einer ordentlichen Bierwirthschaft verschaffen können – mehr werden Sie aber verdienen, wenn Sie in einem schlechten Hause spielen wollen; Sie sind gerade wie gemacht, um bei den Mädchens dort nebenbei den ›Grafen‹ vorzustellen und Sie können da ein ganz gutes Leben haben.«

Helmstedt schüttelte den Kopf. »Ich mag mit derartigen Dingen nichts zu thun haben, wenn's auch zum Schlimmsten kommen sollte,« sagte er finster, »aber selbst wenn ich mich in ordentlichen Bierhäusern als Clavierspieler herumtreibe, so ist das wol etwas um augenblicklich Essen und Obdach zu verdienen und ich muß Jedem danken, der mir irgendwo zu so einem Platze verhilft – was es dann aber mit meiner Zukunft werden soll, weiß ich nicht, ich lerne nirgends dabei und kann doch nicht ewig zum Bier Musik machen?«

Der Alte nickte wieder. »'S ist schon recht!« sagte er. »Mit dem Clavierspielen werden Sie aber doch wol anfangen müssen, erst muß einer für morgen sorgen, ehe er an über's Jahr denkt. Das Musikmachen dauert nur den Abend über und Sie haben den ganzen Tag für sich. Ich habe noch einen andern Bekannten, der Sie wol in seinem Store arbeiten ließe, wenn er nichts dafür zu bezahlen brauchte, wo Sie aber geschwinder Englisch lernen und sich für's amerikanische Leben passend machen können, als mit zehn Professoren. Es kommt freilich für Jeden, der nicht daran gewöhnt ist, hart an, den ganzen Tag zu arbeiten und zu lernen und den Abend erst das nöthigste Stückchen Brod zu verdienen, härter, als es Mancher mit den besten Vorsätzen durchführen kann, und deswegen rühr' ich auch keine Hand für Sie eher, bis Sie mit mir einen Contract gemacht haben. Ich verschaffe Ihnen eine Clavierspielerstelle in einem anständigen Hause, das Sie so gut bezahlt wie irgend Einen, und Sie versprechen mir, in dem Store, wo ich Sie hinbringen werde, alle Arbeiten zu thun, so gut als ob Sie dafür bezahlt würden und nicht eher dort wegzugehen, als bis Sie wieder von mir gehört haben; die längste Zeit soll aber sechs Monate sein. Auch dürfen Sie, wenn Ihnen der Mann während der Zeit einen *längeren* Contract gegen Bezahlung anbietet, nicht eher darauf eingehen, bis die sechs Monate um sind oder Sie von mir gehört haben.«

Helmstedt schaute dem Alten ins Gesicht, das aber in diesem Augenblicke vollkommen undurchdringlich schien; er war unsicher, wie er den seltsamen Vorschlag aufnehmen sollte. Sechs Monate für nichts arbeiten! und doch war dies jedenfalls der einzige Weg, der ihm die nöthigen Kenntnisse und ein mögliches Fortkommen in der Zukunft sichern konnte – aber welchen Nebenzweck oder Vortheil hatte der Jude dabei? – »Ist es ein ehrenwerthes Haus, wohin Sie mich bringen wollen?«

»Wenn ich mich bei unserem Contract nur auf Ihr ehrliches Wort verlassen muß, so werde ich mit Ihnen auch wol kein unehrliches Spiel treiben dürfen!«

»Aber warum soll ich denn keinen Contract gegen Bezahlung eingehen, wenn die Bedingungen günstig sind? Jeder Contrahent muß doch die einzelnen Punkte verstehen können, über die sich geeinigt wird!«

»Der Punkt ist, glaub' ich, ganz verständlich, und was ich für Gründe habe, daß ich ihn verlange, ist eben meine eigene Sache. Ich will Ihnen aber nicht zu- und nicht abrathen – wollen Sie den Contract eingehen, so versprechen Sie mir mit Handschlag, daß Sie ihn halten werden; wollen Sie nicht, so habe ich Ihnen wenigstens den guten Willen gezeigt und wir sagen Adje zu einander.«

Der Sprecher war stehen geblieben und sah dem jungen Mann mit einem Ausdruck von stiller Spannung ins Auge.

»Ich gehe ihn ein!« sagte Helmstedt nach einer kurzen Pause, »und da ist meine Hand!«

»So ist es gut!« erwiderte der Jude, ihm die seinige reichend, »jetzt lassen Sie uns nach der Polizei gehen, Nachmittags will ich alles Nothwendige für Sie besorgen und dann komme ich in Ihr Boardinghaus.«

1. Zwei Landhäuser.

Es war Mitte December, aber in den beglückten Thälern, wie sie zwischen den südlichen Ausläufern des Alleghany- und Kumberland Gebirges liegen, hatte noch kein unfreundlicher Sturm die Blätter von den Bäumen geweht. Der »Indian-Summer« lag mit seinem tiefblauen Himmel mild über den buntschattirten Wäldern und nur die kahlen Felder verriethen die weit vorgerückte Jahreszeit. Eins dieser Thäler, von allen Seiten durch abgestufte bewaldete Höhenzüge gedeckt, zieht sich von der südlichen Biegung des Tennessee-River nach Alabama hinein, und wen sein Reiseglück einmal hindurchgeführt hat, dem schwindet das üppige Landschaftsbild, in das der menschliche Reichthum überall seine Spuren eingestreut, sobald nicht wieder aus der Seele. So weit das Auge von der gut chaussirten Hauptstraße abschweifen kann, trifft es überall auf weiße, aus dem sie umgebenden Grün hervorleuchtende Villa's, sämmtlich aus Stein im italienischen Stile gebaut und von ausgedehnten Gartenanlagen umgeben. Es sind die Wohnhäuser der Pflanzer, die hier durchgängig mit viel größerem Geschmack ihren Reichthum zeigen, als in irgend einem andern Theile des südwestlichen Landes.

Ungefähr eine Meile seitwärts von der Hauptstraße und etwa zehn vom Tennesseeflusse entfernt, lag eine dieser Villa's zwischen dem immergrünenden Wäldchen, das sie umgab, wie eine Perle im Moose. Ein breiter, von Säulen getragener Portiko umgab das ganze Haus, auf den sich an Stelle der Fenster breite, durch grüne Jalousien geschützte Glasthüren öffneten. Rechts und links zeigten sich beim Eintritt in die Halle geräumige, mit allem Luxus ausgestattete Parlors und der Blick durch die Hinterthür fiel über einen mit Kies bestreuten Platz weg auf ein großes, aus Draht angefertigtes Vogelhaus, in dem sich alle Sorten von Geflügel umhertummelten. Ein gesatteltes Roß stand jetzt, an einen Baum gebunden, in der Nähe desselben.

In einem der Frontparlors saß eine junge, bleiche Dame im Schaukelstuhle und vor ihr, sich ungenirt auf den Hinterbeinen eines Stuhles wiegend, ein Mann im Ausgange der Zwanziger, dessen Anzug und Bewegungen man es ansah, daß er die östlichen Hauptstädte gesehen.

»Sie sind ein Kind, Alice!« sagte er soeben und fuhr mit der Hand nach dem Munde, als wolle er ein Gähnen verbergen. »Ich habe Sie geliebt, sehr geliebt, aber es war dennoch kein Gefühl für die Ewigkeit. Wechsel kommen in uns, ohne daß wir etwas dazu thun. Ich bin kaum aus dem Osten zurück und statte Ihnen schon meinen Besuch ab,« fuhr er mit einem Lächeln fort, das einen häßlichen Zug um seinen Mund legte, »können Sie noch mehr Aufmerksamkeit verlangen?«

Das Mädchen schlug ein großes dunkles Auge zu dem Redenden auf. »Ich kenne Sie, Henry, ich kenne Ihre ganze Schlechtigkeit und doch zwinge ich mich oft nicht daran zu glauben. Meinetwegen sind Sie doch heute nicht hierher gekommen,« fuhr sie mit einem leichten Zittern in der Stimme fort, »was ist denn also der eigentliche Grund Ihres Besuches?«

Der Mann hatte nur zu Anfang ihrer Rede einen Blick in ihr Auge geworfen und es dann vermieden. Jetzt sprang er von seinem Stuhle auf und ging, wie mit einem Entschlusse nicht ganz fertig, zweimal das Zimmer auf und ab. »Alice,« sagte er endlich, an einer der Glasthüren stehen bleibend und ins Freie schauend, »ich brauche etwas Geld, können Sie mir einiges geben?«

Alice sah rasch auf und sank dann, von aller Spannkraft verlassen, in sich zusammen. »Ich habe kein Geld Mr. Baker,« erwiderte sie langsam, »Vater kommt erst nächste Woche zurück und ich habe kaum genug, um unsere Ausgaben zu bestreiten.«

»Sie werden doch vielleicht etwas haben, Miß Morton, wenn ich Sie darum bitte!« erwiderte er, ohne seine Stellung zu verändern.

»Ich habe nichts, wie ich Ihnen sagte!«

»Oder werden für die Hausbedürfnisse sich anderwärts etwas anschaffen können.«

»Ich kann nicht, ohne mich allerlei Vermuthungen auszusetzen.«

»Besser ungegründete Vermuthungen, als gegründetes Gerede!«

Das Mädchen fuhr im Schaukelstuhl in die Höhe wie von einer Schlange gestochen. »Henry,« sagte sie, sich todtenblaß erhebend, »Henry, Sie sind ein Teufel!«

»Warum denn nun gleich ein Teufel?« sagte er, sich mit dem früheren häßlichen Lachen umdrehend. »Sagen Sie, Alice, haben Sie mich nicht früher oft genug einen Engel genannt, und jetzt, weil ich einen kleinen nothwendigen Liebesdienst von Ihnen fordere, muß ich so verändert sein?«

»Aber ich kann doch nicht, ich weiß nicht einmal den geringsten Vorwand, Geld irgendwo zu verlangen.«

Baker zuckte die Achseln. »Wie Sie wollen, Miß Morton!« sagte er kalt und ging nach dem Ausgange.

Des Mädchens Augen folgten ihm weit aufgerissen. »Henry!« rief sie, als er ohne Zögern die Thür öffnete.

»Miß Morton?« erwiderte er, sich halb umdrehend. Sie warf einen Blick voller Angst in sein eiskaltes Gesicht, dann ließ sie den Kopf sinken, ging langsam nach dem eleganten Schreibtische, der an der Wand des Zimmers stand, nahm ein silbernes Portemonnaie heraus und legte es obenauf. Ohne nach dem Anwesenden einen Blick zu thun, deutete sie mit der Hand darauf, fiel dann in den Schaukelstuhl und schlug beide Hände vor das Gesicht. Baker trat in das Zimmer zurück und schloß die Thüre. »Ich bitte Sie, Alice,« sagte er, »machen Sie mir keine Scene; ich will kein Geld von Ihnen erpressen, sondern es freundlich von Ihnen erhalten haben. Ich habe Ihnen weder mit etwas gedroht, noch ein unschönes Wort gesagt, merken Sie das wohl, Alice, ich habe Sie nur gebeten. Kommen Sie und geben Sie es mir in einer Art, wie es unter so guten Freunden, wie wir gewesen sind, Stil ist.«

Das Mädchen zuckte wie unter verhaltenem Schluchzen zusammen. »Nehmen Sie, dort legt es,« sagte Sie endlich langsam, »aber tödten Sie mich nicht noch.«

Baker sah einen Augenblick scharf prüfend auf sie, zuckte dann die Achseln und leerte das Portemonnaie, jede Banknote glatt legend, sie durchzählend und sorgfältig in sein Taschenbuch steckend. »Ich danke vorläufig, Alice!« sagte er dann und verließ das Zimmer. Als er sein Pferd auf dem Hinterplatze losband, kam von der Seite des Portiko her, auf den sich einzelne mit Jalousien geschlossene Glasthüren des Parlors öffneten, den Baker eben verlassen, ein unter der Last seines Kastens gebückter alter Pedlar und ging, ohne aufzusehen, nach den Hütten der Schwarzen zu, die einige hundert Schritte hinter dem Hause ihren Anfang nahmen. – –

Eine halbe Meile weiter dem Gebirge zu, aber näher dem Flusse, lag auf einer Erhöhung ein zweites Landhaus, das kaum mit dem Dache über den Kranz von Eichen, der die untere Hälfte des Hügels einsäumte, heraussah. Nach diesem Eichenschmuck trug es auch seinen Namen: Oaklea. Kaum hundert Schritte dahinter, wo es wieder thalabwärts bis zu einem krystallklaren Gebirgsbache ging, standen die Negerhütten, ein kleines Dorf bildend, über den ganzen Abhang hingestreut, jede »Hütte« mit einem eingezäunten Platze, in dem sich Schweine und oft ein ganzes Volk Federvieh herumtrieben, und einem Gemüsegarten versehen. Dem fremden Beschauer, der hindurchwandelte, fiel zuerst die eigenthümliche Ordnung und Sauberkeit auf, die überall hervortrat; die kleinen Häuser, obgleich nur aus rohen Stämmen aufgebaut, hatten spiegelklare Fenster, oft mit Vorhängen versehen, und hier und da rankten sich außerhalb immergrüne Schlingpflanzen daran bis zum Dache empor; die Einzäunungen verriethen eine sorgsame Unterhaltung und wo an einzelnen Plätzen die offene Thür einen Einblick ins Innere der Hütten gestattete, traf das Auge auf ein sauberes Bett und an vielen Orten auf alte, aber reingehaltene Fußteppiche.

Das Abenddunkel war schon hereingebrochen, als zwischen den Negerhütten hervor ein hoher, stattlicher Mann dem Landhause zuritt. Als er einen der hintern Seitenflügel desselben, worin Küche,

Waschhaus und die Vorrathskammern sich befanden, erreicht hatte, hielt er das Pferd an und sah scharf nach einem Gegenstande hinter dem Hause. »Wer ist hier?« rief er nach einer kurzen Weile. Die Gestalt eines jungen schlanken Schwarzen näherte sich. »Ich bin's, Mr. Elliot – Cäsar!« sagte er und nahm seine Mütze ab.

»So? Well, wie steht die Geschichte? Bist du mit Sarah im Klaren? Ich mag das Herumschleichen hier am Hause bei Nacht nicht gerne leiden. Macht eure Sache kurz ab, dann will ich mit deinem Herrn irgend ein Arrangement treffen, daß er dich mir abtritt, und ihr könnt euren Haushalt mit einander anfangen.«

»Bitte, Master, sein Sie nicht böse auf mich, aber die Sarah ist seit acht Tagen nicht mehr herausgekommen und ich habe nicht mit ihr reden können.«

»So? Seid ihr denn nicht vorher mit einander einverstanden ge-wesen?«

»Ich dachte so, Master!«

»Well, das nächtliche Herumstreichen taugt nichts, die Sache muß zu einem Ende kommen. Geh jetzt heim, Cäsar, ich werde mit dem Mädchen reden und morgen Abend soll sie dir selbst Bescheid geben.«

»Dank Ihnen tausend Mal, Master!« und mit einem Sprunge war der Schwarze über die nächste Einzäunung und verschwand im Dunkeln. Elliot wandte sich nach den Ställen, wo ihm ein Neger das Pferd abnahm, und ging sodann dem Hause zu.

In einem Zimmer des obern Stockes befanden sich währenddem zwei Mädchen, die ein eigenthümliches Genrebild geboten hätten. Das eine, frisch wie eine aufbrechende Rosenknospe, lag an dem geöffneten Fenster nachlässig im Schaukelstuhle und wiegte sich, die Spitzen der beiden kleinen Füße auf einen gepolsterten Schemel gestützt, langsam rück- und vorwärts. Sie war halb entkleidet und die kaum entwickelten Formen wurden nur leicht durch einen dünnen Shawl verdeckt. An dem geräumigen, von Marmor eingefaßten Kamine, in welchem trotz des milden Abends ein prasselndes Feuer brannte, stand das andere Mädchen, und der Lichtschein brach sich in einem ebenholzschwarzen Gesichte, das trotzdem die klare Röthe des aufsteigenden Blutes erkennen ließ. Der kleine Mund war kaum mehr aufgeworfen, als erforderlich war, um dem Gesicht einen pikanten Charakter zu geben, dem die abgestumpfte, aber zierliche Nase und die blitzenden schwarzen Augen vollkommen entsprachen. Eine kokette Schooßjacke schloß, die vollen Formen abzeichnend, knapp um eine Taille, die den Neid mancher Salondame erregt haben würde, und wie sie so dastand, den einen Arm auf das Kaminsims gelehnt und mit dem andern ein weißes Negligé haltend, lag eine wundersame Grazie in ihrer Stellung, die sich indessen bei den meisten in den Familien der Weißen erzogenen Haussklaven von edlerer Race herausbildet. Die Beleuchtung des Zimmers ging nur von dem helllodernden Holzfeuer im Kamin aus.

»'S ist hübsch im Osten, Sarah!« sagte soeben das Mädchen im Schaukelstuhle, »viel Pracht und äußerliche Herrlichkeit, aber mir ist es immer so steif vorgekommen, wie auf einem Haubenstock zur Schau ausgestellt; ich bin froh, daß mich Vater sobald wieder geholt hat, ich gebe unsern warmen Himmel und unser grünes Oaklea nicht für den ganzen Osten hin.«

»Aber, Miß Ellen, gibt's nicht eine ganze Menge feiner Herren dort, wie wir ein paar im Globe-Hotel in der Stadt sahen, als Sie zurück kamen? oder wie – Mr. Baker?«

»Mr. Baker, pah!« sagte die Erstere und kräuselte in nachlässiger Geringschätzung die Lippe, »du hast doch sonst einen besseren Geschmack, Sarah! – Und was haben mich denn die Herren im Osten gekümmert? Ich habe kaum ein Paar zu Gesichte bekommen. Und du solltest lieber an den armen Cäsar denken, als von solchen Dingen schwatzen.«

»Cäsar, pah!« erwiderte die Schwarze mit aufgeworfener Oberlippe.

»Nun?« fragte Ellen, sich halb aufrichtend, »'s ist doch Alles zwischen euch in Ordnung?«

»Ich weiß noch gar nicht!«

»Du bist das launigste Ding!« lachte die Andere auf, »aber der arme Junge thut mir leid!«

Die Schwarze sah nur mit verzogenem Mund ins Feuer.

Es pochte an die Zimmerthür. »Sarah soll zu Mr. Elliot kommen, wenn sie von Miß Ellen nicht mehr gebraucht wird!« klang es hindurch; und Sarah warf ihrer jungen Herrin das Negligé über, vertauschte deren Stiefeletten mit weichen Sammetschuhen und ließ sie allein.

Mr. Elliot saß in dem erleuchteten »Bibliothekzimmer«, das aber nur ein kleines Regal voll Bücher aufzuweisen hatte und durch den dort befindlichen Schreibtisch sammt einer Menge umherliegender Papiere eher den Charakter eines Geschäftszimmers zeigte, am Feuer und las in einer Zeitung, als Sarah eintrat.

»Komm her, Mädchen,« sagte er, »wie steht's mit dem Cäsar? Ich will die Sache zu Ende haben!«

»Ich will ihn nicht, Sir!«

»So, was ist denn die Ursache auf einmal?«

»Ich mag ihn nicht!«

»Gut, wie du willst, Sarah! aber merk' auf. Du bist durch Ellen verwöhnt und hast Capricen, mehr als mir lieb ist. Erst war Cäsar Alles und Ellen quälte mich, ihn zu kaufen, damit ihr hier zusammenleben könntet – jetzt, wo ich bereit bin, willst du ihn wieder nicht. Hör' an! Bei deiner nächsten Liebschaft mag dein neuer Schatz sehen, daß sein Herr *dich* kauft, dann werde ich für Ellen ein anderes Mädchen finden, obgleich du mit ihr aufgewachsen bist.«

44

Er sah forschend in ihr Gesicht, aber keine Miene verzog sich dort.

»'S ist mir Alles recht, Sir!« sagte sie kalt.

»Du kannst gehen!«

Das Mädchen verließ das Gemach, blieb aber plötzlich an der offenen Hinterthüre des Hauses, die sie passirte, horchend stehen. Sie sah sich vorsichtig um, steckte hierauf den Kopf hinaus, einen spähenden Blick umherwerfend, und schlüpfte dann an dem Hause hingleitend in die Dunkelheit hinein.

Elliot schlug seine Zeitung zusammen, zündete ein Licht an und setzte sich dann an seinen Arbeitstisch, langsam die Blätter eines dort liegenden Contobuches umschlagend und überschauend. Er war noch nicht lange damit beschäftigt, als das Gesicht einer alten Negerin durch die geöffnete Thür hereinsah. »Master,« sagte sie, »der alte Isaac läßt fragen, ob er hier über Nacht bleiben könnte.«

»Gib ihm ordentlich zu essen, Flora,« erwiderte Elliot, »und sage ihm, ich möchte alsdann noch ein paar Worte mit ihm sprechen.«

»Gegessen hat er schon, Sir!«

»Aha! Und euch auch schon die Taschen ausgeleert!«

»Noch nicht ganz, Sir,« kicherte die Negerin, »aber er hätte recht schöne Sachen für Weihnachten, läßt er dem Master sagen.«

»'S ist schon gut, er soll herein kommen.«

Nach kurzer Zeit trat mit einem Bückling ein alter Mann mit grauem Barte ins Zimmer, dessen Züge den Juden nicht verkennen ließen. Elliot stand auf, rückte einen Stuhl ans Feuer und deutete dem Eingetretenen an, Platz zu nehmen. »Well, Isaac, wie steht's,« sagte er, als dieser seinem Winke gefolgt war.

»Well, Sir, 's Geld ist rar, aber Sie können haben, was Sie verlangten, ich hab' heute erst Nachricht bekommen; sobald Sie die Papiere fertig haben, werde ich sorgen, daß auch das Geld da ist.«

»So!« erwiderte der Pflanzer und stützte den Kopf in die Hand. »'S ist ein schlimmes Ding, schon auf die nächste Ernte los borgen

zu müssen, und bekommen wir ein schlechtes Jahr für die Baumwolle, so sitzt man noch weiter drin.«

Der Jude zuckte die Achseln. »Was hilft's? wo viel Geld fortgeht
und keins gleich wieder zufließt, kommt einmal eine Klemme.«

Elliot fuhr mit der Hand über das Gesicht. »Ich muß das für die
Zukunft ändern,« sagte er nach einer kurzen Pause. »Wie steht's
mit dem jungen Menschen, Isaac, von dem Ihr mir sagtet?«

»Er wird zu Weihnachten hier sein, wie Sie's wünschten, Sir,
und ich denke, wir werden nachher wol kein Geschäft weiter mit
einander zu machen haben; bei Ihnen braucht's eben nur ein bischen Aufpassen und ein bischen Ordnung im Buche, dann ist Alles
wieder im Geleise.«

»Macht Ihr viele solcher Geldgeschäfte hier herum, Isaac?«

»Ich habe ein schlechtes Gedächtniß, Sir, aber es kann wol schon
passiren, daß Einer als ein reicher Mann gilt, den Sommer mit
seinen Ladies in Saratoga und anderen Bädern zubringt, viel Geld
ausgibt und doch die Ernte auf drei Jahre hinaus nicht mehr sein
eigen ist. Sie brauchen sich unser jetziges Geschäft nicht zu Herzen
zu nehmen.«

»Sagt einmal, Isaac, Ihr pedelt doch nicht, um Euer Leben zu
machen?«

»Der Jude zuckte wieder die Achseln. Warum reiten Sie oft den
ganzen Tag auf Ihrer Farm herum, schwitzen und kommen so
schmutzig heim, wie der ärgste Nigger? 'S gehört Alles zum Leben
machen, wenn Einer ein Geschäft hat.«

»Sonst was Neues, Isaac?«

»Ich wollte nur noch sagen, Sir, es treibt sich ein verteufelt bis-
siger Fuchs hier herum; ich sah heute erst ein wunderschönes
Huhn, das zwischen seinen Zähnen zappelte, und wenn ich nicht
ganz falsch bin, schleicht er auch um Ihren Hühnerstall, Sir.«

Elliot hatte den Kopf gehoben. »Was ist das? sprecht deutlich!«

Isaac schüttelte den Kopf. »Man soll das Wild nicht scheu machen, wenn man's fangen will, ich habe selber noch eine kleine Rechnung mit ihm. Ich wollte Ihnen nur sagen, Sir, daß Sie die Augen offen halten. Aber,« fuhr er fort und stand auf, »kann ich Ihnen nicht etwas von Zeugen, Tüchern, Bändern und billigen Schmucksachen für die Weihnachten verkaufen, Sir?«

»Morgen früh! meine Ellen mag aussuchen, was sie an die Schwarzen verschenken will. Aber wenn Ihr irgendwo etwas Unrechtes gesehen habt, so wäre mir's lieber, Ihr sprächet deutlich.«

»Es war an einem andern Platze, wo ich das Huhn zappeln sah,« erwiderte der Pedlar, »und so kann ich eben nichts weiter sagen, als halten Sie Wache am eigenen Hühnerstall. Gute Nacht, Sir, – bis morgen früh!«

2. Eine Spielhölle im Hinterwalde.

Der Tennessee-River strömt während des kurzen Abstechers, den er nach Alabama macht, zwischen bewaldeten Höhen hin, die steil in das Flußbett abfallen und selbst für die Holzstationen der Dampfschiffe überall nur die schlechteste Bequemlichkeit bieten. Hier und da windet sich wol ein Fußweg durch das Unterholz des Ufers hinauf, der aber eben nur von einzelnen Menschen erklommen werden kann. An einem dieser Anlegeplätze der Boote war indessen das Ufer nächst dem Flusse geebnet und mit einer Art hölzerner Platform versehen und der aufwärts führende Weg in der Anhöhe so ausgestochen, daß er selbst in der Dunkelheit bei einiger Vorsicht nur wenige Schwierigkeiten bieten konnte. Auf dem Kamme des Ufers angelangt, wand er sich in den Wald hinein und lief eine halbe Meile, weiter in eine ziemlich gut unterhaltene Straße, wie sie dort nach den landeinwärts liegenden Farmen führen. Hier stand, etwa hundert Schritt von dem ausmündenden Fußweg entfernt, eine wettergraue Taverne, halb aus rohen Gebirgssteinen, halb aus Holz erbaut, aber augenscheinlich dicht und fest; an dem vorspringenden, unvermeidlichen Portiko hing ein halb erloschenes Schild »Postoffice« und ein Blick in die offene Hausthür zeigte einen Ladentisch, hinter dem das mit Flaschen, Kasten und zehnerlei Allerhand besetzte Regal die »Grocery« verrieth. Es war ein kühler Tag und das Feuer von zwei halben Baumstämmen loderte in dem riesigen Kamine, vor dem zwei Männer saßen, die ihrer äußeren modernen Erscheinung nach durchaus nicht in ihre Umgebungen hineinpaßten. Der Eine hatte sich drei Stühle zusammengerückt, wovon er zwei mit seinen Füßen bedeckte und, sich auf den dritten hinüber legend, den Rauch einer Cigarre in die Luft blies. Der Andere saß, den Kopf in beiden Händen auf die Knie gestützt, und sah ins Feuer.

»Gibt's was Neues,« begann der Erste und stieß eine Rauchwolke von sich, »ich muß ehrlich gestehen, daß vorläufig das Leben hier verteufelt langweilig ist und daß mir die Leidenschaftlichkeit der Leute durchaus nicht munden will. Der Gewinn steht in gar keinem Verhältniß zu der Gefahr. Wie stehen denn die übrigen Actien?«

Der Angeredete richtete sich auf. »Nur Vorsicht und Geduld, Seifert!« sagte er mit gedämpfter Stimme und warf einen Blick durch den Raum. »Es geht Alles in den Hauptsachen, wie es soll. Eine Geldquelle, auf die ich hier sicher rechnete, fängt freilich an zu versiegen – ich mag den Strick nicht zu hart spannen und das Mädchen zu einem Verzweiflungsschritte treiben, der mir das ganze Spiel verderben möchte – sobald wir aber hier Ade sagen, werde ich noch den letzten Rest herausholen, der dann gerade zur rechten Zeit kommt.«

»Ja, aber die Hauptsache?« wiederholte Seifert, sich nachlässig auf dem Stuhle schaukelnd.

Der Andere reckte beide Arme von sich und sprang auf. »'S könnte Alles beinahe in Ordnung sein,« sagte er dann, näher zu seinem Gefährten tretend, »die kleine schwarze Katze auf Elliot's Farm habe ich am Faden, sie geht mit mir nach dem Norden, ich heirathe sie dort und sie wird Mistreß – und dreien von ihren Brüdern, straffe Jungens, die wenigstens ihre tausend Dollars Jeder werth sind, hat sie schon so viel von den Herrlichkeiten New-Yorks, wo sie Alle Herren sein werden, erzählt, daß die ebenfalls auf den ersten Pfiff bereit sind.«

Seifert hatte sich horchend vorwärts gebogen. »Und Mr. Baker heirathet die Schwarze und sie glaubt das?« rief er jetzt, ein schallendes Gelächter aufschlagend.

»Vorsicht!« mahnte der Erstere, mit der Hand winkend, »warum soll sie's nicht glauben? ich habe noch nie elegantere und doch so volle Formen im Arme gehalten, als die ihrigen und sie weiß, was in ihr steckt. Sie kann ihre 1500 Dollars beim Verkaufe einbringen.«

»Nun, und warum denn nicht vorwärts?«

»Erstens brauchen wir mehr Geld zur Ausführung, als wir jetzt haben, das erst zusammengebracht werden muß, und zweitens –« sagte Baker innehaltend, während ein Zug von niederer Begierde sich um seinen Mund legte, »zweitens möchte ich während der Zeit noch ein anderes Vögelchen kirre machen, das eben erst, so frisch wie aus dem Ei gekrochen, ins Nest geflogen ist.«

»Geldspeculation?«

»Glaube kaum, das Mädchen gehört zu einem andern Schlage – sie ist noch so unberührt, so kräftig, und doch so scheu, daß es mich in allen Gliedern gekitzelt hat, wenn ich ihr zu nahe kam. Ich wäre im Stand sie zu heirathen,« fuhr er fort und drückte die Hand vor die Augen, »wenn weiter nichts hilfe, und dann wollte ich Ihnen die Schwarze sammt ihren drei Brüdern als Entschädigung gesetzlich zum Geschenk machen.«

»Schöner Plan!« erwiderte Seifert und warf sein Cigarrenende ins Feuer, »bewundernswürdig sogar, wenn er gelänge, und ich wollte meine Bekanntschaft mit Ihnen und unsere Reise segnen.

Sie jagen jetzt also schwarzes und weißes Wild in einem Reviere, wie es scheint, was wenigstens amüsanter ist, als mein Herumstreichen, bald in dem Neste, das Stadt genannt wird, bald in allerhand verborgenen Winkeln, mit der Aussicht auf ein noch längeres Leben in dieser Art. Könnten Sie mich denn nicht, als Partner in dem Geschäft, auch der Abwechslung wegen, in eine oder die andere Familie hier in der Umgegend einführen?«

»Seien Sie einmal vernünftig, Seifert, wenn wir überhaupt mit einander weiter arbeiten wollen!« sagte Baker und zog die Augenbrauen zusammen. »Ich gelte hier als ein Pflanzer aus dem Süden des Staats; als solcher habe ich mich letzten Sommer in Saratoga an mehrere der hiesigen Familien, die dort waren, angeschlossen und, seit wir hierher gekommen sind, die Bekanntschaft erneuert. Niemand hat eine Idee, daß ich ein Mann aus dem Norden bin, oder daß ich zu Ihnen in irgend einer Beziehung stehe, und so wird es allein möglich, daß wir ein profitables Spiel an einem Orte zusammenbringen; Sie halten Bank und ich kann fette Leute herzuziehen, wenn es auch oft nur durch die hingeworfenen Worte, daß ich mir dort die Zeit vertreiben würde, geschieht – und daneben kann ich noch auf die unverdächtigste Weise den Hauptprofit aus den kleinen Kartenspielen machen – das einzige ›Poker‹ gestern Abend ging bis auf Dollars 200 hinauf und in meine Tasche – wäre ich nicht eine ganze unverdächtige Person gewesen, hätte der Grünspecht niemals mit mir angeknüpft.«

»Weiß nicht, ob er nicht doch was merkte!« erwiderte Seifert, sich in den Haaren kratzend, »er that wenigstens so ungeberdig und wüthend nach seinem Verluste und ließ Worte fallen, wie sie sich im Osten kein anständiger Spieler erlauben würde.«

»Ich habe diesen Schlag lieber als die ewig Ruhigen,« sagte Baker, »denn die Zuschauer treten selten auf Seite des Spectakelmachers, während die Stillen, wenn sie verloren haben, mit halben Worten zu den Anwesenden den Spieler oft für den ganzen Abend verdächtigen können. Wie wir aber unsere Negerspeculation fertig bekommen wollen, wenn wir uns, um Verdacht zu vermeiden, nicht ganz fern von einander halten, weiß ich auch nicht; wenigstens würde mein ganzer Credit zum Henker sein, wenn ich Sie, den schon ziemlich bekannten Spieler, in Familien einführen wollte.«

»Ja, und wie lange soll denn Ihre neueste Speculation währen? Mir scheint, wir sind lange genug in dieser Gegend, fast vier Monate, eine ungeheure Zeit für ein Incognito, und ich habe ein eigenthümliches Gefühl in mir, in Worte übersetzt: ›Mach' dich aus dem Staube!‹ das mich wenigstens früher niemals täuschte, wenn mir meine Gläubiger auf der Spur waren.«

Baker ging einmal rasch das Zimmer auf und ab. »Well,« sagte er dann stehen bleibend, »ich habe selbst ein Gesicht bemerkt, das mir in der Gegend nicht gefällt. Bis zu Neujahr will ich sehen, ob ich meinen scheuen Vogel fangen kann – den Alten bekomme ich dann schon; ist es nichts, so gehen wir in der Neujahrsnacht an unser anderes Werk; das ist der letzte Feiertag der Schwarzen, wo das Verschwinden einiger derselben am wenigsten auffällt.«

Vor der Thür hielt ein Farmerswagen, der Fuhrmann trat ins Haus und zog sich einen Stuhl aus Feuer.

»Wir sehen uns heute Abend!« sagte Baker und knöpfte seinen Rock zu, »ich mache noch einen Ritt zu ein paar Bekannten, ich denke, wir werden volle Gesellschaft bekommen.«

Seifert begleitete ihn zur Thür. »Haben Sie Ihren Revolver bei sich?« fragte er leise.

»Immer! weshalb denn?«

»Ich fragte nur – mir gefällt meine Stimmung heute durchaus nicht.«

»Sie haben wahrscheinlich zu viel gegessen, das taugt in diesen Klimaten nichts; trinken Sie ein Glas heißen Whiskey-Punsch, das bringt Sie wieder in die Höhe.«

Seifert zuckte die Achseln und Beide trennten sich. – –

Es war gegen sieben Uhr Abends, als sich die »Grocery« mit allerhand Gästen zu füllen begann. Einzelne Reiter kamen an, meist von der Seite der Straße, welche ins Innere des County's führte; aber auch auf dem Fußwege von der Flußseite schritten mehrere Männer der Taverne zu. Unten auf dem vom Monde beglänzten Wasser lag ein Boot ans Ufer gekettet. In der Grocery, die nur von dem prasselnden Feuer und einem Talglicht auf dem Ladentische erleuchtet war, saß schon ein Kreis von Männern schweigend um das Kamin, kaum daß hier und da eine kurze träge Frage und eine eben so träge Antwort die Stille unterbrach und nur der Tabakssaft, der in Zwischenräumen aus dem Munde der Meisten ins Feuer gespritzt wurde, brachte ein regelmäßiges Geräusch hervor. Die Kleidung sämmtlicher Anwesenden, bei der mehr die Bequemlichkeit, als der Schnitt beobachtet worden, verrieth die Landbewohner, doch mischten sich bei Vielen auch Kleidungsstücke der modernen Welt in sonderbarer Zusammenstellung mit der Hinterwaldstracht – schwarzer Frack und in die Stiefel gesteckte grobe Hosen, hoher schwarzer Hut und Vatermörder über einem zerzausten, blauwollenen Rocke; doch nahm die sichere, selbstbewußte Haltung jedes Lächerliche von ihrer Erscheinung. Dann und wann erhob sich einer der Anwesenden und verschwand durch eine Seitenthür, dem nach kurzem Zwischenraum ein Anderer folgte, doch wurden die leer gewordenen Plätze immer bald wieder durch neue Ankömmlinge eingenommen. In einer Ecke im Halbdunkel hatte ein Mann mit grauem Barte Platz genommen und ließ die kleinen Augen unter den grauen buschigen Augenbrauen hervor über die Anwesenden laufen. Ein fadenscheiniges Kleidungsstück, halb Jacke, halb Rock, ein Paar grobe Leinwandhosen, schwere Schuhe und ein heller, aber abgetragener Filzhut mit breiter Krempe machten seinen Anzug aus; die breiten Schultern zeigten Kraft an, wollten aber nicht mit der gebückten Stellung, in welcher der Mann im Winkel saß, harmoniren. Neben sich hatte er einen Pedlarkasten mit Tragriemen und vielfachen Schubladen, wie sie im Westen gebräuchlich sind, und einen schweren Stock stehen. Er hatte noch nicht lange seinen Sitz eingenommen, als drei Männer laut sprechend zur Thür hereintraten und nach dem Ladentische gingen. »Whiskey!« rief der Eine, anscheinend der Jüngste darunter, »das ist doch noch das Beste, was hier zu bekommen ist, ich könnte heute Abend eine ganze Gallone vertilgen! Halloh, Gentlemen!« wandte er sich an die Uebrigen am Feuer, »Sie nehmen ein Glas mit?« Die Meisten davon erhoben sich und der Wirth hinter dem Tische schob Flasche und Gläser her. »Gutes Glück!« rief der Erstere und stürzte ein volles Glas Branntwein hinunter, »und noch eins!« fuhr er fort, nach der Flasche greifend, aber eine Hand, welche ihm auf die Achsel klopfte, machte ihn innehalten. Er sah sich um und sah den Pedlar aus der Ecke hinter sich.

»Könnte ich nicht zwei Worte mit Ihnen reden, Sir?« fragte dieser.

»Jetzt, Mann?« erwiderte der Andere, »die Zeit scheint mir nicht die beste, – ist es so eilig?«

»Ich denke, Sir, nur zwei Minuten.«

»Well, so kommt!«

Beide gingen ins Freie. »Sie kommen hierher zum Spielen, Mr. Aston?« begann der Pedlar, »ich möchte, Sie thäten es heute nicht und gingen wieder nach Hause.«

»Beim Teufel, alter Schwerenöther, was habt Ihr Euch denn darum zu kümmern? Ist das Alles, was Ihr mir sagen wolltet?«

»Noch ein paar Worte, Mr. Aston. Sie haben nächste Woche eine New-Yorker Note zu decken und beabsichtigen, sie *nicht* zu zahlen, Sie erwarten Ihre neuen Waaren von New-York und gedenken dann einen vortheilhaften Bankerott zu machen – dahin hat Sie blos das Spiel gebracht!«

»Halt an, Ihr lügt, alter Halunke!« sagte der Andere, bleich geworden, mit gedämpfter Stimme und fuhr mit der Hand nach seiner

Brusttasche, aber ein eiserner Griff des Pedlars, dem er sich umsonst zu entziehen suchte, hielt diese fest.

»Hören Sie nur noch zwei Worte, Mr. Aston, Ihr Revolver würde Sie unnöthig zum Mörder machen. Ihre New-Yorker Waaren werden *nicht* kommen – darin haben Sie sich verrechnet« – der Widerstand gegen die Hand des Pedlars erstarb – »ich bin Ihr Freund, folgen Sie mir und lassen Sie das Spiel; Sie haben gestern viel verloren, würden aber heute noch mehr verlieren; bei ordentlicher Anstrengung können Sie jetzt noch das Geld für die Note auftreiben, – bezahlen Sie und bleiben Sie ein ehrlicher Mann, dann kann sich auch Ihr Credit im Osten wiederherstellen.«

Der junge Mann starrte den Alten einen Augenblick mit großen, halbentsetzten Augen an, dann aber schien er sich gewaltsam zu fassen. »Und woher habt Ihr denn die merkwürdigen Neuigkeiten,« sagte er mit einem halben Lachen voll erzwungenen Hohnes, »oder was kennt *Ihr* denn von meinen Gedanken, von denen ich selber nichts weiß? Wißt Ihr wol, verdammter Jude,« fuhr er mit aufsteigendem Ingrimme fort, »daß ich Euch niederschießen sollte wie einen Hund, für solche Verleumdungen, die einen Geschäftsmann zu Grunde richten müssen?« Er wollte mit einem Ruck seine Hand aus der des Gegners reißen, aber wie ein Schraubstock lag der Griff des Pedlars um sein Handgelenk.

»Sein Sie zwei Minuten ruhig, Sir!« sagte der Alte, »der Revolver hilft Ihnen nicht vom Untergange, wenn Sie's nicht thun. Ich weiß nicht mehr, als was Ihre Geschäftsfreunde im Osten auch wissen, daß Sie spielen, daß Sie im unglücklichen Falle in einer Nacht ruinirt sind. Alles in der Welt wirft Schatten, auch die Gedanken eines Menschen werfen ihren Schatten über sein Thun und Treiben, der zum Verräther wird, wenn er sich auch noch so geheim hält. Ihre New-Yorker Freunde kennen Ihre geheimen Absichten, das ist Alles, was ich sagen kann, gehen Sie heim, Mr. Aston, machen Sie mich und die Männer im Osten zu Lügnern, reißen Sie den

Strick entzwei, an dem Sie die Hölle hier hält, und Sie können sich noch retten. So, das ist Alles, thun Sie nun, was Sie wollen – und wenn Sie meinen Rath mit einem Schusse bezahlen wollen, so mögen Sie's auch thun.« Damit ließ er die Hand des Andern los und ging nach der Thüre des Hauses; der Zurückbleibende aber stand, mit bleichem Gesichte und zusammengekniffenen Lippen, noch eine Weile auf derselben Stelle, ohne ein Glied zu rühren. »Mag's ihm der Teufel selber entdeckt haben, und ich werde es noch ausfinden – so hat er recht!« murmelte er endlich zwischen den Zähnen. »Erst aber mein Geld von den Halunken und dann nicht wieder!« Er strich langsam mit der Hand über sein Gesicht und folgte dem Pedlar ins Haus. Die früheren Gäste waren dort meist alle verschwunden. Ohne sich indessen umzuschauen, winkte er dem Wirthe, ihm die Whiskeyflasche zu reichen, stürzte ein großes volles Glas davon hinunter und ging dann zu derselben Seitenthüre hinaus, durch die sich die Uebrigen entfernt hatten. Im Umdrehen warf er noch einen flüchtigen Blick nach der Stelle, wo der Pedlar gesessen, doch dieser sammt seinem Kasten war verschwunden.

Im oberen Stockwerke hatten sich in einer kahlen, weiß angestrichenen Stube sechzehn bis zwanzig Männer versammelt. Hinter einem langen Tische, auf welchem drei Talglichte nur die nöthigste Helle verbreiteten, stand Seifert und ließ soeben ein neues Spiel Karten, das er aus dem Papier genommen, durch die Hände gleiten. »Machen Sie Ihr Spiel, Gentlemen!« rief er und nahm aus seinem Taschenbuche ein Packet Banknoten, die er nach ihrem verschiedenen Werthe ordnete und in einzelnen Haufen dicht vor sich hinlegte. Ein Theil der Anwesenden begann sich langsam vor dem Tische zu gruppiren und bald nahm eine Art vereinfachtes Faro in einzelnen Aufsätzen von ein bis zwei Dollars seinen Anfang, dem sich aber bald die meisten der Umstehenden anschlossen. – Seitwärts standen zwei kleinere Tische, jeder nur mit einem Talglichte versehen. An dem einen hatte sich Baker nachlässig auf einen Stuhl niedergelassen, rauchte eine Cigarre und schien die verschiedenen Glückswendungen am Farotische zu beobachten. Bald hatte sich einer von den müßigen Gästen zu ihm gesetzt.

»Sie spielen nicht, Sir?«

»Well, ich mache mir eben nicht viel daraus,« erwiderte Baker, »ich gehe nur dann und wann hierher der Abwechslung wegen, indessen stehe ich Ihnen gerne zu einer Partie Poker oder was Sie sonst wünschen, zu Diensten. Ein Spiel neue Karten!« rief er einem halbwüchsigen Schwarzen zu, welcher in der Ecke saß, und eben hatten sich die Beiden zum Spiel zurecht gesetzt, als Aston zur Thür hereintrat. Er warf einen raschen Blick durch das Zimmer und schritt dann auf Baker los. »Pardon, Sir!« sagte er zu dessen Gegner, »nehmen Sie vielleicht Jemand anders an Stelle dieses Herren hier an? Er ist mir Revanche von gestern Abend schuldig.« Der Angeredete war höflich aufgestanden. »Ich schaffe Ihnen sogleich einen ehrlichen, anständigen Jungen,« fuhr Aston fort und winkte mit dem Kopfe einem der beiden Männer, die seine Begleiter beim Eintritt in das Haus gewesen waren und der jetzt zuschauend unter der übrigen Menge stand, herbei. »Sie werden bei dem Tausche unter keinen Umständen etwas verlieren, Sir!«

Baker hatte bei der Unterbrechung keine Miene verzogen, aber sich langsam zurückgelehnt und den Neueingetretenen kalt fixirt. »Sie wollen mit mir spielen?« sagte er, als Astons Gefährte herantrat, »ich stehe Ihnen jederzeit zu Diensten, aber ich wollte, Sie thäten es nicht; Sie haben zu wenig Glück und sind durch Ihre Hitze einem kalten Spieler gegenüber zu sehr im Nachtheil!«

»Das ist wol meine Sache allein, Sir!« erwiderte Aston, dessen Gesicht ein leichtes Roth überflog, »es fragt sich nur ob Sie mir die Revanche verweigern wollen!«

»Durchaus nicht, ich gestehe Ihnen aber offen, daß ich mich nicht gerne für blinde Glücksfälle verantwortlich gemacht sehe, wie es beinahe gestern Abend von Ihnen geschah – die Herren hier mögen Zeuge sein, daß ich nur, weil Sie es durchaus wünschen, Ihre Aufforderung annehme.«

»Hat nichts zu sagen!« erwiderte Aston. Baker zuckte kalt die Achseln und schob seinem Gegner das noch unangerührte Spiel Karten hin. Dieser öffnete es, ließ die Blätter prüfend durch die Finger laufen und gab dann.

Das Gespräch hatte wohl die Aufmerksamkeit einzelner Farospieler erregt, die sich aber, als das Spiel der Sprechenden ruhig seinen Anfang nahm, schnell wieder ihrem eigenen Interesse zuwandte. Nur der eine von Astons früheren Begleitern hatte sich als Zuschauer neben sie gestellt, der andere hatte mit Bakers vorigem Gegner den zweiten Spieltisch eingenommen.

Das Glück schien sich auf Seite Astons zu neigen; das erste und zweite Spiel waren sein und dreißig Dollars gewonnenes Geld lagen vor ihm. Er hatte beim dritten Spiele zu geben. Baker übersah seine Karten und sagte: »Fünfundzwanzig Dollars, wenn's Ihnen recht ist! Ich muß suchen, die Sache wieder auszugleichen.«

»Dreißig, Sir!« erwiderte Aston, sein Geld vorschiebend.

»Auch recht – drei Damen und ein Aß!« rief Baker und legte seine Karten auf.

»Drei Könige und ein Aß!« war Astons Antwort, dessen Stimme seine wachsende Aufregung kund gab.

Der Andere zog einen Bündel Banknoten aus einer Seitentasche, warf ruhig dreißig Dollars auf den Tisch und begann zu geben. Aston blickte in seine Karten und ein merkbares Roth überzog sein Gesicht. »Sechszig Dollars, Sir!« sagte er.

Baker schien zu überlegen. »Sie scheinen mich durch Ueberrumpelung fangen zu wollen,« sagte er, »aber Ihr Glück kann nicht immer so dauern. Ich wage es. Hundert Dollars!« Und damit legte er wie im raschen Entschlusse zwei Fünfzigdollarsbanknoten auf den Tisch. Das Gesicht Astons färbte sich höher, er sah nochmals in seine Karten, warf einen prüfenden Blick auf seinen Gegner und überlegte einen Augenblick. »Hundertundfünfzig!« sagte er dann.

»Zweihundert, wenn Sie wollen!« sagte Baker kalt und legte neue Hundert Dollars zu seinem Aussatze.

»Es gilt!« Aston zog mit einem leisen Beben der Aufregung sein Taschentuch hervor und zählte das nöthige Geld ab. Nur ein geringer Rest schien sich außerdem darin noch zu befinden. »Wieder drei Könige und ein Aß!« sagte er, seine Karten auflegend.

»Reicht diesmal nicht aus, Sir! Hier sind drei Aß und ein König!« Wie zu Stein verwandelt blickte der junge Mann einen Augenblick die offenen Karten seines Gegners an, aber mit einem »Halt!« sprang er dann plötzlich auf, beide Hände Bakers fassend, die soeben die Banknoten auf dem Tische einstrichen. »Sir, erst eine Erklärung!« rief er. »Sie haben drei Aß und ich eins, und doch sah ich zufällig, daß das Herzaß die unterste Karte war, als Sie gaben – wie kommen Sie dazu – oder gibt's im Spiel *zwei* Herzaß?«

Baker sah ohne Zucken in das Gesicht vor sich, hinter dem ein ganzer Sturm mühsam zurückgehalten schien, das aber dabei bleich war wie die Wand. »Wollen Sie zuerst Ihre Hände von den meinigen thun, Sir?« entgegnete er scharf.

»Nicht eher, als bis ich mich überzeugt habe!« war die Antwort, bei welcher die Lippen des Sprechenden bebten. »John, wende die Karten um!« Astons Begleiter, der dem Spiel mit unverrückter Aufmerksamkeit gefolgt war, hatte auch schon das ungebrauchte Pack der Karten auf die Rückseite gelegt – eine Zehn lag zu unterst. Aston warf nur einen Blick darauf. »Jetzt, Sir,« sagte er mit heiserer Stimme und umfaßte krampfhaft Bakers Hände, »nur ein Wort: wollen Sie mir die zweihundert Dollars, die Sie mir gestern abnahmen, ohne Weiteres zurückzahlen und liegen lassen, was hier auf dem Tische ist?!«

»Sie sind ein Narr, lieber Herr!« entgegnete Baker mit eisiger Kälte, »ich habe Sie vorher gewarnt und frage Sie zum letzten Male, wollen Sie Ihre Hände wegthun?«

»Sir, Sie sind ein falscher Spieler, ein Schuft und ein Lügner!« brach es jetzt aus Astons Munde und schlug in die Ohren der übrigen Anwesenden, daß diese von ihrem Spiele herumfuhren, – mit einem Ruck aber hatte Baker seine Hände losgerissen und seine Faust traf Astons Gesicht, daß dieser zurücktaumelte; im nächsten Augenblick indessen, und ehe die aufgeschreckte übrige Gesellschaft nur wußte, um was es sich handelte, hatten Beide schon ihre Revolvers gezogen, zwei Schüsse knallten fast zu gleicher Zeit, Baker wankte, blieb aber stehen, Aston jedoch brach in den neben ihm stehenden Stuhl zusammen. Baker, leichenblaß, aber ruhig, zog seine von der Kugel des Gegners zerschmetterte Uhr aus der Tasche. »Gentlemen,« sagte er, »Sie sehen, daß ich vor den Folgen dieses unvernünftigen Angriffs nur durch das sichtbare Walten der Vorsehung beschützt worden bin. Ich habe diesen jungen Mann gewarnt nicht zu spielen; hier sind Herren, die es bezeugen werden: ich habe nur nachgegeben, weil er es zur Ehrensache machte, und wer von Ihnen eine Anschuldigung wie die, welche Sie gehört haben, mit kaltem Blut hingenommen hätte, der mag zuerst seine Hand an mich legen.« Noch während er sprach, war der Wirth eingetreten, ein Blick hatte ihn wol von dem Thatbestande genügend unterrichtet, denn er begann ohne weitere Frage die Kleider des Verwundeten, der völlig bewußtlos schien, zu öffnen, unterstützt von dessen Gefährten, und dorthin wendete sich jetzt die allgemeine Aufmerksamkeit.

»Machen Sie, daß Sie fortkommen!« hörte Baker Seiferts Stimme in sein Ohr zischeln, »jetzt ist die rechte Zeit.«

»Daß ich mich ruiniren soll?« erwiderte Jener halblaut und strich die umhergestreuten Banknoten auf dem Tische zusammen, »reden Sie nicht mit mir und bleiben Sie ruhig bei Ihrem Spiele.«

»'S ist eine Wunde in der Seite, aber ich kann nicht bestimmen, wie gefährlich sie ist,« sprach der Wirth, der eben ein Stück Leinwand mit Wasser getränkt als Verband zurecht machte, »jedenfalls ist es das Beste für ihn und für uns Alle, daß die Herren von über dem River ihn sofort nach Hause nehmen und ärztliche Hilfe holen – meine beiden Schwarzen mögen zur Vorsorge bis ans andere Ufer mitgehen – so entsteht auch das wenigste Aufsehen bei der Sache.«

»Ich werde die Herren selbst begleiten,« sagte jetzt Baker, »ich habe das Unglück angerichtet, aber Gott helfe mir, ich konnte nicht anders und Niemand kann betrübter darüber sein als ich selbst. Aber wir dürfen nicht zögern. Unten im Hofe habe ich eine kurze Leiter bemerkt. Wir legen Betten darauf und binden Mr. Aston mit den Betttüchern hinein, so liegt er bequem und sicher und kann selbst das Ufer hinab leicht getragen werden.«

Der Wirth nickte und verließ das Zimmer; den Meisten in der Gesellschaft aber schien in diesem bequemen Auskunftswege eine unangenehme Last von der Seele zu gehen; es bildeten sich wieder einzelne Gruppen und die peinliche Stille während der Untersuchung der Wunde ging in halblaute Gespräche über. Bald waren die Vorbereitungen zum Transport getroffen und auf der improvisirten Tragbahre ward der noch immer besinnungslose Verwundete hinweggeschafft.

»Gentlemen,« sagte Baker, die Thür in die Hand nehmend, »ich verlasse mich auf Ihre Ehre, daß das unglückliche Ereigniß unter uns bleibt!« und damit folgte er den Uebrigen.

In der Grocery saß der Pedlar wieder in seinem Winkel, als der Zug hindurch ging, und Bakers Auge traf aufschauend den starren Blick, den Jener auf ihn geheftet hielt. Einen Augenblick nur schien er davon betroffen zu sein, wandte aber im nächsten schon das Auge wieder zur Thür hinaus.

»Sonderbar,« brummte der Alte und stützte die Stirn in die Hand, »die eine Frucht fällt beim ersten Herbstwehen und die andere reift so langsam, daß sie gebrochen werden muß. Aber die Zeit *dazu* wird auch kommen.«

Vom obern Zimmer wurde nach Whiskey-Punsch gerufen und bald war das Spiel dort flotter im Gange als zuvor.

3. Das Weihnachtsfest.

Auf der Straße, welche von der Hauptstraße ab nach Oaklea führt, trabte am Mittag des ersten Christtages ein Reiter hin, hinter ihm drein ein Schwarzer im vollen Feststaate der modernen Welt. Hatte auch der »Ofenrohr-Hut« einige Beulen und wollte der glättenden Bürste nicht mehr gehorchen, so saß er doch so keck auf dem Wollkopfe, wie der des ersten New-Yorker Herumtreibers. Standen auch die Vatermörder etwas zu weit über das rothseidene Halstuch hinaus, so daß die dicken Backenknochen darauf zu ruhen schienen, so war der Contrast, den sie mit der schwarzen Haut bildeten, ein um so entschiedener, und das etwas zu viereckige Gesicht erhielt eine gewisse Abrundung; war auch der Rock etwas zu weit und nach irgend einem antiken Muster geschnitten, so stand er in um so größerer Harmonie mit den etwas schweren Schuhen und großen Händen und gab der ganzen Erscheinung einen Anstrich von Gediegenheit. Der Reiter vor ihm, der zwar einfach gekleidet war, aber in voller Eleganz zu Pferde saß und die freien Blicke rings umher geworfen hatte, hielt jetzt an und ließ den Schwarzen herankommen. »Well, wie heißt Ihr?«

»Dick, Sir.«

»Well, Dick, Ihr könnt mich schwer verstehen?«

»'S geht schon, Master, mit einem Bischen Aufpassen!«

»Ihr müßt mir sagen, Dick, wo ich nicht recht spreche!«

Der Neger verzog das gutmüthige Gesicht zu einem Grinsen. »Miß Ellen wird das besser können, oder Mister Elliot, Sir.«

»Wer ist Miß Ellen?«

»Ich meinte, Sie müßten sie kennen, da Sie in die Familie kommen, 's ist Miß Elliot, die Tochter von unserem Herren, sie ist so als kleines Mädchen zwischen uns aufgewachsen, daß die schwarzen Leute alle sie nur bei ihrem Vornamen nennen.«

Der weiße Reiter schwieg, aber trabte schärfer zu und ließ das Auge wieder über die Landschaft schweifen. Dick schlug sich auf seinen Hut, den der Wind eben wegtreiben wollte und ließ sein Pferd gleichen Schritt mit dem andern halten. Er schnitt ein paarmal Gesichter, als wolle er zum Sprechen ansetzen, wisse aber nie wie. »Ich möchte Sie wol was fragen, Mister – ich habe Ihren Namen schon wieder vergessen, er ist so schwer zu merken –«

»Helmstedt heiße ich« antwortete der Andere. »Mr. Helmstedt, Sie müssen's doch wissen, da Sie von New-York kommen,« fuhr der Schwarze fort und sein ganzes Gesicht verwandelte sich in eine Miene von halber Verlegenheit und halber Neugierde – »ist es wahr, daß die Schwarzen dort alle Herren sind?«

»Well, sie sind frei, aber wenn sie nicht scharf arbeiten, oder neben den vielen weißen Arbeitern, die's dort gibt, keine Arbeit bekommen, müssen sie Noth leiden, so gut wie jeder Andere. Ich habe schon manchen alten Schwarzen an den Ecken betteln sehen.«

Dick kratzte sich in den Haaren, daß ihm beinahe der Hut wieder vom Ohre flog. »Aber es soll doch Leute geben, die für die schwarzen Menschen sorgen, wenn sie hinkommen?«

»Weiß nichts davon, Dick, sie würden's doch wol erst für Ihre weißen Brüder thun, und unter denen ist bei Manchem das Elend so groß, daß er sich aus Verzweiflung das Leben nimmt.«

Dick zog wieder ein paar Gesichter, deren Ausdruck wol der größte Physiognom nicht hätte classificiren können, rückte bald vor- bald rückwärts auf dem Sattel, sagte aber kein Wort, bis sich

62

auf dem nächsten Hügel Oaklea vor ihnen zeigte. Einzelne Jauchze wurden von dort hörbar, und dann und wann trug auch der Wind Geigenklänge und helles Lachen herüber. »Das ist unser Haus, Sir!« sagte er und seine Blicke schienen den Eindruck desselben in Helmstedts Gesicht zu beobachten, »'s ist jetzt lustige Zeit da.«

Helmstedt übersah mit glänzendem Auge die Landschaft, that dann einen langen Athemzug und sprengte im Galopp dem Orte, von dem er eine neue Heimat erwartete, entgegen.

Die kurze Entfernung bis zum Landhause war bald zurückgelegt. An dem geschmackvollen weißen Stackete, das die Gartenanlagen, welche das Haus umgaben, von der übrigen Besitzung abschloß, sprang Dick vom Pferde und öffnete das Gartenthor. Ein breiter Kiesweg führte von hier dem Hause zu, wo ein Mann, der in dem Portico auf- und abging, die Ankommenden bereits zu erwarten schien.

»Freut mich, daß Sie da sind, Sir!« rief er mit einem kurzen musternden Blicke, als Helmstedt vom Pferde stieg und warf dem ihm nachgekommenen Schwarzen die Zügel desselben zu. »Ich heiße Elliot.«

Helmstedt verbeugte sich und drückte herzhaft die dargebotene Hand, – die stattliche Gestalt und der freundliche, biedere Blick des Mannes hatten einen wohlthuenden Eindruck auf ihn hervorgebracht.

»Ihre beiden Koffer sind schon hier,« fuhr Elliot fort; »der Bursche, der sie holte, ist den kürzeren Weg durchs Holz gefahren und Ihnen zuvorgekommen; dem schwarzen Volke macht das Christfest alle Gelenke noch einmal so geschmeidig als sonst. 'S ist Feuer in Ihrem Zimmer und was sonst nöthig ist, wenn Sie sich den Staub herunterschütteln wollen,« fuhr er fort, »und wenn Sie mit mir kommen wollen, zeige ich Ihnen den Weg.«

Der junge Mann folgte durch das Haus nach einem der Seitenflügel, wo Elliot eine Thür zu ebener Erde vor ihm öffnete. »Sie finden mich nachher im Parlor, Sir!« sagte er und ließ den Ankömmling allein.

Helmstedt trat ein und ein wunderbar heimliches Gefühl überkam ihn. Das Zimmer war nur schlicht tapeziert, aber durch die dichten Vorhänge warf gebrochene abendliche Helle in Verbindung mit dem Scheine des prasselnden Feuers ein warmes Colorit über alle Gegenstände darin; ein dicker Fußteppich bedeckte den Boden, ein Bett mit weißer Ueberdecke nahm die eine Wand ein, während gegenüber zwischen den Fenstern ein geräumiger Waschtisch mit dem Spiegel darüber alle nöthigen Bequemlichkeiten bot. Eine Kommode, ein großer Tisch an der dritten Wand und ein kleiner neben dem Bette, ein aus Rohr geflochtener Schaukelstuhl und drei andere ähnliche Stühle vollendeten die einfache Ausstaffirung, und doch wollte es Helmstedt scheinen, als habe er noch nie ein wohnlicheres Zimmer gesehen, das so ganz von den Vorstellungen abwich, die er sich auf seiner Herreise gemacht hatte. Seine beiden Koffer, die in der Fenstervertiefung standen, grüßten ihn wie alte Bekannte und mit einem Gefühle der Sicherheit, wie er es in Amerika noch nicht gehabt, öffnete er sie, entledigte sich dann der Reisekleider, wusch sich, und bald verließ er frisch und elegant das Zimmer wieder, um den Hausherrn aufzusuchen.

Elliot saß mit einem Zeitungsblatt am Fenster, als Helmstedt den Parlor betrat, und nicht weit von ihm in einem der Divans eine ältliche Dame. »Kommen Sie näher, Sir, nehmen Sie Platz!« rief der Erstere und zog den nächststehenden Stuhl herbei, »das ist meine Frau – Mr. Helmstedt, unser neuer Hausgenosse!« fuhr er, Beide einander vorstellend fort, »was sonst zum Hause gehört, werden Sie schon kennen lernen und nun lassen Sie uns für's Erste eine halbe Stunde plaudern und selbst mit einander Bekanntschaft machen.« Die Frau hatte aufstehend mit einem: »Seien Sie uns willkommen!« dem jungen Manne die Hand gereicht, verließ aber jetzt das Zimmer.

»Well, Sir,« begann Elliot, als Helmstedt den angewiesenen Platz eingenommen, »was Sie bei uns sollen, wird Ihnen ja wol bekannt sein und ich denke, Sie werden sich auch bei uns gefallen, wir sind wenigstens keine bösen Leute und von Ihnen habe ich auch nur das Beste gehört.«

»Ich muß zuerst wegen meines unvollkommenen Englisch um Entschuldigung bitten,« begann Helmstedt, »ich hoffe aber, es soll mit jeder Woche besser werden; im Uebrigen weiß ich nur als einen Theil meiner Aufgabe, daß ich Ihre Bücher in Ordnung halten soll: das Weitere – schrieb mir der Mann, der mir die Aufforderung zur Hierherreise und auch das Reisegeld sandte – würde ich von Ihnen selbst erfahren.«

»Das ist der alte Isaac; kennen Sie ihn und seine Verhältnisse näher?«

»Isaac Hirsch unterzeichnete er sich, Sir, sonst habe ich ihn aber erst zweimal im Leben gesehen, und weiß nur, daß ich durch seinen guten Rath aus der bittersten Lage meines Lebens kam, und diesem vielleicht meine ganze Zukunft in Amerika verdanke.«

»So! Er muß Sie doch wol näher gekannt haben oder irgend ein Interesse an Ihnen nehmen. Er verbürgte sich freiwillig für Sie, obgleich das nicht einmal nothwendig gewesen wäre.«

»Mag sein, daß er mich mehr kennt, als ich weiß, Sir, ich gestehe Ihnen ehrlich, daß er für mich eine räthselhafte Person ist. Er brachte mich, als ich durch einen erlittenen Diebstahl gänzlich hilflos dastand, vor vier Monaten in das Exportgeschäft eines seiner Bekannten, wenigstens nannte er den Besitzer so, damit ich dort für mein ferneres Fortkommen Geschäft und die Sprache lernen sollte, ich mußte ihm aber versprechen, sechs Monate auszuhalten, – es war eine harte Schule für mich, das Verständniß jedes Wortes in meiner Umgegend und jedes Stück Kenntniß in dem neuen Fach mußte erst erarbeitet werden; ich wurde von früh bis Abends nicht losgelassen und eine anderweite Abendbeschäftigung, die ich nebenbei übernommen, fand auch in einem amerikanischen Hause statt, so daß ich im ersten Monate oft in halber Verzweiflung nur um die allernothwendigste Conversation war; ich sah aber ein, daß es der einzige Weg zu meinem Heile war; ich hatte obendrein dem alten Manne mein Wort gegeben und so blieb ich. Dort mag er mich vielleicht haben beobachten lassen. Zu welchem Zwecke kann ich freilich nicht errathen – und welches Interesse er an mir nehmen könnte, ist mir ebenfalls unbegreiflich – ich habe nicht einmal gewußt, daß sein eigenticher Aufenthalt die hiesige Gegend ist, bis ich seinen Brief erhielt, mich bei Ihnen zu melden.«

»'S ist ein sonderbarer Mensch,« sagte Elliot kopfschüttelnd, »aber bei den vielerlei Arten von Geschäften, die er hier herum macht, hat sich noch Niemand über ihn zu beklagen gehabt und ich denke, so wird er auch in Ihnen jetzt den rechten Mann für uns besorgt haben. Sie sollen allerdings meine Bücher in Ordnung halten, das verlangt aber mehr Treue und Gewissenhaftigkeit, als viele Arbeit; mir liegt vor Allem daran, immer zu wissen, wie ich stehe, damit man nicht Extravaganzen in den Ausgaben begeht, die nur später Verlegenheiten hervorrufen. Wir sind alle in der hiesigen Nachbarschaft für reich verschrieen, und seit unsere Kinder durchaus im Osten ausgebildet werden müssen, wenn die Mädchen einmal eine ordentliche Partie machen und die Jungen mit der jetzigen Welt fortkommen wollen, ist die östliche Fashion auch bei uns eingezogen, und wo unsere Väter keinen Gedanken an Ausgaben hatten und den Grund zu unserer Wohlhabenheit legten, da finden wir eine Menge Kosten für Dinge, angenommene Gewohnheiten und Moden, die einen Menschen ruiniren können, wenn er nicht scharf auf seiner Hut ist. Wir sind allerdings wohlhabend, daß heißt an Eigenthum und Negern, und doch fehlt oft das baare Geld, wo es am notwendigsten ist, weil es nebenbei für Badereisen und kostbare, aber unnütze Anschaffungen wegging, die niemals vorher calculirt wurden. So muß denn schon auf nächste Ernte losgeborgt werden, und wer nicht strebt, strenge Ordnung und Uebersicht in seine Rechnungen zu bringen, der kann trotz aller Wohlhabenheit in wenigen Jahren zu Grunde gehen, ehe er es weiß. Da haben Sie Alles, was ich Ihnen darüber sagen wollte – die Notizen und Papiere, welche Sie brauchen, werden Sie von mir erhalten; nehmen Sie sich Zeit und machen Sie sich erst mit unseren Verhältnissen ordentlich vertraut, dann aber handeln Sie in Regulirung der schriftlichen Sachen ganz nach Ihrem eigenen Ermessen. Das Pferd, welches Sie vorhin ritten, mögen Sie als zu Ihrem ausschließlichen Gebrauche betrachten, so erhält es doch wenigstens einen Nutzen, – 's ist ein Theil von dem Unsinn, zu dem ich mich habe verleiten lassen, seine Pferde für den bloßen Luxus anzuschaffen. Wegen Ihrer Bezahlung, um das Nöthige gleich vornherein zu erwähnen, will ich Ihnen das erste halbe Jahr Ihres Salairs in der County-Bank anweisen, Sie mögen es dann nach eigenem Gefallen ziehen. – So viel darüber. Ein anderer Hauptwunsch von mir aber,« fuhr Elliot fort und drückte die Augen einen Moment in die Hand, »war der, Jemand von genug Bildung und Zuverlässigkeit als Gesellschafter für meine Frau und Tochter im Hause zu haben. Meine zwei Jungen sind auf dem Gymnasium, und so leben wir hier, wenn ich die einzelnen Besuche von Nachbarn nicht rechne, ziemlich einsam. Dann bin ich bisweilen gezwungen, des Nachts über in der Stadt zu bleiben und jede weiße männliche Aufsicht fehlt dann hier. Sie spielen Piano, wie mir der alte Isaac sagt, das gibt schon Abwechselung und meine Ellen kann hierin wie auch in ihren Schulstudien von Ihnen profitiren; Sie aber lernen von den Frauenzimmern, was Ihnen noch in der Sprache fehlt – das hoffe ich, wird sich Alles ganz gut machen. – So, nun wissen Sie ungefähr, was ich von Ihnen wünsche, das Uebrige findet sich schon später, und wenn's Ihnen recht ist, machen wir, bis der Thee fertig ist, einen Spaziergang zu unsern Schwarzen, bei denen es heute hoch hergeht.«

Elliot nahm seinen Hut und erhob sich und Helmstedt folgte ihm zur Thür hinaus, aber nicht mit halb so leichtem Herzen, als er den Parlor betreten hatte. Trotz der Leichtigkeit, mit welcher sein Principal über die von ihm zu übernehmenden Geschäfte gesprochen hatte, war es doch über ihn gekommen, als solle ihm eine halbe Welt von Verantwortlichkeit auf die Schultern gelegt werden und zwar für Dinge, von denen er nicht einmal einen rechten Begriff hatte. Was verstand er von dem Betrieb einer Pflanzung? Er wollte wol Bücher führen – aus seinen früheren Studien in Deutschland hatte er die Kenntnis der Staatsbuchhaltung mitgebracht und das Verständniß der englischen kaufmännischen Buchhaltung war ihm schon in den ersten Wochen seiner Handels-Carriere in New-York vollkommen klar geworden – dazu hatte er eine oberflächliche Kenntniß der Baumwolle erhalten, da sie den Hauptexport-Artikel des Hauses, welches ihn beschäftigte, gewesen war – aber welchen Begriff hatte er denn von dem Wesen einer südlichen Pflanzung, von welcher ihm Isaac noch dazu geschrieben hatte, daß sie eine der bedeutendsten im nördlichen Alabama sei? Und die nachlässige Offenheit, mit welcher Elliot über seine Verhältnisse gesprochen und Helmstedts Kenntnissen und Selbstständigkeit vertraut hatte, machte ihm das Herz noch schwerer. Ein lautes Lachen Elliots störte ihn aus seinen Gedanken aus und ließ ihn erst jetzt bemerken, daß er an dessen Seite bereits ein ganzes Stück im Freien hinter dem Hause zurückgelegt. Er durfte jetzt dem, was ihn beschwerte, keine Macht über sich gestatten, wenn er nicht gleich zu Anfange unbeholfen und linkisch erscheinen wollte.

»Sehen Sie dort, Sir! ob Sie schon so was gesehen haben!« rief Elliot, von Neuem lachend. Sie standen am Anfange der Senkung, auf welcher die Negerhütten zerstreut lagen. Unten im Thale, über das sich bereits dunkle Abendschatten gesenkt hatten, war ein großes Viereck mit Brettern belegt, das von tanzenden Schwarzen

68

bedeckt war. Auf zwei Fässern standen zwei schwarze Violinkünstler, beide mit den Füßen den Takt zu ihrer Musik stampfend, während der eine die Touren einer eben aufgeführten Quadrille mit heiser geschrieener Stimme ausrief. Rings umher trieben sich Gruppen anderer Schwarzen, Mädchen und Männer, lachend und tollend durcheinander. Der Tanzplatz selbst aber bot eine treue Nachahmung fashionabler Manieren. Die Tänzer, trotz des kalten Abends meist in weißen Hosen, viele in alten Fracks und steifen Vatermördern, einige der größten Stutzer darunter sogar mit abgetragenen Glaçehandschuhen, bestrebten sich, ihre Tänzerinnen mit so viel Grazie zu führen, als sich nur mit Kopfwerfen und Beinverdrehen erzielen ließ, während die Stillstehenden mit süßzärtlich gezogenem Gesichte sich zu ihren Schönen bogen; die Humoristen unter der Gesellschaft aber tanzten mit einem virtuosenmäßigen Fußtrommeln und Händeschnippen, denen die groteskesten Sprünge folgten, Solo. – Mit jedem Schritte, den Helmstedt näher herantrat, bot sich ihm ein neues Bild seltsamer Lustigkeit und caricirten modernen Lebens. Bald standen sie mitten unter der schwarzen Gesellschaft und die ihnen Nahestehenden rissen mit gutmüthig grinsender Höflichkeit die Hüte vom Kopfe.

»Sind denn die Neger hier sämmtlich Ihr Eigenthum?« fragte Helmstedt.

»I, durchaus nicht,« lachte Elliot, »aber meine Leute geben heute Abend den Schwarzen von der Nachbarfarm einen Ball, morgen sind sie wahrscheinlich selbst wo anders hin eingeladen – das geht fort im Tanzen und Lustigmachen bis Neujahr; was sie sich das Jahr über erspart haben – und das ist oft nicht unbedeutend, weil jede Negerfamilie aus ihrer eigenen Hühner- und Schweinezucht oder dergleichen so viel machen darf, als sie kann – das geht bei den Meisten am Christtage wieder fort. Die Sorge für den morgenden Tag kennt freilich Keiner von ihnen.«

Beide waren auf den gedielten Tanzplatz getreten, wo eben ein Dutzend heller Papierlaternen an die ringsum stehenden Bäume gehangen wurden, die das ganze Schauspiel nur um so grotesker machten, und sahen sich das Treiben der Neger-Gesellschaft, die sich in keiner Bewegung durch die Anwesenheit der neuen Gäste stören ließ, in der Nähe an – da tauchte nahe vor Helmstedt, wie ein Sonnenblick zwischen dunklen Gewitterwolken, ein weißes lachendes Mädchengesicht aus der schwarzen Menge auf, das vor Helmstedts überraschtem Blick leicht erröthete, dann sich aber nach dem herzutretenden Elliot wandte. »Meine Tochter Ellen,« sagte dieser, sie dem jungen Mann leichthin vorstellend, »und das,« wandte er sich zu ihr, »ist Mr. Helmstedt, der euch Frauenzimmern helfen wird, den Winter hinzubringen!« Ein Blick, halb Scheu, halb Neugierde, aber voll wunderbarer Klarheit, traf den Ankömmling, und er wollte eben einige höfliche Worte sagen, als ein zweites jugendliches Gesicht neben dem ersten erschien, bei dessen Anblick ihm die Rede erstarb. »Mistreß Morton, unsere freundliche Nachbarin!« fuhr Elliot in seiner Vorstellung fort, »wenn Sie uns recht fleißig besuchen, Ma'am, können Sie auch etwas von unserem neuen Freunde abhaben.« Die Dame verbeugte sich steif, Helmstedt aber wußte nicht, ob ihn ein Phantasiebild äffe oder ob seine Augen trübe waren; das war Pauline Peters, wol etwas bleicher, als er sie zuletzt gesehen, und wenn auch nicht ein einziger Blick von ihr verrieth, daß sie ihn kenne, so lag doch derselbe weiche Zug um ihren Mund, den er schon als Kind an ihr gekannt, und selbst die Mantille, welche sie trug, war dieselbe, in der er sie zuerst in New-York gesehen. Mrs. Morton! Das war derselbe Name, mit dem sie den ältlichen Herrn bezeichnet hatte, den sie »Onkel« nannte und von dem sie abhing – der Mann war aus Alabama – es war schon richtig.

»Es wird so kalt, daß ich besser thue, ich fahre nach Hause,« sagte sie, sich an ihre junge Gefährtin wendend, »Mr. Morton ist ohnedies Abends nicht gern ohne mich.«

Der Hausherr warf zwar lachend ein, sie solle ihren Mann nicht verwöhnen und es sei Unrecht, wenn sie den Abend nicht mit ihnen zubringen wolle; sie aber zog ihren Ueberwurf höher und sagte mit einem Anflug der schelmischen Miene, welche Helmstedt die ganze Scene im City-Hall-Park wieder vor Augen führte: Niemand habe eine Vorstellung, was ihr Mann für ein Bär sei; dann nahm sie Ellens Arm, winkte einer Mulattin, die bei Seite stand, ihr zu folgen, und sich leicht aber vollkommen fremd gegen Helmstedt verbeugend, gingen die beiden schlanken Gestalten dem Hause zu.

»Well, Sir, ich denke, unser Thee wird fertig sein, und wir machen uns ebenfalls wieder zurück, wenn Sie sonst nicht noch hier bleiben wollen,« sagte Elliot, und für Helmstedt, dem jetzt mit einem Male das ganze Schauspiel vor ihm langweilig, wenn nicht widerwärtig erschien, hätte keine willkommenere Aufforderung stattfinden können. Sie folgten langsam den Damen, Elliot einzelne Anekdoten von den Eigenthümlichkeiten der Schwarzen erzählend, die er an das eben verlassene Fest anknüpfte, zu denen aber Helmstedt immer nur das Gesicht verzog, wenn er seinen Begleiter darüber lachen hörte, denn er selbst hatte vor allerhand eigenen Gedanken, die ihm durch den Kopf fuhren, das Wenigste davon gehört – und beide kamen beim Hause an, als eben der Besuch sich der Frau vom Hause empfahl, von Ellen Elliot zum Abschied geküßt wurde und dann in die bereitstehende zweisitzige Kutsche sprang, wo schon die Mulattin, Zügel und Peitsche regierend, saß. Helmstedt fing, nahe dabei stehend, noch einen ihrer letzten Blicke auf, aber keine Miene, oder auch nur der leiseste Farbenwechsel deutete auf eine innere Bewegung; das Pferd zog an und der Wagen rollte der Straße zu, die Familie wandte sich nach ihrem Hause, wo Sarah meldete, daß das Abendbrod bereit sei und den eintretenden Helmstedt mit großen neugierigen Augen musterte.

»Well, Sir, wir sind heute allein, und müssen uns den ersten Christtag selbst so angenehm als möglich machen,« sagte Elliot, als er dem jungen Manne seinen Platz am Theetische, Ellen gegenüber, anwies, »Sie werden aber müde sein, sonst hätten Sie uns heute noch etwas spielen und singen müssen, ich verstehe zwar nicht viel von der Kunst, wie Ellen sagt, 's ist aber was Hübsches um die Musik bei geschlossenen Fensterladen und einem hellbrennenden Feuer.«

»Woran man gewöhnlich süß einschläft!« fiel Ellen lachend ein, wurde aber auch zugleich mit einer hellen Röthe übergossen, als habe sie sich zu weit gehen lassen.

»Well, warum nicht?« sagte Elliot launig, »das ist eben die Macht der Musik, oder auch vielleicht nur *deiner* Musik, 's kommt eben auf die Probe an, wenn ich etwas Anderes zu hören bekomme. – Uebrigens hast du jetzt einen so großen Bewunderer an Mrs. Morton, daß du mich wol ruhig schlafen lassen kannst.«

»Ist Mrs. Morton aus dem Osten?« begann Helmstedt, – »mir ist es, als hätte ich sie schon in New-York gesehen.«

»Ich glaube, sie ist eine New-Yorkerin,« erwiderte Elliot, »jedenfalls kann sich aber Morton zu dem Frauchen gratuliren, wenn sie auch wirklich arm sein soll, wie es heißt. Seine Tochter ist durch ihre Erziehung und die alljährlichen Badereisen so fashionable geworden, daß sie sich hier auf dem Lande unglücklich fühlt und anstatt das Haus heiter zu machen, einen verdrießlichen, schwermüthigen Nebel über alles wirst.«

»Vater,« sagte Ellen mit einem Vorwurfe im Gesichte, der ihrem kleinen Munde wunderhübsch stand, »du redest so hart und kennst Alice gar nicht. 'S ist kaum erst sechs oder acht Monate her, daß sie so ist, aber es liegt ihr etwas auf dem Herzen, das sie drückt –

sie war früher nie froher, als wenn sie aus dem Osten wieder nach Hause kam.«

»Du bist falsch, Kind,« sagte der Alte mit einem halb sarkastischen Gesichtsausdrucke. »Herz ist nicht mehr fashionable, die Nerven sind jetzt bei den Damen nur noch in der Mode, also hat sie ein Nervenleiden, das klingt gleich ganz anders.«

»Vater, das ist häßlich von dir, du thust Alice Morton Unrecht.«

»Gut also, ich thue ihr Unrecht, ich kann aber diese Gesichter, die immer aussehen wie Regen und zusammenzucken, wenn Jemand ins Zimmer tritt, als wären Sie keinen Augenblick sicher vor einem Ueberfall, nicht leiden.«

Ellen nickte wie ein halbtrotziges Kind und sah vor sich auf ihren Teller, Mistreß Elliot aber strich ihr mit einem kleinen Lächeln das Haar. »Weißt ja, Vater spricht schlimmer, als er's meint!« sagte sie; »morgen macht jedenfalls Mr. Baker einen Besuch, da kannst du dich rächen und deinen Zorn an ihm wieder auslassen.«

Das Mädchen sah langsam auf und um ihren Mund lagerte sich ein unbeschreiblicher Zug von Widerwillen. »Ich kann ihm nicht wehren, zu kommen; wär' er aber ein Gentleman, so wär' er längst weggeblieben; nach dem, was ich ihm gesagt,« erwiderte sie, »mich soll er wenigstens nicht wieder treffen, entweder bin ich morgen krank oder ich reise irgendwohin zu Besuch.«

Elliot strich sich lächelnd das Kinn. – »Du thust ihm Unrecht, du kennst ihn gar nicht!« sagte er.

Das Mädchen sah ihm rasch ins Gesicht. »O, das ist Revanche, aber mich fängst du nicht so, Papa!« rief sie und vor dem aufsteigenden Muthwillen schwand jede Spur des Unwillens aus ihrem Gesichte, »ich reite morgen aus.«

»Dick ist zur Partie geladen und kann dich nicht begleiten!«

»Well – vielleicht will sich Mr. Helmstedt einmal die Gegend ansehen,« – erwiderte sie zögernd mit einem fragenden Blick auf diesen.

»Ich stehe mit allen meinen Kräften zu Befehl, Miß!« sagte Helmstedt, den bei der durchgespielten Familienscene ein vollkommen heimisches Gefühl überkommen hatte, »wenn Mr. Elliot nicht anders über mich bestimmt.«

»Ja, vor dem neuen Jahre, wo Alles erst wieder in Ordnung kommt, werden wir freilich an keine andere Arbeit gehen können, als uns mit den Weiberlaunen herumzuschlagen,« erwiderte dieser; »jetzt aber wollen wir Sie nicht länger bei uns halten, Sie sind gewiß von der Reise müder, als wir berücksichtigt haben!« fuhr er fort und erhob sich vom Tische.

»Und wann soll ich morgen zu Diensten stehen, Miß?« fragte Helmstedt.

»Ich bin fertig, sobald Sie ordentlich ausgeschlafen haben,« erwiderte sie in voller Zutraulichkeit und ließ ihn ruhig in ihr helles Auge sehen. –

Helmstedt saß in seinem Zimmer auf dem Schaukelstuhle am Feuer und überließ sich seinen verschiedenartigen Gefühlen. Bald war ihm, wenn er den Familienkreis, in den er getreten, und das Entgegenkommen seines Principals überdachte, als habe ihm das Schicksal einen Weihnachtsbaum mit tausend Lichtern angebrannt, bald aber legte sich die Sorge, wie es möglich sei, den Haupttheil seiner Stellung auszufüllen, wie eine finstere Wolke darüber, daraus aber tauchte Ellens helles Gesicht hervor, wie aus der Masse der schwarzen Gesellschaft, bis Pauline Peters sich mit ihr vor seinen Geist stellte, das Mädchen, das sich vor kaum vier Monaten in voller Liebe an seinen Hals gehangen und jetzt in Kälte eingehüllt ihn von oben herab ansah. Die Wärme des Feuers hatte bald seine Wirkung ausgeübt, die Bilder verwirrten sich und bald war er eingeschlafen. Wie lange er so zugebracht, wußte er nicht, aber ein leises, wiederholtes Pochen an eines der Fenster weckte ihn; er horchte, das Pochen wiederholte sich. Er öffnete den geschlossenen Fensterladen und sah hinaus. Draußen stand der Pedlar.

»Machen Sie mir die Thür, gleich im Gange neben Ihrer Stubenthür, auf,« sagte er leise, »ich möchte Einiges mit Ihnen reden und mag nicht das ganze Haus wieder aufwecken – die Nigger schlafen fest wie die Ratten.«

Helmstedt, wenn auch etwas überrascht, befolgte die Weisung und bald trat der alte Mann mit leisem Schritte ins Zimmer.

»Sie müssen es mir nicht übel nehmen, wenn ich Sie noch so spät aufwecke,« sagte er und zog sich einen Stuhl aus Feuer, »aber ich gehe morgen für eine Woche oder zwei weiter südlich und möchte Sie Ihrer selbst wegen vorher sprechen. Sie machen sich doch nichts d'raus, wenn Sie eine halbe Stunde Schlaf verlieren?«

»Ich spreche mit Ihnen die ganze Nacht wenn Sie's verlangen, geben Sie mir nur erst Ihre Hand,« erwiderte Helmstedt, »ich habe schon lange gewünscht, Sie wiederzusehen und Ihnen meinen Dank auszusprechen.«

Isaac nickte still mit dem Kopfe und reichte ihm seine Hand zu einem kurzen Drucke hin, »'s ist schon recht dem Danke,« sagte er, »aber Sie haben's mir früher selbst einmal auf die Zunge gelegt, der Jud' thut nichts ohne Profit und mit dem bloßen Danke ist nichts zu verdienen. Werden's erleben, ob bei Ihnen mehr dahinter steckt als Worte.«

»Haben Sie irgend etwas auf dem Herzen, so kommen Sie heraus damit,« entgegnete Helmstedt und nahm seinen früheren Platz wieder ein, »was sich mit eines Menschen Ehre verträgt, können Sie von mir verlangen.«

»Wird sich alles ausweisen; jetzt wollt' ich von was Anderm reden. Hat Mr. Elliot schon über Ihr Geschäft mit Ihnen gesprochen?«

»Ja, ich weiß aber ehrlich gestanden noch nicht, wie ich damit durchkommen soll, mir sind die Verhältnisse hier so vollkommen fremd, daß es mir wie ein Stein auf dem Herzen liegt, wenn ich nur daran denke.«

Isaac nickte wieder mit dem Kopfe. »Wenn Sie sie nicht kennen, weiß ich Bescheid,« sagte er, »und Sie sollen schnell genug darin zu Hause sein – hab' keine Angst bei Ihnen; das hat aber Zeit, bis ich wiederkomme. Sehen Sie sich nur vorläufig die Bücher und Papiere durch, damit Sie eine deutliche Vorstellung bekommen, was und wo's bei Ihnen fehlt, nachher sprechen wir weiter. Jetzt möchte ich Ihnen nur ein paar Worte über allgemeine Verhältnisse sagen und dann eine Meinung von Ihnen hören.« Er strich sich mit der Hand langsam über das hagere Gesicht und machte eine Pause, als überlege er, wie anzufangen. »Sie haben wol schon gehört,« begann er endlich, »daß der Platz, wo der ganze Handel Amerika's zusammenkommt, New-York ist. New-York versorgt das Land mit Allem, was von auswärts eingeführt wird, und von dort bezieht hauptsächlich der Süden auch alle seine Bedürfnisse an Schuhen und Kleidern, wie an Möbeln, Haus- und Feldgeräth, die in unserem Norden fabrizirt werden. Was aber hiergegen der Süden an Baumwolle, Tabak und anderen Producten erzeugt, davon geht wieder der größte Theil zum Verkauf oder zur Spedition nach New-York und der doppelte Handel mit dem großen Süden hat fast allein New-York zu dem gemacht, was es ist. So weit wäre die Sache gut, es gibt aber in diesem Verhältniß auch große Gefahren und Schattenseiten. Der Süden ist weit weg von New-York und es kann nur durch langen Credit mit den Kaufleuten hier unten gearbeitet werden; es ist aber schwer, einen richtigen Nachweis über den Stand der Handelshäuser zu bekommen; die Menschen hier sind an kostspielige Lebensart und allerhand Ausschweifungen gewöhnt; und Mancher, der zu einer Zeit für sicher galt, war drei Monate später ruinirt, ohne daß seine Leute in New-York, durch deren Credit er sich nur noch hielt, eine Ahnung davon hatten. Summen sind schon in den südlichen und südwestlichen Staaten verloren worden, die, wenn die Verluste nicht vertheilt gewesen wären, manches große Haus zum Wanken gebracht hätten. Ich

76

hatte einen Schwager in New-York, der sich gegen meinen Rath mit mehreren Kaufleuten hier unten einließ, mein eigenes sauer erarbeitetes Geld steckte im Geschäft und ein Jahr darauf waren wir zusammengebrochen. Mein Schwager nahm sich die Geschichte so zu Herzen, daß er sich hinlegte und starb; seine Tochter mußte nach einem andern Unterkommen suchen, fiel aber in schlechte Hände und nahm sich, als sie die Folgen an sich spürte, das Leben; meines Schwagers kleinen Jungen, denselben, den sie in New-York gesehen, nahm ich zu mir, und ich selber fing wieder an wie vor zwanzig Jahren: ich hausirte. Davon aber,« fuhr er fort, sich wieder langsam über das Gesicht streichend, »wollte ich eigentlich nicht reden. Sie werden es wol selbst natürlich finden, daß die New-Yorker endlich Versuche machten, sich gegen solche Verluste, die oft selbst bei der größten Vorsicht nicht ausblieben, zu schützen und Maßregeln zu treffen, um in immerwährender Kenntniß von dem Stande und dem Thun ihrer alten Kunden zu bleiben, so wie sichere Nachrichten über neue zu bekommen; es sollte eine Beaufsichtigung durch den ganzen Süden und Südwesten errichtet werden, natürlich im Geheimsten, wenn es etwas fruchten sollte, und mag Einer die Sache ansehen, wie er will, so bleibt sie nichts anderes, als eine gebotene Nothwehr. So viel ich weiß, sind von mehreren bedeutenden New-Yorker Häusern schon Schritte zur Ausführung gethan, und für einen gescheidten, zuverlässigen Mann, der als Agent der Gesellschaft in einem Theile des Landes arbeiten will, der die Augen überall offen haben kann, gibt es keine bessere Gelegenheit, um seine Zukunft zu sichern, als diese. Er kommt mit den ersten Kaufleuten im Osten in genaue Verbindung, er kann, wenn er sich nach einiger Zeit Uebersicht der Verhältnisse genug erworben, ein eigenes Geschäft aufrichten, was sogar für seine Stellung nothwendig sein müßte, und an den nöthigen Unterweisungen für den Anfang würde es nicht fehlen.«

Helmstedt hatte bei der letzten Wendung, den die Rede nahm, den Kopf erhoben. »Nun?« sagte er, als der Pedlar inne hielt.

»Nun, ich möchte wol Ihre Meinung hören, was Sie von der Sache denken.«

»Das heißt also, der gescheidte und zuverlässige Mann soll ich sein.«

»Sie *könnten* es werden, von *sollen* ist keine Rede.«

Helmstedt rieb sich die Stirne. »Ich wollte, Sie sprächen geradezu mit mir, Isaac,« sagte er nach kurzem Nachdenken, »sprächen: ich habe gemeint in Ihnen einen Werkzeug für uns ziehen zu können, habe Ihnen deshalb aus der Noth geholfen, aber eben nur so weit, daß sich erkennen ließ, was an Ihnen ist; – habe Sie deshalb, als Sie das Nöthigste gelernt hatten, hierher nach dem Süden in eine Stellung gebracht, in der Sie sich ohne Verdacht zu erregen mit allen Verhältnissen vertraut machen können, und jetzt setze ich voraus, daß Sie nun auch meine Erwartung erfüllen.«

»Richtig, lieber Herr,« nickte der Pedlar, »und wenn's nun auch so wäre? Ich freue mich über Ihren Scharfblick und möchte nur noch hinzusetzen, daß Sie mit Ihrem vornehmen Wesen gerade wie für die Südländer gemacht sind und Ihrem Charakter nach, auf den man sich auch in unangenehmen Lagen verlassen kann, sind Sie der Mann für uns. Das Geschäft mag Ihnen vielleicht jetzt unangenehm vorkommen; Jeder aber, der es führt, wird es zu dem machen, was er selber ist. Der gemeine Mensch wird ein Spionirmesser daraus bilden – ein anderer aber mag der stille Verbesserer aller Handelsverhältnisse in seinem Umkreise werden, mag wie der Gärtner die wilden Zweige abschneiden, daß die guten desto mehr Kraft gewinnen –«

»Isaac,« unterbrach ihn Helmstedt, langsam mit dem Kopfe schüttelnd, »'s mag sein, daß Sie's gut meinen, aber ich fürchte, Sie haben sich in mir geirrt. Verlangen Sie, ich soll noch ein ganzes Jahr um das nackte Leben arbeiten, und ich will es thun, wenn

78

Ihnen ein Gefallen damit geschieht; aber für ein Geschäft wie das angebotene bin ich nicht gemacht, meine ganze Natur sträubt sich dagegen.«

»'S ist schon so, wie ich mir's ungefähr dachte,« sagte der Alte, »aber ich meine, Sie haben zu viel Verstand, als daß Ihr Widerwille anhalten sollte, und ich möchte, daß Sie die Sache ordentlich überlegten, bis ich wiederkomme. Damit Ihnen aber kein Punkt dazu fehle, will ich Ihnen noch ein paar andere Worte sagen. Sie sind hier so freundlich aufgenommen worden, daß Sie mehr als zufrieden sind. In jeder andern Familie der Umgegend wäre Ihnen dasselbe begegnet, denn es gibt auf der Welt nirgends Leute, die gegen Jeden so viel äußerliche biedere Höflichkeit zeigen, als du reichen Pflanzer und Kaufleute der südlichen Staaten, und darum lebt sich's auch nirgends besser als unter diesen Leuten. Mit der äußeren Freundlichkeit hat aber auch die Sache gegen den Geringeren, oder wen sie dafür ansehen, ihr Ende und wer auf Herzlichkeit oder allgemeine Theilnahme dahinter rechnet, betrügt sich bitterlich. Lassen Sie heute merken, daß Sie der Mann nicht sind, für den Sie gehalten worden, so sind Sie morgen brodlos und für diese Leute gar nicht mehr in der Welt – was aus Ihnen wird, ist Ihre Sorge; – mögen Sie bei einer Stellung wie Ihre jetzige in einer Familie scheinbar mit den Uebrigen auch auf ganz gleichem Fuße stehen und Sie ließen sich auf einem vertrauteren Tone gegen eine der Töchter ertappen, sei es auch nur so weit, wie es sich die jungen Amerikaner in der Nachbarschaft jeden Tag erlauben, so würde Ihnen geschwind genug der ungeheure Unterschied zwischen Ihnen, der nichts hat und nicht einmal Amerikaner ist, und den übrigen jungen Leuten klar gemacht werden. Verstehen Sie mich wohl, ich sage Ihnen dies Alles nur, damit Sie den Boden kennen lernen, auf dem Sie hier stehen, und sich nicht zu Ihrem eigenen Schaden falsche Vorspiegelungen machen.«

»Und wenn ich trotzdem Nein sagte, was dann?«

»Legen Sie sich ins Bett, schlafen Sie und sehen Sie sich morgen die Sache bei Sonnenlicht an –«

»Warten Sie, Isaac, wollen Sie mich durch die Drohung zur Annahme zwingen, daß ich am Ende hier als unbrauchbar entlassen würde, daß ich durch mein blindes Vertrauen hier im fremden Lande ohne jeden Bekannten rath- und hilflos dastehen müßte?«

»Sie erhitzen sich, lieber Herr, und das taugt nichts für eine ruhige Unterredung,« sagte der Alte und erhob sich langsam. »Denken Sie bei meiner Zurückkunft noch immer so wie heute, so habe ich Ihnen zu viel Einsicht und Unternehmungsgeist, um einmal Ihr Glück in Amerika zu machen, zugetraut, und wir sind geschiedene Leute; wollen Sie dann wieder nach New-York zurück, so sollen Sie dazu in den Stand gesetzt werden, das, denke ich, wird Sie wenigstens über jede Zwangsdrohung beruhigen. Gute Nacht.«

»Isaac, Sie sind mir böse,« sagte Helmstedt aufstehend, »ich kann Ihnen aber versichern –«

»'S ist besser, Sie lassen die Redensarten, bei denen eben so wenig herauskommt, wie beim Danksagen,« erwiderte der Pedlar nach der Thüre gehend, »überlegen Sie morgen ruhig – Schwindelei und halben Diebstahl zu verhindern, ist, glaub' ich, gegen keines Menschen Ehre – und nach Neujahr frage ich noch einmal zu.« Damit öffnete er die Thür und der Zurückbleibende hörte bald darauf seine Schritte außerhalb des Hauses. Helmstedt ging nach, um die ins Freie führende Thür wieder zu verriegeln, und suchte dann sein Bett. Lange währte es aber, ehe er einschlafen konnte. Daß der Alte sich nicht aus reiner Menschenliebe in New-York um ihn bekümmert, ihm sodann die jetzige Stellung verschafft und auch noch das nicht unbedeutende Reisegeld dazu gesandt, hatte ihm schon längst scheinen wollen, er war sogar auf irgend einen Anspruch desselben vorbereitet und entschlossen gewesen, seine Verpflichtung gegen ihn nach Kräften und auf irgend eine Weise abzutragen – aber sich als Spion zu verkaufen!? Und mochte er auch die Sache im besten Lichte betrachten, mochte er sich sagen, daß zehn Andere die Gelegenheit ohne zu große Scrupel ergriffen hätten, um sich eine Zukunft zu gründen – die Grundbedingung des Geschäftes, die Spionage, blieb immer stehen und er fühlte, daß er eher zu Grunde gehen könne, als danach zu greifen. Mochte auch der Jude, der seinen Widerwillen nicht verstehen konnte, ihn in seiner Unkenntniß der Verhältnisse ohne Rath lassen, er wollte sein Bestes versuchen, um auf irgend einem Wege die übernommene Aufgabe durchzuführen und das Uebrige dem Schicksale überlassen. Es wurde ihm leichter, als er zu diesem Entschlusse gelangt war. Er dachte an Isaacs Bemerkungen über den Charakter der südlichen Amerikaner. Ellens frisches, süßes Gesicht trat vor ihn, wie sie in voller Zutraulichkeit ihn angelächelt und ihn zu einem Morgenritte aufgefordert – war das wirklich nur ein Sichgehenlassen, weil er in den Augen der Familie so tief stand, daß bei ihm keine Gefahr vorhanden und keine Zurückhaltung erforderlich war? Er vergegenwärtigte sich ihre klaren, dunklen Augen, um den Ausdruck darin wieder zu finden, der ihm so wohlgethan; sie standen noch vor ihm, während er einschlief und folgte ihm in seine Träume.

4. Wiederfinden.

Es mußte schon spät sein, als Helmstedt am andern Morgen erwachte. Die Sonne hatte sich durch die geschlossenen Jalousien Bahn ins Zimmer gebrochen und das Feuer, das wie es schien bei Zeiten angezündet worden, war schon fast herunter gebrannt. Er sprang rasch auf und vermißte einmal wieder mit Schmerzen seine gestohlene Uhr. Bald war er in den Kleidern und ging nach dem Speisezimmer, wo Sarah bereits mit dem Aufräumen der Frühstücksreste

81

beschäftigt war. Sie zeigte ihm lächelnd ihre blitzweißen Zähne und machte ein frisches Gedeck zurecht.

»'S ist wol schon ziemlich spät?« fragte Helmstedt, »es thut mir leid, daß ich nicht früher aufgewacht.«

»Erst neun Uhr vorüber, Sir!« erwiderte die Schwarze, »Mr. Elliot wollte haben, daß Sie nicht gestört würden.«

Helmstedt trat ans Fenster und sah bereits zwei Pferde gesattelt, an einen Baum gebunden, stehen – er machte sich eilig an das aufgetragene Frühstück und hatte nicht einmal ein Auge für die graziösen Wendungen, in denen sich Sarah geschäftig um ihn bewegte und ihre seine Taille zeigte. »Wollen Sie wol Miß Ellen sagen, daß ich bereit bin?« sagte er nachdem er eben nur das Notwendigste zu sich genommen, und als die Schwarze das Zimmer verlassen, trat er hinaus ins Freie. Der Morgen war kalt, auf dem Rasen waren trotz der hochstehenden Sonne noch überall Reifstreifen bemerkbar, die rothen und braunen Baumblätter hingen schlaff an den Zweigen, der Frost einer Nacht schien sie vollständig geknickt zu haben – darüber aber spannte sich ein reiner tiefblauer Himmel aus und verhieß einen prachtvollen Tag. – Das Rauschen von Kleidern ließ Helmstedt sich umdrehen. Ellen trat eben frisch und lachend wie der junge Morgen aus dem Portico heraus und nickte ihrer Mutter, die zu einem der Frontfenster heraussah, einen Abschiedsgruß zu. Ein blaues Reitkleid saß knapp um den obern Theil ihres Körpers und ein schwarzes mit einer einzigen Feder geschmücktes Hütchen keck auf ihrem Kopfe; die linke Hand, mit einem seinen Stulpen-handschuhe versehen, hielt das Kleid vom Boden und an der rechten hing eine kleine zierliche Reitpeitsche. »Fertig, Mr. Helm-stedt?« sagte sie mit demselben klaren Lächeln vom Abend zuvor und sprang leicht auf die kleine erhöhte Platform, welche zum be-quemern Aufsitzen für reitende Damen neben dem Portico errichtet war. Der junge Mann beeilte sich, ihr Pferd vorzuführen, und kaum hatte sie sich zurechtgesetzt, als sie auch schon nach einem kräftigen

Schlage mit der Reitgerte davon sprengte. Helmstedt stand einen Augenblick nachschauend und bewunderte die Sicherheit mit der sie ihr lebhaftes Thier regierte, dann aber schwang er sich selbst in den Sattel und galoppirte nach. Bald ritten beide, ihre Pferde zu ruhigerem Schritte zwingend, auf der Straße nebeneinander her, Ellen mit frei aufgerichtetem Kopfe die Gegend überblickend, Helmstedt sich mit seinem Pferde beschäftigend. Er hätte gern ein Gespräch angeknüpft, aber ihm waren, als er die schlanke Gestalt seiner Begleiterin betrachtete, deren Haltung und Aeußeres vollkommen ihre Stellung im Leben ausdrückte, Isaacs Bemerkungen vor die Seele getreten und daneben schoß ihm die Erinnerung durch den Kopf. »Dick kann dich auf deinem Ritte nicht begleiten,« hatte Elliot den Abend zuvor gesagt – »so mag's Mr. Helmstedt thun!« – Er war im Grunde doch nur der begleitende Diener, der Unterschied lag nur in der Hautfarbe.

»Sehen Sie dort drüben das weiße Haus?« begann jetzt Ellen; »dort wohnt Mrs. Morton, die Sie gestern Abend gesehen; wollen wir den Weg dahin einschlagen, daß wir doch wenigstens ein Ziel haben?«

»Sie haben nur zu befehlen, Miß!«

»Befehlen!« rief sie, den Kopf rasch nach ihm wendend, »sind Sie immer so steif, Sir? Mir war's, als ich Sie gestern Abend mit dem Vater ankommen sah, als müßte nun ein Leben voll lauter Lust und Unterhaltung losgehen, und nun sprechen Sie kein Wort.«

»Ich wußte wirklich nicht, Miß Elliot, ob Ihnen ein Gespräch angenehm sein würde!« erwiderte Helmstedt, dem eine Empfindung das Blut ins Gesicht trieb, er wußte nicht, war's Freude oder Aerger über sich selbst.

»Ich glaube, Sie haben einen ganzen Sack voll New-Yorker seinen Ton nach unserem Hinterwalde mitgebracht!« rief sie lachend, »was wollen denn zwei Menschen anders thun als sprechen, wenn sie allein mit einander auf der Straße sind? Lassen Sie uns schärfer zureiten, daß wir warm werden, dann wird das Plaudern vielleicht besser gehen!« und mit einem neckischen Seitenblicke nach ihm trabte sie auch schon von seiner Seite. Ihr Begleiter ließ seinem Pferde den Zügel und folgte. »Sitzen Sie wol fest, Sir?« rief sie muthwillig, als er heran kam, und ließ ihr Pferd in Galopp übergehen; – »die Straße ist wunderhübsch eben für ein kurzes Rennen!«

»Versuchen Sie, was ich leisten kann!« erwiderte er, und dahin sausten die beiden Pferde, Helmstedt das seinige genau nach der Schnelle des ihrigen regelnd und dann und wann einen Blick in ihr Gesicht werfend, aus dem das lebendige Vergnügen strahlte. Sie sprengten eben an einer Waldecke in die gänzlich offene Gegend hinaus, als das junge Mädchen ihr Pferd so plötzlich zügelte, daß Helmstedt eine kurze Strecke vor ihr vorbeischoß. Umwendend sah er, wie sie ihr schnaufendes Thier zum Stillstand nöthigte und scharf nach einem Gegenstande vor ihnen auf der Straße blickte. »Dort kommt der unangenehmste Mensch, den ich nur kenne,« sagte sie und strich sich das Haar aus dem erhitzten Gesichte, »er muß uns schon gesehen haben, sonst wendete ich geradewegs wieder um! Bitte, Mr. Helmstedt, bleiben Sie hart an meiner Seite, damit er mich wo möglich gar nicht anspricht.«

Ein Stück vor ihnen kam ein Reiter auf sie zu, es waren bekannte Gesichtszüge für Helmstedt, wenn er auch nicht gleich wußte, wo damit hin, bis ihm plötzlich die Erinnerung den Abend vor seiner Beraubung in New-York vorführte – es war Baker, Seiferts damaliger Begleiter. Zu weiteren Gedanken hatte er nicht viel Zeit, denn Ellen ritt bei Bakers Nahen hart an die Feldeinzäunung längs des Weges, augenscheinlich um an dieser Seite keinen Platz neben sich zu lassen, und forderte ihren Begleiter mit einem Blicke zum Folgen auf. »Jetzt ist die Zeit zum Plaudern da, Sir,« sagte sie und bog sich, als wären sie schon jahrelange Bekannte, zu ihm, »ich werde Ihnen erst eine ganze Menge erzählen, wenn auch nicht viel Sinn darin ist; die Hauptsache ist, daß wir gar nicht thun, als bemerkten wir den Mann; und nun geben Sie mir auch eine Antwort, daß die Sache natürlich aussieht.«

»Wohnt der Herr hier in der Nachbarschaft?« fragte Helmstedt, der jetzt keiner Erfindung zur Aufnahme des Gesprächs bedurfte, – »ich habe ihn kürzlich in New-York gesehen –«

»Ich weiß wirklich gar nichts, als daß er der unausstehlichste Mensch ist,« unterbrach ihn das Mädchen, »und daß meine Mama den schlechten Geschmack hat, ihn liebenswürdig zu finden und mich mit seiner Gesellschaft zu quälen.«

»Guten Morgen, Miß Elliot!« klang Bakers Stimme, der mit seinem Pferde vor dem ihrigen hielt, daß es zum Stillstand gezwungen war, »ich wollte mir eben das Vergnügen machen, Ihnen in Oaklea einen Besuch abzustatten.«

»Well, Sir, Sie finden Mama zu Hause,« erwiderte das Mädchen, ohne ihn anzublicken, »wollen Sie uns nur jetzt den Weg frei machen!«

Helmstedt sah ein halbspöttisches Lächeln um Bakers Gesicht zucken. »Ich wollte aber eben nur Sie sehen, Miß Elliot, und Sie werden doch sicher so höflich sein, ein paar Worte von mir anzuhören?«

Ellens Gesicht begann sich höher zu färben, aber ihrer Entgegnung kam Helmstedt zuvor.

»Wollen Sie so freundlich sein, der Dame freien Weg zu geben, die unter meinem Schutz ist? Oder gedenken Sie hier irgend einen Zwang auszuüben?« sagte er mit fester Ruhe und trieb sein Pferd einen Schritt weiter vor.

Baker warf einen Blick auf ihn, als bemerke er ihn erst jetzt. »Lächerlich!« sagte er, die Achseln zuckend, »Zwang! ich spreche Miß Elliot mit Genehmigung ihrer Eltern und so wird sie mir wahrscheinlich jetzt für ein paar Minuten den Platz an ihrer Seite erlauben!«

»Nein, sie wird nichts erlauben, Sir!« rief jetzt Ellen, das blitzende Auge auf ihn richtend, aber mit einem Zittern der Stimme, das ihre innere Aufregung verrieth. »Sprechen Sie mich mit Genehmigung meiner Eltern, so mögen Sie's auch in ihrer Gegenwart thun – lassen Sie mich vorüber!«

»Well, Miß, Sie sind noch so jung und dabei doch so verständig, wie ich in der letzten Zeit oft gesehen,« sagte Baker mit halblauter Stimme, sich über den Hals seines Pferdes biegend, »jetzt aber übermannt Sie das junge Blut – Sie wissen ja nicht, wie wichtig das ist, was ich Ihnen zu sagen habe, aber in Gegenwart eines mir Fremden nicht kann, vielleicht der Interessen Ihrer eigenen Familie halber nicht sagen darf – zu Haus weichen Sie mir aus –«

»Eben weil ich zu solchen wichtigen Dingen noch zu jung bin!« rief sie und gab im Aerger ihrem Pferde einen Schlag, daß es sich bäumte, Helmstedts Pferd bei Seite drängte und auf die Mitte der Straße sprengte; Baker wollte an ihre Seite gelangen, aber Helmstedt hatte sein Pferd schon dazwischen geschoben. »Halt an, Sir, Sie haben die Meinung der Dame gehört, thun Sie keinen Schritt weiter, oder ich behandle Sie nicht als Gentleman!« rief er. Baker zog die Brauen zusammen und maß ihn mit finsterem Blicke. »Well, Sir,« sagte er, »ich werde das Vergnügen haben, Sie an einem andern Orte zu treffen, vorläufig erbitte ich mir Ihren Namen!«

»Thut mir leid, daß Sie ihn vergessen haben, Sir; Ihr Freund Seifert machte Sie schon einmal damit bekannt. Ich heiße Helmstedt und wohne jetzt im Hause des Mr. Elliot.«

Bakers Gesicht überflog eine leichte Blässe. »Seifert?« wiederholte er, »soll es eine neue Beleidigung sein, daß Sie mich und den Spieler zu Freunden machen? Haben Sie mich vielleicht einmal im Riverhause getroffen, obgleich ich mich dessen nicht einmal entsinne, was berechtigt Sie, den Menschen zu meinen Freunden zu zählen?«

Helmstedts Augen wurden größer. »Also ist er doch hier mit Ihnen?« sagte er nach einem Augenblicke langsam, »Sie haben wol vergessen, daß Sie Beide New-York mit einander verließen? 'S ist genügend, was ich weiß, im Uebrigen stehe ich Ihnen zu irgend einer Zeit zu Diensten!« Damit wandte er sein Pferd und trabte davon, um seine Begleiterin einzuholen, welche, ohne die beiden Männer aus den Augen zu lassen, sich bereits ein Stück entfernt hatte. Baker sah ihm mit aufeinander gebissenen Lippen nach, warf dann sein Pferd herum und verfolgte seinen früheren Weg weiter.

»War ich doch so froh heute Morgen, und nun muß mir die Begegnung die ganze Laune verderben,« sagte Ellen, als Helmstedt wieder an ihrer Seite ritt, »ich weiß nicht, was sie zu Hause alle an dem Manne finden, Vater, Mutter und selbst Sarah; ich kann's gar nicht ausdrücken, was ich fühle, wenn er nur sein Auge auf mich heftet – bisweilen komme ich mir vor wie eine arme hilflose Fliege, um die eine Spinne anfängt ihre Fäden zu schlingen.« Sie gab wie in innerem Unmuth ihrem Pferde einen neuen Schlag und galoppirte davon, zügelte es aber bald wieder und ließ ihren Begleiter herankommen. »Nicht wahr, Sie lachen mich nicht aus?« sagte sie mit einem so zutraulich bittenden Blick im Auge, daß in Helmstedts Herzen jedes drückende Gefühl über seine Stellung, das noch zurückgeblieben sein mochte, wie leichter Schnee vor der Sonne zerrann, »ich meine, Sie lachen nicht innerlich über mich, daß ich mich so gegen Sie gehen lasse?«

»Sprechen Sie nur, Miß Elliot, wenn es Sie dazu drängt,« erwiderte er, »und denken Sie, Sie hätten einen verschwiegenen Bruder neben sich; ich verstehe Ihre Empfindung gegen den Menschen vollkommen, und wenigstens in einer unbeschreiblichen Abneigung gegen ihn haben Sie in mir einen Bundesgenossen.«

»Haben Sie ihn schon früher gekannt?« fragte Sie lebhaft, »Vater sagt, er sei reich, er solle aus dem Süden des Staates sein; Mutter spricht von seiner Liebenswürdigkeit und« – sagte sie stockend, während ein hohes Roth ihr Gesicht übergoß, »und ich mag gar nicht daran denken, wozu sie mir das sagen.« Sie trieb ihr Pferd an, als wolle sie Helmstedts Blicken entgehen, der erst nach einer Weile wieder an ihrer Seite ritt.

»Ich weiß nicht, ob Sie Ihr Gefühl gegen den Mann nicht vollkommen richtig leitet, Miß,« begann er, seinem Pferde die Mähne glatt streichend, »ich habe eine Ahnung, daß mit ihm nicht alles ist, wie es sein soll, und ich glaube, ich kann mir bald Gewißheit verschaffen, wenn Sie meinen Dienst nur annehmen wollen.«

»Glauben Sie das?« rief sie rasch aufschauend, »ich wollte Ihnen so von Herzen danken – aber wie wollen Sie Gewißheit erhalten? Vater würde ohne die gründlichsten Beweise nur wieder über mich spotten.«

»Well, Miß,« erwiderte er nach augenblicklichem Nachdenken, »ich will Ihnen nichts versprechen, bis ich nicht selbst einen bestimmten Anhalt habe; das aber, denke ich, soll geschwind geschehen – haben Sie bis dahin Vertrauen zu mir.«

»Ich habe ja schon so viel, daß ich selbst davor erschrecke!« sagte sie, ihm das Gesicht zukehrend, in dem sich ein helles Lächeln wieder Bahn brach. Sie zog die Hand aus dem Stulpenhandschuhe und reichte sie ihm hinüber, »ich bin ja froh genug, daß ich mit meinem Widerwillen gegen den Mann nicht mehr allein in unserm Hause stehe.«

Helmstedt hielt einen Augenblick die kleine, weiche Hand in der seinigen, und wollte sie dann an seine Lippen führen, sie aber zog sie rasch hinweg. »Das ist keine Mode in unserm Hinterwalde!« rief sie, auflachend wie ein Kind, und ließ das Pferd wieder im Galopp davon gehen.

Beide ritten schweigend eine Strecke weiter, als sich aber Mortons Landhaus, das Ziel ihres Rittes, in kurzer Entfernung zeigte, hielt Helmstedt sein Pferd an. »Einen Augenblick, Miß Elliot,« sagte er, »wie lange gedenken Sie bei Ihrer Freundin zuzubringen?«

»Nach der Begegnung von vorhin blieb ich am liebsten den ganzen Tag da!« erwiderte sie, »ich bin gewiß, daß dieser Baker nicht eher unser Haus verläßt, bis er einsieht, daß ich vor spät Abends nicht wiederkomme.«

»Well, Miß, kennen Sie einen Ort, der das Riverhaus heißt? Ich denke dort etwas über unsern Mann erfahren zu können und möchte die Zeit zu einem Ritte dahin benutzen.«

»Ich habe wol schon von dem Orte gehört,« erwiderte das Mädchen nachsinnend, »das müssen aber wenigstens sieben bis acht Meilen von hier sein. Er liegt drei Meilen seitwärts der Stadt, am Flusse, so viel ich weiß, und wenn Sie von Mortons Hause nach der Hauptstraße hinüber biegen, so können Sie wenigstens den Weg nach der Stadt nicht verfehlen, wo Sie jedenfalls die genauere weitere Richtung würden erfragen müssen.«

»Sie wollen warten, bis ich zurück bin, Miß?«

»Sicherlich, Sir!«

Sie hatten die weiße Einzäunung des Landhauses erreicht; Helmstedt sprang vom Pferde, um das Gartenthor für seine Begleiterin zu öffnen und als er zwei Damen aus dem Hause treten und dem Gaste entgegeneilen sah, schwang er sich wieder in den Sattel und schlug die nächste breite Fahrstraße, die seitwärts abging, ein. Ein Neger, der im vollen Feststaate, die dampfende Cigarre zwischen den dicken Lippen, umher spazierte, benahm ihn auf seine Frage jeden Zweifel, daß er auf dem rechten Wege sei, und im scharfen Trabe verfolgte er die Richtung weiter.

Was Helmstedt mit seinem jetzigen Ritte erzielen wollte, war ihm eigentlich selbst noch nicht ganz klar. Bei Bakers Anblick hatte er zuerst nur an Seifert als den Dieb seines Geldes gedacht, und deshalb nach diesem gefragt; dann aber war ihm des Mannes momentane Verlegenheit, sowie dessen Bestreben, die Bekanntschaft mit Seifert von sich zu weisen, aufgefallen, und dies in Verbindung mit der Weise, in welcher er ein Gespräch mit Ellen Elliot anknüpfen wollte, hatte ein dunkles Gefühl in Helmstedt erzeugt, als gewahre er das äußerste Ende eines verborgenen Spitzbubenstreiches, und Ellens Gleichniß von der Spinne und der Fliege, welches ihm das häßliche Lächeln, das er in New-York an Baker bemerkt, wieder vor die Seele führte, verstärkte den Eindruck nur noch. Stand der Mensch noch in Verbindung mit Seifert, mit dem er von New-York abgereist war, so waren seine Angelegenheiten sicherlich nicht klar, es kam eben nur darauf an, Seifert zu treffen, und zum Reden zu bringen. Helmstedt hatte den Namen des »Riverhauses« im Zusammenhange mit dem »Seiferts« aufgefangen, und so lange er neben Ellen herritt, hatte er gar keinen Zweifel gehegt, durch diesen Anknüpfungspunkt Allem, was nur nothwendig sei, auf die Spur zu kommen – je weiter er aber jetzt seinen Weg verfolgte, je mehr Schwierigkeiten tauchten vor ihm auf. Wenn das Riverhaus nicht Seiferts Wohnung und nur ein Spielhaus war, wie es sich fast nach Bakers Aeußerungen vermuthen ließ, so konnte er auch sicher sein, nach der Mode in solchen Häusern dort das Allerwenigste von ihm zu hören, und bekam Seifert eine Ahnung von seiner Nähe, so war er gewiß eben so geschwind aus der Gegend verschwunden, wie damals aus New-York, – daneben fing es Helmstedt jetzt auch an zu scheinen, als ob der Verdacht, der ihm so plötzlich gegen Baker gekommen, auf keiner Seite recht Stich halten wollte – sicherlich mußten doch die Familien, bei denen er aus- und einging, wissen, mit wem sie es zu thun hatten; er mochte liederlich sein und sich Seiferts als Werkzeug bedienen, das erklärte Vieles, – und doch, wenn sich Helmstedt die kaum durchlebte Scene wieder vergegenwärtigte, kam ihm genau das frühere Gefühl wieder. Keinesfalls konnte es etwas schaden, sich vorsichtig nach Seifert umzusehen, schon des verübten Diebstahls halber; trotzdem war es Helmstedt, als könne er dem Spitzbuben jetzt Alles vergessen und vergeben, wenn er durch ihn nur etwas gegen Baker ermitteln könne. Was

90

der Grund war, der ihn sein eigenes Interesse so weit vergessen ließ, darüber grübelte er nicht.

Es war kalt, trotz des herankommenden Mittags; Helmstedts Pferd aber schwitzte vom anhaltenden Trabe und den Reiter schienen seine eigenen Gedanken warm zu halten. Es war kaum Mittag vorüber, als er das Städtchen mit seinen weiß gefirnißten hölzernen Häusern und grünen Jalousien vor sich liegen sah. Bei seiner gestrigen Ankunft in Alabama hatte er hier schon einen halben Tag zugebracht, bis ihn Elliot durch den Schwarzen hatte abholen lassen, und er ritt jetzt demselben Hotel zu, in welchem er schon vorher abgestiegen war. Die Stadt schien der Sammelplatz aller Schwarzen aus der Umgegend zu sein; ganze Caravanen von Männern und Frauen zu Pferde in den buntesten Aufzügen durchzogen lachend und spaßend die Straßen; vor den Tanzlokalen, aus denen die alten schottischen Reals von Geige und Tamburin vorgetragen wurden und das Stampfen der tanzenden Paare klangen, standen andere Haufen, derbe Späße treibend: der Ausdruck auf allen den schwarzen Gesichtern war der einer angeborenen Lustigkeit, die unverwischlich zwischen den fleischigen Backen eingegraben zu sein schien, und Helmstedt zog unwillkürlich einen Vergleich mit dem Anblicke, den ihm die Belustigungsorte der ärmsten Klassen in Berlin und Paris geboten, mit den verhärmten weißen Gesichtern, die mit Gewalt sich zur Fröhlichkeit zu zwingen schienen oder anzeigten, daß die Wochensorgen zu kurzem Vergessen in Schnaps ertränkt worden waren. Wo er durch einzelne Haufen hindurch reiten mußte, wurde ihm mit einer gutmüthigen grinsenden Höflichkeit Platz gemacht, die viel eher an Familiarität als an sklavische Scheu, wie er sich das Wesen der Schwarzen früher vorgestellt, mahnte. – An dem großen steinernen Hotel angelangt, band Helmstedt sein Pferd an einen der dazu bestimmten Pfosten, und beschloß zuerst hier seine Nachfragen über Seifert zu beginnen – Hotels waren immer das eigentliche Lebens-Element für Leute von dessen Gattung gewesen. Die »Office,« nach der er sich beim Eintreten zuerst wandte, fand er augenblicklich verlassen und so schritt er nach dem Billardzimmer; aber kaum hatte er einen Blick durch die offene Thür desselben geworfen, als er auch wie eingewurzelt stehen blieb.

Drinnen stand, mit dem Queue in der Hand, Seifert selbst in Lebensgröße. Helmstedt trat wieder zurück, um nicht gesehen zu werden und überlegte. So sehr ihn das Zusammentreffen auch jeder weiteren Mühe überhob, so wenig war er doch noch darauf vorbereitet, – nach kurzer Weile schien er indessen mit sich einig zu sein und schritt, wenigstens äußerlich ruhig, durch die Thüröffnung. Im Zimmer, das sein Auge rasch überflog, befanden sich außer den Spielern an den beiden Billards, nur einzelne aufmerksame Zeitungsleser. Seifert kehrte ihm den Rücken zu und pointirte den Fortschritt seines Gegners im Spiele. Helmstedt klopfte ihm leicht auf die Schulter. »Aah –!« rief dieser, sich umkehrend, als erwarte er einen Bekannten zu sehen; sobald er aber seinen Mann mit dem Blicke gefaßt, begannen seine Augen groß und starr zu werden, als sähe er ein Gespenst; das Blut ging aus seinem Gesichte, »Mister –?« begann er endlich mit unsicherer Stimme und augenscheinlich nach Fassung ringend. »Helmstedt, *if you please, Sir!*« erwiderte dieser lachend, »kennen Sie mich denn nicht mehr, Seifert? Sie sehen,« fuhr er deutsch fort, »Berg und Thal kommen nicht zusammen, aber Menschen können sich wiederfinden.«

»Helmstedt?!« erwiderte der Andere und in seinem Gesichte zeigte sich ein sonderbarer Kampf, sollte er die Bekanntschaft anerkennen oder nicht.

»Ja natürlich, wer denn sonst, Mann? Ich freue mich, einmal wieder einen Bekannten zu treffen. – Sie haben mir in New-York wirklich gefehlt, wo Sie verschwanden, ohne mir nur einmal ein Wort von Ihrer Abreise zu sagen. Aber lassen Sie sich jetzt nicht stören, wir sprechen, wenn Sie mit Ihrer Partie durch sind und trinken dann eine Flasche Wein zusammen, oder irgend einen andern Stoff.«

»Well, Sir,« erwiderte Seifert englisch und in seiner Sprache war keine Spur von Befangenheit mehr vernehmbar »ich spreche allerdings deutsch, kann mich aber im Augenblicke nicht entsinnen, wo ich Sie schon gesehen hätte, ich bin schon viele Jahre im Lande, bin aber erst einmal eine kurze Zeit in New-York gewesen – irren Sie sich nicht vielleicht in der Person?«

Helmstedt starrte den Menschen einen Augenblick überrascht an – so viel Frechheit hatte er nicht erwartet. »Sie sind diesmal ein Narr, Seifert,« sagte er dann, »ich will noch zwei Worte deutsch reden und dann englisch, wenn Sie's wünschen. Hätte ich Böses gegen Sie im Sinne, so wäre ein gerichtlicher Haftbefehl gegen Sie in meiner Hand gewesen, ehe ich Sie angesprochen. Sie sind ein Spieler von Profession, ich bin jetzt Familien-Mitglied eines der ersten Pflanzer hier, dessen Einfluß mir vollkommen zu Gebote steht, verstehen Sie wohl, – ich komme zu Ihnen als alter Bekannter, der Sie vielleicht sogar um einen Dienst bitten möchte, – spielen Sie jetzt ehrliches Spiel mit mir und ich gebe Ihnen mein Wort, daß ich Ihren Spitzbubenstreich gegen mich vergessen und begraben will – wollen Sie nicht, nun, Herr Seifert, so habe ich englisch sprechen gelernt.«

»Sie reden so überzeugend, Herr von Helmstedt,« erwiderte Seifert, ohne eine Miene zu verziehen, »daß wirklich in meinem Gedächtniß eine Erinnerung aufdämmern will – aber entschuldigen Sie, mein Gegner wird ungeduldig, ich stehe Ihnen nachher weiter zu Diensten!« und damit wandte er sich, von Helmstedts leisem Kopfschütteln gefolgt, dem Billard wieder zu. Dieser ließ sich durch den Aufwärter Cigarren bringen und setzte sich, dem Spiele zusehend, in einen der leerstehenden Divans, bis Seifert mit einigen brillanten Stößen die Partie endigte, den gemachten Aussatz einzog und sich neben Helmstedt placirte. »Wie gesagt,« begann er, und brannte sich eine der daliegenden Cigarren an, »es wird mir immer klarer, daß wir uns wirklich gekannt haben mögen.« –

»Lassen Sie einmal den Unsinn, Seifert,« unterbrach ihn Helmstedt, sich aufrecht setzend, »Sie wissen, ich habe immer unverblümt mit Ihnen gesprochen, das will ich auch jetzt thun; vielleicht wissen Sie auch, daß ich ein gegebenes Wort unter allen Umständen halte, und so können Sie sich auch im Guten oder Bösen auf das verlassen, was ich Ihnen jetzt zusagen werde. Sie haben mich in New-York um Alles bestohlen, was ich hatte, ohne Mitleid, obgleich Sie wußten, daß ich dadurch hilfloser als jeder Andere dastehen mußte –«

»Erlauben Sie einen Augenblick.« fiel Seifert ein, »wenn dies der Weg sein soll, meinen Erinnerungen zu Hilfe zu kommen, so weiß ich wirklich nicht, ob es ein glücklicher ist.«

»Die Beweise dafür sind natürlich durch Zeugenaussagen vor dem New-Yorker Polizeigericht vollständig festgestellt,« fuhr Helmstedt, ohne sich unterbrechen zu lassen, fort – »mir ist aber die Sache zum Glück ausgeschlagen, und so habe ich hier nicht daran gedacht, etwas gegen Sie zu unternehmen. Ich weiß ziemlich genau, was Sie hier treiben, kenne Ihr Riverhaus und Ihre dortigen Verbindungen, mir liegt aber, einer Angelegenheit halber, die nur mich allein betrifft, an einer Auskunft über Ihren – ich weiß nicht recht, wie ich ihn nennen soll – Ihren Genossen, den Mr. Baker, und wenn Sie *hierin* aufrichtig zu mir sprechen wollten, würde ich Ihnen Alles vergeben, was Sie mir gethan, würde sogar meine Anklage unter einem plausiblen Vorwande in New-York zurücknehmen, wohin Sie doch über kurz oder lang wieder gehen möchten.«

Seifert blies eine große Rauchwolke von sich. »Je mehr ich mir Ihre Worte überdenke, Herr von Helmstedt, je vernünftiger scheinen Sie mir für den Mann zu sein, den Sie damit vor Augen haben; ich weiß aber wirklich noch nicht, ob ich auch dieser Mann bin – ich hatte zum Beispiel einen Bruder in New-York, der mir sehr ähnlich sah – lassen Sie aber einmal hören, über wen Sie Auskunft wünschen.«

Helmstedt unterdrückte eine Bewegung der Ungeduld.

»Ueber Ihren Freund Baker, mit dem Sie New-York verließen,« sagte er; »ich versichere Ihnen dabei, daß Niemand erfahren wird, woher ich meine Informationen erhalten habe. Seine Verbindung mit Ihnen kenne ich bereits und ich möchte Sie nur nochmals bitten, *ehrlich* gegen mich zu sein, lieber zu sagen, Sie *wollen* sich nicht aussprechen, als mich belügen.«

»Wenn Sie Alles das wissen, was Sie andeuten,« erwiderte Seifert, die Asche von seiner Cigarre klopfend, »so weiß ich eigentlich nicht, was ich Ihnen sagen soll, es scheint mir beinahe, als wüßten Sie mehr als ich selber.«

»Gut, Seifert, also ein paar bestimmte Fragen. Wo ist der Mann her und was wissen Sie über seine Verhältnisse? Sodann: in welcher Beziehung steht er zu Ihnen?«

»Ich muß Ihnen gestehen, Herr von Helmstedt, weil Sie es wünschen, daß die Beantwortung mir aus hundert Gründen unmöglich ist. Der erste davon ist, daß ich selbst nichts Genaues über den Mann weiß und so werden Sie mir wol die Aufführung der übrigen neun und neunzig erlassen.«

Helmstedt sah ihn einen Augenblick scharf an und erhob sich sodann. »Well, Sir,« sagte er kalt, »Sie wollen sich mit mir nicht in Freundlichkeit ausgleichen, so mögen Sie hinnehmen, was auf einer andern Seite kommt, und sich nicht über mich beklagen.« Er setzte sich den Hut fester und ging, wie mit einem Entschlusse fertig, nach der Thür, ohne dem Andern noch einen Blick zu gönnen. Es lag keine Berechnung in Helmstedts jetziger Bewegung, er fühlte, daß er dieser geriebenen Spitzbubennatur gegenüber zu schwach sei und wollte somit wenigstens sein eigenes Interesse durch polizeiliche Hilfe zu wahren suchen.

Seiferts Auge folgte ihm einen Augenblick mit gespanntem Ausdrucke! »Herr von Helmstedt!« sagte er dann halblaut – aber der Gerufene hörte nicht und erreichte die Thür. »Einen Augenblick noch, Sir!« rief jetzt Seifert und sprang auf. Helmstedt hielt an und drehte sich halb um: »Ich glaube, wir sind mit einander fertig!« – »Nur noch einige Worte,« erwiderte der Andere und ging auf ihn zu. »Die Auskunft über den Mann scheint Ihnen von ziemlicher Wichtigkeit zu sein,« fuhr er fort, »und da es vielleicht sein mag, daß ich etwas gegen Sie gut zu machen habe, auch nicht gern im Bösen von Ihnen scheiden möchte, so will ich Ihnen die gewünschten Notizen unter einer Bedingung geben, – die früher auf Ihr Ehrenwort gemachten Propositionen natürlich einbegriffen.«

»Ich sage Ihnen einfach, daß Sie mich nicht mehr täuschen, Seifert!« erwiderte Helmstedt. »Wollen Sie mir die Wahrheit mittheilen, gut, so will ich Ihnen jetzt noch halten, was ich versprochen; merke ich, daß Sie mich belogen haben, so bin ich an nichts gebunden.«

»Lassen Sie uns wieder Platz nehmen, es ist nicht nöthig, die Aufmerksamkeit der Gäste auf uns zu lenken, selbst wenn sie uns nicht verstehen. Meine Bedingung,« fuhr Seifert fort, als sie wieder an dem früheren Orte saßen, »ist, daß Sie bis zum Neujahrstage keinen Gebrauch irgend einer Art von meinen Mittheilungen machen; ich habe mit dem bewußten Manne selbst ein kleines Geschäft und mein Interesse würde, käme er früher in übeln Geruch, am meisten leiden. Ich gestehe Ihnen, daß ich mit meiner Stellung nicht zufrieden bin und mir den längsten Termin einer Verbindung mit ihm bis Neujahr gestellt habe. Sie werden also die gestellte Bedingung nur billig finden.«

»Ich gehe sie ein,« erwiderte Helmstedt nach kurzem Nachdenken, »und gebe Ihnen mein Wort sie zu halten.«

»Ich kenne Sie, Herr von Helmstedt, und baue darauf – 's ist wirklich was Schönes, um so ein bloßes Wort, wenn man seines

Mannes sicher ist – das Schlimmste dabei ist nur, daß die Worthalter in der Regel dasselbe Vertrauen zu Andern haben, und so am meisten betrogen werden – 's ist wol darum auch nie ein Gericht für mich gewesen. Well, Sir, unser Mann gilt hier für einen reichen Alabamaer aus dem Süden, ist aber nur insofern von mir unterschieden, als er außer meiner Leidenschaft, leicht und schnell Geld zu machen, auch noch eine andere hat, nämlich in Liebe mit jungen reichen Mädchen zu speculiren, was übrigens dann und wann, wenn ihm eine Ueberrumpelung gelungen, ganz hübsche Interessen abwirft. Im Augenblicke scheint er durch eine reiche Heirath diesen Geschäftstheil zum Abschluß bringen zu wollen, ich weiß aber wirklich nicht, wie weit er damit gediehen ist. Daß ich hier als Spieler von Profession gelte, wissen Sie schon, es ist aber eigentlich sein Geschäft und ich repräsentire nur die Firma der Oeffentlichkeit gegenüber, damit er als seiner Gentleman unbeargwohnt Kunden zuführen und seiner zweiten Leidenschaft nachgehen kann. Er hat mich zu diesem Zwecke von New-York hergelockt, und wenn auch das Geschäft durchaus nicht schlecht gewesen ist, so bin ich doch des hiesigen Lebens und der Handlangerdienste herzlich müde; Neujahr wird, wie gesagt, jedenfalls eine Aenderung darin eintreten.«

»Er hat also keine Besitzungen in Alabama?«

»Eben so wenig wie ich und Sie, er mag aber früher sich viel im Süden herumgetrieben haben und die Verhältnisse genau kennen. 'S ist ein New-Yorker Kind und ich möchte wol seine Terrainkenntniß, durch die er sich dort in den ersten Familien bewegt, haben. – Well, Sir, ich glaube, das dürfte Ihnen vielleicht genügen, ich habe Ihnen so weit reinen Wein eingeschenkt, und es sollte mir leid thun, wenn weitere Fragen meine speziellen Interessen beträfen, die ich nicht ebenso beantworten könnte.«

»Gut, Seifert,« erwiderte Helmstedt nach kurzem Besinnen, »ich glaube, es ist vorläufig genug. Sie werden es aber natürlich finden, wenn ich hier und da in Ihre Wahrhaftigkeit ein bescheidenes Mißtrauen setze. Bestätigen sich Ihre Angaben nach Neujahr, so nehme ich dann meine Anklage in New-York zurück. Haben Sie noch etwas zuzusetzen oder zurückzunehmen, so thun Sie es jetzt.«

»*All right, Sir!*« rief Seifert, laut genug, um von allen Gästen gehört zu werden und sich mit der Miene eines befriedigten Geschäftsmannes erhebend. »Spielen wir vielleicht eine Partie?«

Helmstedt schüttelte den Kopf. »Werde schwerlich Zeit haben; ich will nur ein paar Bissen zu mir nehmen – habe heute fast noch nichts im Leibe – und dann heimreiten.« –

Es war ein wunderbares Gefühl, was den jungen Mann beherrschte, als er nach kaum einer halben Stunde wieder zur Stadt hinaustrabte. Dachte er an Ellen, die auf ihn wartete, so durchwehte es ihn wie heranziehender Frühling, und doch war es ihm, als werfe eine schwarze Wolke im Hintergrunde einen Schatten in seine Welt hinein.

5. Schwüle Luft.

Die Sonne stand schon tief, als Helmstedt bei Mortons Landhause wieder anlangte. Er ritt durch die Einzäunung nach dem Hause, band sein Pferd an einen Baum, und als er nirgends einen der Schwarzen entdecken konnte, der seine Anmeldung übernommen hätte, schritt er zögernd durch die offene Thür der eleganten »Halle,« in welche die übrigen Zimmer ausliefen. Es war ihm nach der eigenthümlichen Begegnung, die er am Abend zuvor mit »Mrs. Morton« gehabt, unangenehm, das Haus zu betreten, er war mit sich selbst in Zwiespalt, wie er sich ihrer sonderbaren Haltung gegenüber benehmen sollte, ob ebenso stolz und fremd wie sie, was ihn seinerseits ebenso unwahr als lächerlich erscheinen wollte – oder in leichtem Tone die alte Bekanntschaft geltend machend, was ihn jedoch, sollte sie diese von sich weisen, in eine ganz schiefe Stellung bringen konnte. Er pochte, da sich trotz seines festen Trittes auch in der Halle Niemand sehen ließ, an eine der Front-Parlorthüren und trat endlich, als er keine Antwort erhielt, in das Zimmer. Es war leer; aber durch die Seitenthür, die sich öffnete, eben als er wieder zurückgehen wollte, trat Mrs. Morton, in deren Gesichte die Farbe wechselte, als sie den Besucher erkannte.

»Ich kam nur, um Miß Elliot abzuholen!« begann Helmstedt deutsch, sich freundlich verbeugend.

»Sie ist schon vor mehreren Stunden durch ihren Vater abgeholt worden!« war die leise, englische Antwort. – Helmstedt schwankte einen Augenblick, ob er nicht kalt und kurz seinen Abschied nehmen sollte, aber ein Gefühl, halb Neugierde, halb Theilnahme siegte darüber.

»Darf ich wol fragen, Mrs. Morton, warum Sie so fremd und förmlich sind,« fuhr er deutsch fort, »während ich mich doch so aufrichtig freue, Sie hier wiedergefunden zu haben?«

Das Gesicht der vor ihm Stehenden wurde bleich, ihre Mienen wie ihr Auge nahmen eine starre Unbeweglichkeit an. »Ich glaube, Sir,« erwiderte sie, das Englisch beibehaltend, »wir haben keinen Berührungspunkt mehr gemein. Es thut mir leid, daß ich Ihnen das erst mit Worten sagen muß.«

Dem jungen Manne trat das Blut ins Gesicht, wie einem Schüler, der einen Verweis bekommt. »Wie Sie wünschen, Ma'am, meine Frage war von Herzen gut gemeint,« sagte er, »ich bitte um Entschuldigung!« und sich leicht verbeugend, verließ er das Zimmer. Er schwang sich auf sein Pferd und sprengte im Galopp der Straße zu; er ärgerte sich über das Wesen der frischgebackenen Dame, ärgerte sich über sich selbst, daß er ihr ein Wort gegönnt hatte und erst, als er ein Stück seines Weges zurückgelegt, dachte er wieder an Ellen, und welcher Grund wol Elliot bewogen, seine Tochter hier aufzusuchen.

Als die Hufschläge von Helmstedts Pferd laut geworden, war Pauline Peters, die jetzige Mrs. Morton, langsam zum Fenster getreten und hatte dem Reiter nachgesehen, bis er hinter den immergrünen Büschen verschwunden war. Dann fiel sie in einen der Divans, drückte das Gesicht in die Seitenkissen und brach in ein krampfhaftes Weinen aus. Sie schien gewaltsam jeden Laut davon ersticken zu wollen, aber jedes Glied ihres Körpers bebte unter einem Schluchzen, in dem sich ihre ganze Seele entleeren zu wollen schien; lange lag sie so, als sie aber endlich in gewaltsamer Fassung den Kopf wieder von den Kissen erhob, legten sich zwei weiche Arme um ihren Nacken. »Pauline, Mütterchen, um Christi willen, was ist dir denn?« sagte eine Stimme, die in voller Theilnahme zitterte, und Pauline sah in ein paar dunkle, melancholische Augen.

»'S ist nichts, Alice!« erwiderte sie, sich zusammenraffend und versuchte ein Lächeln, »das Weinen kommt mir wol einmal ohne großen Grund, und da mache ich es gleich für drei Monate zusammen ab.«

Das bleiche Mädchen, das vor ihr stand und die Arme nicht von ihrem Nacken ließ, sah ihr tief in die nassen Augen und schüttelte langsam den Kopf. »Du verhöhnst dich selbst,« sagte sie, »nur um mir nicht dein Vertrauen zu schenken, und doch habe ich dich nie mehr geliebt, als eben jetzt – ich weiß, wie das Unglück schluchzt, Paully. Als Vater mir dich als Mütterchen und als Schwesterchen mitbrachte, als du mich behandeltest wie ein krankes Kind, da hätte ich mich gar oft gern an deinem Halse ausgeweint, aber dem Gesicht war klar und froh, als hätte es noch keine Thräne gesehen und dein Herz noch kein Unglück gekannt – ich weiß jetzt, Paully, daß auch ein lachendes Auge ein Leid verbergen kann.« Und als sie ihr trübe blickendes Auge in das ihrer jugendlichen Stiefmutter tauchte, brach deren errungene Fassung wieder zusammen, Sie schlug ihre Arme um des Mädchens Hals, zog sie zu sich nieder und ließ den neu hervorbrechenden Thränen an ihrer Brust freien Lauf – aber es waren mildere Thränen, solche, die den Krampf der Seele lösen und das Herz frei machen.

»Und doch habe ich keine eigentliche Ursache, die mich hätte so außer mir bringen können,« sprach sie, sich nach einer Weile ruhiger aufrichtend und sich die Augen trocknend, »und wenn ich dir auch Alles mittheilen wollte, was in mir vorging, so würdest du mich doch nur für ein Kind halten, das noch einmal über ein liebes Spielzeug weint, das schon lange zerbrochen ist.«

»Komm, Paully, erzähle mir,« sagte Alice und eine leichte Röthe stahl sich über ihr Gesicht, »ich habe noch nie recht in dein Herz sehen können. Mache es frei und – mache mir Muth,« fuhr sie mit bebender Stimme fort, »daß ich bei dir eine Zuflucht suchen kann, wenn ich in meiner Einsamkeit verzweifeln will.«

Pauline sah sie mit aufglänzendem Auge an. »Soll ich wirklich deine Herzensfreundin werden? Du sollst mich kennen lernen ohne Rückhalt, mit allen meinen Kämpfen; dann aber mußt du auch mir einen Theil von dem geben, was dich drückt, damit ich dir tragen helfe.«

»Ich will, Paully, aber –« sagte das Mädchen mit einem tiefen Athemzuge, als wollte sie sich von einem beklemmenden Gefühle befreien, »aber jetzt nicht. Schlafe in meinem Zimmer heute Nacht und laß uns sprechen, wenn es dunkel ist.«

Pauline küßte sie schweigend und erhob sich. – –

Helmstedt hatte die kurze Strecke bis Oaklea schnell zurückgelegt und Dick, der ihm sein Pferd abnahm, wies ihn auf seine Frage nach Elliot nach der, »Bibliothek«. Helmstedt's Auge überflog die Fenster des Hauses, ob sich nicht Ellens Gesicht irgendwo zeige, aber ohne Erfolg. Es war ihm unbehaglich, schon den zweiten Tag nach seiner Ankunft ohne einen rechten Grund von Morgens bis Abends weggeblieben zu sein und dabei konnte er die Ahnung von etwas Unangenehmen, das während seiner Abwesenheit passirt sei, nicht los wenden. Elliot saß am Feuer, in einem Buche blätternd, als der junge Mann in das bezeichnete Zimmer trat. »Well, Sir« sagte er, nur einen Augenblick aufschauend, »haben Sie sich die Gegend angesehen?«

»Ich muß wirklich um Entschuldigung bitten, daß ich so lange ausgeblieben bin,« erwiderte Helmstedt, »ich bekam während meines Rittes mit Miß Ellen eine Nachricht, bei der sich vielleicht ein paar hundert Dollars verlornes Geld wieder erlangen ließen und ritt deshalb ohne Verzug nach der Stadt; ich bin freilich, wenigstens was das Geld betrifft, vergebens geritten.«

Elliot nickte, als denke er an etwas Anderes. »Brauchen Sie nur Ihre Zeit, wie Sie wollen, Sir,« sagte er nach einer Weile, »bis Neujahr sind Festtage und Sie finden vielleicht in der Stadt einige Zerstreuung – ich habe Ihnen dort auf dem Tische eine Bankanweisung auf Ihr halbjährliches Gehalt hingelegt.« Helmstedt verbeugte sich dankend. »Haben Sie mir sonst irgend etwas zu sagen, Mr. Elliot?«

»Durchaus nichts, verfügen Sie ganz über sich!« erwiderte dieser, ohne von seinem Buche aufzusehen. Helmstedt ging, aber lag ihm auch keine Sorge über seine eigenmächtige Abwesenheit mehr auf dem Herzen, so bedrückte ihn jetzt Elliots kalter, nachlässiger Ton, der so sehr von seiner gestrigen Herzlichkeit abstach. Irgend etwas war in seiner Abwesenheit vorgegangen und Baker, der bei seiner Begegnung mit ihm auf dem Wege nach Oaklea gewesen war, stand jedenfalls damit in Verbindung. Indessen hatte Helmstedt sein halbjährliches Gehalt in der Tasche, und Neujahr, wo er über Baker sprechen durfte, war nach fünf Tagen. Die Dinge konnten abgewartet werden. Er ging nach seiner Stube und begann seinen Koffer auszuleeren und seine Wäsche in der Kommode zu ordnen, bis es dunkel ward und ihm Sarah meldete, daß der Thee bereit sei.

Die Familie saß bereits, als er das Speisezimmer erreichte. Elliot lud ihn mit einer stummen Handbewegung ein, seinen Platz einzunehmen. Mrs. Elliot füllte schweigend seine Tasse und Ellen sah nach kurzem Aufblicke wieder auf ihren Teller. Auch als Helmstedt sich gesetzt hatte, fiel von keiner Seite ein Wort, Jeder schien mit seinen eigenen Gedanken beschäftigt zu sein, und die allgemeine Schweigsamkeit brachte einen beengenden Eindruck auf den Eingetretenen hervor; es wurde ihm fast, wenn er an Elliots veränderten Ton gegen ihn dachte, als müsse die auffallende Stille directen Bezug auf ihn haben.

»'S ist während der Feiertage ziemlich einsam und langweilig bei uns,« begann Elliot, als fühle er sich selbst unbehaglich, »unser Städtchen hat aber zu der Zeit desto mehr Leben und so muß man sich dort helfen.«

»Ich hatte nicht daran gedacht, wieder nach der Stadt zu gehen,« erwiderte Helmstedt, »ich hatte mir vorgenommen, bis Neujahr Ihre Bücher und Rechnungen zu meiner Information durchzusehen und die Einrichtungen der Farm kennen zu lernen – zur Unterhaltung aber ist ja ein Piano hier und wenn Miß Ellen glaubt, von mir etwas profitiren zu können und nichts anderes vor hat, so ließe sich jetzt ein recht guter Anfang damit machen.«

Ellen warf rasch aussehend ihn einen Blick zu, der sprechen zu wollen schien, sah dann seitwärts auf ihre Mutter und suchte wieder ihren Teller; Mrs. Elliot aber sagte kalt, ohne die Augen aufzuschlagen: »Ich glaube kaum, daß meine Tochter hier sein wird!« und damit trat die vorherige Stille wieder ein, bis sich die Hausherrin erhob und mit Ellen das Zimmer verließ. Elliot setzte sich ans Feuer. »Nehmen Sie Platz, Sir!« sagte er und winkte Helmstedt, einen andern Stuhl einzunehmen. »Es thut mir leid, Sir,« fuhr er fort, »daß Sie heute meiner Ellen wegen eine Unannehmlichkeit gehabt haben. Sie kannten natürlich den Gentleman nicht und Ellens Wesen auch noch nicht. Ich habe das Mädchen etwas verzogen, sie läßt ihren Einfällen mehr Gewalt über sich, als sie sollte, und so hat heute ihre Laune die Differenz herbeigeführt. Meine Frau ist etwas verstimmt darüber, wie Sie wol eben gesehen haben, sie gibt mir und meiner Erziehung die Schuld, und sie mag auch vielleicht Recht haben.«

»Kennen Sie den Herrn genau, von dem Sie eben sprachen?« fragte Helmstedt, »ich muß Ihnen ganz offen gestehen, daß ich vielleicht seiner Zudringlichkeit gegen Miß Elliot nicht so entgegengetreten wäre, wenn ich nicht den Mann für etwas Anderes gehalten hätte, als er sich gibt –«

»'S ist schon recht,« unterbrach ihn Elliot, »ich mache Ihnen auch keinen Vorwurf, ich bemerke es Ihnen nur, weil der Gentleman dann und wann unser Haus besucht und zu den genauern Bekannten meiner Frau gehört – und,« fuhr er mit einem gutmüthigen Lächeln fort, »wenn Sie in Amerika rasch fortkommen wollen, Sir, so müssen Sie es mit den Ladies nicht verderben.«

Helmstedt saß und schwankte, ob er die Familie in ihrer Sicherheit warnen sollte, aber jede unbestimmte Warnung hätte eine genauere Erklärung nach sich ziehen müssen, und er verwünschte die gegen Seifert eingegangene Bedingung. »Ich möchte von Herzen wünschen,« sagte er endlich, »daß ich heute im Unrecht gewesen wäre. Sie wissen gewiß am besten, wem Sie Ihre Familie öffnen.«

»Sicherlich, Sir!« erwiderte Elliot und hob langsam den Kopf, »eins nur möchte ich Ihnen noch freundlichst sagen. Unsere amerikanischen jungen Leute sind etwas rasch, besonders hier im Süden – lernen Sie Land und Menschen erst ruhig kennen, damit ein Urtheil, das Sie fällen, Ihnen nicht vielleicht unerwartet schlimme Folgen einbringt!«

Helmstedt biß sich auf die Lippen, erwiderte aber nichts, er glaubte ein Stück des amerikanischen Stolzes vor sich zu haben, wie ihn Isaac angedeutet und er fühlte beinahe eine Neigung, sich, wie es von ihm gewünscht wurde, gar nicht mehr um Baker zu bekümmern und seinen zu erwartenden Gaunerstreichen freien Spielraum zu lassen – wenn nur Ellen nicht vielleicht das Opfer derselben hätte werden können.

»Ich will Sie nicht länger belästigen,« sagte er aufstehend, »und wenn Sie mir erlauben, erbitte ich mir morgen früh Bücher und Rechnungen.« – »Wie Sie das halten wollen, Mr. Helmstedt!« nickte Elliot, und der junge Mann verließ das Zimmer. Als er die Thür zugedrückt hatte und an der erleuchteten Treppe, die ins obere Stockwerk führte, vorübergehen wollte, flatterte ein weißer Gegenstand vor ihm nieder. Er bückte sich darnach – es war ein zusammengelegtes Papier. Helmstedt warf überrascht einen Blick nach oben; dort war aber weder etwas zu hören noch zu sehen, und mit einem sonderbaren Gefühle der Spannung betrat er sein Zimmer und brannte Licht an. Das Papier war ohne Adresse und enthielt nur die folgenden mit Bleistift und augenscheinlich in Eile geschriebenen Zeilen:

»Mutter sagt mir jeden Augenblick, ich sei ein verzogenes Kind, und Vater mahnt mich, die Launen abzulegen; ich weiß aber, es geschieht nur wegen des Mannes, den ich nicht ansehen mag. Er hat sich bei der Mutter eingeschmeichelt, und Vater thut, worauf Mutter dringt. Ich höre aus jedem gesprochenen Worte, was beabsichtigt wird, und sehe keinen Weg, wie ich mir helfen soll; was Mutter will, setzt sie durch. Ich habe seit heute eine Angst im Herzen, wie noch nie. Der Mann, den ich gar nicht nennen mag, muß Mr. Helmstedt verdächtigt haben, denn Mutter hat den Vater geplagt, mich bei Mortons zu suchen, damit ich nicht mit einem gestern hergekommenen Ausländer, den noch Niemand kenne, wie sie sich ausgedrückt hat, den ganzen Tag allein in der Welt herumreite. Wenn Etwas gegen den Mann aufgefunden werden kann, so muß es bald geschehen; mir ist es, als hätten sich heute die Fäden so fest um mich gezogen, daß ich nicht mehr heraus kann, oder als wäre ich heute in meiner Abwesenheit verkauft worden. Ich bin so allein in meiner Angst, daß, wenn diese Zeilen Sünden sind, mir sie Gott verzeihen wird.

Ellen.«

Helmstedt las das Papier zweimal, dreimal über, dann warf er sich auf einen Stuhl, drückte die Hände vor die Augen und wollte überlegen – aber er sah nur Ellen mit ihrer kindlichen Naivität, mit ihrem klaren Auge, in dem sich noch kein Gedanke, der des Schleiers bedurfte, gespiegelt haben konnte, vor sich, sah jetzt den Ausdruck, den ihre Zeilen bekundeten, über ihre Züge gebreitet – er fuhr rasch mit der Hand über das Gesicht, sprang auf und ging die Stube auf und ab. Was sollte er thun? Jede Warnung seinerseits ohne bestimmte Beweise war, wie die Sachen jetzt standen, vollkommen unsinnig; die wenigen Tage bis Neujahr mußten aber vergehen, und dann durfte nur an Baker die Aufgabe gestellt werden, die Nachweise seines Besitzes im Süden oder seines Vermögens zu schaffen, um den Menschen zu entlarven. Das Erste und Notwendigste blieb jetzt, dem Mädchen den Muth wiederzugeben, um für jeden möglichen Fall bis dahin Widerstand zu leisten; morgen, meinte Helmstedt, werde er jedenfalls, eine Gelegenheit herbeiführen können, um ihr das Nöthige zu sagen. Er nahm das Papier wieder zur Hand, sah auf die zierlichen, flüchtigen Schriftzüge und machte eine Bewegung, als wolle er es zu seinem Munde führen, hielt aber auf halbem Wege inne »Sei kein Narr, August!« sagte er, »hier ist kein Feld wo dir Rosen blühen können.« Er legte das Papier langsam zusammen und öffnete dann seinen Koffer. »Aber ich kann sie doch in der Seele tragen, selbst wenn sie es nicht wissen darf!« fuhr er innehaltend fort und drückte das Papier an seine Lippen. »Gute Nacht, Ellen, und rechne auf mich.« –

Als Helmstedt am andern Morgen erwachte, war es ihm, als müsse er einen wunderschönen Traum gehabt haben, bis ihm plötzlich die Erinnerung das Bild des vergangenen Abends vor die Seele führte. Er sprang rasch auf und warf sich in die Kleider, damit er bei der Hand sei, falls sich Ellen vor dem Frühstück allein sehen lasse, um ihr wenigstens ein paar Worte zu sagen.

Eine trübe, warme Luft empfing ihn, als er seine Stube verlassen hatte und durch die hintere Thür ins Freie trat; einer jener schnellen Temperaturwechsel war eingetreten, wie er eine Eigentümlichkeit Amerika's ist. Die Bäume und Sträuche, die in zwei Tagen ihre Blätter verloren hatten, waren von Nebel umsponnen und Helmstedt fühlte einen unangenehmen Einfluß, den die veränderte Luft und das trübselige Aussehen der Landschaft auf seine eben noch so klare Stimmung ausübte. Er umschritt langsam das Haus und überdachte das sonderbare Verhältniß, in welches er gerathen war. Die Hausherrin, die das innere Regiment allein zu führen schien, war bereits gegen den »Ausländer« eingenommen – in welchem Grade wußte er noch nicht einmal; Elliot, bei aller äußerlichen Gutmüthigkeit ihn doch nur als Miethling betrachtend, – und dazwischen Ellen, die sich an ihn anklammerte und auf Schutz gegen ihre Eltern rechnete. Und brachte er es auch dahin, Bakers Gaunereien offen zu legen, so mußte von dem Augenblicke an sein Verhältniß zu Ellen ein schiefes, wo nicht gar beargwohntes, und seine Stellung in der Familie eine durchaus unhaltbare werden. Mochte es aber auch – er war ja im höchsten Nothfalle nicht hier gebunden und konnte dann wenigstens eine süße Erinnerung mit sich forttragen.

Als er um das Haus bog, sah er eine angespannte Kutsche an der Vorderthür halten, Dick auf dem Bocke und Sarah an dem geöffneten Schlage – eben trat Elliot mit Frau und Tochter vom Portico herab, hob Beide in den Wagen, winkte ihnen noch ein »*good bye*« zu, und fort rollten sie. Helmstedt ging in sein Zimmer zurück; er hatte nicht einmal Ellens Gesicht gesehen und als er sich mit einem Mißmuthe, von dem er sich selber keine Rechenschaft gab, auf einen Stuhl warf, kam ein Gefühl des Alleinstehens über ihn, wie er es selbst in Amerika noch niemals gekannt – Sarah rief zum Frühstück, wo ihm Elliot von einer Einladung erzählte, welche die Ladies erhalten – wann sie zurückkehren würden, sagte er nicht und Helmstedt durfte nicht danach fragen.

Nach beendigtem Mahle erbat sich Helmstedt Elliots Rechnungsbücher; er wollte scharf arbeiten, um sich alle lästigen Gedanken vorläufig aus dem Kopf zu schaffen, und sich zugleich bis zur Rückkunft des Pedlars Klarheit über das zu verschaffen was ihm fehle – und bald saß er mit einem Haufen ungeordneter Papiere in seinem Zimmer. Er begann zu sortiren, durchlas Briefe und Rechnungen, um so viel als möglich erst die Weise des Betriebes kennen zu lernen, aber er las oft eine Sache dreimal über und wußte doch nicht, wovon die Rede war. Seine Gedanken waren überall, nur nicht bei seiner Beschäftigung, und je mehr er sich zur Aufmerksamkeit zwingen wollte, desto mehr bemächtigte sich eine unbestimmte Unruhe seiner, die ihn endlich vom Stuhle auftrieb. Er öffnete seinen Koffer und holte Ellens Zeilen hervor – aber ehe er sie entfaltete, legte er sie wieder zurück. »Oel ins Feuer!« murmelte er; er setzte sich wieder an seinen Arbeitstisch und stützte den Kopf in die Hand, sinnend und sich in seine Gedanken verlierend. Erst nach einer langen Weile erhob er sich wieder. »So wird das nichts heute!« sagte er und rieb sich die Stirne. Er nahm seinen Hut, ging nach dem Stalle und sattelte sein Pferd; er wollte einen Rundritt durch die Farm machen, aber als er sich nach einer Weile nach seinem Wege umsah, befand er sich auf derselben Straße, die er Tags zuvor mit Ellen zurückgelegt. Er ritt weiter und sah bald in der Ferne Mortons Wohnhaus durch die neblige Luft leuchten, aber die Gedanken an die jetzige Mrs. Morton, welche der Anblick in ihm hervorrief, waren wenig geeignet, seine Stimmung zu erheitern. Er ritt von der Straße ab, quer durch ein offenes Stück Waldland; eine neue Straße that sich hier auf, in welche sein

Pferd ungeleitet einbog und erst, als es vor einem geschlossenen Gatterthor stehen blieb, merkte Helmstedt auffahrend, daß er weder auf die Straße noch auf das Pferd geachtet. Er blickte um sich und sah nichts als Wald und eingezäunte Felder. Unwillig über sich selbst, trabte er zurück; nach kurzem Ritte aber theilte sich die Straße in drei verschiedenen Richtungen und Helmstedt hielt an, ungewiß, welche zu wählen. »Irgendwohin komme ich jedenfalls!« murmelte er nach kurzem Nachdenken und schlug die Straße ein, welche der Richtung nach Oaklea am nächsten zu sein schien.

Eine Meile mochte er, aufmerksam die Gegend musternd, fortgeritten sein, als ihm endlich ein Neger zu Pferde begegnete, bei dem er sich nach dem rechten Wege erkundigte.

»Well, Sir, Sie drehen Oaklea beinahe den Rücken zu,« erwiderte dieser; »wollen Sie hier mit mir quer durch den Busch reiten, bis auf die andere Straße jenseits, so kann ich Ihnen den Weg beschreiben.« Helmstedt folgte dem Führer, dessen höfliche Bereitwilligkeit ihn wohlthuend berührte, und horchte, wieder im Freien angekommen, einer verwickelten Beschreibung von Wegen. Nachdem er den Schwarzen mit einem kleinen Geschenke entlassen, machte er sich auf den Heimweg, der seine ganze Aufmerksamkeit in Anspruch nahm. Es war fast Mittag, als er Oaklea erreichte, aber das kleine Ereigniß hatte ihm seine Controle über sich selbst wiedergegeben; er war ruhig geworden und konnte sich Nachmittags mit Ernst an die Morgens unterbrochene Arbeit machen.

Zwei einförmige Tage waren vergangen – Ellen und ihre Mutter waren noch nicht zurückgekehrt; Elliot schien sich in seiner Bibliothek abgeschlossen zu halten und Helmstedt beschloß am dritten, nach der Stadt zu reiten und seine Bankanweisung zu versilbern und womöglich Seifert noch einmal zu sprechen. Es war der Tag vor Sylvester. Helmstedt war eben im Stalle beschäftigt, sein Pferd zu satteln, als sich vorsichtig ein schwarzes Gesicht hereinbog und mit den Augen den Stall durchlief. – »Well, Sarah,« begann Helmstedt, »etwas Neues?«

Die Schwarze huschte herein. »Ist es wol wahr, Sir,« begann sie vorsichtig, »daß Mr. Baker und Miß Ellen Neujahr mit einander versprochen werden sollen?«

Helmstedt fühlte, daß er kalt wurde. »Neujahr? dazu wird's, glaub ich, noch nicht kommen,« sagte er nach kurzer Pause, »woher weißt du das?«

»Well, Mr. Elliot spaßt manchmal mit mir und meinte heute Morgen, es sei das Beste, wenn ich jetzt noch Mortons Cäsar nähme, mit dem ich einmal ein Verhältniß gehabt, den ich aber nicht mag, dann könnte's bald zwei Hochzeiten geben, und Dick hat gehört, wie Mistreß Elliot gesagt, Mr. Baker müsse gleich nach Neujahr abreisen und die Sache könne an dem Tage wenigstens vorläufig abgemacht werden. Dick ist bestellt, morgen die Ladies wieder heimzuholen.«

»Ich glaube nicht, Sarah, daß Mr. Baker daran denken wird.«

»Glauben Sie wirklich nicht, Sir?«

»Wenn du Angst wegen Cäsar hast, so will ich dir sogar bestimmt versichern, daß Niemand an die Sache denken wird.«

Sarahs Gesicht begann sich aufzuklären. »Dank Ihnen, Sir, ich konnte mir's auch denken,« sagte sie und verschwand.

Helmstedt zog eilig sein Pferd heraus, nahm die Reitpeitsche und schwang sich auf. Die Sache wurde Ernst – er mußte Seifert finden und ihm wo möglich einen Tag abhandeln. Im scharfen Trabe ritt er die Straße hin, er erreichte die Waldecke, wo er mit Ellen auf Baker getroffen, und fast auf derselben Stelle parirte er sein Pferd. Keine hundert Schritte vor ihm kam Baker ihm wieder entgegengetrabt.

Helmstedt, die zusammengezogenen Augen auf den Herankommenden gerichtet, schien einen Augenblick unschlüssig, was zu thun; dann aber, wie von einem hellen Gedanken belebt, ritt er langsam weiter. Baker trabte herbei, den Kopf hoch und das Gesicht den Feldern zugekehrt, als denke er gar nicht daran, von der Begegnung Notiz zu nehmen; als er aber nahe genug heran war, trieb Helmstedt sein Pferd quer über des Andern Weg, daß dieser genöthigt war, die Zügel anzuziehen. Die Augen der beiden Männer trafen sich und wurzelten eine Secunde lang ineinander. »Was soll das?« brach Baker los, »geben Sie Raum, Sir!«

»Ich habe Ihnen ein paar Worte zu sagen, die Sie anhören werden!« entgegnete Helmstedt ruhig, aber mit fest auf ihn gerichtetem Blicke.

»Habe nichts mit Ihnen zu reden, geben Sie freien Weg, oder ich verschaffe mir ihn!«

»Vielleicht sind Sie mir dankbar, daß ich Sie angehalten und reiten von selbst nicht weiter. Ein verständiger Mann hört doch erst.«

Bakers Blick schien einen Augenblick das ernste Gesicht seines Gegners durchdringen zu wollen. »Was ist es? machen Sie es kurz!«

»Kaum ein paar Worte, Sir! Ich möchte Ihnen nur mittheilen, daß ziemlich genaue Nachrichten über Sie selbst und Ihren Grundbesitz eingelaufen sind, die hämischer Weise benutzt werden sollen, um Sie am Tage Ihrer Verlobung mit Miß Elliot als Schwindler festnehmen zu lassen. Sie müssen selbst am besten wissen, was Sie zu befürchten haben und ich mache Ihnen die Mittheilung nur, um vielleicht der Familie Elliot einen öffentlichen Scandal zu ersparen. Das ist Alles, Sir!«

»Halt an!« rief Baker, sich verfärbend, als Helmstedt jetzt sein Pferd zurückziehen wollte. »Sie scheinen es darauf abgesehen zu haben, mir bei jeder Begegnung Beleidigungen ins Gesicht zu werfen; Sie kommen aber bei Gott diesmal nicht so davon. Sprechen Sie deutlich und geben Sie Rechenschaft von ihren halben Worten, oder ich schieße Sie nieder wie einen Hund!« Die Hand des Sprechenden fuhr nach der Brusttasche. In Helmstedts Gesicht trat ein leichtes Roth, er faßte die Reitpeitsche in der Mitte, das dicke Ende mit dem schweren Bleiknopfe nach oben gekehrt. »Ich habe mich eigentlich zur Verschwiegenheit bis Neujahr verpflichtet,« sagte er, scharf jede Bewegung des Gegners bewachend, »auf Sie selbst, der Sie Ihre eigenen Verhältnisse jedenfalls besser kennen, als ich, kann das aber natürlich keine Anwendung finden. Die Sache ist die, Sir, daß Sie weder Pflanzer, noch ein Mann von Alabama sind, sondern ein Spieler von Profession und ein New-Yorker Industrie-Ritter, der sich jetzt hier festen Boden unter die Füße schaffen will, und daß Sie am besten thun, sich davon zu machen, wenn Sie Ihre Lügen nicht aufgedeckt sehen wollen!« Helmstedt sah, wie während er sprach, sich Bakers Hand in der Brusttasche ballte, wie dessen Auge einen Ausdruck gleich den einer lauernden Katze annahm; kaum hatte er aber das Wort »Lügen« ausgesprochen, als auch Jener mit einem wilden »*God* –!« seinen Revolver hervorriß. Helmstedt war darauf vorbereitet gewesen und fast im gleichen Augenblicke traf ein Hieb des schweren Endes seiner Reitpeitsche Bakers Hand, daß die Waffe über die nächste Einzäunung in die dichten Brombeer- und Schwarzbeer-Büsche flog. Des Amerikaners Pferd that erschreckt einen Satz zur Seite, daß der Reiter fast aus dem Sattel geworfen wurde, und sprengte davon; Helmstedt zügelte sein eigenes unruhig gewordenes Thier und blieb dann, die Reitpeitsche in der Hand wiegend, in der Mitte der Straße halten, bis Baker wieder Macht über sein Pferd gewonnen hatte, es herumwarf und zurückkam. Zwei Schritte vor dem Deutschen hielt er still. »Ich bin augenblicklich waffenlos,« rief er ihm mit dem vollen Ausdruck des Ingrimms zu, »seien Sie aber versichert, daß ich mir für allen erlittenen Schimpf volle Genugthuung verschaffen werde – ich behalte dies als Memorandum!« Er zeigte einen kleinen Messingknopf, welcher bei dem Schlage von der Reitpeitsche abgesprungen war und sich in seinen Kleidern verfangen haben mußte.

»Ziehen Sie sich bei Zeiten zurück, Sir!« erwiderte Helmstedt, als Jener sein Pferd drehte, »Sie haben bis übermorgen Zeit, es ohne öffentliche Schande zu thun; was später erfolgt, mögen Sie sich selbst zuschreiben!« Baker warf ihm nur noch einen Blick zu, der ohne Worte sprach, und trabte sodann davon. Helmstedts Auge suchte nach dem Revolver, der aber in den dornigen Gesträuchen und dem buschigen Unkraut so verborgen lag, daß sein Auffinden mehr als Schwierigkeit erfordert haben würde, und ritt dann seines Weges weiter. Es war ihm zu Muthe wie einem jungen Feldherrn, der seine erste Schlacht gewonnen hat.

Erst spät Nachmittags kam er aus der Stadt zurück. Er hatte sein Geld in der Bank erhalten, aber Seifert trotz längeren Wartens und Suchens nicht getroffen. Als er hinter dem Wohnhause vom Pferde stieg, sah er Sarah neben den Ställen vorüberschlüpfen und rief ihr zu. Die Schwarze kam langsam heran.

»Hast du Mr. Baker gesehen, während ich weg war?« fragte er halblaut. Das Mädchen sah ihn an wie in plötzlicher Betroffenheit. »Mr. Baker?« wiederholte sie zögernd.

»Ich meine, ob er hier gewesen und mit Mr. Elliot geredet hat?«

»No, Sir!« rief sie, als fasse sie jetzt erst seinen Gedanken, »Mr. Elliot ist Vormittag ins Land geritten und jetzt noch nicht wieder zurück.« Helmstedt nickte befriedigt und brachte sein Pferd in den Stall.

6. Ein Gewitter im Winter.

Sylvester-Nachmittag war herangekommen. – Helmstedt war schon eine Viertelstunde lang in seiner Stube auf- und abgegangen, hatte sich dazwischen auf einen Stuhl geworfen und zu lesen versucht, war ans Fenster getreten, hatte die eintönige Landschaft und den grauen Himmel betrachtet und dann wieder die Stube gemessen.

Es lag ein drückendes Gefühl über ihm; er wußte nicht, sollte er es der eigenthümlichen Luft, die sich schon seit zwei Tagen geltend machte, oder der ungewissen Spannung zuschreiben, in welcher er sich während Mittag befand. Dick war am Morgen weggefahren, um die Damen des Hauses heimzuholen, und Elliot hatte während des Mittagessens hingeworfen: wie er sich freue, einmal wieder einen belebten Abend haben zu können; Baker werde sich wahrscheinlich auch einstellen, um das neue Jahr in Gesellschaft der Familie zu erwarten. Helmstedt hatte dazu geschwiegen, war indessen den Nachmittag über bei jedem Geräusche, das in der Gegend des Hauses laut wurde, aufgefahren, ob es nicht durch die Ankunft des verhaßten Menschen verursacht werde. Er traute diesem recht wohl die Frechheit zu, seine Rolle in der Familie durchzuspielen; der zu gewinnende Preis war schon einiger Gefahr werth; welches Verhalten aber Helmstedt nach seiner Ankunft beobachten sollte, wußte er selbst noch nicht recht. – Er konnte von seinem Zimmer aus einen Theil der großen Straße jenseits der äußeren Einfriedigung, sowie das Gatterthor, welches den Eingang zu der Besitzung bildete, sehen, dorthin fiel bei seinem Gange durch die Stube jedesmal sein Blick, so oft er das Gesicht den Fenstern zukehrte, und dort gewahrte er endlich einen heranrollenden Wagen. Er trat rasch zum Fenster und sah scharf hinüber, er erkannte Elliots Kutsche mit den Damen und das Blut schoß ihm nach dem Herzen, daß er genöthigt war, die Hand darauf zu legen. Er hatte überdacht, daß er sich heute noch unter allen Umständen mit Ellen in Verbindung setzen mußte, wenn dem Mädchen eine Möglichkeit zur Wehr und Rettung bleiben sollte; war sie einmal mit Baker verlobt, so konnte dieser, als Elliots künftiger Schwiegersohn, auch ohne einen Cent in der Hand, leicht zu einer Besitzung gelangen und damit alle gegen ihn erhobenen Beschuldigungen niederschlagen. Auf welche Art Helmstedt jetzt an Ellen gelangen konnte, wußte er freilich nicht, keinesfalls sollte ihm aber irgend eine sich darbietende Gelegenheit entschlüpfen. Er warf einen Blick durchs Fenster – der Wagen war schon nahe dem Gatterthore – er riß ein Blatt Papier aus seiner Brieftasche und schrieb mit flüchtiger Hand: »Muth, es wird Alles gut werden, sobald ich Sie heute noch allein sprechen kann – wie? wo? muß ich Ihnen überlassen. Geben Sie mir Nachricht, ich werde stets so viel als möglich in Ihrer Nähe sein.« Er brach das Papier klein zusammen, nahm seinen Hut und eilte durch die Hinterthür ins Freie, er umschritt das Haus, als führte ihn nur ein Zufall dem Wagen entgegen, und kam eben recht, um diesen heranrollen zu sehen. Dick sprang vom Bock und öffnete den Schlag. »Wo ist Sarah?« rief Mrs. Elliot heraus. Helmstedt war wie der Wind an der Wagenthür und bot der Dame seine Hand. »Ist denn sonst Niemand hier?« sagte sie, erhob sich indessen und ließ sich seine Unterstützung beim Aussteigen gefallen. Ellen folgte und Helmstedt faßte ohne Weiteres ihre Hand. »Nehmen Sie und halten Sie fest!« sagte er rasch und eindringlich – eine Purpurröthe überflog ihr Gesicht, dann aber war sie mit einem leichten Sprunge aus dem Wagen. »Ist denn gar Niemand von alle den Leuten da, der unsere Sachen nehmen kann?« rief die Hausherrin, ärgerlich nach dem Portico gehend. »'S ist der letzte freie Abend, Ma'am!« rief Dick lachend, »wir wollen aber die Sachen schon fortbringen.« Helmstedt hatte bereits ein leichtes Packet aus dem Wagen genommen, welches ihm Ellen abnahm, und als er das zweite Mal mit einiger Mühe die stark gefüllte Reisetasche unter dem Sitze hervorgezogen hatte und sich herumwandte, begegnete er dem unruhigen Blicke des Mädchens, das soeben das erhaltene Papier in die Tasche ihres Kleides verschwinden ließ. Sie bog sich neben Helmstedt in den Wagen, als wolle Sie untersuchen, ob nichts zurückgeblieben sei. »Seien Sie Nachts spät, wenn Alles schläft, unter meinem Fenster, das zweite links vom hintern Portsch, ich kann jetzt nichts weiter sagen!« sprach sie in hörbarer Aufregung, drehte sich dann weg und folgte ihrer Mutter. Elliot, dem man es noch ansah, daß er sich mit Schlafen die Zeit vertrieben, trat jetzt aus dem Hause, bewillkommnete die Rückkehrenden und verschwand mit ihnen in der Halle. Dick trug das Gepäck nach und schimpfte in gutmüthiger Laune auf »das schwarze faule Pack, das nicht arbeiten wolle und ihm Alles überlasse,« und Helmstedt stand wieder allein. Er warf einen Blick auf den sich immer dunkler umziehenden Himmel und ging dann mit gesenktem Kopfe, aber mit einem Gesichte, in dem sich die innerste Befriedigung spiegelte, nach seinem Zimmer zurück. –

Zwei Stunden später stand am Riverhause ein schwitzendes Pferd angebunden, das dann und wann unruhig den Kopf hob und in die Luft hineinschnaubte. In einem Hinterzimmer hatte sich Baker auf einen Stuhl geworfen und wischte sich den Schweiß von Kopf und Gesicht. Seifert saß, den Kopf in die Hand gestützt, an dem Tische daneben. »Punkt elf Uhr also sind Sie am Platze!« begann der Erstere, vorsichtig seine Stimme dämpfend, und warf sich den Hut auf den Kopf, »sind Sie pünktlich, so ist ein Fehlschlag ganz unmöglich, es wird eine Nacht wie in einem Sacke. Der Capitain ist benachrichtigt und wird von zwei Uhr bis zum Morgengrauen mit dem Boote harren. Ich denke, wir schlagen abzüglich der Unkosten unsere viertausend Dollars bei dem Geschäfte heraus, also um Gottes willen nichts versäumt. Lassen Sie sehen. Sie haben für alle Fälle Ihre Instructionen, falls wir durch irgend einen Umstand getrennt würden. Sobald Sie Savannah in Tennessee erreicht haben, verlassen Sie das Boot, nehmen mit Ihrer schwarzen Mannschaft die Postkutsche und gehen quer durch das Land bis Memphis. Das ist zugleich der sicherste Weg jede mögliche Verfolgung abzuschneiden, die sich jedenfalls in der Richtung von Illinois wenden würde. Für Memphis haben Sie zur schnellen Abwickelung des Geschäftes die nöthige Adresse, unser späteres Rendezvous kennen Sie auch und wenn Sie mir mit dem Antheile meines Nutzens etwa durchgehen wollten, so wissen Sie, daß die Hälfte des Betrages in Noten ausgestellt wird, die nicht an Andere übertragbar sind und von einem von uns in New-York selbst präsentirt werden müssen. Ich würde also das Vergnügen haben können, Sie dort zu treffen und Sie haben im umgekehrten Nothfalle dieselbe Sicherheit gegen mich.«

Seifert nickte. »Sie scheinen recht schnell zu Ihrem Entschlusse gekommen zu sein,« sagte er mit einem Anfluge von Spott, »schneller, als es sich nach Ihren bisherigen Erfolgen erwarten ließ.«

»Ist es Ihnen nicht recht?«

»Vollkommen, es hat mich nur überrascht!«

»Well, Sir,« erwiderte Baker, sich langsam erhebend, »vielleicht war ich zu rasch – nach Neujahr aber, wo wieder eine strengere Beaufsichtigung der Neger eintritt, wäre das Unternehmen nur mit doppelter Schwierigkeit ausführbar gewesen. Meine anderweitigen Erfolge stehen noch genau so fest wie früher, aber ich habe seit einigen Tagen ein Gefühl, als habe der Teufel Unkraut unter meinen Weizen gesäet; ich fühle meinen Boden nicht fest unter mir und weiß nicht, ob ich beim nächsten kecken Schritte sicheren Grund finde oder Sumpf, tief genug, um darin zu versinken. Ich habe gestern Morgen ein Malheur gehabt, das mich meinen Revolver gekostet hat – mir ist es, als sei es eine Warnung gewesen – machen Sie nun daraus, was Sie wollen, aber seien Sie pünktlich auf dem Platze, ich will die übrig bleibende Zeit benutzen, um zu sehen, was sich noch zuletzt aus einem früheren Geschäft erzielen läßt. *Good bye!*« Er schritt durch die im Vorderhause befindliche »Grocery,« um ins Freie zu gelangen – in einer Ecke derselben saß Isaac, der Pedlar, neben seinem Kasten, augenscheinlich von einer beschwerlichen Wanderung ausruhend. Baker sah beim Hindurchgehen starr zur Thür hinaus, als wolle er keinem seiner Blicke begegnen, schwang sich auf sein Pferd und ritt in scharfem Trabe davon.

Es mochte gegen zehn Uhr Abends sein, als er im langsamen Schritt von der Hauptstraße abbog, und den Weg durch die dicke Finsterniß nach Mortons Landhause einschlug. Er leitete sein Pferd vorsichtig durch die hereingebrochene Finsterniß, bis sich ihm die weiße Masse des Landhauses bemerkbar machte. An der äußern Einzäunung stieg er ab, befestigte den Zügel daran und schritt, jedes Geräusch vermeidend, dem Hause zu. Die Fenster waren geschlossen und dunkel, nur durch die Jalousien eines der Front-Parlors stahl sich ein schwacher Lichtschein. Die »Hall«-Thür öffnete sich auf Bakers Druck, er schloß sie leise hinter sich und trat mit gleicher Vorsicht in das Zimmer, in welchem er Licht bemerkt hatte. Eine einzelne Kerze, auf einem der Seitentische stehend, erhellte schwach den weiten Raum und ließ eine weibliche Gestalt, welche in der entferntesten Ecke zusammengedrückt auf einem Stuhle saß, im Halbdunkel. Baker blieb an der Thür stehen. »Sind wir allein, Alice?« fragte er halblaut. Das Mädchen fuhr in die Höhe, als bemerke sie jetzt erst sein Eintreten, und sank dann wieder in sich zusammen. »Sie schlafen schon Alle und haben Ruhe!« erwiderte sie eintönig.

Baker warf einen prüfenden Blick auf sie. »Ich danke Ihnen, daß Sie meiner Bitte um eine Unterredung Gehör gegeben haben,« sagte er dann. »Sie sollen auch bald Ruhe haben, wenigstens vor mir. Ich gedenke morgen abzureisen; ich habe Ihre Briefe in meiner Tasche und werde sie Ihnen einhändigen, sobald Sie mir die Abreise möglich machen. Ich bin unglücklich im Spiel gewesen, Alice, und kann ohne Geld nicht weg – schaffen Sie mir das nothwendigste, um mich wieder flott zu machen, und ich gebe mit Auslieferung Ihrer Correspondenz alle Macht über Sie auf!«

Das Mädchen hatte sich, während er sprach, langsam aufgerichtet, ihr bleiches Gesicht sah in der matten Beleuchtung todtenähnlich aus. »Zertreten Sie mich, Mann,« sagte sie, »ich will es dulden, wenn ich dadurch meine Schande mit mir begraben kann – aber fordern Sie keine Unmöglichkeit, kein Geld mehr von mir – Sie haben mich ausgepreßt wie den Schlauch, der den letzten Tropfen hergegeben hat, und der nur noch unter Ihren Händen zerreißen kann.«

»Haben Sie wirklich im Augenblicke kein Geld,« erwiderte Baker kalt, ihr näher tretend, »so besitzen Sie Schmuck. Ueberlegen Sie, daß ich Sie heute das letzte Mal sehe, wenn Sie mich auf irgend eine Weise befriedigen können. Ich will Ihnen nicht Ihren eigenen Reichthum an Kostbarkeiten vorzählen.«

»Es ist längst Alles geopfert und veräußert, um Ihre Ansprüche zu befriedigen und mir eine kurze Rast zu erkaufen – ich bin seit Monaten nicht aus dem Hause gegangen, um nicht das Verschwinden selbst des letzten Stückes bemerkbar werden zu lassen.«

»Gut, Alice, ich komme aber ohne Geld nicht weg; soll ich den Werth Ihrer Briefe einem Andern verrathen und mir darauf Geld leihen, damit dieser den Betrag später mit Zinsen wieder von Ihnen herauspresse?«

Die Augen des Mädchens erweiterten sich wie im Entsetzen. »Henry!« rief sie mit heiserer, unterdrückter Stimme, »was soll ich denn thun? ich kann doch nicht morden und stehlen, um Sie zu befriedigen! Seien Sie barmherzig!« fuhr sie fort und stürzte verzweifelnd auf ihre Kniee, »geben Sie mir die Briefe, Henry!«

Baker kehrte sich ab und schritt durch das Zimmer. »Sie machen mir einmal wieder eine Scene, Alice, und wissen, wie ich dergleichen Auftritte hasse – ich werde ein andermal wieder kommen!« fuhr er fort, als er die Thür erreicht hatte – er öffnete sie –

»Henry! geben Sie mir die Briefe!« stöhnte das Mädchen, die Arme nach ihm ausstreckend, aber Baker hatte das Zimmer verlassen, durcheilte rasch den Raum bis zu seinem Pferde und ritt bald in das Dunkel hinein. Er hatte die Richtung nach Oaklea genommen und trabte eine kurze Strecke auf der Straße hin, bald aber nöthigten ihn Löcher und Wurzeln im Wege, die nur durch das häufige Straucheln des Pferdes bemerkbar wurden, vorsichtig Schritt zu reiten.

Die Luft lag so bewegungslos über der Gegend, daß auch nicht das Rauschen eines einzigen Blattes hörbar wurde, und der Hufschlag des Pferdes klang weit über die Straße hin. Plötzlich hielt der Reiter an und horchte, als sei ihm ein ungewöhnliches Geräusch aufgefallen – aber ringsum war Todtenstille. Er ritt weiter, bis zu einem schmalen Weg, der sich zwischen den eingezäunten Feldern von Oaklea nach der Rückseite der Besitzung hinunter zog, und bog hier ein. Wieder schien ihn irgend ein befremdender Laut zum Halten zu bringen – er horchte aufmerksam und lange, aber in der schweren, stillen Luft war nicht das leiseste Geräusch zu hören. Vorsichtig ritt er weiter, er spähte hinüber nach Elliot's Haus, konnte aber kein Licht mehr entdecken, und verfolgte nun rascher seinen Weg, bis zu dem Saum des Waldes, der einige Minuten hinter den Negerhütten seinen Anfang nahm. Hier unterbrach ein geschlossenes Thorgatter die übrige Einfriedigung, und Baker sprang vom Pferde. Scharf spähete er umher und that einen leisen Pfiff – ein ebenso leises Pfeifen antwortete ihm, er band jetzt sein Pferd an und kletterte über die Umzäunung – in der Dunkelheit sah er aus den Gebüschen eine Gestalt auf sich zukommen. »Wer?« fragte er leise. »*All right, Sir!*« antwortete Seiferts Stimme und hinter ihm zeigten sich vier andere Gestalten. »Brav, Kinder!« sagte Baker herantretend, »habt ihr eure nöthigsten Sachen bei euch? Gut, jetzt aber keinen Augenblick mehr verzögert; drei Stunden Marsch bis wir den Fluß erreicht haben, das Dampfschiff wartet und dann sind wir geborgen. Wer von euch die Straße durch den Wald am besten weiß, geht mit diesem Gentleman hier voran, die andern beiden folgen und ich nehme Sarah hinter mich auf's Pferd. Vorwärts nun!« Die schwarzen Gestalten schlüpften der Umzäunung zu und eben wollte Baker ihnen folgen, als er einen krampfhaften Griff an seinem Arme fühlte; er wandte sich betroffen um – in demselben Augenblicke wurde urplötzlich die Gegend von einem Blitze erleuchtet, der den ganzen Himmel in Feuer zu setzen schien und ihm Alice Mortons geisterhaftes Gesicht an seiner Seite zeigte; ein, zwei, drei Donnerschläge folgten nach, unter denen die Erde zitterte und deren Schall in den Bergen ringsum immer neue Donnerschläge zu gebären schien; eine volle Minute währte es, ehe das letzte Rollen sich in der Ferne verlief und Baker hatte kaum sein Gehör wieder, als er Alice Mortons Stimme an seinem Ohre vernahm: »Henry, geben Sie mir meine Briefe wieder!« »Sie muß wahnsinnig geworden sein!« rief er und suchte sich mit einer kräftigen Bewegung von ihr loßzureißen, aber ihre Hand hielt seinen Arm wie mit eisernen Banden geschlossen. Seifert und die Schwarzen hatten bei dem plötzlichen Donnerschlage Halt gemacht. »Geht voran, es ist keine Secunde zu verlieren,« rief Baker, »das Gewitter könnte Todte wach rufen – ich bin im Augenblick nach – rasch, und keinen Augenblick Aufenthalt!« Die Schwarzen mit ihrem Führer verschwanden über die Einzäunung. – – – – –

Es war wol noch selten in Oaklea ein verdrießlicherer Sylvester gefeiert worden, als denselben Abend. Ellen hatte beim Einbruche der Dunkelheit erklärt, sie fühle sich so unwohl, daß sie sich niederlegen müsse, wogegen ihr Mrs. Elliot vorwarf, sie wolle nur wie ein verzogenes Kind Mr. Baker ausweichen und ihre Eltern bis zum letzten Augenblicke ärgern. Demohngeachtet war Ellen in ihrem Zimmer unsichtbar geworden und Elliot hatte Sarah zu ihr geschickt, damit Jemand zu ihrer Bedienung bei ihr sei. Das Abendbrod war, da Baker erwartet wurde, bis auf acht Uhr hinausgeschoben, Baker aber kam nicht, und Helmstedt, als er endlich zu Tisch gerufen wurde, fand den Herrn und die Frau des Hauses in einer Stimmung, die ihm jede Anknüpfung eines Gespräches verbot. Er war auch eigentlich der Einzige, welcher aß und er beeilte sich, das Speisezimmer so bald als möglich wieder zu verlassen. – Kaum war es zehn Uhr, als auch schon im ganzen Hause kein Licht mehr brannte; selbst Helmstedt hatte der Vorsicht wegen das seine ausgelöscht, hatte sich eine Cigarre angebrannt, und saß, sich seinen aufgeregten Gedanken überlassend, in seinem Schaukelstuhle.

Es mochte halb elf Uhr sein, als er sich erhob, das Ende seiner Cigarre in das niedergebrannte Feuer warf und leise das Zimmer verließ. Er hatte, um möglichst jedes Geräusch zu vermeiden, seine leichten Morgenschuhe angezogen. Er umging das Haus, spähete nach jedem Fenster, ob nicht irgendwo »ein Verräther wache«; aber das ganze Gebäude lag dunkel und stumm, und jetzt erst, an der Rückseite wieder angekommen, suchte er die ihm bezeichnete Stelle. Die Hinterthür war durch einen auf vier Säulen ruhenden Portico überdacht, welcher sich bis zur Höhe des oberen Stockes erhob. Daneben, im unteren Geschosse befanden sich zu beiden Seiten Vorrathskammern und nur die Zimmer darüber waren bewohnt. Helmstedt sah nach dem von Ellen angedeuteten Fenster, es war dunkel wie die übrigen. Nach kurzer Ueberlegung suchte er ein paar kleine Steinchen vom Boden und warf sie gegen die Scheiben. Sein Herz schlug heftig, als er sich jetzt dicht an eine Seitensäule des Portico stellte, um sich dadurch vor dem möglichen Blicke eines unberufenen Auges zu schützen; bald aber vernahm sein gespanntes Ohr das leise Geräusch des behutsam aufgeschobenen Fensters und sein Blick unterschied in der Dunkelheit desselben den Schein eines weißen Gewandes. »Es schläft Alles!« sprach er halblaut hinauf. Er konnte jetzt einen sich scheu herausbiegenden Kopf erkennen. »Wo sind Sie?« klang es herab, aber so leise, daß es kaum vernehmbar war. Helmstedt trat von seinem Posten weg. »Können Sie mich deutlich genug verstehen, Miß?«

»Ich glaube – aber sprechen Sie nicht so laut, ich vergehe vor Angst, daß uns Jemand hören könnte und doch weiß ich nicht, was sonst zu thun?« – Helmstedt hatte die geflüsterten Worte mehr errathen als gehört; es wurde ihm klar, daß auf diese Weise eine

Unterredung unmöglich war – und doch fühlte er, daß ihm eben so viel daran lag, dem Mädchen Waffen gegen den aufgedrungenen Bräutigam in die Hände zu geben, als es nur bei ihr selbst der Fall sein konnte. »Ich werde suchen, Ihnen näher zu kommen!« rief er leise hinauf, nachdem er mit Auge und Gedächtniß sich die Form des Hauses vergegenwärtigt. – Kaum einen Fuß vom Portico entfernt, befand sich das erste Fenster des Erdgeschosses, das sich von den Stufen aus, welche zur Thür hinauf führten, leicht erreichen ließ; daneben wanden sich immergrüne Schlingpflanzen, von einzelnen Querleisten gehalten, die an der Mauer befestigt waren, empor, und setzte man vom Fenster aus den Fuß auf eine dieser Leisten, so erforderte es nur wenig Geschicklichkeit, um sich auf das Dach des Portico zu schwingen. Das war es, was sich Helmstedt in kurzer Ueberlegung zusammengestellt hatte und was er jetzt ohne weiteres Zögern auszuführen versuchte. Er stand, sich an eine der Portico-Säulen haltend, bald genug im Fenster, und eben so schnell hatte sein Fuß den Halt an der Mauer gefunden, der ihm ohne besondere Anstrengung seinerseits zu der Höhe des Portico half; das einzige Hinderniß, welches er hier traf, um zu einer sicheren Stellung zu gelangen, war die abschüssige gefirnißte Fläche der Ueberdachung, die ihn jeden Augenblick in Gefahr brachte herabzugleiten. Die Fenster des Erdgeschosses, welche bis zur Höhe des Portico-Daches reichten, waren an ihren oberen Enden mit breit hervorspringenden Gesimsen als Verzierung versehen, und Helmstedts Fuß, welcher nach einem besseren Halte suchte, traf bald den ihm zunächst gelegenen Vorsprung, der ihm eine feste Stellung zu verheißen schien; er faßte mit den Händen in die darin befindliche Fensteröffnung des oberen Stockes, die nach ihrer Lage zu dem Treppenhause gehören mußte und trat auf den Sims hinüber. Ellens Zimmer war jetzt nur eine Fensterbreite von ihm entfernt und ein Verständniß war von hier aus leicht zu erzielen. »Können Sie mich jetzt genau verstehen, Miß?« begann er leise.

»Wo stehen Sie denn?« kam die ängstlich geflüsterte Frage zurück.

»Gleich hier auf dem Fenstervorsprung!«

»Um Christi willen, Sie müssen fallen, Mr. Helmstedt, Sie haben keinen Halt und ich ängstige mich zu Tode, so lange ich Sie in der Stellung weiß!«

Dem Deutschen begann es beinahe selbst zu scheinen, als werde er seinen Platz nicht lange behaupten können, er hatte seiner Stellung nur dadurch einige Festigkeit gegeben, daß er seinen rechten Arm fest in die Fensteröffnung, vor der er stand, gedrückt hatte; diese war aber so flach, daß es ihm war, als müsse jeden Augenblick sein Arm herausgleiten. »Miß Elliot, ich muß unter allen Umständen mit Ihnen reden,« sagte er und versuchte sich fester anzuklammern, »es ist die höchste Zeit dazu – wollen Sie mir erlauben, daß ich versuche bis zu Ihnen zu kommen, ich glaube, ich kann den Schritt nach dem nächsten Sims mit Leichtigkeit thun!«

»Ich habe ja nichts dagegen, aber Sie werden gewiß dabei herunterstürzen, Sie können ja keinen Schritt weit vor sich sehen!«

»Bleiben Sie stehen, wie jetzt, Miß, Ihre helle Kleidung gibt mir einen Punkt fürs Auge, im schlimmsten Falle ist die Höhe vom Boden nicht so ungeheuer!« Er schob sich vorsichtig bis zum Ende des Vorsprunges, klammerte sich mit der rechten Hand fest an die Fensterbekleidung, preßte sich platt an die Mauer und that, mit ausgestrecktem linken Arme, um sofort in Ellens Fenster fassen zu können, langsam einen weiten Schritt. Er fühlte die Ecke des nächsten Simses unter seinem Fuße, seine linke Hand hatte schon festen Halt gewonnen, als sein Schuh abglitt und plötzlich die ganze Last seines Körpers an seinem Arme hing. Ein unterdrückter Schrei zeigte ihm, daß Ellen seinen Unfall wahrgenommen; er strebte vergebens, sich soweit hinauf zu ziehen, um mit dem Knie die Simsecke wieder zu erreichen, immer ging ihm die Kraft aus, ehe er so weit gelangt war; sein rechter Arm suchte vergebens an der glatten Mauer daneben einen Halt zur Unterstützung zu gewinnen und ließ eben die möglichen Folgen eines Falles durch seinen Kopf schießen, als er von oben seinen Rockkragen gefaßt fühlte. »Noch einmal!« hörte er Ellens aufgeregte Stimme, »versuchen Sie mit aller Macht jetzt, ich helfe!« und die Kraft, mit der er sich gefaßt fühlte, überraschte ihn. Noch einmal nahm er alle seine Stärke zusammen und mit einem Zuge hatte er das Sims unter dem Knie, seine rechte Hand faßte das Fenster und aufrecht stand er wieder – aber Ellens Hand zog noch immer; es kam Helmstedt vor, als halte sie sich wie in einem plötzlichen Krampfe an ihn, und keinem andern Gedanken als einer über ihn kommenden Angst nachgebend, stieg er rasch durch das Fenster ins Zimmer. Ellen fiel bewußtlos in seine Arme.

Das Feuer im Kamin war niedergebrannt, aber die glimmenden Kohlen verbreiteten eine schwachrothe Dämmerung im Zimmer und nur einzelne hervorleckende Flammen schossen Streiflichter die Wände entlang. Helmstedt hielt das Mädchen, das in ein leichtes fesselloses Negligé gehüllt an seinem Herzen ruhte, als berühre er ein Heiligthum, aber seine Pulse, schon in Aufregung durch das eben Erlebte, flogen fieberhaft. Einen Augenblick hatte er wol daran gedacht, die Bewußtlose irgendwo niederzulegen, oder etwas zu ihrer Wiederbelebung zu thun, er fühlte aber, daß sein nächster Schritt, sobald sie die Augen aufschlage, der wieder zum Fenster hinaus sein müsse – und jetzt durfte er sie doch noch in seinen Armen halten! »Er sah in ihr matt beleuchtetes, erblichenes Gesicht und es schien ihm fast noch schöner als im Prangen der Jugendfrische; er neigte sich über sie – ein Tropfen Seligkeit und dann ein ganzes Leben davon zehren!« war der Gedanke, der sich seiner bemächtigte: leise in zitternder Innigkeit drückte er seine Lippen auf die ihrigen; als er aber seinen Kopf wieder erhob, schlug sie, wie durch ihn geweckt, voll und groß die Augen auf, sie sah ihn an und lächelte; im nächsten Augenblicke aber schien sie zum vollen Bewußtsein gelangt zu sein und schnellte erschreckt in die Höhe. Sie warf einen Blick um sich, einen zweiten auf ihn und eine glühende Röthe übergoß sie. »Mr. Helmstedt – um Gottes willen –« stammelte sie und trat wie in sich selbst zurückfliehend, einen Schritt von ihm.

»Ich gehe schon, Miß,« erwiderte er, und bemühte sich, die Bewegung in seiner Stimme zu unterdrücken, »ich sah Sie ohnmächtig werden und die Besorgniß hat mich hereingetrieben.«

Er wandte sich nach dem Fenster. »Aber nicht wieder da hinaus!« rief sie auffahrend und griff nach seinem Arme, als trete erst jetzt die klare Erinnerung wieder vor sie. Beider Blicke trafen sich und blieben in einander hängen; Helmstedt hatte ihre Hand, die ihn zurückgehalten, gefaßt, sein Herz war ihm voll zum Zerspringen. »Ellen!« sagte er leise – er zog sie näher – da warf sie sich, als werde mit einem Male ihr ganzes Gefühl entfesselt, an seine Brust, wo sie vorher geruht, Helmstedts Arme empfingen sie, eine Secunde lang fühlte er ihre warmen Lippen auf den seinigen; in der nächsten aber hatte sie sich wieder losgerissen, fiel in einen Stuhl und schlug die Hände vor das Gesicht.

Helmstedt trat ihr langsam näher und kniete an ihrem Sitze nieder. »Ellen, Leben meiner Seele!« sagte er im vollen Ausdruck seiner Empfindung, »ich will dich erringen, oder selbst dabei zu Grunde gehen – ich habe gestrebt, meine Leidenschaft in mich zu verschließen, aber das Schicksal wollte es anders – sieh mich an!« Er zog ihr sanft die Hände herab und blickte in ein Auge, in dem sich Scham und Liebe stritten, – ein wundersames Gemisch von Innigkeit und halber Scheu lag in ihren Zügen, und Helmstedt mußte an die frisch aufgebrochene Rose denken, die zum ersten Male von dem Strahle des Tages berührt wird. »Ellen,« fuhr er fort, »hast du nicht ein Wort für mich?«

Sie hob langsam den Blick zu ihm und über ihr Gesicht verbreitete sich das Lächeln, das Helmstedt so gut kannte. »Und ich weiß noch nicht einmal Ihren vollen Namen!« sagte sie.

»Augustus heiße ich, aber sprich den Namen aus wie in meiner Muttersprache, sage: August, und ich will denken, ich habe Heimat und alles verlorne in dir wiedergefunden.«

»August,« wiederholte sie halblaut und sah ihm tief ins Auge. Dann lehnte sie ihre Stirne gegen die seinige. »August,« ich glaube, »mir hat es geahnt, daß es so kommen mußte, daß ich durch Sie vor dem Menschen Baker gerettet werden würde –«

Ein blendender Blitz, der für einen Augenblick Tageshelle in dem Zimmer schuf, ein Donnerschlag, der die Fenster klirren machte, schreckten Beide auseinander, und kaum war das letzte Rollen in den Bergen verhallt, als sich ein Geräusch, wie starkes Pochen gegen die Vorderthür des Hauses hören ließ. »Was ist das?« flüsterte Ellen ängstlich. Helmstedt horchte gespannt. Ein neues und lauteres Pochen wurde hörbar, dem in kurzer Zeit das Klappen einzelner Thüren im Hause folgte; Männerstimmen wurden in hastiger, eifriger Sprache laut. »Da ist etwas passirt, mag es sein, was es will, und ich muß hinaus auf irgend eine Art!« sagte Helmstedt leise, »ich muß bei der Hand sein, falls Mr. Elliot nach mir verlangt.« Er näherte sich dem Fenster. »Nicht da hinaus!« flehte Ellen, ihn festhaltend. »Aber das Haus ist wach,« flüsterte er zurück, »ich muß auf jedem andern Wege entdeckt werden und das hieße, unser junges Glück mit einem Schlage vernichten.«

In diesem Augenblicke fiel der Schein einer Laterne über den Platz hinter dem Hause und Dicks Stimme wurde vernehmbar: »Ich bin schon hier, Master!« Zugleich unterschied Helmstedt die Sprache dreier anderer Personen, welche eben um das Haus zu biegen schienen. »Das ist Pa!« flüsterte Ellen an seiner Seite. Sie eilte nach der Stubenthür und horchte, dann öffnete sie diese behutsam und sah hinaus. »Alles ist ruhig!« rief sie leise zurück.

Helmstedt trat auf den Zehen heran – kein Laut war von Außen vernehmbar. »Gute Nacht, Ellen, träume von mir!« Einen Moment noch hing sie an seinem Halse, dann drängte sie ihn aus dem Zimmer.

Vorsichtig ging er einige Schritte, bis er das Treppengeländer fühlte und schlüpfte dann geräuschlos hinab. – –

Als Baker spät am Nachmittage das Riverhaus verlassen, hatte sich der Pedlar, der in der Ecke saß, in seiner vollen Höhe aufgerichtet und zeigte eine so kräftige Formung der Glieder, wie sie ihm bei seinem gewöhnlichen gebückten Gange Niemand angesehen hätte. Das alte Gesicht schien von einem erregenden Gedanken belebt und das Auge blitzte in vollem Feuer unter den buschigen Brauen hervor »Entweder jetzt oder niemals!« murmelte er, hob seinen Kasten auf und stellte ihn hinter den Ladentisch, ergriff seinen Stock und ging zur Thür hinaus. Mit weiten kräftigen Schritten verfolgte er dieselbe Straße, auf welcher Baker davon getrabt war; als sich diese aber im weiten Bogen links in die Ebene hineinzog, schlug er einen schmalen Waldweg zur Rechten ein und schritt hier, unbekümmert um die Unebenheiten und Hindernisse, die Wurzeln und umgestürzte Baumstämme boten, scharf darauf los. Nach einer Weile zog er, ohne seinen Gang zu unterbrechen, eine dicke silberne Uhr hervor – sie zeigte fast auf sechs. »Es wird zehn Uhr, ehe ich bis zu Mortons komme,« brummte er vor sich hin, »er geht aber auch dahin, ich kenne das Geschäft, was er noch abzumachen gedenkt; werde ich dort nicht aufgehalten, so kann das ganze Nest in Oaklea abgefangen werden, ehe die Vögel ausgeflogen sind und ich habe ihn endlich, wo ich ihn lange gewünscht!« Er schritt wie in erhöhter Aufregung rascher vorwärts. »Ich hätte früher kommen müssen, um genauere Kenntniß zu bekommen,« fuhr er nach einer Weile fort, aber der Mensch kann einmal nicht allgegenwärtig sein und ich glaube, ich werde alt. »Jetzt weiß ich nicht einmal die genaue Stunde – aber Cäsar wird wissen, wenn es losgehen soll!« Er schritt weiter, ohne rechts oder links zu sehen, dunkele Dämmerung fing an hereinzubrechen, der in schnellem Uebergange bald die Nacht folgte. Der Alte schien aber vollkommen mit seinem Wege vertraut zu sein und verfolgte ohne Stocken oder Zaudern die verschiedenen Windungen. So mochte er mehrere Stunden gegangen sein, als der Wald endete und in der Ebene vor ihm sich einzelne Lichter zeigten. Bald gelangte er zu einer Feldumzäunung; er überkletterte sie und sah nach kurzem Gange durch hochaufgeschossenes Unkraut die dunkeln Umrisse zerstreut liegender Negerhütten vor sich. Er war auf Mortons Besitzthum. »Guten Abend, Onkel; ist Cäsar zu Hause?« fragte er, als ein alter, eisgrauer Neger das Fenster aufschob.

»Er muß gleich wieder hier sein, Sir, er ist nur noch einmal nach dem Stalle, wir haben ein krankes Pferd,« war die Antwort, »wollen Sie nicht so lange hereinkommen?«

Der Pedlar hielt die Uhr gegen das herausscheinende Licht – es war zehn vorüber. Er sah einen Augenblick sinnend in die dunkeln Wolken. »Wenn sie noch in der Nacht den Fluß erreichen wollen,« brummte er, »so müssen sie spätestens um elf Uhr aufbrechen und ich kann mich hier nicht aufhalten. – Ich werde lieber selbst nach dem Stalle gehen!« fuhr er fort und wandte sich, durch die Dunkelheit seinen Weg suchend, Mortons Landhause zu. Er erreichte das weitläufige Stallgebäude, sah in alle Abtheilungen hinein, aber nirgends war ein Mensch zu sehen. »Jedenfalls auf dem Wege verfehlt!« brummte er wieder, »und ich weiß nicht einmal den Ort, wo sie sich treffen wollen; ich kann nicht allein gehen!« Er nahm in Hast seinen Weg wieder zurück nach den Negerhütten und eben als er das früher verlassene Haus erreichte, trat der Gesuchte aus der Thür. »Halloh, Cäsar, vorwärts, oder wir kommen zu spät!« Er zog von Neuem seine Uhr – es war fast halb elf. »Ich habe schon lange auf Sie gewartet, Sir!« sagte der Schwarze, »sie wollen um elf zusammen aufbrechen!«

»Dann los, was die Beine hergeben wollen,« rief der Pedlar, »ich mußte erst, der Gewißheit wegen, die ganze Schusterei aus dem Munde des Menschen selbst hören, und das hat mich aufgehalten!« Der Alte schritt durch die Felder, als hätten seine Beine doppelte Länge erhalten und Cäsar hatte Mühe, gleichen Schritt zu halten.

»Haben Sie etwas Neues gehört, Sir?« fragte der Schwarze.

»Lauf jetzt, und schwatze nicht,« erwiderte der Alte, »oder deine schöne Sarah geht auf Nimmerwiedersehen davon und wird durch die Spitzbuben nach den Zuckerplantagen in Louisiana verkauft. Weißt du den Ort genau, wo sie zusammentreffen wollen?«

»Yes, Sir!«

»Gut!«

Der Schwarze war fast außer Athem, als sie Elliots Haus durch die Dunkelheit schimmern sahen; der Pedlar aber schien trotz seines langen Marsches gegen jede Ermüdung gestählt zu sein; sein langer, gleichförmiger Schritt hatte noch keinen Zoll eingebüßt. Eben öffnete er das Gatterthor an dem Platze vor dem Hause, als ein blendender Blitz und ein krachender Donnerschlag eine Secunde lang seine Schritte hemmte. »Well, Cäsar, das wird sie wol aufwecken und uns langes Pochen ersparen!« sagte er, sich nach dem Schwarzen umsehend, »die Spitzbuben haben eine schlechte Nacht getroffen, denn bei dem einen Schusse wird es nicht bleiben.« Er wandte sich nach der Seite des Hauses und klopfte an Helmstedts Fenster – er klopfte zum zweiten Male, und stärker, als keine Antwort erfolgte, aber mit eben so wenig Erfolg. Kopfschüttelnd wandte er sich nach kurzem Zögern der Vorderthür zu und begann hier sein Pochen von Neuem.

Ein Fenster im obern Stocke öffnete sich: »Ist Jemand hier?« fragte Elliots Stimme.

»Isaac, Sir!« antwortete der Alte. »Kommen Sie herunter, der Wolf ist unter Ihren schwarzen Schafen – Sarah und ihre drei Brüder sind eben daran, auf und davon zu gehen!«

Elliot stieß einen unverständlichen Laut aus und verschwand vom Fenster. Nach kurzer Zeit erschien er, nothdürftig angekleidet, in der geöffneten Hausthür. »Ihr seid's, Isaac? wer ist auf und davon?«

»Sarah und ihre drei Brüder, Sir, doch wenn wir rasch sind, können wir sie sammt dem weißen Wolfe wol noch fassen.«

»'S ist aber doch fast unmöglich, Mann!« rief Elliot, wie in Verwirrung, »habt Ihr Euch nicht täuschen lassen? Sarah hat heute Abend erst Erlaubniß erhalten, zu einem Negerballe zu gehen.«

»Halt, Sir!« rief der Alte und faßte Elliots Arm, »hier heißt's handeln und sich nicht lange besinnen. Merken Sie auf: der Mann, der Ihre Schwarzen stiehlt, heißt Baker – ich bin seiner Fährte nachgegangen, so lange er hier in der Gegend ist, denn wo er hinkommt, läßt er Unheil zurück; ich habe ihn belauscht in seinem verborgenen Quartiere im Riverhause, konnte aber nur aus einzelnen Worten errathen, was er im Werke hatte; da half mir Cäsar hier zufällig auf die Spur, der in seiner Eifersucht bald ausgefunden hatte, wer ihm seine Sarah abwendig gemacht; – well, Sir, ich habe ihn angestellt, um unter den Schwarzen selbst dem Plan des Spitzbuben auf die Fährte zu kommen, fragen Sie ihn jetzt, was er weiß – ich habe erst vor ein paar Stunden genug aus dieses Mr. Bakers eigenem Munde gehört, um Ihnen zu sagen, daß jetzt, in diesem Augenblicke, Ihre Schwarzen entführt, nachher aber im Süden wieder verkauft werden sollen.«

»Baker?« sagte Elliot und fuhr mit der Hand nach dem Kopfe. »Baker?«

»Wenn Sie entschuldigen wollen, Master,« begann Cäsar unruhig, »Mr. Baker hat Sarah und die Andern wirklich um eilf Uhr in den Busch an das hintere Thorgatter bestellt; sie haben geglaubt, ich ginge auch mit – und es muß schon eilf vorbei sein!«

»Baker – wir werden sehen!« sagte Elliot, wie plötzlich zu einem Entschlusse gelangt. »Geh', Cäsar, und rufe Dick, er soll schnell kommen!« Dann trat er rasch vom Portico herunter und schritt nach der hintern Seite des Hauses. »Das Beste wird sein, wir ziehen die Pferde heraus; kommt her, Isaac!«

»Lassen Sie ruhig die Thiere, wo sie sind,« erwiderte der Pedlar, »die Spitzbuben haben jedenfalls den Waldweg eingeschlagen, wo Nachts kein Pferd sicher treten kann, und wenn wir ihnen auf der großen Straße auch zuvorkommen wollten, so kann doch bei dieser Finsterniß dort Niemand scharf reiten, ohne den Hals zu wagen.«

Eben erschien Dick mit der Laterne. »Lassen Sie uns den eigenen Füßen vertrauen, und ich führe Sie!« fuhr der Alte fort, »pochen Sie Helmstedt heraus und ziehen Sie dann rasch Ihre Stiefeln an, ich werde mit den beiden Schwarzen für alle Fälle Ihre Büchsen aus der Bibliothek holen und laden, und in fünf Minuten können wir auf dem Wege sein!«

»Ihr mögt Recht haben!« erwiderte Elliot, »besorgt das Nothwendige und ich werde mit Helmstedt sogleich wieder bei der Hand sein.« Er eilte nach dem Hause zurück – der Pedlar störte das Licht in der Laterne heller auf und folgte mit den Negern. Als sie die Halle erreicht und den Seitengang nach der Bibliothek einschlagen wollten, kam ihnen Elliot aus dem entgegengesetzten, der nach Helmstedts Zimmer führte, schon wieder entgegen. »Der Deutsche ist nicht da!« rief er, »sein Zimmer ist offen, aber sein Bett noch unberührt, leuchtet einen Augenblick mit der Laterne her!«

»Er muß noch irgendwo auswärts sein,« sagte Isaac, als sich das leere Zimmer zeigte und das Bett nur einen Eindruck von Elliots Hand verrieth, »ich pochte schon vorher vergebens an seine Fensterladen; aber lassen Sie uns nicht dabei aufhalten; es wäre gut, wenn er da wäre, es muß aber auch so gehen, vorwärts!«

Sie trennten sich in Eile, als aber der Schein der Laterne verschwunden war, kam Helmstedt hinter einem Tragepfeiler der Treppe hervor, wohin ihn bei seiner Flucht aus Ellens Zimmer Elliots Eintritt ins Haus getrieben hatte. Hastig trat er in seine Stube, suchte im Finstern Stiefel und Kopfbedeckung und machte sich dann durch die Hinterthür wieder ins Freie; er wollte sich, um jeden Verdacht zu vermeiden, den Anschein geben, als komme er wirklich erst nach Hause; eben setzte ein neuer Blitz den Himmel in Feuer, Donnerschlag auf Donnerschlag erfolgte und einzelne schwere Tropfen begannen zu fallen; – als er das Haus umschritten hatte, hörte er wieder Elliots Stimme und die möglichst unbefangene Miene annehmend, eilte er durch die offene Vorderthür ins Haus.

7. Eine Sklavenjagd.

Wenige Minuten darauf trat die Gesellschaft auf den Portico heraus – Dick beschäftigt, die Laterne an einen Stock zu binden.

»Einen Augenblick!« sagte Elliot zu dem Schwarzen. »Jetzt, da Mr. Helmstedt da ist, magst du hier bleiben, wenn du willst – ich mag dir nicht zumuthen, deine eigenen Kameraden jagen zu helfen. Ich würde sie ruhig laufen lassen und keinen Finger nach Ihnen strecken – das wäre ihre sicherste Strafe – wenn's mir nicht darum zu thun wäre, dem weißen Menschenräuber den Weg zu verlegen. Gib' die Laterne her!«

»Haben Sie keine Sorge um mich, Sir!« erwiderte Dick, den letzten Knoten festziehend. »Ich habe schon die ganze Zeit her gedacht, daß es bald ein paar schwarze Narren geben würde, seit der weiße Mann hier Abends hinter, den Zäunen herumschlich. Ich gehöre nicht zu der Sorte: 's thut kein weißer Mensch 'was umsonst für den weißen; möchte also wissen, warum er sich für den schwarzen aufopfern sollte!«

»Da ist wenigstens gesunder Verstand darin!« lachte Isaac; »nun aber keine Worte weiter verloren, wir haben ohnedies nur noch die Hoffnung, daß sie sich verspätet haben oder auf keine Verfolgung rechnen.«

Lang aufgerichtet und die Andern einen halben Kopf überragend, die Laterne an dem daran befestigten Stocke hoch haltend, schritt der Pedlar mit weiten Schritten den vier Männern durch die Dunkelheit voran. Es wurde die grade Richtung über die Felder und Einzäunungen hinweg bis zu dem Wege genommen, der an der Seite von Elliots Besitzungen hinlief und den Baker kaum eine Viertelstunde vorher verfolgt hatte.

»Jetzt müssen wir weiter ohne Licht, damit wir uns nicht verrathen,« sagte Isaac, als sie die letzte Einzäunung überstiegen hatten, und verbarg die Laterne unter seinem Rocke, »es können kaum noch dreihundert Yards von hier nach dem bezeichneten Platze sein. Vorwärts, aber so still als möglich!«

»Habt Ihr Recht in Bezug auf Baker, so kommt mir der Mensch nicht lebendig davon!« sprach Elliot halblaut, an die Seite des rasch dahinschreitenden Pedlars tretend. »Ich habe, so lange ich ein Mann bin, noch keinen solchen Fall gehabt, wie jetzt – nur im Süden von Georgia habe ich als junger Mensch erlebt, daß flüchtige Sklaven in die Sümpfe verfolgt und mit Hunden herausgehetzt wurden; das war damals eine Pflicht der Selbsterhaltung, denn ganze Banden davon, schlimmer als wilde Thiere, lebten in den Rohr-Dickichten versteckt. In unserer Gegend hier sind Sklaven-Entweichungen ein Unding gewesen und ich möchte lieber den doppelten Verlust auf einer andern Seite haben, als daß mir zuerst so Etwas passiren muß.«

»Sein Sie froh, Sir, daß Sie den Schaden nicht an Ihrem eigenen Fleisch und Blut zu bejammern haben, wie's noch viel leichter hätte kommen können!« erwiderte der Alte kurz und schritt schärfer vorwärts.

Sie waren nur noch ein kurzes Stück von dem Thorgatter entfernt, als ein neuer gewaltiger Blitz die ganze Gegend erhellte; zehnfacher betäubender Donner in immer sich erneuernden Schlägen folgte nach und zugleich stürzte, als wäre jetzt mit einem

Male die Himmelsschleuse weit aufgezogen worden, der Regen in Fluten hernieder. »Halt!« sagte der Pedlar, »sie scheinen noch nicht weg zu sein, dort bäumte sich eben ein angebundenes Pferd, das durch den Blitz scheu gemacht war – ich will voran gehen und sehen wie es steht!« Er verschwand in der Finsterniß – die Uebrigen standen gespannt und bewegungslos, aber bald bis auf die Haut durchnäßt und triefend; Blitz auf Blitz, Schlag auf Schlag erfolgten, daß die Ohren dröhnten und Helmstedt zuletzt meinte, er müsse sein Gehör verloren haben; mit immer neuer Gewalt gossen die Wolken ihre Ströme nieder und schienen den Boden unter den Füßen der Wartenden wegzuwaschen. Fünf Minuten mochten vergangen sein, als ein plötzlicher Lichtschein die Gesichter erleuchtete; Isaac stand unter ihnen und hatte die Laterne frei gemacht. »Sie sind fort und haben das Pferd zurück gelassen,« sagte er, »hier ist ein kleines Bündel, das sie fünf Schritte davon verloren haben; sie sind quer durch den Busch nach der Waldstraße, aber ich weiß den Weg vielleicht noch besser, und der Regen ist gerade recht, um ihnen das schnelle Laufen zu vertreiben!«

»Los denn!« rief Elliot, »das Wetter wird nicht länger als eine Viertelstunde anhalten und Gewitterregen trocknet man am besten durch scharfe Bewegung!«

Der Pedlar voran, das wohlgeschützte Licht in seiner linken Hand, ging es durch Regen, Donner und Blitz vorwärts – nach wenigen Minuten durch nasses Unterholz, bis sich ein schmaler Waldweg aufthat. Der Alte schien eiserne Glieder zu haben. Mit immer gleich langen, eiligen Schritten verfolgte er den Weg und bog jedem Hinderniß bei Zeiten aus, daß die Nachfolgenden es bald am gerathensten fanden, sich dicht hinter ihm im Scheine der Laterne zu halten. Kein Wort wurde laut. Jeder hatte genug zu thun, sich vor dem Fallen auf dem schlüpfrigen Boden und vor Beschädigungen an den im Wege stehenden Bäumen zu schützen – und dazu schien der Gang des Führers immer schneller zu werden. Nach kaum fünfzehn Minuten hatte der Regen aufgehört, die Donner verhallten rollend in der Ferne und die Kleider der eiligen Fußgänger dampften in dem Scheine des vorangetragenen Lichtes. Helmstedt hatte bald vergessen, zu welchem Zwecke er jetzt vorwärts schritt, und wo er war; er fühlte nur, daß auch ohne sein Zuthun jede Gefahr durch Baker ein Ende hatte; vor ihm tauchten die Scenen wieder auf, die er eben durchlebt – Ellen in ihrer ganzen süßen Anmuth trat vor seine Seele, er durchlebte die mit ihr verbrachte halbe Stunde, Minute für Minute, noch einmal; er merkte nichts von der Länge des Weges, seine Beine thaten mechanisch ihre Schuldigkeit, und erst als plötzlich der ganze Zug stockte, fuhr er aus seinen Träumereien auf. »Sie müssen kurz vor uns sein!« sagte Isaac, der seinen Gang gehemmt hatte, in sichtbarer Aufregung, »hören Sie!« Ein Knacken wie von dürrem Holze wurde in einzelnen Zwischenräumen hörbar. »Sie sind über den alten Bretterdamm gegangen, das ist kaum noch drei Meilen vom Flusse – jetzt scharf drauf und wir haben sie – der Weg durch den Wald wird bald zu Ende sein.«

Schweigend, aber in vermehrter Hast ging es weiter. Die Wolken hatten sich verzogen und in wunderbarer Klarheit blitzten die Sterne am dunkeln Himmel. Als der Pfad sich dem Ausgang des Waldes näherte, löschte der Pedlar ohne seinen Schritt anzuhalten, die Laterne. »Das Ding blendet jetzt mehr, als es hilft!« sagte er. Ein paar Minuten währte es, ehe sich die Augen an die Dunkelheit gewöhnt hatten, bald aber ließen sich in dem matten Sternenlichte die einzelnen Formationen der freien Ebene unterscheiden.

»Dort sind sie, soll mir Gott helfen!« rief plötzlich der Alte und zeigte mit dem Finger vorwärts, »dort,« fuhr er fort, als Elliot an seine Seite sprang, »gerade herüber von der Waldecke!« Auf der chaussirten Hauptstraße, die sich wie ein helles Band aus der Dunkelheit hervorhob, ließen sich mehrere dunkle, davoneilende Schatten wahrnehmen. »Der Halunke scheint seiner Sache schon so gewiß zu sein, daß er nicht einmal mehr einen Nebenweg wählt!« rief Elliot, »können wir sie nicht abschneiden?«

»'S ist dies ein Stück der Hauptstraße, was sie passiren müssen,« erwiderte Isaac, »dort unten nach dem Riverhause zu geht's wieder ins Dickicht – aber ich denke, unser Weg soll noch kürzer werden. Folgen Sie dicht hinter mir!« Er bog links ab, überkletterte eine Einzäunung und durch die Stoppeln eines Maisfeldes schritt er, den Uebrigen voran, wieder dem Gebüsche zu. Ein schmaler Pfad, in der Nacht nur dem geübten Auge erkennbar, öffnete sich nach kurzer Zeit und der Wald nahm die Männer wieder auf. Der Boden war hier dick mit abgefallenem Laube bedeckt, die Schritte wurden leichter und rascher, aber oft schien es, als nehme der Führer seinen Weg mitten durch das Unterholz, und einer mußte dicht hinter den Andern bleiben, um sich vor den zusammenschlagenden Zweigen zu schützen und nicht in der Dunkelheit von einander getrennt zu werden. »Seid Ihr recht, Isaac?« fragte Elliot nach einer Weile.

»Ohne Sorge, Sir!« erwiderte dieser, »wenn der Pedlar, der das ganze Jahr durch die Gegend streift, seinen Weg nicht kennen soll, dann weiß ich nicht, wer außerdem.«

Eine Viertelstunde war im scharfen Schritte verflossen, als sich aus der Ferne ein Brausen wie das eines Wasserfalles hörbar machte, auf Augenblicke wieder schwieg und dann von Neuem begann.

»Was ist das, hört Ihr nichts, Isaac?« fragte Elliot stutzend.

»Nur jetzt nicht angehalten Sir!« entgegnete der Pedlar, seine Schritte noch mehr beeilend, »'s ist das Dampfboot, das im Flusse auf die Spitzbuben wartet; jetzt kommt es darauf an, welche Partei zuerst das Ufer erreicht – wer von uns die Büchsen hat, mag neue Zündhütchen aufstecken, im Falle sie naß geworden sein sollten!«

Vorwärts ging es, so schnell es die Hindernisse des Weges erlauben wollten, nach einigen Minuten lief der Pfad in die Straße nahe dem Riverhause aus; ohne aber nur einen Blick um sich zu werfen, schlug der Pedlar den von hier aus nach dem Flusse führenden Weg ein; seine Schritte schienen mit Hilfe seines Stockes halbe Sprünge zu werden, daß die Nachfolgenden trotz Spannung und Erwartung kaum nachzufolgen vermochten und nur in Elliot schienen durch die nahe Entscheidung frische Kräfte erwacht zu sein. Das Brausen des Dampfbootes trat mit jedem Schritte deutlicher hervor – »wir schneiden sie ab, nur rasch!« rief Isaac an der Spitze des Zuges; da klang vom Flusse ein Geräusch herüber, wie das Fallen schwerer Gegenstände auf einen hohlen Boden, das bisherige Brausen erstarb plötzlich – die letzte Wendung des Weges lag vor den Verfolgern und kaum zwanzig Schritte davon zeigte sich hell der freie Himmel über dem Flusse, von den ersten Lichtblicken des aufgehenden Mondes beschienen; in wenigen Secunden war die kurze Strecke zurückgelegt – in demselben Augenblicke aber, in welchem Isaac das hohe Ufer erreichte, stieß auch unten das Boot vom Lande und ging mit voller Dampfkraft den Fluß hinab.

»*God* –!« rief Elliot im vollen Ausbruche der Enttäuschung und starrte dem davon eilenden Boote nach, »da geht's hin – und bei meiner Seligkeit, dort sieht eins von den schwarzen Gesichtern über das Deck.« Isaac stand eine Minute wie zu Stein geworden; dann stützte er sich auf seinen Stock und sank langsam, als verlasse ihn alle Kraft, in sich zusammen. »Wirklich zu spät!« sagte er, »ich hörte die Davonläufer auf die Platform hinunterspringen, aber ich wollte mir selbst nicht glauben – und fort ist der weiße Teufel mit ihnen.« – Die Schwarzen sahen mit einem Ausdruck von halber Verblüfftheit dem entschlüpfenden Fahrzeug nach und nur Helmstedt, den das Bild des dunklen Flusses überraschte, wie er sich hier zwischen der wildromantischen Bergformation hinwand, hatte einen Blick für die übrige Gegend. »Ich weiß nicht, ob es etwas nützen kann,« sagte er nach augenblicklicher Pause, »aber dort scheint ein anderes Boot den Fluß herunter zu kommen!«

Elliot fuhr in die Höhe. »Halloh, das gäbe noch die einzige Möglichkeit eines Erfolges!« rief er und blickte stromaufwärts, wo eine doppelte Rauchwolke sich in dem Mondlicht abzeichnete und rasch heranzog, »bei Gott, das ist einer unserer größeren Dampfer, das gibt Hoffnung; es soll mir kein Betrag zu hoch sein, wenn ich nur dadurch dem Schufte aus Genick kommen und ihm seinen Streich wett machen kann. Brennt die Laterne an, Isaac, rasch, daß wir signalisiren können, der Mond läßt den Fluß unten noch in vollem Dunkel.«

»Aller Augen hatten sich dem herankommenden Dampfboote zugewandt – das andere war bereits in der nächsten Flußbiegung verschwunden«; Isaac zog ein Taschenfeuerzeug hervor und bald brannte das Licht. »Ich glaube kaum, Sir, daß wir viel ausrichten werden,« sagte er, »und von der Energie, welche sich bis jetzt in seinem ganzen Wesen ausgedrückt, war kein Schatten mehr in seiner Stimme hörbar, ich glaube, wir *sollen* den Menschen nicht haben, sonst wäre ich trotz aller Mühe und Umsicht heute nicht überall zu spät gekommen – zu spät im Riverhause, um den ganzen Plan zu belauschen; zu spät zu Cäsar, der auf mich wartete; zu spät, um dem Spitzbuben die Flucht in Oaklea abzuschneiden; zu spät hier – ich gebe etwas auf solche Zeichen, Sir!«

»Nach dem Ufer hinunter und seid kein Narr, Isaac, dort kommt das Dampfboot!« rief Elliot und schritt rasch den Weg nach dem Landungsplatze hinab – die Uebrigen folgten, die Laterne wurde geschwungen und das Arbeiten der Maschine in dem Boote hörte auf; langsam trieb es der Platform zu, auf welcher die Wartenden standen; das Brett, welches als Brücke diente, fiel ans Ufer und die fünf Männer sprangen hinüber.

»Wo ist der Capitain?« rief Elliot, als er den ersten Fuß auf das Fahrzeug gesetzt.

»Wenn er nicht schon schläft, wird er im Bar-Room sein,« war die Antwort eines der Arbeiter, »gleich dort links im untern Deck.«

»Bleibt hier, bis ich wiederkomme!« winkte der Erstere seiner Begleitung zu und verschwand in der Dunkelheit des Raumes.

Die Maschine hatte ihre Arbeiten auf's Neue begonnen und das Boot schwamm in seiner gewöhnlichen Schnelligkeit den Fluß hinab. Wenige Minuten waren indessen verflossen, als Elliot wieder hörbar wurde. »Sie wissen, wer ich bin, Capitain, und ich stehe mit Allem, was ich habe, für jede Unannehmlichkeit ein!«

»Es wäre Alles recht, Sir,« erwiderte eine zweite Stimme, »ich kenne das Boot vom Mississippi her, 's ist in allen Flüssen zu Hause, wo's einen Schurkenstreich gilt, und ich würde Ihnen gern die Hand zur Hilfe reichen – Sie haben aber weder einen Marschall noch irgend eine andere obrigkeitliche Person bei sich; wie und mit welchem Rechte wollen Sie das Boot zum Beilegen zwingen?«

»Well, Sir, wir *nehmen* es einfach mit dem Rechte des Bestohlenen; ich und meine Leute sind zusammen fünf bewaffnete Männer, und daß Ihre Deckarbeiter mit voller Seele dabei sind, dafür lassen Sie mich sorgen.«

»Und nachher lassen wir uns den Prozeß wegen Flußräuberei machen!«

»Unsinn!« ließ sich Elliots ungeduldige Stimme hören, »glauben Sie im ganzen Süden von Amerika eine Jury von zwölf Männern zusammen zu bekommen, die Jemand verurtheilen würde, der sich mit Gewalt wieder in den Besitz seiner gestohlenen Neger setzt? 's ist jetzt der erste derartige Fall in unserer Gegend und ich sage Ihnen, unsere sämmtlichen Pflanzer hier werden, wenn Sie jetzt energisch einschreiten, Ihnen so volle Anerkennung aussprechen, daß! Sie damit zu frieden sein sollen – das Interesse jedes Einzelnen ist mit diesem ersten Fall verbunden.«

»Well, Sir, lassen Sie mich zu den Passagieren sprechen, die noch wach sind.«

Elliot maß mit raschen Schritten den Raum vor der Bar-Zimmer-thür, durch welche der Capitain verschwunden war, er hatte aber nicht lange zu warten. Die Thür flog auf und laute Ausrufe klangen heraus: »Los, Cap'tn, Sie verdienten ein nördliches Canalboot zu führen, wenn Sie sich nur einen Augenblick noch bedenken woll-ten.« – »Halloh, wo ist der Gentleman? wir hängen den weißen Halunken auf, wenn wir ihn fassen und ich will meinen Theil mit für den Schaden stehen!« – »Drauf, es gibt doch wenigstens einmal eine Aufregung auf euren langweiligen Hinterwaldsflüssen!« rief eine dritte Stimme. Fünf bis sechs Männer in sichtlich erregter Stimmung traten hinter dem Capitain in das Zwischendeck heraus, in dessen Hintergrund, von dem Feuerscheine des Maschinenraumes bestrahlt, sich bereits eine Anzahl Deckarbeiter versammelt hatte. »Well, Jungens, es gibt noch Nachtarbeit,« sagte der Capitain, »ich stehe euch aber für eine gute Extrabezahlung. 'S ist ein fremdes Boot kurz vor uns, das Kidnappers mit ihrem Raube an Bord hat – wir müssen es abfangen und es ist möglich, daß die Jagd eine ernstliche Wendung nimmt. Ich will Keinem befehlen, sich weiter zu betheiligen, als es der Dienst auf dem Boote verlangt – wer aber freiwillig die Sache mit durchfechten will, wenn es so weit kommen sollte, der mag es thun und einer anständigen Belohnung sicher sein. – Keinen Spectakel jetzt!« fuhr er mit der Hand winkend fort, als er in den Gesichtern der Arbeiter den Ansatz zu einem kräftigen Hurrah sah; »es ist nicht nothwendig, daß irgend Jemand von den Passagieren aus dem Schlafe gestört wird – George hält genaue Wache am Sicherheitsventil, und jetzt scharfes Feuer unter die Kessel!«

Zehn Hände faßten auf einmal in die aufgeschichteten Holzschei-te, bald war der Feuerraum nur eine lohende Flamme, die Maschine begann hastiger zu arbeiten und in Kurzem durchschnitt das Boot, das Wasser vor sich her werfend, in verdoppelter Schnelligkeit den Fluß.

Elliot, seine Begleiter und die übrige Gesellschaft hatten sich nach dem freien Raum auf dem obern Deck begeben, der Mond war höher getreten und warf sein Licht schon in den Fluß, und jedes Auge spähte gierig nach dem verfolgten Fahrzeuge aus, aber eine Viertelstunde verging, ohne daß sich dem schärfsten Blicke eine Spur davon zeigen wollte.

»Wie lange hatte das Boot das Land verlassen, als Sie uns anriefen?« fragte der neben Elliot stehende Capitain.

»Kaum fünf Minuten, Sir! Ich vermuthe aber, sie gehen mit so vieler Dampfkraft, als nur möglich, um schnell aus der hiesigen Gegend zu kommen!«

»Scharfes Feuer!« rief der Capitain in den Raum hinunter, »so viel als der Kessel aushalten kann, dünneres Holz genommen und fleißig nachgelegt!«

Die Maschine begann zu keuchen, das Wasser flog von den Rädern zu Schaum gepeitscht und das Boot schoß in wunderbarer Schnelle vorwärts. – Isaac lehnte gebückt, beide Hände vor sich auf seinen Stock gestützt, an der Kajütenwand und hielt die zusammengezogenen Augen starr in die Ferne gerichtet; jetzt bog der Dampfer um einen hervorspringenden Berg des Ufers und zum ersten Male gab es eine freie Aussicht den Fluß hinauf. –

In geraumer Entfernung zeigte sich jetzt die langgezogene Rauchwolke des verfolgten Schiffes, und einzelne Ausrufe der Befriedigung deuteten die Spannung an, mit welcher Jeder an der Verfolgung Theil nahm. »Sie müssen gehörig gefeuert haben, sonst hätten wir sie schon am Kragen,« sagte der Capitain, ein kleines Fernrohr ans Auge setzend; »jetzt scheinen sie, nach dem schwachen Rauche zu urtheilen, in aller Gemüthsruhe weiter zu gehen.«

Eine lange Pause, nur unterbrochen durch das Geräusch der arbeitenden Maschine und das Brausen der Räder, erfolgte; alle Blicke hingen an dem Boote vor ihnen, dessen Formen deutlich hervortraten.

»In zehn Minuten haben wir sie, wenn sie nicht Unrath merken,« sagte der Capitain, »die Entfernung erschien durch das falsche Licht größer, als sie wirklich war.«

»Ich glaube kaum, daß sie eine Verfolgung fürchten,« erwiderte Elliot, »sie können kaum vermuthen, daß ihre Flucht schon entdeckt sei.«

»Wenn uns das schwarze Gesicht nicht erkannt hat, das gerade bei der Abfahrt aus dem Boote sah – wir standen im besten Lichte«, ließ sich jetzt Isaacs Stimme vernehmen. »Sehen Sie die Rauchwolken, Sir, ob die Menschen dort nicht riechen, was hinter ihnen herkommt!«

»'S ist so, sie fangen an zu feuern,« sagte der Capitain beobachtend, »aber viel soll es ihnen nicht helfen. Wir sind ihnen auf dem Nacken, unsere Kessel sind neu und haben schon einen andern Druck ausgehalten. Theer ins Feuer, wenns das Holz nicht mehr thun will!« rief er nach dem Raume hinunter, »aber scharf auf den Regulator am Kessel gemerkt!«

Der Dampfer schien bald durch das Wasser zu fliegen und die Entfernung zwischen beiden Fahrzeugen nahm sichtlich ab – es ließ sich fast berechnen, wann das vordere Boot erreicht sein würde – da machte dieses eine plötzliche Wendung und steuerte dem Ufer zu; ein Brett fiel auf's Land und hinüber huschten mehrere Gestalten – beide Dampfer waren sich schon so nahe, daß jeder einzelne Vorgang erkennbar war. »Da gehen sie hin,« sagte Isaac, »ich wußte, es sollte nicht sein.«

»Hölle und Teufel!« schrie Elliot, »legen Sie an, Capitain; so weit gegangen, lasse ich die Sache jetzt nicht stecken.«

»'S ist Unsinn, Sir,« warf Isaac ruhig ein, »ehe wir ans Land kommen, sind sie schon über den Berg weg, und dann suchen Sie bei Nacht in einem unbekannten Walde!«

»Es thut mir leid, aber der Mann hat Recht!« sagte der Capitain, »sicherlich haben die Halunken Wind bekommen, daß ihnen nachgesetzt wird, und werden jedenfalls jetzt ihre Wege zu Land kennen. Es war eine vergebliche Anstrengung – da schwimmt das verteufelte Ding wieder so langsam und unschuldig, als hätte es noch nichts anderes als reguläre Geschäfte gerochen. Wir sind nicht weit von Ditto's, gehen Sie bis dahin mit, Sir, und erlassen Sie gleich Anzeigen in den Zeitungen – dort finden Sie auch schnell eine Gelegenheit zur Rückfahrt – jetzt läßt sich an der Sache doch nichts ändern.« Er ging nach dem Steuerhäuschen und bald erklang das Zeichen zum Nachlassen der Dampfkraft.

»Verdammt pfiffige Spitzbuben! 's ist jammerschade, daß die Geschichte so schnell zu Ende ging!« sagte einer aus der das Vorderdeck einnehmenden Gesellschaft, »jetzt, Gentlemen, sucht man aber wol am Besten das Bett!«

Elliot hielt noch immer die Blicke auf den Punkt geheftet, wo die entflohenen Sklaven ans Land gesprungen waren, und erst nach einer Weile drehte er sich langsam um. »Wir wollen hineingehen und einen Platz zum Ausruhen suchen;« sagte er, »ich hätte mir nichts aus dem Verlust der Schwarzen gemacht, die noch erkennen werden, wo ihre beste Heimat war, wenn ich nur den weißen Schurken, der nahe daran war mir Haus und Familie zu entehren, hätte fassen können.«

»'S hat nicht sein sollen; warum, kann ich freilich nicht erkennen!« brummte Isaac und schritt langsam nach der Kajütenthür, als fühle er erst jetzt die volle Abspannung nach den Anstrengungen des Tages.

Das Deck war leer und gemächlich zog der Dampfer seine Furchen weiter durch das mondbeglänzte Wasser.

8. Ein Mord.

– – Es war am Morgen gegen acht Uhr, als Elliot mit seinen Begleitern bereits wieder bei der Landung am Riverhause das Ufer hinaufstieg. Bald nachdem sie in der Nacht »Ditto's« erreicht hatten, war ein kleiner Dampfer den Fluß herausgekommen und Elliot hatte die Gelegenheit zur Heimfahrt ohne Zaudern ergriffen. Der Morgen war klar und erfrischend, aber über den Rückkehrenden schien ein Nebel von Erschlaffung und getäuschter Hoffnung zu liegen; kein Wort war beim Betreten des Landes laut geworden, langsam wurde das Ufer erstiegen und nur Helmstedt schien einen Theil seiner Spannkraft behalten zu haben – den Andern voraus hatte er die Höhe erreicht, in seinem Herzen war goldiger Morgen wie rings um ihn, er sehnte sich, nach Hause zu kommen, um in Ellens hellen Augen die Bestätigung seines nächtlich errungenen Glückes zu lesen.

»Wir wollen sehen, daß wir im Riverhause ein Frühstück und einen Wagen zum Heimfahren bekommen,« begann Elliot, als sie den Wald betreten hatten, »das Stück Arbeit hat mich wirklich müde gemacht. Ihr, Isaac, thut mir nachher den Gefallen, und begleitet mich nach Oaklea, damit Ihr mir, wenn sich noch irgend ein Umstand vorfinden sollte, für die Zukunft als Zeuge dienen könnt; ich will die Sache gegen den Menschen so weit verfolgen, als ich kann.«

»'S ist schon recht, Sir!« erwiderte Isaac, der mit gesenktem Kopfe, wie vollständig ermattet, hinter den Uebrigen herging.

»Du, Cäsar, fährst mit nach Oaklea,« fuhr Elliot fort, »ich will dir dort ein paar Zeilen für deinen Herrn geben, falls er dich vermißt haben sollte.«

Helmstedt war an des Pedlars Seite getreten. »Sind Sie krank oder nur übermüdet?« fragte er, »Sie sehen schlecht aus, Isaac.«

»Wenn man alt wird, so wirkt ein einzelner Fehlschlag mehr, als zehn Jahre verlorner Arbeit in der Jugend,« erwiderte dieser eintönig. »Dem Alter fehlt die Zeit und das Vertrauen, um wieder von vorn anzufangen – was verloren ist, bleibt verloren!«

Helmstedt sah ihm einen Augenblick in das abgespannte, hagere Gesicht. »Ich verstehe Sie nicht ganz,« sagte er dann. »Daß Baker und die Schwarzen zum Kuckuk sind, ist doch kein solcher Fehlschlag für Sie, daß er Ihnen mit einem Male alle Kraft und alle Energie nehmen kann?«

Der Alte zuckte die Achseln. »Meinen Sie wirklich, es läuft in Amerika Einer vierzig Meilen, wie ich gestern, Alles zusammengerechnet, blos um einen Andern vor Schaden zu bewahren, der nicht einmal groß dafür dankt?«

»Sprechen Sie sich aus, wenn ich's wissen darf,« sagte Helmstedt, als Jener schweigend weiter schritt, »'s ist besser, als wenn Sie Ihren Aerger auf diese Weise in sich zehren lassen, und es thut mir leid, Sie so mitgenommen und niedergedrückt zu sehen.«

»Glaub's schon, daß Ihr Herz gut ist,« erwiderte der Alte, angeregter als zuvor, »'s ist kein Geheimniß, das ich verbergen müßte, und vielleicht thut's mir auch gut, einmal gegen Jemand zu reden, aber dazu ist es jetzt der Platz nicht. Ein andermal vielleicht.«

Sie gingen wieder schweigend weiter, bis das Riverhaus erreicht war. Auf Elliots Anfrage, versprach der Wirth die Gesellschaft nach Oaklea fahren zu lassen, sobald der Schwarze, der mit den Pferden Holz hole, zurück sei. Ein derbes Frühstück im Hinterwaldsstile ward hergerichtet, die beiden Schwarzen suchten die Küche und nach kurzer Zeit saßen die drei Uebrigen, auf die rückkehrenden Pferde wartend, vor dem Kaminfeuer, so bequem, als es sich auf den hölzernen Stühlen thun ließ. Auf Elliot schien die Wärme schnell ihren Einfluß auszuüben, er zog seinen Stuhl nach einem Tische in der Ecke neben dem Kamin zurück, stützte den Kopf auf und war bald eingeschlafen. Die anderen Beiden starrten wortlos ins Feuer, Jeder seinen eigenen Gedanken nachhängend.

»Halloh, Isaac!« begann endlich Helmstedt auffahrend, »seien Sie munter, das Hinbrüten hilft zu nichts, als daß Sie sich noch in schlimmere Stimmung bringen, die am Ende nicht einmal so viel Grund hat, als Sie denken.«

Der Pedlar setzte sich langsam aufrecht und fuhr sich mit der Hand über das Gesicht. »Ich dachte eben an vergangene Zeiten,« sagte er, »und wie der Mensch mit allem Verstande und aller Mühe doch so wenig an dem ändern kann, was sein soll; eigentlich sind wir doch nur, wie alles Andere, was geschaffen ist, bloße Zahlen, aus denen das große Welt-Rechenexempel gemacht wird. Ich habe Ihnen einmal von meinem Schwager erzählt, der durch seine Handelsverbindungen mit dem Süden zu Grunde ging – well, Sir, der Schwager war ich selber. Bankerott werden ist aber schon mehr Leuten passirt und eben keine große Schande in Amerika – also fing ich auch an, mich wieder auf die Beine zu stellen, so gut es gehen wollte, und war nur froh, daß ich keinen Weiberjammer bei dem Unglücke zu hören hatte. Meine Frau war schon manches Jahr todt, und meine Tochter Esther war ein Mädchen, wie sie nicht alle Tage geboren wird – schön, wie ihre Mutter gewesen, und mit einem Willen so stark, daß sie sich die Augen für unsern Unterhalt blind gearbeitet hätte, wenn's nöthig gewesen wäre, ohne eine trübe Miene zu ziehen. – Es fing schon an mir wieder besser zu gehen, ich hatte Credit für die kleinen Geschäfte, die ich machte, da kam eines Tages ein seiner Herr in mein Haus und verlangte eine genaue Aufstellung von dem, was ich bei dem Bankerott eines der südlichen Häuser verloren hatte. Er stellte sich als Partner des gebrochenen Geschäftes vor, bedauerte das Unglück, in das ich gerathen, aber versicherte mir, daß er Alles aufbieten würde, damit ich, als Hauptgläubiger, wieder zu meinem Gelde komme; er erzählte, es wären noch Mittel genug da und nur durch

147

die Schuld des andern Theilnehmers sei das Geschäft so in Unordnung gerathen, daß die Zahlungseinstellung habe erfolgen müssen. – Ich hatte keinen Verdacht gegen den Mann, was konnte er bei mir suchen? Geld hatte ich doch nicht mehr, um das er mich hätte betrügen können, und daß er wirklich einer von den Eigenthümern des gebrochenen Hauses sei, sagten mir andere Geschäftsfreunde, die ihn früher gesehen. So dachte ich auch nichts dabei, als er öfter vorsprach, dankte ihm noch in meinem Herzen, als er meine Esther dann und wann zu Vergnügungen führte, die sie lange hatte entbehren müssen, und vermuthete auch nichts, als er endlich in langer Zeit nicht kam. Esther wurde still und verlor ihre frische rothe Farbe, aber ich hielt es, da sie nicht klagte, für nichts von Bedeutung und achtete in meinen Geschäftssorgen nicht weiter darauf. Aber ich sollte schrecklich aus meinem Schlafe geweckt werden. Den einen Morgen ist Esther nicht da, aber ein Brief von ihr liegt auf meinem Tische – darin steht, daß sie von dem Manne bethört, verführt und verlassen worden, daß sie so weit sei, ihre Schande nicht mehr verbergen zu können und lieber den Tod suchen, als ein entehrtes Leben führen wolle. Ein paar Stunden darauf hatten sie ihre Leiche im North-River aufgefischt.«

Isaac hatte den Kopf vor sich in die hohle Hand gestützt und schwieg eine Weile. »Ich bin nach dieser Zeit lange am Nervenfieber krank gewesen und ins Hospital geschafft worden,« fuhr er dann langsam fort, »und fremde Leute hatten sich meines Schwestersohnes, der bei mir lebte, angenommen. Als ich wieder gesund wurde, war mein Geschäft ruinirt, was ich an Waaren gehabt, war gerichtlich verkauft, um fällige Noten zu decken, und mein Store war in anderen Händen. Es war fast nichts, was ich wiederfand – der Mensch aus dem Süden hatte mich um Alles gebracht, um Vermögen, Geschäft und um mein einziges Kind. – Als mir das mit einem Male klar vor der Seele stand, war mir's als dürfte ich nichts weiter thun, als das ganze Land durchsuchen, bis ich ihn gefunden, ihm die Kehle zugedrosselt und den Kopf zertreten hätte. Aber die Sorge für das tägliche Brod vertrieb mir vorläufig die Gedanken daran. Damals« – fuhr Isaac leiser mit einem prüfenden Blicke auf den schlafenden Elliot fort – »damals war es, wo die ungeheuren Verluste im Süden mehrere von den großen New-Yorker Häusern auf den Gedanken brachten, eine Beaufsichtigung durch alle südlichen und südwestlichen Staaten einzurichten, und als ich die Runde bei meinen frühern reichen Geschäftsfreunden machte, um zuzusehen, welche Aussichten ich noch habe, um meinen Lebensunterhalt erwerben zu können, wurden mir von diesen Anträge gestellt, die mir erschienen, als gebe der Herrgott selber das Strafamt gegen die Sorte von Leuten, durch die ich Alles verloren, in meine Hand. Ich erfuhr bei der Gelegenheit, daß der Mann, der mich bis aufs Letzte zu Grunde gerichtet, sich oft in New-York aufhalte, – aber ich hatte jetzt meine Mordgedanken gegen ihn aufgegeben, er sollte sich, damit meine Hände und das Werk, das mir anvertraut wurde, rein blieben, in den Schlingen seiner eigenen Thaten fangen; ich wollte warten, und mir war es, als müßte die Zeit kommen, wo ich lieber die Schlinge um seinen Hals zuziehen würde. Und dieser Mann, Sir, von dem ich gesprochen, war Baker. – Ich habe gewartet, lange gewartet, aber mein Auge nie ganz von ihm gelassen, ich traf ihn bisweilen in New-York, bisweilen anderwärts; er sah über mich weg, wenn er mir begegnete, als habe er mich nie gekannt – da fand er sich mit einem Male hier in der Gegend ein, zu der Zeit, als ich meine vierteljährliche Reise hier durchmachte, um zu beobachten und andere Geschäfte für meine New-Yorker Freunde zum ordnen; er trieb sich hier in den Familien umher, als sehe er nach irgend einem Opfer zu einer neuen Schurkerei aus, und mir wurde es, als müßte jetzt die Zeit der Abrechnung mit ihm gekommen sein! Ich blieb. Der Pedlar verkehrt mit den Dienstleuten wie mit den Herrschaften, und Verhältnisse, die in den Parlors oft als tiefes Geheimniß gelten, kann einer leicht in den Dienstbotenzimmern erfahren, wenn er dort zu Hause ist. Das war der Weg, auf dem ich mir immer die Kenntniß von Umständen und Dingen verschaffte, die ich nothwendig hatte, und so konnte ich auch Bakers Thun auf Schritt und Tritt verfolgen. Ich erfuhr, ich erlauschte Manches, aber ich durfte nicht reden, wenn ich nicht seine Opfer ohne Nutzen zu Grunde richten wollte – nichts davon gab noch die rechte Schlinge für ihn ab. Erst als ich unter Elliots Schwarzen seinen Namen auffing, als einer und der Andere Bescheid über das Leben der Schwarzen im Norden von mir verlangte, da erst merkte ich, daß meine Zeit herankam; ich bin ihm nachgegangen Tag und Nacht, ich habe ihn behorcht, wo er sich am sichersten glaubte – ich hätte ihn verrathen können vorzeitig, aber ich wollte ihn bei der That erwischen, wollte ihm selber den Strick um den Hals werfen, ich fühlte, daß er in meine Gewalt gegeben war und daß, wenn er jetzt entschlüpfte, die Gelegenheit niemals so wiederkommen werde – well, Sir, ich habe umsonst geduldig gewartet, habe umsonst meinen ganzen Witz angewandt, als es Zeit war – er ist fort und wird nach dem Streiche niemals den Süden wieder betreten; ich bin mit meinem Glauben zum alten Narren geworden und der Schimpf an meinem Kinde bleibt ungesühnt!« Der Pedlar schwieg und sah starr ins Feuer vor sich.

»Ich hatte niemals so ein Schicksal in Ihrem Leben vermuthet,« sagte Helmstedt nach einer Pause, »aber nehmen Sie den einzelnen Fehlschlag nicht so schwer Isaac, 's ist noch nicht aller Tage Abend und noch selten ist ein Spitzbube dem Galgen entlaufen. Wer weiß, welche Genugthuung Ihnen noch vorbehalten ist!« Der Alte schüttelte nur schweigend den Kopf und versank in stilles Hinbrüten.

Eine lautlose Viertelstunde verstrich, bis endlich der erwartete Schwarze mit seiner Ladung Holz ankam und die Pferde vor den viereckigen Familienwagen des Wirthes spannte, und nach kurzem Aufenthalt rollten die Männer Oaklea zu. Elliot schien durch die

Bewegung des Wagens in einen Halbschlummer zu verfallen, der Pedlar sah schweigend in die Gegend hinaus und vor Helmstedts Seele trieben sich bald Bilder aus Isaacs Erzählungen herum, bald trat Ellen vor sein innerstes Auge, und bunte Vorstellungen von der Gestaltung seines künftigen Lebens in Elliots Hause durchkreuzten ihn. Nur die Schwarzen auf dem vordersten Sitze des Wagens ließen ihr halbgeflüstertes Gespräch nicht ausgehen, so lange die Fahrt währte.

»Ich möchte wol, daß wir unseren Weg gleich hinüber nach dem hintern Thorgatter nähmen und den Platz dort besichtigten; das zurückgelassene Pferd wird auch noch dort sein, wenn es sich nicht abgerissen hat –« begann Elliot, als der Wagen fast in der Höhe von Oaklea war; – »wenn wir hier absteigen, haben wir nur ein paar Minuten durch den Wald zu gehen.«

»Wie Sie wollen, Sir!« erwiderte der Pedlar und die Gesellschaft stieg aus; Elliot schickte den schwarzen Kutscher mit dem Fuhrwerke wieder zurück, die Uebrigen durchschritten den Wald, bis sie den Pfad erreichten, auf dem sie in der Nacht die Flüchtlinge verfolgt, und bald hatten sie die erste Einzäunung der Pflanzung im Gesichte.

»Dort steht das Pferd und hängt den Kopf,« rief Dick, der seitwärts den Andern vorangegangen war, »es scheint jämmerlichen Durst zu haben.«

Elliot schritt rasch vorwärts, bis er das Thorgatter erreicht hatte und ließ hier den prüfenden Blick umherlaufen; aber da war nichts, was nur die geringste Aufmerksamkeit erregt hätte und eben kletterte er an der Umzäunung in die Höhe, um sie zu übersteigen, als er wie von einem Schlage getroffen inne hielt. »Um Gottes willen hierher!« rief er den Nachfolgenden zu, »da – da liegt er!«

Helmstedt war, von dem Tone des Ausrufs erschreckt, mit zwei Sprüngen herbeigeeilt und folgte dem Pflanzer über die Umzäunung, welche dieser langsam hinabstieg.

In dem vergilbten Grase lag ein menschlicher Körper hingestreckt, dessen Wäsche und Kleider wie in Blut getaucht schienen. Das Gesicht war nach oben gekehrt und eine blaue Spur, wie von einem schweren Schlage zeigte sich auf der Stirn. Helmstedt hatte kaum einen Blick darauf geworfen, als er auch wie angewurzelt stehen blieb. »Baker!« das war das einzige Wort, was er in seiner Ueberraschung hervorbringen konnte.

»Baker! – wirklich Baker!« sagte Elliot auf die Leiche starrend. »Den wir verfolgt haben bis Ditto's hinauf, der liegt hier ermordet auf meinem Grunde – das ist eine furchtbare Geschichte!«

In diesem Augenblicke kam Isaac, den Kopf vorgestreckt und, das Gesicht von Aufregung geröthet, heran. Einen langen gierigen Blick heftete er auf das Gesicht des Erschlagenen, dann faßte er nach dessen Handgelenke. »Todt und steif!« sagte er langsam, als der Arm, seiner Hand entgleitend, wieder schwer auf den Boden zurückfiel, »er hat seinen Lohn und ich habe freventlich gemurrt.«

»Aber, um der Barmherzigkeit willen, wie kommt er hierher und wem haben wir denn nachgejagt?« rief Elliot, aus seiner ersten Betroffenheit zu sich kommend; »sind wir nicht am Ende in einem ungeheuren Irrthum gewesen? Wenn die Neger mit ihrem Entführer auf und davon sind – und ich habe selbst das weiße Gesicht unter den Schwarzen schimmern sehen, als sie ans Land sprangen – so kann der unglückliche Mensch hier nicht der Schuldige gewesen sein –«

»Halt, Sir,« sagte Isaac sich aufrichtend, »der hier liegt, ist der wahrhaftige Räuber, dessen Schultern so schwer von Sünden waren, daß der Herrgott sich das Gericht über ihn selber vorbehalten und ihm schon sein Ziel gesteckt hatte, als wir ihn noch zu fangen gedachten. Den Sie auf dem Flusse unter den Schwarzen gesehen, das war nur sein Gehilfe – Beide hatten sich verabredet, gestern Nacht die Flucht mit den Negern anzutreten, das haben diese meine Ohren gehört, und es ist Gottes sichtbare Hand, die ihn hier niedergestreckt, damit er nicht wie die Andern seiner Strafe entgehe.«

»'S ist Alles recht, Gottes Hand ist überall,« sagte Elliot mit einem Anfluge von Ungeduld, »damit allein aber ist der entsetzliche Vorfall nicht abgethan und auch der Coroner nicht befriedigt. Wir dürfen keine Zeit verlieren, um das gräßliche Geheimniß aufzuklären. Bleiben Sie mit Dick hier, Mr. Helmstedt, bis ich andere Leute zur Wache hergeschickt habe, und sehen Sie darauf, daß Alles in dem Zustand verbleibt, wie wir es gefunden – ich will sogleich den Coroner aus der Stadt holen lassen. Kommt mit mir, Isaac, ihr werdet den nothwendigsten Zeugen abgeben müssen.«

Er ging, von Cäsar und dem Pedlar gefolgt, davon und Helmstedt begann, sich die Stirne reibend, auf und ab zu schreiten. Die ungewohnten Ereignisse waren während der letzten zwölf Stunden so rasch auf einander gefolgt, daß ihm der ganze Kopf anfing wirre zu werden. Des Pedlars Erzählung summte durch sein Gehirn und wenn er einen Blick auf das Gesicht und die stieren Augen der Leiche richtete, schien ihm der jetzige Mord ein so nothwendiges Schlußkapitel dazu zu bilden, daß es gar nicht hätte ausbleiben können. Bald erschien ihm die Leiche nur noch wie ein Theil von dem Bilde, das sich in seinem Kopf zusammenstellte, er trat heran und betrachtete die verzerrten Züge, ohne mehr als bei dem Betrachten eines Gemäldes dabei zu fühlen und erst Dicks Stimme rief ihn wieder zum klaren Bewußtsein.

»Bin froh, daß es heller Tag ist, Sir, mir graut's vor dem todten Menschen dort und ich möchte ihm nicht so in die verdrehten Augen sehen, wie Sie!« Helmstedt wandte sich um; der Schwarze hatte sich bis an die Umzäunung zurückgezogen und saß dort mit verlegenem Grinsen auf einem Baumstumpfe.

»Warum nicht, Dick? 's ist eben nur ein todter Mensch, der Niemand mehr etwas zu Leide thun wird,« erwiderte der Deutsche; als er aber den Blick jetzt wieder auf die Leiche fallen ließ, war es ihm, als wolle ihm selbst ein Grauen ankommen; die gläsernen Augen stierten ihn mit demselben finstern Blicke an, wie damals, als er mit dem lebenden Manne den ersten ernsthaften Streit gehabt.

»'S ist freilich nur ein todter Mensch,« sagte der Schwarze, als sei er froh, sprechen zu können, »aber ich möchte ihn doch nicht herausfordern, ob er mir etwas zu Leide thun könne, es soll eine sonderbare Sache mit Ermordeten sein.«

Helmstedt begann wieder schweigend auf und ab zu schreiten, er ließ den Blick über die Gegend schweifen, sah in den Himmel über sich, der, blau wie Azur, selbst der abgestorbenen Landschaft einen freundlichen Charakter verlieh; aber so oft er den daliegenden Körper passirte, wurde sein Blick wie magnetisch wieder darnach hingezogen und traf den drohenden Ausdruck in den todten Augen; er drehte sich endlich ganz weg und trat an die Umzäunung, aber je mehr er an etwas anderes denken wollte, um so deutlicher stand das Gesicht des Ermordeten vor seiner Seele. »Ich habe die Nacht nicht geschlafen und meine Nerven sind aufgeregt wie noch nie!« sagte er, »'s ist Alles natürlich!« aber er fühlte dennoch eine Art Erleichterung, als er zwei Schwarze zu seiner und Dicks Ablösung über die Felder kommen sah.

Elliot stand in der Hinterthür, als Helmstedt herankam, und obgleich aus des Letzteren Seele beim Erblicken von Ellens Fenster alle dunkeln Bilder wie Schatten vor der aufsteigenden Sonne wichen, so wagte er doch jetzt nicht hinaufzuspähen. »Ich habe nach dem Coroner geschickt,« sagte Elliot, »aber es kann manche Stunde vergehen, ehe er ankommt und es ist am besten, wir benutzen die Zeit zum Schlafen, damit wir nachher klaren Kopf haben; wir werden es Alle brauchen können. 'S ist Neujahrstag heute,« fuhr er, die Augen in die Hand drückend fort, »ein schöner Anfang des Jahres!«

154

»Sind die Ladies schon unterrichtet?« fragte Helmstedt, der sich Ellens Gesichtsausdruck beim Empfang der Nachricht zu vergegenwärtigen suchte.

»Ich ging diese Nacht weg, Sir, und wußte nicht, ob ich nach dem, was Isaac gemeldet, nicht selbst das Leben dieses Menschen nehmen mußte – meine Frau wußte das und dies war ihre bitterste Stunde: jetzt ist die Nachricht von seinem Morde durch eine andere Hand nicht das Schlimmste, was ich heimbringen konnte – steht es doch eigentlich noch gar nicht fest, ob wir die Betrogenen waren, oder ob sich Isaac nicht selbst betrog. Es wird hoffentlich Alles klar werden – gehen Sie jetzt zu Bette, wie ich es thun werde; sobald die Todtenschau beginnt, werden wir geweckt.«

Helmstedt ging nothgedrungen nach seinem Zimmer; zweimal noch verließ er es, als Elliot unsichtbar geworden war um vorsichtig umher zu spähen – einen einzigen Blick nur hätte er mögen mit in seine Träume nehmen, aber er mußte sein Bett suchen, ohne seine Sehnsucht gestillt zu sehen.

9. Dringender Verdacht.

Helmstedt mußte lange geschlafen haben – als er erwachte, schien die Sonne in seine Fenster, und doch konnte das nur bei vorgerücktem Morgen geschehen. Undeutlich entsann er sich, daß ihn böse Träume einige Male aufgeschreckt hatten und da war es dunkel um ihn her gewesen – er mußte also den Nachmittag des vergangenen Tages und die darauf folgende Nacht in einem Striche durchgeschlafen haben. Kopfschüttelnd sprang er vom Bette, auf welches er sich mit der Kleidung geworfen hatte und machte sich fertig, um beim Frühstücke erscheinen zu können; sonderbar kam es ihm vor, daß er am Abende vorher von Niemand geweckt worden war, und wäre es auch nur des Nachtessens wegen gewesen.

Er ging endlich nach dem Speisezimmer, sah aber hier an dem Zustande des Tisches, daß die Hausbewohner schon sämmtlich ihr Frühstück eingenommen hatten; in dem ganzen Hause aber herrschte eine Todtenstille, die Küche war leer und auch in der Umgebung des Hauses war nirgend eine menschliche Gestalt zu entdecken. Helmstedt schüttelte von Neuem den Kopf, aber ein peinlicher Hunger, der sich bei ihm einzustellen begann, ließ jetzt nicht viel andere Gedanken daneben aufkommen und er machte sich nach kurzem Warten an die kalten Ueberreste des Frühstücks. Er hatte nothdürftig seinen Appetit befriedigt, als die ersten Tritte in der Halle hörbar wurden, aber sie klangen schwer und fremd und der Deutsche wollte sich eben erheben, um nach dem Angekommenen zu sehen, als eine massive Männergestalt, einen starken Hakenstock am Arme, in der Thür des Zimmers erschien.

»Sind Sie der deutsche Gentleman, Mr. – ich vergaß den Namen!« begann der Eintretende und nahm ein zusammengelegtes Papier aus seinem Hute, als wollte er dadurch seinem Gedächtnisse nachhelfen.

»Ich heiße Helmstedt.«

»Richtig, so war's! Sie müssen gleich mit mir nach der Tavern zum Coroner kommen – Sie wissen, wegen des Mordes, hier ist Ihre Vorladung!«

»Recht gern,« erwiderte der junge Mann, dem der Vorfall durchaus erwartet kam, »lassen Sie mich nur meinen Hut holen und nachsehen, ob Jemand im Hause ist, es scheint gerade wie ausgestorben.«

»Ich sah Mrs. Elliot am Fenster, als ich herkam, Sie brauchen sich deshalb nicht aufzuhalten,« sagte der Beamte, »und die Schwarzen werden wol nur einen Augenblick dem Spectakel nachgelaufen sein!« Die Sprache des Mannes war weder rauh, noch unhöflich, dem ohngeachtet lag in dem Tone eine Bestimmtheit, die Helmstedt unangenehm berührte, noch mehr fiel es ihm aber auf, daß, als er nach seinem Zimmer ging, der Beamte ihm Schritt für Schritt folgte – das Ganze bekam fast den Anschein eines Arrestes. Er öffnete seine Vorladung nochmals – »als Zeuge« wurde er darin verlangt – »das Benehmen des Mannes mochte also wol nur übertriebener Diensteifer oder Wichtigthuerei sein.«

»Wie weit ist der Ort?« fragte der Deutsche, als er seinem aufgedrungenen Begleiter folgte.

»Die Tavern liegt kaum mehr als eine Meile die Hauptstraße hinunter, wir werden bald dort sein.«

Helmstedt hätte gern nach den bis jetzt schon stattgefundenen Verhandlungen gefragt, aber der Beamte ging schweigend neben ihm her, that auch während des ganzen Weges den Mund selbst nicht zur kleinsten gleichgiltigen Bemerkung auf, und so hielt es Helmstedt für das Beste, seine Neugierde zu unterdrücken, bis er zur Stelle gelangt sei.

Die Nachricht von dem stattgehabten Mord schien sich bereits wie ein Lauffeuer über die ganze Gegend verbreitet zu haben. Als die Beiden die Tavern erreicht, sahen sie das Haus von einem Haufen Menschen umgeben, Weiße und Schwarze, Männer und Frauen bunt durcheinander, die augenscheinlich keinen Eintritt mehr hatten erhalten können und sich jetzt bemühten, durch die geöffneten Fenster Theil an den innerhalb gepflogenen Verhandlungen zu nehmen. Zwei Beamte, ähnliche Figuren wie Helmstedts Begleiter, standen an der äußern Thür des Hauses und hatten ihre ganze Autorität, wie die Kraft ihrer Arme anzuwenden, um dem Andrängen der Menschenmasse zu steuern, und nur mit Mühe gelang es den beiden Ankommenden, die Thür zu gewinnen.

Der ziemlich weite Raum im Erdgeschoß der Tavern war zum Gerichtszimmer für den Coroner und die von ihm aus dem County schnell aufgebrachte Jury eingerichtet. Der Coroner selbst saß hinter einem langen Tische und an seiner Seite ein das Protokoll führender Gehilfe. Rechts von ihnen befanden sich die zwölf Jurors neben einander auf einer Bank, links schienen die Zeugen zu sein, wenigstens bemerkte Helmstedt, dessen Auge beim Eintritt den Raum überflog, Elliots Gesicht dort und dahinter die Wollköpfe von Dick und Cäsar; umsonst suchte er aber des Pedlars Züge. Der übrige Raum war so dicht mit Zuschauern gefüllt, daß die beiden Ankömmlinge Zeit und Kraft brauchten, um vorzukommen. Helmstedts Erscheinen erregte sichtliches Aufsehen. Der Coroner, welcher sich eben über das Protokoll beugte, fuhr auf die leise Meldung des Beamten rasch in die Höhe und maß den Deutschen mit einem kurzen scharfen Blicke, die Jurors steckten die Köpfe zusammen, unter den Zuschauern entstand leises Murmeln und die Hintersten hoben sich auf die Zehen, um den Eingetretenen besser zu sehen. Helmstedt bemerkte alles das, er fand aber nur die eigenthümliche Neugierde der Amerikaner darin, die sich eifrig auf die unbedeutendste Sache wirft, sobald sie nur etwas Fremdartiges an sich hat. Er sah nach Elliot hinüber, um einen Blick mit ihm auszutauschen, dieser aber wandte rasch das Auge weg, als wolle er Helmstedts Blick vermeiden.

»Well, Sir,« begann jetzt der Coroner, »Sie werden uns einige Fragen beantworten, die in der vorliegenden Untersuchung von Wichtigkeit sind. Geben Sie erst Ihren vollen Namen, Alter, Wohnung und Beschäftigung an und leisten Sie dann den gewöhnlichen Zeugeneid, der Ihnen vorgesagt werden wird; nachher erzählen Sie uns, was Sie von dem stattgehabten Morde wissen.«

Die Anfangs-Formalitäten warm bald beseitigt und Helmstedt berichtete mit allen Einzelheiten, wie Baker am Morgen vorher aufgefunden worden war, und seine eigene Betheiligung daran.

»Ist dies Alles, was Ihnen von dem Morde bekannt ist?«

»Nach meinem besten Wissen, Alles!«

»Ihre Kenntniß davon beginnt also erst von dem Augenblicke, an welchem Sie den Ermordeten todt und kalt gesehen?«

»Yes, Sir.«

158

»Gut, dann werden Sie suchen müssen, uns einige Umstände zu erklären; der Ermordete ist zwar, wie die stattgefundene Examination ergibt, durch einen Stich mit einem scharfen, einschneidigen Instrumente, dem Anscheine nach einem gewöhnlichen Messer, zu seinem Tode gekommen, seine Stirne trägt aber auch die Spur eines kräftigen Schlages, der ihm jedenfalls vor der Todeswunde beigebracht worden. Unweit der Leiche hat sich nun dieser messingene Knopf hier vorgefunden, welcher nach Aussage zweier Zeugen zu einer nur von Ihnen in Gebrauch gehabten Reitpeitsche gehört. Haben Sie vielleicht eine Idee, wie der Knopf dorthin gekommen ist?«

»Ich glaube, die Erklärung ist leicht!« erwiderte Helmstedt ruhig und erzählte kurz sein Zusammentreffen mit Baker am Tage vor Sylvester. »Jedenfalls,« schloß er, »ist der Knopf, den der Mann damals als ›Memorandum‹ – wie er sich ausdrückte, behielt, bei dem Morde aus seiner Tasche geglitten.«

»Von diesem Streite ist bereits durch einen Zeugen, der ihn von kurzer Entfernung aus mit angesehen, berichtet worden. Nach dessen Aussage sollen Sie indessen der angreifende Theil gewesen sein und dem Ermordeten den Weg versperrt haben. Wollen Sie uns die Ursache dieses Angriffs Ihrerseits mittheilen?«

»Recht gern,« erwiderte Helmstedt, dem jetzt plötzlich eine Ahnung kam, daß irgend ein Verdacht auf ihm ruhe – welcher Art, war ihm freilich noch nicht klar. »Der ermordete Mann war ein gewöhnlicher New-Yorker Spieler und Industrieritter, der sich in mehrere Familien hier eingeschlichen hatte und eben im Begriff stand, sich durch seine Vorspiegelungen auf das engste mit der Familie meines Principals zu verbinden. Ich hatte schon versucht, Mr. Elliot vor dem Menschen zu warnen, fand indessen kein Gehör und konnte auch auf diesem Wege nichts weiter thun, da mir augenblicklich die Beweise gegen den Schwindler fehlten. Ich benutzte aber deshalb das Zusammentreffen auf der Straße mit Baker, um ihm zu sagen, daß er und seine Vergangenheit bekannt seien und daß ich, wenn er nicht die hiesige Gegend verlasse, veröffentlichen werde, was ich wisse.«

»Hatten Sie nicht irgend ein eigenes Interesse, den Mann von hier entfernt zu sehen? In der Regel bricht man, fremder Interessen halber, nicht einen gefährlichen Streit vom Zaune!«

In Helmstedts Gesicht schoß ein helles Roth, das aber eben so schnell wieder verschwand. »Ich hatte in dem angeführten Streite mit dem Ermordeten keine andere Absicht,« sagte er langsam und bestimmt, »als ein Unglück von Mr. Elliots Familie abzuwenden. Hätte ich selbst auch etwas gegen den Mann und seinen Charakter gehabt, so dachte ich doch damals nicht daran.«

»Ich werde Ihre Aussagen mit den bereits abgegebenen Zeugnissen zusammenstellen,« erwiderte kalt der Coroner, »vielleicht finden Sie dann noch etwas an den Ihrigen zu berichtigen. Was den Reitpeitschenknopf anbetrifft, so besagt die Todtenschau, daß derselbe gegen vier Yards von dem Körper entfernt und seitwärts des Weges gefunden wurde – es scheint also mehr als unwahrscheinlich, daß er aus der Tasche des Todten dahin gelangt; die Idee aber, daß er bei einem Schlage mit der Reitpeitsche abgesprungen und dorthin geflogen sei, war die erste, welche sich fast gleichzeitig allen Anwesenden aufdrängte – ich möchte Ihnen dabei auch die Bemerkung nicht vorenthalten, daß die Geschichte, wie Mr. Baker, während Ihres Streites mit ihm, den Knopf aufgefangen, und sich in Besitz desselben gesetzt haben soll, wenigstens ziemlich sonderbar klingt. Und was die Stellung des Ermordeten anbelangt, so ist hier das Zeugniß mehrerer seiner hiesigen Freunde, welche ihn schon längere Zeit in Verbindung mit den besten Familien New-Yorks gekannt haben und somit Ihrer Aussage direct widersprechen. Haben Sie nun Etwas zur Erklärung Ihrer Angaben zu sagen, so thun Sie es.«

Helmstedts Auge war während der Worte des Coroners immer gespannter geworden. »Ich möchte erst meine Stellung hier kennen, ehe ich ein Wort weiter rede,« sagte er; »bin ich irgend einer Schuld angeklagt, so möchte ich das wissen; meine Aussagen werden kritisirt und verdächtigt, und der öffentliche Ankläger scheint mit dem Richter hier eine Person zu bilden.«

»Sie sind weder angeklagt, noch bin ich Richter, Sir. Mir, als Coroner liegt nur ob, auf Grund vorgefundener Thatsachen oder abgegebener Zeugnisse jede Spur zu verfolgen, durch welche Licht in das Geheimniß des stattgehabten Mordes gebracht werden kann, und das ist es auch nur, was ich jetzt in Bezug auf Sie thue.«

»Ich kann nur versichern,« sagte Helmstedt nach einer kurzen Pause, »daß jedes meiner Worte die strengste Wahrheit enthalten hat, und wenn Isaac, der alte Pedlar, hier wäre, so könnte dieser wenigstens den Theil meiner Aussagen, der Bakers Geschäft und Charakter betrifft, bestätigen. Die Geschichte des Sklavenraubes, bei welchem nach der Aussage des Pedlars der Ermordete die Hauptrolle spielte, dürfte ebenfalls ein neues Licht über dessen Persönlichkeit und die ganze Sache werfen.«

»Möglich, Sir, vielleicht auch nicht. Sie werden mir einräumen müssen, daß, wenn man nur Sklaven stehlen will, es dazu nicht nothwendig ist, sich den Eintritt in den innersten Schooß einer Familie zu verschaffen; daß es aber, wenn man wie Mr. Baker auf dem Punkte steht, selbst Glied dieser Familie und rechtmäßiger Theilhaber ihres Glückes und Reichthums zu werden, es ein Wahnsinn wäre, Alles das wegzuwerfen, nur um heimlich ein paar Schwarze zu stehlen. Isaac ist übrigens mit seinen desfallsigen Behauptungen seit gestern Abend unsichtbar geworden, er scheint seinen Irrthum selbst eingesehen zu haben – und was die Aussagen des Negers Cäsar betrifft, selbst wenn sein Zeugniß etwas gelten könnte, so erstreckt sich seine ganze Wissenschaft nur auf halbe Worte, die er unter den entflohenen Schwarzen aufgefangen haben will. Wir müssen uns also vorläufig nur an das halten, was wahrscheinlich und vernünftig aussieht, und so will ich, wenn Sie nach

161

dieser Darstellung mir nicht etwa noch Etwas zu sagen haben sollten, meine letzte Hauptfrage an Sie richten.«

Helmstedt hatte seine ganze Kenntniß über Baker erst aus zweiter Hand – dabei war seine Hauptquelle, Seifert, eben nicht die reinste und zuverlässigste – jetzt erst, bei den angeführten Zeugnissen für den Ermordeten, bei des Coroners ruhiger Betrachtung der Verhältnisse, dachte er hieran, und zum ersten Male kam ihm der Gedanke, ob er sich nicht durch seine aufkeimende Eifersucht wenigstens in Bezug auf die Stellung des Mannes zu falschen Voraussetzungen hatte hinreißen lassen, an die er um so lieber geglaubt, da sie mit seinen Wünschen übereingestimmt hatten. »Ich habe zu meinen Angaben nichts weiter zu bemerken,« sagte er, »als daß, wenn meine Meinung von dem Ermordeten wirklich irrig gewesen sein sollte, meine dadurch hervorgerufenen Handlungen wenigstens aus den besten Absichten entsprangen.«

»Der Ermordete,« fuhr der Coroner fort, »ist gegen sechs Uhr Abends gesehen worden, wie er auf dem von ihm gewöhnlich gebrauchten Pferde vom Riverhause abritt. Nachts eilf Uhr wurde dasselbe Pferd an der Stelle angebunden bemerkt, wo der Mord geschehen und wo es noch den Morgen darauf stand. Bei der dunkeln Nacht hat der Reiter wenigstens drei Stunden gebraucht, um diesen Ort zu erreichen, wenn er nämlich auf gradem Wege gekommen, möglich auch, daß er erst später als neun Uhr angelangt; daß aber der Mord *vor* eilf stattgefunden, beweist das durch den starken Gewitterregen vom Blute reingewaschene Gras. Ich erwähne aller dieser Umstände, damit Sie die volle Wichtigkeit der Frage, die ich an Sie stellen werde, fühlen mögen. Nach den Aussagen einiger Ihrer eigenen Hausgenossen sind Sie um eilf Uhr noch nicht in Ihrem Bette gewesen, sind erst, kurz nach eilf, bei schon beginnendem Regen, von Außen in das Haus eingetreten und haben angegeben, daß Sie sich beim Nachhausekommen verspätet hätten. Nun geht aber bei einer Stockdunkelheit, wie sie an jenem Abende herrschte, Niemand ohne Zweck spazieren und ich möchte Sie fragen, wo Sie jenen Abend zwischen zehn und eilf Uhr zugebracht.«

Ueber Helmstedts Gesicht zog eine tiefe Blässe; er starrte den Coroner einen Augenblick an und senkte dann die Augen – die verschiedenen zusammentreffenden Umstände traten plötzlich, zu einem mächtigen Verdachtsgrunde vereinigt, gegen ihn auf – erst sein mit Baker begonnener Streit und die von ihm zugegebene Absicht, den Mann aus der Gegend zu treiben; dann der neben dem Todten gefundene Reitpeitschenknopf und zuletzt seine vermuthete Abwesenheit aus dem Hause, gerade zur Zeit des Mordes, eine Abwesenheit, die er selbst gegen Elliot bestätigt hatte. Das Alles schoß so schnell aber auch so klar wie ein Blitz durch sein Gehirn, und zugleich erkannte er die einzige Alternative, die es für ihn gab – entweder die letzte Frage des Coroners nicht zu beantworten und dadurch den Verdacht gegen sich noch zu verstärken – oder seinen nächtlichen Aufenthalt in Ellens Zimmer zu verrathen und so mit einem Male jenen Verdacht von sich abzuwerfen.

»Well, Sir,« sagte der Coroner, »Sie müssen doch zu irgend einem Zwecke das Haus verlassen haben und irgendwo gewesen sein? antworten Sie mir also!«

Helmstedt war kurz mit seinem Entschlüsse fertig geworden – Ellens Ruf durfte auf keine Gefahr hin preisgegeben werden, mochte auch sein eigenes Schicksal jetzt laufen wie es wollte, und als in diesem Augenblick des Mädchens Bild vor seine Seele trat, wie sie ihn in der vollen Verschämtheit ihrer Liebe angesehen, da fühlte er, daß ihm keine Marter ein Wort, das ihr weh thun mußte, hätte entreißen können.

»Ich glaube nicht,« sagte er und hob den Kopf frei in die Höhe, »daß ich im Stande sein werde, die vorgelegte Frage zu beantworten, so leicht ich auch unter andern Umständen meine gänzliche Unkenntniß an dem stattgefundenen Verbrechen nachweisen könnte.«

Der Coroner sah ihm einen Augenblick scharf in das Gesicht. »Sie wissen vielleicht die Folgen nicht, Sir, die diese Ablehnung der Antwort nach sich ziehen kann?«

»Ich erkenne sie vollkommen,« erwiderte Helmstedt, ohne das Auge zu senken, »muß aber, selbst auf die Gefahr hin persönlich des Mordes verdächtig zu erscheinen, jede Auskunft über meinen Aufenthalt während der bezeichneten Zeit verweigern. Ich meine, es sei nicht zu schwer sich Verhältnisse denken zu können, die selbst den unschuldigsten Mann zum Schweigen zwingen können.«

»Well, Sir, und ich gestehe Ihnen offen,« sagte der Coroner, sich langsam zurücklegend, »daß wo es um den Hals gehen kann, solche Verhältnisse außer meinen Vorstellungen liegen. Zusammen mit den vorliegenden Thatsachen muß die jetzige Zurückweisung meiner Frage Sie der Grand-Jury überliefern und ich habe die Pflicht, Sie vorläufig verhaften zu lassen, wenn Sie sich nicht anders besinnen und den bessern Weg einer Rechtfertigung einschlagen sollten.«

Helmstedt erbleichte einen Augenblick, verbeugte sich dann aber und sagte ruhig: »Thun Sie, wie Sie müssen, Sir; die gänzliche Grundlosigkeit einer Anklage gegen mich wird sich hoffentlich bald von selbst herausstellen.«

»Bryan, führen Sie den Gentleman einstweilen ins Oberzimmer, neben dem Raum wo der Todte liegt,« rief der Coroner einem der Beamten zu – »heute Abend kommt er mit nach der Stadt ins County-Gefängniß.«

Helmstedt folgte ohne ein Wort dem Winke des herbeitretenden Officiers und schritt ihm voran durch eine der Seitenthüren – hinter ihm aber machten sich die bis jetzt unterdrückten Gefühle der Zuhörerschaft durch ein wirres Durcheinander von Sprechen und Ausrufungen Luft.

Der Verhaftete trat in ein kahles, weißes Zimmer, in welchem sich nur ein einziger Stuhl mit drei Beinen befand. Einzelne auf dem Boden liegende Welschkornähren zeigten den Zweck an, zu

164

welchem es gewöhnlich benutzt werden mochte. Die Thür fiel hinter ihm zu und der Schlüssel knirschte von außen im Schlosse. Von der Straße herauf drang das Geräusch der durcheinander sprechenden Menge, Helmstedt hatte aber, auf- und abschreitend, über seinen Gedanken Aug und Ohr für seine Umgebung verloren. Anfänglich lag, trotz der stillen Begeisterung, welche ihn den jetzigen Weg hatte einschlagen lassen, das unheimliche Gefühl zum ersten Male Gefangner zu sein, über ihm; bald aber hatte er dies von sich geschüttelt und fing an sich Vorstellungen zu machen, welche Wirkung die Kunde von seiner Gefangenschaft in Oaklea hervorbringen werde – jedenfalls erzählte Elliot den Grund seiner Verhaftung, die verweigerte Auskunft über seinen Aufenthalt während der Nacht des Mordes – ob sich wol Ellen verrathen und so der Verwickelung mit einem Streiche ein Ende machen würde? Es war eine ganze Bilderreihe, die von dem einen Gedanken geführt an Helmstedts Seele vorüberzog. –

Die Jury hatte ihre Sitzung bis zum nächsten Morgen vertagt, die Menge war auseinander gelaufen und der Coroner saß in dem leergewordenen Raume, den Kopf auf die Hand gestützt und Papiere durchblätternd, während sein Gehilfe das Protokoll zu vervollständigen schien. Nach einer Weile trat Elliot, der bereits die Handschuhe zum Wegreiten angezogen hatte, ein. »Noch etwas Besonderes, Sir?«

»Setzen Sie sich einen Augenblick hierher,« erwiderte der Coroner. »Ich hatte durch zwei Beamte eine genaue Durchsuchung des Zimmers, das der Verhaftete in Ihrem Hause bewohnt, sowie der sämmtlichen Möbel darin angeordnet. Die Beamten sind soeben zurück, und obgleich nicht das Geringste entdeckt worden, was zur directen Verstärkung des Verdachtes dienen könnte, so hat sich doch in einem der Koffer dieser kleine Zettel vorgefunden, der wahrscheinlich den Beweggrund der That wird erklären helfen. Die Sache scheint mir zu tief in Ihr Privatleben einzugreifen, als daß ich Sie nicht erst davon hätte benachrichtigen sollen, um wenigstens jede unnöthige Veröffentlichung zu verhüten.«

Elliot las und wurde blaß. Es waren die Zeilen, welche Ellen vor einiger Zeit an Helmstedt geschrieben hatte.

»Setzen Sie diese Stelle an,« fuhr der Coroner fort, »hier heißt's: Wenn etwas gegen den Mann aufgefunden werden kann – womit augenscheinlich Baker gemeint ist – so muß es bald geschehen; mir ist, als hätten sich heute die Fäden so fest um mich gezogen, daß ich nicht mehr heraus kann, oder als wäre ich heute in meiner Abwesenheit verkauft worden. Ich bin so allein in meiner Angst, und so weiter. – Den Fall gesetzt, daß irgend ein Verhältniß zwischen der Schreiberin und dem Verhafteten stattfand, wie es beinahe hiernach scheint, so findet der Grund der That die natürlichste Erklärung, besonders da den Tag darauf die anberaumte Verlobung stattfinden sollte, und es wird mir unmöglich sein, das Document der Jury vorzuenthalten.«

»Um Gottes willen bringen Sie meine Familie nicht vor die Oeffentlichkeit!« rief Elliot, von seinem Hinstarren auf das Papier auffahrend – er sprang auf, schlug die Hand vor den Kopf und lief in dem Gemache auf und ab. »Ein Verhältniß,« sprach er, plötzlich vor dem Coroner stehen bleibend, »ein Verhältniß hat zwischen beiden sicher nicht stattgefunden, denn meine Tochter war während der kurzen Anwesenheit des Deutschen kaum zwei Tage im Hause, aber,« fuhr er langsam fort, die Augen in die Hand drückend, »es ist um so fürchterlicher, wenn ein Mädchen bei einem Fremden vor ihren eigenen Eltern Schutz sucht. Bringen Sie meine Familie nicht vor das Gericht, Sir!«

»Seien Sie ruhig, Sir, und hören Sie mich. Bleibt Ihre Tochter hier, so ist Ihrer Vorladung und Vernehmung fast nicht auszuweichen. Folgen Sie meinem Rathe, so gehen Sie jetzt heim, sprechen mit Ihrer Frau, sagen aber Ihrer Tochter von dem ganzen Gange des Prozesses kein Wort und schicken Beide auf vier bis sechs

Wochen nach New-Orleans zum Besuch. Das ist Alles, was ich sagen kann – ich werde von keiner Ihrer Maßregeln Etwas wissen.«

Elliot sah dem Coroner einen Augenblick starr in die Augen, dann drückte er ihm, ohne ein Wort zu sagen, die Hand und eilte zur Thür hinaus.

10. Im Gefängniß.

Es war über Nacht Winter geworden, wirklicher Winter. Der Schnee lag fußhoch und die Sonnenstrahlen brachen sich auf der hartgefrorenen Oberfläche, ohne sie erweichen zu können.

In einer der oberen Zellen des County-Gefängnisses saß Helmstedt an dem vergitterten Fenster und starrte, den Kopf in die Hand gestützt, in den Hof hinab, wo eine Schaar kleiner gelber Vögel suchend im Schnee herumpickte. – Zehn Tage waren seit seiner Verhaftung vergangen und seit dieser Zeit saß er einsam hier, den Zusammentritt der Grandjury und deren Anklage erwartend. Die ersten Tage seiner Haft hatte er in einer stillen Spannung zugebracht; einzelne ihm völlig fremde Amerikaner hatten sich mit eigenthümlicher Dreistigkeit eingefunden, um ihre Neugierde zu befriedigen; drei Advocaten waren da gewesen, um vorsichtig nach seinen Geldverhältnissen zu forschen und ihm ihre Dienste als Vertheidiger anzubieten – und in jedem neuen Besuche hatte Helmstedt den Träger einer Botschaft von Oaklea zu sehen gehofft. Als aber Tag für Tag verging, und die Besuche aufhörten, als er durch den Gefängnißwärter den Schluß der Coroner-Untersuchung und seine Ueberweisung an die Grandjury vernahm, da begann er unruhig zu werden. An sein eigenes Schicksal dachte er weniger, denn vor ihm lag noch die ganze eigentliche Criminal-Untersuchung, und bis zu deren Schluß konnten tausend Fälle eintreten, die seine Unschuld oder den wahren Thäter ans Licht brachten –

wie war es aber möglich, daß Ellen ohne Kenntniß seiner wahren Lage geblieben, wo Hunderte von Zeugen den Verhandlungen beigewohnt hatten? Oder was war mit ihr vorgegangen, daß sie behindert war, ihm wenn auch nur ein paar Worte des Trostes zu senden? Ihr energischer Charakter hätte sich durch geringe Hindernisse sicher nicht zurückschrecken lassen. Warum hörte er nichts von ihr? Das war die Frage, mit der er sich am Tage herumplagte, ohne einen Weg zu ihrer Beantwortung ausfindig machen zu können, und von der er Nachts träumte. Am zehnten Tage brachte ihm der Schließer das Wochenblatt des Städtchens, das durch die Mordthat eine so frische Farbe bekommen hatte, wie das Unkraut nach einem erquickenden Regen. Mordthaten, mit geheimnißvollen Umständen verknüpft, sind für amerikanische Zeitungen ein wahrer Himmelssegen und man sah es dem Wochenblatt an, daß sein Herausgeber es für eine sündhafte Verachtung der Gottesgabe gehalten hätte, wenn nicht mit der vollsten Rücksichtslosigkeit alle nur irgend möglichen Seiten des Falles ausgebeutet worden wären. Helmstedt las eine Darstellung des Mordes, so klar und einfach, daß Niemand den entferntesten Zweifel an der Thäterschaft des Deutschen hegen konnte und daß diesem beim Lesen der Kopf zu schwindeln anfing – eine Darstellung die ihm über Ellens Unthätigkeit Aufschluß gab, ihn dabei aber nur noch in tiefere Verwirrung stürzte. Nachdem alle durch den Coroner ermittelten Verdachts gründe gegen Helmstedt erwähnt worden, wurde des Zettels gedacht, welcher sich in dem Koffer des Verhafteten befunden hatte – ein Ereigniß, von dem Helmstedt bis jetzt noch nichts gewußt. »Dieses Papier,« hieß es, »stellt ein inniges Verhältniß zwischen ihm und der jungen Lady des Hauses ganz außer Frage und weist ganz bestimmt auf ein gemeinschaftliches feindliches Unternehmen gegen den Ermordeten hin. Die junge Lady sollte diesem, wider ihren Willen, in einigen Tagen verlobt werden. Niemand hatte ein Interesse an dem Tode des Mannes, als er dem seine Geliebte geraubt, und *sie*, die zu einer verfaßten Ehe mit jenem gezwungen werden sollte – der Todte hatte sonst nicht einen Feind in der ganzen Umgegend. Nach der Festnahme des Deutschen trat die junge Lady Hals über Kopf eine Reise an und machte so ihr Verhör sowie jedes andere Verfahren gegen sie unmöglich, und es ist nur die Lässigkeit des Coroners zu beklagen, welcher nach Auffindung des wichtigen Papiers nicht sofort die nöthige Sicherung dieses bedeutenden Zeugen veranlaßte. Es soll hier kein bestimmter Verdacht ausgesprochen werden – noch aber fehlt eine genaue Erklärung, wie die eigentliche Todeswunde beigebracht worden; es ist ein schwacher Stich von unten nach oben, in einer Weise geführt, wie Männer sonst nie ein Messer zum Stoß zu haben pflegen. Wird aber angenommen, wie es nach Art der Wunde wahrscheinlich ist, daß eine Frau den Stich beigebracht, so läßt sich auch leicht die Anwesenheit des Ermordeten an dem Platze, wo er gefunden worden, erklären. Zwei Worte von ihr konnten denselben unter irgend einem Vorwandte dorthin locken – ein wohlgezielter Schlag des ihm im Hinterhalte auflauernden Mannes machte ihn taumeln und jetzt stieß ihm das Weib das Messer in die Brust.«

Helmstedt sah auf das Blatt und es war ihm, als seien alle seine Gedanken erstarrt. Sein innerstes Heiligthum, seine Liebe, war auf die öffentliche Landstraße geworfen und in den Koth getreten; das blühende harmlose Kind, aus seiner schützenden Häuslichkeit gerissen und gebrandmarkt vor die Blicke der ganzen Welt gestellt – Ellen zu einer kalten berechnenden Mörderin gemacht. Helmstedt sprang auf, faßte mit beiden Händen seinen Kopf und blieb mitten in der Zelle stehen – es war ihm, als müsse er – oder die ganze übrige Welt wahnsinnig geworden sein. Er nahm das Blatt nochmals auf und las langsam Satz für Satz – die Logik darin war so teuflisch und doch so natürlich, daß er selbst daran geglaubt hätte, wäre er ein Anderer als er selbst gewesen. Er fiel in den Stuhl am Fenster, stützte den Kopf auf beide Arme und starrte vor sich hin. Ellen war abgereist, vielleicht übers Meer, um dem öffentlichen Scandal, der ihren Namen durch alle Zeitungen Amerika's tragen mußte, aus dem Wege zu gehen – ein bitteres Gefühl, daß er so allein seinem Schicksale überlassen worden, wollte in ihm aufsteigen, aber er durfte nur an ihr tiefes, klares Auge denken, um jeden Groll aus seiner Seele zu bannen; sie war sicherlich machtlos gewesen, ihre eigenen Eltern mußten sie über den Stand der Dinge getäuscht haben. Was half ihm aber nun das Opfer, das er ihrem guten Ruf gebracht? Er hatte sie durch sein Schweigen in eine schlimmere Lage gestürzt, als es das rückhaltsloseste Geständniß seinerseits hätte thun können – und sich selbst dazu.

Das Rasseln des Schlüssels im Schlosse störte ihn aus seinen Gedanken auf. Wahrscheinlich wieder ein neugieriger Besuch, war sein Gedanke, denn es war weder Zeit für ein Mahl, noch für die Runde des Schließers; aber er fühlte sich durch die Aussicht erleichtert, sich gegen einen Menschen, wenn auch den fremdesten, aussprechen zu können und Nachrichten von der Außenwelt zu erhalten. Eine Frauengestalt, in ein weites Tuch gehüllt, Kopf und Gesicht in eine schwarzseidene Kapuze verborgen, trat ein. »Pochen Sie nur, Ma'am, wenn Sie wieder gehen wollen!« sagte der Schließer und ließ hinter sich die Thür ins Schloß fallen. Die Frau riß hastig ihre Kapuze vom Kopfe und kam mit ausgestreckter Hand auf Helmstedt los. »Guten Tag, August!« sagte sie mit bebender Stimme.

Der Gefangene war überrascht aufgesprungen. »Mrs. – Morton!« rief er, und legte nur zögernd seine Hand in die ihre, »ich hätte eher etwas Anderes vermuthet –«

»'S ist jetzt nicht Mrs. Morton, ist Pauline Peters, die zu Ihnen kommt,« unterbrach sie ihn und das Wasser trat in ihre Augen, »ich weiß Alles was Sie sagen können, August, Sie mögen sagen, daß ich eigentlich das Recht verloren habe, an Ihnen Theil zu nehmen – aber Umstände ändern viel, vielleicht urtheilen Sie anders über mich, noch ehe ich das Zimmer verlassen habe. Setzen Sie

170

sich wieder nieder und ich nehme auf eine halbe Stunde Platz neben Ihnen.« Sie zog den einzigen noch übrigen Stuhl neben den seinigen und saß an seiner Seite, ehe er nur recht wußte, welche Miene er annehmen sollte.

»Ich muß erst Alles zwischen uns ins Klare bringen, ehe ich Ihnen sage, weshalb ich gekommen bin,« begann sie, ihm voll in die Augen sehend, »Sie müssen Vertrauen zu mir gewinnen lernen, August, und sollten Sie mich jeden Rückhalt irgend einer Art verachten sehen, so blicken Sie auf Ihr Gefängniß, so denken Sie daran, unter welchen Verhältnissen wir jetzt mit einander reden und daß diese mich zur vollsten Offenheit drängen. – Sie sind überrascht gewesen, mich hier als Frau eines reichen Pflanzers wiederzufinden – das,« fuhr sie mit einem trüben Lächeln fort, »das war jedoch Ihr Werk, August!«

»Mein Werk?« rief dieser verwundert, aber sonderbar von dem leichten, schmerzlichen Zuge berührt, der sich einen Augenblick um ihren weichen Mund gelegt hatte.

»'S ist eine einfache Geschichte, die Ihnen das erklären wird,« erwiderte sie und senkte das Auge, »ich bin Ihnen den ersten Theil davon eigentlich schon schuldig, seit ich Sie in New-York traf und Sie nicht wußten, für was Sie mich halten sollten. Lassen Sie sich einmal die kurze Erzählung nicht langweilen, ich muß sie voranschicken, wenn Sie mich ganz verstehen sollen – Sie sollen mich kennen lernen, durch und durch, wie ich bin. – Daß ich mit einer Bekannten von Europa nach New-York reiste, wissen Sie schon,« fuhr sie nach einer kurzen Pause fort, »ebenso, daß deren Verwandte, an die wir uns anschließen wollten, schon vor unserer Ankunft ins Land gezogen waren«. In New-York mußte es mir bei dem, was ich mit der Nadel gelernt, verhältnißmäßig leicht werden meinen Unterhalt zu verdienen, während ich nicht wußte, was in einer kleinen Stadt meiner harrte, und so ließ ich meine Freundin allein reisen. Das Glück hatte mich in ein anständiges Boardinghaus gebracht und schon nach zwei Tagen hatte ich eine Stelle in einem amerikanischen Putzgeschäfte. Ich verstand kein Englisch, was für die ersten Monate jede genauere Bekanntschaft mit den übrigen Arbeiterinnen verhinderte, aber die tägliche Uebung von Ohr und Zunge räumte das Hinderniß schneller auf die Seite als ich gehofft – ich war aufgeweckt und stets heiterer Laune, und bald war ich in der Arbeitsstube eingebürgert und gelitten, als wäre ich auf amerikanischem Boden groß geworden. Um das Leben und Treiben der übrigen Mädchen außerhalb des Geschäftes hatte ich mich wenig gekümmert, da ich mit keiner von ihnen noch recht vertraut geworden war und meine eigene freie Zeit meist in der Familie meiner Boardingwirthin zubrachte, und so hörte ich auch ohne Argwohn eines Morgens die Aufforderung, mit zu einem großen Balle zu gehen, den sämmtliche Arbeiterinnen besuchen wollten. Ich hatte, so lange ich in Amerika war, noch kein wirkliches Vergnügen gehabt, Tanz aber war meine alte Leidenschaft und ich sagte mit Herz und Hand zu. Von New-York kannte ich kaum einige Straßen, zwei meiner Colleginnen versprachen deshalb, mich in einem Miethwagen abzuholen und gegen neun Uhr stiegen wir vor dem hellerleuchteten Eingange des Hauses aus. Ich weiß heute noch nicht, in welcher Gegend der Stadt es war. Der Saal war nicht allzugroß, aber die Gesellschaft schien ihrer Toilette nach eine gewählte zu sein, die Musik war prachtvoll, und im Herzen vergnügt folgte ich meinen Begleiterinnen nach einer halbleeren Bank. Beide schienen ziemlich bekannt zu sein, denn kaum hatten sie sich gesetzt, als sie schon in die Quarrees der Quadrille geholt wurden. Ich saß allein, nach kurzer Zeit aber läßt sich ein Herr, der musternd an der Damenreihe vorüber gegangen, neben mir nieder, sieht mich mit einem unverschämten Lächeln an und biegt sich dann nach meinem Ohre – ich muß Worte hören, die mir das Blut stocken machen und mich wie von einer Schlange gebissen, von der Bank aufjagen. Ich weiß nicht mehr, welche Sprache mir die

Entrüstung eingab, der Mensch aber sieht mich einen Augenblick wie verwundert an, bricht dann in ein helles Lachen aus und kommt von Neuem auf mich los. In diesem Augenblicke sehe ich eins der Mädchen, mit denen ich hergekommen, an dem Arme eines Herrn langsam durch den Saal schlendern, ich fliege auf sie los und hänge mich an ihren Arm, mein Verfolger aber stellt sich mit lachendem Gesichte vor uns Beide hin. »Haben *Sie* das scheue Kätzchen mitgebracht, Cora?« fragte er, »und ist sie wirklich noch so frisch hier, wie sie thut?« – »Sie werden wol wie gewöhnlich den ungezogenen Bären gemacht haben!« erwidert das Mädchen ebenfalls lachend und dreht ihm den Rücken, um den Saal wieder hinab zu gehen. »Sein Sie nicht zu spröde,« zischelte sie mir zu, »er ist wol plump aber generös!« – In meinem Entsetzen, wie ich's nie wieder in meinem Leben gefühlt, erkannte ich plötzlich, in welcher Gesellschaft ich war, ich hatte den Arm meiner Begleiterin losgelassen und wollte nach der Thür eilen, aber mir war's, als müsse ich bei dem ersten Schritt, den ich thue, umfallen; eine gräßliche Angst packte mich, und als ich in diesem Augenblick die Hand des mich verfolgenden Menschen an meinem Kinn fühle, gebe ich ihm in meiner Verzweiflung einen Stoß, daß er zwei Schritte zurücktaumelt, und breche in ein krampfhaftes Weinen aus. Eben rauschte eine neue Quadrille vom Orchester und die Paare flogen an mir vorüber zu ihren Plätzen, Niemand schien den Auftritt beachtet zu haben – da höre ich mit einem Male eine ruhige Stimme neben mir: »Lassen Sie die Lady, Sir, wenn Sie ein Gentleman sind, Sie sehen, daß Sie sich in ihr geirrt haben, oder sie sich auch vielleicht in der ganzen Gesellschaft. Folgen Sie mir, Kind!« Der Ton in der Stimme brachte eine wunderbare Beruhigung über mich, ich sehe einen ältlichen Herrn neben mir stehen, der mir seinen Arm bietet, und ich klammere mich daran wie eine Versinkende. »Ich will fort, Sir, nach Hause, bringen Sie mich nur nach der Thür.« – »Sie werden unbelästigt nach Hause kommen,« sagte er, »ich will Sie selbst dahin begleiten!« – aber dieser letzte Zusatz erweckte einen neuen Argwohn in mir – ich ließ seinen Arm los. »Wenn Sie es redlich meinen, Sir, so verlassen Sie mich, sobald ich aus dem Saale bin, es sind gewiß Wagen am Eingange, die mich nach Hause bringen.« – Er sah mich einen Augenblick schweigend an. »Haben Sie keine Sorge, Kind,« sagte er dann, »es soll geschehen, wie Sie wollen. Erst aber erzeigen Sie mir die Freundlichkeit und setzen Sie sich auf ein paar Minuten mit mir in eins der Nebenzimmer – denken Sie, Sie gingen mit Ihrem Vater, und haben Sie volles Vertrauen zu mir.« Ich weiß nicht, war's der ruhige Ton in seiner Stimme oder sein würdiges Gesicht, wodurch jedes Mißtrauen in mir verscheucht wurde – ich ging mit ihm; er ließ Erfrischungen kommen und fragte mich dann über meine Verhältnisse aus und wie ich auf den Ball gerathen sei. Ich sagte ihm ohne Rückhalt, was er nur zu wissen verlangte. »Also Sie haben keine Angehörigen hier und auch noch Niemand, an dem Ihr Herz hängt?« forschte er zuletzt. Ich konnte mit gutem Gewissen »nein« sagen, und nachdem er sich mein Boardinghaus, sowie das Geschäft, in dem ich arbeitete, aufgeschrieben hatte, brachte er mich nach einem Wagen, bezahlte den Kutscher und schied von mir.

Am zweiten Nachmittag darauf wurde ich aus der Arbeitsstube gerufen, da mich ein Gentleman zu sprechen wünsche. Es war der alte Herr vom Ball, der mich aufforderte, einen Spaziergang mit ihm zu machen, da er durchaus ungestört mit mir sprechen müsse. »Sagen Sie nur der Mistreß, daß ich ein Onkel von Ihnen sei – wenigstens,« setzte er hinzu, »will ich versuchen, ob ich den Namen von Ihnen verdienen kann.« Ich glaube, es war kein anderes Gefühl, als das der Neugierde, was mich bewog, dem Ansinnen zu willfahren – der Mann mit seiner Theilnahme für mich, hatte mich schon während der vergangenen beiden Tage beschäftigt – es war heller Sonnenschein und von einer Gefahr für mich konnte nicht gut die Rede sein. Ich ging mit ihm und er führte mich nach einem stillen

174

Platze in einer Broadway-Conditorei. Dort erzählte er mir, daß er einen großen Theil des Sommers in New-York zubringe, daß er aber das Hotel-Leben satt habe und sich nach einer Häuslichkeit mit ihren Bequemlichkeiten sehne; seine einzige Tochter, wenn sie mit ihm nach dem Osten komme, verbringe die Zeit mit einer fashionablen Familie in Saratoga und nehme keine Rücksicht auf ihn. Er habe sich schon vielfach umsonst nach einer Person umgesehen, die er zu Dank verpflichten könne, und die ihm dafür eine freundliche Heimat schaffe; er sei längst über die Jugendthorheiten hinaus und verlange nichts als Pflege und Erheiterung, was er aber von mir gesehen und in den letzten Tagen erfahren, gebe ihm neue Hoffnung und er frage jetzt bei mir an, ob ich die Stelle einer Nichte bei ihm annehmen und seinem Hause in New-York vorstehen wolle, so lange er hier sei – ich solle in allen Stücken frei sein und wenn mich etwas an ihn fesseln solle, so dürfe das nur meine eigene Dankbarkeit sein – über meine fernere Zukunft, wenn er im Spätherbst wieder nach dem Süden gehe, würden wir dann reden. »Ich glaube nicht,« fuhr sie mit einem kurzen Blick auf Helmstedts Gesicht fort, »daß mich Jemand, der die Lage einer Arbeiterin in New-York kennt, verdammen wird, daß ich das Anerbieten, wenn auch anfänglich unter manchen Vorsichtsmaßregeln annahm; aber diese erwiesen sich bald als vollkommen unnöthig«. Mr. Morton verlangte nur eine heitere Gesellschafterin, die ihm seine Bedürfnisse ablauschte und diesen zuvorkam, mit ihm ausfuhr und ihm die Abende, wenn er zu Hause blieb, verschwatzte – und dafür überschüttete er mich mit mehr, als mein Herz wünschte. Ob ich aber bei alledem glücklicher als zuvor war, ist eine andere Frage. Mr. Morton sah zu Hause wenige oder gar keine Gesellschaft, ich selbst hatte keine einzige Bekannte, an die ich mich hätte anschließen können und so lebte ich, trotz alles Reichthums, der mich umgab, in einer Einöde. Einsame Spaziergänge in der Stadt und die Sorge für Mr. Mortons Wünsche, gaben alle Abwechselungen, die ich hatte, und meine einzige Genugthuung war, daß der alte Mann bald an mir hing, wie nur an seiner leibeigenen Tochter. – Es war Anfang September, als er zum ersten Male seine Reise nach dem Süden und die Verhältnisse in seiner dortigen Familie erwähnte. Seine Tochter war einer räthselhaften Melancholie anheim gefallen, er schrieb es der Einsamkeit des Landes zu, und sprach seine Befürchtungen über das unangenehme Leben aus, das ihn dort erwarte, wenn ich nicht mehr um ihn sei – er fragte mich, ob ich mich nicht für immer an ihn und seine Familie ketten und mir eine gesicherte Zukunft gründen wolle – ob ich es nicht über mich gewinnen könne, seine Frau zu werden, da dies der einzige Weg sei, um mir eine Stellung zu geben, die nicht mißgedeutet werden könnte. – Ich will nichts von den widerstreitenden Gefühlen sagen, in die mich der Vorschlag stürzte, nichts von den späteren nächtlichen Kämpfen; es hieß, die ganze rosige Hoffnung der Jugend aufgeben, aber dagegen eine Stellung gewinnen, auf die ich selbst im Traume nicht gehofft hatte. Ich hatte mir vierzehn Tage Zeit ausbedungen, um mit mir selbst zu Rathe zu gehen. »Und während dieser vierzehn Tage,« fuhr sie langsam fort, »traf ich Sie, August. Ich gestehe es Ihnen frei, es war mehr als die Kindererinnerungen, was mich zu Ihnen zog, Sie standen, abgetrennt von Ihrer Familie, ohne Halt hier im Lande – Sie standen mir jetzt gleich und ich meinte, der Himmel gebe mir ein Zeichen, daß er das Opfer meiner Jugend nicht verlange. Ich wußte, daß es Mr. Morton weniger um mich selbst, als um die Annehmlichkeiten, mit denen ich ihn umgab, zu thun war, daß er eben so gern noch eine zweite Person in seine Familie aufgenommen und Alles für sie gethan hätte, wenn er dadurch nichts eingebüßt und ich dadurch glücklicher geworden wäre. Ich meinte, ich habe ein Recht in Ihr Schicksal einzugreifen, und jede Zurückhaltung bei Seite zu werfen – ich gab mich Ihnen mit meinem offenen vollen Herzen – und Sie, August, Sie stießen mich zurück – argwöhnisch – stolz – beleidigend. Es ist wirklich

176

etwas Schönes um den Stolz,« fuhr sie nach einem tiefen Athemzuge fort, »ich wäre ohne ihn vielleicht die nächste Nacht gestorben. Das Empfindlichste, was im Herzen einer Frau lebt, war in mir verwundet worden, meine Ehre und meine Liebe, und ich konnte mich nur *vor* mir selbst dadurch retten, daß Sie nicht mehr für mich existirten. Am andern Tage gab ich Mr. Morton meine Einwilligung zu unserer Heirath.«

Sie hielt inne und Helmstedt sah in die Höhe. »Vergeben Sie mir, Pauline,« sagte er, ihr seine Hand hinstreckend.

»Lassen Sie das,« unterbrach sie ihn, »das war Alles vorbei und vergessen, als ich Ihr Unglück erfuhr. Ich mußte jetzt durch unbedingte Offenheit Ihr Vertrauen gewinnen und wenn das erreicht ist, ist Alles geschehen, was ich wollte. Nun sagen Sie mir nur das eine: Kennen Sie Ihre Lage genau?«

»Es ist dafür gesorgt, daß mir kein bitterer Tropfen entgeht!« erwiderte er, auf das Zeitungsblatt zeigend.

»Und werden Sie nicht das einzige Rettungsmittel ergreifen, was Ihnen übrig bleibt, und angeben, wo Sie während der Zeit des Mordes gewesen sind?«

»Nein!« erwiderte er, langsam den Kopf erhebend.

Sie sah ihm, wie von dem Tone des kurzen Wortes betroffen, in die Augen. »Sie mißtrauen mir doch nicht wieder, August?« sagte sie, »ich verlange Ihre Geheimnisse nicht zu wissen, ich mußte aber bestätigt hören, was ich schon wußte, daß Sie lieber irgend einem Unglück trotzen, ehe Sie Etwas verrathen, wo Sie das für Unrecht halten. Hören Sie mich aufmerksam an, August. Ich weiß, daß alle Beweise, die der Coroner gegen Sie aufgefunden, daß alle Speculationen und Folgerungen, die jetzt nun auch die arme Ellen beflecken, einfache Lügen sind – *ich weiß* es, August, und doch ist meine Zunge noch mehr gebunden, als vielleicht die Ihre. Und dabei mußte ich heute von Männern des Gesetzes, die in unserm Hause waren, auseinander setzen hören, daß Sie bei den vorliegenden Beweisen der Verurtheilung, wenigstens wegen Theilnahme an dem Morde, nicht entgehen können.«

»Wir wollen es abwarten!« sagte Helmstedt, den Kopf in die Hand stützend.

»Abwarten? Ihr sicheres Unglück? Ich *weiß*, daß es Ihnen nichts hilft, August; hier heißt es handeln und – Lüge gegen Lügen setzen, wenn darin die einzige Rettung ruht.«

»Was meinen Sie?« fragte Helmstedt, sie mit großen Augen ansehend.

»Geben Sie einen Ort an, wo Sie gewesen sein können,« erwiderte sie, während sich mit jedem Worte ihr Gesicht höher färbte, »sagen Sie – daß Sie die Zeit bei *mir* zugebracht haben, mich aber durch die Angabe nicht hätten compromittiren wollen – oder ich will es angeben und bestätigen Sie es nur. Es ist für mich kein solches Opfer, wie Sie vielleicht meinen. – Für Sie aber, denken Sie daran, August, die einzige Möglichkeit Ihrer Rettung.«

Helmstedt sah in das erregte Gesicht der jungen Frau, ohne augenblicklich eine Erwiderung finden zu können. Es war ihm wol schon bei ihrem letzten Worte klar gewesen, daß er nie einen Weg einschlagen konnte, wie sie ihn eben angedeutet, selbst wenn dieser weniger gefährlich gewesen wäre, als es sich ihm auf den ersten Blick zeigte – seine ganze Natur sträubte sich dagegen; das gänzliche Vergessen ihrer selbst aber, das sich in ihrem Vorschlage auszusprechen schien, zusammen mit dem Ausdrucke ihres Auges, in dem eine Sorge und Hingebung zitterten, die er so wenig verdient hatte, griffen ihm mit Macht zum Herzen. »Ich danke Ihnen, Pauline,« sagte er endlich, ihr seine Hand reichend, »ich danke Ihnen aus vollster Seele – Sie kennen aber wol selbst nicht den ganzen Umfang von dem, was Sie mir vorschlagen?«

»Ich kenne Alles, August, habe jede Folge überdacht, die daraus entspringen kann,« erwiderte sie lebhaft; »ich wiederhole Ihnen aber nochmals, ich bringe kein besonderes Opfer dabei – lassen

Sie mich handeln und widersprechen Sie meinen Angaben nicht, das ist Alles, was ich von Ihnen verlange.«

Helmstedt drückte einen Augenblick die Hand vor die Augen. »Die Sache ist zu ernst,« sagte er dann, »als daß ich nicht mit der vollsten Aufrichtigkeit, selbst wenn sie mir und Ihnen wehe thun sollte, sprechen müßte. Sie sind verheirathet und in sichern Verhältnissen für Ihr ganzes Leben, Pauline; was Sie jetzt beabsichtigen, müßte, wenn es volle Wirkung haben und mein Schweigen erklären sollte, Sie aus dem Kreise Ihrer jetzigen Familie stoßen. Lassen Sie mich ausreden,« rief er, als sie Miene machte, ihn zu unterbrechen. »Das Alles wäre nichts, wenn Sie das Opfer einem Manne brächten, der die Verpflichtung, die Sie ihm dadurch auferlegen, mit seinem Herzen vereinigen könnte, der es zu seinem höchsten Ziele machte, Ihnen durch volle Hingebung das zu vergelten, was Sie ihm aufgeopfert und Ihre Ehre vor der Welt durch eine legale Vereinigung wieder herstellte; das – Pauline – das ist Alles aber bei mir nicht der Fall – ich bin Ihnen ein Geständniß schuldig, das bisher noch nicht über meine Lippen gekommen ist; ich bin mit Wort und Neigung anderwärts gebunden, und so wäre es Niederträchtigkeit, selbst in der höchsten Noth ein Opfer anzunehmen, das in keiner Beziehung nach Verdienst wieder vergolten werden könnte.«

»Sind Sie nun fertig, Sir?« erwiderte sie und in ihren leicht beweglichen Zügen spielte ein Ausdruck, halb aus Spott, halb aus einer tieferen Empfindung gemischt, »wer hat Ihnen denn gesagt, daß ich ein Opfer bringe oder von Ihnen nur *einen* Gedanken verlange? Ich habe Ihnen meine ganze Seele offen dargelegt, damit Sie mich für das erkennen sollten, was ich bin, eine Frau, die sich nichts vorzuwerfen hat und der Sie vertrauen können; wäre nicht längst Alles vorbei und abgethan, was einmal in mir lebte, ich hätte wol schwerlich so ohne Rückhalt zu Ihnen gesprochen und ich hielt Sie nicht für so klein, August, daß Sie sich meinen jetzigen Schritt durchaus nicht ohne selbstsüchtige Absicht denken könnten, daß

Sie es für nothwendig hielten, mir noch einmal auseinanderzusetzen, wie ungeheuer gleichgiltig ich Ihnen sei – als ob Sie mir das nicht längst schon deutlich genug gezeigt hätten!«

Helmstedt war von seinem Stuhle aufgesprungen und schritt einigemal die Stube auf und ab. »Ich habe Sie nicht beleidigen wollen, Pauline,« sagte er dann vor ihr stehen bleibend, »aber jedes Opfer trägt einen Grund und eine Berechtigung seiner selbst in sich. Den Fall gesetzt, daß Ihr Vorschlag ausführbar wäre, so würden Sie im geringsten Falle Ihren guten Ruf dabei verlieren – *weshalb* wollen Sie denn also das Opfer bringen, wenn ich selbst keinen Theil an Ihrem Beweggrunde habe? Sie werden einsehen, daß mein Irrthum ein ganz natürlicher war, und meine Einwendung eine ehrliche, gebotene.«

»Mein Opfer, wenn Sie es so nennen wollen, hat einen Grund und eine Berechtigung,« erwiderte sie, während die Farbe aus ihrem Gesichte wich, »ich habe Ihnen aber gesagt, August, daß meine Zunge mehr gebunden ist, als die Ihre es sein kann und Sie werden deshalb nicht weiter forschen. Nehmen Sie doch die Sache, wie sie ist, als den einzig möglichen Weg, um eine ungeheure Ungerechtigkeit des Gerichts zu verhüten, wenn Sie selbst sich nicht rechtfertigen dürfen und kümmern Sie sich nicht um meinen Grund – eine Lüge kann oft zur nothwendigen und erhabenen Handlung werden und es wäre Selbstmord Ihrerseits, wenn Sie nicht nach der Hand, die sich Ihnen zur Rettung bietet, greifen wollten.«

Helmstedt maß wieder die Stube. »Es geht nicht!« sagte er nach einer Weile. »Ich will einmal gar nicht von meinem eigenen Widerwillen reden – aber wollen Sie, Pauline, willent- und wissentlich einen falschen Eid schwören, ohne den Sie gar nicht zur Zeugenschaft zugelassen werden?«

»Es bedarf dessen nicht!« erwiderte sie eifrig – »und hätten Sie mir Zeit gelassen, so würde ich Ihnen auch schon den Weg, der eingeschlagen werden soll, mitgetheilt haben. Es gibt Mittel und

Wege, den Richer und die Jury von Ihrem Aufenthalte bei mir zu unterrichten und dadurch ihr Urtheil zu leiten, ohne daß es auf der Zeugenbank laut wird – Mr. Morton steht mit allen den Gerichtspersonen auf vertrautem Fuße und hat Einfluß auf einen großen Theil der Familien im County. Jeder, dem die Sache mitgetheilt werden muß, wird einsehen, daß sie, ohne unserer Familie einen schweren Schlag zuzufügen, nicht vor die Oeffentlichkeit gebracht werden kann – sie wird demohngeachtet öffentlich werden, aber es wird nur dazu dienen, Ihre unbedingte Freisprechung herbeizuführen und mir jedes eigene Zeugniß ersparen. Und nun, August,« fuhr sie auf ihn zutretend fort, »sträuben Sie sich nicht länger, wo es sich allein darum handelt, Sie aus einer Lage zu reißen, in der Sie zu Grunde gehen können.«

Helmstedt hatte bei ihren letzten Worten gespannt aufgehorcht. »Mr. Morton weiß also um Ihren Plan?« fragte er.

»Ich würde nichts unternommen haben ohne seine bestimmte Einwilligung!« antwortete sie ernst.

Er schüttelte langsam den Kopf. »Ich will nicht weiter fragen und forschen,« sagte er nach einer kurzen Pause, »mag der Grund Ihres Vorschlages liegen, worin er will, ich danke Ihnen von Herzen dafür; aber,« fuhr er fort, ihre beiden Hände in die seinen nehmend, »ich kann ihn nicht annehmen, Pauline. Hören Sie mich an. Es ist nicht Stolz oder übertriebener Rechtlichkeitsinn von mir, die vielleicht beide gerade hier am unrechtesten Orte wären; es ist ein anderes Gefühl, über das ich nicht hinaus kann. Ich habe Ihnen gesagt, daß meine Herzensneigung anderwärts gebunden ist, und diese ist mir ein Heiligthum, ist mir das Höchste auf der Welt, das ich durch ein Zugeständniß, wie Sie es verlangen, durch eine offen ausgesprochene Untreue entweihen und bestecken müßte. Fragen Sie sich selbst, was Sie von einem Manne denken würden, der sich lieber feig Ihrer unwürdig erklären, als einer Gefahr trotzen möchte. Ich kann und mag es nicht, Pauline. Liegt Ihnen nur daran, daß ich frei werde, so sollen Sie das hoffentlich bald erleben: ich habe erst heute gemerkt, daß ich zuviel auf glückliche Umstände gebaut habe und in meiner eigenen Sache zu lässig gewesen bin; ich werde Schritte thun, wenn auch unangenehme, durch welche mir auf gradem Wege meine Rechtfertigung nicht entgehen soll.«

Pauline hatte, während er redete, leise ihre beiden Hände zurückgezogen und stand jetzt, bleich wie die Wand der Zelle, vor ihm. »Ich habe kein Wort mehr zu sagen,« sprach sie mit gedrückter Stimme, »mag der Weg, den Sie einschlagen wollen, zu Ihrem Heile führen. Lassen Sie mich aber das Eine wissen, wenn ich es wissen darf, ist es Ellen, von der Sie reden?«

»Ich bin Ihnen Wahrheit schuldig, Pauline, Sie haben den rechten Namen genannt, aber werfen Sie das Verhältniß nicht unter die alltäglichen. Die erste halbe Stunde, die mich mit ihr ohne das Wissen ihrer Eltern zusammenführte, war auch unsere einzige und letzte – und je mehr unser kaum geborenes Verhältniß gebrandmarkt und in den Schmutz gezogen werden soll, um so heiliger wird es für mich, je mehr möcht' ich es vor dem kleinsten wirklichen Flecken bewahren. Ich habe keine Nachricht von ihr seit der unglücklichen Nacht, in welcher der Mord geschah; sie ist weggegangen, ohne mir das kleinste Zeichen zukommen zu lassen und ich mußte ihre Abreise erst heute aus der Zeitung erfahren; aber mir ist es, als hätte durch den kurzen Kampf mit meiner Sorge der Glaube an sie nur um so festere Wurzel in mir geschlagen. – Da haben Sie, was in mir lebt – Alles was ich nur einem Menschen gestehen kann.«

»Ich danke Ihnen,« erwiderte sie, mit einem stillen Blicke zu ihm aufsehend, »mag denn Alles, was ich gesprochen habe, ungesagt sein, da Sie es nicht anders wollen. Brauchen Sie aber Hilfe irgend einer Art, so denken Sie daran, wo Ihre Freunde wohnen – das ist jetzt noch das Einzige, was ich Ihnen bieten kann.« Sie verhüllte ihren Kopf wieder in die Kapuze, pochte an die Thür und reichte ihm, als die Tritte des Schließers hörbar wurden, mit einem »Adieu, August!« die Hand. Helmstedt sah in ihr Gesicht, das in der schwarzen Umhüllung noch bleicher erschien, und hielt ihre Hand einen Augenblick fest. »Können Sie meine Gründe verstehen, Pauline, oder gehen Sie böse von mir weg?«

Sie schüttelte trübe den Kopf. »Ich habe nur Sorge um Ihr nächstes Schicksal, das Sie selbst viel zu leicht nehmen, weil Sie das Land und die Leute nicht kennen. Wenn nicht ein plötzliches Ungefähr kommt, das Sie herausreißt, ohne daß Sie Zeit haben mit ihren Bedenklichkeiten dagegen zu remonstriren, so sehe ich bei dem Stande der Dinge nur den trübsten Ausgang. Die glückliche Dazwischenkunft irgend eines Umstandes ist noch meine einzige Hoffnung für Sie,« fuhr sie fort und über ihr Gesicht zog es wie ein Sonnenblick eines bestimmten Gedankens – »Alles das wäre aber nicht nothwendig gewesen – adieu, und lassen Sie uns ein Wort wissen, wenn Ihnen etwas fehlt.« Sie war zur Thür hinaus.

Helmstedt horchte noch eine Weile auf das verschwindende Geräusch der Tritte und begann dann sinnend die Stube auf und ab zu gehen. Er wußte, daß er gehandelt wie er mußte, wenn er nicht mit sich selbst und mit Allem, was er für Recht hielt, in Zwiespalt gerathen sollte, und doch konnte er einer Unruhe, die mit einem Male über ihn kam, nicht Herr werden. Es war die einzige Freundin in dem fremden Lande, die mit ihrer Hilfe zurückgewiesen jetzt von ihm gegangen – er stand allein. Ihre sonderbare Bereitwilligkeit ihm das schwerste Opfer zu bringen, das eine Frau vermag, stand noch wie ein Räthsel vor seiner Seele, seit er den Gedanken hatte aufgeben müssen, daß eine Leidenschaft für ihn sie dazu getrieben, seit ihr eigener Mann dabei im Spiele war; er mochte aber nicht unnütz weiter darüber grübeln, es war vorbei und abgethan, seine eigene Kraft war Alles, worauf er sich noch verlassen konnte, und er wollte sie jetzt brauchen. – Auf seinem Tische befanden sich Papier und Schreibzeug, die er sich schon zu

Anfang seiner Gefangenschaft hatte besorgen lassen und von einer Idee getrieben, die er schon während des eben gehabten Gespräches gefaßt, zog er einen Stuhl heran, und ergriff die Feder. Er wollte Elliot eine vollständige Darstellung der Sachlage geben, wollte ihm sich selbst, sein Verhältniß zu Ellen und die daraus entstandenen Verwicklungen offen zeigen und ihm dann überlassen, die nöthigen Schritte zur Aufklärung zu thun. Seit Ellen vor die Oeffentlichkeit gezogen und sogar mit dem Morde in Verbindung gebracht war, mußte dem Manne selbst eine Erklärung wie sie Helmstedt ihm geben konnte, willkommen sein. Der Gefangene schrieb rasch und lange, die Gedanken wie die Ausdrücke der fremden Sprache schienen ihm leicht und frei zuzufließen, und erst als er mit seiner Namensunterschrift geendet, machte er mit einem langen Athemzuge eine Pause. Er überlas nochmals aufmerksam das Geschriebene, faltete es nachher zusammen, setzte die Adresse darauf und klopfte sodann den Schließer.

»Sie sind wol so freundlich,« sagte er bei dessen Eintritt, »mir den Brief bald und sicher nach Oaklea besorgen zu lassen?«

»G.M. Elliot, Esquire,« las der Gefängnißwärter und ließ die Banknote, die ihm Helmstedt mit dem Briefe übergeben in seiner hohlen Hand verschwinden, »well, Sir,« fuhr er sich hinter dem Ohre kratzend fort, die Besorgung werde ich wol kaum übernehmen können.

»Warum nicht?« fragte Helmstedt, dem die Farbe aus dem Gesicht ging, »'s ist nichts darin, was nicht Jedermann lesen könnte.«

»Ich meine auch nicht deshalb,« erwiderte der Schließer. »Mr. Elliot ist aber, schon seit die Coroners-Untersuchung zu Ende ist, nicht mehr hier, und seine eigenen Leute wissen nicht, wohin er gereist ist, wahrscheinlich seiner Frau und Tochter nach. Er hat einen Agenten auf seine Farm gesetzt, der auch nichts von seinem Wohin wissen will, und es ist der allgemeine Glaube, daß er, um allem Aerger und Spectakel aus dem Wege zu gehen, gar nicht wiederkommen und sein Grundeigenthum hier verkaufen lassen wird.«

Helmstedt sah den Mann einen Augenblick wie zu Stein geworden an, dann nahm er ihm den Brief langsam wieder aus der Hand. Die Sache war zu einfach und natürlich, als daß er nur eine Frage hätte thun mögen. »Ich danke Ihnen!« sagte er und ging nach dem Fenster; als er aber die Thür wieder zuklappen hörte, fiel er in den neben ihm stehenden Stuhl. Die Ueberzeugung war plötzlich wie ein Gespenst vor ihn getreten, daß ihm jetzt fast jede Möglichkeit zu einer Rechtfertigung abgeschnitten war, und daneben kroch der Gedanke durch sein Gehirn, wie doch als Sühnopfer der begangenen That sich Niemand besser eigene, als er, der verlassene und unbekannte Fremde.

11. »Spät kommst du, doch du kommst.«

Der Termin der Gerichtseröffnung war herangekommen, die neue Jury war gebildet und in das Städtchen schien sich die ganze Bevölkerung des Countys ergossen zu haben, um Zeuge der Verhandlungen des Mordprozesses zu sein. Schon von früh an belagerten bunte Haufen das Courthaus, um das Oeffnen der Thüren zu erwarten und allerwärts cursirten die seltsamsten Geschichten über den Ausgang der Untersuchung. Bald waren so reiche und vornehme Familien in die That verwickelt, daß an eine Veröffentlichung des eigentlichen Verlaufs des Verbrechens gar nicht zu denken war – bald war der Staatsanwalt und die Jury bestochen, daß schon die Nichteinigung der Jury im Voraus ausgemacht sei, um den Prozeß weiter hinauszuschieben, bis der Unwille des Volkes verraucht und der Thäter ohne Gefahr freigelassen werden könne. – Ein Mord war etwas seltenes in den friedlichen Thälern, aber es war nicht nur die Besorgniß, einen Theil der Befriedigung ihrer

Neugierde zu verlieren, was sich unter den Massen aussprach; es war ein vollkommen ausgebildetes Mißtrauen gegen die Ehrlichkeit und Unbestechlichkeit der Gerichtsbeamten, und der denkende Beobachter, der zwischen den Menschen hindurchging, konnte leicht zu der Wahrheit gelangen, das ausbrechende »Mobs« und »Lynchgerichte« weniger in der Zügellosigkeit der Massen, als in der tief eingefressenen Ueberzeugung von der Corruption aller öffentlichen Beamten liegen.

Helmstedt war, zur Vorbeugung jeder Straßenunruhe, schon bei Tagesgrauen in ein Zimmer des Courthauses gebracht worden. Morton hatte ihm, kurz nachdem er die Vorschläge von dessen junger Frau abgewiesen, einen der bekanntesten Advocaten der Gegend als Vertheidiger zugesandt, aber der Gefangene hatte sich auch gegen diesen in keine Erklärung über seinen Aufenthalt zur Zeit des Mordes einlassen wollen. »Können Sie einen haltbaren Vertheidigungsgrund aus einer Angabe formen, für die nicht der geringste Beweis da ist?« hatte er ihm gesagt, »oder meinen Sie, ein Alibi glaubhaft machen zu können, wo eben nur Gott der Zeuge meines Aufenthaltes war? Kundschaften Sie den Aufenthalt Elliots und seiner Familie aus, daß ich ihnen schreiben kann; dort liegt meine einzige Hoffnung, ohne die Alles, was ich auch sagen könnte, vergebens ist.« Seit der Zeit hatte sein Vertheidiger den Punkt nicht wieder berührt, aber auch eben so wenig Etwas von einem Erfolge seiner Forschung nach Elliot erwähnt. Die Grandjury hatte kurze Zeit darauf eine Anklage gegen den Verhafteten »wegen Theilnahme an dem Morde Henry Bakers« eingereicht, und jetzt saß er, die sich um das Courthaus anhäufenden Menschen betrachtend, und erwartete die Stunde seiner Vorführung.

Es mochte acht Uhr sein, als sein Advocat zu ihm ins Zimmer trat. »Verteufelt kalt!« sagte er, sich in die Hände reibend, »haben Sie nicht bei diesem Wetter bisweilen in Ihrem Loche frieren müssen? Wir sind hier gar nicht auf ein so strenges Winterregiment eingerichtet und unser Gefängniß am allerwenigsten. – Ich denke, wir werden bald vorkommen,« fuhr er fort, sich mit dem Rücken ans Feuer stellend, als sich Helmstedt mit Gewalt aus seinen Gedanken aufriß, aber nicht gleich antwortete, »nur den Muth nicht verloren, junger Freund«. Haben wir auch keine Entlastungszeugen vorzuführen, so fehlen der Anklage doch ebenfalls die Hauptzeugen zu ihrer Unterstützung. Elliot ist nicht da, wenn er nicht mitten in der Nacht angelangt ist. Alle kleineren Zeugnisse der schwarzen Gesichter werden als unstatthaft zurückgewiesen, es bleiben also nur die bei der Todtenschau ermittelten Thatsachen stehen, und es kommt einzig darauf an, wie diese aufgestutzt und entkräftet werden. Jedenfalls wird es eine der interessantesten Verhandlungen geben. Unser Staatsanwalt ist ein geriebener Patron und es ist möglich, daß er einen Ehrenpunkt daraus macht, trotz der mangelnden Grundlage die Anklage aufrecht zu erhalten; lassen Sie sich aber dadurch nicht einschüchtern und zeigen Sie der Jury eine offene Stirne – der Eindruck, den der Angeklagte macht, ist in Fällen, wie der Ihrige oft Alles.

Helmstedt fühlte sich zu aufgeregt, als daß er auf die kalte geschäftliche Weise, seine Aussichten zu besprechen, hätte eingehen mögen und er war froh, als der Beamte eintrat, um ihn vor den Gerichtshof zu führen. Der hohe, geräumige Saal war überfüllt von Menschen, und ein geräuschvolles Murmeln zog durch die Menge, als er, bleich von innerer Spannung und ausgestandener Haft, aber mit frei gehobenem Kopfe und sorgfältiger Toilette nach dem ihm angewiesenen Platze schritt. Kaum hatte er sich gesetzt und sein Vertheidiger den Platz vor ihm eingenommen, als auch der Richter Ruhe gebot und der Staatsanwalt seine Anklage eröffnete. Es war keine Advocatenrede, voll logischer Schlüsse und Gesetzesstellen, die er begann, es war ein rhetorisches Meisterstück, voll Leben und Wärme; der Ankläger wurde zum Dichter, zum Maler, zum Geschichtsschreiber. Er schilderte die Zustände im Staate, die allgemeine Sicherheit, wie sie im offenen Walde und auf dem freien Felde geherrscht habe, wie selten es der Landbewohner für nöthig gehalten, Nachts die Thür seines Hauses zu verschließen, wie das allgemeine Vertrauen der sicherste Schutz und der Segen für den Staat geworden. Er gab eine statistische Uebersicht der Verbrechen und wies nach, wie in einer Reihe von Jahren kein Kapital-Verbrechen geschehen, das nicht offen vor dem Auge von Zeugen vollbracht und aus augenblicklicher Leidenschaft entsprungen gewesen, die selbst in ihrer Offenheit noch etwas Edles an sich getragen habe. Er schrieb diese Zustände dem glücklichen Charakter der eingeborenen Bevölkerung zu, er wünschte sich und seinen Mitbürgern Glück, Bewohner von Alabama zu sein. Jetzt, nach langer Zeit zum ersten Male, waren die Bürger in ihrer Sicherheit durch eine gräßliche That aufgerüttelt worden, ein Mord war geschehen in dunkler Nacht auf freiem Felde – ein Mord, der nichts mit dem Ueberwallen der offenen Leidenschaft zu thun gehabt, der nach seiner Seite hin den Stempel des heimlichen Ueberfalles, des feigen Meuchelmordes an sich trug, ein Mord, der, so lange nicht der Thäter entdeckt, wie ein Gespenst durch das Land schleichen, den Farmer aus seinem ruhigen Schlummer aufjagen, den einsamen Wanderer erschrecken, Vertrauen und Glück verscheuchen müsse. Selten sei es so nothwendig gewesen, mit so unerbittlicher Strenge gegen den Thäter, wo er sich auch finde, einzuschreiten, als gerade in dem jetzigen Falle. Wie es aber auch natürlich sei, lege sich kein Verdacht der That auf einen Bürger Alabama's; ein Fremder sei es, der die Gastfreundschaft ihres Landes mit Verbrechen vergolten, ein Fremder, gegen den er die Anklage erhebe, und wenn er die Jury bitte, ohne Schonung und Mitleid ihr Schuldig auszusprechen, so geschehe es nur, um ein Exempel zu statuiren, das Andern die Lust vertreibe, Alabama zum Tummelplatze ihrer Unthaten zu machen.

Dann begann er auf Helmstedt selbst überzugehen lind es schien ihm kaum ein Moment von dessen Leben in Amerika unbekannt zu sein. Er schilderte ihn, wie er hergekommen, ohne Mittel und Empfehlungen als die eines jüdischen Pedlars, der selbst eine unklare Person und seit Beginn des Prozesses verschwunden sei – wie er vertrauensvoll in eine der besten Familien aufgenommen worden und das Vertrauen nur benutzt habe, um in unendlich kurzer Zeit die Tochter des Hauses aller Sitte und ihrer kindlichen Pflichten abtrünnig zu machen, wie seinen Speculationen nur der von den Eltern erkorene Schwiegersohn im Wege gestanden und er kein anderes Mittel gewußt, um seine Zwecke zu erreichen, als ihn aus dem Wege zu räumen. Jetzt begann er mit schlagender Logik alle gegen Helmstedt sprechenden Thatsachen, sowie seine nächtliche Abwesenheit an einander zu reihen und versprach für jede die nöthigen Zeugen vorzuführen. »Aber,« schloß er, »das liefert noch nicht den Beweis, daß er den Todesstreich geführt – nein! und ich habe auch jetzt kein Recht, irgend eine Anklage dahin zu erheben – wenn aber die Thatsachen, wie sie vor uns liegen, nicht genügend sind, um den ganzen moralischen Theil es Verbrechens auf ihn zu legen und wenigstens die thätliche Beihilfe zu begründen, so mag nur Alabama die Zeit seines Friedens als gewesen betrachten, so mag nur Niemand bei Dunkelwerden ohne Waffe aus dem Hause gehen und der Landbewohner seine Thüren mit Sicherheitsschlössern versehen – denn Alabama wird bald das gelobte Land alles liederlichen und verbrecherischen Gesindels anderer Staaten werden!«

Eine Todtenstille herrschte im Saale als der Staatsanwalt schwieg, und das siegesgewisse Auge, mit welchem er Richter, Jury und Publikum überschaute, zeigte, daß er sich des ganzen Eindrucks bewußt war, den seine Rede hervorgebracht. Nur Helmstedt, auf den sich jetzt die Blicke von allen Seiten richteten, schien wenig die Beredtsamkeit der Anklage zu würdigen und saß, das Auge fest auf den Staatsanwalt gerichtet, in voller Ruhe da; selbst die auffallende Blässe seines Gesichts hatte sich verloren und einer lebhafteren Farbe Platz gemacht. Eine augenscheinliche Erschütterung machte sich indessen bei ihm geltend, als jetzt zwischen einer Gruppe von Advocaten, welche eine Ecke innerhalb des für das Gericht bestimmten Raumes eingenommen hatten, Elliot hervortrat, um als erster Zeuge für die Anklage zu dienen, ohne nur einen Blick nach dem Angeklagten zu wenden. Und als hätte Helmstedts Vertheidiger dessen Gedanken errathen, wandte er sich nach ihm um: »'s ist wie gesagt, ein geriebener Patron, der Staatsanwalt, ich ahnte schon heute Morgen eine Ueberraschung!« sagte er. »Aber er soll uns nicht verblüffen und wenn er seine Zeugen vom Nordpol holte. Nur Muth und ein freies Gesicht, denken Sie daran, unsere Zeit zu reden wird auch kommen!«

Was sich aber in Helmstedts Innern regte, war nichts was eine Ermuthigung dieser Art bedurfte. Er hätte ein Stück von seinem Leben hingeben wollen, wenn er vor den Verhandlungen Elliot hätte sprechen, ihm den Sachverhalt darlegen und zu seinem Herzen, das er zu kennen glaubte, hätte reden können. Es war ihm, als hätte sich jede Verwickelung ganz von selbst lösen müssen, wenn er nur gegen ihn sein eigenes Herz frei gemacht – und nun stand Elliot da zur Unterstützung der Anklage, und jedes Wort, das Helmstedt zu seiner Rechtfertigung hätte sagen können, mußte nur zur Verstärkung dessen dienen, was die Meinung des Volkes über sein Verhältnis mit Ellen zusammengereimt und ein neuer Schlag auf des Vaters Haupt sein, dessen gedrücktes Auftreten schon jetzt deutlich aussprach, welche Last auf ihm ruhte.

Elliots abgegebenes Zeugniß bestätigte Helmstedts Abwesenheit aus dem Hause zur Zeit des Mordes und dessen eigenes Zugeständniß derselben, gab auch an, wie der Angeklagte schon am Tage nach seiner Ankunft in Alabama bei einer zufälligen Begegnung auf einem Spazierritte mit seiner Tochter dem Ermordeten ohne besonderen Grund entgegengetreten, und erwähnte dabei, daß das Mädchen schon am nächsten Morgen mit ihrer Mutter eine Besuchsreise angetreten habe und bis zum Tage vor Neujahr abwesend gewesen sei, was irgend ein Verständniß ihrerseits mit dem Angeklagten zu einer Unmöglichkeit mache. Und wenn aus dem aufgefundenen Briefe seiner Tochter Etwas gefolgert werden solle, so könne dies nur der Trotz eines verzogenen Kindes sein, das zum ersten Male auf einen ernsten Willen bei seinen Eltern treffe und sich, durch das einschmeichelnde Wesen des neuen Hausgenossen verführt, zu einem unbedachten Schritte habe hinreißen lassen.

Helmstedt senkte den Kopf, über das Gesicht seines Advocaten aber zog ein sarkastisches Lächeln. »Wirklich fein!« flüsterte er dem jungen Manne zu, »was er da sagt, könnte als Entlastungszeugniß für uns gelten, wenn nicht Jeder wüßte, daß nur das väterliche Gefühl aus ihm spricht, und so muß nach den Verhältnissen, die er darstellt, die Jury noch einen größern Begriff von Ihrer Durchtriebenheit bekommen. Wir kennen aber die Taktik!« Helmstedt schien nichts zu hören, er hatte das Auge wieder gehoben und hielt es starr auf den Zeugen gerichtet, als verfolge er einen Gedanken, der eben in ihm lebendig geworden. – Die weiteren Aussagen stellten die durch die Todtenschau schon bekannten Thatsachen fest; eins aber habe er noch hinzuzufügen, bemerkte Elliot am Schlusse, da ihm kein Punkt zu unwichtig erscheine, um der Wahrheit auf die Spur zu kommen, das sei die Erzählung seines Schwarzen Dick, den er mit Helmstedt bei der aufgefundenen Leiche als Wache zurückgelassen habe, von dem sonderbaren damaligen Benehmen des Angeklagten. Der Leichnam mit seinen offenen gläsernen Augen und verzerrten Zügen habe auf jeden Menschen einen grausigen Eindruck hervorbringen müssen, so daß sich auch der Schwarze so weit davon weg gemacht habe, als es mit seiner Pflicht verträglich gewesen; Helmstedt aber habe sich neben den Todten gestellt und ihm unverwandt in das Gesicht geblickt, gerade wie Einer, der sich ein fertig gebrachtes Werk noch einmal aufmerksam betrachtet, so daß es der Schwarze nicht mehr habe mit ansehen können und dem Angeklagten zugerufen habe – –

»*Damn!* das geht zu weit!« rief jetzt Helmstedts Advocat mit kaum halb unterdrückter Stimme und erhob sich.

»Möge mir der Gerichtshof ein Wort erlauben, ich muß gegen jedes Zeugniß, was sich auf die Angabe von Negern gründet oder durch diese selbst beigebracht wird, als vollkommen unstatthaft protestiren –« er wurde aber von Helmstedts Hand durch einen Griff an seinem Arme unterbrochen. Er wandte sich um und ein kurzes leises Gespräch entstand zwischen Beiden, in welchem der Angeklagte eifrig auf seinem Willen zu bestehen schien. Mit einem Achselzucken wandte sich endlich der Advocat wieder dem Richter zu. »Es kann wol in keinem Falle mehr die Weisheit des Gesetzes hervortreten, Neger nicht als giltige Zeugen zuzulassen, als in dem vorliegenden,« sagte er; »ein unwissender, abergläubischer Schwarzer, der sich vor dem Opfer eines Mordes entsetzt, sieht einen vorurtheilsfreien, gebildeten Mann die Züge des Todten betrachten, vielleicht mit einem wissenschaftlichen Interesse, von dem Jener nie auch nur eine Ahnung haben kann; in seinem Geiste entstehen sofort unheimliche Vermuthungen, nach denen sich färbt, was er sieht, und er ist bereit, als Zeuge die abenteuerlichsten Gebilde seiner eigenen Phantasie als Thatsachen anzugeben und zu beschwören. Trotz alledem glaubt mein Client seiner guten Sache und der Entdeckung der Wahrheit zu schaden, wenn er sich auch nur einem einzigen Zeugnisse zu entziehen sucht und er wünscht deshalb, im Gegensatze zu meinem vorigen Proteste, der Anklage volle Freiheit zu geben und jeden Zeugen, den der Gerichtshof selbst als zulässig erachtet, vorzuführen.« Der Advocat setzte sich, ein leises Murmeln lief durch die Reihe der Zuschauer, der Staatsanwalt aber sandte dem Vertheidiger einen heimlichen Blick voll schalkhafter Drohung zu, als handele es sich nur um einen gelungenen Streich, den dieser eben gegen ihn ausgeführt. »Ich halte es für meine Pflicht, von der zugestandenen Erlaubniß Gebrauch zu machen,« sagte er sodann, einen tiefen Ernst wieder vor das Gesicht nehmend, »da in der Dunkelheit, welche das Verbrechen umgibt, jedes Zeugniß über einzelne Umstände, und sollte es das eines Kindes sein, doppelten Werth gewinnt und wir werden sehen, ob die Vertheidigung den weitern Aussagen mit derselben Zuversicht entgegentritt, wie sie sich jetzt den Anschein zu geben versucht.« Er winkte einem der dienstthuenden Beamten, welcher den Saal verließ, aber nach wenigen Minuten mit Cäsar zurückkehrte. Er war der Zeuge, welcher bei einem Gange nach Oaklea von weitem gesehen, wie Helmstedt dem heranreitenden Baker den Weg versperrt, in der Entfernung aber und in gleicher Linie mit den Reitern, die sich einander deckten, hatte er von den Bewegungen Beider nur wahrnehmen können, wie sich plötzlich Bakers Pferd gebäumt und davongesprengt sei, wie dieser es wieder gezügelt, zurückgeritten und dann gegen Helmstedt die Faust erhoben habe. Von einem Schlage, den Helmstedt geführt, hatte er nichts bemerkt, so sehr auch der Vertheidiger ihm das Gedächtniß über diesen Punkt zu schärfen versuchte, um einen Hauptanschuldigungsgrund gegen Helmstedt, der sich auf den unweit des Todten gefundenen Reit-peitschenknopf stützte, zu entkräften. Seine Bemühungen schienen nur dazu zu dienen, Helmstedts Angabe, daß er bei diesem Zusammentreffen den Knopf eingebüßt, als eine Ausflucht erscheinen zu lassen. Als Cäsar zurücktrat, folgten drei andere Zeugen, reiche Plantagenbesitzer aus der Umgegend, welche sich über den Charakter des Ermordeten, den Helmstedt nach seinem eigenen Zugeständnisse habe aus der Gegend treiben wollen, weil er ein Schwindler und Spieler sei, aussprachen, und bezeugten, daß sie mit Baker durch die besten Familien im Osten bekannt geworden und ihn immer nur als tadellosen Gentleman gekannt hätten. Zuletzt kamen die Beamten, welche Helmstedts Sachen durchsucht und über diese wie über Ellens Brief berichteten, der vor dem Staatsanwalt auf

193

dem Tische lag und jetzt vorgelesen ward. – Das ganze Zeugniß war so gelungen geordnet, daß ohne jedes verbindende Wort die Ueberzeugung von Helmstedts Schuld und der Beweggrund, der die That erzeugt, sich wie ein logischer Satz in der Seele eines Jeden bilden mußte.

Es war lange Mittag vorüber, als der letzte Zeuge für die Anklage gesprochen, und der Richter hob die Sitzung für eine Stunde auf. Von der Masse der Zuschauer schien indessen ein großer Theil entschlossen, den Platz zu behaupten; die meisten aus dem Lande Gekommenen hatten sich mit des Lebens Nothdurft versehen und kaum hatten Gerichtshof und Advocaten ihre Plätze verlassen, als auch die gelöste Spannung sich in einem wirren Durcheinander von Stimmen Luft machte. Der Angeklagte ward wieder nach dem früher von ihm eingenommenen Zimmer geführt, an dessen Thür sich sein Vertheidiger mit der Ermahnung, sich das Mittagessen nicht durch unnöthig trübe Gedanken verderben zu lassen, von ihm verabschiedete. Helmstedt fand ein bedecktes Tischchen mit kalten Fleischspeisen und einer Flasche Madeira seiner wartend; er ahnte, wem er diese freundliche Sorge für ihn zu danken hatte, und ein wohlthuendes Gefühl, wenigstens nicht ganz verlassen da-zustehen, kam über ihn. Er hatte seit Tagesgrauen nichts zu sich genommen, fühlte aber dennoch seinen Magen wie zugeschnürt und erst als er ein Glas Wein getrunken, schien sich das beklem-mende Gefühl zu lösen. – Gleich beim Beginne der Nachmittagssit-zung sollte die Vertheidigung ihren Anfang nehmen – er mußte essen, wenn er dann seine Kräfte bei einander haben wollte; langsam in tiefem Sinnen schritt er das Zimmer auf und ab, bald ein paar Bissen zu sich nehmend, bald einen Schluck Wein trinkend; sein Gesicht begann nach und nach aufzuleben, Gedanke auf Gedanke schien sich in ihm zu entwickeln, und als er endlich wieder nach dem Gerichtszimmer gerufen wurde, nahm er seinen Platz so freien, glänzenden Blickes ein, als ginge er irgend einem glücklichen Ereigniß und nicht seiner wahrscheinlichen Verurtheilung entgegen.

Der Richter gebot Ruhe, und der Vertheidiger erhob sich. »Lassen Sie mich selbst mit ein paar Worten beginnen, wenn das erlaubt ist!« flüsterte diesem Helmstedt mit erregter Stimme zu, »ich denke, es soll der Sache nicht schaden und Sie mögen dann mit Ihrer Gesetzeskenntniß nachbessern.«

Der Advocat sah ihm einen Augenblick überrascht in die Augen. »'S ist Ihre eigene Sache, Sir, das ist Alles, was ich sagen kann!« erwiderte er dann, »das Wort kann Ihnen Niemand abschneiden, wenn Sie's verlangen; ich halte es aber jetzt für meine Pflicht Ihnen zu sagen, daß ich selbst eines sichern Ausgangs noch nicht gewiß bin. Ich habe bis jetzt auf einen wichtigen Entlastungszeugen in Ihrer Sache gehofft, der aber leider noch nicht eingetroffen ist, und dessen Ankunft ich nach dieser Zögerung auch durchaus nicht mehr verbürgen möchte.«

»Um so mehr denke ich selbst nachhelfen zu müssen, wo ich die Kraft fühle,« sagte Helmstedt und sein Gesicht nahm eine erhöhte Farbe an, »zu verderben fürchte ich nichts und Ihrer Rechtslogik bleibt dann immer noch die Hauptsache!«

Der Advocat nickte und zeigte dem Gerichtshofe an, daß der Angeklagte für einige Bemerkungen selbst das Wort ergreifen werde. Die Ankündigung rief eine allgemeine Bewegung unter dem Publikum hervor, daß der Richter von Neuem Ruhe gebieten mußte, und alle Blicke richteten sich gespannt auf die Anklagebank, wo sich Helmstedt langsam aber mit frei aufgerichtetem Kopfe und lebendigem Gesichte erhob.

Er begann die ersten Worte mit einer Stimme, der man die tiefe Erregung anhörte, und eine Stille legte sich über die Versammlung, in der das Summen einer Fliege vernehmbar geworden wäre. Seiner Aussprache des Englischen klebte noch überall der deutsche Accent an; aber seine Ausdrucksweise, seine Wendungen waren neu, ungewohnt für die Zuhörer und darum um so anregender. Jeder fühlte, daß die Worte mitten aus dem Herzen des Redenden kamen, und je weiter er sprach, je freier schien er zu werden, je leichter und reicher schien sich Gedanke und Ausdruck in ihm zu entwickeln. Er bat um Entschuldigung, daß er selbst das Wort ergreife, wenn es auch ungewöhnlich sei; ich meine aber, jeder Jury müsse es nur recht sein, den Angeklagten, über den sie abzuurtheilen habe, selbst und nicht erst durch die zweite Hand des Vertheidigers kennen zu lernen – und wenn das Institut der Jury nur dazu gestiftet worden, daß der Bürger durch den geraden offenen Verstand seiner Mitbürger gerichtet und nicht ein Opfer von Rechts- und Gesetzesdeuterei werde, so wisse er nicht, warum ein Advocat für ihn sprechen solle, wo seine klare Sache nichts zu fürchten habe, als nur absichtliche Verwickelung und Verdrehung, wie sie der öffentliche Ankläger zum Ruhme seiner Rednergabe, aber nicht seines Herzens und Gewissens angewandt. Als schlichter Mann schlichten Männern gegenüber wolle er zu ihnen reden und den Fall in seiner Einfachheit vorführen. Ein Mord sei begangen worden und er sollte dazu geholfen haben. Die Beweise, die ihnen vorlägen, seien es aber sicherlich nicht, die ihn auf die Anklagebank gebracht hätten – die Reitpeitsche, von welcher der Knopf gefunden worden, hänge Tag und Nacht in einem offenen Stalle, jeder Hand zugänglich – sein bloßes Nachhausekommen erst nach der Zeit des Mordes könne ihn eben so wenig zum Uebelthäter stempeln als jeden Andern, der zu dieser Zeit noch aus dem Hause gewesen sei; und daß er sich geweigert habe, über sein Verbleiben Auskunft zu geben, müsse eher *für* ihn sprechen – ein so kaltblütiger Bösewicht, der nach eben geschehener Blutthat offen wieder in sein Haus tritt und sich ruhig den Blicken seiner Hausgenossen preisgibt, wie er es gethan, habe sicherlich auch wenigstens auf einen Vorwand für seine Abwesenheit gedacht; alle diese Beweise seien nichts; sie erhielten aber eine furchtbare Unterstützung durch Umstände, die

allgemein als bestehend angenommen würden, durch ein Liebesver-
hältniß seinerseits mit der Tochter des Hauses, welchem der Ermordete durch seine Heirathsbewerbungen im Wege gestanden habe.
– Er, der Angeklagte, solle nur Helfer bei dem begangenen Verbrechen gewesen sein; wer sei denn aber der wirkliche Mörder? Wenn
hauptsächlich nur durch sein Verhältniß zu der jungen Dame die
Anklage gegen ihn, als Helfershelfer bei dem Morde, einen Grund
erhalte, so sei dadurch doch auch schon ausgesprochen, daß Niemand die eigentliche That vollbracht haben könne, als die Tochter
des Hauses selbst – wer anders hätte sich sonst für ein Interesse,
das sie Beide allein betraf, zu dem Verbrechen hergeben können?
Denke sich nur Jemand, es sei erwiesen, daß sie die Thäterin *nicht*
sei, nehme nur Eins an, daß ein Verhältniß, wie es das Volk zusam-
mengefabelt, um einen Grund für die That zu haben, *nicht* bestehe
– wo liege denn nachher der geringste Grund für eine Theilnahme
an der That, deren er selbst beschuldigt worden? – Und nun wolle
er fragen, fuhr er fort und seine Stimme ward bewegter, ob wol
Männer unter den Jurors seien, welche die junge Dame kennten?
ein harmloses Kind, das noch kaum einen Tag aus dem Schooß
ihrer Familie und von der Seite der Mutter gekommen, dem noch
kein unfreundlicher Wind die Seele aus ihrer Ruhe gerüttelt! Wer
aber wirklich ihm, dem Angeklagten, so übernatürliche Kräfte zu-
traue, daß er während der kurzen Zeit seiner Anwesenheit im
Hause ein reines kindliches Herz bis zum Morde habe verführen
können, der möge sich doch die einfache Thatsache ansehen, die
bereits von ihrem Vater bezeugt, daß zwei Tage nach seiner Ankunft
die Tochter mit ihrer Mutter das Haus verlassen und erst am Abend
des Mordes zurückgekehrt sei, der möge sich zugleich selbst fragen,
wie unter den Augen der Eltern während dieser Zeit ein Verhältniß
zu dem Grade habe reifen können, wie es den eigentlichen moralischen Halt der Anklage bilde. – Er machte hier, die Hand vor die
Augen drückend, eine kurze Pause. Einen einzigen Punkt habe er

noch zu berühren, fuhr er dann fort, das sei der aufgefundene Brief des Mädchens an ihn; aber nur der blinde Eifer oder eine verdorbene Seele könne etwas Anderes darin herauslesen, als ein gedrängtes Herz, das sich scheu an einen Unbekannten, von dem es Hilfe hoffe, wendet. Er erzählte, wie er durch Bakers Zudringlichkeit auf dem Spazierritte mit Ellen von dem Zwange, unter welchem sie leide, unterrichtet worden, daß er diesen für einen Schwindler gehalten und dem Mädchen versprochen habe, Nachrichten über ihn einzuziehen, daß Elliot nichts gegen den Mann habe hören wollen und sie sich deshalb auf brieflichem Wege über das, was er erfahren, bei dem Angeklagten erkundigt habe. – »Das ist der einfache Stand der Dinge, Gentlemen,« schloß er, »ich habe keine Beweise, keine Zeugen für mich, nichts als die Kraft der Wahrheit. Sicher aber wird sie in der gesunden Urtheilskraft eines Jeden das ihre thun, einer Anklage gegenüber, die kein Mittel zur Aufrechterhaltung der Beschuldigung scheut und, wenn ihr die Beweise fehlen, den Fremden, der die Gastfreundschaft des Staates sucht, zum Verbrecher machen möchte, nur weil er ein Fremder ist.«

Eine Todtenstille herrschte, als er sich niedersetzte, kein Zeichen des Beifalles, keines des Mißfallens, wie es sonst trotz aller gebotenen Ordnung sich hörbar macht, wurde laut, die Jurors sahen ernst vor sich hin oder geradeaus in die Luft, und ein Gefühl der Unsicherheit, einer fehlgeschlagenen Hoffnung fing an in Helmstedts Seele heraufzukriechen. Der Platz seines Vertheidigers vor ihm war leer; als er aber jetzt aufblickte, sah er diesen, augenscheinlich erregt, zwischen den Menschen hervorkommen. Helmstedt fing einen Wink von ihm auf, den er sich nicht deuten konnte. In diesem Augenblicke aber trat der Advocat in die Mitte des Saales und sagte laut: »Wolle mir der Gerichtshof das Wort erlauben, ich werde im Stande sein, einige Zeugen zu Gunsten der Vertheidigung vorzuführen!« und aus der Menge heraus folgte ihm ein alter Herr in Begleitung von zwei verschleierten Damen. Helmstedt erkannte

Morton, als dieser den Zeugenplatz einnahm und das Gesicht nach ihm drehte; die eine von dessen Begleiterinnen schien ihm Pauline zu sein; die zweite aber, schlanker und von eleganteren Formen als jene, war ihm unmöglich zu errathen. Es war nur von verhältnißmäßig untergeordneter Bedeutung, was Morton auszusagen hatte; er legte mehrere beschworene Aussagen von New-Yorker Kaufleuten vor, welche die Meinung des Angeklagten über Baker bestätigten und diesen als einen Mann ohne bestimmtes Geschäft schilderten, der theils durch das Spiel, theils auf andern verbotenen Wegen sein Leben gemacht, stets aber im Sommer in den fashionablen Badeorten zu finden gewesen sei und so sich eine gewisse Scheinstellung in der Gesellschaft zu verschaffen gewußt. Morton gab an, daß sämmtliche Aussagen der Betreffenden auf seine an sie ergangene Bitte gemacht worden seien. Er trat hinweg und die zweite seiner Begleiterinnen erhob sich. Sie schlug kräftig den Schleier zurück, als sie zur Eidabnahme vorschritt und ein jugendliches bleiches Gesicht erschien, das sich mit einem Lächeln, wie ein heller Sonnenblick zwischen Frühlingsregen, nach der Anklagebank richtete. Helmstedt fuhr halb von seinem Sitze auf und unterdrückte mit Mühe einen Schrei – in demselben Augenblicke aber entstand eine Bewegung in einem andern Theile des Gerichtsraumes. »Ellen!« rief mit dem Ausdrucke des Staunens, hastig zwischen seinen Umgebungen hervortretend, »wie kommst du hierher, Kind – was willst du hier?« Das Lächeln starb auf des Mädchens Gesichte und machte einem Ausdrucke des Leidens Platz. »Ich komme nachher zu dir, Vater,« sagte sie, »ich muß erst Zeugniß ablegen.«

»Was um Christi willen willst du bezeugen, wer hat dich denn hierher gebracht?«

»Was ich muß, Vater,« erwiderte sie, ihm groß in die Augen sehend, »laß mich jetzt, ich komme nachher zu dir!«

Aller Augen waren gespannt auf die Scene gerichtet; Elliot, dem das hervorgerufene Aufsehen erst jetzt beifallen mochte, sah um sich und trat zögernd zurück. Ellen aber warf einen neuen lächelnden Blick voll Tröstung und Verheißung nach Helmstedt und leistete dann den Zeugeneid. »Sie habe nichts von dem ganzen Falle, der jetzt verhandelt werde, erfahren,« begann sie und ihre klare, weiche Stimme berührte eigenthümlich wohlthuend jedes Ohr – »sie sei mit ihrer Mutter schon seit Wochen auf einer Besuchsreise abwesend gewesen, sonst hätte sie längst ihr Zeugniß angeboten, und sie halte es jetzt für eine heilige Pflicht, dies abzugeben, wie es ihr Gewissen verlange, ohne Rücksicht auf sich selbst oder einen andern Menschen. Soviel sie gehört,« fuhr sie fort und ihr Gesicht begann sich leise zu röthen, »weigere sich der Angeklagte, seinen Aufenthalt zu der vermuthlichen Zeit des Mordes anzugeben, sie werde und müsse es aber an seiner Statt thun.« Sie begann jetzt schmucklos zu erzählen, wie Baker in ihr Haus eingeführt worden und ihr Ton war fast kindlich, sprach von ihrem Widerwillen gegen ihn und von dem Zureden ihrer Eltern, seine Bewerbungen anzunehmen, berichtete dann Helmstedts Eintritt in die Familie und seinen ausgesprochenen Verdacht gegen den Freier, erwähnte, wie der Tag ihrer Verlobung festgesetzt und ihr, dem unbeugsamen Willen ihrer Eltern gegenüber, nichts übrig geblieben sei, um bestimmte Auskunft zu erhalten, als die Nacht vor Neujahr zwischen zehen und elf Helmstedts Mittheilungen von ihrem Fenster aus entgegen zu nehmen, und wie die Furcht, gehört zu werden, ihn hinauf zu ihrem Fenster und dann durch seine unsichere Stellung in ihr Zimmer getrieben habe. Ein glühendes Roth übergoß sie, als sie den letzten Satz beendet. »Sie könne über jede ihrer Handlungen in der Zeit von Helmstedts Aufenthalt bei ihr vor Gott Rechenschaft ablegen,« fuhr sie langsam den Kopf hebend fort und ihre Stimme nahm einen Anstrich von Feierlichkeit an, »sie dürfe aber auch selbst die Lästerzunge der Menschen nicht scheuen, wenn es sich darum handele, der Wahrheit die Ehre zu geben und einen Mann zu retten, der am Ende das Opfer seiner Discretion werden könne.

Helmstedt habe ihr Zimmer erst verlassen, als die Stimme des Vaters, der wegen der flüchtigen Sklaven geweckt worden, im Haus laut geworden sei.« Langsam warf sie einen leuchtenden Blick auf den Angeklagten, erbleichte aber, als ihr rückkehrendes Auge auf den starren Blick ihres Vaters traf, senkte den Blick zu Boden und trat zurück.

»Möge mir der Gerichtshof erlauben,« ließ sich jetzt der Staatsanwalt vernehmen, »der Angeklagte selbst hat uns auf das Schlagendste nachgewiesen, wie seine Schuld gar nicht ohne die der eben abgetretenen jungen Dame bestehen kann, und das von ihr abgegebene Entlastungszeugniß scheint mit Rücksicht darauf so verdächtig, daß ich mich verpflichtet fühle, auf vorläufige Verhaftung derselben anzutragen.«

Der Anblick der einzelnen Gruppen im Saale hätte in diesem Momente den Stoff zu einer der effectreichsten Genrebilder dargeboten. Unter den Zuschauern war bei dem Antrage des Staatsanwalts eine plötzliche Bewegung entstanden; die Köpfe der Vordersten richteten sich mit dem Ausdrucke der Befriedigung in die Höhe, die Hinteren streckten die Hälse und erhoben sich auf den Zehen, ein Murmeln, das mit jedem Augenblicke stärker wurde, zog durch die Menge und der Beobachter mußte überzeugt werden, daß nur eine Meinung das Publikum beherrschte, welcher der Staatsanwalt jetzt Ausdruck gegeben; – Elliot war rasch neben seine Tochter getreten, als wolle er sie schützen, und sah mit einem Ausdrucke, halb Zorn und halb Entsetzen auf den Ankläger; – mit ihm zugleich war Morton hastig vorgeschritten und stand gegen den Richter gekehrt, als erwarte er nur den günstigen Augenblick zum Reden; – der Staatsanwalt ließ einen Blick voll hämischer Befriedigung von der erregten Menge nach der Anklagebank laufen, wo Helmstedt so weiß und starr wie ein Steinbild stand und nichts von dem unzufriedenen Blicke sah, den ihm der Vertheidiger zuwarf; – der Richter aber hatte sich erhoben und rief zur Ordnung.

Die Unruhe in der Menge schien sich eben legen zu wollen, als eine Bewegung am Eingange des Saales entstand, Stimmen wurden laut, die Zuschauer in der Nähe der Thür erhoben sich und drehten die Köpfe – der Richter gebot von Neuem Ruhe, aber ohne Erfolg.

»Wenn Sie Beamter sind, so rufen Sie mir den Vertheidiger, ich muß vor – hier handelt sich's um mehr als um Pfannenkuchen!« klang jetzt eine ärgerliche Stimme klar in den Saal herein; Helmstedts Advocat horchte auf und brach sich dann Bahn in den Zuschauerraum. Ein paar Minuten voll stiller Spannung folgten und selbst der Richter schien neugierig der Dinge zu harren, die sich entwickeln würden; bald erschien der Vertheidiger wieder und hinter ihm trat gebückt ein hoher alter Mann aus der Menge, welchem zwei Frauen in der Tracht der niederen Stände folgten. »Wolle mir der Gerichtshof erlauben, einige weitere Zeugen vorzuführen, ehe dem gestellten Antrage seitens der Anklage stattgegeben wird!« begann der Advocat mit lauter Stimme; in diesem Augenblicke aber schoß die eine der Frauen durch den Raum zwischen ihr und dem Zeugenstande, fiel vor Elliot und dessen Tochter in die Knie und umfaßte die Füße Beider mit den Armen. Die Kappe, die ihre Züge bedeckt hatte, fiel in ihren Nacken und ein schwarzes Gesicht kam zum Vorschein, in welchem sich die überwallende Empfindung soeben durch ein ausbrechendes Weinen und Schluchzen Luft machte.

»Sarah ist es, Vater! 's ist Sarah!« rief Ellen, die bis jetzt mit ängstlich gespanntem Gesichte, aber sichtlich ohne rechtes Verständniß den Vorfällen gefolgt war; sie bog sich zu der Negerin und schien in ihrer Ueberraschung einen Augenblick den Ort und ihre Stellung gänzlich vergessen zu haben; eine neue Bewegung begann sich der Versammlung zu bemächtigen; der Richter aber gab dem dienstthuenden Beamten einen Wink, die Schwarze ward, noch immer schluchzend, nach ihrem früheren Platze zurückgeführt und die Drohung des Richters, bei weiterer Störung den Saal von Zuschauern räumen zu lassen, schaffte Ruhe.

12. Der Pedlar.

Jetzt hob der alte Mann den Kopf, nickte Helmstedt ernsthaft zu und schritt vor. Schon bei seinem Eintritt schien das Gesicht des Angeklagten neues Leben gewonnen zu haben, er hatte Isaac, den Pedlar, erkannt, obgleich dieser in wenigen Wochen zehn Jahre älter geworden zu sein schien. Seine Backen waren eingefallen und seine Augen lagen tief in ihren Höhlen, er stützte sich, sichtlich matt, auf seinen Stock und ließ dann und wann ein leises Husten, das Jener noch nie an ihm bemerkt hatte, hören. Was Helmstedt eigentlich von Isaacs Dazwischenkunft hoffte, war ihm selbst nicht klar, der Mann war aber gerade zu einer Zeit erschienen, als sich Helmstedts Seele ein Gefühl bemeistert hatte, als schwimme er vor dem offenen Rachen eines Haifisches, dem er nicht entrinnen könne und dem auch sein Liebstes, was sich zu seiner Rettung genaht, soeben zum Opfer fallen solle, als ihm jede helfende Hand verschwunden zu sein schien; Isaac mußte Ursachen haben, daß er so lange nichts von sich hatte hören lassen und erst jetzt wieder auftauchte, und die Art, wie er sich einführte, zeigte, daß er nicht leer und ohne vollwichtigen Grund erschien. Ein peinliches Gefühl von Hoffnung, spannender Erwartung und Furcht vor einer neuen Enttäuschung ergriff den Gefangenen, als die Anfangsformalitäten zu des Pedlars Vernehmung geschlossen waren und dieser jetzt zu sprechen begann. »Des Herrn Wege sind wunderbar, Gentlemen,« sagte der Alte und richtete sich aus seiner gebückten Stellung auf, »ich wurde verhindert in der Coroners-Untersuchung mein Zeugniß abzugeben; ich lag nieder, auf den Tod nieder und durfte kein lautes Wort reden, konnte nichts thun und nichts helfen, wo ich doch klar sah, daß nach den Thatsachen, die bei der Todtenschau festgestellt waren, der Prozeß einen falschen Weg nehmen mußte, und hielt es für ein großes Unglück. Und doch wäre mir's ohne das Schicksal nicht möglich geworden, die rechte Spur in der Sache aufzufinden und gute Männer, wie sie hier sitzen, vor einer gräßlichen Ungerechtigkeit zu bewahren.«

»Ich möchte den Zeugen ermahnen, sich nur an das zu halten, was zur Sache gehört,« ließ sich jetzt der Richter vernehmen, »und in möglichster Kürze angeben, um was es sich bei ihm handelt.«

»Es handelt sich um eines Menschen Glück oder Elend, Richter, und das soll man nicht übers Knie brechen,« erwiderte der Pedlar, »und wenn ich einmal dem Herrgott sein Recht gebe, das er selten genug erhält, so wird das wol auch keinen Schaden bringen. 'S gehört übrigens nur zur Sache, was ich erzählen werde.« Er hustete ein paarmal leicht auf und fuhr dann fort: »Der gemordete Mann war ein Spieler von Profession, hatte seine Niederlage im Riverhause und war dort schon einmal seinem Tode wegen falschen Spieles nur durch ein Wunder entgangen. Der Wirth im Riverhause mochte auch wol noch mehr von seinem hiesigen Treiben wissen, wodurch Licht in den Fall geschafft werden konnte, und ich machte mich gleich nach der Todtenschau dorthin auf, um zu horchen, ehe sich dem Manne, seines eigenen Interesses wegen, der Mund über das nächtliche Treiben in seinem Hause schloß. Mein eigenes Zeugniß über den Charakter des Todten schien keinen rechten Glauben gefunden zu haben, und so lag mir mit daran, andere Beweise dafür beizubringen. Aber die Nachricht von dem Morde war schon im Riverhause, der Wirth schien alles Gedächtniß verloren zu haben und ich entschloß mich, über den Fluß zu gehen, wo der Mann einen Store hielt, welcher den letzten Streit wegen Spielbetrugs mit Baker gehabt und dabei von diesem einen Schuß in die Seite bekommen hatte. Der Mann, der bekannt genug in der Gegend ist, hatte in der letzten Zeit viel Geld verspielt, bezahlte nicht, sein Geschäft war ihm endlich durch ein New-Yorker Haus, mit dem ich selber in Verbindung stehe, zugeschlossen worden und er glaubte, ich habe durch einen Bericht über seine Lage seinen Sturz herbeigeführt. Ich traf ihn, kaum wieder von seiner Schußwunde hergestellt, hatte aber nicht einmal Zeit, ihm zu sagen, weshalb ich komme; er fiel, als ob er nur auf mich gewartet, mit Schimpfen und Schmähen, daß ich ihn ruinirt habe, über mich her, und als ich den aufgeregten Menschen mir vom Leibe halte, greift er nach einem kleinen Messer, das ihm zur Hand lag, und sticht es mir in den Leib. – Das, Ew. Ehren, mag zwar ebenfalls nicht hierher zu gehören scheinen,« unterbrach er sich selbst, als der Richter neue Zeichen von Unruhe blicken ließ, »es hängt aber so mit der Hauptsache zusammen, daß ich es nicht umgehen darf. Ich hatte,« fuhr er ruhig fort, »die Wunde nur für einen ungefährlichen Kratz gehalten, da ich nicht viel davon spürte, und merkte erst, daß sie wol mehr zu bedeuten habe, als ich dem wüthenden Menschen, der aber noch schwach war, das Messer weggerissen hatte und das Haus verließ. Da kam mir plötzlich Blut in die Kehle, mir wurde schwarz vor den Augen und ich hatte gerade noch so viel Kraft, um die Tavern auf der andern Seite des Weges zu erreichen, wo ich auf der Thürschwelle zusammenbrach. Die Leute im Hause nahmen mich hinein und holten den Arzt; dort lag ich, meine Lunge hatte durch den Stich einen Denkzettel wegbekommen und es dauerte vierzehn Tage, ehe ich mich nur wieder auf die Beine stellen konnte. Es war in den ersten Tagen, wo der Schnee gefallen war, als ich mich zum ersten Male in der Unterstube ans Fenster gesetzt hatte und mich über die Zeitung und ihre Bemerkungen über die Mordthat ärgerte, als eine Schwarze, mit einem Bündel unterm Arm auf der Straße vorüberging, die Niemand anders war, als eine von Mr. Elliots davongelaufenen Negern. Ich wurde von der Entdeckung so überrascht, daß ich wieder einen tüchtigen Stich in meiner Lunge fühlte; ich pochte aus Fenster, bis das Mädchen hörte, mich erkannte und in das Haus trat, wo ich sie ins Gebet nahm. Sie war auf dem Rückwege nach Oaklea, war dem weißen Manne, der sie und ihre schwarzen Brüder geführt, wieder davongelaufen und hatte sich ihren Weg tief aus dem Lande durchs Wald und Wildniß bis hierher gesucht, um nicht ergriffen und nach Hause transportirt zu werden. Das hatte sie gethan, wie sie erzählte, weil Baker, der sie in Oaklea zu seiner heimlichen Liebsten gemacht gehabt, der sie erst zum Entweichen beredet und ihr vorgeschwatzt hatte, daß er sie im Osten heirathen und zur großen Dame machen würde, zurückgeblieben war. Er war noch im letzten Augenblicke beim Antritt der Flucht zugegen gewesen, hatte sie mit sich auf sein Pferd nehmen wollen, als plötzlich ein Umstand eingetreten war, der ihn zurückgehalten hatte – und in diesem Umstande, Gentlemen,« fuhr der Redende mit stärkerer Stimme fort, »liegt der Schlüssel zu dem ganzen Geheimnisse, das den Mord umgibt. Es war nur kurze Zeit vor Ausbruch des Gewitters, als die Flucht angetreten werden sollte, ein einzelner greller Blitz kündigte das Wetter an, und in dem augenblicklichen Lichte sah Sarah, die sich dicht neben Baker gehalten, eine weibliche Gestalt neben diesem erscheinen und seinen Arm fassen, die sie wol schnell und genau genug erkannte, hier in der Nacht aber am allerwenigsten vermuthet hätte – eine junge Dame aus einer unserer besten Familien, mit fliegenden Haaren und zerzausten Kleidern. Als Baker sie erblickte, befahl er nach Sarah's Erzählung seinem Gehilfen mit hastiger und aufgeregter Stimme, mit dem Schwarzen voranzugehen, er werde schnell nachkommen und wenn Sarah auch nicht gern der Aufforderung folgte, so hatte sie doch nur wenig Zeit zum Besinnen – vom Hause her ließen sich laute Stimmen hören – das waren die unsrigen, als wir uns zum Verfolgen fertig machten – ihre Brüder nahmen sie in die Mitte und zogen sie davon. Fünf Minuten darauf brach der Regen aus – und,

Gentlemen, der Mord ist erwiesenermaßen vor Beginn des Wetters geschehen.«

Der Pedlar hob den Kopf und machte wie ermüdet eine Pause, die durch keinen Laut, selbst nicht durch eine Bewegung des Richters unterbrochen wurde.

»Ich will nur noch wenig sagen,« fuhr er dann fort; »die Wirthin der Tavern, welche die erste Erzählung der Schwarzen mit anhörte, ist hier gegenwärtig und wird bezeugen, daß keinerlei Einwirkung auf das Mädchen stattgefunden hat. Sarah scheute sich, als sie von der Abreise der Elliot'schen Familie hörte, allein wieder nach Oaklea zu gehen und sie blieb deshalb in der Tavern, bis ich im Stande sein würde, ihr Zeugniß an die rechte Stelle zu bringen. Und das ist mir erst heute und auch heute nur mit Anstrengung möglich geworden. Sie mögen nun die Schwarze selbst über das Nähere befragen; sollte aber ihre Aussage nicht die volle Geltung haben, so wird doch jedenfalls dadurch der richtige Weg gezeigt und ich werde selber im Stande sein Angaben zu machen, die auf die Ursachen der That das nothwendige Licht werfen.«

Seine Stimme war während der letzten Sätze matter geworden, die Hand gegen die Brust gedrückt, hustete er ein paar Mal, trat dann zu einem der Stühle in seiner Nähe und ließ sich langsam nieder. Mit ihm zugleich aber hatte auch Morton hastig seinen Platz verlassen und war zu dem Staatsanwalte getreten, und als sich jetzt der Vertheidiger mit der Bemerkung erhob, daß der öffentliche Ankläger keinesfalls einen Einwand gegen Zeugen erheben werde, wie er sie selbst zur Unterstützung der Anklage benutzt, schien dieser kein Ohr zu haben als für die Worte des alten Pflanzers. Wenige Augenblicke darauf aber richtete er sich in die Höhe und sagte: »Möge es dem Gerichtshof gefallen, eine Pause von einer halben Stunde eintreten zu lassen. Es werden mir mit Rücksicht auf das letztabgegebene Zeugniß soeben Mittheilungen gemacht, welche der Verfolgung möglicherweise eine ganz andere

Richtung geben dürften, und ich werde nach der erbetenen Zeit bereit sein, meine directen Anträge zu stellen.«

Keine ordnungslose Bewegung wie früher ergab sich, als der Richter die Unterbrechung der Verhandlungen verkündete; ein nachdenklicher Ernst schien sich der Menge bemächtigt zu haben, nur ein Flüstern der Erwartung durchzog die stillen Reihen und mancher Kopf, der bei dem Antrage zu Ellens Verhaftung befriedigt genickt hatte, wande sich jetzt halb scheu, wie mit dem Bewußtsein einer Uebereilung kämpfend, nach dem Angeklagten. Pauline war an Mortons Arm durch eine Seitenthür dem Staatsanwalt gefolgt; – Ellen saß neben ihrem Vater, der, die Stirn in tiefe Falten gezogen, wortlos vor sich hinstarrte, und richtete bald einen besorgten Blick auf diesen, bald ließ sie das Auge, sich selbst vergessend, in Helmstedts Auge ruhen; – Sarah hatte sich, scheu ihre Herrschaft beobachtend, neben den Pedlar gedrückt, der theilnahmlos den Kopf wie im halben Schlafe gegen die Brust gesenkt, dasaß und nur dann und wann ein leises Husten hören ließ; – der Vertheidiger war zu den übrigen Advocaten getreten und selbst hier wurde das Gespräch nur in gedämpftem Tone geführt; Niemand außer einigen Männern von der Jury hatte den Saal verlassen. Die Abenddämmerung hatte sich bereits bei den letzten Auftritten der Verhandlung bemerkbar gemacht und ein Beamter zündete die Lampen an. Der Zuschauerraum blieb bald in halbem Dunkel, während sich der Platz für Richter, Jury und Zeugen in vollem Lichte befand.

Eine Ruhe, die keines Ordnungsgebotes bedurfte, legte sich über die Versammlung, als von der einen Seite der Richter und gleich nach ihm von der andern der Staatsanwalt eintrat und Beide ihre Plätze einnahmen. Die Sitzung wurde für eröffnet erklärt, und der Staatsanwalt bat um das Wort.

»Eine traurige Verkettung von Umständen,« sagte er mit lauter Stimme, »hatte die gegenwärtige Anklage hervorgerufen und als gerechtfertigt erscheinen lassen; nach der soeben gewonnenen

Ueberzeugung von der Irrthümlichkeit derselben aber sehe ich mich veranlaßt, jede weitere Verfolgung derselben fallen zu lassen, und trage hiermit als einfachen Act der Gerechtigkeit auf die sofortige Freilassung des Gefangenen an. Für die Sicherung des muthmaßlichen wahren Thäters,« fügte er mit einem Blicke auf das Publikum hinzu, »sind bereits die nöthigen Maßregeln getroffen und das Gesetz wird seine volle Genugthuung finden.«

Ein Augenblick der Stille folgte, als der Staatsanwalt zurücktrat, dann aber erhob sich ein Summen wie in einem riesigen Hummelschwarme, in welchem die letzten Worte des Richters untergingen.

Helmstedt sah sich von seinem Advocaten beglückwünscht und von seinem Platze mitten unter fremde Gestalten geführt; der Richter kam einen Augenblick auf ihn zu und drückte ihm die Hand; aber umsonst sah er sich nach einem befreundeten Gesichte um. Er hörte das Geräusch der Menge, die sich ohne ein Zeichen des Beifalles oder Mißfallens unter nur halber Befriedigung den Ausgängen zudrängte; überall traf er auf nichts als neugierige Blicke, und das Gefühl des Alleinstehens in der Fremde war ihn noch nie, selbst nicht im Gefängnisse, so bitter überkommen als in diesem Momente. Er wandte sich mit einem kurzen Worte der Entschuldigung von seinem Advocaten nach dem Platze, wo die Zeugen gesessen hatten – aber weder von Ellen und ihrem Vater, noch von Sarah war Etwas zu sehen, und nur der Pedlar, zu dem sich die aus dem Lande mitgekommene Wirthin niederbog, saß noch gebückt auf seinem Stuhle.

»Sind Sie nicht wohl, Isaac?« fragte Helmstedt und legte die Hand auf seine Schulter.

Der Alte richtete sich langsam auf. »'S ist wol nur die Anstrengung und die Aufregung, die mich so matt gemacht haben,« sagte er und bot dem jungen Manne die Hand, »meine Lunge will's noch nicht recht wieder vertragen, und wenn's nicht gerade heute hätte sein müssen, wär' ich auch noch nicht gekommen.« Helmstedt drückte ihm die Hand und sah ihm in das eingefallene, erschlaffte Gesicht, dessen peinliche Veränderung er erst jetzt in der Nähe ganz bemerkte. »Für dieses Mal sind Sie mit einem blauen Auge davon gekommen,« fuhr der Alte fort, mit einem schwachen Lächeln zu ihm aufsehend, »ein andermal hören Sie aber vielleicht mehr auf den Rath erfahrener Leute; 's ist doch nur Ihre Geschichte mit dem Mädchen, die Sie so weit hineingebracht hat, und Sie können nicht sagen, daß ich Sie nicht vor dergleichen gewarnt hätte.« Helmstedts Miene mochte bei des Pedlars Bemerkung wol mehr von seinen Empfindungen verrathen, als er selbst wußte, denn der Alte sah ihn aufmerksam an und schüttelte schweigend den Kopf. »Lassen Sie sich eins sagen, wenn Sie noch nicht aus der Sache heraus sind,« sagte er dann, »es kommt von einem Manne, der seine Leute kennt; gehen Sie nicht weiter, es thut nicht gut – und bringen Sie's wirklich zu dem, was Sie Ihr Glück nennen, so werden Sie noch an den alten Isaac denken; den amerikanischen Hochmuth des Alten besiegen Sie nicht, und ich habe noch niemals rechten Segen aus einer Verbindung von Leuten entstehen sehen, die mit verschiedenen Gefühlen geboren und mit verschiedenen Gewohnheiten erzogen worden, wie Deutsche und Amerikaner.«

»Lassen Sie uns nach dem Hotel gehen,« sagte Helmstedt, als wolle er damit die weiteren Bemerkungen des Pedlars abbrechen, »ich weiß wenigstens jetzt nicht, wo anders hin, und Sie werden dort auch am besten aufgehoben sein. Sie sind krank und angegriffen, Sie thun am besten, gleich Ihr Bett zu suchen und ich bleibe bei Ihnen. Morgen früh reden wir dann mehr mit einander.« In diesem Augenblicke fühlte er leicht seinen Arm ergriffen, er wandte sich um und sah in Paulinens erregtes Gesicht. »Kommen Sie, August,« sagte sie, »der Wagen steht unten, Sie nehmen Ihre Wohnung vorläufig bei uns, bis sich Ihre übrigen Verhältnisse geordnet haben.«

Helmstedt sah ihr einen Augenblick in die Augen und die warme Innigkeit, die ihm daraus entgegenstrahlte, that ihm wunderbar wohl. »Haben Sie Elliot nicht gesehen?« fragte er dann.

»Er war der Erste, der mit Ellen und Sarah den Saal verließ, und es ist gut so, August,« erwiderte sie, »lassen Sie die Wellen sich erst etwas legen und die Tochter mit dem Vater aussprechen, ehe Sie sich ihm zeigen, ich habe ihr selbst dazu gerathen, sich jetzt nicht aufzuhalten.«

Helmstedt drückte die Hand vor die Augen, es erwachte ein Gefühl in ihm, dem es mit Macht widerstrebte, die Gegend seines früheren Aufenthaltes wieder zu sehen, ehe er über seine Stellung dort im Klaren war. »Ich gestehe Ihnen offen,« sagte er nach einer Pause, »daß ich heute lieber in der Stadt und allein für mich bliebe; Sie haben mir mit Ihrem Vorschlage so wohl gethan, Pauline, wie ich es Ihnen kaum sagen kann, aber ich möchte erst, ehe ich irgend Jemand wieder unter die Augen trete, in mir selbst Ordnung schaffen und meine Lage recht ins Auge fassen. Außerdem möchte ich auch heute nicht von meinem alten Freunde Isaac gehen, der es wahrhaftig nicht um mich verdient hat, daß ich ihn jetzt allein lasse. Und nicht wahr, Sie sind mir darum nicht böse?« fuhr er ihre Hand ergreifend fort, als er ihre leicht beweglichen Züge denselben trüben Ausdruck annehmen sah, den er schon kannte.

»Sie sind consequent in Ihren Zurückweisungen, August, Sie könnten's gegen Ihre gefährlichste Feindin nicht mehr sein,« erwiderte sie, »Isaac findet bei uns besseren Platz, als in dem engen Hotel, das heute bis zum Dache überfüllt ist, und von Ihren übrigen Gründen will ich gar nicht reden. Drückt Sie die kleinste Verbindlichkeit gegen mich gar zu sehr, so will ich Ihnen sagen, daß Sie sich jetzt keine auferlegen würden, wenn Sie auf mich hörten!« Sie wandte den Kopf nach dem mittleren Ausgange des schon fast ganz leer gewordenen Saales, wo ein alter Herr wartend stand und winkte. Helmstedt erkannte in dem Herbeikommenden Morton, der ihm die Hand bot und sie kräftig schüttelte. »Er will in der Stadt bleiben und erst mit sich selber fertig werden!« sagte Pauline.

»Well, Sir, das geht nicht!« rief Morton mit derber Biederkeit, »und ich erbitte es mir als eine Gefälligkeit, deren Werth Sie vielleicht selbst noch nicht kennen, daß Sie mein Haus für das Ihrige ansehen. Wir sind Ihnen Genugthuung schuldig, wie wir sie Ihnen vielleicht kaum leisten können, und ich würde Sie nicht für den Mann halten, für den ich Sie kennen gelernt habe, wenn ich unter solchen Umständen eine Zurückweisung von Ihnen fürchten sollte.«

Helmstedt fühlte in diesem Augenblicke vielleicht zum ersten Male, daß ein Stolz in ihm wurzelte, der größeren Einfluß auf seine Handlungen ausübte, als er selbst gewußt. So lange sich dieser nur durch Zurückweisen von Hilfe und Unterstützung Anderer geäußert, hatte er es für etwas durchaus Edles gehalten, was sich in ihm regte; als aber jetzt der reiche Amerikaner vor ihm stand und ihm, mehr mit der Miene eines Bittenden, als eines Beschützers sein Haus anbot, als bei dem Tone des Mannes sich das wohlthuende Gefühl, »auf gleichem Fuße« behandelt zu werden, Helmstedts bemächtigte und eine Befriedigung in ihm hervorrief, vor der alle Gründe, welche ihn in der Stadt hielten, ganz wunderbar ihre Macht verloren, da schoß ihm ein Strahl von Selbsterkenntniß durch den Kopf. Fast hätte er, nur um sich nicht selbst eine Blöße zu geben, auch Mortons Anerbieten zurückgewiesen, aber Paulinens Auge ruhte so still und trübe auf ihm, daß es ihm wurde, als sei er eben im Begriff, ein neues Unrecht zu manchen bereits begangenen hinzuzufügen.

»Sie sind wirklich so freundlich gegen mich, daß ich nicht weiß, wie ich es verdient habe,« sagte er endlich, »ich bin mit Ehren in Freiheit gesetzt worden, und das ist wol alle Genugthuung, die ich verlangen kann – aber ich will mit ganzem Herzen Ihre Einladung annehmen, da Mrs. Morton sagt, daß Isaac uns begleiten darf; ich bin es ihm schuldig, ihn jetzt nicht zu verlassen!«

»Ganz gut, Sir!« erwiderte Morton, einen Blick auf den Pedlar werfend, »er mag sich bei uns auscuriren, und Platz im Wagen haben wir auch. Sprechen Sie mit ihm und ich lasse währenddem Ihre Sachen aus dem Gefängnisse herüberschaffen, – in einigen Minuten können wir unterwegs sein.« Er drückte nochmals die Hand des jungen Mannes kräftig, warf seiner Frau einen Blick zu und ging davon.

»Sind Sie mir noch böse, Pauline?« fragte Helmstedt und hielt dieser seine Hand hin.

»Ich bin Ihnen in meinem Leben noch nicht böse gewesen!« erwiderte sie, mit einem halben Lächeln zu ihm aufsehend, »höchstens war ich traurig, wenn Sie mich so wenig verstanden. Sprechen Sie aber jetzt mit Isaac!« fuhr sie fort und trat, sich wegdrehend, einige Schritte in den Saal hinein.

Helmstedt folgte der Aufforderung.

»Hab' die Verhandlungen gehört,« sagte der Alte, »und wenn Sie durchaus bei mir sein wollen, so folge ich Ihnen. Hier oder dort – für mich wird's ziemlich gleich bleiben; meine Wirthin schläft bei ihrer Schwester in der Stadt, für Sie aber kann es nur gut sein, wenn Sie mit den Leuten gehen, es wird Ihnen manchen Stein für die Zukunft aus dem Wege räumen!«

»Deshalb thue ich es nicht, Isaac.«

Der Pedlar zuckte nur die Achseln, hustete ein paar Mal wie unter Schmerzen und sank dann wieder in sich zusammen.

Der Saal war leer geworden, die Lampen wurden nach und nach ausgelöscht, bis endlich nur noch eine einzige das nothdürftigste Licht verbreitete. Pauline stand am Ausgange, auf Morton wartend, und Helmstedt maß den Boden mit langsamen Schritten – seine Gedanken waren in Oaklea. War das ganze Unglück der letzten Wochen nur ein nothwendiges Mittel für das Schicksal gewesen, um *ihn* rasch seinem Glücke, seiner Vereinigung mit Ellen entgegenzuführen – oder warf es ihn wieder zurück in eine schlimmere

Lage als die, in welcher er Alabama betreten? Dachte er an die feindliche Stellung, welche Elliot während der Untersuchung gegen ihn eingenommen, an den starren Ausdruck seines Gesichtes, den dieser nach der Abgabe von Ellens Zeugniß behauptet, so mußte er auch an des Pedlars frühere Warnungen denken – morgen vielleicht schon war das Mädchen von ihrem Vater nach irgend einem Theile der Welt gebracht und damit war der ganze Roman beendigt, und ihm selbst blieb nichts übrig, als den Rest des erhaltenen Salairs, der ihm streng genommen nicht einmal gehörte, zur Rückreise nach New-York zu benutzen, wo sich ihm wenigstens noch die Möglichkeit einer Existenz durch eigene Kraft bot. Aber er mußte zugleich auch an Ellen denken, an die freudige Festigkeit, mit welcher sie, unbeirrt durch ihres Vaters Einfluß, zu seiner Rechtfertigung vor die Oeffentlichkeit getreten war, und sein Herz zitterte noch, als er sich die Scene zurückrief – sie mußte die Reise hierher ohne Wissen ihrer Verwandten angetreten haben, dafür sprach Elliots Ueberraschung bei ihrem Anblicke; die volle Energie der Liebe mußte in ihr erwacht sein, die wol jetzt für ihr beiderseitiges Glück kämpfte. Sie war des Vaters Liebling, und wenn sie nun auch wirklich seinen Widerstand brach, was dann weiter? Sollte er als ungern geduldetes Mitglied in die Familie treten und sich von dieser ernähren lassen? Wie die Verhältnisse standen, mußte er im glücklichsten Falle selbst eine Existenz für sich und Ellen schaffen, durfte nicht die kleinste Beihilfe von Elliot annehmen, wenn er sich von dem Verdachte der niedrigsten Speculation frei halten wollte. Und doch wußte er noch nicht einmal, wohin mit sich selbst.

Seine Gedanken wurden durch Mortons Eintritt unterbrochen, der »Alles fertig« meldete. Der Pedlar erhob sich, die Gesellschaft schritt nach dem wartenden Wagen hinunter und bald rollte dieser durch die mondhelle Nacht dem Landhause entgegen. Helmstedt hatte sich mit Gewalt aus seinen Sinnen gerissen und versuchte ein Gespräch einzuleiten; Morton selbst schien aber, seit sie die Stadt verlassen hatten, mit seinem Geiste wo anders zu sein; auf seinem Gesichte hatte sich ein Ausdruck von Sorge gelagert, und er beantwortete Helmstedts Bemerkungen wol freundlich, aber ohne weiter darauf einzugehen; Pauline saß ebenfalls still in ihre Ecke gedrückt und legte nur dann und wann, mit einem Aufblicke zu ihrem Manne, ihre Hand auf die seinige, was dieser mit einem schwachen Lächeln beantwortete. Isaac schien zu schlafen, und so überließ sich auch Helmstedt bald wieder seinen eigenen Gedanken. Erst als der Wagen von der Straße abbog, schien Morton mit sich selbst fertig geworden zu sein. »Sie werden Hunger haben, Sir, sammt unserm Isaac,« sagte er, »hoffentlich finden wir aber ein ordentliches Abendbrod bereit!«

»Fühle eben nicht wie essen,« erwiderte der Alte, »wenn Sie aber Etwas für mich thun wollen, so lassen Sie mir gleich mein Bett zeigen, das wird wol für eine Weile Alles sein, was ich brauche – das Fahren hat mich schlimmer durchgeschüttelt, als ich mir's vorgestellt.«

»Sind Sie wieder krank, Isaac?« fragte Pauline theilnehmend.

»Weiß eigentlich selbst nicht – 's wird wol wieder vorübergehen!«

Das Landhaus war bald erreicht, ein Schwarzer geleitete den Pedlar nach einem der Schlafzimmer, wohin ihm Pauline Thee zu senden versprach, und Helmstedt folgte Morton nach dem Parlor.

»Setzen Sie sich, Sir, machen Sie sich's bequem und betrachten Sie sich zu Hause,« sagte dieser, zwei Stühle ans Feuer rückend, »wir kennen uns zwar noch nicht genauer, aber ich denke, das soll bald geschehen, wenigstens so weit, als ich dazu beitragen kann. Ich bin Ihnen mancherlei Aufklärungen schuldig,« fuhr er fort, als sich Beide niedergelassen, »ich denke aber, wir ersparen uns das bis nach dem Thee; sagen Sie mir nur jetzt, ob Sie sich schon irgend einen Plan für Ihre künftigen Schritte gemacht haben, zu dem ich Ihnen irgendwie behilflich sein könnte. Ihr früheres Verhältniß zu

Elliot scheint wenigstens in der Art unmöglich geworden zu sein; bei der Stärke aber, mit der Ellen an Ihnen zu hängen scheint und nach dem öffentlichen Schritte, den das Mädchen heute gethan, sehe ich für ihren Vater fast keinen andern Weg, als daß er sich mit Ihnen verständigt, wenn er nicht verkaufen und ganz von hier wegziehen will –«

»Sie wissen vielleicht, wie Ellen so plötzlich hierher gekommen ist, da Sie mit Ihnen in dem Gerichtszimmer erschien?« unterbrach ihn Helmstedt.

»Ich weiß es und Sie sollen auch von Allem unterrichtet werden. Ich möchte Sie nur fragen, ob ich vielleicht einleitende Schritte zwischen Ihnen und Elliot thun soll? Daß das Verhältniß zwischen Ihnen und seiner Tochter so schnell gereist ist, daran ist er mit seiner Blindheit gegen den Schurken, der jetzt vor Gottes Richterstuhle steht, selbst schuld – 's ist eine Fügung des Himmels gewesen, wodurch das Mädchen Kraft zum Widerstand erhalten, sonst könnte er jetzt über sich und sein Kind jammern, wie Andere es thun müssen –« er hielt inne und blickte wie von einem Gefühle überwältigt vor sich ins Feuer. Helmstedt sah die plötzliche Erregung in seinem Gesichte, ohne sie sich erklären zu können, aber auch ohne die eingetretene Pause unterbrechen zu mögen. »Entschuldigen Sie mich, Sir,« sagte Morton endlich und strich mit der Hand langsam über sein Gesicht. »Sie werden mich heute Abend noch verstehen lernen; ich wollte nur sagen, daß Elliot den wenigsten Grund hat, gegen Sie aufgebracht zu sein, und daß ich gern für die ersten Schritte Ihren Advocaten abgeben will.«

Helmstedt sah eine Minute schweigend vor sich hin. »Ich danke Ihnen von ganzem Herzen, Sir,« sagte er dann langsam, »aber ich weiß nicht, welche Schritte ich gegen Elliot thun könnte, ohne den schmutzigen Verdacht, der meinem Verhältnisse zu Ellen untergelegt worden, zur Wahrheit zu machen. Ich bin vorläufig nichts und habe nichts, darin liegt Alles, und wenn mich Elliot bei meinem ersten Worte um seine Tochter wie einen ertappten Glücksritter zur Thür hinausjagte, würde ich mich kaum zu beklagen haben. Wäre Ellen arm und an Armuth gewöhnt, so sollte uns kein Tag mehr von einander trennen und wenn ich unsern Unterhalt mit Holzspalten verdienen sollte.«

Morton schüttelte den Kopf. »Sie können doch nicht gut von Elliot erwarten, daß er Ihnen jetzt entgegenkommen und das Mädchen anbieten soll? – und nach Allem, was Ellen gethan, hat sie wol auch ein Recht, einen Schritt von Ihnen zu verlangen, selbst wenn er gegen Ihren Stolz laufen sollte.«

Helmstedt richtete den Kopf auf. »'S ist wahrhaftig nicht Stolz, der aus mir redet, Sir,« sagte er und in seinem Gesichte sprach sich der ganze Druck aus, der auf seiner Seele ruhte, »ich würde gern hingehen zu Elliot und ihm mein ganzes Herz ausschütten und mich an keine Demüthigung kehren; wo soll es aber hinführen? Kann ich denn Ellen nur das kleinste Loos bieten, um sie vor Entbehrungen sicher zu stellen, oder soll ich mit um ihres Vaters Geld freien, wenn er nach meinen Existenzmitteln fragt? Ich hatte gehofft, mir irgend eine Selbstständigkeit zu erringen, sobald ich nur meinen Boden kennen gelernt; ich weiß, daß ich Energie und auch einige Kenntnisse habe; ich hatte gehofft, Elliots Vertrauen zu erwerben, aber das Schicksal hat eine Entscheidung herbeigeführt, wo meine Vorbereitungen noch nicht einmal begonnen hatten.«

»Lassen wir die Sache einmal vorläufig ruhen und uns unsern Thee nehmen,« sagte Morton aufstehend, »später läßt sich weiter reden.« Als ihm Helmstedt folgte, sah er Pauline, die unhörbar eingetreten sein mußte, hinter ihren Stühlen stehen.

Sie gingen nach dem Speisezimmer, aber wenig ward während des Mahles gesprochen. Helmstedt war durch die mit Morton gewechselten Worte selbst erst klar über seine jetzige Stellung geworden und Entschlüsse aller Art zogen durch seinen Kopf. Des Hausherrn schien sich, sobald er zum Tische getreten, ein trübes

Sinnen bemächtigt zu haben, das er nur dann und wann durch ein paar einzelne Worte unterbrach, und selbst Pauline schien ihre eigenen Gedanken zu verfolgen. Die schweigsame Mahlzeit war fast zu Ende als Cäsar eintrat und meldete, daß der alte Isaac gern Helmstedt zu sprechen wünsche.

»Fühlt er sich nicht gut?« fragte Morton.

»Well, er sieht schlecht genug aus,« erwiderte der Schwarze, »aber wol nicht schlimmer als wie er ins Haus kam. Ich habe ihn schon gefragt, ob ich bei ihm bleiben solle, er verlangt aber nur nach Mr. Helmstedt.«

Der junge Mann erhob sich und folgte dem Neger. Als sie den ersten Treppenabsatz erreicht hatten, hielt dieser an und sagte: »Sie sind doch nicht böse auf mich, Master, daß ich heute keine andere Aussage gemacht? Ich sah's Ihnen im Gesicht an, daß es nicht recht war, aber im Gerichte hatten sie mir den Kopf vorher so dumm und dick gemacht, daß ich eigentlich gar nicht mehr wußte, was ich gesehen hatte und was nicht.«

»'S ist schon recht,« winkte der Andere, »die Sache ist jetzt vorbei.«

»Und noch Eins, Sir, ist es wahr, daß heute Nachmittag Elliots Sarah wieder zurückgekommen ist?«

»'S ist so, Cäsar,« erwiderte Helmstedt und mußte über dessen seltsam verzogenes Gesicht lächeln, »wenn Ihr jetzt noch einmal bei ihr anpocht, wird sie kaum wieder nein sagen.«

Der Schwarze fuhr mit der rechten Hand in seine Kraushaare und zog das linke Knie fast bis zur Brust empor – ein pantomimisches Jauchzen – dann sprang er auf den Zehen den Rest der Treppe hinauf und öffnete die Thür nach des Pedlars Zimmer.

Helmstedt fand den Alten in halbsitzender Lage in seinem Bette, und in den weißen Kissen erschien das eingefallene Gesicht, von dem Lichte einer kleinen Schirmlampe beschienen, gelb und fast blutlos. Er hatte die Augenlider geschlossen, öffnete sie aber, als sich der junge Mann seinem Lager näherte und zeigte nach einem Stuhl zur Seite des Bettes. »Es sind mir so mancherlei Gedanken durch den Kopf gefahren,« sagte er mit matter, aber vollkommen klarer Stimme, nachdem Helmstedt Platz genommen und Cäsar die Thür geschlossen hatte, »daß ich gern heute noch mit Ihnen reden möchte; ich weiß nicht, ob ich nicht vielleicht morgen wieder in die Hand des Doctors falle, der mir für eine Zeit jedes Wort verbietet. Haben Sie sich denn schon einen Gedanken gefaßt, was Sie für die Zukunft thun wollen?«

Helmstedt schüttelte schweigend den Kopf.

»Sie werden das Mädchen nicht lassen mögen,« fuhr der Alte fort, »vielleicht haben Sie auch recht, da's einmal so weit gekommen ist, und es gäbe wol auch einen Weg, Ihnen eine Stellung zu verschaffen, gegen die der Alte nichts einwenden könnte und die Ihre ganze Zukunft sicherte. Ich habe schon früher einmal mit Ihnen von den hiesigen und den New-Yorker Handelsverhältnissen gesprochen und wie schlimm es damit bestellt wäre, wenn die New-Yorker nicht ihren Vortheil wahrten. Sie sahen die Sache damals kurz als ein Spionirwesen an und ich will auch jetzt einmal nichts dagegen sagen. Jeder hat seine eigenen Augen, mit denen er ein Ding ansieht und die heimliche Stellung, die Sie für den Anfang einnehmen sollten, möchte Ihnen nicht gefallen. Lassen Sie sich etwas Anderes sagen. Sie gehen zu Elliot, erzählen ihm in Ihrer Manier, wies zwischen seiner Tochter und Ihnen steht, und sagen, daß Sie in einem halben Jahre als ein Mann wiederkommen würden, gegen den er nichts einzuwenden haben solle. Dann gehen Sie mit einem Briefe, den ich Ihnen noch heute Abend schreiben will, nach New-York – wo Sie das Reisegeld dazu finden, werde ich Ihnen auch sagen – und lernen dort sechs Monate das Geschäft – eine Grundlage haben Sie schon und so ist die Zeit hinreichend. Das New-Yorker Haus wird Ihnen dann in der hiesigen Gegend ein Geschäft aufmachen, das Sie für Rechnung der Leute führen, wobei

Sie aber Ihren eigenen Gewinn-Antheil haben sollen. Es handelt sich dabei nicht nur um ein einfaches Waarengeschäft. New-Yorker Geld steckt in mancher Pflanzung hier herum, manche Baumwollenernte ist schon, noch ehe das Grün der Pflanze heraus ist, im Voraus verpfändet, und es ist wol blos natürlich, und gegen die Ehrenhaftigkeit wird auch Niemand Etwas sagen können, daß der New-Yorker Agent sich in Kenntniß von den Verhältnissen aller Geschäfte und Familien erhalten muß. Ich weiß nicht, ob ich jemals wieder Kraft genug bekommen werde, um Geschäfte zu treiben, und wenn Sie auf die Art, die zu Ihrem Wesen besser paßt, fortsetzen wollen, was ich habe stecken lassen müssen, so sagen Sie es.«

Helmstedt hatte den Kopf in beide Hände sinken lassen. »Sagen Sie mir, Isaac,« begann er nach einer Weile aufsehend und dem Auge des Alten begegnend, das in sichtlicher Spannung auf ihm ruhte, »warum halten Sie mich gerade für das Geschäft geeignet, wo sicherlich geschäftsgewandtere Leute den New-Yorkern zu Diensten stehen?«

Der Pedlar schüttelte langsam den Kopf. »Es hält schwer für den Mann aus dem Osten, sich hier wirkliches Vertrauen zu erwerben. Heirathen Sie aber in Elliots Familie und halten Sie sich Mortons zu Freunden, so wird Ihnen bald das Innerste der Familien im halben Staate offen stehen – das ersetzt alle Geschäftsgewandtheit, die Ihnen im Anfange noch fehlen könnte, die sich aber bald genug von selbst finden würde.«

Helmstedt sah eine Weile stumm vor sich nieder. »Lassen Sie mich eine Nacht überlegen,« sagte er dann tief Athem schöpfend, »wir sprechen morgen weiter, Isaac.«

»Morgen! wer weiß, was morgen ist!« erwiderte der Pedlar erregt, »wer ein Glück haben will, muß rasch zugreifen –«

»Ich bin mir heute selbst nicht recht klar,« unterbrach ihn Helmstedt, »mir widerstrebt ein Geschäft, welches das Vertrauen, das ich hier erlangen könnte, nur als Mittel zum Auskundschaften benutzt – und doch weiß ich nicht, ob ich nicht zu weit gehe und das, was ich Andern schuldig bin, meinen eigenen Gefühlen hintenansetze. Lassen Sie uns morgen entscheiden, Isaac!«

Isaac ließ den erhobenen Kopf zurückfallen und der Anflug von Belebtheit in seinem Gesichte machte schnell einer tiefen Erschlaffung Platz. Helmstedt wartete auf eine Erwiderung, der Alte schloß aber wortlos die Augen und nach einer kurzen Weile sank der Kopf nach der Seite. Der junge Mann bog sich über ihn, und als er seine matten, kurzen Athemzüge hörte, verließ er leise das Zimmer. Auf dem matterleuchteten Corridor aber blieb er eine Weile stehen und drückte das Gesicht in beide Hände. Das Bild einer Stellung als geachteter Kaufmann, wie es bei Isaacs Worten vor ihn getreten war, verbunden mit den besten Familien, unter denen er sich eine neue Heimat gegründet, ein eigenes Haus, mit Ellen als waltender Genius darin – zog noch einmal vor seiner Seele vorüber – er durfte nur zugreifen und alle Qual seiner jetzigen Lage hatte ein Ende. Aber war denn die Bedingung, die ihm das Glück erkaufen konnte, etwas Anderes, als was er schon früher zurückgewiesen? Mochte er sie auch drehen und wenden und sich bestreben, sie mit den Augen Anderer anzusehen – der Grundgedanke blieb immer die Spionage als Geschäft, und in der neuen Form nur um so gehässiger. Er richtete sich kräftig auf und ging langsam die Treppe hinab – es war ihm, als habe er sich erst recht selbst wieder gefunden, seit die Versuchung ihm nahe getreten war und er betrat die unteren Zimmer mit freierem Herzen, als er sie verlassen. War Ellen das Mädchen, wie er sie im Herzen trug, so konnte sie auch keinen Schritt von ihm verlangen, der ihn vor sich selbst herabsetzte.

13. Erklärungen und innere Kämpfe.

Morton saß mit seiner jungen Frau im Parlor vor dem Feuer und ein dritter Stuhl stand für Helmstedt bereit, als dieser eintrat. »Setzen Sie sich, Sir,« sagte der Pflanzer, ohne eine weitere Frage an ihn zu richten und nur Paulinens Auge ruhte einen Augenblick forschend in dem Gesichte des Eingetretenen, »lassen Sie uns einmal einen Augenblick von Ihren Angelegenheiten abgehen, sonst werden wir uns wahrscheinlich nicht verstehen lernen. Sie haben eine böse Zeit durchgemacht und sind jetzt in eine Lage geworfen, die bei Ihrem Charakter, wie ich ihn durch meine Frau und Ihre eigenen Bemerkungen habe kennen lernen, Sie doppelt schwer drücken muß. Wenn ich Ihnen nun sage, daß Sie mir Freiheit lassen müssen, Ihre Zukunft wieder herzustellen, so geschieht das nur, Sir, weil ich zum größten Theile selbst an Ihrem Schicksale schuld bin, oder zu schwach war, Sie mit einem Schritte bei Zeiten daraus zu erlösen. Da haben Sie das Geständniß eines ehrlichen Mannes, der wenigstens mit allen Kräften einen großen Fehler wieder gut machen will. Hören Sie mich ruhig an,« fuhr er fort, als Helmstedt eine Bewegung machte, »es wird Ihnen schnell Alles klar werden. Sie haben den Menschen Baker gekannt, aber nicht die Hälfte seiner herzlosen Verworfenheit, der nichts heilig war, wenn es seinen Zwecken dienen konnte. Ich hatte die Thorheit begangen, wie es in so vielen andern Familien Gebrauch ist, meine Tochter Alice den Sommer bei einer fashionablen Familie meiner Bekanntschaft in Saratoga zubringen zu lassen, – dort, wo eine gentile Außenseite leicht Eintritt in bessere Zirkel verschafft, trieb sich Baker herum, gerirte sich als Pflanzer aus unserem Staate, attachirte sich meinem unglücklichen Mädchen – und verführte sie.« Er preßte einen Augenblick die Hand gegen die Stirne, athmete tief auf und fuhr dann fort: »Das war indessen nicht der Hauptzweck dieses Menschen gewesen. Er gehöre einer Klasse von Leuten an, welche wie eine heimliche Pest in der besseren Gesellschaft von New-York ihr Wesen treibt, die aus ihren Opfern ihren Lebensunterhalt ziehen und sie erst wegwerfen, wenn sie bis aufs Blut ausgezogen sind. Mein unglückliches, ungewarntes Kind hatte sich in vollem Vertrauen auf die Ehrenhaftigkeit des Menschen verleiten lassen, in eine kurze Correspondenz mit ihm zu treten, in welcher sie, als Antwort auf mehrere seiner Briefe, Andeutungen über die möglichen Folgen des unerlaubten Verhältnisses fallen ließ – und von diesem Augenblicke an war ihr Schicksal besiegelt.«

Der Erzähler machte eine Pause und sah starr vor sich ins Feuer. »Ich kann Ihnen nur die Hauptpunkte des Nächstfolgenden geben, soviel mir selbst davon bekannt geworden ist,« fuhr er dann fort. »Es war nicht Liebe, nicht Hingebung mehr, was der Mensch von da abverlangte – es war einfach Geld. Bei seiner ersten Forderung schützte er eine augenblickliche Verlegenheit vor, in die er gerathen sei, und mein armes Mädchen gab ihm willig ihr ganzes kleines Vermögen. Dann kam eine Spielschuld, die gedeckt werden mußte, und sie borgte unter ihren Bekannten die Summe zusammen; sie hielt ihre eigene Zukunft für vollkommen verbunden mit der seinigen. Erst als sie bei seiner dritten Forderung rathlos dastand, begann er seine Maske zu lüften und fragte sie, ob er sich denn, um das Geld zu erhalten, selbst an einen ihrer Freunde wenden und diesem sein ganzes Verhältniß zu ihr mittheilen solle? Es muß ein gräßlicher Moment gewesen sein, der meinem armen Kinde die Augen geöffnet, so daß mir, als ich sie kurz darauf wieder sah, die Veränderung, die mit ihr vorgegangen war, ins Herz schnitt, ohne daß ich doch im Stande gewesen wäre, eine Aufklärung von ihr zu erhalten. Hätte sie sich mir anvertraut, so hätte der Schurke unschädlich gemacht und Vieles wieder ausgeglichen werden können – aber sie wäre wol lieber gestorben, als daß sie ihre Entehrung gestanden hätte – und das mochte der Mensch wissen. Er hatte ihr einen Tag Frist gegeben, um die geforderte Summe zu schaffen, sie verkaufte einen Theil ihres Schmuckes, um ihn zu befriedigen, benutzte aber die Gelegenheit, die sich ihr durch eine abreisende Familie aus Tennesse bot, und flüchtete bald darauf nach Hause. Ich selbst erhielt nur einige Zeilen nach New-York von ihr und freute mich über ihren Entschluß; ich schrieb ihr verändertes Wesen halb einem krankhaften Zustande, halb der Uebersättigung an den fashionablen Zerstreuungen zu, das sich bald wieder legen würde. Aber kaum mehr als zwei Monate hatte sie unangefochten zuge-bracht, als der Blutsauger sich noch während meiner Abwesenheit auch hier in meinem Hause einfand. Es waren mehrere Familien aus unserer nächsten Nähe den Sommer über in Saratoga gewesen, mit denen er sich dort in Verkehr gesetzt hatte, und so bekam seine Stellung hier eine Art Grund. Ich ahnte, als ich mit meiner jungen Frau von New-York hierhergekommen war, von nichts und sah nur den unerklärlichen Zustand meiner Tochter, der sich zu Zeiten bis zum Tiefsinn steigerte. Erst später, als ich alle Umstände erfuhr, habe ich ihre ganze Qual verstehen lernen – stets von dem geldhungrigen Ungeheuer mit der Veröffentlichung ihres Fehltritts bedroht, wenn sie ihn nicht zufriedenstellte, und doch zuletzt, als Alles was sie Werthvolles besaß, heimlich verkauft war, außer Stande, seinen neuen Anforderungen zu genügen. – Sie wich mir aus, um nicht von meinen Fragen geplagt zu werden, bis ich endlich jedes Forschen aufgab, und erst meiner Frau, die sich ihr mit warmer Theilnahme, aber ohne ihr Vertrauen zu fordern, ange-schlossen hatte und sie wie ein krankes Gemüth behandelte, gelang es in einer günstigen Stunde, in welcher das Mädchen wol durch den Jammer ihrer Lage überwältigt worden sein mochte, ihr das Herz zur vollen Mittheilung zu öffnen. Hätte ich nur damals noch Nachricht von dem Stande der Dinge erhalten, es wäre Alles anders gekommen: aber meine Frau hatte die heiligste Verschwiegenheit gegen Jedermann geloben müssen, dazu schien Baker, seit er in

Elliots Familie eingeführt war, sein Opfer aufgegeben zu haben, und Niemand konnte die Schrecken ahnen, die sich noch entwickeln sollten.« Morton athmete tief auf, stützte die Stirn eine Minute in die hohle Hand und fuhr dann fort: »Es war am Morgen nach der Nacht, in welcher der Mord geschehen, als meine Frau an die Thür des Schlafzimmers meiner Tochter pochte, um sie zum Frühstück zu holen – sie that das jeden Morgen und bisweilen schlief sie auch mit Alice zusammen. Sie erhielt keine Antwort, fand aber, als sie zu öffnen versuchte, die Thür unverschlossen. Drinnen lag das Mädchen in ihren Kleidern, aber mit herabhängenden Haaren, quer über ihr Bett geworfen, schlafend oder ohne Besinnung; ihr ganzer Anzug war mit dem Schmutz der Straße besudelt. Meine Frau erzählte mir später, daß es ihr, seit sie Alice's Gemüthszustand habe kennen lernen, immer gewesen sei, als müsse sie einmal Zeuge eines geschehenen Unglücks sein und daß der Anblick meiner besinnungslosen Tochter sie nur wie die Verwirklichung ihrer Furcht getroffen habe. Voll Schrecken, aber doch gefaßt, suchte sie das Mädchen aufzurichten, sie fühlte das Herz noch schlagen – und das gab ihr neue Kraft; als sie aber dem Körper eine andere Lage gegeben, entdeckte sie zwischen den krampfhaft vor die Brust gedrückten Händen ein kleines Bündel zusammengebundener Papiere und ein scharfes Messer, das in der Küche gewöhnlich zum Schlachten des Federviehs gebraucht wurde. Die Papiere, wie die Aermel und der vordere Theil ihres Anzuges waren wie in Blut getaucht; als ihr aber Mrs. Morton, von einem neuen Schrecken gefaßt, das Kleid aufriß, bemerkte sie bald, daß es fremdes Blut war, was sie gefärbt hatte. Frauen zeigen in solchen Augenblicken des Schreckens oft mehr Gegenwart, als Männer. Ich wollte, als mich meine Frau zum Beistande herbeigeholt, das schwarze Kammermädchen rufen, sie hielt mich aber zurück, bis jede Spur eines außergewöhnlichen Ereignisses beseitigt war, bis meine bewußtlose Tochter in ihrem Bette lag, als habe sie die ganze Nacht dort gelegen, und endlich nach mancherlei Versuchen, sie ins Leben zurückzurufen, wieder die Augen aufschlug. Ich werde den Moment ihres Erwachens niemals wieder vergessen. Ihr Auge war ruhig, theilnahmlos, kalt – ich bog mich über sie, aber ihr Blick glitt an mir vorüber, sie sah und kannte mich nicht. Ich sandte einen Schwarzen nach der Stadt zu einem Arzte, der mein spezieller Freund ist, und als ich wieder in das Zimmer der Kranken zurückkehrte, lag sie, leise vor sich hinsprechend, da, von meiner Frau aufmerksam beobachtet. Mir war der Sinn jedes ihrer Worte unverständlich, aber Mrs. Morton schien den Schlüssel dazu gefunden zu haben und ich mußte von ihr, als das Mädchen endlich immer leiser redend eingeschlafen war, die ganze Geschichte meines unglücklichen Kindes hören. Noch waren wir in vollem Dunkel über die Ereignisse der letzten Nacht, aber die Untersuchung des blutigen Bündels Papiere, die sich als die Briefe meiner Tochter an ihren Verführer erwiesen, zusammen mit dem Messer und ihren blutgefärbten Kleidern, gab uns eine fürchterliche Ahnung, die zur Gewißheit anwuchs, als im Laufe des Nachmittags die Nachricht von dem geschehenen Morde einlief. Jetzt verstanden wir auch die Irr-Reden der Kranken – Baker mußte spät am Abend vorher dagewesen sein, sie aufs Neue bedrängt haben und mit Drohungen fortgegangen sein – sie aber war ihm in ihrer Verzweiflung gefolgt. Was bei der Begegnung Beider geschehen, wird wol für ewige Zeiten unenthüllt bleiben – zwei Dinge aber, die in der Untersuchung gegen Sie eine so große Rolle gespielt, sind mir unerklärlich: das Zeichen an der Stirn der Leiche, das wahrscheinlich von dem Falle gegen einen Baumstumpf herrührt – und der Reitpeitschenknopf, den mein irrsinniges Kind beim Suchen nach ihren Briefen wahrscheinlich mit aus der Tasche herausgerissen hat. – Lassen Sie mich Ihnen noch zwei Worte sagen und dann werde ich auf Ihre Angelegenheiten kommen. Noch ehe mein Bote aus der Stadt zurückkehrte, erwachte die Kranke wieder – ihr Blick aber war der einer Stumpfsinnigen, ihr Mund blieb ge-

schlossen, und als der Arzt endlich anlangte, als er seine Beobachtung geendigt und mir am Abende sein Urtheil gab, war es das,
was mir schon seit dem Morgen wie ein Gespenst vor der Seele
stand –meine Tochter war körperlich vollkommen gesund, aber –
wahnsinnig. Sie wurde,« fuhr der alte Pflanzer nach einer kurzen
Pause mit bebender Stimme fort, »acht Tage darauf nach Anordnung des Arztes in eine Privat-Anstalt nach Montgomery gebracht,
da ist sie noch jetzt, und noch nicht ein Wort ist seit dieser Zeit
über ihre Lippen gekommen; ihr früherer Tiefsinn aber war so
allgemein aufgefallen, daß unter meinen Bekannten das jetzige
Unglück kaum eine Ueberraschung erregte – Niemand hatte eine
Ahnung des wirklichen Zusammenhanges der Dinge. – Well, Sir,«
begann Morton, wie sich ermannend von Neuem, »während dieser
acht Tage war die Coroners-Untersuchung beendigt worden und
ich hatte, durch mein eigenes Unglück wie vor den Kopf geschlagen,
kaum darauf geachtet, so nahe ihr Ergebniß mir auch liegen
mochte. Erst nach der Abreise meines unglücklichen Mädchens
machte mich Mrs. Morton auf den Verdacht, der auf Sie, Mr.
Helmstedt, gefallen war, und auf die Pflicht aufmerksam, hier in
irgend einer Weise einzugreifen. Ich sah ein, daß sie recht hatte,
ich begriff, daß Sie nicht für eine fremde That leiden durften –
aber was sollte ich thun, wenn ich nicht die Schande meines Kindes
in die Oeffentlichkeit bringen, eine Criminal-Untersuchung über
sie verhängen lassen und meine häuslichen Verhältnisse den Zungen
des ganzen Staates preisgeben wollte? Mir erschien es anfangs als
das Einfachste, der Sache ihren Lauf zu lassen, da Ihre Unschuld
sicher schnell genug aus Tageslicht kommen würde; als aber eine
Verknüpfung der sonderbarsten Umstände gegen Sie zeugte, als
meine Frau jeden Tag unruhiger wurde, als sogar mehrere Bekannte
vom Gericht, die bei mir einsprachen, Ihrer Sache den schlechtesten
Ausgang prophezeiten, da sah ich, daß gehandelt werden mußte.
Nach mancherlei trüben und vergeblichen Berathungen entschloß

sich endlich meine kleine bewundernswürdige Frau, als sie den Kampf in mir bemerkte, meinem väterlichen Gefühl ein Opfer zu bringen, das wol wenige Frauen gebracht hätten – sich der Mißdeutung des ganzen Countys bloß zu stellen, und ehe ich nur noch meine Zustimmung gegeben, gegen die sich Alles in mir sträubte, hatte sie ihren Plan schon halb ausgeführt, Sie wissen, Sir, welche Anerbietungen sie Ihnen gemacht – Sie wiesen sie trotz Ihrer Gefahr zurück und von diesem Augenblicke an lernte ich Sie mit meiner ganzen Seele schätzen. Sie wissen auch, was Sie meiner Frau über Ihr Verhältniß zu Ellen Elliot vertrauten – was Sie dabei nicht mit klaren Worten aussprachen, das ließ sich errathen – und hier bot sich uns ein neuer Weg zu Ihrer Rechtfertigung. Mrs. Morton wußte durch einen schriftlichen Herzenserguß von Ellen, wo sich deren Familie befand – sie theilte jetzt dem Mädchen den ganzen Stand Ihrer Angelegenheiten, so wie Ihre Weigerung, eine Aussage über Ihren Aufenthalt während der Mordnacht zu machen, mit, und wir hatten uns in dem Kinde nicht getäuscht – sie kam hier an, gerade noch zur rechten Zeit, hatte ihre Mutter nur mit wenigen zurückgelassenen Zeilen über ihre Abwesenheit beruhigt und tapfer entschlossen den weiten Weg allein zurückgelegt. – Bei alledem wußte ich, daß ich Ihr Schicksal nicht an diesen einzigen Anker hängen durfte, ich kannte die Stimmung der Bevölkerung, die durch die unverzeihlichen Besprechungen und Speculationen der Zeitungen gegen das harmlose Mädchen erregt worden war – der heutige Tag war der entscheidende, und so machte ich mich fertig, auf jeden Fall für Sie einzustehen – Zeit und Ueberlegung hatten mir gezeigt, welcher Weg der einzig ehrenhafte war, und ich würde, als ich die Untersuchung sich zu Ihrem Nachtheile wenden sah, auch ohne Isaacs Dazwischenkunft mit der Wahrheit herausgekommen sein – der Beweis dafür liegt darin, daß ich die blutbefleckten Briefe, welche meine unglückliche Tochter dem Ermordeten entwendet, mit mir genommen hatte, um meine Angaben dadurch zu begründen. Isaacs Erzählung half dann freilich, ihnen bei meiner Mittheilung an den Staatsanwalt erst die rechte Beweiskraft zu geben. – Da haben Sie meine ganze Beichte, Sir, das Gericht wird mit meinem armen Kinde jetzt wenig mehr zu thun haben – Ihr Schicksal, Sir, aber hat sich durch meine Schwäche in einer Weise gestaltet, daß Sie mir zu meiner eigenen Beruhigung gestatten müssen, Alles, was in meiner Kraft steht, anzuwenden, um den angerichteten Schaden wieder auszugleichen – wie und auf welche Weise darf ich freilich nicht bestimmen, aber hoffentlich wird sich, wenn Sie mir vergeben wollen, in unserer gemeinsamen Berathung ein Weg dazu finden.« Er wandte den Kopf nach dem jungen Manne und hielt ihm die Hand hin. Helmstedt legte die seinige hinein. »Sprechen Sie nicht von vergeben, Mr. Morton,« sagte er, »wer weiß, wozu Alles für mich gut ist, was geschehen und warum es so hat kommen müssen; das größte Unglück, das ich in Amerika erlebte, diente nur dazu, um mich für das hiesige Leben brauchbar zu machen – und jetzt, wo mir schon Hilfe angeboten wird, ehe ich nur weiß, ob oder was ich verloren habe, darf ich kaum von Unglück reden.«

»Well, Sir, ich danke Ihnen,« erwiderte Morton, der den Kopf hob, als habe er ein gefürchtetes, unangenehmes Geschäft vollendet, »aber mit den bloßen Redensarten fangen wir die Ratte nicht. Ich würde sagen: lassen Sie uns warten bis morgen früh und dann in Ruhe überlegen, wenn unser Nachbar Elliot nicht ein Mann wäre, der wenig Zeit verstreichen läßt, bis er einen gefaßten Entschluß zur Ausführung bringt. Was geschehen soll, muß heute Abend beschlossen werden, morgen im Laufe des Vormittags ist der Mann mit seiner Tochter vielleicht nach irgend einem Theile der Welt unterwegs und dann, sehe ich recht wohl, wäre Alles, was außerdem gethan werden könnte, so gut wie nichts!«

»Ich glaube kaum, daß Ellen, wie ich sie kenne, jetzt ihrem Vater so ruhig folgen wird, als das erste Mal,« warf Pauline ein, mit einem halben Blicke zu ihrem Manne aufsehend.

»Was kann sie aber thun?« erwiderte Morton; »hier unser junger Freund will sie nicht eher haben, bis er nicht eine Zukunft hat und sie vor Entbehrungen schützen kann, wie er sagt, und es liegt ein Verstand darin, den ich vielen unserer amerikanischen jungen Leute wünschte – und wir können doch nicht, wenn wir sie auch in unser Haus aufnehmen, offene Partei gegen ihren Vater ergreifen? Dazu hat eben nur der Mann ein Recht, dem sie ihr ganzes künftiges Leben anvertraut. Wollen Sie vorläufig eine Stellung in meinem Hause oder auf meiner Farm annehmen, Sir, bis sich etwas anderes Passenderes findet, so ist wenigstens für den Augenblick der Noth abgeholfen, und das Kind hat ein Recht, bei uns zu sein.«

Helmstedt sprang von seinem Stuhle auf und durchschritt aufgeregt das Zimmer. »Es wäre Tollheit von mir,« sagte er endlich wieder herantretend, »Ihre Hilfe in der Lage, in welcher ich mich befinde, abzuweisen, ich werde Sie selbst noch an Ihre Zusage wieder erinnern – aber Ihren letzten Vorschlag, so freundlich er auch ist, kann ich nicht annehmen; für mich bliebe es doch nur immer eine Noth- und Barmherzigkeitsstellung und Sie müßten in eine ganz unangenehme Lage zu Elliot, vielleicht auch zu der ganzen hiesigen Gesellschaft gerathen – Sie hätten gleiche Sache mit dem Fremden gemacht, der nichts ist und nichts hat und doch seine Hand nach einem Mädchen aus der Blüte des Landes ausstreckt; Sie würden dem Gefühle aller reichen Eltern, die Töchter besitzen, geradezu ins Gesicht schlagen und wahrscheinlich Ihr Opfer, so aufrichtig das auch jetzt gebracht sein mag, bald genug bereuen. – Ich muß mir irgend eine Stellung, irgend eine Selbstständigkeit zu verschaffen suchen,« fuhr er fort und nahm seinen vorigen Gang wieder auf, »ich werde um Ihren Rath und Ihre Hilfe dazu bitten, aber ich weiß, daß das nicht im Nu geschehen kann. Ich werde morgen in aller Frühe nach Oaklea gehen – ich müßte ohnedies mit Mr. Elliot reden, ich bin noch nicht von ihm entlassen, habe aber mein Gehalt für ein halbes Jahr im Voraus, erhalten – ich werde zu ihm sprechen, wie es mir der Augenblick eingeben wird, werde ihm zeigen, daß er es wenigstens mit einem ehrlichen Manne zu thun hat, der weder hinter seinem Rücken eigennützige Pläne verfolgte, wie er es wol vermuthet, noch jetzt von all seinem Gelde Etwas verlangt, und jeden andern Weg, als den offenen verschmäht. Was das Ergebniß davon sein wird – ich weiß es nicht; aber ich weiß jetzt, daß dies mein nächster Schritt sein muß, wenn ich vor mir selbst bestehen soll.«

»Ob Ihr Weg gerade der praktischste ist, weiß ich nicht,« entgegnete Morton, seine Haare durcheinander streichend, »man tritt einem wildgewordenen Pferde nicht gern geradezu in den Weg und in Dinge, die sich nicht ändern lassen, ergeben sich die Leute meist viel eher, als da, wo ihnen noch eine Hand darin erlaubt ist. Aber ich darf gegen Ihre Gründe nichts sagen.«

»Haben Sie auch wol an Ellen und *ihr* Glück gedacht, wenn die Zusammenkunft mit ihrem Vater schroffer zwischen Ihnen Beiden endigen sollte, als Sie es vielleicht jetzt vermuthen?« begann Pauline und Helmstedts Auge begegnete einem so ernsten Blicke, wie er ihn noch nie an ihr gekannt. »Fast möchte ich dran glauben, daß auch die Liebe des besten Mannes sich nicht frei von Egoismus machen kann, mag der nun Ehre oder Stolz oder sonst wie genannt werden.«

»Und glauben Sie wirklich, daß ein Mann *der* Halt für eine Frau sein würde, – daß sie mit *der* Achtung zu ihm aufsehen könnte, wie es sein sollte, wenn er seine Grundsätze auch nur einen Augenblick, und sollte es selbst seinem höchsten Lebensglücke sein, aufopfern könnte?« sagte Helmstedt angeregt. »Ich habe noch wenig vom hiesigen Leben gesehen und mein Urtheil mag nicht ganz richtig sein, aber mir scheint, daß das ganze amerikanische Familien-Verhältniß ein anderes sein würde, wenn viele Männer mehr Männer in diesem Sinne wären. – Lassen Sie mich jetzt zu Bett gehen,« fuhr er dann ruhiger fort, »vielleicht kommt mir irgend ein glücklicher Gedanke während der Nacht, ich danke Ihnen von ganzem Herzen für Ihre Theilnahme.«

»Well, Sir,« sagte Morton, ihm die Hand drückend, »ich habe schon heute während Ihrer Vertheidigungs-Rede gedacht, daß Sie einen unserer besten Advocaten abgäben, und in Allem, was Sie heute Abend gesagt, steckt Etwas, das dem Mädchen eine Ueberzeugung beibringen könnte, wenn ich auch zehnmal weiß, daß Sie Unrecht haben. Gehen Sie Ihren Weg, legen Sie sich ins Bett – viel schlafen werden Sie wahrscheinlich nicht, und haben Sie irgend einen Gedanken, so wissen Sie, daß ich nur darauf warte, für Sie Hand anzulegen.«

Helmstedt reichte seine Hand der jungen Frau. »Können Sie mir nicht Recht geben?« fragte er.

»Es gehört für eine Frau viel Liebe dazu, um Ihren Standpunkt zu würdigen,« sagte sie, ohne aufzublicken, »sehen Sie zu, daß Sie vor Ellen bestehen, dann will ich gern nichts weiter sagen.« –

Helmstedt lag in seinem Bette, aber wie Morton es vorausgesagt, ohne zu schlafen. Er überlegte sein morgendes Auftreten bei Elliot, er sann darüber nach, was er ihm sagen wollte, er arbeitete eine große Rede aus und als ein Anflug von Schlaf ihm unbewußt die Augen schloß, arbeitete er im Traume weiter, quälte sich mit den Gedanken herum, für die er den Ausdruck nicht finden konnte, bis er, geängstigt und aufgeregt, wieder erwachte. Er warf sich auf die andere Seite und suchte Ruhe zu gewinnen – aber sein Gehirn arbeitete, ohne seinem Willen zu gehorchen. Wenn Elliot ihm kalt die Thüre wies oder ihn gar nicht vor sich ließ, welchen Weg sollte er dann einschlagen? Er mochte es sich selbst nicht gestehen, aber er fühlte, daß sich sein ganzer Stolz dagegen empört hatte, »seine Frau« in eine Stellung zu bringen, in welcher er von Paulinens

Mann abhing – es lag, wenn er an seine erste Begegnung mit dieser in New-York und an die Art, wie er sie von sich gewiesen, dachte, eine ganze Welt von Demüthigung für ihn in dem Gedanken. Wo war aber ein anderer Weg für ihn, wenn er nicht Ellen jetzt und vielleicht für immer aufgeben sollte? In fieberhafter Aufregung sprang er auf und maß die Stube mit großen Schritten, aber die fühlbare Kälte trieb ihn wieder ins Bett zurück.

»So werde ich wahnsinnig,« sagte er sich aufrecht setzend. »Ruhe, August; den Weg gerade und offen zum Alten mußt du thun; was daraus entsteht, liegt in der Hand des Schicksals, mag es walten – es ist Thorheit, sich im Voraus darüber den Kopf zu verdrehen. Jedenfalls werde ich morgen Ellen sehen, auf die eine oder die andere Weise, und was dann wird – das überlasse dem Morgen. Jetzt schlafe, August!« Er legte sich zurück, er dachte an Ellen, der ganze kurze Roman seiner Liebe zog in einzelnen Bildern an ihm vorüber und spann sich bald in ruhige rosige Träume hinüber.

14. Die Entscheidung.

Der Morgen war bei Helmstedts Erwachen weiter vorgerückt, als es ihm lieb war. Er hatte gehofft, schon gleich nach dem Frühstück in Oaklea sein zu können und jetzt konnte er Gefahr laufen, Elliot nicht mehr zu treffen. Sein Zimmer war wohlthuend durchwärmt und er warf sich rasch in die Kleider. Als er die Treppe hinabstieg, sah er die junge Hausherrin bereits fertig angezogen durch die »Halle« gehen, aber bei dem Klange seiner Tritte stehen bleiben und ihn erwarten. Mit einem Gesichte, dessen strahlender Ausdruck ihn lebhaft an das erste Zusammentreffen mit ihr in New-York erinnerte, faßte sie seinen Arm und führte ihn mit einem: »Kommen Sie, August!« nach einem der hinteren Zimmer. Die Thür öffnete sich und von einem Stuhle am Kamin erhob sich eine schlanke Gestalt in blauem Reitkleide. Helmstedt sah in ein bleiches Gesicht, das sich soeben zu einem sonnigen Lächeln verklärte, sah in zwei große dunkle Augen, die ihm wie in der vollen Befriedigung des Herzens entgegenblickten. – »Ellen!« rief er und sie kam ihm, beide Arme ausgestreckt, entgegen. »Da bin ich, August!« sagte sie und blieb, seine Hände fassend, mit einem Blicke der vollen Hingebung vor ihm stehen, »du sagtest, du wolltest mich erringen, jetzt habe ich dich erringen müssen und – ich gehe nun nicht wieder von dir!« schloß sie, während sie die überquellenden Augen auf seine Schulter legte. Er hatte sie umschlungen, er hatte seinen Mund auf ihren Nacken gedrückt und in der überwallenden Empfindung alle Besorgnisse und Bedenklichkeiten, die ihn gequält, vergessen, und als sie das nasse Gesicht lächelnd wieder zu ihm erhob, da fühlte er, daß ihm diesem gegenüber jede Kraft zum Widerstande fehlte. Er führte sie nach dem von ihr verlassenen Stuhle, zog sie dort auf sein Knie und sah ihr eine Minute schweigend in die feuchten Augen, – eine Minute voller ungetrübter Seligkeit. »Und du sagst, nun willst du nicht wieder von mir gehen?« Sie schüttelte mit einem Lächeln voll Glück den Kopf. »Und was sagt dein Vater, Ellen?« Einen Augenblick nur zog es wie eine leichte Wolke über ihr Gesicht, dann lehnte sie wie in der Nacht, in der sie sich Beide gefunden, ihre Stirne gegen die seine und legte ihre Arme um seinen Hals. »Du mußt jetzt nicht von meinem Vater sprechen, August,« sagte sie leise. »Als ich Nachricht von deinem Schicksale erhielt und von dem Zeugnisse, wodurch ich dich von einer ungerechten Verurtheilung retten sollte, da wußte ich, daß ich nur eine Wahl hatte – zwischen dir und meinen Eltern; es gab nichts dazwischen, August. Aber,« fuhr sie fort und richtete den Kopf langsam auf, ihm mit voller Innigkeit in die Augen sehend, »das Weib soll Vater und Mutter verlassen, heißt's in der Schrift, und daß die Sorge meiner Eltern um mich nicht rechte Liebe war, hatten sie mir gezeigt, als sie mich zu einer Heirath zwingen wollten, von der mich doch eigentlich nur Gott gerettet. Ich bin, glaube ich, in der einen schlaflosen Nacht vor meiner Abreise hierher von allen den Gedanken, die durch meinen Kopf gingen, um zehn Jahre älter geworden, und als ich meinen Vater hier so unerwartet traf, hatte ich, wenn mir das Herz auch noch so weh that, als ich sein starres Gesicht sah, doch Kraft genug zu thun, was ich mußte. Ich bin, wie es Pauline wollte, gestern Abend mit meinem Vater nach Oaklea gegangen. Ich saß neben ihm im Wagen und Sarah saß auf dem vordersten Sitz neben Dick, aber er sah starr in den Mondschein hinaus und kein Wort fiel auf dem ganzen Wege. Als wir zu Hause ankamen, stieg er aus, als wäre er ganz allein, aber ich ging ihm nach in die Bibliothek. Vater, sagte ich, willst du mir kein Wort geben? Er sah mich groß an, als komme er erst jetzt aus seinen Gedanken zu sich. ›Hast du mir denn ein Wort gegeben, als du dich heute vor das Gericht und die Menschenmenge hinstelltest und nicht an deine Eltern, nicht an deine Ehre dachtest?‹ – Vater, sagte ich, hättest du haben wollen, daß ich ihn verurtheilen ließ, weil er meinen Ruf nicht opfern wollte, oder wolltest du lieber, ich wäre jetzt von Baker zur unglücklichsten Frau gemacht, vor dem er mich allein beschützt hat? – Er antwortete nicht und sah, als wäre ich gar nicht da, ins Feuer. – Vater, willst du nicht mit mir reden? fragte ich noch einmal, als er aber sein Gesicht nach der andern Seite drehte, da faßte mich eine Regung, wie ich sie nie vorher gekannt, ein Gefühl von der Selbstsucht meiner Eltern, die mich Baker geopfert, die dich mit ruhigem Blute dem Gefängniß überantwortet hätte. Vater, willst du mich nicht mehr als Kind haben, so sage es! rief ich und die Thränen kamen mir in die Augen, ich habe Recht gethan vor Gott und meinem Gewissen, und meinst du, ich habe Euch damit Schande gemacht, weil es nicht Euer Weg war, so will ich die Folgen allein tragen. Da drehte sich mein Vater um, er war blaß geworden, daß es mir trotz meiner Aufregung ins tiefste Herz schnitt. ›Es ist meine Strafe,‹ sagte er, ›gehe nur deinen Weg, trage die Folgen, aber sprich nicht mehr zu mir!‹ und damit stand er auf und ging zur Thür hinaus. Ich weinte nicht, August, es war ein starkes Gefühl in mir, daß ich nicht anders gekonnt, und nur wenn ich an das Gefühl meines Vaters dachte, brannte es mir wie ein heißer Schmerz in meiner Seele. Als ich aus dem Zimmer trat, stand Sarah noch wie sie vom Wagen gestiegen mit ihrem Päckchen in der Hand in der Halle und weinte bitterlich – Niemand hatte ein Wort zu ihr gesprochen noch ihr einen Platz angewiesen; ich nahm sie mit nach meinem Zimmer und sie schlief auf dem Fußteppich – mir war es, als sei mein Schicksal halb das ihre. Ich habe ruhig die Nacht geschlafen, ich habe Alles gewußt, wie es kommen mußte und als mir Dick früh sagte, daß Mr. Elliot schon einen Rundritt auf der Farm machte, da wußte ich, daß er mir aus dem Wege gegangen war, denn jetzt im Winter gibt's nichts zu übersehen; ich ließ mir das Pferd satteln – und hier bin ich, August!«

In diesem »hier bin ich« aber klang ein Ton, welcher dem jungen Manne durch alle Nerven schauerte – es war das gänzliche Aufgeben ihrer selbst, das Versprechen eines Himmels voll Seligkeit für ihn, und doch auch die Mahnung an eine Verantwortlichkeit, für die er noch nicht vorbereitet war. Er nahm ihren Kopf in beide Hände und küßte die zwei einsamen Thränen hinweg, die noch an ihren Wimpern hingen. »Aber, Ellen, süßes Leben, weißt du denn wol, daß ich arm, wirklich arm bin?« begann er dann.

Sie nickte, ihm tief in die Augen sehend. »Ich hätte dich wol außerdem nie hier bei uns zu sehen bekommen!« sagte sie.

»Daß ich – gestern aus dem Gefängniß gekommen, wo meine letzte Wohnung war – kein Dach habe, was ich dir anbieten könnte, daß ich noch keine Stellung besitze, um auch nur das Nothwendigste für uns zu erwerben?«

Sie nickte mit einem stillen Lächeln von Neuem. »Und was hindert dich denn, die Hand auszustrecken und dir zu verschaffen, was nöthig ist?« sagte sie dann, »was hindert dich denn, Geld, viel Geld zu verdienen, wenn, du auch keine Farm hast? Bist du denn nicht viel reicher, so arm du auch thust, als alle unsere jungen Leute in der Nachbarschaft zusammengenommen?« Es war ein wunderbares Gemisch, halb Laune, halb Innigkeit, was aus des Mädchens Gesicht strahlte; durch Helmstedts Kopf aber schossen zehn verschiedene Gedanken, um den Sinn ihrer Worte zu ergründen, daß sie vor dem eigenthümlichen Ausdruck seines Gesichtes plötzlich in ein helles, glückliches Lachen ausbrach und von seinem Knie aufsprang. »Nicht wahr, August, ich bin noch ein leichtsinniges Kind?« sagte sie, seine Hände fassend, »aber kann ich denn anders, wenn Jemand wie vor lauter Räthseln steht, wo keine sind? Hast du denn nicht Kenntnisse, die in unserer Gegend mit Gold aufge-wogen werden möchten, daß Jeder uns um dich beneidet hat? Halte mich nicht für leichtsinnig,« fuhr sie fort, an seiner Seite niederknieend und den Ellenbogen auf sein Knie stützend – »ich wußte, was mein Vater meinte, als er sagte: ›nimm die Folgen,‹ aber ich wußte auch besser, als er, was er an dir verloren, und der Folgen wegen störte, kein einziger böser Gedanke meinen Schlaf. Ich will gar nicht davon reden, daß du eben so bald eine Stellung als Haupt-Clerk oder Buchhalter bekommen könntest, wie viele Andere, die verheirathet sind – aber du spielst ja gut Piano, du sprichst französisch, und die Familien in der ganzen Umgegend, die ihre Töchter nicht zur Erziehung weit fortgeben wollen, greifen mit beiden Händen nach einem Lehrer in den Branchen, wenn sie ihn nur haben können. Sage ein Wort und du hast mehr Schülerin-nen, als du brauchen kannst, und verdienst so viel Geld, als du nur selbst willst. Und wolltest du nichts mit Privatfamilien zu thun haben, so gibt es zwei Akademien in der Nähe der Stadt – ich kenne sie und auch die Noth um Musik und Sprachen darin, welche die besten Schülerinnen von dort weg und nach dem Osten treibt – bis jetzt haben selbst glänzende Anerbietungen, wie es heißt, keinen guten Lehrer nach unsern Hinterwaldthälern locken können. Wolle nur, August, und du hast eine Stellung, in welcher jedes Mädchen stolz darauf sein kann, deine Frau zu heißen,« fuhr sie fort und sprang auf, »du bist so reich und weißt es selbst nicht.«

Helmstedt sah in ihr erregtes Gesicht, das von Verstand durchstrahlt in diesem Augenblicke schöner war als je und zog sie wieder auf sein Knie. »Ich bin so reich und weiß es selbst nicht!« sagte er, sie anblickend, als wolle er sich ganz in ihr Anschauen versenken, bis sie ihm mit beiden Händen die Augen zuhielt. »So habe ich es nicht gemeint und du weißt es!« rief sie, »gibt es aber jetzt noch immer Räthsel für dich?«

Er nahm ihre Hände in die seinen und sagte, ernst werdend: »Betrügst du dich denn nicht vielleicht selbst mit glänzenderen Hoffnungen, als sie sich verwirklichen können? Ich habe gestern Abend mit Mortons über meine Zukunft Rath gepflogen und Niemand wußte wirklichen Rath –«

»Weil Mr. Morton ein alter Mann ist und Pauline die Gesellschaft hier noch zu wenig kennt,« unterbrach sie ihn, »und doch wird selbst der alte Herr mir Recht geben, sobald ihm nur der Gedanke vor die Augen gebracht wird. Verlangst du denn noch eine größere Sicherheit, als daß ich alles Elend, was daraus entspringen mag, mit dir tragen will? Entscheide dich nur, ob du hier auf dem Lande bleiben oder in die Stadt gehen willst, und es wird wenig Worte kosten, um deine ganze Stellung geordnet zu haben.«

Helmstedt sah einen Augenblick nachdenkend vor sich nieder. »Laß uns mit Mr. Morton reden,« sagte er dann, »ich werde ihn jedenfalls bedürfen, um mir an den nöthigen Orten den ersten Eintritt zu verschaffen. Wenn er aber mit dir in der Ansicht der Dinge übereinstimmt,« fuhr er dann fort, »dann, meine Ellen, gehe ich zur Mittagszeit nach Oaklea zu deinem Vater – ich will nichts verstohlen thun, ich will mich ihm gegenüberstellen wie der Mann dem Manne.«

Die Röthe der Erregung wich aus Ellens Wangen, sie erhob sich. »Thue es, ich will stolz darauf sein,« sagte sie, »aber denke daran, daß mein Vater Gewalt über mich hat, so lange ich nicht durch das Gesetz dein bin, und daß, wenn er mich auch jetzt wie ein trotziges Kind hat gehen lassen, sich doch der Sinn der Menschen ändert, wie sich der Wind dreht!«

Helmstedt sah rasch auf in ihr dunkles, ernst gewordenes Auge und es überkam ihn, als stände er vor dem Scheidepunkte seines ganzen künftigen Lebens. Er drückte einen Moment die Hand vor die Stirn. »Laß uns mit Mortons reden,« sagte er aufspringend, »und dann mag uns das Schicksal führen, wie es will!« Er nahm sie in seine Arme, sah ihr in die Augen und küßte sie, küßte sie zum zweiten Male – es war ihm, als wisse er nicht, sei es der Brautkuß, oder der letzte Kuß vor der Trennung. »Komm!« sagte er dann und führte sie nach dem Parlor.

Im Fenster stand Pauline, die sich bei ihrem Eintritte herumdrehte und sie mit einem stillen Lächeln empfing – aber ihre Augen schienen verweint, und jetzt ging es durch Helmstedts Kopf, ein fremdartiges Gefühl in ihm erregend, daß sie ihn doch zu Ellen geführt und er nicht einmal wußte, zu welcher Zeit sie das Zimmer wieder verlassen hatte. Aber es blieb ihm nicht lange Zeit, seinen Erinnerungen nachzuhängen, denn von einem Divan, nahe dem Feuer erhob sich Morton und schritt auf sie mit der Frage zu, wie weit sie mit einander gekommen seien.

»Ich möchte mit Ihnen ein paar Minuten berathschlagen, vielleicht auch Ihre Hilfe erbitten,« sagte der junge Mann, »lassen wir die Ladies so lange allein!«

Morton nickte schweigend, faßte ihn beim Arme und führte ihn zur Thür hinaus nach einem Hinterzimmer. Hier »setzen Sie sich!« sagte er, auf einen Armstuhl deutend, »und nun machen Sie Ihr Herz frei!«

Helmstedt theilte ihm in kurzen Worten mit, was sich zwischen Ellen und ihrem Vater zugetragen und gab ihm deren Ideen und Hoffnungen für seine Zukunft. Morton hatte, ohne ihn mit einem Worte zu unterbrechen, zugehört. »Well, Sir,« erwiderte er dann, »ich will Ihnen zweierlei sagen. Das Kind ist klüger als wir Alle zusammen, das mag aber ihre Liebe thun, die ihr die Augen geschärft hat. Sagen Sie, Sie wollen Pianolehrer werden, so will ich Ihnen mit irgend einer Summe Ihren Erfolg garantiren – dumm genug, daß wir nicht selbst darauf gekommen sind, da doch in unserem ganzen Süden nichts mehr gesucht ist, als Männer mit solchen Kenntnissen. Morgen, wenn Sie wollen, will ich mit Ihnen nach beiden Akademien gehen, Sie können ein Wohlthäter für die meisten Familien in unserer ganzen Gegend werden, die jetzt das theuere Geld für ihre Töchter nach dem Osten schicken. Wollen Sie aber unter allen Umständen Glück machen, Sir, so müssen Sie eine Frau haben; die meisten der jungen Ladies, die Ihnen anvertraut werden sollen, sind zwar in vieler Beziehung noch Kinder, aber doch oft sechzehn, siebzehn Jahre alt – und darum sage ich Ihnen zweitens, gehen Sie vom Platze weg mit Ellen zum Friedensrichter; ich werde dafür sorgen, daß Ihnen kein Hinderniß dort in den Weg tritt – das gibt erstens ein Punktum als Schluß zu Ihrem Prozesse, der Ihnen das volle Vertrauen und die allgemeine Theilnahme sichert; zweitens aber wissen Sie nicht, was Elliot thun mag, wenn er Mittags nach Haus kommt und sein Mädchen ausgeflogen findet – er mag vielleicht nicht an die Energie des Kindes geglaubt haben – und, Sir, aufrichtig gesprochen, Sie sind es Ellen schuldig! Wollen Sie zu ihrem Vater gehen, wie Sie gestern Abend meinten, so gehen Sie wenn nichts mehr zu ändern ist!«

Helmstedt stand langsam von seinem Stuhle auf, das Blut war ihm hell ins Gesicht gestiegen. »Rathen Sie mir den Schritt an, Mr. Morton, als Mann, der die Verhältnisse hier kennt, der weiß, was

Ehre verlangt,« sagte er, »würden Sie ihn selbst verzeihlich finden, wenn Sie als Vater dabei betheiligt wären?«

»Ich rathe Ihnen dazu als ehrlicher Mann,« war die ernste Antwort, »der mit unparteiischerem Auge die Sachen ansieht, als es ein Vater könnte – rathe es Ihnen Ihres eigenen und des Mädchens Besten wegen, die Ihnen ihren Ruf geopfert hat, den Sie ihr wiederherstellen müßten, wenn Sie auch nicht einmal an ihr übriges Glück denken wollten –«

»Es ist genug, Mr. Morton, ich danke Ihnen,« unterbrach ihn Helmstedt, seine Hand ergreifend, und athmete auf, wie nach dem Abwerfen einer Bürde, »geben Sie mir die nöthigsten Anweisungen über wo und wie, und wenn Ellen bereit ist, so thue ich jetzt sogleich die nöthigen Schritte. Wenn wir aber zurückkommen, muß ich Sie dann um Obdach für uns bitten, bis meine übrigen Verhältnisse geordnet sind.«

»Well, Sir, das ist doch endlich ein vernünftiges Wort,« sagte Morton, seine Hand schüttelnd »Ich schreibe ein paar Zeilen an einen Freund von mir der Friedensrichter ist und keine Umstände mit Ihnen machen wird, und schicke, um jede Zögerung zu vermeiden, den Cäsar damit nach der Stadt voraus – in einer halben Stunde sollen Sie die kleine zweisitzige Kutsche haben und dann gehen Sie los. Jetzt lassen Sie aber unser Kind nicht länger warten.«

Helmstedt verließ mit Morton, der nach der Hinterthür des Hauses ging, das Zimmer zu gleicher Zeit; als er aber am Eingange zum Parlor angelangt war, blieb er stehen und drückte die Hand gegen die Stirn, er fühlte sich wie im Traume. Durch die Thür klang Ellens Stimme, derselbe klare, weiche Ton, der ihm Tags zuvor im Gerichtssaale wie Rettung ins Ohr geklungen – »ich komme, ich folge deinem Sterne, wohin er auch führen mag!« sagte er halblaut und öffnete die Thür.

Im Divan, nahe dem Fenster, saß Ellen, den Kopf in die Hand gestützt, und ein leichtes Roth schoß in ihr bleiches Gesicht, als der junge Mann eintrat. An einem Seitentische stand Pauline und schien in den dort liegenden Büchern zu blättern, aber Helmstedt bemerkte sie nicht. Er ging auf das Mädchen los und kniete schweigend vor ihr nieder. »Willst du mich denn annehmen, wie ich bin?« sagte er, »willst du dich denn an mich ketten und mit mir tragen, was da kommt, Leid und Freude, Sonnenschein und Sturm?« Sie bog sich nieder zu ihm, umschlang seinen Nacken und legte den Kopf gegen den seinigen. »Warum fragst du denn noch, August? Habe ich dir denn nicht gesagt, daß ich nicht wider von dir gehe?«

Die Thür klappte leise, Pauline hatte das Zimmer verlassen, aber die beiden Glücklichen hörten es nicht. – –

Die kurze Abenddämmerung desselben Tages ging bereits in Dunkelheit über, als Helmstedt, aus der Stadt zurückkehrend, das Gatterthor an Mortons Besitzung öffnete und bei dem Hause wieder vorfuhr. Morton schien nach den Ankommenden ausgesehen zu haben und trat in den Portico heraus, eben als Helmstedt die weibliche Gestalt, die den Sitz mit ihm getheilt, aus den Wagen hob. »Alles in Ordnung?« fragte der alte Pflanzer. »Da ist meine Frau!« sagte der Angekommene und schlug den Schleier von Ellens erröthendem Gesichte. Morton bog sich zu ihr hinab und küßte sie. »Denke, es sei der Kuß deines Vaters, Kind,« sagte er, »wenn der auch jetzt noch zu hartköpfig dazu ist, und Gott gebe euch Beiden seinen reichsten Segen! – Er ist hier gewesen, der Alte,« fuhr er fort, »ich ahnte doch schon heute Morgen das Rechte; geht jetzt nur zuerst nach dem Parlor, dort liegt ein Brief von ihm, nachher sprechen wir weiter!«

Als sie die Halle betraten, schritt aus einem Winkel eine dunkle Gestalt hervor, die Ellens Hand faßte und sie gegen ihre Lippen führte. »Sarah!« rief diese überrascht, »was thust du denn hier?« und die Schwarze brach in ein halbunterdrücktes Schluchzen aus. – »'S ist schon recht, Kinder, werdet Alles verstehen!« sagte Morton.

»Geh jetzt nach der Küche, Mädchen, und das Uebrige wird sich finden.«

Der erleuchtete Parlor war leer, auf dem Mitteltische aber lag in die Augen fallend ein dicker Brief. Helmstedt half erst seiner jungen Frau aus den Hüllen, dann griff er, während sie ihre Hände auf seinen Schultern ruhen ließ, nach dem Schreiben und öffnete es mit gespannter Seele. Es war an ihn gerichtet und enthielt als Beilage ein kleines Buch. Der Inhalt des Briefes lautete:

»Sir!

Meine Tochter hat den von ihr eingeschlagenen Weg weiter verfolgt und ich komme zu spät, um sie vor einem unausbleiblichen trüben Geschicke zu bewahren. Ich mache Ihnen keine Vorwürfe, denn kaum weiß ich, wie Sie nach dem Vorgefallenen anders hätten handeln können; ich will Ihnen auch zugestehen, daß ich bei der geringen Zeit und Gelegenheit, welche Sie in meinem Hause hatten, nicht an eine vorsätzlich gesponnene Intrigue Ihrerseits glaube – ich mache auch meiner Tochter keine Vorwürfe, diese fallen alle auf mich selbst und die Art, wie ich mein gewesenes Kind erzog, zurück. Bei alledem werden Sie einsehen, daß Ihr heute gethaner Schritt Ellen für alle Zeit aus ihrer Familie ausschließen muß, und ich kann deshalb nichts weiter thun, als Gott bitten, daß er sie vor zu großem Unglück bewahre, wie ich für jeden Fremden beten würde, und ihr beigehend das ihr gehörende Eigenthum zu übersenden. Dahin gehört die Ueberbringerin: Sarah; ein Bankbuch, worin der aufgesammelte Betrag des für Ellens Nutznießung bestimmt gewesenen Stückes Farm in den einzelnen Depositen verzeichnet ist und zu ihrer Verfügung steht, zusammen 1125 Dollars. Sollte sich noch Eigenthum von ihr im Verwahr der abwesenden Mutter befinden, so hat diese heute Auftrag erhalten, es sofort an Mr. Morton für sie abzusenden. Das ihr zugehörige Pferd hat sie bereits heute Morgen an sich genommen, ich füge aber hierzu noch das von Ihnen selbst, Sir, gerittene, da ich dieses Ihnen, wenn auch unter anderen Umständen, überlassen hatte. Jeden Versuch zu einer Communication mit mir oder Ellens Mutter wollen Sie gefälligst unterlassen, da uns keiner Ihrer Briefe erreichen würde. Möge Ellen ihre zu früh gewonnene Selbstständigkeit nicht zu früh zu bereuen haben.

Elliot.«

Helmstedt sah noch, nachdem er ausgelesen, einen Augenblick wortlos auf die Zeilen; er hatte Anderes, Schlimmeres erwartet. Als er aber den Blick in das Gesicht seiner schweigenden jungen Frau warf, sah er ihre Augen in hellen Thränen glänzen. »Es wird gewiß noch Alles ganz gut werden, August!« sagte sie leise, »ich kannte meinen Vater, und wenn er sich auch jetzt zwingt hart zu sprechen, so kann er sein Herz doch nicht ganz von mir reißen. Jetzt haben wir doch schon einen Anfang und brauchen keine Hilfe von anderen Leuten und laß nur eine Zeit verstreichen, bis er dich ganz hat kennen lernen, und es wird Alles vergessen und vergeben sein!«

Es klang so wunderhübsch in dem Munde dieses jungen verwöhnten Kindes: »wir haben doch schon einen Anfang!« daß Helmstedts ganze Seele hätte lachen mögen. »Halte fest an mir, du mein ganzes Glück,« sagte er und drückte sie an sich, »und ich will dich tragen, daß kein Stein deinen Fuß berühren soll, so lange ich selbst noch aufrecht stehe!«

Sie wurden durch Mortons Eintritt unterbrochen. »Ich störe euch, Kinder,« sagte er, »aber das wird euch wol noch oft in euren glücklichsten Lebensstunden passiren, – Glück und Trauer liegen oft kaum einen Schritt von einander. Wir müssen einen Besuch beim alten Isaac machen, Mr. Helmstedt, es wird aber wol unser letzter sein, kommen Sie!«

»Ist er so krank geworden, oder ist sonst Etwas mit ihm vorgegangen?« rief der junge Mann besorgt; Morton aber antwortete nicht, öffnete die Thür und schritt den Beiden die Treppe hinan nach dem Zimmer voraus, in welchem Helmstedt den Pedlar am Abend vorher verlassen.

Der alte Mann lag mit geschlossenen Augen in seinem Bette – die weiße Decke, die ihn einhüllte, war mit Blut gefärbt. Seine abgemagerte Hand ruhte neben einem offenen Notizbuche vor ihm; zur Seite des Lagers stand ein Arzt, dem chirurgischen Bestecke nach zu urtheilen, das er eben zusammenwickelte, und am Fuße des Bettes lehnte Pauline, die indessen beim Eintritte der jungen Leute das Zimmer verließ. Helmstedt war rasch bis zum Lager vorgegangen, warf einen Blick auf die Umgebungen und dann in das bleiche, unbewegliche Gesicht des Daliegenden.

»Ist er todt?« fragte er nach augenblicklicher Pause mit erschütternder Stimme.

»Das Leben scheint ihn schon seit länger als zwölf Stunden verlassen zu haben,« erwiderte der Doctor, »er hat augenscheinlich während der Nacht einen Blutsturz bekommen – wie lange er aber nachher noch gelebt, läßt sich nicht bestimmen; jedenfalls scheint er schon vorher eine Ahnung von seinem Ende gehabt zu haben, nach der Art von Testament zu schließen, welches sich hier in seinem Notizbuche findet.«

»Ja, er ist todt, der alte Kamerad!« sagte Morton und fuhr sich mit der Hand über die Stirn. »Er hat ausgewandert und sein Kasten wird ihn nicht mehr drücken – möchten wir nur Alle so leicht aus dem Leben gehen, wie er es gethan.«

Helmstedt faßte die kalte Hand des Todten. »Aber um Gottes willen,« rief er, »ich habe doch letzte Nacht ein langes Gespräch mit ihm gehabt und es war heute fast Mittag, als ich wegfuhr und auch da schien noch Niemand Etwas zu wissen.«

»Sehen Sie ihn nur an, ob er nicht aussieht, als schliefe er in voller Harmlosigkeit,« sagte Morton; »so fand ihn Cäsar, als er heute Morgen ins Zimmer sah und ging zurück, um ihn nicht zu stören; so ließ sich dieser das zweite Mal, kurz vor Mittag, täuschen und erst als ich Nachmittags selbst mit heraufging, um nach dem alten Manne zu sehen, wurde das Blut auf dem Bette wahrgenommen und wir merkten, wie die Sachen standen. Ich schickte nach dem Doctor hin, um nichts zu verabsäumen; aber, wie er sagt, der Tod hat wahrscheinlich schon während der Nacht stattgefunden. – Da sind seine letzten Zeilen, die er für Sie aufgeschrieben hat,« fuhr Morton fort und reichte dem jungen Manne das Notizbuch vom Bette, »lesen Sie vorläufig – ich denke, der Coroner, nach dem ich aller Vorsicht wegen geschickt habe, muß in einer halben Stunde hier sein, und dann mögen Sie das Buch ganz an sich nehmen.«

Auf einem ausgerissenen Blatte standen mit sichern englischen Schriftzügen die nachfolgenden mit Bleistift geschriebenen Zeilen:

»Ich weiß nicht, ob mir nicht während der Nacht etwas Menschliches zustoßen kann, ich habe schon den ganzen Abend Blutgeschmack im Munde und ein sonderbares Gefühl in der Brust; sollte es sein, so bedauere ich es nicht, denn ich habe jetzt nicht mehr viel in der Welt zu thun, und ich bitte nur Mr. Helmstedt, sich meiner Papiere anzunehmen, welche sich in der Tasche dieses Buches befinden. Es sind die Depositenscheine meiner Ersparnisse, welche nach meinem Tode meinem Schwestersohne gehören sollen. Alle die hierfür nöthigen Nachweisungen sind auf dem ersten Blatte dieses Buches verzeichnet. – Mr. Helmstedt bitte ich ferner, da ihm sein Stolz doch nicht erlauben würde, Etwas von mir anzunehmen, den alten Isaac nicht ganz zu vergessen sollte aber eine Zeit kommen, wo er doch noch die ihm gemachten Vorschläge annehmen wollte, so bedarf es nur eines Briefes von ihm an das

Haus in New-York, in welchem er das kaufmännische Geschäft gelernt hat und er wird offene Aufnahme finden. Im Riverhause befindet sich mein Pedlarkasten im Verwahrsam des Wirthes. Alle Waaren darin sollen Cäsar gehören, dem ich manchen Dank schuldig bin; er mag sein Glück noch einmal damit bei Sarah versuchen. – Mit meinem Leibe mag geschehen, was da wolle, und meine Seele wird ihren Weg finden ohne menschliches Zuthun.

Isaac Hirsch.«

Das Schriftstück war bis auf die Namensunterschrift mit fester Hand geschrieben und mußte zeitig in der Nacht angefertigt worden sein. – Helmstedt schloß das Buch, legte es unter die Hand des Todten und drückte diese leise.

»Lassen Sie uns jetzt gehen,« sagte Morton nach einer kurzen Stille. »'S ist noch etwas Anderes, was ich mit Ihnen ordnen möchte, Mr. Helmstedt; dem Todten mußte zuerst sein Recht werden, doch das Leben hat an Sie heute mehr Anspruch, als an irgend einem andern Tage. Kommen Sie mit hinunter.«

Er öffnete die Thür, ließ die Anwesenden hinausgehen und verschloß sie sodann. Der Arzt verabschiedete sich, sobald sie die Halle erreicht hatten, Morton aber ging nach dem Speisezimmer voraus, wo bereits das Abendessen aufgetragen war und Pauline wartend stand. Sie streckte Helmstedts Frau die Hand entgegen und küßte sie schweigend, als diese sich in ihre Arme warf; dann reichte sie dem jungen Manne die Hand. »Sein Sie glücklich, August!« sagte sie in deutscher Sprache, daß diesem bei dem ungewohnten Klange das Herz weich wurde, und ließ ihn eine Secunde in ein Auge sehen, das lächeln wollte und doch vor Weh nicht zu können schien. Helmstedt drückte ihre Hand in einem Gefühle, das ihm selbst nicht klar war; sie aber zog sie leise hinweg und ging nach ihrem Platze am Tische, wo der singende Theekessel auf sie wartete.

»Einen Augenblick noch, Paully, ehe wir uns niedersetzen!« sagte Morton, »dann sind wir mit Allem fertig. Ich möchte heute gern noch einen Menschen glücklich machen, das ist Cäsar, der ganz verdreht thut, seit Sarah wieder, zurückgekommen ist – und ich glaube, so viel ich heute gesehen, wird ihn das Mädchen nicht wieder fortstoßen. Ist es nicht so, Mary?« rief er der bei Seite stehenden Schwarzen zu und diese ließ ein kicherndes: »ich glaube selbst, Sir!« hören. »Sarah ist jetzt euer Eigenthum, Kinder,« fuhr er fort, »und Ellen, die von Jugend auf an sie gewöhnt ist, wird sie schwer entbehren können, darum thut mir die Liebe, nehmt Cäsar zu euch und laßt die Beiden mit einander wirthschaften – betrachtet den schwarzen Burschen als eine kleine Gabe zu eurer Hochzeit, und wenn ihr meint, er sei zu viel fressendes Kapital für eure jetzigen. Verhältnisse, so vermiethet ihn an ihn selbst; er ist ein tüchtiger Zimmermann, der so viel verdienen kann, als er nur will. Wenn er euch auch eine ordentliche Miethe für sich zahlt, so wird er doch noch Geld genug zurücklegen können, um selbst ein kleines Vermögen zu sammeln, und Niemand wird glücklicher dabei sein, als er selber. Abgemacht, wie?«

»Ich kann doch nichts dagegen sagen, wenn heute noch Jemand glücklich gemacht werden soll?« erwiderte Helmstedt, seine Hand in die Mortons legend; »im Uebrigen aber unterwerfe ich mich Allem, was meine kleine Frau über Verhältnisse der Art beschließen wird; ich habe auch wol noch nicht die Spur von Kenntniß darin – und auch wol kein eigentliches Recht!«

»Das wird sich Alles später finden und ordnen. Heute Abend scheint Mistreß Helmstedt noch nicht viel von dem eigenen Rechte wissen zu wollen!« lachte Morton und warf einen Blick voll Laune auf die junge Frau, die still an Helmstedts Arme hing. »Geh, Mary,« rief er der Schwarzen zu, »und sage den Beiden, wie es steht, ich werde nachher selbst kommen und ihnen eine Predigt halten. Und nun zu Tische, Kinder.« – –

Eine halbe Stunde später geleitete Morton das junge Paar nach dem Hinterzimmer, in welchem Helmstedt am Morgen desselben Tages Ellen getroffen, und das vorläufig zur Wohnung für Beide eingerichtet worden war. Er schüttelte Helmstedt derb die Hand, küßte Ellen auf die Stirn – und die Thür schloß sich hinter Beiden, – Morton ging nach einem der hintern Flügel des Hauses, wo sich die Küche befand, aus welcher sich dann und wann das eigenthümliche Lachen fröhlicher Schwarzen hören ließ. –

Pauline hatte, schon als sich das Abendessen seinem Ende zuneigte, still das Speisezimmer verlassen und im Dunkeln ihr Schlafzimmer gesucht. Da kniete sie vor ihrem Bette nieder und drückte den Kopf in die Kissen. Lange blieb sie so und nur ein zeitweiliges Zusammenzucken ihres ganzen Körpers ließ auf den Zustand ihres Innern schließen. Als sie sich endlich erhob, verrieth nichts als noch ein unwillkürliches Schluchzen die überwundene Aufregung. Sie tauchte ein Tuch in das Wasser auf dem Waschtische und preßte es gegen die Augen; dann ging sie ruhig nach dem Parlor, um dort Mortons Rückkehr abzuwarten.

Das Vermächtnis des Pedlars

Fortsetzung des Romans: »Der Pedlar«

1.

Ein prachtvoller Morgen lag über dem Mississippi. Unten wälzte der Strom seine gelben Fluten, denen man es ansah, daß sie aus dem westlichen Lande kürzlich erst allen Winterschmutz aufgenommen hatten; aber am linken Ufer, das vom Wasser allmählich aufwärts steigt, bis der dichte Wald den weiteren Blick versperrt, lagen einzelne kleine Farmen mit ihren roh gezimmerten Häusern und Einzäunungen, zwischen denen sich eine Fahrstraße hinauf nach dem Walde hinzog. Dort oben war eben ein Mann aus den Gebüschen getreten, sah prüfend über die Gegend und scharf den Fluß hinauf.

»Pech, und nichts als Pech, beim Teufel!« brummte er nach einer Weile in deutscher Sprache und fuhr mit der Hand über die verdrießlich zusammengezogene Stirn; »das kann noch Stunden dauern, bis mir eins von den Booten den Gefallen thut, sich sehen zu lassen, und noch nichts im Leibe als ein altes Stück Welschkornbrod, das kein deutscher Holzhacker verdauen könnte.«

Er setzte sich langsam auf einen umgestürzten Baum, der neben dem Wege lag, stützte den Kopf in die Hand und sah, wie in Gedanken verloren, den Fluß hinauf. Nach einer Weile zog er aus dem modischen Ueberrocke, der ihm in Verbindung mit dem seinen Hute ein ganz respectables Ansehen verlieh, eine große, plumpe Schnapsflasche hervor und that zwei lange Züge daraus. »Scheußlich – Whiskey – und was für ein Stoff!« brummte er und wischte sich den Mund. »Das also,« fuhr er fort, die Flasche vor sich hinhaltend, »das ist Alles, was bei der letzten, größten Speculation, die ich je gemacht, herausgekommen ist. Schöne Gegend – es scheint, mein Stern ist im Untergehen, wie der des Wallenstein.«

Wieder versank er in Gedanken, bis er endlich mit der Hand über das Gesicht fuhr, als wolle er die trübe Miene daraus hinwegstreichen. »Herr Seifert,« fuhr er in seinem Selbstgespräche fort und richtete den Kopf langsam auf, »ich glaube, Sie verfallen in einen Zustand, den man gewöhnlich moralischen Katzenjammer nennt, der aber, wie Sie wissen, das allerschlechteste Mittel ist, sich wieder auf die Beine zu helfen. Lassen Sie uns die Verhältnisse ruhig überlegen.« Er setzte die Whiskeyflasche von Neuem an den Mund, that einen langen Zug, schüttelte sich, während er den Kork darauf steckte, und ließ sie dann langsam in der Seitentasche seines Rockes verschwinden. »Wir sind nach diesem Lande gekommen, um unsern etwas zu bedeutend gewordenen Schulden und den Folgen eines kleinen Wechselgeschäfts aus dem Wege zu gehen; gut! In Deutschland würden wir jetzt wahrscheinlich Wolle spinnen müssen, während wir hier aus freien Füßen sind und ein freies Feld vor uns haben, also sind wir in bedeutendem Vortheil. Als wir in New-York ankamen, haben wir bald erkannt, daß wir zu einem regulären Geschäfte nicht taugen, daß es hier für den Klugen viel profitablere Wege gibt, um in diesem freien Lande Lebensunterhalt und Geld zu machen. Wir haben zwar unser mitgebrachtes Vermögen in wenig Monaten durchgebracht, sind, was andere

Leute vielleicht einen Erzlumpen nennen, geworden – lassen Sie uns, Herr Seifert, die Sache nur immer von der schwärzesten Seite ansehen – haben aber dabei die Landessprache, die Menschen und die Verhältnisse perfect kennen gelernt und jetzt einen Fond in uns gewonnen, der uns nie im Stiche lassen und den uns Niemand stehlen kann. Wir sind im Augenblicke zwar ohne Geld und ohne alle Hilfsmittel, stecken hier unten im Süden wie ein verlorener Posten – sind wir aber nicht schon in viel schlimmeren Lagen gewesen und haben uns mit einem Schlage herausgerissen? Warum also trübselig sein? Wir sind ein einziges Mal dumm gewesen, eigentlich das einzige Verbrechen, was es in Amerika gibt – das ist richtig, und die Strafe dafür fühlen wir jetzt; lassen Sie uns aber sehen, Herr Seifert, ob das wirklich unsere eigene Schuld war. Wir trafen einen Landsmann in New-York, einen guten Jungen, aber voll deutscher Vorurtheile, aus dem nur durch die Noch etwas werden konnte. Wir erkannten das, und um ihn schneller zum Amerikaner zu machen, benutzten wir die Gelegenheit, um ihm Geld und Uhr zu entführen. Für ihn mußte das, trotz einer ersten Verlegenheit, zur Wohlthat werden, und uns half es, um die nöthigen Mittel zu einer Speculation hier im Süden zu erhalten. Soweit ist Vernunft und Logik in der Sache, die Folge hat es bewiesen. Wir haben den jungen Mann hier unten wieder getroffen, verwandelt und gestutzt, wie es eben nur die Noth zuwege bringen kann – und *wir* machten mit dem Gelde als Anlage unser ganz angenehmes Geschäft am Spieltisch, so gut es sich nur im Hinterwalde unter den wohlhäbigen, harmlosen Leuten thun läßt. Warum waren Sie nicht damit zufrieden, Herr Seifert? Hatten Sie nicht in dem Spielgeschäfte noch dazu einen tüchtigen Partner, der hier den reichen Pflanzer vorstellte, immer Kunden zuführte und dem Sie mit aller Pfiffigkeit noch nicht beikommen? Warum ärgerten Sie sich, daß er den großen Herrn spielte und in allen Familien aus- und einging, was Sie als offner Spieler und Bankhalter nicht

252

konnten? Das war eigentlich schon dumm; wurde doch der Gewinn gleich getheilt, war doch selbst unsere letzte Speculation in schwarzem Menschenfleische, das leicht genug zu entführen und leicht genug zu verlaufen war, auf gleiche Profittheile berechnet. Wer hat die ganze Speculation aber verdorben, sagen Sie doch, Herr Seifert – wie konnte die ganze schlau eingefädelte Entführung der schwarzen Burschen entdeckt werden, und die Verfolger uns so schnell auf die Fersen bringen, wenn nicht eine ungeheure Dummheit begangen worden wäre? Nur ehrlich, Herr Seifert, wenn wir allein sind – das warm *Sie*! Ließen Sie sich nicht ganz verblüffen, als Sie mit dem guten Jungen aus New York hier wieder zusammentrafen? Ließen Sie sich nicht breitschlagen ihm zu verrathen, wer Ihr Partner eigentlich war, ohne nur danach zu fragen, *warum* der das wissen wollte? Beichteten Sie nicht so schön wie ein unschuldiges Mädchen, nur damit er über die New-Yorker Geschichte, die ihm Geld und Uhr gekostet, schweigen sollte? Nun, was war die Folge? Der gute Junge, dieser Herr von Helmstedt – ich werde den Namen wol nicht gleich wieder vergessen – war auf derselben Farm angestellt, wo Ihr Partner den Hausfreund spielte und das schwarze Fleisch entführen wollte – wundern Sie sich nun noch, daß diesem von der Zeit an auf die Finger gesehen ward, daß wir beinahe auf der That ertappt wurden und ich nur mit knapper Noth die schwarzen Häute in Sicherheit bringen konnte? Ja, und wenn's nur dabei geblieben wäre – nehmen Sie sich eine Lehre daraus, Herr Seifert, was eine einzige Dummheit zuwege bringen kann. Sie haben keine Idee von Ihrem Partner wieder zu sehen bekommen, und wenn er den hitzigen Pflanzern, besonders diesem Mr. Elliot, der um seine Schwarzen zu kurz kommen sollte, in die Hände gefallen ist, so haben Sie wahrscheinlich sein Leben auf dem Gewissen. *Das* wäre indessen noch nicht das Aergste, – haben denn aber die schwarzen Affen Zutrauen fassen wollen, als er ausblieb? Haben sie nicht die Sonne beobachtet und gemerkt, daß ich sie nicht nach dem Osten in die Freiheit, sondern weiter nach dem Südwesten führte, wo sie sich das, was mit ihnen geschehen sollte, von selbst abfingern konnten? Sind sie mir denn nicht während einer schönen Nacht sammt und sonders durchgegangen, und hatten noch dazu im Nachtquartier so verdächtige Aeußerungen fallen lassen, daß ich froh war, die Fragen des Wirths mit einem derben Stück Gelde, fast Alles was ich bei mir trug, abschneiden und davon kommen zu können? Habe ich mich nicht, um jeder Gefahr aus dem Wege zu gehen, auf Holz- und Seitenwegen durchschlagen, auf versteckten Farmen übernachten und mit Welschkornbrod und Schweinefleisch füttern lassen müssen, und sitze nun endlich hier am Mississippi, ohne etwas in der Tasche zu haben als die Whiskeyflasche von einem der schwarzen Schwerenöther? Well, Herr Seifert, das sind die Folgen einer einzigen Dummheit, Sie werden sich das merken. – Im Uebrigen aber werfen Sie jetzt alle trüben Gedanken aus der Seele – wir werden wieder nach New-York kommen, wo unser eigentlicher Boden ist, und jetzt, wo die erste Nothwendigkeit ist, trotz unserer leeren Tasche eine anständige Passage auf einem Dampfboote zu bekommen, gilt's ein zuversichtliches Gesicht zu zeigen!«

Er richtete sich langsam aus der gebückten Stellung, die er eingenommen, auf, zog von Neuem die Whiskeyflasche aus Licht und ließ den Rest davon in den Hals laufen. Dann warf er sie mit kräftigem Schwunge in den Wald hinein.

»Und so sei jede Verbindung mit diesem Süden von mir gestreift,« sagte er aufstehend; »wenn wir nur schon das ganze Land mit seinen Niggern und seiner Baumwolle hinter uns hätten!«

Langsam und fortwährend den Fluß beobachtend, schritt er die Straße nach dem Landungsplatze hinunter; er hatte diese aber kaum zur Hälfte zurückgelegt, als hinter einer der Inseln, welche ihm die freie Aussicht auf den obern Theil des Flusses benahmen, ein paar langgezogene Rauchstreifen sichtbar wurden.

»Jetzt« murmelte er vor sich hin, den braunen Schnurrbart streichend und schärfer zugehend, »jetzt bewiesen, daß der Seifert noch der Seifert ist.«

In den nächsten zehn Minuten hatte er den Landungsplatz erreicht, wo aufgestapelte Baumwollenballen und einzelne grobgeschnittene Farmergesichter neben halbnackten Schwarzen die Ankunft des Dampfers zu erwarten schienen.

Seifert trat mit nachlässiger Haltung hinzu und beobachtete das herankommende Fahrzeug, bis sich dessen Formen deutlich erkennen ließen.

»Was ist das für ein Boot?« wandte er sich an den Nächststehenden.

»Die ›Fashion‹, Sir!« war die Antwort.

»Sie wissen vielleicht den Namen des Capitäns?«

»Mr. White, Sir!«

»Richtig, das ist das Boot, welches ich erwarte; danke Ihnen, Sir!«

Das mächtige Fahrzeug trieb langsam herbei, das Seil flog nach dem Ufer, wurde dort aufgefangen und befestigt, die Landungsbrücke fiel, und die Schwarzen begannen die Baumwollenballen hinüberzurollen. Seifert betrat raschen Schrittes das Boot, eilte die Treppe nach dem Salon hinauf und hatte bald die Office aufgefunden.

»Haben Sie nicht einen Brief für Henry Wells?« fragte er den dort arbeitenden Clerk.

»Nicht daß ich wüßte, Sir!«

»Dies ist doch die ›Fashion‹?«

»Die ›Fashion‹, Sir!«

»Dann muß Capitän White den Brief selbst haben. Können Sie mir sagen, wo ich ihn treffe?«

»Er ist im Augenblick nach dem State-Room gegangen; dort finden Sie ihn jedenfalls.«

Seifert wandte sich, eine Miene voll besorglicher Erwartung über sein ganzes Gesicht verbreitend, nach der angegebenen Richtung und betrat das allgemeine Versammlungszimmer, in welchem einzelne Gruppen der Reisenden sprechend bei einander standen, während andere schlafend oder lesend auf den Stühlen und Divans umherlagen. Der Eintretende blickte einen Augenblick beobachtend umher, und hielt dann einen der schwarzen Aufwärter, der in seinen Weg kam, an.

»Welches ist Capt'n White?«

»Dort bei den vier Herren – der die Mütze trägt.«

Seifert durchschritt das Zimmer wie ein Mensch, der an solchen Orten nicht fremd ist, und trat zu der bezeichneten Gruppe.

»Capt'n White, nur ein Wort. Ist Ihnen nicht ein Brief an Henry Wells übergeben worden?«

»Ein Brief?« erwiderte dieser, sich umdrehend. »Sie werden in der Office nachfragen müssen, Sir!«

»Ich war bereits da und dort ist nichts; ich hoffte mit Bestimmtheit, er müsse in Ihren Händen sein.«

»Bedaure Sir, aber ich weiß von nichts.«

Seifert's Stirn zog sich in tiefe Falten.

»Well, Capt'n, dann bin ich in einer ganz teufelmäßigen Patsche, wenn mir Ihre Freundlichkeit für den Augenblick nicht heraushilft. Wir sind seit vier Tagen in der Verfolgung eines nichtswürdigen Kerls begriffen, der dem Squire Elliot von Alabama vier Schwarze gestohlen hat; ich war mit zwei von unsern Begleitern einer neuen Spur gefolgt und war von ihnen abgekommen; ich hatte den Weg verloren und bin erst auf allerhand Holzwegen hier wieder aus dem Walde ans Tageslicht gestiegen. Ich sollte nach unserer Verabredung durch die ›Fashion‹ nach Vicksburg Nachricht erhalten – mein Name ist nämlich Wells – und bin so glücklich, gerade wo mir der letzte Cent ausgegangen ist, Ihr Boot zu treffen – haben Sie wirklich keine Nachricht für mich, so möchte ich Sie freundlichst bitten, mich nach Vicksburg zu spediren, wo in Zeit von drei Minuten Ihnen das Fahrgeld erstattet werden soll.«

Der Capitän ließ einen Augenblick den prüfenden Blick über ihn laufen.

»Sie haben kein Gepäck bei sich, Sir?« fragte er dann.

»Ich sage Ihnen ja, Capt'n, daß ich in den Wald gerathen bin, ich weiß nicht. wie!« war Seiferts eifrige Antwort; »hätte ich Gepäck, so würde ich nicht in die Verlegenheit gekommen sein, Sie um das jetzige kurze Vertrauen zu bitten.«

»Sie kennen also Mr. Elliot von Alabama, von dem Sie eben sprachen?« begann einer von den Beistehenden; »ich entsinne mich allerdings des Sklavendiebstahls dort.«

Seifert wandte sich nach ihm und verfärbte sich, aber nur für einen Augenblick und ohne eine Miene zu verziehen. Er war einem schwarzen, scharf auf ihm ruhenden Auge begegnet, das ihn unruhig machte, wenn er sich auch noch keinen bestimmten Grund dafür angeben konnte. »Mr. Elliot habe ich nur ein-oder zweimal gesehen,« erwiderte er, ein höfliches Lächeln versuchend; »ich selbst bin in New-York zu Hause und nur auf einem Ausfluge im Süden. Ich hatte die ganze Expedition eigentlich nur der Merkwürdigkeit halber mitgemacht, da einige Bekannte sich daran betheiligten.«

»Richtig, Sie waren von New-York nach Alabama gekommen; ich glaube mich Ihrer noch ziemlich deutlich zu entsinnen, Sir!« erwiderte der Andere, ohne den festen prüfenden Blick von ihm zu lassen.

Seifert ward wieder einen Schatten blässer, aber sein Blick nahm eine eiskalte Ruhe an. »Es ist wol möglich, Sir, wenn Sie sich nicht in mir irren,« erwiderte er; »mein Name ist Henry Wells.«

»Ihren Namen habe ich nicht gehört,« war die Antwort, und ein sonderbares Lächeln spielte um den Mund des Sprechenden; »ich wollte nur bemerken, daß, wenn unser Capt'n hier Anstand nehmen sollte. Ihnen das Fahrgeld zu creditiren, ich Ihnen gern mit meiner Börse zu Diensten stehe.«

Seifert's Gedanken schienen durch das Anerbieten für einen Augenblick aus allen ihren Fugen geworfen zu sein, wenigstens zeigte sein Gesicht einen ähnlichen Ausdruck; aber der Capitän riß ihn aus der augenblicklichen Verwirrung.

»Schon recht, Sir. Warum soll ich einem ehrlichen Gentleman nicht so weit aus der Verlegenheit helfen?« sagte er mit derber Gutmüthigkeit. »Sie finden mich nach fünf Minuten in der Office, wo ich die Sache ordnen werde. Machen Sie sich's bequem.«

»Dank Ihnen, Capt'n,« erwiderte Seifert wieder mit völliger äußerer Ruhe; »vielleicht finde ich einmal Gelegenheit zu einem Gegendienste!« Er drehte sich weg, um die Gruppe zu verlassen. Kaum hatte er aber einige Schritte gethan, als er den leichten Druck einer Hand auf seiner Schulter fühlte. Er wandte sich um und sah wieder in das scharfe Auge, dem er so eben begegnet.

»Well, Sir – Mr. Wells ist Ihr Name?« begann der Nachkommende, und wieder spielte ein Lächeln wie leichter Spott um seinen Mund; »wenn Sie eben erst aus dem Walde zum Vorschein gekommen sind, so könnte uns ein guter Brandy nichts schaden; begleiten Sie mich nach dem Bar-Room.«

Seifert's Auge verschleierte sich, so daß Niemand eine augenblickliche Empfindung darin gelesen hätte. »Ich danke Ihnen, Sir, und werde in zwei Secunden bei Ihnen sein!« erwiderte er. Mit einer kurzen Verbeugung wandte er sich hinweg und ging raschen Schrittes aus dem Salon, die Treppe hinab und nach dem Ausgange des Bootes, wo eben die letzten Stücke der neuen Ladung vom Lande herübergeschafft wurden. Er trat bei Seite und sah nach dem Ufer. »Aufpassen, Seifert!« brummte er; »etwas ist hier nicht richtig. Wer ist der Mensch, was will er und was weiß er? Ist es besser, lieber das nächste Boot abzuwarten, als hier in eine Falle zu gerathen?« Er sah eine Minute mit zusammengezogenen Augenbrauen in die Weite. »Nichts können sie mir anhaben, *gar* nichts, *kein* Zeuge ist da, der mich meines Theils des Negerdiebstahls beschuldigen könnte; mein guter Freund Baker, mein nobler Partner, hat das ganze eigentliche Geschäft allein besorgt – im Nothfall aber bin ich Mr. Wells von New-York; wer will mich etwa verdammen, weil ich zufällig dem Spieler Seifert, der in Alabama sein Wesen getrieben, ähnlich sehe?«

Er warf noch einen letzten überlegenden Blick ans Ufer; dann schritt er, wie mit seinem Entschlusse fertig, mit kurzem Kopfnicken wieder in das Boot. Als er in dem untern Raum den Weg nach dem Bar-Room suchte, empfing ihn schon außerhalb der Thür desselben der Mann mit dem Lächeln, welches ihm so wenig gefallen wollte; fast schien es, als habe ihn dieser beobachtet.

Als die Beiden in den Bar-Room traten, klang hinter ihnen das Geräusch der aufgezogenen Landungsbrücke; die Dampfpfeife ertönte und das Boot drehte sich vom Ufer nach der Mitte des Stromes. Seifert wandte sich nach dem Fenster und warf einen letzten Blick nach dem Lande. »Der Rubikon ist überschritten; jetzt heißt's Cäsar sein und sich nicht blamiren!« murmelte er zwischen den Zähnen.

»Well, Mister – was trinken Sie?« rief sein neuer Bekannter hinter ihm; »entschuldigen Sie, ich vergesse immer Ihren Namen.«

Seifert drehte sich um und trat an den Schenktisch. »Mein Name ist Wells, Henry Wells, aus New-York, Sir, wie ich die Ehre hatte Ihnen schon zweimal zu sagen,« erwiderte er, die Augenbrauen in die Höhe ziehend; »bis jetzt war ich jedoch noch nicht so glücklich, den Ihrigen zu kennen.«

Wiederum zuckte das frühere Lächeln um den Mund des Andern. »William Murphy, heiße ich, Sir,« sagte er dann, »Advokat und in Limestone County, Alabama, wohnhaft.«

»Ich nehme etwas Brandy und Zucker, Mr. Murphy, und freue mich sehr, Ihre Bekanntschaft zu machen,« erwiderte Seifert und bog, ohne eine Miene zu verändern, den Kopf leicht.

Der Brandy kam, und der beiderseitige »Drink« ward genommen. Seifert fühlte jedoch stets den beobachtenden Blick auf sich ruhen, der ihm nicht gestattete, selbst eine Examination seines Gesellschafters anzustellen.

»Wollen wir nicht eine Cigarre anbrennen und uns ins Nebenzimmer setzen? man sitzt dort ungestört,« begann der Advokat nach einer Weile, als Seifert, wortlos gerade aussah, als wolle er die Natur der verschiedenen Flaschen und Gläser vor ihm studiren.

»Eine Cigarre? Wirklich, das könnte nichts schaden; ich glaube, ich habe bei dem verteufelten Abenteuer seit zwei Tagen nicht geraucht,« versetzte dieser und griff in die Cigarrentasche, die ihm entgegengehalten wurde.

»Wir finden Feuerzeug hier,« rief der Advokat und schritt nach dem andern Zimmer voran. Seifert folgte, und die zuklappende Thür trennte sie von dem Bar-Room.

»Well, Sir, es ist hier ganz angenehm,« begann der Erstere. Seifert ein brennendes Zündhölzchen reichend und sich dann bequem in einen der umherstehenden Lehnstühle werfend. »Setzen Sie sich und lassen Sie uns plaudern.«

Seifert brachte erst mit aller Sorgfalt seine Cigarre in Brand und ließ sich dann langsam nieder. »Ich bin zu Ihrer Disposition und ganz Ohr!« sagte er, allem Anschein nach mit vollem Behagen den Rauch von sich blasend.

»Well, es ist eben nichts Besonderes, was ich sagen wollte,« erwiderte der Andere nachlässig, »aber etwas Schwatzen vertreibt die Zeit.« Eine sonderbare Sache, dieser Sklavendiebstahl mit allen damit verbundenen Umständen. Sie werden jedenfalls den Hauptthäter, diesen Mr. Baker gekannt haben, welcher am andern Morgen, nachdem die Schwarzen verschwunden waren, ermordet gefunden wurde.

Seifert fuhr auf und starrte den Redenden einen Augenblick an. »Ermordet? Also Baker wirklich ermordet?« sagte er, als habe ein plötzlicher Schreck seine Stimme gelähmt: »und von wem? Vom Eigenthümer der Schwarzen, Mr. Elliot?«

»Sie scheinen also den Thäter ganz genau gekannt zu haben, Sir, – vielleicht auch seinen Spielgenossen, der mit den geraubten Schwarzen entfloh und leider von Niemandem weiter als eine Strecke den Fluß hinauf verfolgt wurde; – wie hieß er doch? Es war ein Deutscher, wenn ich nicht irre, – wissen Sie es vielleicht?« fragte der Advokat, ohne sich im Geringsten in seiner Bequemlichkeit stören zu lassen, aber das schwarze Auge scharf auf den vor ihm Sitzenden gerichtet.

Seifert strich sich mit der Hand langsam über das Gesicht. »Es ist entsetzlich, Sir,« sagte er dann mit halbgeschlossenen Augen, »ich habe Mr. Baker allerdings gekannt, und zwar in New-York, wo er sich häufig aufhielt. Es ist entsetzlich, so plötzlich eine solche Nachricht zu erhalten.«

»Aber, lieber Herr, – wie heißen Sie gleich? Habe wirklich schon wieder Ihren Namen vergessen – es scheint doch, als wären Sie ziemlich genau von seiner Betheiligung an der Dieberei unterrichtet gewesen,« erwiderte Murphy, und das frühere sarkastische Lächeln lagerte sich wieder um seinen Mund. »Sagten Sie nicht selbst, als Sie das Boot betraten, Sie seien bei der Verfolgung der Sklavenräuber betheiligt gewesen und dabei vom rechten Wege abgekommen? Dabei ist nur ein curioser Umstand,« und das Lächeln wurde noch schärfer als vorhin, – »daß es nämlich, wie ich aus dem Prozesse über Baker's Ermordung weiß, Niemandem eingefallen ist, den Räuber weiter zu verfolgen. Haben Sie sich das Vergnügen vielleicht auf eigene Faust gemacht?«

Seifert hob langsam die Augenlider und sah seinen Gegner mit einem Auge an, in dem es schwer gewesen wäre, irgend einen Ausdruck zu entdecken. Er war ziemlich blaß, aber keine Miene zuckte. »Ich verstehe Sie nicht recht, Sir,« sagte er kalt, »und begreife überhaupt nicht, was alle diese sonderbaren Bemerkungen sollen. Einer Ihrer südlichen Landsleute würde sich eine nachdrücklichere Erklärung erbeten haben, doch wir Nordländer nehmen derartige Dinge kühler auf. Was wollen Sie denn eigentlich von mir? Mir scheint, Sie steuern auf den künftigen Staatsanwalt los und wollen einmal versuchen, was sich aus dem einfachen Factum, daß ich fremd und ohne Mittel auf das Boot gekommen bin, machen läßt. Sie haben Recht, es vertreibt die Zeit; fahren Sie also fort.«

Er brachte die Cigarre wieder zum Munde und begann, als berühre nichts seine Seele, ruhig weiter zu rauchen.

Der Advokat schlug das Bein über die eine Lehne des Stuhles und stützte auf die andere Arm und Kopf. »Ihre Taktik wäre gar nicht so übel,« sagte er, »wenn Sie nicht Einiges dabei vergäßen, so z.B. daß es Menschen in der Welt gibt, welche genügenden Grund haben, etwas tiefer in die Art und Weise Ihrer Sklavenverfolgung einzudringen, die auch vielleicht das Vergnügen haben, Sie genauer zu kennen. So erinnere ich mich eines Abends, der mich gegen fünfzig Dollars am Spieltisch kostete, und wenn ich Sie genauer betrachte, *Mr. Seifert* –« er hielt inne, das Auge fest auf seinen Gefährten gerichtet.

»Nun,« erwiderte dieser, sein Gesicht in eine Dampfwolke hüllend, »mir scheint, Sie fallen aus der Rolle und wollen nicht nur als Staatsanwalt durch Ueberraschungen wirken, sondern auch noch den Zeugen in einer und derselben Person vorstellen?«

»Well, Mr. Seifert?« –

»Pardon, Sir! mein Name ist Henry Wells,« rief Seifert, »und die Geschichte fängt an mir etwas langweilig zu werden. Erlauben Sie einen Augenblick!« Er hob sich rasch, öffnete die Thür zum Bar-

Room und sah hinaus – eben so eine zweite, die in das Mitteldeck führte, und schritt dann auf den Advokaten los, der, ohne seine Stellung zu verändern, Seifert's Benehmen beobachtet hatte, jetzt aber bei seiner Annäherung sich geradeauf setzte.

»Einfach, Sir, was wollen Sie von mir?« sagte der Herantretende mit zusammengezogenen Augenbrauen und biß, die Antwort erwartend, die Zähne auf die Unterlippe.

»Erstens Ihnen sagen, daß ich Sie sammt Ihrer letzten Expedition kenne,« erwiderte der Advokat in voller Ruhe, aber augenscheinlich für irgend eine Bewegung vorbereitet, »und daß ich auch weiß, daß wol Niemand in Vicksburg Ihr Fahrgeld bezahlen wird, wenn ich es nicht thue, Mr. Seifert.«

»Noch einmal – mein Name, ist Wells, Sir! Aber angenommen, ich wäre der Mann, von dem Sie sprechen, so fließt doch der Mississippi, auf dem wir uns jetzt befinden, wol nicht in Alabama, und den Sheriff von dort werden Sie wahrscheinlich auch nicht bei sich haben, um den Mann, von welchem Sie sprechen, verhaften zu lassen. Warum soll ich also durchaus dieser Mann sein, mit dem ich vielleicht einige Aehnlichkeit haben mag?«

»Verhaften zu lassen – wer hat von dergleichen gesprochen?« erwiderte Murphy mit einer Miene voll Verwunderung, die aber einen leichten Spott deutlich durchscheinen ließ. »Ich spiele nur nicht gern Komödie mit, ohne zu wissen warum, und liebe es, mich gleich in klare Stellung zu Jedem zu bringen. Ich beabsichtige eigentlich nur, Sie zu fragen,« fuhr er fort und legte sich bequem zurück, »ob Sie nicht vielleicht die Reise nach New-York in meiner Gesellschaft zurücklegen und sich dabei meiner Börse bedienen möchten, da die Ihrige augenblicklich nicht bei der Hand ist – verstehen Sie indessen recht, der Vorschlag sollte nur dem Manne gelten, für den ich Sie hielt, und von einem Incognito gegen mich kann mithin gar keine Rede sein.«

Seifert sah eine Minute schweigend in das Gesicht des Mannes, der mit seinem halbspöttischen Lächeln zu ihm aufsah; aber kein Zug von Ueberraschung über den unerwarteten Vorschlag wurde bei ihm sichtbar. Dann rieb er sich die Stirne, erhob sich und schritt das Gemach auf und ab. An der Thür des Bar-Rooms angekommen, öffnete er diese und sah hinaus; eben so examinirte er wieder den Raum vor der andern Thür und ließ sich dann langsam auf seinen früheren Platz nieder.

»Well, Sir!« begann er dann mit vorsichtig gemäßigter Stimme und setzte langsam seine Cigarre wieder in Brand, »wie ich die Sache ansehe, handelt es sich jedenfalls um die Ausführung eines scharfen Streiches – man macht sonst dergleichen Anerbieten, wie Sie es eben thaten, nicht so ohne Weiteres. Entweder soll der Mann, den Sie durchaus in mir erkennen wollen, dadurch zum Bekenntniß seiner Identität vermocht und so in eine Falle gebracht werden – und das wäre allerdings unter Umständen ein ganz gelungener Streich – oder es ist irgend ein subtiles Unternehmen, das nicht Jedermanns Geschmack ist, im Werke, zu welchem der Mann, den Sie in mir suchen, hilfreiche Hand leisten soll.«

»Gar nicht so übel geschlossen,« nickte der Advokat, als Seifert eine Pause machte, um seine Cigarre zum Munde zu führen; »ich freue mich über Ihre schnelle Auffassung der Verhältnisse, Mr. Seifert.«

»*Wells*, wenn ich bitten darf, Sir; Wells unter allen Umständen, diese mögen sich nun gestalten wie sie wollen,« fiel ihm Seifert mit einer kalten Verneigung des Kopfes in die Rede. »Was den ersten Fall anbetrifft, so ist es ganz gleich, ob ich hier unter vier Augen sagen würde, ich bin der Seifert, den Sie meinen, oder nicht – es sollte Ihnen ziemlich schwer werden, zu beweisen, daß ich dies eingestanden – *halten* Sie mich für wen Sie wollen, nur,« fuhr er mit einem höflichen Lächeln fort, »*gebrauchen* Sie nicht meinen

Namen, der an manchen Orten eben nicht geeignet wäre, mir meinen Weg zu ebnen.«

»Also, Mr. Wells, wenn es nicht anders sein soll!« erwiderte der Advokat, sich aufrecht setzend, »es scheint, wir beginnen uns mehr zu verstehen.«

»Es sollte mich freuen,« sagte Seifert, die Asche von seiner Cigarre schnellend; »was den zweiten Fall betrifft, so stehe ich gern bei einem anständigen Geschäfte mit meinen geringen Talenten zur Verfügung, nur müßte mir dabei volles Vertrauen und der Blick über das ganze Unternehmen gegönnt werden. Für Andere die Kastanien aus dem Feuer zu holen,« fuhr er mit seinem früheren verbindlichen Lächeln fort, »und dann die verbrannten Finger als einzigen Lohn zu behalten, ist eine Erfahrung, die man nicht gern mehrere Male macht.«

Murphy schien eine Secunde lang mit seinem durchdringenden Blick die innerste Falte von Seifert's Seele ergründen zu wollen; dann sprang er auf und trat ans Fenster, in das von den Rädern des Bootes gepeitschte Wasser hinausschauend. Seifert lehnte sich in seinen Stuhl zurück und schien bald keine andern Gedanken zu haben, als die Formen der Rauchwolken, die er langsam von sich blies, zu studiren.

»Gut, Sir,« begann nach einer kurzen Weile der Advokat, langsam vom Fenster zurücktretend, »ich glaube mit der nöthigen Offenheit nicht viel bei Ihnen zu riskiren. Es handelt sich um einen Rechtsfall, der gerade in der Gegend von Alabama spielt, wo für Sie der Boden jetzt etwas zu heiß ist, als daß Sie ihn betreten könnten, falls Sie etwa den Verräther von dem zu spielen gedächten, was beabsichtigt wird. Auf der andern Seite hoffe ich Ihnen für die Unterstützung der Sache einen Gewinn verbürgen zu können, der vielleicht Ihre Erwartungen übersteigt, wenn Sie der Mann sind, den ich brauche und den ich in Ihnen vermuthe. Ich will Ihnen ehrlich gestehen, daß, als ich bei Ihrem Eintritt in das Boot von Ihrer Verlegenheit hörte und Sie erkannte, mir es fast scheinen wollte, als habe das Schicksal mir recht absichtlich in den Weg geworfen, was mir gerade fehlte.«

Seifert blies einen wohlgelungenen Ringel in die Luft. »Ich bin vollständig bereit zu hören, wenn Sie mich Ihres Vertrauens werth halten,« sagte er, »und dann wird es sich ja wol zeigen, ob das Schicksal recht gehabt hat – jedenfalls würden Sie äußerst nobel handeln, wenn Sie, um in keiner Art einen moralischen Zwang auszuüben, mein Fahrgeld bis New-Orleans hinunter *vor* unserer weiteren Besprechung berichtigen wollten. Das Fahrbillet in meiner Tasche würde Ihnen größere Bürgschaft für die Aufrichtigkeit meines Entschlusses geben, als es alle Worte thun könnten.«

Der Andere sah ihn einen Augenblick mit sonderbarem Gesichtsausdrucke an. »Schüchtern sind Sie nicht, Sir, und scheinen Ihren Vortheil beim Schopfe fassen zu können.« sagte er dann. »Was aber, wenn ich nichts zahle, ehe wir nicht mit einander ins Klare gekommen sind, damit ich doch weiß, *wofür* ich mein Geld gebe?«

»*Ihre* Sache, Sir,« erwiderte Seifert achselzuckend und erhob sich langsam. »Sie sind zu mir gekommen und haben mir ein Geschäft angeboten, nicht ich zu Ihnen – ich habe Ihnen meine erste Bedingung gesagt, unter welcher ich nach Umständen vielleicht mich mit Ihnen verständigen kann, und Sie sollten meine Gründe dafür würdigen – convenirt Ihnen das kleine Risico nicht – *very well,* so brechen wir ab.«

»Und wie gedenken Sie in Vicksburg Ihr Fahrgeld zu bezahlen und von dort weiter zu kommen?«

»Gott im Himmel, das ist doch *meine* Sache, lieber Herr. Sie scheinen mich noch immer für den Vagabunden Seifert, oder wie Sie ihn nannten, halten zu wollen; was wissen Sie denn von meinen Verhältnissen?«

»Schön!« lachte der Advokat auf; »ich sehe, es ist schlecht handeln mit Ihnen, und muß ich mein Vertrauen riskiren, so kann es allerdings auf ein paar Dollars nicht ankommen.« Er zog ein wohlgefülltes Taschenbuch aus seiner Tasche und legte einige Banknoten auf den Tisch. »Hier, legen Sie Ihre Hand darauf und lösen Sie Ihr Ticket selbst, damit ich nicht wieder eine Verwechselung in dem Namen begehe. Die einzige Bedingung ist nur, daß Sie mit mir jetzt ohne Winkelzüge verhandeln, damit wir zum Zweck kommen.«

Im Bar-Room wurden Stimmen laut, die Thür des kleinen Zimmers öffnete sich und mehrere Reisende traten ein, gefolgt von dem Aufwärter, der einen der Tische abputzte und ein Packet Karten darauf legte.

»Bleiben wir noch hier oder gehen wir aufs Verdeck, wo sich ganz ungestört weiter reden läßt?« fragte Murphy, dem die Störung augenscheinlich ungelegen kam.

»Ich gehe mit Ihnen,« sagte Seifert halblaut, die erhaltenen Banknoten zusammenlegend, – »Sie haben mir mit Ihrem Gelde eine Arbeit erspart, sonst hätte ich mir meine Reisekosten von diesen Gentlemen hier bezahlen lassen müssen; – Sie sehen, es fehlt Ihnen gerade noch der vierte Mann, und ich wäre also auch ohne Sie wol schwerlich in Verlegenheit gerathen. Ich bemerke dies nur,« sagte er, die Thür öffnend, »daß wir uns bei den kommenden Verhandlungen Beide auf den richtigen Standpunkt stellen.« –

Es war ein prachtvoller Tag, welcher die Beiden auf dem Vorderdeck empfing, und an beiden Seiten der Brustwehr saßen und lehnten Gruppen von Passagieren, um die frische Luft zu genießen. Murphy faßte zwei Rohrsessel und trug sie nach dem vordersten Ende des Schiffes, wo ein Belauschtwerden unmöglich war und jeder sich Nahende sofort bemerkt werden mußte.

»Denken Sie sich folgenden Fall,« begann der Advokat mit halbgedämpfter Stimme, nachdem sich Beide niedergelassen hatten. »Ein alter Mann stirbt auf einer Reise im Hause eines Freundes. Der Todte hat bei Lebzeiten allerhand sonderbare Geschäfte betrieben, und so findet sich unter seinen Papieren, die einen gar nicht unbedeutenden Nachlaß ausweisen, auch eine Notiz über einen alten Besitztitel, lautend auf ein großes Stück Land in Alabama, den der Verstorbene auf irgend eine Weise erworben hat. Ich muß Ihnen dabei sagen, daß die Grundbesitz-Verhältnisse in manchen Theilen unseres Staates ziemlich im Argen liegen, und daß mancher Farmer nicht sicher ist, selbst wenn er sein Grundeigenthum vom Vater ererbt hat, daß eines Tages sich nicht ein älterer Besitztitel findet, welcher ausgestellt ward, als das Land noch nichts werth war, dann vergessen wurde und von dem ein späterer Besitzergreifer, der sich auf freiem Boden niederzulassen glaubte, nichts wußte; daß der Inhaber desselben Familien aus ihren wohlcultivirten Farmen treiben und sich ruhig, ohne einen Cent Entschädigung, hineinsetzen kann. Wie es mit dem Besitztitel des verstorbenen Mannes, von dem ich spreche, sich verhält, weiß ich noch nicht ganz genau; ist es aber wie ich vermuthe, so steht der größte Theil der Existenz von mehr als einem unserer reichsten Farmer auf dem Spiel – falls nämlich die Sache in die richtigen Hände kommt, die aus ihr etwas zu machen verstehen – und der Entdecker des Anspruchs kann sich von dem Eigenthümer des älteren Besitztitels, der auf keinen Fall seinen Vortheil kennt oder auch die Mittel nicht hat, um einen langwierigen Proceß gegen drei oder vier der reichsten Pflanzer zu beginnen, einen Gewinnantheil bei Durchführung des Anspruchs sichern, der ihn selbst reich machen muß. Ich weiß nun, wo sich dieser Besitztitel befindet, und die Notiz darüber, welche sich in dem Nachlasse befand, ist in meinen Händen, ohne daß ein anderes Auge als das meinige einen Blick darauf geworfen hat. Der ganze Nachlaß dieses verstorbenen Mannes ist seinem minderjährigen Schwestersohne, der in New-York lebt, vermacht, und als Vormund über diesen ein junger Mann bestellt, der erst seit kurzer Zeit in Alabama wohnt, der aber das ganz besondere Vertrauen des Erblassers genossen haben muß. Ich dachte im ersten

Augenblick daran, ihn von dem Funde in Kenntniß zu setzen und halbpart bei dem einzuleitenden Processe mit ihm oder seines Mündels Interesse zu machen, fand aber bald heraus, daß er durchaus kein Mensch für Geschäfte der Art ist, und obenein hat er noch die Tochter eines der Farmer zur Frau, gegen welche sich ein Haupttheil der ganzen Procedur richten müßte. Bei ihm würde ich durch ein paar unvorsichtige Worte Gefahr gelaufen sein, die ganze Angelegenheit zu verderben, ehe sie noch begonnen, und so blieb mir, um vielleicht ein Kapital von 200,000 Dollars für mich selbst herauszuschlagen, nichts übrig, als selbstständig einen andern Weg zu gehen, der, wenn er sich auch etwas holprig gestalten und ich dabei Hilfe nothwendig haben mag, doch um so schneller und sicherer zum Ziele führen muß.«

Der Sprecher machte eine Pause und sah auf seinen Gefährten, als erwarte er von diesem eine Bemerkung oder als wolle er den Eindruck seiner Worte auf ihn wahrnehmen. Seifert aber hatte während der ganzen Rede, das Kinn in die Hand gestützt, vor sich auf den Boden gesehen und nur durch ein leises Kopfnicken zu Zeiten seine Theilnahme verrathen. Als er jetzt aufsah, war es nur die vollste Gleichgiltigkeit, was Murphy in seinem Gesichte entdecken konnte.

»Well, Sir!« begann der Advokat wieder, »was meinen Sie?«

»Well, Sir! worüber soll ich etwas meinen?« war die Antwort. »Sie haben mir ja, genau genommen, noch gar nichts gesagt!«

»Wenigstens doch eine Idee gegeben, welcher Profit bei einem solchen Geschäfte herausspringen kann.«

Seifert strich langsam mit der Hand über das Gesicht. »Ich habe eine derartige Speculation schon im vorigen Jahre mit angesehen,« sagte er kalt; »ich weiß, daß unter einer Klasse von Advokaten eine Verbindung durch die ganze Union besteht, um mangelhafte Besitztitel aufzuspüren und auf Grund derselben entweder Processe gegen die bisherigen Landeigenthümer zu beginnen und sie aus ihrem Besitzthum zu treiben, oder, wo der beigebrachte fremde Anspruch schwerer durchzuführen ist, sich durch ein respectables Abstandsgeld Schweigen und Ruhe abkaufen zu lassen – eine ganz angenehme Speculation das, keiner Frage unterworfen; bei alledem aber immer weit aussehend. Entweder man trifft auf einen Mann, der Geld hat und sich seiner Haut wehrt – und dann können Jahre vergehen, ehe etwas herausspringt – oder der Mann hat wenig, und dann ist auch nicht viel zu haben, was der Zeit und Mühe verlohnte.«

Der Advokat wollte ihn unterbrechen.

»Nur noch einen Augenblick, Sir, da Sie meine Meinung wissen wollen,« sagte Seifert. »Ich bin bei einer solchen Gelegenheit im Staate New-York einmal mit dem Posten eines Kundschafters beehrt worden, möchte aber,« fuhr er mit seinem früheren höflichen Lächeln fort, »für alle Zukunft mit derartigen Geschäften verschont bleiben, bei denen, wie es im gewöhnlichen Leben mit allen armen Teufeln geschieht, das eigentliche Talent in Anspruch genommen und, nachdem es benutzt worden ist, mit einem mageren Knochen zum Teufel geschickt wird. Kann ich alle Enden Ihres Unternehmens sehen und fühlen, so daß ich selbst beurtheilen kann, was es mir für meine Betheiligung abwerfen könnte, so werde ich meinen Entschluß danach fassen – ich will durchaus ehrlich sein und bemerke Ihnen deshalb, ehe Sie mich in Ihre eigentlichen Pläne einweihen, daß ich eben nur meine Mitwirkung versprechen kann, wenn die volle Mitwissenschaft Sie eben so gut in meine Hände liefert und mir dadurch Bürgschaft für Ihre Redlichkeit gegen mich gibt, als Sie mich selbst dadurch in der Hand haben.«

Der Advokat hob, wie in einer unwillkürlichen stolzen Regung den Kopf und ließ den Blick über die ganze Gestalt seines Nachbars gleiten. »Glauben Sie nicht, Sir,« sagte er nach einer kurzen Pause, und ein leichter Hohn legte sich um seinen Mund, »daß ich vielleicht ein klein wenig mehr in die Wagschale werfen und möglicherweise etwas mehr zu verlieren hätte als Sie? und daß es also wol unbillig von Ihnen wäre, auf *solchen* Bedingungen zu bestehen? Ich werde Sie, in Bezug des profitablen Ausganges für Sie, in jeder Weise sicher stellen. und es soll Sie nichts an mich binden als Ihr eigener Vortheil – was wollen Sie mehr?«

»Sie haben wol Recht; aber etwas, gegen das Sie mir wahrscheinlich keine genügende Sicherheit geben können,« erwiderte Seifert mit vollkommen liebenswürdigem Lächeln und leichtem Achselzucken, »ist im möglichen Falle daß *Zuchthaus*, verehrter Herr! Das aber würde mir genau so schlecht schmecken als Ihnen und dagegen kann ich mich nur allein wahren, und zwar nur, wenn ich alle Fäden genau kenne.«

Aus Murphy's Gesicht war einen Augenblick das Blut gewichen. »Ich weiß nicht,« sagte er, »was Sie zu Annahmen berechtigt, für die nirgends ein Grund vorhanden ist?«

»Durchaus nichts als die Sorge der Selbsterhaltung; ich sehe meinen Weg immer gern klar vor mir. Sind Befürchtungen, wie ich sie ausgesprochen, grundlos, desto besser! Um so weniger sehe ich aber auch den Grund ein, warum Sie mir nicht vollkommenes Vertrauen schenken wollen? Entweder Sie verlangen von mir einen Theil von Thätigkeit bei Ihrem Unternehmen – und dann ist ein Verständniß des Ganzen um so dringender nothwendig – oder Sie verlangen nur eine untergeordnete Beihilfe, und dann finden Sie genug Andere an meiner Stelle, die vielleicht nicht dieselben Ansprüche machen.«

Murphy fuhr sich mit der Hand einige Mal durch die Haare. »Und was verlangen Sie denn zu wissen, da ich noch nicht einmal begonnen habe, Ihnen ein Wort des eigentlichen Planes mitzutheilen?«

»Ich möchte,« erwiderte Seifert mit höflicher Neigung des Kopfes, »daß vor allen Dingen alle Redensarten wie: Setzen Sie den Fall! womit Sie Ihre Mittheilung begannen, ganz wegfallen. Geben Sie mir klar und bestimmt den Ort, die Namen und den Sachverhalt – wobei ich mir natürlich vorausbedinge, daß etwaige Abweichungen von der Wahrheit, die ich in der Zukunft entdecken sollte, mich jedes gegebenen Wortes entbinden. Entweder Sie vertrauen mir, oder vertrauen mir nicht, und in dem letztern Falle, was aber durchaus nichts Beleidigendes für mich haben würde, ist eben jedes Geschäft zwischen uns unmöglich.«

Der Advokat hob seine Augen zu denen Seiferts, die in diesem Momente seinen Blick voll aushielten und an seinem Gesichte hingen, wie in der Erwartung von Erkenntniß und Verständniß einer verwandten Seele. Murphy schlug die Augen nieder, aber aufs Neue aufsehend, begegnete er wieder demselben Blicke.

Eine secundenlange Pause erfolgte, in welcher die Augen Beider in einander hingen. »Well, Sir,« begann dann plötzlich Murphy, wie im schnell gefaßten Entschlusse, »ich will Ihnen trauen; hoffentlich sind Sie mein Mann, und der Teufel ist noch immer ehrlicher gewesen als Diejenigen, welche den Herrgott auf der Zunge haben. Sie sollen Namen, Ort und die nähern Umstände von Allem erfahren, worüber ich bereits gesprochen, und dann werde ich Ihnen meinen weitern Plan entwickeln. Täusche ich mich in Ihnen, wollen Sie nicht darauf eingehen, so ist allerdings ein gutes Geschäft zur Hölle gefahren, da es durchaus keinen fremden Mitwisser verträgt; in anderer Beziehung aber spreche ich wie Sie vorher: es sollte Ihnen ziemlich schwer werden zu beweisen, was ich Ihnen von meinen Gedanken verrathen. Nehmen Sie meine Vorschläge an, so wird mich Ihr eigener Vortheil vor jeder Untreue schützen.«

»Richtig, ich sehe, wir fangen an, uns besser zu verstehen,« erwiderte Seifert mit leiser Ironie. »Schießen Sie ruhig und voll los und das Uebrige wird sich finden.«

Murphy ließ nochmals wie überlegend den Blick auf Seiferts Gesicht haften und stützte dann Kopf und Ellbogen auf die Schutzwehr des Verdecks. »Der alte Mann, von dessen Tod und

Hinterlassenschaft ich Ihnen erzählte,« begann er dann, »ist ein jüdischer Pedlar, der im Hause eines Mr. Morton starb, – unweit des Platzes, wo Sie Ihre Negerentführung bewerkstelligten. Er machte Geldgeschäfte für östliche Häuser mit unsern Pflanzern, kaufte Baumwolle auf und verlieh Geld darauf, und mag so auf irgend eine Weise zu dem alten Besitztitel, den er, wie es mir sicher scheint, mit allen Ansprüchen auf sich hat übertragen lassen, gekommen sein. Ueber das Nähere darüber habe ich mir noch Gewißheit zu verschaffen. Der eingesetzte Vormund seines Erben ist ein junger Deutscher. Namens Helmstedt, der seit Kurzem erst als Buchhalter auf Mr. Elliots Pflanzung beschäftigt war, auf demselben Platze, wo Ihr Kamerad Baker mit Ihnen den Negerdiebstahl ausführte, aber dabei ermordet wurde, während Sie mit den Schwarzen schon auf und davon waren. Dieser Mord ist eine ganz verwickelte Geschichte, die uns aber jetzt nicht kümmert und von der ich Ihnen später einmal das Nähere mittheilen werde. Baker hatte sich, wie Sie wissen, in Mr. Elliots Familie eingeführt und würde sicher dort die einzige Tochter des reichen Pflanzers gekapert haben, wenn nicht eben der junge Deutsche, in den sich das Mädchen sterblich verliebt hatte, da gewesen wäre und es endlich so weit gebracht hätte, daß er sich mit ihr gegen den Willen ihres Vaters trauen ließ.«

»Erlauben Sie einmal,« unterbrach ihn Seifert mit großen Augen, »Sie sagen, dieser Herr von Helmstedt habe die Tochter des reichen Elliot geheirathet?«

»Genau so; vom Reichthum des Alten, der seine Hand ganz von der ungehorsamen Tochter gezogen hat, sieht er indessen nicht viel. Er lebt als Musiklehrer in der Stadt und sucht seiner jungen Frau ganz alle die Bequemlichkeiten zu erhalten, in denen sie aufgezogen ist – ein scharfes Auge sieht aber recht wohl, daß das bei seiner Beschäftigung, so gut sie auch bezahlt werden mag, ein hartes Stück Arbeit ist und ihm bald tausend Verlegenheiten bereiten wird. Hätte ich mit ihm als Vormund des Erben, welchem der besprochene alte Besitztitel zufallen muß, Partnerschaft machen können, so daß er mich zur gerichtlichen Geltendmachung des Anspruchs als Advokaten angenommen, und wir uns dann in die Hälfte alles Dessen, was herausgekommen wäre, getheilt hätten, so wäre ihm ein sorgenfreies Leben sicher gewesen. Es ist aber ein Mensch, der eher zu Grunde geht, ehe er etwas gegen das thut, was er seine Ehre nennt – er hat das schon in dein Processe wegen Bakers Ermordung bewiesen, wo er beinahe als Mörder gehangen worden wäre, weil er nicht verrathen wollte, daß er die ganze Zeit, in welcher der Mord vollbracht ward, in seines Mädchens Kammer gewesen, bis das muthige kleine Ding selbst vor Gericht erschien und seine Unschuld bewies.«

»Das ist er – das ist er!« nickte Seifert, »gerade wie ich ihn schon in New-York kannte!«

»So, Sie kannten ihn bereits, – dann werden Sie mich um so eher verstehen; und wenn ich Ihnen nun noch sage, daß bei dem einzuleitenden Proceß unter anderm auch der ganze jetzige Grundbesitz des Mr. Elliot, des Vaters seiner Frau, in Frage gestellt wird, so werden Sie begreifen, daß ich, um die Angelegenheit zu meiner Zufriedenheit in die Hand zu bekommen, sie von einer ganz andern Seite angreifen muß, – Well, Sir!« fuhr Murphy mit einem tiefen Athemzuge fort, »so viel ich weiß, will dieser Mr. Helmstedt in einigen Wochen nach New-York gehen, um für die Zukunft seines Mündels die nöthigen Anordnungen zu treffen – *dieser Mündel aber muß verschwinden*, ehe der Vormund ankommt; und daß der Vormund uns nicht zu zeitig über den Hals gerathe, dafür sorgt ein Freund, den ich zurückgelassen habe.«

Der Advokat ließ den Blick gespannt auf Seiferts Gesicht ruhen, als wolle er den Eindruck seiner letzten Worte darin beachten.

»Und was weiter?« fragte Seifert, dessen belebterer Blick allein ein erhöhtes Interesse ankündigte, nach einer Pause.

»Verstehen Sie mich recht! Dem Jungen soll kein Leid geschehen, wenigstens so weit ich es verhindern kann,« fuhr Murphy, seine Stimme noch mehr als bisher dämpfend, fort. »Ich selbst kenne New-York zu wenig, um die Wege zu wissen, wie man einen Menschen unsichtbar machen, vielleicht nach einer fremden Himmelsgegend auf Nimmerwiederkommen schicken kann –« er hielt wieder inne und Seifert nickte – »das sollte eben ein Theil Ihres Antheils an der Arbeit werden.«

Seifert rieb sich die Stirn und Augen. »Und dann?« fragte er.

»Well,« war die Antwort, »die ganze Familie sind Juden und es dürfte mir wol leicht werden, mit dem nächsten majorennen Erben, einen Vertrag, wie ich ihn wünsche, abzuschließen, der ihm einen Gewinn in Aussicht stellt, von dem er nichts gewußt, und dessen Erkämpfung ihn nichts kostet.«

Seifert sah eine Weile vor sich nieder. »Gegen den Plan selbst,« sagte er endlich, »ließe sich kaum etwas einwenden, so weit es meine Betheiligung betrifft; über einige andere Punkte aber sprechen wir später. Die Reise ist lang genug dafür, und ich glaube, wir thun jetzt besser, abzubrechen, wir bekommen zu viel Ohren in die Nähe« Er erhob sich nachlässig – »nehmen wir einen Schluck, Sir?«

2.

Die Dämmerung hatte sich bereits über eins der nördlichen Countystädtchen Alabama's gesenkt, da schritt in einem nur von dem Feuerschein aus dem Kamin erleuchteten Zimmer ein junger Mann gedankenvoll auf und ab. Dann und wann hielt er horchend an, wenn sich in der Ferne das Rollen eines Wagens vernehmen ließ, um aber bald wieder, wie getäuscht, seinen Gang von Neuem aufzunehmen. Nach einer Weile trat er zum Fenster, schlug die dicken damastenen Vorhänge zurück und legte die Stirn gegen das

Glas. Mehrere Minuten mochte er so verbracht haben, als wieder das Geräusch eines Wagens hörbar wurde und ihn aus seinem Sinnen aufstörte. Ein Cabriolet, eleganter und moderner gebaut, als es in diesen Hinterwaldsthälern trotz des Reichthums der Pflanzer gebräuchlich war, fuhr so eben an der Hausthür vor; ein junger Mann, dessen Rock- und Hosenschnitt man es auf den ersten Blick ansah, daß seine Heimat im Osten war, sprang heraus und bot einer neben ihm sitzenden Dame die Hand, an welcher sich diese leicht zur Erde schwang. Ein ehrerbietiger Gruß Seitens des Mannes, ein paar mit einem heitern Lächeln begleitete Worte der Dame, und er saß wieder im Wagen, während sie in das Haus trat.

Der Mann im Zimmer war vom Fenster zurückgetreten und hatte sich, die Hand vor die Augen gedrückt, in den Schaukelstuhl neben dem Kaminfeuer geworfen – die junge Frau, welche eben den Wagen verlassen, trat ein, legte, mit einem schnellen Blick über das Zimmer, ihren Hut auf einen Seitentisch und eilte dem im Schaukelstuhl Sitzenden zu.

»Guten Abend, August!« sagte sie, und zog ihm die Hand vom Gesichte. Ein ernster, stiller Blick traf den ihrigen. »Bist du ein Brummbär?« fuhr sie fort, und es lag ein seltener Reiz von Süße und neckischer Laune in ihrer Stimme.

Der junge Mann setzte sich aufrecht. »Wo bist du denn gewesen, Ellen?«

»Himmel! warum denn so ein Gesicht bei der Frage, August?« rief sie und nahm seine beiden Hände in die ihren. »Mr. Nelson hat gestern sein neues Buggy bekommen und lud mich ein, es auf der ersten Spazierfahrt zu versuchen – du warst doch den ganzen Tag in der Akademie, als daß ich dir erst hätte etwas davon sagen können!«

»Du weißt, Kind, daß ich dich bat, weder diesem Mr. Nelson noch seinem Freunde Murphy eine Ermuthigung zu geben, unser Haus zu besuchen; ich traue ihnen Beiden nicht, wenn ich auch noch keine bestimmten Gründe für das Gefühl angeben kann, – und nun fährst du einen halben Nachmittag mit dem Einen spazieren. Ich bin schon länger als zwei Stunden zu Haus und hatte mir vorgenommen, so Vieles mit dir durchzusprechen.«

»Und ist denn dazu nicht jetzt noch Zeit? Nicht wahr, du bist vernünftig, August?« fuhr sie fort und kniete an seiner Seite auf den Teppich nieder, ihre Arme auf seine Knie legend. Der Schein des Feuers beleuchtete ihr feines und doch so frisches Gesicht, sie war bildschön in diesem Momente und ihr dunkles Auge sah mit einem Blicke zu ihm auf, als wisse sie, daß sie ihres Eindrucks sicher sei. »Was hätte ich denn thun sollen? Ich saß hier und langweilte mich – vielleicht hätte ich Mortons besuchen können, um die Zeit hinzubringen; aber es ist ziemlich weit bis dahin, und Pauline ist seit wir verheirathet sind so still und kaum mehr die alte; es ist ein trauriges Loos, das sie hat, seit ihr alter Mann so kränklich ist – da meldete Sarah den Mr. Nelson – sollte ich ihn denn ohne Grund fortschicken? Er hatte mich schon am Fenster gesehen, er wußte, daß du vor Abend nicht nach Hause kommen würdest; welche Ursache hätte ich denn angeben sollen, um sein Anerbieten abzuweisen? Und ich habe mich wirklich amüsirt bei der Fahrt, August – nicht wahr, du zeigst mir jetzt ein anderes Gesicht?«

»War es denn nicht Grund genug, daß du wußtest, du würdest mich betrüben – oder hättest du wirklich keine Ausflucht finden können, um das Anerbieten des Mannes abzulehnen? Höre mich, Kind,« fuhr er fort, als sich eine Wolke auf der Stirn der jungen Frau bildete und sie Miene machte, sich zu erheben – »du weißt, unter welchen Verhältnissen du mein geworden bist, weißt, daß wir durch unsere Verheirathung wider deiner Eltern Willen dem ganzen Stolze deiner reichen Verwandten und Bekannten ins Gesicht geschlagen haben und daß dies auf die sämmtlichen Familien des County zurückgewirkt hat – weißt, daß sogar unser Beschützer

Mr. Morton, dem wir allein unser jetziges Glück zu verdanken haben, darunter zu leiden hat, und daß es ihm jetzt doppelt angerechnet wird, eine junge Deutsche, unsere Pauline, geheirathet und in die hiesige Gesellschaft eingeführt zu haben, von der Niemand unter allen den reichen Leuten weiß, wer sie ist, noch aus welchen Verhältnissen sie stammt. Ich hatte mir vorgenommen, sobald ich diese Verhältnisse erkannte, dem Pflanzerstolze dieser Menschen hier genug zu thun und deinen Vater mit der Zeit zu versöhnen; ich wollte ihnen zeigen, daß sie mich und meine Fähigkeiten brauchen, aber ich nicht sie; wollte mich nirgends in ihre Gesellschaft eindrängen, aber mir ihre Achtung durch mein Leben und meine Leistungen erzwingen; ich glaubte, Ellen, du würdest mir darin beistehen; der Muth, den du entwickeltest, als es unsere Vereinigung galt, würde sich auch bewähren, wenn es heißen würde, durch uns selbst und nicht durch deines Vaters Einfluß oder Geld eine Stellung zu erringen; wir versuchten es nirgends seit ich meine jetzige Stellung in der Akademie erhielt, uns an die hiesigen Privatfamilien enger anzuschließen, wir ersparten uns jede Demüthigung, ich fühlte schon, daß ich gerade dadurch anfing, eine Art Boden unter mir zu gewinnen – und nun fährst du einen ganzen Nachmittag mit einem Manne spazieren, den du kaum zweimal gesehen hast, obgleich du wußtest, wie wenig ich gerade dies wünschte – nur weil du dich langweiltest!«

»Aber was ist denn Böses darin, was schadet es denn deinen Plänen? ich *konnte* die Einladung nicht gut ausschlagen, August!« sagte sie, sich langsam erhebend und den Kopf an das Kaminsims lehnend; »ich mache mir nichts aus dem Manne, aber er gehört zu den besten Familien des andern County's – ich weiß von Pauline und von dir, daß es für Frauen nicht Sitte in eurem Lande ist, allein mit einem andern Manne einen Ausflug zu machen – es ist hier, wo wir leben, anders, das weißt du doch, August; und außerdem

278

– er hat meinen Vater gesprochen, vielleicht gelingt mir eine Aussöhnung mit ihm, zeitiger als wir Beide denken.«

Der junge Mann erhob sich rasch vom Schaukelstuhle und legte die Hand leicht auf die Schulter seiner Gefährtin. »Ellen,« sagte er, und ein tiefes Gefühl zitterte in seiner Stimme, »weißt du, als du zu mir kamst und sprachst: Hier bin ich! als ich dich in meine Arme nahm und dir sagte, daß ich noch kein Dach für uns Beide hätte, als du muthig versprachst, fest an mir zu halten und ich still die Verantwortung auf mich nahm, dich als ein theueres Kleinod zu erhalten und zu bewahren – damals wußte ich, daß die Prüfungsstunden für uns Beide noch kommen würden – nicht die durch Noth, dagegen war ja gesorgt; aber ich sah voraus, was sich bei der verschiedenen Stellung von uns Beiden noch zwischen uns drängen werde. Sieh, Ellen, es ist leichter, durch Ereignisse gedrängt und in der frischen Aufregung des Gefühls den gewagtesten Schritt zu thun, und alle Folgen auf sich zu nehmen, als im ruhigen Gang der Verhältnisse sich freiwillig und consequent einer Unannehmlichkeit zu unterziehen –«

»Aber, lieber Himmel, was hat denn das Alles mit meiner unschuldigen Spazierfahrt zu thun?« rief sie, den Kopf erhebend, mit einem Beben in der Stimme, als sei ihr das Weinen nahe.

»Ich wollte, du fühltest es, Ellen, dann wäre ich deiner sicherer!« erwiderte er. »Dieser Mr. Nelson hat deine Bekanntschaft gesucht, nicht als meine Frau, nicht als Mrs. Helmstedt; er hat zu dir gesprochen, hat dir Aufmerksamkeiten erwiesen, einzig als die Tochter deines Vaters. Seit ich seinen Freund Murphy mit dessen laxen Rechtsansichten bei Seite ließ, habe ich für diesen Mr. Nelson nicht mehr existirt. Er hat zu dir gesprochen, ohne es nur der Mühe werth zu finden, mich zu begrüßen, er hat sein Recht dazu ganz unverblümt aus seiner Bekanntschaft mit deinem Vater hergeleitet. – *Dich* mochte seine ganze Art und Weise kaum berührt haben, und wenn es mich auch schmerzte, daß dem so war, so hütete ich mich doch, ein Wort darüber fallen zu lassen; ich meinte immer, dein eigenes feineres Gefühl müsse dir allein den rechten Weg zeigen – *mir* aber war's dabei, als würde die erste Sonde angesetzt, um zu untersuchen, wie stark des Band sei, das uns zusammenhält. Ich konnte dich nur bitten, den beiden Menschen keine Ermuthigung zu geben – fühlst du denn nun, Ellen, was es für mich heißt, wenn du mit dem Einen trotz meiner Bitte einen ganzen Nachmittag allein herumfährst und zu deiner Rechtfertigung sagst, er habe von deinem Vater mit dir gesprochen; wenn du Langeweile und dein Amüsement vorschützest, wo es sich bei uns, wenn wir uns *selbst* eine Stellung erringen wollen, noch um ernste Kämpfe handelt, in denen mein Arm erlahmen müßte, wenn du nicht fest und dicht zu deinem Manne hieltest, damit sich nichts, und wäre es dein eigener Vater, zwischen uns drängen kann?«

»Aber ich liebe doch meinen Vater, und er liebt mich – du weißt das!« sagte die junge Frau, den Kopf hebend und den Oberkörper zurückbeugend, daß Helmstedts Hand von ihrer Schulter glitt; »ich habe nie einen andern Gedanken gehabt, als daß ich ihn bald wieder aussöhnen würde. Soll ich denn jedes Wort zurückstoßen, das mir vielleicht von ihm hinterbracht wird? soll ich denn gegen Leute, die freundlich mit mir sind, ohne Grund und Ursache barsch sein? Du bist gereizt, und das macht dich ungerecht, auch ungerecht gegen mich!«

Helmstedt wurde blaß. »Wir verstehen uns nicht, Ellen, und das ist traurig,« sagte er nach einer kurzen Weile – »vielleicht begreifst du erst den Sinn meiner Worte, wenn du aufs Neue zu wählen haben wirst zwischen mir und deinem Vater, wenn dir unser kurzes Liebesglück als bloße jugendliche Thorheit vorgestellt, wenn dir vielleicht ein Ersatz für mich geboten werden wird, der kein Opfer von dir verlangt.«

»August, und dies Alles um die eine Spazierfahrt?«

»Wir verstehen uns eben nicht, Ellen!« sagte er mit einem halben Seufzer und schritt mit gesenktem Kopfe langsam nach der Thür. Sie sah ihm nach, in ihrem Gesichte zuckte es, als wolle sie ihn zurückrufen – aber sie schwieg, und als die Thür hinter ihm zufiel, sank sie in den Schaukelstuhl, drückte ihr Taschentuch vor die Augen und brach in ein kurzes Schluchzen aus. Bald aber, als bemächtigte sich ihrer ein anderer Gedanke, blickte sie wieder in das Feuer, erhob sich dann rasch und trat, die Vorhänge halb zurückschlagend, ans Fenster. Die Straße lag nur noch in der letzten Abendbeleuchtung vor ihr – eben wollte sie sich wieder wegwenden, da schritt ein elegant gekleideter junger Mann die Straße herab, sah nach ihrem Fenster und grüßte tief – es war ihr Begleiter vom Nachmittag. Sie erröthete, ließ die Vorhänge fallen, und trat vor sich hinsinnend zurück nach dem Feuer.

Helmstedt war in das neben dem Parlor befindliche Speisezimmer getreten. Dort war es kalt und unwirthlich; kein Feuer brannte im Kamin, noch ließen sich irgendwie Vorbereitungen für den Abendtisch sehen. Helmstedt sah nach seiner Uhr – es war eine halbe Stunde über sechs. Er schloß die Thür wieder und ging nach dem umzäunten Platze hinter dem Hause; dort stand ein Schwarzer und tränkte zwei Pferde.

»Hast du Sarah nicht gesehen?« fragte Helmstedt.

»Dort kommt sie hergesaust, Sir!« erwiderte dieser lachend und zeigte nach dem Gitterthor, wo eben eine zierliche weibliche Gestalt hereinschlüpfte, die ihrem modernen Putz und den graziösen Bewegungen nach, ohne das schwarze Gesicht, für eine der fashionablen Ladies der Stadt hätte gehalten werden können.

»Haben wir kein Abendbrod heute?« fragte Helmstedt, als sie herankam.

»Mistreß war den Nachmittag ausgefahren und brauchte mich nicht, Sir,« erwiderte sie, den Hut eilig aufbindend und vom Kopfe nehmend, »und ich vergesse so oft, daß ich jetzt auch die Köchin machen muß, daß ich mich bei meinem Ausgange verspätete.«

»Warte einen Augenblick, Sarah,« sagte Helmstedt. »Bei aller Freiheit, die ich dir gern lasse, mag ich doch nicht darunter leiden. Mit der allzufaulen Zeit als Kammermädchen, weißt du, ist es aus; entweder thust du deine Pflicht und wir bleiben gute Freunde, oder du zwingst mich, dich irgendwo hinzugeben, wo sie nicht so viel Nachsicht mit dir haben möchten. Ich habe schon einige Male in ruhiger Ermahnung zu dir gesprochen, – jetzt werde ich nicht viel mehr reden. Sage Mrs. Helmstedt, daß ich in einer Stunde zum Abendessen wieder zurück sein werde!« Er schritt durch das Gitterthor der Umzäunung in das offene Feld hinaus.

»Hat's einmal etwas abgesetzt?« kicherte der Schwarze, den Kopf halb nach dem Mädchen kehrend.

»Pschah!« sagte diese, und zog die Oberlippe in die Höhe, »er hat eigentlich gar kein Recht, mir etwas zu sagen, ich gehöre der Mistreß an und nicht ihm!«

Sie verschwand in der Küche, und bald wurde ein Geräusch laut, als würden Tiegel und Pfannen kopfüber, kopfunter durcheinander geworfen.

Die junge Frau im Parlor hatte sich nach einer Weile, wie sich zusammenraffend, in die Höhe gerichtet und trat in das anstoßende Speisezimmer. Sie sah hier um sich und schritt dann nach der Küche, wo bereits ein prasselndes Feuer im Kochofen brannte. »Es ist wol schon spät, Sarah,« sagte sie zu der eifrig wirthschaftenden Schwarzen, »mache Feuer im Eßzimmer und brenne das Licht an; Mr. Helmstedt wird gewiß schon auf das Abendbrod gewartet haben.«

Die Schwarze erwiderte nichts, setzte aber den Theekessel, welchen sie in der Hand hielt, auf den Tisch, als wolle sie ein Loch hineinschlagen, und schoß zur Thür hinaus. Bald hörte man sie unter dem gespaltenen Holze im Hofe rasseln, wieder zur Hinterthür hereinkommen und das Holz auf die Steine vor dem Kamin im Speisezimmer werfen. Die Hausherrin war langsam zurückgegangen. »Wieder etwas in deinen Kopf gefahren, Sarah?« sagte sie, mit einem zerstreuten Lächeln den Kopf nach der Schwarzen wendend.

»Nichts Besonderes, Ma'am!« erwiderte diese, ohne aufzusehen; »man weiß nur nicht, was man zuerst thun soll, wenn man der einzige Dienstbote im Hause ist. Kaum eine Stunde bin ich weg gewesen, und Mr. Helmstedt hat mich deshalb schon ausgescholten – er will mich fortgeben – und ich kann doch nichts dafür, wenn ich einmal vergesse, daß wir nicht mehr in Oaklea leben und nicht mehr die guten Zeiten haben, wie sie dort waren.« Sie blies in die Kaminglut, daß Funken und Asche umherstoben.

»Ist Mr. Helmstedt wieder ausgegangen?« fragte die junge Frau nach einer kurzen Pause.

»Er will in einer Stunde zum Abendessen wieder zurück sein,« erwiderte das Mädchen und sah auf. »Aber nicht wahr, Miß Ellen,« fuhr sie fort, »es geht nicht, daß er mich von Ihnen wegschickt, wenn Sie auch Mrs. Helmstedt heißen? Wir sind ja doch zusammen aufgewachsen, und ich gehöre doch nur Ihnen zu –«

»Er wird es auch nicht im Ernst beabsichtigt haben,« erwiderte sie, dem Blicke der Schwarzen ausweichend; »aber vergiß nicht, Sarah, daß die Zeit der Sorglosigkeit vorüber ist, und thue deine Pflicht.«

Sie ging langsam nach dem Parlor, ließ sich wieder in den Schaukelstuhl nieder und stützte den Kopf in die Hand.

Waren es die hingeworfenen Worte der Schwarzen gewesen, welche die Bilder, die jetzt an ihrer Seele vorbeizuziehen begannen, hervorgerufen hatten, oder waren sie noch die Rückwirkung des Gesprächs mit ihrem jungen Begleiter vom Nachmittag, der von ihrem Vater geredet? Wer will alle die oft unbewußten Eindrücke erforschen, welche Gedanken hervorrufen und den Gang anderer bestimmen? Vor Ellens Geiste stand das schöne, grüne »Oaklea«, indem sie geboren und ausgewachsen, in welchem ihre jungen Jahre, gehätschelt von einem zärtlichen Vater und nur leicht überwacht von einer nachsichtigen Mutter, wie ein wolkenloser Frühlingstag verstrichen waren. Sie empfand, wie mit dem Gefühle eines drückenden Traumes, noch einmal die Zeit, in welcher es sich in ihrer reinen Sphäre zum ersten Male wie die Ahnung eines kommenden Gewitters sammelte, in welcher der unangenehme Mensch Baker, den ihre Eltern zu ihrem künftigen Lebensgefährten bestimmt hatten, in ihren Kreis trat; die Zeit, in der sie ihren Vater nicht begreifen und den ihrer wartenden Zwang nicht fassen konnte; in der ihre schwärmerische, kindliche Anhänglichkeit mit dem Widerwillen gegen den aufgedrungenen Bräutigam in Kampf trat; sie sah Helmstedts edles Gesicht und treues Auge neben sich in der Familie auftauchen, bei deren erstem Anblick es ihr gewesen war, als müsse ihr in dem Neuangekommenen ein helfender Freund in ihrer Noth erstehen – Alles ging an ihr vorüber wie ein Traum, in welchem man schon vorher weiß, was kommen wird, und in dem man sich über nichts wundert. Sie sah sich durch den Drang der Verhältnisse an Helmstedts Brust geworfen, und es trat klar vor sie, daß doch eigentlich nur die Aufregung jener Tage ihren Gefühlen für ihn eine Färbung gegeben hatte, die sie für Liebe genommen und die sie für die erste Zeit auch wol eben so beseligt hatte; daß doch nur die ungewohnte Hartnäckigkeit ihrer Eltern in Verfolgung des beschlossenen Heirathsprojectes, zusammen mit Helmstedts Edelmuth, der sich lieber der höchsten Gefahr ausgesetzt, als daß er einen Schatten auf ihre Ehre hätte fallen lassen, sie zu den äußersten Schritten, zu einem Aufgeben ihrer Heimat und zu einer raschen Verbindung mit Helmstedt hatte treiben können. Sie träumte fort, und es fiel wie ein heller Sonnenstrahl in ihre Gedanken – das waren die Worte, welche ihr heute von ihrem Vater gesandt worden waren; ihr Herz schwoll, und die Liebe zu dem

284

Manne, der sie ihr ganzes Leben lang wie eine theure Blume gehegt und gepflegt, brach in ihr mächtiger als jemals hervor, so daß sich unbewußt ihre Augen mit Thränen füllten. Und auch die Gestalt des jungen Ueberbringers der väterlichen Botschaft, welcher jetzt in dem Hause ihrer Eltern aus- und einging, stieg vor ihrer Seele auf; es war ihr als sei sie durch die Berührung mit ihm aus einem Kreise, wohin sie nicht gehörte, wo ihr Fühlen und Denken nicht verstanden wurde, heraus- und wieder auf den Boden ihrer ange-borenen Heimat getreten. Ein wohlthuendes Gefühl, wie die Lösung einer verdeckten, uneingestandenen Dissonanz, überkam sie. – –

In der Straße war es längst tiefe Nacht geworden und das Feuer im Kamin war bis auf ein Häufchen glühender Kohlen niederge-brannt, als die junge Frau mit der Hand über die Augen fuhr und aufsah. Sie schien sich erst besinnen zu müssen, wo sie sei – dann aber erhob sie sich mit einem leisen, wie unwillkürlichen Seufzer, blickte eine Weile sinnend in die Kohlen und nahm dann einen der Leuchter vom Kaminsims. Bald hatte sie sich an der Kohlenglut Licht geschaffen. Die Uhr auf dem Kaminsims wies schon eine halbe Stunde über acht. Sie ließ die Vorhänge an den Fenstern über einander fallen und ging nach der Küche, wo Cäsar, der Schwarze, mit dem Ausbessern eines Pferdezaums beschäftigt war, während Sarah, den Kopf auf den Tisch gelegt, in regelmäßigen Zügen schnarchte.

»Hat noch Niemand etwas von Mr. Helmstedt gesehen?« fragte Ellen.

»Ich bin eben erst herein, Ma'am!« erwiderte der Schwarze und rüttelte das schlafende Mädchen. »Ist Mr. Helmstedt dagewesen?«

Sarah warf auffahrend ihren ersten Blick nach dem Ofen, in welchem längst alle Glut erloschen war, und sprang dann von ihrem Sitze auf. »Die Biscuits sind schon zweimal kalt geworden, und der Schinken dorrte so aus, daß ich ihn von der heißen Platte habe nehmen müssen« sagte sie brummig; »ich kann nichts dafür, wenn Mr. Helmstedt wieder zankt.«

»War er noch nicht wieder hier?« fragte die junge Frau.

»Ich habe nichts von ihm gesehen.«

»Geh in dein Bett, Sarah – ich werde nichts essen, und Mr. Helmstedt hat sicher irgendwo anders zu Abend gespeist. Cäsar wird warten bis er zurückkommt.«

»Sicherlich, Ma'am!« war des Schwarzer. Antwort; »ich habe ohnedies noch eine Weile zu arbeiten.«

Ellen ging langsam zurück nach dem Parlor, der nur trübe von dem einen Lichte erhellt war. Sie brannte ein zweites an, setzte sich in den Schaukelstuhl und wartete. Aber der Zeiger der Uhr wies schon auf zehn, und Helmstedt war noch nicht zurückgekehrt. Unruhig hatte die junge Frau zu verschiedenen Malen sich erhoben, die Vorhänge zurückgeschlagen und in die dunkle, stille Nacht hinausgesehen; jetzt verließ sie von Neuem ihren Sitz, zog die seinen Augenbrauen zusammen und schien mit einem Entschlusse zu kämpfen. Langsam löschte sie eins der Lichter aus und begab sich mit dem andern nach ihrem Schlafzimmer im oberen Stock. Es war das erste Mal seit sie verheirathet war, daß sie diesen Weg allein antrat. Als sie durch die »Halle« schritt, erklang aus der Küche einer der eigenthümlichen Negergesänge, mit welchen sich Cäsar die Zeit vertrieb:

> »Der alte Tommy wußte wohl
> Mit Mädchen umzugehn;
> Und kam sein Schatz um sechse nicht,
> So harrt' er bis um zehn.
> Bei Frauenzimmern heißt's: subtil,
> Wenn man ihr Herz gewinnen will.
> O Tommy, Tommy, Tommy, Tommy
> War ein kluger Mann.«

Ellen horchte einen Augenblick auf das Lied, das sie so oft von dem Schwarzen in dem Hause ihres Vaters hatte singen hören, zog dann die Lippen in einer sonderbaren Mischung von Spott und Bitterkeit zusammen und verschwand in ihrem Schlafgemach.

Als Helmstedt sein Haus verlassen, war er eine Strecke zwischen den Feldern hinter dem Städtchen fortgeschlendert. Er wollte mit sich selbst klar werden, ehe er nach Hause zurückkehrte – und es lag mancherlei auf seiner Seele, was des ordnenden Gedankens und des kräftigen Entschlusses bedurfte, mancherlei, von dem die eben durchlebte Scene mit seiner jungen Frau nur einen Theil bildete. Als Isaac, der alte Pedlar, der so vielfach in sein Leben eingegriffen und dem er so Manches zu verdanken hatte, in dem Hause seines Freundes Morton gestorben war, hatte es Helmstedt gern zugesagt, der Vollstrecker seines letzten Willens zu sein, wie es der Verblichene gewünscht, aber jetzt fanden sich Schwierigkeiten in der Ausführung dieses Versprechens, die sich im ersten Augenblick nicht voraussehen ließen. Ein unmündiger Schwestersohn des Verstorbenen, in New-York wohnhaft, war sein Erbe, und wollte Helmstedt sein Interesse nicht in fremde, vielleicht unzuverlässige Hände geben, so mußte er selbst nach dem Osten reisen, um die ganze Angelegenheit zu einem sichern Abschluß zu bringen. Dazu gehörte aber Geld – Geld für die Reise und den Aufenthalt in New-York, sowie für den Unterhalt seines Hausstandes, während er abwesend war und seinem Broderwerb als Musiklehrer in der »Akademie« des Städtchens nicht nachgehen konnte. Bei seiner Verheirathung hatte Ellen wol ein Capital von etwa eintausendeinhundert Dollars gehabt, das von ihrem Vater als »Sparbüchse« nach und nach für sie angesammelt und von diesem an Helmstedt überliefert worden war; davon war aber der größte Theil für ihre Einrichtung darauf gegangen und der Rest in Ellens Händen für ihre Garderobe und anderweitige kleine Bedürfnisse geblieben, und Helmstedt hätte wol lieber selbst still die größten Entbehrungen ertragen, ehe er von dieser Summe einen Cent zurückverlangt hätte. Aber er besaß zwei Reitpferde von ausgezeichneter Race, welche ihm gleichfalls bei seiner Verheirathung von Ellens Vater übermacht worden und von denen ihm wenigstens eins schon längst ein unnützer Fresser geschienen hatte, besonders jetzt, wo ihm nichts zuwuchs und er jeden Bushel Futter kaufen mußte. Ellen war freilich seit frühester Jugend an den Luxus eines eigenen Reitpferdes gewöhnt – und sie ritt gern – während die Verhältnisse des Landlebens ein Pferd für ihn selbst nothwendig machten. Er hatte gerade bei ihr heute sondiren wollen, wie groß das Opfer sei, das sie ihm durch die Abschaffung des ihrigen bringen würde. Der Ertrag desselben hätte ihm das augenblicklich benöthigte Geld herbeigeschafft, das, da die Wiedererstattung desselben aus der Hinterlassenschaft nicht lange auf sich warten lassen konnte, ihm zugleich ein Reservecapital für Krankheiten oder unvorhergesehene Fälle geworden wäre. Denn was er mit angestrengter Arbeit jetzt verdiente, ging Null für Null in seinem Hausstande auf. Er hatte heute nicht mit Ellen über diese Dinge reden können – und ob er dies jemals zu thun im Stande wäre, wußte er jetzt nicht; es drückte ihn jedoch, mehr als die ganze Angelegenheit, die Ursache, die eine gegenseitige Aussprache verhindert hatte. Im Hintergrunde seiner Seele stand, seit er sein Haus verlassen, ein Gespenst, das er mit Macht zurückdrängen wollte und doch nicht los werden konnte. Dies war die empordämmernde Ueberzeugung, daß nicht die Liebe zu ihm das Alles durchdringende, jeden andern Einfluß ausschließende Element in Ellens Seele war, das Element, welches ihre Gedanken und Handlungen leitete, wie er es sich in den Stunden stiller Träumereien vorgestellt – da ihre Gefühlsweise, wie die Auffassung ihrer jetzigen Verhältnisse eine durchaus andere war als die seinige – daß er sich nicht mit ihr verstand. Er sah einen Menschen in seinen Kreis treten, gegen welchen ihn ein Gefühl, von dem er sich selbst keine Rechenschaft geben konnte, auf seiner

Hut zu sein hieß – er sah diesen augenscheinlich das Vertrauen seiner Frau gewinnen und sein Anstreben dagegen machtlos – er fühlte eine fremde Macht, den Einfluß von Ellens Eltern, sich zwischen ihn und seine Frau, auf deren Festigkeit er den Plan seines ganzen künftigen Lebens gebaut, drängen, eine Macht, deren Einfluß sich schon soweit geltend machte, daß darüber selbst die gewöhnlichste Rücksicht gegen ihn, die der einfachste Arbeiter in seinem Hause verlangt: eine pünktliche Mahlzeit, wenn er von der Arbeit zurückkehrt, vergessen wurde. – Er stand still und drückte die Hand vor die Augen – was sollte er thun?

So weit war er in seinem Gedankengange gelangt, als er seinen Namen nennen hörte. Er sah auf und bemerkte jetzt erst, daß er, willenlos dem Wege folgend, auf die Landstraße gerathen war. Vor ihm hielt ein Schwarzer zu Pferde.

»Wenn Mr. Helmstedt abkommen könnte,« sprach dieser, »so möchte er doch nach Mr. Mortons Hause kommen. Mr. Morton ist heute Nachmittag recht krank geworden und möchte Mr. Helmstedt sehen.«

Der Angeredete hatte sich rasch aus seinen eigenen Gedanken gerissen. »Krank? Ist er sehr trank?« fragte er.

»Ich weiß nicht, Master, aber Mistreß Morton befahl mir, rasch zu reiten.«

Helmstedt stand einen Augenblick unschlüssig. »Ich bin schon zu weit von meinem Hause entfernt, um wieder zurückzugehen,« sagte er dann, »komm herunter Bill, und überlasse mir das Pferd, du kannst langsam nachkommen.«

Der Schwarze stieg gehorsam ab, und im nächsten Augenblick war der junge Mann schon im Sattel.

»Soll ich vielleicht Ihr eigenes Pferd nachbringen?« fragte Bill. Helmstedt aber sprengte bereits davon und hörte nichts mehr. Der Schwarze sah ihm nach und kratzte seinen Wollkopf. »Da habe ich nun noch ein gutes Ende Weges bis zu meinem Abendbrod!« sagte er mehr launig als ärgerlich und schlug, langsam davonschlendernd, den Rückweg ein.

Mortons Landsitz war über fünf Meilen von dem Städtchen entfernt, und Helmstedt ließ den steifen Ackergaul unbarmherzig die Hacken fühlen, um rasch vorwärts zu kommen; aber die völlige Dunkelheit war bereits hereingebrochen, ehe er nur die Hälfte des Weges zurückgelegt hatte. Als er endlich die erleuchteten Fenster des Hauses und die dunklen Gruppen der Bäume daneben erblickte, überkam ihn eine ganz eigenthümliche Empfindung. Morton war es gewesen, der durch eine sonderbare Verkettung von Umständen der Beschützer seiner Liebe zu Ellen geworden, dessen Hilfe ihm die Vereinigung mit ihr allein möglich gemacht hatte und der ihm in der ganzen Gegend auch allein ein Freund geblieben war. Auf demselben Wege, welchen er jetzt ritt, war er vor einigen Monaten, des Glückes voll, mit seiner jungen Frau von der Trauung zurückgekehrt; wie jetzt hatten ihm die Lichter desselben Hauses entgegengeschimmert, die er damals als Leitsterne zu einem sichern Hafen betrachtet. Zum ersten Male, seit er in der Stadt wohnte, kam er diesen Weg wieder – die Wolken, die sich seit jener Zeit um sein junges Glück gezogen, traten in ihrer ganzen Trübe vor seine Seele; und doch war es ihm, je deutlicher das stille Landhaus aus der Dunkelheit hervortrat, als müsse er hier wieder den rechten Rath finden, der ihn, wie damals, aus seiner Bedrängniß erlöste. Er suchte sich die Scene zu vergegenwärtigen, welche ihn wol jetzt dort erwarte, und ein weibliches Bild erhob sich vor seinem innern Blick, an welches er in den letzten Monaten am allerwenigsten gedacht: Mrs. Morton, seine junge Landsmännin, welche der alte Pflanzer geheirathet, nur um eine treue Pflegerin zu haben, und die diesem ihre ganze blühende Jugend zum Opfer gebracht hatte. Helmstedt wußte, daß sie ihn selbst einmal geliebt, als sie noch ihren Mädchennamen, Pauline Peters, führte, ein Bewußtsein, das ihm damals fast drückend geworden war; als aber jetzt ihr frisches

Gesicht mit den weichen, feinen Zügen vor ihm auftauchte, als mit der Erinnerung an durchlebte Scenen ihr klares, lachendes Auge vor ihn trat, da wollte es ihm fast sonderbar scheinen, wie er früher nur einen so gleichgiltigen Blick dafür hatte haben können – und je mehr er sich diesem innern Anschauen hingab, desto mehr begann ein stilles, wohlthuendes Gefühl ihn zu durchziehen, dem er sich überließ ohne zu grübeln oder sich darüber Rechenschaft geben zu wollen, bis er die Pflanzung erreichte.

Er schien bereits erwartet worden zu sein. Ein Schwarzer öffnete das Gitterthor der Umzäunung, als er heranritt, und nahm ihm das Pferd ab. Helmstedt ging den wohlbekannten Weg nach der Hauspforte, wo ihn das schwarze Kammermädchen der Hausfrau empfing und vor ihm den erleuchteten Parlor öffnete. Dort saß, die Füße bequem gegen das Feuer gestreckt, ein ältlicher Mann, der ihm einen leichten Gruß zunickte und dann mit augenscheinlichem Wohlbehagen den Tabakssaft aus dem Munde in das Kamin spritzte. Helmstedt erkannte einen der Aerzte aus der Nachbarschaft.

»Well, Doctor,« begann er, einen zweiten Stuhl aus Feuer ziehend, »was ist denn so plötzlich über den alten Herrn gekommen? Es hat doch keine Gefahr, hoffe ich?«

»Well, Sir,« erwiderte der Arzt, sich mit seinem Stuhle zurücklehnend und mit der Hand durch seine dichten Haare fahrend; »ehrlich gestanden, bin ich selbst mit mir noch nicht im Reinen. Es ist einer von den Fällen, in welchen sich gar keine bestimmte Krankheit des Körpers classificiren läßt, in welchen anscheinend die ganze Maschine in Ordnung ist, aber die Triebkraft erlahmt scheint. Bisweilen schleppt sich bei Patienten dieser Art derselbe Zustand noch jahrelang fort, bisweilen welkt der Leidende schnell dahin, ohne daß man im streng medicinischen Sinne eigentlich sagen kann, er sei wirklich krank gewesen, – bisweilen wird durch Gemüthseinflüsse, denn dort ist der eigentliche Sitz des Uebels zu suchen, eine innere Umwälzung hervorgebracht, und der Kranke gesundet ganz von selbst – jedenfalls können in solchen Zuständen Arzneien aus der Apotheke das Wenigste thun. Sie haben, wie ich weiß, Mr. Mortons Vertrauen genossen, und so werden Sie auch die traurige Geschichte mit seiner Tochter kennen, die dem Wahnsinn verfiel. Ich habe das unglückliche Mädchen, die sein einziges Kind war, damals selbst nach Montgomery in eine Irrenanstalt gebracht. Sie starb schon kurze Zeit darauf und hier scheint mir die Wurzel der Krankheit, wenn ich es so nennen soll, zu stecken. Hätte irgend etwas einen wohlthätigen Einfluß auf unsern alten Freund ausüben können, so hätte dies die hingebende Pflege seiner jungen Frau thun müssen, die mir in diesen letzten Wochen, in denen ich Morton besuche, eben so heroisch in ihrer Freudigkeit, womit sie Alles opfert, was man sonst für das Lebenselement junger Frauen hält, wie eine von den katholischen barmherzigen Schwestern erschienen ist.« Er schüttelte, wie im weitern Ausspinnen des Gedankens, still den Kopf.

»Und ihr Einfluß hat nichts gewirkt?« fragte Helmstedt, die Stirn in die Hand stützend.

»Well, Sir, der alte Herr ist freundlich und geduldig; er scheint sich oft, um nur ihr trostreiches Lächeln erwiedern zu können, stärker zu machen als er ist, aber das ist eben Alles nur äußerlich.«

»Und ist er heute kränker als gewöhnlich?«

»Ja und nein, – nichts als einer seiner gewöhnlichen Zufälle von Schwäche, welchen er in den letzten Wochen unterworfen gewesen ist, der aber heute bestimmter auftrat und länger anhielt als gewöhnlich, und der mich deshalb mehr als früher beunruhigt.«

Beide sahen eine Weile schweigend ins Feuer, bis das Oeffnen der Thür Helmstedt sich umsehen ließ. Eine weibliche Gestalt im weißen, halben Negligé trat ein und ging auf den jungen Mann zu. Helmstedt wußte, daß er Pauline, die jetzige Mrs. Morton, vor sich hatte – aber das war nicht mehr dieselbe, die er früher gekannt. Das frische Roth ihres Gesichts hatte einer feinen, durchsichtigen

Blässe Platz gemacht; ihr Auge, das ihm ernst entgegensah, schien größer geworden und voll tieferen Ausdrucks zu sein. Noch lag das weiche, süße Lächeln, das er früher gekannt, um ihren Mund, aber ein Hauch von Melancholie hatte sich ihm beigesellt. Sie war nicht mehr dieselbe wie früher, aber fast schien es Helmstedt, als habe er sie nie schöner gesehen. Er war aufgesprungen und hatte ihre Hand gefaßt, die sie ihm mit leichtem Gruß entgegenhielt – er hatte diese Hand oft in der seinigen gehalten und ihren warmen Druck gefühlt – jetzt aber, als er ihre Finger umschloß, blieben diese kalt und bewegungslos.

»Sie werden es gewiß entschuldigen, Mr. Helmstedt, daß wir Ihnen noch die Unannehmlichkeit eines so späten Ritts hierher gemacht haben,« begann sie, und ihr Auge sah mit einer Gleichgiltigkeit und Ruhe in das seine, die ihn in seinem heimlichsten Innern verletzten, ohne daß er sich das wol selbst hätte gestehen mögen. »Mr. Mortons Zustand war indessen so bedenklich und er wünschte so lebhaft Sie zu sehen, daß ich nicht umhin konnte, Sie bitten zu lassen, seinem Wunsche zu willfahren.«

Helmstedt hielt noch immer ihre Hand und sah in ihre Augen ohne sogleich zu antworten, bis ein schwaches Roth in ihr Gesicht trat, das indessen noch schneller verschwand, als es aufgestiegen war, und sie leise ihre Finger aus den seinigen zog. »Wenn Sie mir folgen wollen – Mr. Morton hat sich schon etwas erholt,« sagte sie und wandte sich nach der Thür.

»Ich bin vollkommen zu Ihren Diensten, Ma'am,« erwiderte Helmstedt und folgte der leicht Voranschreitenden.

In dem anstoßenden Hinterzimmer saß Morton, zusammengesunken in einem weichen Schaukelstuhle, an dem helllodernden Kaminfeuer, und Helmstedt erschrak über die Veränderung, welche in den letzten Wochen mit dem früher so kräftigen Manne vor sich gegangen war. Ueber des Kranken Gesicht aber flog ein heller Schein der Zufriedenheit, als er den jungen Mann eintreten sah.

»Sind Sie wirklich da?« sagte er und streckte, indem er sich aufrecht zu setzen versuchte, ihm die Hand entgegen; »ich glaube beinahe, Ihre besten Bekannten müßten Sie mit Gewalt holen lassen, wenn sie Sie einmal bei sich sehen wollen.«

Helmstedt faßte seine Hand und wollte eine Entschuldigung beginnen. »Lassen Sie doch,« unterbrach ihn Morton; »ich weiß Alles, Sie haben viel zu thun, sind daneben erst ein paar Monate verheirathet – setzen Sie sich zu mir her, Sir, und erzählen Sie mir, wie es Ihnen geht.«

Helmstedt wandte sich nach einem Stuhle und sah sich zugleich nach der jungen Hausherrin um; diese hatte aber bereits das Zimmer wieder verlassen.

»Noch immer die alte Liebes-Glückseligkeit zu Haus?« fuhr Morton fort, als sein Gast neben ihm saß. »Sie sehen recht wohl aus, und das freut mich.«

»Aber Ihr Aussehen will mir nicht gefallen, Mr. Morton,« sagte Helmstedt, ohne auf die erste Frage einzugehen, und drückte ihm die Hand; »ich hörte mit Schrecken, daß Sie so krank seien; was machen Sie denn für sonderbare Geschichten?«

»Es geht jetzt schon wieder,« entgegnete der Kranke, und strich mit der Hand über das magere Gesicht; »trotzdem freut es mich, daß Sie da sind.« Er hob mit sichtlicher Anstrengung den Kopf, um im Zimmer umher zu sehen, und ließ ihn, als er keinen Dritten in ihrer Umgebung bemerkte, wieder matt zurückfallen. »Rücken Sie näher, Sir,« sagte er dann, »ich will Ihnen offen gestehen, daß ich mich keinen Tag sicher fühle, meine Erdenrechnung abschließen zu müssen.« Er winkte mit der Hand, als Helmstedt Miene machte, ihn zu unterbrechen, und fuhr fort: »Was Sie mir sagen wollen, weiß ich; lassen wir aber jetzt alle Redensarten bei Seite; die Erkenntniß meines Zustandes, welche mir die letzten Tage nur zu sehr bestätigt haben, stammt nicht von heute, und ich bin vollständig auf das Kommende gefaßt. Eins nur bekümmert mich, und dies war die Ursache, daß ich Sie heute, wo ich nicht wußte, wie es mit mir ausgehen würde, zu mir bitten ließ.« Er hielt eine Weile, wie vom Sprechen erschöpft, inne. »Sie wissen vielleicht,« fuhr er dann fort, »daß Mrs. Morton in unserer Nachbarschaft wenig Verbindungen angeknüpft hat, daß meine thätige Theilnahme an Ihrer Verheirathung mit Elliots Tochter uns die umwohnenden Familien außerdem entfremdete, und daß sich jetzt manche Vorurtheile gegen Mrs. Morton richten, da sie ihre Abkunft nicht von einer unserer reichen Familien herleiten kann und obendrein eine Ausländerin ist. Mrs. Morton, die mir in meiner sinkenden Gesundheit mehr war, als die treueste Tochter, hat sich glücklicherweise nicht viel um diese Stimmung in der Nachbarschaft gekümmert, und so hatte ich noch viel weniger Ursache dazu; aber die Zeit kann bald kommen, wo sie allein steht, und wenn ich auch für sie gesorgt habe, so gut ich es gekonnt, so wird sie sich doch nicht sogleich von hier losreißen können und eines Schützers und Berathers nothwendiger bedürfen, als jedes Andern; ich aber weiß Niemand, den ich um die Uebernahme einer solchen Verpflichtung gegen sie lieber bitten möchte, als gerade Sie, Sir. Daß Ihnen dabei durch etwaige Vernachlässigung Ihres jetzigen Berufs, wie durch Zeitversäumniß kein pecuniärer Schaden erwachsen soll, dafür habe ich gesorgt; es bleibt nur die Frage, ob Sie mich durch das Versprechen, sich nöthigenfalls durch Rath und That meiner Frau anzunehmen, beruhigen wollen.«

Helmstedt machte sich in diesem Augenblicke keine Gedanken über das Verhältniß, in das er treten sollte; er dachte nur an den Zustand des Mannes, der vor ihm saß. »Wenn es Sie beruhigen kann, Mr. Morton,« sagte er, »so gebe ich Ihnen gern das Wort eines ehrlichen Mannes, mit allen meinen Kräften Ihren Wunsch zu erfüllen. Sorgen Sie doch aber vorher und zu allererst für sich selber; geben Sie sich nicht so willenlos Ihrer Krankheit hin, und Sie werden sie gewiß besiegen. Gehen Sie weg von hier, wo vielleicht traurige Erinnerungen ein Aufraffen Ihrer selbst erschweren, machen Sie einen Ausflug nach dem Osten.«

Morton lächelte, wie man über einen gut gemeinten, aber nutzlosen Vorschlag lächelt. »Ich werde es thun, lieber Freund, sobald ich nur wieder Kräfte genug gesammelt habe,« sagte er; »ich habe dasselbe schon Mrs. Morton versprechen müssen. Sollte ich aber zufälligerweise nicht dazu kommen, so habe ich Ihre Zusage.« Er drückte eine Weile, wie um auszuruhen, die Hand vor die Augen. »Sonderbar,« sagte er dann, »Sie sollten sich eigentlich vor der Uebernahme von Vormundschaften in Acht nehmen, Sir, Sie bekommen sonst den ganzen Hals voll – das ist jetzt in wenig Monaten schon die zweie; erst der Schwestersohn des Pedlars, – aber gut, daß ich daran denke, wie steht es denn eigentlich damit, haben Sie schon etwas in der Sache gethan?«

»Ich bin so weit,« erwiderte Helmstedt, »daß ich beabsichtige nach New-York zu gehen, so bald ich es ermöglichen kann, um die ganze Angelegenheit ein für allemal zu ordnen.«

Morton sah langsam auf. »Fehlt's an etwas?« fragte er, »ich habe manchmal in den letzten Tagen daran denken müssen, wie der alte Bursche Isaac hier im Hause starb, und zugleich an sein Vertrauen zu Ihnen, und sollte ich etwas helfen können, damit Sie seinen letzten Willen recht ausführen, so sagen Sie es.«

Helmstedt rieb sich die Stirn. Alles, was ihn bedrängte, trat in diesem Augenblick wie zu einem Bilde vereinigt vor ihn. »Es ist nicht *mein* Interesse, um das es sich handelt,« sagte er nach einer kurzen Weile aufsehend, »und darum kann ich Ihnen meine Verlegenheit ohne Rückhalt gestehen. Gehe ich Wochenlang, vielleicht noch länger nach New-York, so muß ich meine Frau ohne Rath und Schutz zurücklassen, und ich weiß nicht, welche Einflüsse sich während dieser Zeit bei ihr geltend machen mögen. Ich sehe vielleicht Gespenster,« setzte er hinzu, als er Mortons verwundertem Blicke begegnete, »aber Ellen ist jung und liebt dazu ihren Vater

296

fast mehr, als in ihren jetzigen Verhältnissen selbst die Bibel erlaubt.«

»Das Weib soll Vater und Mutter verlassen und dem Manne
anhangen,« sprach Morton leise und nickte mit dem Kopfe; »haben
Sie einen besonderen Grund, Unrechtes zu argwöhnen oder besorgt
zu sein?«

»Ich mag, wie gesagt, vielleicht Gespenster sehen,« erwiderte
Helmstedt, den Kopf in die Hand stützend, »aber es ist Manches,
was mich bedrückt, ohne daß ich durch die ruhigste Ueberlegung
davon loskommen kann. Doch lassen wir das vorläufig. Zum
Zweiten muß ich erst zusehen, wie ich das nöthige Geld für meine
Reise und was dazu gehört, anschaffe – ich hatte heute schon
überlegt, ob ich eins von meinen Pferden verkaufen könne.«

Der Kranke setzte sich mit einer Kraft aufrecht, die ihm Helmstedt nicht zugetraut. »Nun sehen Sie einmal, was für ein Mensch
Sie sind,« sagte er mit allen Zeichen des Aergers. »Sie wissen, wo
Sie Freunde wohnen haben, und doch plagen Sie sich lieber wochenlang mit sich selbst herum, versäumen die wichtigsten Interessen dabei, nur um Niemandem ein Wort zu gönnen. Was das mit
Ihrer Frau betrifft, weiß ich nicht; was es auch sein mag, so bleibt
es besser unter Ihnen Beiden – handelt es sich aber nur darum,
das Frauchen während Ihrer Abwesenheit unter sichern Schutz zu
stellen, so wissen Sie selbst, wie viel Platz in meinem Hause ist,
und daß meine Frau immer eine Freundin der Ihrigen war, bei der
sie sich nicht unheimisch fühlen wird. Was nun die nöthigen
Geldmittel für Ihre Reise nach New-York anbetrifft, so hätten Sie
schon Ihres Versprechens gegen den alten Pedlar und seines Erben
wegen längst bei mir anklopfen sollen. Ich werde dafür sorgen, daß
Sie morgen das Nöthige in der Hand haben, und Sie zahlen es mir
zurück, sobald die Erbschaft flüssig ist.«

Helmstedt wollte etwas erwidern, als sich die Thür halb öffnete
und das Gesicht des Arztes hereinsah. »Alle Wetter!« rief dieser,

»das spricht ja so frisch, als gäbe es gar keinen Kranken im Haus; ich habe mit Verwunderung die Stimme durch die Wand dringen hören. Und wahrhaftig,« fuhr er eintretend fort, »die Backen sind in dem Gesprächseifer aufgeblüht wie ein paar Matrosen. Störe ich die Herren nicht?«

»Wir sind eben mit dem Nothwendigsten fertig, und Sie sind willkommen, Doctor,« erwiderte Morton, sich langsam in den Schaukelstuhl zurücklegend.

Der Arzt legte die Hand an den Puls des Kranken. »*Very well,*« sagte er, »so thun wir auch am besten, wir sprechen jetzt nichts mehr und halten uns so ruhig als möglich.«

»Aber ich fühle mich doch gerade jetzt recht wohl, Doctor, und möchte so gern noch mit meinem jungen Freunde plaudern.«

»Damit Sie die Nacht über nicht schlafen können und morgen wieder am Sterben sind, nicht wahr? Lassen Sie mich jetzt Mrs. Morton zu Ihnen schicken, und glauben Sie, daß Sie noch etwas zu reden haben, so thun Sie das morgen oder übermorgen.«

»So geht's, wenn man unter die Hände von solchen Leuten geräth,« sagte Morton und reichte Helmstedt lächelnd die Hand. »Ich werde Ihnen jedenfalls besorgen, was wir eben besprochen, und wegen des Uebrigen wissen Sie, wo mein Haus ist. Wollen Sie wirklich gewissenhaft sein, so lassen Sie keinen Tag unnöthig verstreichen – um so eher werden Sie Zeit gewinnen, an das, was Sie mir zugesagt haben, zu denken.«

Helmstedt hatte das Krankenzimmer verlassen und saß im Parlor neben dem Feuer, um auf das Anspannen der Kutsche zu warten, die ihn wieder nach Hause bringen sollte. Bald meldete der Schwarze, daß Alles zur Abfahrt bereit sei; aber vergebens sah sich Helmstedt nach der Hausfrau um, um sich bei dieser zu verabschieden. Erst als er ihr seinen Gruß durch den Schwarzen gesandt hatte und das Haus verlassen wollte, trat sie ihm in der Halle entgegen. »Grüßen Sie Ellen!« sagte sie leise und reichte ihm ihre

Hand, die wieder so kalt und leblos in der seinigen lag, daß Helmstedt sie kaum zu drücken wagte. Er mußte auf seiner Rückfahrt lange Zeit an ihr zurückhaltendes, stilles Wesen denken – auch hierin war sie, wenn er an frühere Zeiten dachte, wo sich jede wechselnde Empfindung offen in ihren Zügen gespiegelt, wo ihm ihr Auge wie ein tiefer klarer Brunnen erschienen war, eine ganz Andere geworden. War das nur die Folge ihres einsamen Lebens und ihrer Aufopferung für Morton? Helmstedt mußte unwillkürlich eine Parallele zwischen ihrer Hingebung, die doch nur durch kalte Pflichttreue geboten sein konnte, und Ellens Handeln ziehen, und ein Gefühl von Täuschung, ein Gefühl wie die Ahnung eines verfehlten Wurfs für sein ganzes Leben überkam ihn, so daß er endlich mit Macht sich den drückenden Gedanken zu entziehen suchte. Er dachte an das Gespräch mit Morton, welches jede Sorge um die Erfüllung seiner Verpflichtung gegen des Pedlars Erben von ihm nahm; aber erst die Vorstellung, Ellen in Mortons Hause untergebracht zu sehen, fern von den Intriguen ihres Vaters und seines jungen Abgesandten, ließ wieder eine stille Beruhigung in seine Seele einziehen. Der Gedanke tauchte in ihm auf, ob er nicht die junge Frau ein- für allemal den Einflüssen, welche die Ruhe seines ganzen Lebens bedrohten, entführen könne; er kam jetzt nach New-York, und vielleicht war es ihm möglich, dort irgend ein profitables Unterkommen zu erhalten; aber wenn er seine jetzige Lage mit einer Stellung verglich, wie er sie dort selbst im glücklichsten Falle erhalten konnte, so mußte er selbst jede Aenderung eine Thorheit nennen – und wie hätte er auch von Ellen verlangen können, ihren gepriesenen Süden zu verlassen und vielleicht nichts als Entbehrungen dagegen einzutauschen!

Die Wendung des Weges, welcher nahe der Stadt in die Landstraße einbog, störte ihn aus seinem Sinnen auf, und jetzt erst fiel ihm ein, was wol Ellen von seinem Außenbleiben gedacht haben mochte. Er sah scharf nach der Gegend hin, wo er sein Haus stehen wußte, aber kein Lichtschimmer zeigte dort, daß ihn Jemand erwarte. »Wie spät ist es wol?« fragte er den schwarzen Kutscher; »es ist zu dunkel, um etwas auf der Uhr zu erkennen.«

»Es mag 11 Uhr vorbei sein, Sir!« war die Antwort.

Der Wagen rollte nach kurzer Zeit vor das Haus, und Helmstedt, der umsonst nach einem Zeichen des Lebens darin sich umsah, wollte eben verstimmt aussteigen, als Cäsar aus der Dunkelheit hervoreilte und dienstfertig das Schutzleder am Wagen zurückschlug. »Ist meine Frau schon zu Bett?« fragte der Angekommene.

»Mistreß hat bis nach 10 Uhr gewartet,« erwiderte der Schwarze, »und befahl mir dann, wach zu bleiben.«

Helmstedt nickte befriedigter, fertigte den Kutscher mit einem Trinkgelde ab und schritt ins Haus. Er fand das Schlafzimmer offen, wo das niedergebrannte Kaminfeuer nur eine kaum noch bemerkbare Helle verbreitete. Leise trat er ein und zündete ein Licht an. In den schneeigen Kissen des Bettes lag Ellen, das Gesicht ihm zugewandt, und der halbgeöffnete lächelnde Mund schien von einem süßen Traume zu erzählen. Einzelne Theile ihres dunklen Haares waren auf die weiße, zartgebaute Schulter, die sich aus dem Nachtüberwurf gestohlen, herabgefallen, und die kleinen, eleganten Hände ruhten leicht übereinandergelegt auf der Decke. Helmstedt stand eine Weile in ihre Betrachtung versunken – er hätte viel darum gegeben, wenn er die Bilder gekannt hätte, welche jetzt vor ihrer Seele vorübergingen. Er bog sich vorsichtig nieder und drückte leise einen Kuß auf ihre Lippen – sie lächelte; dann aber ward sie unruhig, schlug die Augen auf und sah ihn groß an. »Du bist es!« sagte sie endlich, die Augen reibend; »hättest du mir doch meinen Traum gelassen!«

»Und was war es denn so Schönes, was du träumtest?«

»O laß mich,« erwiderte sie, und drehte das Gesicht nach der Wand; »ich war wieder Kind und bei meinem Vater.«

300

Helmstedt richtete sich mit einem unterdrückten Seufzer auf, kleidete sich aus und löschte dann das Licht.

3.

In Pearl-Street in New-York, da, wo in spätern Jahren der neue Durchbruch gemacht wurde, stand das Haus des Pfandleihers Abraham Meier. Es war ein niederes, unscheinbares Gebäude, dem man äußerlich die Räumlichkeiten, welche es enthielt, nicht ansah. Unter den drei vergoldeten Kugeln, dem Pfandleiherzeichen, gelangte man durch den Eingang in einen engen, nur spärlich erleuchteten Hausflur, aus welchem eine Thür nach der geräumigen »Office« führte. Ein starkes Gitter, hinter welchem der Pfandleiher seinen Platz hatte und das ihn vor jeder Unbequemlichkeit durch seine Kunden schützte, schied diesen Raum der Länge nach in zwei Hälften. Es hatte zwei durch Schiebgitter geschützte Fenster, welche sich durch einen einfachen Mechanismus im Nu schließen konnten. Hinter dem ersten thronte neben einem hohen Pulte Abraham Meier selbst, und hier war der Ort für den Versatz von Allem, was in das Bereich der edlen Metalle und Juwelen schlug, während Mrs. Meier hinter dem zweiten Fenster sich mit der Prüfung von jeder Art Bekleidungsstücken aus Seide, Sammet, Tuch oder Leinwand, wie sie in das Lokal wanderten, beschäftigte. Abraham Meier war noch wenig über die Vierzig hinaus, trug sein Haar, selbst im Geschäft, wohlfrisirt und seinen Bart glatt geschoren; er sprach stets Englisch, wenn er nicht durch »grüne« Kunden zum Deutschsprechen gezwungen war, aber auch in diesem letzteren Falle suchte er den anerzogenen jüdischen Accent möglichst zu verbergen. Abraham Meier galt im Allgemeinen für einen vorsichtigen Geschäftsmann seiner Art, denn noch war kein Fall von einiger Bedeutung vorgekommen, in welchem die Polizei bei ihren Nachforschungen nach gestohlenen Gütern ihm etwas hätte zur Last legen können. Er galt aber auch bei der unverheiratheten, jungen Männerwelt für einen der wenigen Pfandleiher, mit welchen ein Mensch von Erziehung zu thun haben konnte, ohne das Demüthigende seiner augenblicklichen Lage zu sehr zu empfinden. Seine Taxirung von Pfandgegenständen geschah ohne geringschätzende Miene und beleidigendes Achselzucken. Mit höflicher Geschäftsmiene gab er die Summe an, zahlte oder wies bedauernd eine höhere Forderung zurück, und so gehörte seine Bekanntschaft unter dieser Klasse von Geldbedürftigen zu den ausgebreitetsten, wenn auch seine Taxirungen, von denen er nie wich, eben nicht zu den höchsten gehörten.

Es war Nachmittags zwei Uhr an einem Apriltage. Abraham saß vor seinem Pulte, blätterte in einem seiner Geschäftsbücher und markirte einzelne Posten mit Bleistift. Die Office war leer. Mit dem Ausgange des Winters ist die größte Ernte des Pfandleihers vorüber; was der Arme entbehren konnte, hat er für Feuerung und Lebensmittel geopfert; die Masse von jungen Leuten aber, deren Einkommen mit ihren Ansprüchen auf Vergnügungen, an denen die große Stadt im Winter so reich ist, nicht im Einklange stehen, haben »springen« lassen, was einigermaßen entbehrlich war, oder auch zum Versetzen auf die eine oder andere, oft nicht zu rechtliche Weise beschafft wurde, und so versiegt mit den ersten Frühlingstagen eine Quelle des Pfandleihers, welche seinen Hauptgewinn bildet, da selten an eine Wiedereinlösung der versetzten Gegenstände gedacht wird.

»Vierundfünfzig Nummern!« brummte Abraham, als er die letzte beschriebene Seite seines Geschäftsbuchs erreicht hatte. Er stand auf und schloß die beiden Fenster des Gitters; dann öffnete er einen großen eisernen Geldschrank unweit seines Pultes und begann eine Menge kleiner, in weißes Papier gewickelter und numerirter Päckchen daraus hervorzuholen. Bei jedem derselben verglich er die Nummer mit den Angaben seines Geschäftsbuchs, öffnete auch wol hie und da eins derselben und besah mit prüfendem Blick die Uhren, Ringe, Ketten und anderen Schmuckgegenstände, welche sich zeigten, sie aber jedesmal wieder sorgfältig in ihren Umschlag wickelnd, und packte zuletzt den ganzen Haufen in einen flachen Korb, der sichtlich zu diesem Zwecke sich auf dem Geldschrank befand. Nachdem er diesen wieder sorgfältig verschlossen, trug er seine Kostbarkeiten nach einem Nebenzimmer, wo eine ganze Niederlage von Packeten aller Größen sich in großen an der Wand hinziehenden Regalen befand. Vor einem langen Tische stand eine schmächtige Frauengestalt, mit dem Sortiren eines Haufens von Frauenkleidungsstücken beschäftigt.

»Wenn du fertig bist, kleine Rebecka,« sagte er Englisch, »so kommt Alles in den vorderen Keller. Morgen will endlich der Meier Friedmann hier sein, und ich werde den Plunder los sammt den andern Waaren im hintern Keller, die schon länger im Hause sind als gut ist.«

Die Frau sah langsam von ihrer Arbeit auf und zeigte ein ernstes Gesicht, dessen Schnitt und dunkler Teint die orientalische Abkunft nicht verläugnen ließ. Sie war augenscheinlich bedeutend jünger als der Pfandleiher und hätte, wäre nicht ein sonderbarer Zug von Erschlaffung über ihr ganzes Gesicht verbreitet gewesen, bei Vielen für eine Schönheit gelten können.

»Ist es nicht ein gefährliches Geschäft, was du treibst seit dem letzten Jahre?« sagte sie.

»Gefährlich? Wie heißt gefährlich!« erwiderte er eifrig, ins Deutsche fallend, und setzte den Korb mit Goldwaaren auf den Tisch. »Ist der Termin für die Einlösung von den Nummern dahier nicht abgelaufen schon seit der letzten Woche? Und spricht auch das Gesetz, daß ich soll halten die Sachen noch so und so lange Zeit nach dem Verfalle, so weiß ich doch, daß Keiner wird kommen und mich daran mahnen, so kenne ich doch die Menschheit, so werde ich doch nicht sein thöricht und lassen das Geld liegen todt in den Sachen ein volles Jahr.«

»Das ist deine Sache, Abraham,« unterbrach ihn die Frau; »aber ich meinte wegen der Waaren in dem hintern Keller.«

»Was willst du, Rebeckche, was willst du?« sagte er, seine Stimme dämpfend, »weiß ich, woher die Waaren kommen, oder was für ein Recht die Leute daran haben, welche sie gebracht? Soll ich sie lassen gehen nach einem andern Platze und einem Andern lassen den Profit daran? Was bringt's ein, wenn man hat ein gar zu genaues Gewissen? Du hast die Gedanken vom alten Isaak Hirsch, der herumdrehte jedes Geschäft dreimal, ehe er hat zugefaßt. Was hat er gemacht dabei? Läuft er nicht noch herum unten im Süden bei den Niggern als Pedlar und hat für den Manuel, den er angenommen an Kindesstatt und den wir jetzt müssen verpflegen, noch nicht einmal geschickt das Kostgeld für die letzten drei Monate? Und bist du nicht selber geblieben ein so armes Josim, daß du hast zugegriffen, als der Abraham Meier zu dir kam, wenn er auch war zwanzig Jahre älter?«

»Ich hab' dich genommen, weil du warst ein anständiger Mensch und ich meinte, du sei'st ehrlich,« erwiderte sie, den Kopf hoch aufrichtend; »ich habe dir geholfen nun manches Jahr in deinem Geschäfte und zu deinem Verdienste, und wenn ich einmal spreche, wo ich denke es sei Noth, so habe ich nicht verdient, daß du mir vorwirfst, ich sei gewesen arm, als du mich genommen.«

»Rebeckche, was willst du?« sagte er eifrig; »habe ich doch nichts sprechen wollen, was. Dich könnte beleidigen; bin ich nicht anständig noch immer? Gehöre ich doch zur Gesellschaft der Benei Beriß; treibe ich doch mein Geschäft, daß sie schon oft haben gesprochen vom *nobeln* Abraham Meier; habe ich dir doch gesagt, daß du sollst wegbleiben ganz und gar vom Fenster in der Office und sollst sitzen in deinem Parlor als eine Lady, und daß ich will nehmen den Manuel ins Geschäft an deinen Platz, wenn der Isaak Hirsch noch länger zurückhält mit dem Kostgelde für ihn. Und wegen der Waaren im Hinterkeller,« fuhr er halblaut fort, »weiß Jemand, wo der Weg hineingeht und sucht Jemand dergleichen beim Abraham Meier, der sein Geschäft so nobel betreibt? Warum soll ich nun nicht nehmen einen großen, sichern Gewinn –« er hielt plötzlich inne und horchte auf. »Hast du gehört?« fragte er nach einer Weile.

»Was soll ich haben gehört?« erwiderte sie, »es war Jemand an der Hinterthür.«

»An der Hinterthür – wer hat etwas zu thun an der Hinterthür?« sagte er und horchte noch immer mit gespanntem Gesichte.

»Was thust du so ängstlich? wer soll's anders sein, als Einer, der nicht will gehen zum Pfandleiher am hellen Tage durch die Vorderthür? Du hattest niemals Angst, Abraham, als du noch ließest deine Hand von verdächtigen Waaren.«

In diesem Augenblicke klappte die Thür der Office und Meier's Gesicht verfärbte sich. »Geh hinaus, Rebeckche, thu' mir's zu Liebe und sieh wer da ist,« sagte er hastig und leise, »morgen kommt der Meier Friedmann, und dann soll kein Stück Waare mehr sehen den Hinterkeller.«

Die Frau ging ruhigen Schrittes nach der Office und Meier hörte, wie sie eins der Fenster des Gitters öffnete.

»Ist der Abraham nicht hier, Ma'am?« klang es in englischer Sprache, »ich komme so eben aus dem Süden, und möchte ihm gern ›guten Tag‹ sagen.«

Meier athmete mit sichtbarer Erleichterung auf, fuhr mit der Hand ordnend durch seine Haare und trat hinaus.

Vor dem Gitter stand ein Mann in elegantem Anzuge, mit dunkelm Schnurrbart und freier Haltung. – Meier's Auge hatte im Nu die ganze Erscheinung überflogen und blieb dann an dem lächelnden Gesichte des Eingetretenen hängen. Es war schon Wochen her, daß Niemand mehr durch die Hinterthür zu ihm gekommen war;

die Weise, sie zu öffnen, war nur Einzelnen seiner vertrauten Kunden bekannt, und von dem Gesichte vor ihm kannte Abraham keinen Zug.

»Was steht Ihnen zu Diensten?« fragte er, an das Fenster tretend, während sich seine Frau in das hintere Zimmer zurückzog.

»Hm, kennt Ihr mich nicht mehr, alter Bursche?« erwiderte der Angeredete und reichte ihm die Hand durchs Fenster. »Haben doch schon Manches mit einander zu thun gehabt, wenn auch nur Abends. Mein Name ist Wells, Henry Wells, Sir.«

Meier sah dem Manne noch einen Augenblick befremdet, aber scharf prüfend ins Gesicht. Dann nahmen seine Züge den Ausdruck der kältesten Höflichkeit an; er bog sich vom Fenster zurück, ohne die dargebotene Hand zu berühren. »Möglich, Sir, daß wir schon ein Geschäft zusammen gemacht haben, ich kann mich Ihrer aber durchaus nicht entsinnen; es gehen vielerlei Art Leute jährlich in meiner Office aus und ein. Was steht zu Ihren Diensten?«

»Well, Sir, Sie müssen mich als alten Bekannten entschuldigen, daß ich, wie früher, den Weg durch die Hinterthür genommen habe,« erwiderte der Andere, ihm mit ungestörtem Lächeln ins Gesicht sehend; »es war mir gerade bequem. Kann ich nicht ein Viertelstündchen mit Ihnen plaudern, ungestörter als gerade hier in der Office?«

»Ich mache nirgends anders Geschäfte, als in meiner Office,« erwiderte Abraham so kalt wie vorher, aber sein Auge begann unruhiger zu werden. »Sagen Sie, was Ihnen zu Diensten steht, ich bin heute sehr beschäftigt!«

Um den Mund des Andern zuckte es wie halber Spott. »Ich bin kein Polizeispion und auch kein ärgerer Spitzbube, als mit denen Sie bereits zu thun gehabt, Mr. Meier,« sagte er mit halbgedämpfter Stimme, »Sie haben also nichts zu fürchten. In Ihrem Hinterhause ist ein kleines, hübsches Stübchen, in welchem Sie schon oft ganz artige Geschäfte abschlossen – warum wollen Sie also durchaus mit mir nur in Ihrer Office verhandeln? Sie sehen doch nun, daß wir alte Bekannte sind, wenn ich auch gestern erst wieder in New-York angekommen bin?«

Meier's Gesicht wurde blaß und sein Auge fixirte von Neuem unsicher den vor ihm Stehenden. »Ich weiß nicht von was Sie reden,« sagte er dann, und suchte hörbar seiner Stimme Festigkeit zu geben, »und dazu kenne ich Sie durchaus nicht –«

»Thut vorläufig gar nichts, alter Freund,« lachte der Fremde, »sagen Sie mir nur, ob Sie eine Viertelstunde mit mir plaudern wollen oder nicht. Wollen Sie mich nicht in Ihr Geheimzimmer führen, so thut's auch Ihr Parlor – unsere Unterhaltung soll ganz unverfänglicher Natur sein, das verspreche ich Ihnen. Hoffentlich wird der noble Abraham einen alten Bekannten, der nicht einmal etwas von ihm verlangt, nicht in seiner Office abspeisen, wie etwa einen Menschen, der zum armseligen Pack gehört.«

In Meier's Gesicht wechselten Röthe und Blässe; er sah bald unentschlossen vor sich nieder, bald in die halbspöttisch lächelnden Züge seines Gegenüber. »Wenn Sie darauf bestehen –« sagte er endlich und schloß langsam, wie noch im halben Kampf mit sich selbst, das Fenster; als er aber die Gitterthür öffnen wollte, schien ihn ein neues Bedenken zu ergreifen. »Wenn Sie vorweg die Treppe hinaufspazieren wollen –« sagte er, »ich komme Ihnen auf dem Fuße nach.«

Der Andere lachte leicht auf. »Ich habe keine Absichten auf Sie, noch auf Ihr Eigenthum, Abraham,« sagte er und öffnete die Thür nach dem Hausflur, »kommen Sie ruhig hinter Ihrem Gitter hervor.« Aber erst als der Fremde die Office verlassen, schloß Meier die Gitterthür auf, die er, kaum daß er herausgetreten, rasch wieder ins Schloß warf.

Der Parlor im oberen Stock, wohin Abraham seinen aufgedrungenen Gast führte, präsentirte sich so nobel als der Pfandleiher selbst. Ein Carpet von schreienden Farben bedeckte den Boden, und den mit Pferdehaar-Zeug überzogenen Möbeln, wie dem prahlenden Goldrahmenspiegel sah man es an, daß sie den Tröd- lerladen kennen gelernt hatten. Zwei große Oelgemälde hingen an der Wand, an denen die Rahmen indessen jedenfalls den werthvoll- sten Theil bildeten, und zwei ordinäre Blumen-Vasen nebst einer gelblackirten Parlor-Lampe schmückten den Kaminsims.

Der Fremde schritt ungenirt dem Schaukelstuhle zu, auf welchen er sich bequem niederließ. »Holen Sie sich einen Stuhl, Abraham,« sagte er, »und lassen Sie vor allen Dingen Ihre ängstliche Miene fahren; ich beiße Sie wahrhaftig nicht und will auch kein Geld von Ihnen.«

Meier ließ sich, die Augen groß auf den Eindringling geheftet, ihm gegenüber nieder.

»Ich komme soeben aus Alabama,« begann dieser leicht, »und habe da einen Verwandten von Ihnen, einen alten Pedlar, getroffen.«

»Ah – den Isaak Hirsch, vermuthe ich,« sagte der Pfandleiher und sein Gesicht begann an ängstlicher Spannung zu verlieren. »Ist der alte Mann wohl, und hat er Ihnen vielleicht irgend einen Auf- trag für mich gegeben?«

»Als ich ihn sah, war er wohl,« erwiderte der Fremde, »sonst hat er mir für Sie nichts Besonderes übertragen. Ist aber nicht etwas wie ein Schwestersohn von ihm vorhanden? wenigstens sprach er –«

»Der Manuel, versteht sich, der Manuel, den ich in Kost habe. Haben Sie etwas für ihn?«

»Nichts von Bedeutung – hilft er mit in Ihrem Geschäfte?«

Meier sah seinem Gaste einen Augenblick scharf in die Augen, ehe er antwortete. »Hat Ihnen der Alte vielleicht Auftrag gegeben, nachzusehen, ob ich unrecht handle an dem Jungen,« sagte er dann, »so mögen Sie ihm nur melden, daß, wenn er mich auch drei Monate ohne das Kostgeld für ihn gelassen habe, der Manuel doch noch immer bei Smith und Johnson, Advocaten in Duanestreet sei, um zu schreiben und die Gesetze kennen zu lernen, wie es der Alte verlangt hat, ehe er das letzte Mal nach dem Süden ging.«

»So, bei Smith und Johnson arbeitet er, und der Alte ist Ihnen noch das Kostgeld für ihn schuldig,« sagte der Fremde und stützte den Kopf in die Hand. »Sagen Sie einmal, Abraham,« fuhr er fort, und es zuckte wie ein unwillkürliches Lächeln über sein Gesicht, »ist der alte Isaak ein stiller Partner von Ihnen gewesen, daß er so genau Bescheid wußte über die Geschäfte, welche Sie bisweilen Abends in Ihrem Geheimzimmer abschließen, daß er mich wegen der Hinterthür zurechtweisen und mir noch weitere derartige Dinge erzählen konnte?«

Meier zuckte wie von einem Stiche getroffen von seinem Stuhle auf und warf wie unwillkürlich einen scheuen Blick durch das Zimmer. »Was hat er gesagt, was weiß er, was *kann* er erzählt haben?« stieß er hervor und sah seinen Gast mit aufgerissenen Augen an. »Habe ich Ihnen nicht gesagt, daß ich von allen solchen Worten nichts verstehe? Und wegen des Isaak – so ist er doch nicht mehr als zweimal in meinem Hause gewesen im letzten Jahre – was *kann* er wissen?«

»Woher weiß ich es, Abraham?« erwiderte der Andere und erhob sich langsam; »ich bin doch gestern erst nach langer Abwesenheit wieder in New-York eingetroffen. Aber,« fuhr er fort und nahm seinen Hut, »Sie haben viel zu thun, und so will ich Sie nicht länger aufhalten. Adieu, und grüßen Sie Mrs. Meier!«

»Nun weiß ich aber doch immer noch nicht, was Sie von mir wollten!« rief Meier aufgeregt und stellte sich vor seinen Gast, als wollte er ihm den Weg vertreten.

»Schreien Sie nicht so, Abraham, das thut in Ihrem Hause nicht gut!« erwiderte dieser, mit der Hand winkend; »ich wollte nichts weiter von Ihnen, als was ich jetzt weiß, adieu!«

»Aber Sie wissen doch nichts, Sie wissen doch bei Gott nichts!« rief der Pfandleiher, mühsam seine Stimme niederhaltend.

»Desto besser für Sie!« sagte der Eindringling mit einem halben Lachen und schritt die Treppe hinab.

Meier hielt noch unentschlossen die Parlorthür in der Hand, als er den Andern schon das Haus verlassen hörte. »Was weiß er, was *kann* er wissen?« murmelte er unruhig vor sich hin. »Morgen kommt der Meier Friedmann, und dann nimmer wieder ein verdächtiges Geschäft! daß ich Ruhe behalte im Hause – –«

Der Fremde hatte die Richtung nach dem Broadway eingeschlagen und schritt mit der Miene eines Mannes vorwärts, der ein Geschäft zu seiner Zufriedenheit abgemacht hat. Dann und wann spielte, wie in Erinnerung an die eben durchlebte Scene, ein spöttisches Lächeln um seinen Mund, und erst als er Chathamstreet kreuzte, wo die starke Passage von Fuhrwerk ihn zur Vorsicht mahnte, nahm sein Gesicht den Ausdruck von scharfer Beobachtung an, der ihm, nach den zwei tiefen Falten an der Nasenwurzel und den wie gewohnheitsmäßig halb zugedrückten Augen natürlich zu sein schien.

An der nächsten Ecke stand eine von den Gestalten, wie man sie in New-York besonders in der Nähe von Trinklocalen so häufig trifft, ein Mensch in modernen Kleidern, von denen indessen jeder Theil, vom zerdrückten Hute bis zu den ungeputzten Stiefeln, eben aus den Trödelbuden gekommen zu sein schien. Er hatte die Hände müßig in den Hosentaschen stecken und musterte mit halbschläfrigem Blicke die vorbeipassirenden Menschen und Fuhrwerke. Der Fremde hatte ihn kaum bemerkt, als er seine Schritte auf ihn zulenkte. »Ich muß Euch heute Abend sehen, Bill, am gewöhnlichen Orte,« sagte er, ohne länger als nur einen Augenblick bei ihm anzuhalten, »es gibt Etwas, seid pünktlich da!«

»*All right!*« erwiderte der Angeredete, ohne seine Stellung zu verändern, und der Fremde setzte in rascheren Schritten seinen Weg fort, bis er das Astorhaus erreicht hatte und hier nach einem der Zimmer in den obern Stocks hinaufschritt. Dort lag, eine Cigarre rauchend, ein junger Mann auf dem Sopha, der sich indessen aufrichtete, als er den Eintretenden erkannte.

Der Angekommene legte seinen Hut ab und trat dann, mit einem halbsarkastischen Lächeln in das erwartungsvolle Gesicht des Andern sehend, vor diesen.

»Well, Sir,« begann er mit vorsichtig gemäßigter Stimme, »der Erbe wäre aufgefunden, und ich verbürge mich, sein Verschwinden zu veranstalten, ohne daß nur Jemand etwas Unrechtes dabei vermuthen soll. Jetzt fragt es sich vor allen Dingen, wie weit Sie mit Ihrer Arbeit sind.«

»Seifert,« sagte der Dasitzende, mit einem Lachen der Befriedigung aufspringend und seine Hände auf die Schultern des Andern legend, »bei Gott, ich erkläre Sie für den abgefeimtesten Spitzbuben, den ich jemals gesehen!«

»Danke schön!« erwiderte dieser kalt; »Sie aber scheinen mir ein Kind zu sein, Mr. Murphy, das so subtile Speculationen wie die unsern gar nicht unternehmen sollte. Ich heiße Wells, Sir – Henry Wells, mögen wir allein oder in Gesellschaft sein. Den Seifert habe ich in den Mississippi versenkt, als ich dort das Dampfboot bestieg.«

»Gut, gut! ich verspreche Ihnen, es soll keine Namenverwechslung mehr vorkommen,« erwiderte Murphy. »Jetzt setzen Sie sich hierher. Ich gestehe Ihnen offen, daß ich schon fürchtete, wir würden nicht Zeit genug gewinnen, um unsere Nachforschungen und weiteren Maßregeln ausführen zu können. Hier,« sagte er und zog aus der Brusttasche seines Rockes einen Brief, »lesen Sie und sagen Sie mir dann Ihre Meinung.«

Seifert entfaltete ihn langsam, überflog erst Datum und Unterschrift und begann dann bedächtig zu lesen:

»Big Spring. Alab., April 13. 1850.

Lieber William!

So gut ich auch glaube Deinen Auftrag, der so ganz mit meiner
Neigung übereinstimmte, ausgeführt zu haben, so scheint doch
der Deutsche einen Strich durch Deine Rechnung machen zu
wollen, und ich eile, dir das Nöthige zu melden. Als ich zuerst
die junge, reizende Frau sah, welcher ich nach Deinem Plane
meine Aufmerksamkeit widmen sollte, konnte ich ganz den
Unwillen ihrer Eltern, sowie der Nachbarschaft begreifen, daß
es einem solchen hergelaufenen deutschen Schlingel hatte gelingen können, diese Perle für sich wegzufischen. Ich wurde bei
einer zufälligen Gelegenheit ihrem Vater vorgestellt, der ziemli-
ches Gefallen an mir zu finden schien, und bald merkte ich, als
ich, wie unkundig der bestehenden Verhältnisse, seiner Tochter
erwähnte, daß es vielleicht ein noch stärkeres Mittel geben könne,
um den Deutschen von seiner Reise nach New-York abzuhalten,
als die Eifersucht – das war die Liebe, mit welcher der alte Mann
an seinem Kinde hing und die in jeder seiner Aeußerungen eben
so unwillkürlich hervorbrach, wie sein Mißfallen an ihrer Verbindung mit dem Deutschen. Schon bei meinem nächsten Besuche,
welchen ich der jungen Frau machte, während ihr Mann seinem
Musikunterricht außer dem Hause nachging, sah ich, daß jedes
Wort, das ich von ihrem Vater sprach, tiefere Wirkung hatte,
als ich selbst gehofft – sah, daß sie sich in der Stellung, in die
sie sich durch ihre schnelle Heirath gebracht, nicht heimisch
fand, und bestrebte mich von dieser Zeit an, ein verbindendes
Glied zwischen ihr und ihrem elterlichen Hause zu sein. Ich
brachte es wirklich dabei fertig, ihren Mann, selbst wenn er bei
meinen Besuchen anwesend war, vollständig zu ignoriren und
ihn, wie mir sein ganzes Benehmen bewies, mit größerer Sorge
um den Frieden seiner Häuslichkeit und den ungestörten Besitz
seiner Frau zu erfüllen, als es mit meinen bloßen Aufmerksam-

keiten für die letztere, und wären diese noch so auffallend gewesen, möglich geworden wäre. Ich hielt es schon für ganz gewiß, daß Du wenigstens für die nächsten Wochen ruhig dort arbeiten könntest, ohne seine Abreise von hier fürchten zu müssen, als er plötzlich mit einer Entschlossenheit einen Streich ausführte, die ich ihm nicht zugetraut, einen Streich, der mich vollständig aus dem Sattel geworfen hat. Du kennst den alten Mr. Morton, welcher die junge deutsche Frau hat, – nach dessen Farm hat gestern unser Mann Alles, was in seinem Hause lebt und Beine hat, übergesiedelt. Ich begegnete ihm, als er sein junges Frauchen hinfuhr, auf der Landstraße. Er sah finster geradaus und that, als ob er mich nicht bemerkte; *sie* hatte rothgeweinte Augen und erwiderte meinen Gruß nur halb. Wenige Minuten danach traf ich einen Wagen mit ihrem Schwarzen als Kutscher und bepackt mit einigen Kisten, auf welchen ihre schwarze Köchin saß. Ein paar Worte, welche ich mit dieser wechselte, belehrten mich über das, was geschah, und von einer Schülerin der Akademie, die ich später traf, erfuhr ich ohne Mühe, daß Mr. Helmstedt für vierzehn Tage Urlaub genommen habe, um eine nothwendige Reise nach New-York zu machen. An dem von ihm bisher bewohnten Hause waren Läden und Thüren fest geschlossen. Ich beruhigte mich dabei nicht, sondern ritt noch denselben Nachmittag, da mir Gefahr im Verzuge schien, nach Mortons Farm und ließ mich bei Mrs. Helmstedt anmelden; der Schwarze brachte mir aber den kurzen Bescheid, daß die Mistreß, so lange sie hier sei, keine Besuche anzunehmen wünsche.

So steht die Sache im Augenblick und ich fürchte, daß nur kurze Zeit, nach Ankunft dieses Briefes der Deutsche Deinen Weg kreuzen wird. Handele nun, wie es Dir Deine eigene Klugheit eingibt, und schreibe mir bald; die nächste Postoffice bei Big Spring kennst Du. Wie immer, Dein

John Nelson.«

Seifert faltete den Brief langsam zusammen und sah einen Augenblick nachdenkend vor sich nieder. »Dieser Mr. Nelson,« sagte er dann, »scheint selbst verliebt in die junge Frau zu sein und mit seinem großen Eifer mehr verdorben als genützt zu haben. Zu gleicher Zeit aber muß ich Ihnen gestehen, daß ich persönlich Ursache habe, eine Begegnung mit diesem Mr. Helmstedt, besonders hier in New-York zu vermeiden. Es heißt also vor allen Dingen rasch handeln, und damit ich eine volle Uebersicht des Nothwendigen erhalte, lassen Sie uns den allgemeinen Thatbestand recapituliren. – Sie haben in dem Nachlasse des alten Pedlars, welcher in dem Hause des Mr. Morton in Alabama starb, die Notiz über einen alten Besitztitel gefunden, von der, wie Sie meinen, Niemand etwas weiß. Wie kamen Sie dazu, und warum glauben Sie, daß Sie der Alleinwissende seien?«

»Das ist einfach,« erwiderte Murphy, der stillschweigend die Ueberlegenheit seines Gesellschafters anzuerkennen schien. »Als der Tod des Pedlars, welcher Nachts in seinem Bette an einem Blutsturze starb, entdeckt wurde, blieben seine sämmtlichen Effecten unberührt, wie dies gewöhnlich geschieht, bis der Koroner die Todtenschau vorgenommen hat. Der Koroner aber, nach welchem der alte Morton sandte, war krank und ernannte mich, der ich ein Bekannter von ihm bin und zufällig in der Nähe war, für diesen Fall zu seinem Deputy. So hielt ich denn die Todtenschau ab und fand unter den Papieren in seinem Taschenbuch, auf welche eine Art Testament von ihm hinwies, die Quittung über einen bei Smith und Johnson in New-York deponirten Besitztitel mit genauer Angabe seines Inhalts. Ich habe ziemlich viel in den Besitztitel-Angelegenheiten des nördlichen Theiles unseres Staates gearbeitet und erkannte, sobald ich die Nummer der Landsection und andere Bezeichnungen las, sofort die Wichtigkeit des Papiers für einen Mann, der etwas daraus zu machen weiß, während es in der Hand des Unkundigen vollkommen werthlos war. Ich setzte mich unbemerkt in seinen Besitz und übergab die übrigen Papiere dem Deutschen, Helmstedt, welcher in dem erwähnten Testament als Vollstrecker desselben namhaft gemacht worden war.«

Seifert verzog in diesem Augenblick das Gesicht zu einer so ironischen Miene, daß der Redende inne hielt.

»Nun?« fragte er.

»Nichts, gar nichts,« erwiderte Seifert, »als daß ich Ihnen wahrhaftig Ihr voriges Compliment, den ›abgefeimtesten Spitzbuben‹ betreffend, zurückgeben muß. Werden Sie nicht beleidigt dadurch,« fuhr er lachend fort, als er in Murphy's Gesicht ein leichtes Roth treten sah, »die Aeußerung war wenigstens nicht *schlimmer* gemeint als die Ihrige. Fahren Sie fort.«

Murphy warf einen finsteren Blick in seines Gefährten Gesicht und sah dann zur Erde. »Ich bin zu Ende.« sagte er.

Ein Zug von Hohn, der aber schon im nächsten Moment verschwunden war, zuckte um Seiferts Mund. »Ich glaube, Sir,« entgegnete er, »es ist jetzt wenig Zeit, den Empfindlichen zu spielen, falls Sie Ihr Unternehmen überhaupt noch verfolgen wollen.«

Murphy sah auf und schien einen innern Widerwillen niederzukämpfen. »Was wollen Sie weiter wissen?« fragte er.

»Die Hauptfrage war also,« begann Seifert von Neuem und lehnte sich bequem zurück, »ob der besagte Besitztitel auch wirklich mit allen Rechten auf den alten Pedlar übertragen war, und über diesen Punkt wollten Sie sich hier in New-York Gewißheit verschaffen.«

»Ich habe mich bei Smith und Johnson einführen lassen, die überhaupt alle gerichtlichen Angelegenheiten für den Alten versehen zu haben scheinen,« berichtete Murphy, vor sich nieder sehend, »und es ist mir nach mancherlei Umwegen, um den Hauptzweck meines Besuches zu verdecken, gelungen, Einsicht in das Document zu erhalten. Das unbeschränkte Eigenthumsrecht des Isaak Hirsch daran steht außer allem Zweifel.«

»Schön,« nickte Seifert, »es entsteht aber noch die eine Frage, ob der Alte nicht etwa weitere Depositen bei derselben Firma hat, wodurch, wenn auch die Erben keine augenblickliche Kenntniß des vorhandenen Besitztitels haben, sie doch so zeitig davon unterrichtet werden müßten, daß Ihr ganzer Plan, ein Abkommen deshalb mit den Leuten zu treffen und sich selbst den Hauptgewinn zu sichern, auf *sehr* bedeutende Schwierigkeiten stoßen dürfte.«

Murphy verzog das Gesicht zu einer geringschätzenden Miene. »Sie dürfen es wol bei einem Advocaten, der es gewohnt ist, alle Seiten eines Falles zu erwägen, voraussetzen,« sagte er, »daß ihm eine solche Hauptfrage nicht entgangen ist. Die sämmtlichen übrigen Depositen bestehen aus Geld und sind bei einem hiesigen Handlungshause untergebracht.«

»*Very well,*« erwiderte Seifert, »Sie müssen mir aber schon erlauben, daß ich bei einem Unternehmen, in welchem mir selbst der gefährlichste Theil zufällt, *nie* etwas voraussetze. Und da bisher Alles in Ordnung und reif zum Handeln ist, so gehe ich zur letzten Frage. Ich werde noch heute Abend etwa 300 Dollars bedürfen, um meine Operationen beginnen zu können. Werden diese zur Stelle sein?«

»Ich kann sie jedenfalls anschaffen,« versetzte der Advocat. »Indessen,« fuhr er fort, seinem Gefährten scharf ins Auge sehend, »möchte ich wol vorher etwas Genaueres über Ihren Plan, sowie über die Verwendung dieses Geldes wissen. Ich habe noch nicht einmal etwas Weiteres als Ihr Wort, daß der Erbe aufgefunden sei.«

Seifert hielt mit einem gemüthlichen Lächeln Murphy's Blick aus. »Wünschen Sie nicht etwa eine gerichtlich gesicherte Bürgschaft, lieber Herr, daß ich wirklich den Judenjungen auf die Seite schaffen werde?« sagte er. »Oder vielleicht eine vor dem Notar beschworene Specification meiner Ausgaben, versehen mit den Quittungen der verschiedenen Herren von der ›Fancy‹, welche ich auf die eine oder die andere Weise bei dem Unternehmen verwenden muß? Ich will Ihnen Eins sagen,« fuhr er fort und setzte sich gerade auf, »die Zeiten, wo man einen wohl verclausulirten Pakt mit dem Teufel machte, sind seit der Erfindung der Polizei vorbei; heut' zu Tage werden alle Geschäfte in dieser Branche nur auf Treue und Glauben gemacht. Ich übernehme die kitzlichste Arbeit in der ganzen Speculation und weiß noch nicht einmal, ob der spätere Erfolg *Ihrer* Arbeit meine Gefahr lohnt – ich traue nur Ihrem Worte und Ihrer Einsicht. Dasselbe haben Sie bei mir zu thun – ich bin aber gern erbötig, falls Ihnen diese Uebereinkunft nicht convenirt, in diesem Augenblicke noch unsern Vertrag aufzuheben. Sie haben dann am Ende weiter nichts verloren, als die Kosten meiner Reise nach New-York.«

Murphy stand auf und ging, vor sich hinsehend, einige Mal im Zimmer auf und ab. Dann öffnete er seinen Koffer und nahm ein mit Banknoten gefülltes Etui heraus. »Es sind genau dreihundert Dollars,« sagte er, indem er es leerte; »zählen Sie nach. Jetzt werden Sie mir aber wenigstens sagen können, ob überhaupt oder wie viel etwa fernere Mittel nothwendig sein werden, um Ihren Theil an unserer Arbeit zu einem bestimmten Ende zu bringen«

»Wie kann ich das wissen, Sir?« erwiderte Seifert, mit höflicher Miene die Achsel zuckend; »wie kann ich alle Hindernisse, die vielleicht überwunden werden müssen, vorausberechnen? Hundert Dollars mehr oder weniger hängen bei Unternehmungen dieser Art oft von der augenblicklichen Laune *der* Menschen ab, welche die praktische Arbeit in der Sache zu thun haben. Den Jungen zu entführen ist Kinderspiel; aber es zu veranstalten, daß er nicht vermißt wird, daß die übrigen Erben ohne Hinderniß in das Ver-mächtniß eingesetzt werden können, daß Sie keine Schwierigkeiten finden, um Ihr Abkommen wegen des Besitztitels zu treffen – *das* ist ein Unternehmen, welches mehr als gewöhnliche Mittel verlangt. Hier liegt das Geld, falls Sie noch irgend welche Bedenken haben sollten –«

»Nehmen Sie und gehen Sie an die Arbeit,« sagte der Advocat, sich die Stirn reibend, »Sie wissen recht gut, daß ich nicht zurück kann, wenn ich nicht den ganzen Plan aufgeben will.«

Seifert erhob sich, ging auf den Advocaten zu und legte die Hand auf seine Schulter. »Der Teufel ist noch immer ehrlicher gewesen als die, welche stets den Herrgott auf der Zunge haben. Das war das Wort, mit dem Sie mir auf dem Dampfboot Ihr Vertrauen schenkten, und daran mögen Sie nur ruhig festhalten,« sagte er. »Aber,« fuhr er fort, und sah dem Advocaten mit einem eigenthümlichen Blick ins Auge, »den Teufel haben auch Wenige noch ungestraft betrogen, und Sie mögen auch *dieser* Wahrheit in unserem Falle sicher sein.«

»Habe ich schon etwas gethan, das Sie zu irgend einem Verdachte gegen mich berechtigen könnte?« unterbrach ihn Murphy, den Kopf hoch aufrichtend.

»Zu Thaten war es wol die Zeit noch nicht – eben so wenig wie am Keim einer Pflanze gleich die Früchte hängen, obgleich der Erfahrene genau weiß, wie diese einmal aussehen werden,« erwiderte Seifert mit demselben Blicke wie zuvor.

»Ich verstehe Sie nicht, Sir.«

»Desto besser für Sie, und ich wünsche, daß ich Ihnen den Sinn meiner Worte nicht künftig einmal zu erklären brauche. Halten Sie Ihr Versprechen wegen meines Gewinn-Antheils an dem ganzen Unternehmen später so ehrlich, wie ich meine Zusagen jetzt erfüllen werde, so haben wir Beide nichts zu sorgen.«

Damit drehte er sich weg und ergriff die Banknoten, die er langsam und bedächtig durchzählte und dann in seine Geldtasche packte. »Es ist möglich, Sir, daß Sie mich die ganze Nacht nicht wiedersehen,« sagte er dann, »kommt uns aber bis morgen Mittag dieser Mr. Helmstedt nicht in den Weg, so denke ich, bis dahin die Hauptsache geordnet zu haben.«

Murphy war ans Fenster getreten. »Und wann kann ich darauf rechnen, Sie wieder zu sehen?« fragte er, ohne sich umzudrehen.

»Jedenfalls morgen um diese Zeit, wenn nicht früher,« erwiderte Seifert und nahm seinen Hut. »Aber noch Eins, Sir, wenn Sie mir die Ehre gönnen wollen, Ihr Gesicht zu sehen.«

Murphy wandte sich langsam um.

»Ich bin,« fuhr er Erstere fort, »unter allen Umständen, mag passiren was da wolle, Henry Wells, Geschäftsmann von New-York, den Sie schon längere Jahre von seinen Reisen im Süden her kennen. Es können Fälle eintreten, wo an einer einzigen Unvorsichtigkeit in dieser Beziehung der ganze Erfolg meiner Arbeit scheitern kann.«

Murphy nickte, und Seifert verließ das Zimmer. – –

In einer der Querstraßen nahe dem Hafen, deren Bewohnerschaft fast nur von dem Gelde der ankommenden Schiffsmannschaft lebt und in den zahlreichen Trinklocalen, Tanzhäusern und Kaufläden aller Gattungen jedes Mittel aufgeboten hat, um auch den letzten Penny aus den Taschen der Matrosen zu locken, stand ein einstöckiges Haus, das sich indessen durch eine Breite von wol sechzig Fuß, einen reinlichen, gelbbraunen Anstrich und durch eine bunte Gaslaterne über der Thür vor den übrigen, größtentheils schmalen und unsaubern Localen auszeichnete. Ein Gang führte von dem Haupt-Eingange nach einem großen, geräumigen Tanzsaale im hintern Theile des Hauses, während sich im vordern Theile auf einer Seite des Ganges ein Trinklocal und auf der andern ein Bilardzimmer befand.

Es war zehn Uhr, und aus dem Tanzsaale klangen die Töne einer Polka, oft von dem Stampfen und Aufjauchzen der Tänzer übertönt, während in dem vordern Trinkzimmer nur ein schläfriger Barkeeper hinter dem Schenktische lehnte. Bald aber öffnete sich die Verbindungsthür und zwei Männer, in heftigem Wortwechsel begriffen, traten aus dem Saal herein. Der eine war eine Gestalt von weit über sechs Fuß Höhe, mit einem Nacken und einem Schulternpaare, welche die Natur kaum für etwas Anderes als einen Lastträger geschaffen zu haben schien, während das frische, gutmüthige Gesicht darüber jede Sorge über eine Begegnung mit dem Goliath sogleich niederschlug. Der andere war mehr von geschmeidigem, nervigem Bau, aber seine Züge trugen denselben Ausdruck von Wüstheit und Verlebtheit, welchen man so oft unter den Besuchern dieser Tanzhäuser trifft.

»Hier – so!« rief der Erstere, während er die Thür nach dem Saale schloß; »jetzt laß mit dir reden, Ben, und bringe mich nicht in Hitze – du weißt, was dann passirt! Die Mary steht heute Abend unter meinem Schutze, und wer sie anrührt, hat ganze Knochen *gehabt*! Wir sind in einem freien Lande, und wenn sie dich nicht mehr mag, so mußt du's zufrieden sein.«

»Ich habe mit ihr als Mann und Frau gelebt; das gilt in New-York so viel als verheirathet, und weder du, noch irgend Jemand soll mir mein Recht streitig machen!« rief der Zweite auf den Tisch schlagend.

»Das Mädchen geht mit mir, und das ist Alles.« Er drehte sich nach der Saalthür um, aber die Hand des Riesen, wol um die Hälfte größer als gewöhnliche Menschenhände, legte sich wie Eisen auf seine Schulter.

»Mach mich nicht böse, Ben; du kennst den Dutch Charley!« sagte dieser, und auf seiner Stirn begann sich eine gewaltige Ader zu zeigend »Die Mary will ordentlich werden, will morgen aufs Land und ist nur noch einmal hierher gekommen, um mich hier zu finden. Sie ist meine Landsmännin, sie steht jetzt unter meinem Schutze, und weiter habe ich nichts mit ihr zu thun. Wer sie aber heute anrührt, du oder wer es sein mag, der hat es mit mir zu thun!«

»Laß mich los!« schrie der Andere, und hatte sich mit einer plötzlichen Wendung dem Griffe seines Gegners entwunden; »komm heran!« rief er und sprang zurück, beide Fäuste in Boxerstellung vor sich streckend. In diesem Augenblicke öffnete sich aber die Saalthür, und zwei andere Männer traten hastig ein.

»Dacht' ich doch so 'was!« rief der eine und sprang zwischen die beiden Gegner. »Bist du toll, Ben, den Charley wild zu machen? und weißt doch, daß das Geschöpf, wenn es hitzig wird, Alles blind zu Brei schlägt, was vor ihm ist, und wäre sein leiblicher Vater darunter! Laßt jetzt den Streit, 's ist noch zu früh, und wenn Ihr euch durchaus hauen *müßt*, so thut's später!«

Dutch Charley, den einen Fuß kräftig vorgesetzt, stand mit drohend zusammengezogenen Augenbrauen da, und über seine Stirn schlängelte sich die Ader wie ein blauer Strick. Der Andere sah ihm mit einem bösen Blicke ins Gesicht und ließ dann die geschlossenen Fäuste sinken. »Ich will jetzt keine Unruhe stiften,« sagte er nach einer Pause, »aber ich werde mir mein Recht verschaffen, wenn es Zeit ist.«

»Thue was du willst,« erwiderte der Goliath, »nur wahre dich, daß ich nicht dabei bin.«

»Die Zeit wird Alles lehren!« Damit drehte sich sein Gegner um und schritt zur Thür nach der Straße hinaus.

Eine Minute stand er vor dem Hause und sah wie überlegend die Straße hinab und hinauf. Kein Mensch ließ sich blicken, wie überhaupt selten Jemand, der etwas zu verlieren hat, so spät diese verrufene Gegend betritt. Nur aus den einzelnen Trinklocalen drang wüster Lärm. Ben schritt langsam die Straße nach der Stadt hinauf. Als er um die nächste Ecke bog, hörte er den Tritt eines sich nähernden Mannes – er stand still und beobachtete, und bald sah er die nächste Gaslaterne eine stattliche Figur und einen seinen Anzug bescheinen.

»Wollen Sie mir wol gefälligst sagen, welche Zeit es ist?« fragte er, dem Herankommenden entgegengehend.

Dieser warf einen musternden Blick auf den Frager. »Mit Vergnügen,« sagte er dann; »lassen Sie uns nur hier an die Laterne treten.« Kaum aber war Ben der Aufforderung gefolgt, als ihm auch die sechs Mündungen eines Revolvers ins Gesicht starrten, welchen der Fremde statt der Uhr hervorgezogen hatte.

»Teufel!« rief Jener, überrascht zurückspringend; »ich sehe, daß Sie um die Zeit Bescheid wissen. Ich danke schön für die Auskunft!«

»Einen Augenblick noch!« rief der Fremde, als sich der betrogene Spitzbube in die nächste Seitenstraße schlagen wollte, und senkte seine Waffe; »ist das nicht der Ben?«

Dieser blieb stehen und warf einen mißtrauischen Blick zurück.

»Der immer Nr. 4 Howardstreet sein Absteigequartier hatte?« setzte der Fremde hinzu.

Der Andere kam vorsichtig heran. »Beim Donner!« rief er plötzlich, »das ist der Graf! Wo in Teufels Namen kommen Sie denn her, um Ihren Bekannten solche Streiche zu spielen?« Er hielt seine Hand hin, die Jener ohne Bedenken ergriff.

»Und wie kommen *Sie* denn zu den Geschäften, bei denen ich Sie treffen muß, Ben?« sagte der Angeredete. »So weit herunter gekommen seit den paar Monaten, in denen ich von New-York weg war?«

»Nur nicht den Mund so voll genommen, Verehrter,« war die Antwort; »ich erinnere mich der Zeit noch sehr wohl, wo andere Leute gleichfalls so herunter waren, daß sie gern ein Straßengeschäft, wie ich soeben, gemacht hätten, wenn's nicht vielleicht am Besten, an der Courage, gefehlt hätte!«

»Ich danke für diese Art Courage, Ben!«

»*All right, Sir!* Wie darf man denn aber den Herrn jetzt nennen, ohne anzustoßen?«

»Ich heiße Henry Wells, wenn Ihr nichts dagegen habt!«

»Also amerikanisirt – guter Gedanke das! Und darf man fragen, was den Mr. Wells in diese so wenig fashionable Gegend führt?«

»Fragen darf Jeder – Ihr sollt aber auch eine Antwort haben, Ben; ich habe ein Geschäft mit Bill West abzumachen.«

»Beim Donner, das sind *Sie* also!« rief der Andere und schlug mit der Faust in die linke Hand, »und ich hätte die ganze Geschichte beinahe über meinem Aerger vergessen. Wir gehen mit einander, Squire,« fuhr er fort und faßte Seiferts Arm; »Bill hatte mich bestellt, um Ihrer Conferenz mit ihm beizuwohnen – wissen Sie, wir arbeiten seit einiger Zeit bei größeren Geschäften im Partnership.«

»Auch ein guter Gedanke das!« lachte Seifert und schritt an Bens Arme die Straße hinab, dem Tanzhause zu. »Sagt einmal,« begann er nach einer Weile wieder, »existirt der *Todtengräber* wol noch? Ich war neun Monate von New-York weg, und muß meine Personal-Kenntniß erst neu ergänzen.«

»Alles noch frisch auf den Beinen; ich habe ihn vor kaum zehn Minuten mitten unter einem Haufen von Mädchen verlassen – er hat an den Medicin-Studenten, denen er Leichen für ihre Studien liefert, seine regelmäßigen Kunden und läßt gern etwas darauf gehen.«

»Das klappt, wie es nur gewünscht werden kann,« brummte Seifert; »steckt ihm ein Wort, daß ich ihn brauche, Ben!«

Sie hatten das Tanzhaus erreicht und schritten in das Trinkzimmer. Ben verschwand im Tanzsaal und kam bald mit zwei andern Männern zurück, die, ohne ein Wort zu sagen, dem Neuangekommenen die Hand schüttelten. Einer von ihnen nahm aus einem an der Wand hängenden Blechkästchen einige Streichzündhölzer und verließ dann durch eine nach dem Hofe führende Seitenthür das Zimmer. Die vier Männer schienen sämmtlich genau mit der Localität bekannt zu sein, denn ohne Anstoß und Zögern gelangten sie durch die Dunkelheit nach einer Fallthür am Ende des Hauses, welche der Vorderste öffnete und, als der letzte Mann darunter verschwunden war, wieder schloß. Dann entzündete er eins der Streichhölzer an seinem Aermel, nahm aus einer Vertiefung in der Mauer ein Stück Licht und brannte es an. Ein Raum, mit gespaltenem Holze und alten Geräthschaften gefüllt, zeigte sich, der indessen schnell durchschritten ward. Eine Thür an dessen Ende, anscheinend ohne Schloß, wurde von dem Voranschreitenden durch einen Druck geöffnet, und ein geräumiges Zimmer mit Tischen, Stühlen, lederüberzogenen Sophas und Gasvorrichtung ausgestattet, that sich auf. Bald brannte ein helles Gaslicht und der Führer schloß vorsichtig die Thür.

»Wird hier noch viel gespielt?« fragte Seifert, sich an einem der Tische niederlassend.

»Je nachdem sich etwas fängt,« erwiderte Ben und rückte Stühle in die Nähe des Tisches; »die Geschäfte in dieser Beziehung sind in der letzten Zeit nur mager gewesen.«

»Well, Gentlemen, wir wollen zur Sache gehen,« sagte Seifert, als die Uebrigen Platz genommen hatten. »Ein kleines und ein großes Geschäft sind abzumachen, und bei keinem ist besondere Gefahr. Ihr, Bill, sollt erstens zum Pfandleiher Meier gehen und die Ellenwaaren, welche Ihr vor drei oder vier Tagen dort versetzt habt, wieder einlösen.«

»Wieder einlösen? Was soll dabei herausspringen?« fragte der Genannte, verwundert aufsehend.

»Was dabei herausspringt, ist meine Sache, über die wir nachher sprechen. Ich frage nur, ob Ihr es thun und mich und Ben als Zeugen mitnehmen wollt.«

»Er wird die Waaren nicht mehr im Hause haben, und selbst wenn er sie noch hätte, wird er weder von uns, noch von den Gütern etwas wissen wollen – für derartige Versatzstücke wird kein Pfandzettel gegeben.«

»Ich weiß das Alles und erwarte auch nichts Anderes. Weigert er sich, so gehen wir wieder weg und jeder von euch Beiden hat mit dem Wege zehn Dollars verdient.«

»Sie machen schnurrige Geschäfte, Mr. Wells – indessen geht das uns am Ende nichts an. Ist das Geld zur Hand?«

»Morgen früh um zehn Uhr gehen wir, und Jeder soll die Zahlung in seiner Tasche haben, ehe er einen Schritt thut.«

»Abgemacht, Sir!« und Seifert empfing von Beiden einen bekräftigenden Handschlag.

»Nun erst ein Wort mit unserm Jack, damit er sich nicht langweilt,« fuhr Seifert fort. »Jack, ich brauche die Leiche eines Judenjungen von ungefähr 14 Jahren, und zwar morgen oder übermorgen Nacht; es ist nicht nothwendig, daß sie ganz frisch ist.«

Jack, der »Todtengräber«, der bis jetzt, das Kinn auf beide Hände gestützt, dem Gespräche zugehört hatte, war augenscheinlich der Jüngste von den Vieren, eine schlanke Figur mit einem Gesichte, das man gutmüthig hätte nennen können, wenn ihm die kleinen, unruhigen Augen nicht etwas Unheimliches gegeben hätten. Jack war jedenfalls ein »Ladies-Man«, denn seine Wäsche war sauber, das rothseidene Halstuch war mit einer koketten Schleife zugebunden, eine vergoldete Uhrkette fiel über seine Weste und der Sitz seiner Kleidung verrieth die größte Sorgfalt für seine äußere Erscheinung. Als ihm Seifert seine Forderung gestellt, begann er sich in den Haaren zu kratzen. »Das ist ein seltener Artikel, Sir,« sagte er nach einer Weile, »und noch schwieriger ist es, ihn an einem bestimmten Tage herbeizuschaffen. Von den Juden kommen nur immer Wenige auf den Armenkirchhof, und ich müßte mich wirklich erst einmal umsehen –«

»Was verlangt Ihr für die Arbeit, Jack?«

Der Todtengräber schüttelte den Kopf. »Ich rede nicht so des Preises wegen,« sagte er, »ich weiß wirklich im Augenblicke noch nicht, welche Schwierigkeiten sich mir entgegenstellen werden und ob ich Sie überhaupt befriedigen kann. Bisher habe ich in meinen Ordres nur die Bezeichnung: männlich oder weiblich, jung oder alt gekannt, auf die Religion hat noch Niemand etwas gegeben –«

»Wenn Ihr noch derselbe Maulwurf seid wie früher,« unterbrach ihn Seifert, »so *weiß* ich, daß Ihr irgend einen bestimmten Auftrag ausführen könnt, sobald sich's nur lohnt; New-York ist groß und bietet ein Assortiment jeder Art. Noch einmal, und antwortet ohne viele Umstände: was verlangt Ihr?«

Jack fuhr sich mit der Hand von Neuem in die Haare. »Und wenn ich auch sagen wollte: fünfzig Dollars,« erwiderte er zögernd, »so weiß ich wegen der Zeit immer noch nicht –«

»Ihr sollt hundert haben und den vierten Theil gleich jetzt als Draufgeld, wenn Ihr Eure alberne Sprödigkeit jetzt bei Seite laßt; ich habe keine Zeit, lange Complimente zu machen, und gehöre auch nicht zu den Grünen.« Er zog eine kleine Rolle Banknoten, die er schon im Voraus abgezählt zu haben schien, aus der Westentasche und legte sie, die Hand darauf haltend, vor sich auf den Tisch. »Nun?«

»Und es muß durchaus ein Jude sein?«

»Eine schwarzköpfige, beschnittene Judenleiche, von etwa vierzehn Jahren, abzuliefern bis spätestens übermorgen Nacht.«

»Und wohin?«

»Bill und Ben werden sie in Empfang nehmen – davon sprechen wir aber nachher. Wie steht's, Jack?«

»Ich werde Hilfe brauchen – es ist das keine gewöhnliche Arbeit –« sagte dieser, seine beiden Kameraden fragend ansehend.

»Nimm den Dutch Charley,« erwiderte Bill, »sag' ihm, die Sache geschehe für einen Doctor, der Untersuchungen anstellen wolle, und er beruhigt sein Gewissen, trägt dir den Körper wohin du willst und schlägt auch noch ein paar Polizisten ohne den geringsten Spectakel nieder, falls sie euch in den Weg kommen sollten.«

Der Todtengräber nickte nachdenklich. »Ich werde das Geschäft übernehmen, Sir,« sagte er nach einer Pause, und reichte die Hand über den Tisch. Seifert faßte sie, empfing einen kräftigen Druck und schob ihm dann die Banknoten entgegen. »Fünf und zwanzig Dollars, richtig gezählt,« sagte er; »die übrigen fünf und siebzig, sobald die Waare abgeliefert und untersucht ist.«

»Ich werde nicht auf mich warten lassen!« erwiderte Jack, während er ein elegantes Portemonnaie aus der Hosentasche holte und das Papiergeld sorgfältig hineinlegte.

»Und nun, Gentlemen, zu dem eigentlichen Hauptgeschäfte,« begann Seifert von Neuem, »denn was Jack thun wird, ist nur ein untergeordneter Theil desselben. Ich werde morgen Mittag gegen ein Uhr an der Landung hier unten mit einem jungen Menschen sein, der für wenige Tage, bis ich ihn selbst abholen werde, unsichtbar gemacht werden muß. Ich hoffe, er wird gutwillig irgend Jemandem, den ich ihm bezeichnen werde, folgen. Weiß Einer von euch einen sichern Ort außerhalb New-Yorks, wo man ihn verbergen könnte? Ich hoffe, daß ein guter Vorwand ihn ruhig halten wird, indessen müßte nöthigenfalls auch für seine zwangsweise Zurückhaltung gesorgt sein.«

»Ich habe morgen Mittag ein Privatgeschäft und muß deshalb bitten, mich zu entschuldigen,« sagte Ben, die Hände in die Hosen steckend und sich auf seinem Stuhle zurücklehnend, »indessen hat Bill Verbindung in Philadelphia –«

»Wenn ich so weit mit dem jungen Menschen gehen darf,« fiel dieser ein, »so wäre es mir ein Leichtes, ihn sicher unterzubringen – es darf natürlich auf einige Dollars dabei nicht ankommen.«

»Natürlich nicht!« nickte Seifert, »und die Entfernung des Orts, wo er untergebracht wird, ist mir gleich, wenn er dort nur wohl verwahrt ist. Ueber den Geldpunkt werden wir nachher reden. Diesen jungen Menschen,« fuhr er fort, »werde ich vorher mit neuen Kleidern versehen lassen; seinen alten Anzug aber hat Einer von euch aufzubewahren und damit, vom Hemde bis zum Rocke, die Judenleiche zu bekleiden, sobald sie ankommt. Keine von den Kleinigkeiten, welche ein junger Mensch in der Regel bei sich trägt, Messer, Notizbuch, Geldtasche und dergleichen, darf dabei verloren gehen, Alles muß in den Taschen verbleiben. Sobald dies geschehen ist, wird mit irgend einem schweren, stumpfen Werkzeuge das Gesicht der Leiche unkenntlich gemacht und diese dann in den North-River geworfen. Der Erfolg der ganzen Arbeit hängt von der genauen Befolgung dieser Anweisung ab. Die Verwandlung und Beseitigung des todten Körpers muß eine Stunde nachdem ihn Jack abgeliefert hat, geschehen sein. Damit wäre das Geschäft beendigt, und nun theilt euch in die Arbeit und macht euere Preise.«

Ben sprang von seinem Stuhle auf. »Bei Gott, Graf,« sagte er und schlug auf den Tisch, »Sie sind noch gerade derselbe wie früher, immer nur großartige, noble Geschäfte. Das ist jetzt wieder einmal eine ganze Intrigue, die ich bewundere, wenn ich auch nur einen einzelnen Faden davon sehe, und ich thäte aus reinem Gefallen daran meine Arbeit umsonst, wenn sie nicht so gar widerwärtiger Natur, wenigstens für mich wäre. Jack hat andere Nerven als ich, oder ist durch die Gewohnheit in seinem Geschäfte abgestumpft.«

»Ich möchte doch wissen, was stärkere Nerven verlangt,« unterbrach ihn der Todtengräber, sich mit indignirter Miene erhebend, »einem lebendigen Menschen mit der Schlinge die Kehle zuziehen und ihm, während er verzweifelnd nach Luft schnappt, die Taschen ausleeren, und was dergleichen Geschäfte noch mehr sind – oder einen stummen Todten, der nichts fühlt, wegtragen und damit der Wissenschaft helfen.«

»Stop, Jack, du bist ein Hauptkerl und sollst meinetwegen Recht haben,« rief der Andere lachend, »ich habe dir durchaus nicht zu nahe treten wollen. Also jetzt wegen der Vertheilung der Arbeit. Bill geht morgen mit dem jungen Menschen nach Philadelphia, und ich werde jedenfalls so viel Zeit erübrigen, um die alten Kleider in Empfang nehmen zu können. Das Weitere wegen der Toilette der Judenleiche und ihrer Verwandelung werde ich mit Jack besprechen. Jedenfalls können Sie sich darauf verlassen, Graf, daß wenn das Ding im North-River aufgefischt wird, kein Coroner es anders als nach den Kleidern, die es trägt, und nach den Gegenständen darin beurtheilen kann.«

»Gut,« nickte Seifert befriedigt, »ich sehe, Ihr faßt meine Idee gut – also hübsch saubere Arbeit, ich verlasse mich auf Euch! Und nun aufgemerkt, um die Verhandlungen kurz zu machen. Morgen Mittag zahle ich an Bill, wenn er nach Philadelphia geht, fünfzig Dollars, da er Ausgaben haben wird, und Euch, Ben, fünf und zwanzig auf Abschlag. In drei Tagen aber, das ist am nächsten Sonntag, wenn der Knabe bis dahin wohl verwahrt gewesen und auch Bens Arbeit sich als gewissenhaft ausgewiesen hat, Jedem noch einmal fünf und zwanzig Dollars – ich deute so ist in Allem ein richtiges Verhältniß, und zu Eurer Sicherheit will ich vorher den Aufenthalt des Knaben nicht wissen. Bill mag an Ben die Adresse geben, damit ich einen Anhalt habe, falls Einem von euch etwas Polizeiliches passiren sollte. Einverstanden?«

Die Hände der Beiden streckten sich ihm entgegen, und er drückte eine nach der andern. »Sollte außerdem etwas passiren, so wißt ihr, wo Nachricht zu hinterlassen oder zu erhalten ist,« sagte er; »– morgen früh um zehn Uhr den Besuch bei Abraham nicht zu vergessen; und nun,« fuhr er fort, sich erhebend und eine Fünfdollar-Note aus der zweiten Westentasche ziehend, »ist hier etwas für ein paar Schluck Brandy – es ist Alles, was ich heute bei mir trage. Oder,« lachte er nach einer kurzen Pause, als er in die Gesichter vor sich sah, von denen jedes die Note und auch die Bewegungen der beiden Andern zu bewachen schien, »ich werde den Schatzmeister machen, bis wir hinauf kommen und wechseln können.«

»Verdammt klug gethan,« brummte Ben aufstehend und drehte sich auf dem Absatze nach der Thür. Bill zündete das Talglicht an und verlöschte das Gas – und vorsichtig trat die Gesellschaft wieder den Weg nach der Oberwelt an.

4.

Es war am nächsten Tage Nachmittags, als das Dampfschiff »Southerner« von Charleston kommend, im Hafen von New-York einlief und sich neben einen der kleinen Küstendampfer legte, welcher eben für seine Abfahrt zu heizen begonnen hatte. Die Menge der Passagiere hatte bereits das gewaltige Schiff verlassen, als noch ein junger Mann mit seinem Reisesacke langsam über das Verbindungsbrett nach dem Ufer schritt; er sah um sich, wie man bekannte Gegenden, die man von Neuem betritt, mustert, und wies den Haufen von Miethkutschen und Handkärrnern, die sich mit Dienstanerbietungen um ihn drängten, mit einer Sicherheit zurück, die deutlich genug bewies, daß er kein Neuling auf New-Yorker Boden war. Eben machte er sich fertig, seinen Weg durch eine der hier ausmündenden Straßen weiter zu verfolgen, als ein Auflauf von Menschen an der Landungsbrücke des kleineren Dampfers seine Aufmerksamkeit erregte. Er schritt näher hinzu und sah eine junge, weibliche Gestalt mit einer Reisetasche an der Hand in dem Kreise der neugierig zusammengelaufenen Menschen, vor welcher ein Mann in schäbigen Kleidern perorirend stand.

»Ladies und Gentlemen,« wandte sich dieser so eben an die Zuschauer, »Sie sehen hier ein Muster von ehelicher Treue vor sich, das mir mit diesem Steamer auf und davon gehen wollte, dem ich aber noch zur rechten Zeit den Weg vertreten habe. Schämst du dich nicht, Mary, vor den Menschen, und willst du mir nicht gutwillig nach Hause folgen?«

»Er lügt, er lügt!« rief das junge Weib zornig, »ich habe mit ihm nicht mehr zu thun gehabt als mit jedem Andern; er ist ein Lump und ein Spitzbube, der mich nicht aus seinen Krallen lassen will.«

»Schimpfe, Mary, wenn du nicht anders kannst,« sagte der Mann mit der Miene gekränkter Unschuld – »Sie wissen, Gentlemen, wer schimpft hat immer Unrecht! Aber sage, Mary, sind wir nicht seit länger als einem Monat Mann und Frau, wohnen in einem Zimmer und theilen dasselbe Bett? Hier, Gentlemen,« fuhr er fort, auf zwei Männer desselben Schlags wie er, hinter sich deutend, »hier sind Zeugen, die meine Aussagen bestätigen können. Komm', Mary, und thue was recht ist; fort darst du doch nicht, und wenn ich die Polizei zu Hilfe nehmen sollte.«

»Er lügt, ich war nie seine Frau!« rief das Weib, in einen Strom von Thränen ausbrechend.

»Ja, er lügt!« wurde plötzlich eine gewaltige Stimme laut und ein Mann, der alle Andern überragte, warf die umstehenden Menschen bei Seite und stellte sich neben die Angegriffene. »Bist du da, Ben? So! Und du hast dir meine Warnung, das Mädchen nicht weiter zu verfolgen, nicht zu Herzen genommen? Komm heran, wenn dir der Dutch Charley nicht zu viel ist! Das Mädchen ist weder deine Frau, noch wirst du sie hindern, jetzt aufs Land zu gehen; sie ist meine Landsmännin, die ich kenne und die jetzt unter meinem Schütze steht! Komm mit mir, Mary!«

Der Andere gab seinen beiden Kameraden einen Wink zu folgen, und faßte das junge Weib in dem Augenblicke am Arme, als sie sich mit ihrem Beschützer nach dem Dampfboote wandte. »Sie bleibt, und ich will doch sehen, ob ein Ehemann sein Recht nicht durchsehen kann!«

Charley sah dem Menschen, wie ganz verdutzt über dessen Keckheit, einen Augenblick ins Gesicht; im nächsten hatten diesen aber auch schon die gewaltigen Hände des Riesen gepackt, in die

Höhe gehoben und so auf seine zwei nachfolgenden Kameraden geworfen, daß alle Drei wie umgeworfene Kegel im Sande lagen.

Ein brüllendes Gelächter der Umstehenden lohnte die Kraftprobe – mitten hindurch klang die Pfeife des Dampfboots.

»Vorwärts, Mary, das Schiff geht ab!« rief Charley dem Mädchen zu, »ich halte dir die Burschen vom Leibe!« und bereitwillig öffnete sich der Menschenkreis, um die Verfolgte durchzulassen.

Schnell genug hatten sich die Niedergeworfenen aus ihrer augenblicklichen Betäubung erholt und stürzten jetzt, wie Bullenbeißer auf den Bären, auf den Sieger los. Den Ersten traf ein Faustschlag, daß er wieder zurück auf den Boden flog, der Zweite aber hatte mit raschem Griffe die Kehle des Goliaths gepackt, während der Dritte ihn unterlaufen und zum Niederwerfen um den Leib gefaßt hatte.

In diesem Augenblicke bahnten sich zwei Männer in blauen Röcken den Weg durch die Menge – »die Polizei!« flog es durch den Kreis der Zuschauer und schlug wie mit magischer Gewalt in die Ohren der Kämpfenden; jede Hand löste sich und die drei Angreifer waren unter den übrigen Menschen verschwunden, eben als die beiden Beamten den wirklichen Kampfplatz betraten. Der große Dutch Charley allein stand da und fühlte auch sofort die Hand der Obrigkeit auf seiner Schulter.

»Sie sind arretirt!«

»Weshalb?« fragte Charley, sich verwundert umsehend.

»Wegen öffentlicher Schlägerei!«

»Darf sich ein Mensch nicht seiner Haut wehren, oder ein angegriffenes Mädchen in Schutz nehmen?«

»Das wird sich finden, Sie haben jetzt mit mir zu kommen!«

Charley warf einen Blick unter die Menschen, die ihn umstanden hatten, als wollte er sich nach einem Freund in der Noth oder einem Zeugen für seine Sache umsehen; aber mit dem Auftreten der Polizeibeamten hatte sich die Zuschauermenge wunderbar gelichtet und sein Auge traf auf nichts als Leute, welche sich zu entfernen bestrebten.

»Haben Sie denn gesehen, was hier vorgegangen ist?« fragte er endlich, beide abwechselnd ansehend.

»Genug, um Sie zu verhaften,« erwiderte der Eine, »und Sie thun gut, keine großen Umstände zu machen.«

Da trat der kurz zuvor mit dem »Southerner« angekommene Passagier heran.

»Der Mann war meines Erachtens nicht im Unrechte, Gentlemen,« sagte er, »und wenn es ihm dienen kann, will ich gern für ihn zeugen; ich habe der ganzen Affaire beigewohnt.«

»Haben Sie ein Interesse an dem Arrestanten?« fragte der Beamte, ihn scharf fixirend.

»So viel als Jemand haben kann, der eben aus dem Süden kommt,« erwiderte er, auf den noch rauchenden Dampfer deutend, »und einen Menschen arretiren sieht, weil er sich eines schutzlosen Mädchens angenommen hat.«

Der Beamte maß den Sprecher von Kopf bis Fuß.

»Würden Sie Bürgschaft für den Mann stellen?«

»Bürgschaft? Ich sehe ihn ja zum ersten Male und biete nur mein Zeugniß über den Hergang des jetzigen Vorfalles an. Er hat nichts Anderes gethan als was ich oder Sie selbst als Gentlemen thun würden, wenn Sie ein Mädchen Ihrer Bekanntschaft bedrängt sähen!«

»Laß ihn laufen!« sagte der zweite Polizeibeamte, sich wegdrehend; »ich glaube kaum, daß etwas bei der Sache herauskommt!«

Der Erstere sah den Arrestanten und seinen Vertheidiger prüfend an.

»Nehmen Sie sich in Acht,« sagte er zu dem Riesen, »daß ich Sie nicht nochmals bei einem ähnlichen Straßenspectakel finde – es könnte schlimmer auslaufen als heute.«

Damit folgte er langsam seinem bereits davongeschrittenen Collegen, und auch der neuangekommene Passagier wollte seinen Weg fortsetzen, als er sich am Arm gefaßt fühlte.

»Sie werden mich doch ein ›Danke schön‹ zu Ihnen sagen lassen, ehe Sie gehen?« sagte der erlöste Arrestant, »Sie haben besser an mir gehandelt als alle die verdammten Kerle, wie sie dahin laufen, die mich, ohne ein Wort zu sagen, hätten einstecken lassen, obgleich sie wußten, daß ich nichts Unrechtes gethan.«

»Nichts zu danken, Sir,« erwiderte der Fremde, »ich that nur, was ich für eine einfache Pflicht gegen Jeden gehalten hätte.«

»Alles eins, Sir, und ich wollte Ihnen nur sagen, daß, wenn Sie einmal irgend einer Hilfe bedürfen, wozu ein paar feste Arme erforderlich sind, Sie nur ein Wort für den Dutch Charley bei dem alten Omsby in Jamesstreet zu hinterlassen brauchen. Und nun sagen Sie mir auch wenigstens Ihren Namen, damit ich Bescheid weiß.«

»Ich heiße Helmstedt,« sagte der Fremde lächelnd, »und wenn ich auch noch keine Aussicht habe, von Ihrem Anerbieten Gebrauch machen zu können, so nehme ich es doch dankbar an; ich habe noch selten ein paar Arme von einer solchen Kraft gesehen, wie Sie eben gezeigt.«

»O, das war doch eigentlich nur Spaß,« erwiderte Charley geringschätzend; »die drei Halunken sind gute Bekannte von mir, und ich wollte ihnen nicht zu wehe thun – ich kam nicht einen Augenblick in Hitze. Wenn ich böse gemacht werde, nehme ich sechs von diesem Kaliber auf mich.«

»Well, Sir, dann ist es freilich besser Freundschaft mit Ihnen zu halten,« erwiderte Helmstedt lachend; »*good bye,* ich muß eilen, daß ich in die Stadt hinauf komme.«

Er fühlte einen Händedruck von dem Riesen, daß er hätte aufschreien mögen, und bog dann in die nächste Straße hinein.

Neun Monate waren erst verflossen, seit Helmstedt New-York verlassen hatte, um mit der ganzen Unternehmungslust der frischen Jugend sein Glück im Süden zu versuchen, und doch war es ihm, wenn er an jene Zeit zurückdachte, als wäre er neun *Jahre* älter geworden. In seinem Fühlen und seiner Weltanschauung war durch Alles, was er geistig und körperlich durchlebt hatte, eine Veränderung mit ihm vorgegangen, deren er erst jetzt recht inne wurde. Er hatte fast unwillkürlich den Weg nach dem Boardinghause in der Williamstreet eingeschlagen, in welchem er, so lange er in New-York lebte, gewohnt hatte. Als ihm aber hier neben manchen andern Veränderungen auch ein neues Schild mit fremdem Namen entgegenblinkte, blieb er stehen und drehte sich langsam wieder um – es war ihm, als sei jetzt jede Verbindung seines früheren Lebens in New-York mit seinem gegenwärtigen Aufenthalte abgebrochen. Er dachte einen Augenblick nach, und als er eine leere Miethkutsche die Straße herauskommen sah, ließ er sich nach einem der Broadway-Hotels fahren.

Als ihm dort ein anständiges Zimmer angewiesen worden war, warf er sich auf das Sopha, um die nächsten Schritte zu überlegen, die ihn zu einem schnellen Abschluß seiner Geschäfte führen könnten; aber die Erinnerungen aus einem früheren Aufenthalt in New-York verfolgten ihn und bemächtigten sich bald unabweislich seiner Seele. – Scene auf Scene zog an ihm vorüber, bis seine Gedanken endlich an einem Bilde hängen blieben, dem seiner Freundin Pauline Peters, die bei ihrem ersten Begegnen mit ihm hier in dem fremden Lande sich an ihn geschmiegt hatte wie der Epheu an seine Stütze und die er, ihr reines Gemüth mißverstehend, kalt und stolz von sich gewiesen. Jetzt war es ihm, als könne er sich ganz versenken in diese Augen mit dem innigen Ausdruck, wie sie ihn damals angesehen. Sie hatte bald darauf den alten Pflanzer geheirathet und war nun Mrs. Morton – kalt und unzugänglich und sich nur der traurigen Pflicht, der Pflege ihres Mannes widmend; was hinter dieser Außenseite lag, ob eine Resignation, die mit sich und der Welt fertig ist, oder ein niedergehaltenes rebellisches Herz, war nicht zu errathen. Er hatte auch geheirathet und war nicht glücklich geworden; noch niemals aber hatte er so sehr das Verfehlte seiner Wahl gefühlt als in den jüngst vergangenen Tagen, in welchen er die Vorbereitungen zu seiner Reise nach New-York gemacht. Er hatte seiner Frau die Nothwendigkeit derselben freundlich vorgestellt und sie gebeten, die kurze Zeit seiner Abwesenheit in Mortons Hause zuzubringen, des Anstandes und seiner Beruhigung wegen; sie aber hatte ihn mit aufglänzendem Auge angesehen und gefragt, warum sie in ein fremdes Haus und nicht zu ihren Eltern gehen solle, die sie mit tausend Freuden aufnehmen würden? Er hatte ihr, wenn auch innerlich erregt durch ihre Antwort, die manche seiner leisen Befürchtungen bestätigte, doch äußerlich ruhig auseinandergesetzt, daß, so lange der Widerwille ihres Vaters gegen ihn und seine Verbindung mit ihr bestehe, der Aufenthalt bei ihren Eltern sich von selbst verbiete, wenn sie ihren Mann nicht bloßstellen wolle; daß nicht allein ihre Liebe zu ihm, sondern auch ihr Takt sie von einem Wunsche wie der geäußerte hätte zurückhalten sollen. Da war sie in ein schluchzendes Weinen ausgebrochen und hatte gefragt, ob sie denn, wenn der Sinn ihres Vaters sich nicht ändere, zeitlebens fern von diesem und unglücklich sein solle? Helmstedt hatte bei dem Ausbruch gefühlt wie der Ritter in dem Märchen von der »Schwanenjungfrau«, der sich ein Weib aus dem Feenlande gewonnen, das ihn wol hätte lieben können, wenn nicht die Sehnsucht nach ihrer schöneren Heimat sie verzehrt hätte, – und eine drückende Ahnung, daß ein solches Verhältniß für die Dauer nicht bestehen könne, hatte sich seiner bemächtigt. Die Worte des alten Pedlars, welche dieser noch kurz vor seinem Tode warnend zu ihm gesprochen: »Ich habe noch niemals rechten Segen aus einer Heirath zwischen Leuten entstehen sehen, die mit einer verschiedenen Art zu fühlen geboren, und mit so verschiede-

nen Gewohnheiten erzogen werden, wie Deutsche und Amerikaner!«
waren plötzlich vor seine Seele getreten, und ein starker Entschluß,
allen Verhältnissen zum Trotz wenigstens seine äußere Ehre zu
wahren, hatte sich in ihm gebildet. Was dann später kommen
mochte überließ er dem Schicksal. Er hatte seiner Frau gesagt:
entweder liebe sie ihn wie ein rechtes Weib ihren Mann lieben
solle, das, wenn sie sich ihm einmal zu eigen gegeben, auch fest
zu ihm stehe und wäre die ganze Welt gegen ihn, das kein anderes
Interesse habe als ihr gemeinschaftliches – und dann werde sie
gern seinem Wunsche Folge leisten und sich einstweilen unter
Mortons Obhut begeben, – oder ihre Liebe zu ihm sei nur eine
Selbsttäuschung gewesen, und dann würden sie weiter mit einander
reden, wenn er von New-York zurückkäme; bis dahin verlange es
aber seine eigene Selbstachtung, daß sie von einer ihm befreundeten
Hand beschützt werde, zu welchem Zwecke Mortons Haus vorläufig
der geeignetste Aufenthalt für sie sei. Da war sie aufgesprungen
und hatte ihn mit blitzenden Augen, denen man keine Spur von
Thränen mehr angesehen, gefragt, ob er sie zwingen wolle, zu thun
was ihr lästig sei, oder sich an einem Orte aufzuhalten, den sie
nicht liebe? Und Helmstedt, der in diesem Augenblick mehr als je
die breite Kluft erkannte, die zwischen ihnen lag, hatte kalt erwidert,
sie möge thun, was sie für gut halte; mit dem morgenden Tage
aber werde er ihr beiderseitiges lebendiges Eigenthum an Morton
zum Verwahr übergeben und das Haus schließen. Wolle sie dann
dem ganzen County Stoff zu einem Scandal liefern und dem
Manne, den sie sich erst vor wenig Monaten allen ihren Freunden
zum Trotz erkoren, davon laufen, so möge sie es thun, er werde
auch das im Gefühle seines Rechtthuns zu ertragen wissen. – Da
hatte sie von Neuem zu weinen begonnen, war an ihm vorüber
zur Stube hinaus gegangen und hatte sich in ihr Schlafzimmer
eingeschlossen. Sie hatte den ganzen Tag über Niemanden zu sich
gelassen als ihr schwarzes Dienstmädchen, und jede Hoffnung

Helmstedts, ihr noch einmal zu Herzen reden zu können, war fehlgeschlagen, selbst als er Abends das gemeinschaftliche Bett gesucht. Sie hatte sich dicht in eine besondere Decke gehüllt und keine Notiz von ihm genommen. Am Morgen, als Alles zur Uebersiedelung nach Mortons Farm fertig war, hatte er ihr durch ihr Mädchen Nachricht davon geben lassen, und sie hatte, ohne *ein* Wort zu Helmstedt zu reden, den Wagen bestiegen, nur an die Schwarze den Auftrag zurücklassend, ihre bereits gepackte Garderobe nachzubringen; sie hatte auch kein Wort während der ganzen Fahrt nach Mortons Haus geäußert, obgleich Helmstedt mehrere Male versucht hatte, ihr freundlich zuzusprechen.

Das Alles ging an seinem innern Blick vorüber, und dann trat wieder Paulinens Bild vor ihn, wie sie seine Frau empfangen und diese, als sie in deren verweinte Augen gesehen, bei Seite genommen und ihr zugesprochen hatte gleich einem unzufriedenen Kinde – und wie, als Ellen's Mißmuth vor ihrer Liebenswürdigkeit, wenigstens auf augenblicklich hatte weichen müssen, ein Lächeln ihr Gesicht verklärt hatte, das ihn an die Zeit erinnerte, wo er sie in New-York zuerst gesehen.

Mit einem halb unterdrückten Seufzer strich er sich über das Gesicht und sprang dann auf, als wolle er jetzt alle Erinnerungen von sich abschütteln. Er sah nach der Uhr; jedenfalls war es schon zu spät, um heute noch mit den Geschäften zu beginnen – lieber machte er noch einen Gang durch die Straßen, die er früher so oft durchwandert hatte. –

Am nächsten Morgen war er frühzeitig aus dem Bette, kleidete sich sorgfältig an und begann das Studium des New-Yorker Wohnungs-Anzeigers. »Abraham Meier« hieß nach den hinterlassenen Angaben des Pedlars der Mann, bei welchem der Erbe des Verstorbenen in Pflege war. Aber wie viele hundert Meier, Maier, Mayer und Meyer und wie viele Abrahams darunter gab es. Helmstedt hatte lange nachzusehen, war schon einmal, ohne zu finden was er suchte, zu Ende gekommen und hatte wieder mit größerer Vorsicht von vorne begonnen, ehe er einen Meier, der Pfandleiher war und auch Abraham hieß, entdeckte. Er notirte sich die Adresse genau, suchte aus seiner Brieftasche eine beglaubigte Abschrift der letzten Verfügung des Pedlars hervor und machte sich nach 10 Uhr auf den Weg nach Pearlstreet.

Das Haus war schnell gefunden, aber der Eingang war zu Helmstedt's Verwunderung verschlossen. Er klopfte, nachdem er sich vergebens nach einem Klingelzuge umgesehen hatte, mehrere Male stark an; aber erst nach der dritten Wiederholung des Klopfens öffnete sich die Thür gerade weit genug, um ein verstörtes Mädchengesicht heraussehen zu lassen.

»Ich wünsche Mr. Abraham Meier zu sprechen,« sagte Helmstedt.

»Ich glaube nicht, Sir, daß Sie ihn jetzt sprechen können; was wollen Sie von ihm?«

»Ich habe mit ihm wegen des Manuel Goldstein zu reden!«

»Wegen des Manuel?« erwiderte das Mädchen, und es zuckte sonderbar in ihrem Gesichte; »warten Sie, ich werde es Mr. Meier sagen.« Damit schloß sie den Eingang wieder und ließ Helmstedt, der nicht recht wußte, was er aus dem ganzen Benehmen machen sollte, auf der Straße stehen. Bald indessen öffnete sich die Thür von Neuem und das Mädchen lud ihn mit einer stummen Geberde zum Eintreten ein. Sie ging ihm voran, die Treppe hinauf und öffnete dort den Parlor. Nach einigen Minuten des Harrens, in welchen Helmstedt sich die Bilder sammt der übrigen Einrichtung betrachtet und seine stillen Glossen darüber gemacht hatte, erschien Abraham Meier. Er war sichtlich aufgeregt, sein Haar in Unordnung und sein Blick unstät.

»Guten Morgen, Sir!« sagte er; »ist schon etwas entdeckt worden, was zur Aufklärung dienen könnte?«

»Entdeckt worden?« erwiderte Helmstedt verwundert; »Sie nehmen mich wahrscheinlich für die unrechte Person, Sir!« fuhr er lächelnd fort. »Sehe ich Mr. Abraham Meier vor mir?«

Der Pfandleiher starrte ihn eine Weile an und rieb sich dann mit der Hand die Augen, »Ah so,« sagte er, »entschuldigen Sie mich; ich dachte Sie kämen wegen des Manuel, wenigstens sagte das Dienstmädchen so etwas.«

»Ist mit dem jungen Menschen etwas vorgegangen?« fragte Helmstedt, aufmerksam werdend; »ich komme allerdings nur seinethalben hierher. Ich weiß nicht, ob Sie davon unterrichtet sind, daß der alte Isaak Hirsch vor etwa zwei Monaten in Alabama gestorben ist. Er hatte in seinem letzten Willen den Manuel Goldstein zu seinem Erben eingesetzt und mir dessen Vormundschaft übertragen. Ich kam heute Morgen, um die ganze Angelegenheit mit Ihnen zu besprechen.« Er zog die Abschrift der letzten Zeilen des Pedlars hervor und reichte sie dem Pfandleiher hin.

Meier hatte den Worten des Redenden anfangs nur wie nothgedrungen zugehört; bald aber drückte sich ein wachsendes Interesse in seinem Gesichte aus; er griff, als Helmstedt geendet hatte, nach dem Papier und las bis zum Schlusse, starrte aber dann noch immer hinein, als beschäftige ihn ein besonderer Gedanke.

»Sie sagen also, der Isaak Hirsch sei gestorben und habe eine Erbschaft hinterlassen?« sagte er endlich aufsehend; »aber,« unterbrach er sich, »wollen Sie nicht Platz nehmen, Sir?« Er holte geschäftig einen Stuhl herbei und setzte sich, als sich Helmstedt niedergelassen hatte, diesem gegenüber. »Es ist wol nicht der Rede werth, was der alte Mann erspart gehabt,« fuhr er in einem Tone fort, der jedenfalls Gleichgiltigkeit ausdrücken sollte, während indessen seine unruhig sich bewegenden Augen kaum die Antwort erwarten zu können schienen.

»Es mögen gegen zehntausend Dollars in Gelddepositen sein, welche dem Manuel zu Gute kommen werden!« entgegnete Helmstedt.

»Dem Manuel zu Gute kommen?« rief der Pfandleiher, wie plötzlich an etwas momentan Vergessenes sich erinnernd. »Du großer Gott, das ist ja eben die Geschichte! Der Manuel ist ja verschwunden gewesen seit gestern Mittag, und heute Morgen haben sie ihn todt im North-River aufgefischt. Sein Kopf ist ja so jämmerlich zerschlagen gewesen, daß Niemand gewußt hätte, wer er war, wenn er nicht sein Memorandum, worin sein Name und seine Wohnung steht, bei sich gehabt hätte – und da haben sie mir vor zwei Stunden die Leiche ins Haus gebracht. – Zehntausend Dollars! Der arme Junge! Man hätte soviel dem alten Hirsch niemals zugetraut! Das fällt also nun an seinen zweitnächsten Erben! Und Sie haben das Geld in Ihrem Verwahr, Sir?«

Auf Helmstedt hatte die ihm so plötzlich gewordene Nachricht, welche den ganzen Zweck seiner Reise vernichtete, eine Wirkung ausgeübt, welche ihm im ersten Augenblick die Sprache nahm und ihn Meier's letzte Worte ganz überhören ließ.

»Das ist heute Morgen geschehen? und der Todte ist recognoscirt und in Ihrem Hause?« fragte er endlich.

»Vor zwei Stunden wurde die Todtenschau beendigt, und wir Alle in unserer Familie sind noch ohne rechten Verstand. Ich hielt Sie bei Ihrer Ankunft für einen Herrn von der Polizei, der uns irgend einen Aufschluß über das Unglück zu geben beabsichtige. Wenn Sie den Körper sehen wollen – er liegt im Hintergebäude, aber es ist ein schlimmer Anblick.«

Helmstedt drückte eine Weile die Hand vor die Augen ohne zu antworten. Endlich erhob er sich langsam. »Bei dieser traurigen Sachlage,« sagte er, »habe ich in Ihrem Hause freilich nichts weiter zu thun und will Sie nicht länger stören.«

»Aber erlauben Sie mir doch,« rief Meier und stand rasch von seinem Stuhle auf, »was soll denn weiter geschehen? Es muß doch etwas gethan werden wegen der Hinterlassenschaft, von welcher hier in dem Papiere steht? Die Sache geht mich vielleicht näher an, als Sie denken!«

»Versteht sich, wird etwas gethan werden, Sir!« erwiderte Helmstedt, welchen das Wesen des Pfandleihers unangenehm zu berühren anfing, »und ich will Ihnen gern sagen, was ich zu thun gedenke. Ich werde zuerst nach der Polizei-Office gehen, um mich über den Stand der Dinge in Betreff des Todes meines Mündels zu unterrichten, läßt sich an seinem Ableben nicht mehr zweifeln, so werde ich die gesammte Hinterlassenschaft bei der hiesigen Stadtbehörde deponiren, bis die Erbansprüche irgend einer oder der andern Person erwiesen sind.«

»Das ist sehr gut – sehr gut!« sagte Meier und rieb sich die Hände; »aber Sie erlauben mir wol – es ist doch in dem Papier hier nichts über den Betrag der Hinterlassenschaft gesagt; jedenfalls wird doch bei dieser Deponirung irgend ein Nachweis über die Richtigkeit der Summe geliefert werden müssen –«

Helmstedt hob den Kopf empor und sah dem Pfandleiher mit einem so stolzen Blick ins Auge, daß diesem der Nachsatz im Munde erstarb. »Was in der Sache nothwendig ist, wird sich zeigen, wenn die Zeit dafür gekommen ist,« versetzte der junge Mann; »jetzt aber würden Sie mich verbinden, wenn Sie mir jede Antwort auf irgend eine weitere Frage ersparten.« Er schritt nach dem Ausgange des Zimmers und ohne ein weiteres Wort die Treppe hinab.

»Ich wollte nichts sagen, womit ich Sie beleidigen konnte,« stotterte Meier, ihm bis zur Parlorthür folgend. Helmstedt aber schien nicht zu hören, öffnete die Hausthür und verschwand in der Straße.

Eine kurze Strecke war er rasch und noch im Gefühle der Beleidigung, die er sich angethan glaubte, fortgegangen; bald aber wurde sein Schritt langsamer – er begann zu überlegen, welche Maßregeln bei der unerwarteten Wendung der Dinge die geeignetsten für ihn seien. Er wurde durch ein gewaltiges: *How do you do, Sir?* aus seinen Gedanken gerissen und sah aufsehend den Mann vor sich, welchen er gestern am Hafen vor der Verhaftung geschützt hatte.

»Sie nehmen es doch nicht übel, Sir, daß ich Sie so ohne Weiteres auf der Straße anrede?« fuhr dieser fort, »Sie machten aber eben ein so trübseliges Gesicht, daß ich fragen mußte, ob Ihnen irgend etwas in die Quere gekommen sei.«

Helmstedt mußte trotz seiner Verstimmtheit über den treuherzigen Ton der Erkundigung lächeln.

»Mir selbst ist nichts besonders Schlimmes passirt,« erwiderte er, »desto mehr aber einem Andern, der mich angeht. Sie haben vielleicht schon von dem Vorfall heute Morgen, der Leiche des Judenknaben gehört, die aus dem North-River gezogen worden ist – das war ein Mündel von mir, wegen dessen ich die weite Reise von Alabama hierher gemacht und den ich nun todt finde.«

Charley hatte bei Erwähnung der Leiche die Augen weit aufgerissen und fuhr sich mit der Hand hinter das Ohr.

»Ihr Mündel, Sir? – und erleidet denn Jemand Schaden durch die Geschichte?« fuhr er nach einer kurzen Pause fort.

»Wol Niemand als der Todte selbst, wenn man so sagen kann,« erwiderte Helmstedt; »es war ihm vor Kurzem erst ein ganz hübsches Vermögen zugefallen, welches ich heute für ihn anlegen wollte – das geht nun in andere Hände.«

Charley begann sich aufs Neue hinter dem Ohr zu kratzen.

»Ja – aber,« sagte er, als könne er mit einem Gedanken nicht fertig werden, »das ist ja eine ganze Teufelsgeschichte! Sagen Sie, Mister, – ich habe Ihren Namen wieder vergessen – wollen wir nicht einmal an die Ecke hier gehen und ein Glas Bier trinken?«

Helmstedt glaubte jetzt den Grund von Charley's großer Theilnahme errathen zu haben, und nickte lächelnd, um ihn so auf die kürzeste Art loszuwerden. Als der Riese aber in der Bierhalle sein Glas Bier hinuntergestürzt, als sei es ein Fingerhut voll, und Helmstedt bezahlen wollte, hielt ihn Jener zurück.

»Das dürfen Sie nicht thun, Sir, ich habe Sie eingeladen,« sagte er und zog ein wohlgefülltes Portemonnaie aus der Tasche, »ich freue mich, daß Sie es nicht verschmäht haben, mit dem Charley zu trinken. Ich wollte auch eigentlich etwas Anderes,« begann er, nachdem er bezahlt, mit gedämpfter Stimme wieder, und führte den jungen Mann bei Seite. »Wollen Sie mir nicht genau den Namen und den Ort, wo Sie zu Hause sind, aufschreiben? Ich möchte Ihren Namen nicht gern wieder vergessen, und dann – ja, dann kann man ja auch nicht wissen was vorfällt – ich meinte nur so,« fuhr er, wie in halber Verlegenheit fort, als ihn Helmstedt verwundert ansah. »Wollen Sie?«

Helmstedt zog bereitwillig sein Notizbuch hervor, riß daraus ein Blatt Papier und schrieb seine volle Adresse darauf.

»Dank Ihnen, Sir, Dank Ihnen!« rief Jener und steckte den Zettel sorgfältig zu seinem Gelde, »ich denke, Sie werden noch einmal von Dutch Charley hören.«

Helmstedt, als er seinen Weg weiter fortsetzte, schüttelte wol einige Male den Kopf, wenn er an seinen sonderbaren Gesellschafter dachte, hatte aber bald den Vorfall über der Sorge für seine nächstgebotenen Verrichtungen vergessen.

An demselben Morgen um acht Uhr war Seifert in das Astorhaus getreten. Sein Gesicht war bleicher als gewöhnlich, das Halstuch saß locker und verschoben um seinen Hals, und Rock wie Hut waren staubig. Er ging nach dem Bar-Room, stürzte hier ein Glas voll Brandy hinunter, und schritt dann die Treppe nach Murphy's Zimmer hinauf. Der Advocat saß mit einer Zeitung beschäftigt am

Fenster und sah dem Eintretenden mit gespannten Augen entgegen, ohne ein Wort zu sagen.

»Well, Sir,« sagte dieser, den Hut bei Seite stellend, »die Sache wäre somit fertig. Der Erbe ist vor etwa einer Stunde todt aus dem Wasser gezogen worden, und Sie haben jetzt freien Weg. Ich komme soeben vom Polizeistationshaus, wo der Coroner den Körper als den des Manuel Goldstein identifizirt und sein Urtheil abgegeben hat, das freilich die Angelegenheit in etwas räthselhaftem Lichte erscheinen läßt, da der ganze Kopf zerschlagen war und einen wirklich schauerlichen Anblick bot.«

Der Advocat starrte den Erzähler an als sehe er ein Gespenst.

»Was ist das? todt aus dem Flusse gezogen?« sagte er, sich langsam erhebend, mit einer Stimme, die wie von einem plötzlichen Schrecken gelähmt schien. »Sie sind wahnsinnig, Seifert, oder Sie wollen mich wahnsinnig machen. Treiben Sie keine schlechten Späße; die ganze Geschichte bis jetzt hat mich ohnedies mehr aufgeregt, als ich mir jemals hätte träumen lassen!«

»Sie sind eben ein Kind, wie ich schon früher gesagt, und hätten an Unternehmungen wie die begonnene gar nicht denken sollen,« erwiderte Seifert lächelnd, und begann sich seines Rockes wie seines Halstuches zu entledigen. »Sie erlauben mir wol, bei Ihnen etwas Toilette zu machen, mein Hotel ist zu weit weg und ich kann mich wirklich in diesem Aufzuge nicht länger in den Straßen zeigen. Ich habe die ganze Nacht die Kleider nicht vom Leibe gebracht und kaum eine Stunde auf einem Stuhle in einer schmutzigen Kneipe geschlafen!«

Er wollte sich nach dem Waschtische wenden, aber der Advocat faßte mit weit aufgerissenen Augen seinen Arm.

»Seifert, haben Sie den jungen Menschen wirklich –?!«

»Ich?« erwiderte dieser, und über sein Gesicht flog ein Ausdruck, als belustige ihn die Scene. »Nein, Sir, mit derartigen Geschäften gebe ich mich selbst nicht ab. Daß er aber todt ist, werden Sie heute schon in allen Abendblättern lesen.«

Murphy's Hand preßte sich krampfhaft um seines Gefährten Arm. »Seifert, ich habe das nicht gewollt – soweit nicht, und das wußten Sie – meine Hand ist rein an dem Morde, wenn er begangen worden ist.«

Des Andern Gesicht begann sich in finstere Falten zu legen. »Ich heiße Wells, Sir, und ich muß Ihnen gestehen, daß mich Ihr jetziges Jammergesicht den Augenblick bereuen läßt, wo ich Ihnen meine Hilfe für Ihr Unternehmen zusagte. Meinen Sie etwa, wenn Sie den Teufel vor Ihren Wagen spannen, Sie können ihn immer lenken, wie ein wohleingefahrenes Pferd, können verhindern, daß er einmal einen unbeabsichtigten Sprung macht? Unser Zweck ist erreicht, das ist vorläufig die Hauptsache – und werden Ihre Nerven für den Augenblick rebellisch, so trinken Sie ein paar tüchtige Schluck Brandy, das wird Ihnen die richtige Anschauung der Dinge zurückgeben.«

Damit drehte er sich herum und begann sein Reinigungsgeschäft, während Murphy ihn noch einen Augenblick anstarrte und sich dann nach dem Fenster drehte.

Seifert hatte mit aller Sorgfalt vor dein Spiegel sein Haar frisirt und sein Halstuch gebunden, sodann seinen Rock gebürstet und seinen Hut geglättet. »Sagen Sie mir nur einmal, Verehrter,« begann er sodann, sich umdrehend, »den Fall gesetzt, der Erbe, dieser Judenjunge, wäre *nicht* todt, sondern nur verschwunden; würde es denn nicht eine lange Zeit dauern, ehe er als gesetzlich verschollen erklärt und die nächsten Erben in Besitz der Hinterlassenschaft gebracht würden? Zweitens: Könnten Sie für irgend einen Zufall stehen, der ihn während dieser Zeit wieder zum Vorschein brächte und alle gehabte Mühe sammt den verwandten Kosten zu nichts machte? Drittens: Falls er verschwunden bliebe, würde nicht vielleicht während dieser Zeit das Recht des alten Besitztitels, um dessen Erlangung es sich doch bei uns nur handelt, verjähren, da nach den meinerseits eingezogenen Erkundigungen dergleichen Gesetze in jedem Staate bestehen?«

Murphy hatte während Seiferts Rede langsam den Kopf gehoben und sich halb umgedreht.

»Und,« fuhr der Erstere fort, »wenn ich Ihnen nun sage, und bereit bin irgend einen Eid darauf zu leisten, daß ich niemals an eine Ermordung des jungen Menschen gedacht, noch in irgend einer Weise dazu beigetragen habe – würden Sie dann nicht das Unglück, an dem wir Beide kein Haarbreit Theil haben und das nun einmal geschehen ist, segnen, da es uns jede Sorge vom Halse nimmt?«

Murphy's Gesicht begann heller zu werden. »Mr. Wells,« sagte er nach einer Pause, »Sie hätten Advocat werden sollen. – Aber lassen Sie einmal dieses unangenehme Lächeln,« fuhr er fort, als sich bei seiner Bemerkung ein beißender Hohn auf Seiferts Gesicht lagerte; »sagen Sie mir, des Geschäfts-Erfolges halber – denn ein Eid wäre bei Ihnen, der an nichts glaubt, doch nur eine taube Nuß – haben Sie auf keinerlei Weise, weder direct noch indirect, zu dem Tode dieses Manuel Goldstein beigetragen?«

»Ich gebe Ihnen Vollmacht, mich zu übervortheilen und zu betrügen, wie Sie können, wenn meinerseits auf irgend eine Art zu dem Todesfalle geholfen wurde!« rief Seifert, die Hand wie zum Schwure hebend, »ist Ihnen das genug?«

»Ich will Ihnen glauben,« erwiderte der Advocat und setzte sich, die Hand eine Weile vor die Augen drückend, auf das Sopha. »Wollten Sie noch etwas Weiteres sagen?« fragte er dann.

»Well, Sir, der erste Schritt wäre gethan – aber auch nur der erste Schritt!« begann Seifert wieder. »Der nächste Erbe ist, wie Sie wissen, die Frau des hiesigen Pfandleihers Meier. Ich kenne aber diesen Meier. Bekommt er nur den geringsten Wind von dem Vorhandensein und dem Werthe des bewußten Besitztitels, so dürfen Sie sicher sein, daß er ihn mit unbesiegbarer Zähigkeit festhalten wird, und je mehr Sie ihm dafür bieten, je weniger wird er, in der Hoffnung auf noch größeren Gewinn, zu einem Uebereinkommen geneigt sein. Ich habe indessen unsere Angelegenheit so vorbereitet, daß ich den Mann jetzt ziemlich in meiner Hand habe, daß er mich fürchtet, und ich glaube mich für eine theilweise Abtretung des Papiers seinerseits verpflichten zu können. Nur ist hier noch ein kleiner Punkt,« fuhr er höflich lächelnd fort. »Sie werden einsehen, daß ich in meiner Lage das Ende des zu erwartenden Prozesses nicht abwarten kann, ohne wenigstens etwas Geld für mich in die Hand zu bekommen. Ich bitte Sie deshalb vorläufig um etwa fünfhundert Dollars Vorschuß, worauf ich ohne weitere Ansprüche bis zum Ausgang der Verhandlungen mich gedulden werde.«

»Das kann ich nicht, Sir, das habe ich jetzt kaum noch zur Disposition!« rief der Advocat lebhaft aufspringend, »bedenken Sie, wie Sie mich schon abgezapft haben.«

»Ich, *Sie*, Mr. Murphy?« sagte Seifert mit verwunderter Miene, »hat denn meine Tasche schon einen Dollar Ihres Geldes gesehen, den ich mein eigen genannt hätte? Sie scheinen ganz zu vergessen, daß bei einem Unternehmen, wie das unsrige jeder Handgriff theuer und ohne daß über den Preis gefeilscht werden darf, bezahlt werden muß.«

»Ich sage Ihnen, ich zahle jetzt nichts mehr!« unterbrach ihn Murphy und warf sich wieder auf das Sopha. »Wollen Sie Partner in unserem Geschäft sein, so warten Sie auch, bis etwas dabei herausspringt – ich habe so alle die nöthigen Mittel hineingeschossen und Sie nichts –«

»Als meine Arbeit und Gefahr, die das Zehnfache Ihrer paar hundert Dollars aufwiegen!« fügte Seifert scharf hinzu. »Indessen,« fuhr er kalt fort, »handeln Sie nach Belieben, ich hoffe mich selbst bezahlt machen zu können, da ich sehe, wie hier die Sachen stehen.«

Er setzte den Hut auf und wandte sich nach der Thür.

»Wo wollen Sie hin?« rief Murphy.

»Das darf Sie wol jetzt wenig kümmern, Sir, da Sie meinen, mich so *brevi manu* abschütteln zu können!« war die Antwort. Seifert legte die Hand auf das Thürschloß und Murphy sprang auf, des Davongehenden Hand erfassend.

»Sie wollen zum Pfandleiher Meier und diesem die Kenntniß der Angelegenheit verkaufen!« sagte der Advocat mit mühsam niedergehaltener Stimme.

»Vielleicht, Sir,« erwiderte Seifert und sein Gesicht nahm eine steinerne Undurchdringlichkeit an; »vielleicht gibt es aber auch Leute, die mir für die Mittheilung der ganzen Speculation jetzt, wo das Haupthinderniß, der bevormundete Erbe, beseitigt ist, noch etwas mehr zahlen, als ich von Ihnen verlangte.«

Beide Männer standen einen Augenblick Aug' in Auge gewurzelt.

»Ist dies das letzte Geld, was Sie verlangen?« fragte endlich der Advocat mit halb heiserer Stimme, und ein böser Blick stahl sich unter seinen Wimpern hervor.

»Bis zum Ausgang des Processes, ja, Sir! und daß dieser schnell beginnen kann, dafür werde ich sorgen,« erwiderte der Andere. »Eins aber lassen Sie sich zu Ihrem eigenen Heil sagen: Denken Sie nie daran, den Seifert hinters Licht zu führen oder ihn, wenn Sie sich sicher fühlen, wie ein gebrauchtes Werkzeug bei Seite werfen zu wollen. Ehrlichkeit um Ehrlichkeit – im andern Falle aber erinnern Sie sich immer, daß ich keinen Zug thue, ohne mich genügend zu decken.«

Murphy warf einen finstern, kurzen Blick in seines Gefährten Gesicht und wandte sich dann wieder nach dem Fenster. »Ich werde Ihnen das Geld schaffen,« sagte er ohne sich umzusehen; »was wollten Sie wegen eines schnellen Beginnens des Processes sagen?«

»Eins nach dem Andern, Sir; lassen Sie uns zuerst den Geldpunkt ordnen!« erwiderte Jener, noch immer das Thürschloß in der Hand.

Der Advocat machte eine Bewegung der Ungeduld, zog dann seine Brieftasche hervor und warf aus dieser eine Bank-Anweisung auf den Tisch. »Hier ist, was Sie verlangen,« sagte er; »jetzt habe ich kaum noch so viel, um meine Hotel-Rechnung zu bezahlen und die Reisekosten nach Hause zu bestreiten.«

»Wird auch nicht viel mehr nothwendig sein. – Sie hätten sich übrigens, wo es sich um Erwerbung von Hunderttausenden handelt, besser vorsehen sollen,« erwiderte Seifert und prüfte lange und aufmerksam das hingeworfene Papier. »Dies genügt für jetzt,« fuhr er fort, die Anweisung sorgsam in sein Portemonnaie bergend und dann den Hut abnehmend. »Jetzt, da wir wieder in Ordnung sind, lassen Sie mich Ihnen noch einige Worte sagen, und kehren Sie mir Ihr freundliches Gesicht wieder zu.«

Murphy nahm langsam auf dem Sopha Platz und stützte ohne aufzusehen die Stirn in die Hand. Seifert beobachtete ihn einige Augenblicke. »Wissen Sie, Mr. Murphy,« begann er sodann und holte sich einen Stuhl herbei, »aus einer verdrießlichen Trompete kommt nie ein fideler Ton, wie die Deutschen sagen, und mit einem Gesicht, wie Ihr jetziges ist, werden wir nie ein flottes Geschäft machen.«

»Lassen Sie mein Gesicht sein wie es will,« winkte der Advocat, »und sagen Sie mir einfach, um was es sich handelt.«

»Wie Sie wollen, Sir, aber es ist Thorheit, sich über die nothwendigen Kosten eines Geschäfts zu ärgern, wenn man es einmal begonnen. Die Frage ist also, wie der Pfandleiher Meier, oder vielmehr dessen Frau, welche jetzt die eigentliche Erbin ist, am schnellsten für unsern Zweck willig zu machen ist. Well, als ich mich nach unserer Ankunft hier nach Leuten umsah, durch welche der frühere Erbe beseitigt werden könnte, wollte es der Zufall, daß ich auf einen Menschen stieß, der mit besagtem Meier oft in einem Geschäftsverkehr gestanden, welcher wenigstens in den Augen der Polizei nicht ganz sauber ist. Meier macht einfach den Diebeshehler. Ich gab ihm zuerst Andeutungen, daß ich sein ganzes Treiben kenne; als er aber trotz seiner Betroffenheit von nichts Unrechtem wissen wollte, schickte ich zwei von den Menschen, welche gestohlene Waaren bei ihm versetzt hatten, in seine Office, um die Sachen wieder einzulösen. Die Kerls mußten die Rolle von ehrlichen Leuten spielen; sie erzählten ihm, daß sie erst durch die Zeitung erfahren hätten, daß die Güter, welche sie ihm gebracht, gestohlenes Eigenthum seien, sie wären durch die dritte Hand in ihren Besitz gekommen und sie müßten die Waaren wieder zurück haben, um bei der Polizei Anzeige davon zu machen und nicht selbst in den Verdacht des Diebstahles zu kommen. Ich kam gleich zu Anfang der Verhandlung wie durch Zufall hinzu. Meier war bleich wie eine Kalkwand, läugnete aber, nur zu wissen, von was die Männer sprächen, und wollte es auf eine Durchsuchung seines Hauses ankommen lassen – er hatte sich jedenfalls der verdächtigen Gegenstände schon längst entledigt. – Als jetzt die beiden Kerls drohten, sofort nach der Polizei zu gehen und selbst Anzeige zu machen, warf ich mich biederherzig dazwischen und sagte ihnen, sie möchten doch zuerst dem Pfandleiher Zeit zum Nachdenken lassen, er werde sich vielleicht noch besinnen; morgen möchten sie wieder kommen – und so gingen die Beiden, nachdem ich gewichtig mein Notizbuch gezogen und mir zwei X beliebige Namen als die ihrigen hatte nennen lassen, ab. Ich aber begann nun dem Meier eine Strafrede zu halten – und ich weiß jetzt noch nicht, hat er mich für einen gutmüthigen Polizeispion oder für einen halben Pfaffen genommen – sagte ihm, daß ich selbst seine heimlichen Geschäfte schon längst kenne, daß jetzt zwei bestimmte Zeugen gegen ihn vorhanden seien und daß er sich bei einer Anzeige nimmermehr von der Verurtheilung als Diebeshehler losmachen könne. Ich muß wol sehr eindringlich gesprochen haben, denn Madame Meier kam aus der Hinterstube weinend herbei und mit ihrem: ›Siehst du, siehst du, Abraham!‹ mir gerade gelegen. Ich wurde natürlich von dem Intermezzo

ziemlich gerührt und erklärte dem Pfandleiher, der, ohne ein weiteres Wort reden zu können, mit weißen Lippen dastand, daß nur
in Rücksicht auf seine arme Frau ich mir noch einmal überlegen
werde, was ich in der Sache zu thun habe, ohne meine Pflicht und
mein Gewissen zu verletzen – und ging weg. Das war vorgestern;
ich vermuthe aber, daß das Meier'sche Ehepaar seit dieser Zeit
wenig geschlafen haben wird und daß ihnen bei jeder Oeffnung
ihrer Thür ein Schrecken durch die Glieder gefahren ist. Hoffentlich,
Sir,« fuhr Seifert fort und zog ein Gesicht voll ironischer Treuher-
zigkeit, »werden Sie aus dieser kurzen Skizze ersehen, daß ich
ehrlich und umsichtig meine Pflicht als Partner erfüllt habe und
wol Ihr geschätztes Vertrauen verdiene, das Sie mir so wenig ange-
deihen lassen wollen.«

Murphy rieb sich die Stirn. »Das Ehepaar soll also für den Preis
Ihres Schweigens zu einem Uebereinkommen wegen des Besitztitels
vermocht werden,« sagte er; »der Plan ist so übel nicht, wenn er
vorsichtig ausgeführt wird. Jedenfalls aber müßten wir aus Werk
gehen, ehe die öffentliche Aufmerksamkeit sich der Hinterlassenschaft zuwendet und Smith und Johnson den fraglichen Besitztitel
als noch zu dem Eigenthume des Verstorbenen gehörig in die
Masse abliefern.«

»Ganz meine Ansicht, Sir!« nickte Seifert. »Ich habe für heute
Nachmittag und morgen früh ein kleines Privatgeschäft im Lande
abzumachen – wir müssen doch erst die Leiche des jungen Menschen unter die Erde kommen lassen, ehe wir fernere Schritte thun
– morgen Mittag aber werden Sie mich hier zur weitern Arbeit
bereit finden.«

Er erhob sich und nahm seinen Hut. Der Advocat sah auf. »Ich
hoffe, Sie werden nicht auf sich warten lassen,« sagte er, und um
seine Augen spielte es wie ein unbestimmter Verdacht.

»Ich fehle nie, wo es sich um mein Interesse handelt,« lächelte Seifert in seiner eigenthümlichen Weise. »Vergessen *Sie* nur nie, mich daran fest zu halten.«

5.

Es war in den ersten Tagen des Mai, aber schon hatte die »warme Jahreszeit« in den südlichen Staaten begonnen. Ein dunkelblauer, wolkenloser Himmel spannte sich über die Thäler aus, welche sich zwischen den Ausläufern der Alleghany-Gebirge hinziehen. Kein Lüftchen regte sich, nichts Lebendes war auf den Feldern zu entdecken, kein Laut wurde hörbar, und selbst die Blätter der Bäume schienen, überkommen von der erschlaffenden Wärme, eingeschlafen zu sein. Zwischen seinen hier oft so malerischen Ufern lag der Tennesseefluß regungslos und spiegelte das mannichfach schattirte Gebüsch wieder, wie in einem festen Glase.

Oben an einer der Landungen saß ein einsamer Neger, eben so bewegungslos wie seine ganze Umgebung, und starrte den Fluß hinauf. Er war reinlich in dunkles, baumwollenes Zeug gekleidet und mit einem breiten Strohhute versehen. Stunde auf Stunde verrann, die Sonnenglut schien keinen Einfluß auf sein Gehirn auszuüben, keine Ermattung oder Langeweile schien über ihn zu kommen, noch sein Blick etwas von der Aufmerksamkeit zu verlieren, mit welcher er den obern Theil des Flusses beobachtete. Endlich gegen Abend begannen über den Hügelreihen, welche die östliche Aussicht verdeckten, sich einzelne kleine Wölkchen zu zeigen, welche wieder verschwanden, um bald durch neu aufsteigende ersetzt zu werden. Des Negers Aufmerksamkeit schien zu wachsen; eine Weile noch hielt er den Blick gespannt in die Ferne gerichtet, dann erhob er sich und verschwand in dem Walde, welcher das Flußufer säumte, um indessen nach kurzer Zeit mit zwei gesattelten

Pferden wieder zu erscheinen. Er befestigte denn Zügel an dem nächsten Baume und nahm dann seinen frühern Platz ein. Die Wölkchen waren verschwunden; bald aber brachen sie neu und kräftiger hinter einem der naheliegenden Hügel hervor, und wenige Minuten danach wurde in der nächsten Biegung des Flusses ein herbeikommendes Dampfschiff sichtbar. Der Neger schritt langsam das Ufer nach der Landung hinab, das Fahrzeug kam näher, und schon von fern konnte man einen einzelnen Reisenden am vorderen Buge desselben erkennen.

Der Neger verzog das Gesicht zu einem zufriedenen Grinsen, daß die blendend weißen Zähne bis an ihre Wurzeln sichtbar wurden; er nahm den Strohhut ab, rieb sich den Wollkopf und bedeckte ihn wieder. Jetzt bog das Boot gegen das Ufer; eine Reisetasche, von dem Schwarzen aufgefangen, flog herüber, und ihr nach kam in keckem Sprunge, ohne auf das Niederlegen der Landungsbrücke zu warten, der Reisende.

»Wie geht's, Cäsar?« sagte er, dem Schwarzen die Hand reichend, während das Boot seinen Lauf fortsetzte; »sonst Niemand hier?«

»Ich glaube nicht, Mr. Helmstedt.«

Der Ankömmling sah, die Augenbrauen zusammenziehend, einen Moment um sich und begegnete dann dem Blick des Negers, der erwartend an seinem Gesicht hing. »Es ist doch Alles wohl, Cäsar, und nichts Besonderes vorgefallen?«

»Doch etwas, Sir. Alter Master Morton ist gestorben!« erwiderte der Neger, und in seinem Gesicht begann es sonderbar zu zucken.

Helmstedt sah ihm starr ins Auge; eine ganze Reihe von Gedanken schien ihm plötzlich durch den Kopf zu schießen. »Also wirklich, – ich ahnte fast so etwas!« sagte er endlich langsam. »Und was sonst noch, Cäsar?«

»Well, als sie Mr. Morton begraben hatten, kam der Vater von Mrs. Helmstedt und holte sie nach Oaklea – und die Sarah nahm er auch mit. Nachher kam Ihr Brief, Sir, und ich mußte ihn nach

Oaklea bringen, und dort sagte mir Mrs. Helmstedt, daß Sie heute mit dem Dampfboot ankommen würden und daß ich Sie mit den Pferden erwarten solle. Das ist Alles, Sir!«

Helmstedt sah noch immer unverwandt in des Schwarzen Gesicht. »Und weiter hat meine Frau nichts gesagt? Erzähle mir jedes Wort, – besinne dich, Cäsar!«

»Nichts, Sir. Ich wartete in der Halle, als ich den Brief abgegeben hatte, da kam sie aus dem Parlor – sie war ganz blaß, und sagte mir, was ich thun solle. Im Parlor war Mr. Nelson, der manchmal unser Haus besucht hat, und der Vater von Mrs. Helmstedt; ich hörte sie Beide sprechen.«

Helmstedt wandte den Blick weg und biß die Zähne auf die Unterlippe.

»Soll ich die Pferde losbinden, Sir?« fragte Cäsar nach einer Weile.

»Warte noch einen Augenblick!« erwiderte der Angekommene und schritt, die Augenbrauen dicht zusammengezogen, das Ufer hinauf. Oben setzte er sich auf einen der Baumstümpfe am Wege und rieb sich die Stirn. Lange sah er vor sich ins Weite, und nur ein momentanes Zusammenpressen der Lippen ließ auf den Zustand seines Innern schließen. Cäsar hatte sich zu den Pferden gestellt und schien sich mit den Sattelgurten zu thun zu machen, ließ aber den ersten Blick voller Verständniß nicht von seinem Herrn.

»Hast du den Schlüssel vom Hause mitgebracht?« begann endlich Helmstedt und richtete sich langsam auf.

»Er ist noch bei Mortons, Sir,« erwiderte der Schwarze herbeikommend; »ich glaubte, Sie würden erst dorthin gehen, im Hause ist noch nichts zurecht gemacht.«

Helmstedt schüttelte den Kopf. »Ich denke, wir Beide können uns schnell genug einrichten,« sagte er; »eine Zeitlang werden wir jedenfalls unsere Wirthschaft allein führen müssen.« Er machte eine kurze Pause. »Wir hatten Beide an ein und demselben Tage

Hochzeit gemacht, Cäsar,« fuhr er dann mit mattem Lächeln fort, – »jetzt sind wir unsere Frauen auch an einem Tage wieder los geworden; wir müssen uns vorläufig drein ergeben.«

Der Schwarze verzog sein Gesicht, man wußte nicht, war es ein Ansatz zum Lachen oder zum Weinen. »O!« brach er dann los, »die Sarah mag wegbleiben, ich gebe nichts drum – sie hat mehr böse Mucken als das Jahr Tage, und ich war ein Narr, als ich ihr noch jeden Abend nachlief. Der alte Mr. Morton – Gott segne ihn im Grabe – meinte es gut, als er mich an Mr. Helmstedt schenkte, damit ich Sarah heirathen sollte. Sarah hat mir's aber hinterher selber gesagt, daß sie mich nur genommen, weil mir der alte Isaak, als er starb, seinen ganzen Pedlarkasten voll Bänder und Kleider geschenkt habe. Jetzt hat sie den leer gemacht, und nun will sie auch nichts mehr von mir wissen, – mag sie laufen!«

Helmstedt schien kaum auf die Rede des Negers geachtet zu haben. Er war langsam nach den Pferden zurückgegangen, klopfte einem derselben, das den Kopf nach ihm wandte und ihn beschnobberte, den Hals und löste den Zügel vom Baume. »Du reitest jetzt nach Mortons Haus, Cäsar,« sagte er, »bringst der Mistreß meine Empfehlung und fragst, ob sie mich morgen empfangen wolle. Dann nimmst du unsern Wagen, der dort steht, ladest deine Sachen und die Kleinigkeiten, die von mir noch da sein mögen, darauf und bringst Alles zusammen nach unserm Hause. Ich werde dich in der Stadt im Globe-Hotel erwarten, wenn es auch etwas spät werden sollte.«

Der Schwarze nickte ein: »*very well, Sir!*« Helmstedt bestieg sein Pferd und trabte auf dem wohlbekannten Wege davon. Jedes weiße Farmhaus, das aus seiner grünen Umgebung hervortauchte, grüßte ihn als alten Bekannten, aber Helmstedt hatte keinen Sinn zum Gegengruß. Seine ganze Zukunft war bei dem ersten Schritt auf heimatlichen Boden – denn das hatte ihm Alabama werden sollen – als ein ungelöstes Räthsel vor ihn getreten. Seine Frau war zu ihren Eltern gehangen und hatte sich dadurch von ihm losgesagt, – sie war das verbindende Glied zwischen ihm und diesem Lande, auf ihr Festhalten an ihm hatte er alle seine künftigen Pläne gebaut; und hatte er auch gesehen, daß er sich nie mit ihr so verstehen würde, wie er anfänglich geträumt, so war ihm, dem Deutschen, doch der Begriff der Ehe noch ein so ehrwürdiger, ein so für das ganze Leben bindender Act, daß er wol auf Mittel und Wege, ihre beiderseitige Differenz auszugleichen, aber nie an eine Trennung gedacht hatte. So hatte er wenige Tage vor seiner Abreise von New-York einen Brief an die junge Frau geschrieben, in welchem er ihr seine Rückreise meldete. Es hatte ihn nach einem herzlichen Empfang zu Hause verlangt und er hatte mit warmen Worten Alles besprochen, was vor seiner Abreise von Alabama zwischen ihnen zu stehen schien, hatte ihr das Verhältniß zu ihren Eltern, in welches sie durch schnelle Heirath mit ihm getreten war, klar vor die Seele geführt und ihr versprochen, keine Anstrengung zu scheuen, daß ihr Vater selbst noch stolz auf ihre Wahl werden solle. Er hatte sie gebeten, ihn am Tage seiner Ankunft selbst an der Landung zu erwarten; jetzt hatte er die Antwort auf seine Zeilen – diese Zeilen, welche ihm das reinste Herz und der beste Wille dictirt hatten. Er wußte, als habe ihm es Jemand erzählt, daß Mortons Tod nur ein Vorwand für die Eltern seiner Frau, vielleicht für diese selbst gewesen war, um einen Schritt zu thun, der unter den obwaltenden Verhältnissen und bei seiner ganzen Denk- und Gefühlsweise auch der erste Schritt zu einer Trennung zwischen ihnen Beiden sein mußte. Er hätte seine Frau zurückfordern, hätte sie zwingen können, mit ihm weiter zu leben – aber was wäre dann sein weiteres Leben gewesen? Und sollte er sie den schnellen Schritt, der sie mit ihm vereinigt hatte, den sie vielleicht in Selbsttäuschung, aber doch im vollen Vertrauen zu ihm gethan, für immer bereuen lassen? der ganze Roman seiner Liebe ging noch einmal, Bild für Bild, an seiner Seele vorüber – er konnte, er mochte sie zu nichts zwingen, was ihr Herz ihr nicht selbst dictirte. Aber er wollte selbst auch keinen Schritt zur Lösung der Differenz thun, er wollte die stolze Familie an sich kommen lassen – hatte er sich doch nichts vorzuwerfen. Er wußte, daß er sich jetzt einen ganz neuen Plan für seine Zukunft entwerfen mußte; wußte, daß er allein niemals unter den reichen Pflanzern Alabama's Wurzel schlagen konnte, um eine Selbstständigkeit für sich zu erringen – aber so weit hinaus zu denken, war es noch nicht an der Zeit; die nächsten Tage allein schon mußten alle seine Gedanken in Anspruch nehmen. – Er dachte an Pauline, die er am folgenden Morgen besuchen wollte, um ihr, gemäß dem Versprechen, welches er dem verstorbenen Morton gegeben, seine Hilfe für alle nöthigen Fälle anzubieten. Wie schnell sich doch die Stellung der Menschen zu einander ändern kann! Noch kein Jahr war es her, daß er sie als einzeln dastehendes Mädchen in New-York getroffen, daß sie ihre beiderseitige Kinderfreundschaft von Deutschland her gegen ihn hatte geltend machen und sich warm an ihn hatte anschließen wollen, daß er sich, ihr ganzes Wesen mißdeutend, steif von ihr gewandt – fast wollte es ihm scheinen, wenn er sich die damaligen Scenen und das weiche, lachende Mädchengesicht vergegenwärtigte, als habe er ein ganzes Paradies von sich gestoßen, um einem Phantom nachzujagen. Jetzt war sie eine reiche Erbin, eine junge, schöne Wittwe, welcher überall die glänzendsten Partien zu Gebote stehen mußten – jetzt wollte er um die Gunst bitten, ihr dienen zu dürfen. Der kalte, jede Annäherung abweisende Gesichtsausdruck, mit welchem sie ihm vor seiner Reise nach New-York entgegengetreten war, stand wieder vor seiner Seele, und es wurde ihm, als müsse es ihm bis ins innerste Herz hinein wehe thun, müßte ihn demüthigen wie noch nie zuvor, wenn sie ihm bei seinem morgenden Besuche in derselben Weise begegnen würde. Und doch hatte er kaum ein Recht, etwas Anderes zu erwarten. Mochte es aber auch so sein, er war Mannes genug dazu, um sich selbst und seine Gefühle zu

358

bezwingen; noch war Stolz genug in ihm, daß er sich nach keiner Seite hin eine Blöße zu geben brauchte – konnte er auch keine Zukunft von einiger Verheißung hier im Süden mehr für sich erblicken, so wollte er doch seine gegenwärtige Laufbahn mit Ehren gegen sich selbst zu Ende bringen – für das Weitere mochte dann das Schicksal sorgen. – Helmstedt hatte sich am Schlusse seines Gedankenganges straffer im Sattel ausgerichtet und das Pferd fühlte zum ersten Male seine Schenkel. Die äußersten, zerstreuten Häuser des Städtchens lagen vor ihm; bald begegneten ihm einzelne Menschen, von denen fast Jeder einen Gruß für ihn hatte. Mädchengruppen zu zweien und dreien blieben am Rande der Straße stehen und lachten ihm mit einem: »Wieder zurück, Mr. Helmstedt?« entgegen – es waren Schülerinnen der Akademie, und als er am Globe-Hotel abgestiegen war, dessen Piazza der abendliche Versammlungsplatz der männlichen Aristokratie des Ortes war und ihm hier zehn »*How do you do!*« auf einmal entgegen gerufen wurden, da war seine gedrückte Stimmung verschwunden, er wußte kaum selbst wie – er fühlte, er hatte bereits einen Boden unter sich, den nicht zufällige Beziehungen, sondern sein eigener Werth und seine Thätigkeit ihm geschaffen hatten. Bald saß er in der Mitte der Männer, gab das verunglückte Ergebniß seiner Reise und andere New-Yorker Neuigkeiten, wie sie ihm dort zu Ohren gekommen waren, zum Besten; bald schlug unter den Anwesenden ein Witz und ein derber Scherz den andern, und als endlich Cäsar anlangte, um seinem Herrn zu melden, daß er alle Aufträge besorgt, wußte dieser kaum, wie schnell ihm die Zeit verstrichen.

Als er freilich sein Haus mit den geschlossenen Läden betrat, als Cäsar lange in der Küche umhersuchen mußte, ehe er ein Schwefelholz und ein Stümpfchen Licht aufgefunden hatte, als er endlich sein Schlafzimmer betrat, wo Alles verschwunden war, was an den Aufenthalt einer Frau erinnern konnte, und ihm nur offene Kasten und Schrankthüren entgegengähnten – da wollte wol etwas von seiner früheren Stimmung wieder über ihn kommen; als aber sein Auge den Schwarzen an der Thür traf, dessen Gesicht ein sonderbares Gemisch von Theilnahme und Beobachtung ausdrückte, fühlte er auch, daß er sich nicht gehen lassen dürfe, daß die erste Nothwendigkeit für seine künftige Stellung der Welt gegenüber Selbstbeherrschung sei. Er sandte den Neger weg, um Wasser und Lichte herbeizuholen, öffnete sodann die Fenster und brachte das Zimmer in Ordnung. Der zurückkehrende Schwarze fand ihn, eine Cigarre rauchend, gemächlich in den Schaukelstuhl gestreckt. »Well, Cäsar,« sagte er, »laß uns kurz überlegen, wie wir unsere Einrichtungen machen, bis die Weiber wieder zurück sind; du bist Zimmermann und hast bis jetzt für dich selbst gearbeitet –«

»Ja, Sir! und ich habe Ihnen noch die Miethe für mich während der letzten Monate zu bezahlen, aber das Geld liegt bereit.«

»Behalte dein Geld. So lange ich deine Arbeit entbehren kann, gönne ich dir gerne den Verdienst!« winkte Helmstedt. »Ich erwähnte die Sache nur, weil du unter den jetzigen Verhältnissen täglich ein paar Stunden mehr für mich wirst haben müssen. Du nimmst deine gewöhnliche Schlafstelle wieder ein und magst Morgens, wenn du die Pferde und die übrigen kleinen Hausgeschäfte besorgt hast, deinem Verdienste nachgehen. Ich nehme meine Mahlzeiten vorläufig im Hotel; von vier Uhr Nachmittags an bleibst du im Haus, damit ich in vorkommenden Fällen Jemand an der Hand habe.«

»Dank Ihnen, Sir, Dank Ihnen,« erwiderte der Schwarze; »aber – wenn ich noch etwas fragen dürfte,« fuhr er fort und rieb sich wie in halber Verlegenheit die Hände, »könnte ich wol, bis Alles wieder in Ordnung ist, dann und wann nach Oaklea gehen, um die Sarah zu sehen? Oder –«

Nur einen Augenblick ging ein Schatten über Helmstedts Gesicht, dann lächelte er im besten Humor. »Wenn dir die dreihundert fünf und sechzig Mucken deiner Sarah nicht im Wege stehen – ich werde dich nicht zurückhalten!« sagte er. »Benutze deine freie Zeit wie du denkst und magst, nur sei da, wenn ich dich brauche. Jetzt besorge die Pferde und sieh dann nach deiner eigenen Lagerstelle.«

Der Schwarze verzog das Gesicht, als liege noch irgend etwas Anderes auf seiner Seele; als sich aber Helmstedt erhob und ihm den Rücken kehrend an das offene Fenster trat, zuckte er, wie sich selbst beruhigend, die Schultern und verließ das Zimmer.

Helmstedt brannte ein neues Licht an und warf sich dann auf sein Bett, um noch einmal die Eindrücke der letzten Stunden an sich vorübergehen zu lassen. Es war längst zehn Uhr vorüber, als er sich endlich entkleidete und das Licht löschte.

Am nächsten Morgen hatte er bereits bei beginnender Schulzeit in der Akademie den Wiederanfang seiner Musik-Lectionen für den nächsten Tag angezeigt. Er hatte nichts als freundliche Gesichter getroffen, Niemand schien etwas von der Aenderung seiner häuslichen Verhältnisse zu wissen, oder davon Notiz genommen zu haben, und mit freier Seele hatte er sich auf den Weg nach Mortons Farm gemacht. Es war kaum zehn Uhr vorüber, als er an der Einzäunung, welche die nächste Umgebung des Hauses einschloß, von seinem Pferde stieg, um das Gitterthor zu öffnen.

Auf der Treppe, welche nach dem Portico hinaufführte, saß ein Mensch in grober Kleidung mit gewaltigen Gliedmaßen und finsterem, dreisten Blick, der, ohne sich zu rühren oder Miene zu einem Gruße zu machen, dem Ankommenden entgegensah. Helmstedt band sein Pferd an einen Baum und ging dann mit leichtem Kopfnicken an ihm vorüber nach der offenen Halle. Seine Gedanken waren zu sehr mit dem Zwecke seines Besuchs beschäftigt, als daß er die einigermaßen auffallende Erscheinung hätte beachten sollen. Er legte seinen Hut ab; eben aber als er sich vergebens nach einem der Schwarzen, der ihn hätte melden können, umgesehen und die Parlorthür öffnen wollte, that sich diese auf, und Mrs. Morton, die bei seinem unerwarteten Anblicke einige Schritte zurückwich, befand sich vor ihm. Auch Helmstedt war zurückgetreten und Beide standen einen Augenblick wortlos einander gegenüber. Sie war in tiefer Trauerkleidung, aber diese zeichnete um so bestimmter ihre feinen, gerundeten Formen ab und verlieh ihrer ganzen Erscheinung einen Anstrich von vollendeter Aristokratie. Ihr tadelloser Teint, eben nur von dem Roth der Ueberraschung überhaucht, trat zarter als je hervor und der Anflug von Trauer um den weichen Mund erschien Helmstedt fast noch reizender als das frische Lächeln, das er früher an ihr gekannt.

»Treten Sie ein, Sir, und seien Sie willkommen,« sagte sie, ihm die Hand bietend. »Sie finden unser Haus vereinsamter, als da Sie es verließen.«

»Ich habe Alles vernommen, Ma'am, und machte deshalb meinen Besuch bei Ihnen zu einem meiner ersten Geschäfte,« erwiderte er, ihre Finger leicht zwischen den seinigen drückend; »Sie wissen es wol selbst, daß Morton eigentlich der einzige Freund war, den ich im ganzen Süden besaß, und daß seinen Tod sicher Niemand aufrichtiger betrauert als ich.«

»Und er verdient das,« sagte sie zu ihm aufsehend, während ihre Augen sich mit Wasser füllten, »er hat an Sie noch zwei Minuten vorher gedacht, ehe er entschlummerte. Es war wirklich nichts als ein sanftes Entschlafen,« fuhr sie fort und trocknete sich die Augen; »ich weiß kaum ob er selbst die unmittelbare Nähe des Todes ahnte. Aber setzen Sie sich, Mr. Helmstedt.« Sie ließ sich auf einen der Divans nieder und Helmstedt wandte sich nach einem Stuhle. So oft er auch schon in den Parlors von Mortons Hause gewesen war, so hatte er doch nie ein besonderes Auge für deren Einrichtung gehabt. Heute aber ließ er unwillkürlich einen beobachtenden Blick über die reiche, geschmackvolle Ausstattung gleiten, die im vollen Verhältnisse zu dem eleganten Hause und dem ausgedehnten Grundbesitze des Verstorbenen stand. Dieses Alles gehörte jetzt – wenn er Mortons Worte, die dieser zu ihm über seine letztwillige

Verfügung gesprochen hatte, richtig verstand – der jungen Frau, welche vor ihm saß, und das drückende Gefühl, welches schon Tags zuvor sich bei Betrachtung ihrer beiderseitigen Verhältnisse seiner bemächtigt hatte, überkam ihn wieder.

Er hatte sich ihr gegenüber niedergelassen – »Well, Ma'am,« begann er, »Sie sind jung, schön und jetzt auch reich –«

Die junge Frau schlug bei diesem Anfange das Auge mit einem so verwunderten Blicke zu ihm auf, daß er sich unwillkürlich unterbrach. »Warum sagen Sie mir das, Mr. Helmstedt?«

Dieser drückte einen Moment die Augen in seine Hand. »Vielleicht,« erwiderte er, »um Ihnen zu zeigen, daß ich Ihre jetzige Stellung vollkommen zu würdigen weiß, Mrs. Morton; aber,« fuhr er fort und sah ihr voll in das erwartende Gesicht, »ich wollte eigentlich nur bemerken, daß Sie jetzt auch *allein* stehen und daß Ihre Stellung, vielleicht gerade Ihrer Vorzüge wegen, einen Schützer mehr als je für Sie nothwendig macht. Ich habe Morton versprechen müssen, Ihnen ein treuer Freund und jeden Augenblick zu Ihren Diensten zu sein – ich habe das mit ganzem Herzen versprochen, und jetzt bin ich hier, um Sie zu bitten, in irgend einer Weise über mich zu disponiren.«

Das Auge der jungen Frau schien während Helmstedts Rede dunkler zu werden und an Tiefe zu gewinnen, ein leises Roth stieg in ihre Wangen und ein weicher Zug, halb Schmerz, halb Innigkeit legte sich um ihren Mund. Es war derselbe Ausdruck, an welchen Helmstedt während der letzten Tage so oft hatte denken müssen, dasselbe Gesicht, mit welchem sie am Tage ihres ersten Zusammentreffens in New-York mit ihm an seiner Seite gekniet und zu ihm aufgesehen hatte – und eine stille Wärme, die alle seine Vorsätze von stolzer Zurückhaltung zu zerschmelzen drohte, begann in ihm aufzusteigen. Eine wortlose Secunde lang hingen die Blicke beider in einander; dann aber preßte sie mit einem tiefen Athemzuge die Hand auf die Herzgegend, wurde bleich und senkte langsam den

Kopf. Als sie wieder aufsah, begegnete Helmstedts Auge einem Blicke so still und kalt, als er ihn in der letzten Zeit nur jemals an ihr hatte kennen lernen.

»Sie mögen Recht haben, daß ich fast ganz allein stehe,« begann sie leise, »aber Sie wissen wol selbst, Sir, wie lange ich daran gewöhnt worden bin. Habe ich als armes Mädchen es schutzlos mit der Welt aufnehmen müssen, so möchte ich das auch einmal als reiche Frau versuchen; ich habe mich so lange auf meine eigene Energie angewiesen gesehen, selbst während der letzten Monate vor Mr. Mortons Tode, daß ich in meiner jetzigen Stellung kaum etwas Ungewohntes finde. Ich danke Ihnen bei alledem herzlich für Ihr Anerbieten und verspreche Ihnen gern, in ungewöhnlichen Fällen Sie um Ihren freundlichen Rath zu bitten.«

Helmstedt verneigte sich, ohne ein Wort zu sprechen. Eine Empfindung hatte ihn überkommen, als habe ein Nachtfrost einen ganzen Garten voll Frühlingsblüten in ihm getödtet; und zugleich fühlte er, daß diesem kalten Auge gegenüber auch sein Stolz ihm keine Genugthuung mehr bieten konnte – traf doch jedes ihrer Worte so folgerecht und bestimmt seine frühere Haltung gegen sie, daß sie kaum anders hätte reden dürfen, daß er nur sich selbst die schiefe Stellung zuschreiben mußte, in die er sich nun durch sein jetziges Dienstanerbieten gebracht sah.

»Lassen Sie uns von Ihren Verhältnissen reden, da ich Ihnen vielleicht einige Einzelnheiten der Vorfälle während Ihrer Abwesenheit geben kann!« fuhr sie fort. »Sie scheinen jedenfalls zu wissen, daß Ellen nicht mehr hier im Hause ist.«

»Ich weiß, Ma'am, daß sie ihrem Vater nach Oaklea gefolgt ist, und offen gestanden, ist mir die Thatsache so genügend, daß ich mich über das Wie oder Warum nicht weiter kümmern möchte!«

Sie sah ihm einen Augenblick aufmerksam ins Gesicht. »Und das ist Alles, was Sie darüber zu sagen haben?« fragte sie dann.

»Ich wüßte nicht, was sonst noch, Ma'am. Jedes weitere Wort kann das Verhältniß zwischen mir und Ellen nur verwirren, statt es der Lösung näher zu bringen. Sie kennt genau die Deutung, welche ich einem Schritte wie dem jetzt von ihr gethanen geben würde – und sie hat ihn gethan. Sie weiß, daß ich ihrer Eltern Haus, welches mir ihr Vater nach unserer Verheirathung deutlich genug verbot, nie betreten werde, wenn nicht eine Ausgleichung vorhergeht, zu welcher sich Elliot, wie ich ihn kenne, nie verstehen wird – also ist das Verhältniß so einfach, daß sich kaum noch etwas darüber sagen läßt.«

»Und Sie wollen keinen Schritt in der ganzen Angelegenheit thun, trotzdem Sie so glücklich in Ihrer Liebe zu Ellen waren?« erwiderte sie, und bückte sich, um eine Falte ihres Kleides zu ordnen.

Helmstedt antwortete nicht; die Frage klang ihm in seiner jetzigen Stimmung und aus Paulinens Munde fast wie bitterer Hohn. Ein stiller, ernster Blick, mit dem sich Helmstedt erhob, traf die junge Frau, als sie aufsah. »Lassen Sie uns abbrechen, Ma'am!« sagte er ruhig und trug seinen Stuhl bei Seite.

Sie sah ihm nach, als suche sie ein Verständniß für sein Benehmen, dann erhob sie sich ebenfalls. »Noch einen Augenblick, Mr. Helmstedt, ich habe einen letzten Auftrag von Mr. Morton an Sie auszurichten!« Damit ging sie nach einem eleganten Schreibtische an einer der Seitenwände des Zimmers und nahm einen starken Brief, der dort in Bereitschaft zu liegen schien, heraus, ihn dem jungen Manne, der ihr entgegenkam, übergebend. Helmstedt erkannte schnell seine Adresse, von Mortons Hand geschrieben.

»Ich werde die Oeffnung für eine ruhigere Stunde aufsparen,« sagte er, »und falls sich Dinge darin vorfinden sollten, die sich auf mehr als meine eigenen Verhältnisse beziehen, so geben Sie mir wol die Erlaubniß zu einem zweiten Besuche.«

»Sie scheinen mich irgendwie mißverstanden zu haben,« sagte sie, ihm forschend in das ernste Gesicht sehend. »Sie wissen, daß ›Mortons Haus‹ Ihnen immer offen stehen wird, und daß ich mir auch vorbehalten habe, da, wo eine Frau nicht mehr allein durchkommen kann, mir Ihren Rath zu erbitten.«

Der junge Mann verbeugte sich schweigend und barg den erhaltenen Brief in seine Brusttasche.

»Sie werden doch in der Hitze nicht nach Hause reiten wollen, und jedenfalls zu Mittag bei uns bleiben?« fuhr sie fort, als er Miene machte, sich zu verabschieden. »Sie finden Niemand hier als den alten Doctor Ford, der seit Mr. Mortons Tode ein Zimmer bei uns eingenommen hat, weil er meinte, er dürfe mich und die weiße Wirthschafterin nicht allein im Hause lassen.«

»Ich danke Ihnen sehr, Ma'am, ich habe Schatten bis kurz vor die Stadt,« erwiderte er und warf einen Blick aus dem Fenster nach seinem Pferde. »Ich beginne morgen meine Lectionen wieder und kann den Nachmittag für meine Vorbereitungen nicht entbehren.«

Sie sagte nichts; aber das große Auge, das auf ihm ruhte, begann seinen Glanz zu verlieren, ihre Züge nahmen eine marmorne Unbeweglichkeit an, und als er sich nach ihr wandte, um Abschied zu nehmen, neigte sie nur mit einem kurzen »*good bye, Sir!*« den Kopf und trat an eine der Fensterthüren, welche sich nach dem Portico öffneten.

Helmstedt hatte die kalte Entlassung kaum beachtet; er fühlte sich verwundet, er sehnte sich nach Hause zu kommen und mit allen Herzensforderungen abzuschließen. Auf der Porticotreppe saß der Mensch, welchen er bei seinem Eintritte bemerkt, noch in derselben Stellung wie eine Stunde zuvor; aber Helmstedt hatte kein Auge für ihn. Nur als er sein Pferd losgebunden hatte, warf er halb unbewußt einen Blick aus das Haus zurück und sein Auge blieb einen Moment an der schlanken Gestalt in Trauerkleidern haften, die hinter einer der Fensterthüren des Parlors stand und mit unbeweglichen Zügen ins Weite starrte. Er führte sein Pferd langsam nach dem Gitterthore. Als er dies geöffnet hatte und beim Aufsteigen noch einen letzten Blick zurück sandte, sah er, wie Pauline aus der Halle trat, die Gestalt auf der Treppe sich langsam erhob und beide nach kurzem Gespräch mit einander in das Haus zurückgingen.

Eine Art Neugierde, was die Besitzerin von Mortons Haus mit einer solchen Erscheinung zu schaffen haben könne, wollte sich Helmstedts bemächtigen, aber was gingen ihn, dessen aufrichtiger Wille zurückgewiesen worden war, noch die ganzen Verhältnisse hier an? Er ließ sein Pferd die Schenkel fühlen und sprengte davon – bald aber zog er unwillkürlich die Zügel wieder an. Zwei Bilder traten trotz seines Grolles immer unabweislich vor seine Seele: Pauline mit dem dunkeln Auge und dem süßen, innigen Lächeln, das einen ganzen Himmel verhieß – und Pauline die starre, marmorweiße Büste, in schwarzer Drapirung, wie er sie hinter dem Fenster des eben verlassenen Hauses gesehen.

Er erreichte seine Wohnung in einem Zwiespalte mit sich selbst, den er nicht zu lösen vermochte. Er schloß Mortons Brief, den zu lesen er sich jetzt am wenigsten in der Stimmung fühlte, in seinen Schreibtisch und ging nach dem Hotel, um seine Mahlzeit zu nehmen. »Teufelmäßig warm!« – »Zu früh für die Jahreszeit!« – »Wir werden viel Krankheit diesen Sommer haben!« das waren fast die einzigen Aeußerungen, welche während des Essens um ihn her fielen, und Helmstedt kam endlich selbst zu der Idee, daß es das Wetter sein müsse, welches ihm den klaren Kopf nehme. Langsam ging er wieder nach seinem Hause und nahm sich vor, alle belästigenden Gedanken aus seinem Gehirne zu verbannen und nur für das zu sorgen, was ihm am nächsten lag. Er holte seinen Vorrath von Musikalien und das Verzeichniß seiner Schülerinnen hervor, um morgen für alle Lectionen vorbereitet zu sein; er gab sich mit Eifer seiner Arbeit hin – bald stieß er auf den Namen einzelner

Lieblingsschülerinnen, von deren Talent er sich viel versprach und deren Unterricht Lichtstellen in seinen oft ermüdenden Beruf warf – bald wieder stieß er auf die Namen von »*hard cases*«, für deren Unterweisung er sich ein eigenes System geschaffen – in Kurzem hatte sich sein ganzes Interesse auf die vor ihm liegende Arbeit gerichtet, und als er endlich damit zu Ende gekommen war, hatte sich auch der feste Vorsatz in ihm gebildet, seine Befriedigung nur in den Erfolgen zu suchen, welche ihm sein jetziger Beruf bieten konnte, alle ungelösten Dissonanzen in seinem Leben aber ruhig der Zeit zu überlassen. Er brannte sich eine neue Cigarre an und warf sich in den Schaukelstuhl aus offene Fenster. Trotz seiner guten Entschlüsse währte es indessen nicht lange, so zogen dennoch an seinem Geiste alle Scenen des heute verlebten Morgens wieder vorbei, so grübelte er über Paulinens sonderbares Wesen und begann sich den verschiedenartigen Ausdruck ihres Gesichtes zu vergegenwärtigen, bis er endlich mit einem tiefen Athemzuge aufsprang. »Bin ich denn ein Kind?« sagte er und rieb sich die Augen; »ich *will* mich aus diesen weichherzigen Gefühlsstimmungen herausreißen. Ist denn das für einen Menschen von Charakter nicht genug? Sie meint, ihre Zeit sei jetzt gekommen, und will Revanche haben, das ist Alles! *Very well,* so sei ein Mann, August, und bewache dich selbst.«

Er war zwei- oder dreimal die Stube auf und ab gegangen, als sich die Thür öffnete und Cäsar eintrat. »Ein Brief, Sir!« meldete dieser, ihm ein geschlossenes Schreiben hinreichend. Helmstedt besah die Adresse, und ein leichtes Roth stieg in sein Gesicht. »Wer hat das gebracht?« fragte er, langsam das Couvert öffnend.

»Dick von Oaklea, Sir!« erwiderte der Schwarze; »er will warten, im Fall Mr. Helmstedt wieder etwas zu bestellen hätte.«

Helmstedt hatte die Zuschrift entfaltet und die wenigen Zeilen, welche sie enthielt, gelesen, aber noch immer hielt er die Augen darauf geheftet. Sie lauteten:

»Wenn Mr. Helmstedt den Unterzeichneten zu sprechen wünscht, so wird er ihn morgen und übermorgen in Oaklea anwesend finden.

Elliot.«

»Dick soll einige Minuten bleiben,« sagte Helmstedt endlich; »ich werde ihm Antwort mitgeben.« Er wandte sich nach dem Schreibtische und ließ sich dort nieder; als aber der Schwarze das Zimmer verlassen hatte, stützte er den Kopf auf beide Arme und starrte sinnend auf das vor ihm liegende Papier. »Wenn irgend etwas wie eine Ausgleichung beabsichtigt würde,« begann er nach einer Weile und lehnte sich zurück, »wenn noch ein Funke von wirklicher Liebe in Ellen's Herzen für mich wäre, so hätte *sie* eine Zeile beigefügt. Was hier vor mir liegt, ist nichts als der ausgeprägte Pflanzerstolz, welcher ein drückendes Band abstreifen möchte, aber dem armen Ausländer gegenüber es unter seiner Würde findet, selbst einen Schritt dafür zu thun. Gut, wir werden sehen, wessen Stolz zuerst bricht.«

Er nahm Feder und Papier zur Hand und schrieb:

»Der Unterzeichnete ist sich keines Gegenstandes bewußt, über welchen er mit Mr. Elliot selbst zu verhandeln hätte. Will Mrs. Helmstedt, wie es einem treuen, gewissenhaften Weibe geziemt, in das Haus und unter die Obhut ihres Mannes zurückkehren, so wird sie offene Arme finden. Dies ist aber die unerläßliche Bedingung, ehe der Unterzeichnete auf irgend eine sie berührende Verhandlung eingehen könnte.

August von Helmstedt.«

Der Brief wurde geschlossen und abgesandt. Noch lange nachher aber saß Helmstedt vor seinem Schreibtische, den Kopf in beide Hände gestützt, und suchte sich ein Bild von dem jetzigen Leben in Oaklea zu schaffen und sich die Scenen zu vergegenwärtigen, welche seine Zeilen dort hervorrufen würden. Ein mehrmaliges Räuspern störte ihn endlich auf. Cäsar stand an der Thür.

»Bitt' um Verzeihung,« sagte der Schwarze und knetete seine Hände, als wolle er alle Knochen darin zerbrechen, »ich wollte nur fragen – ich habe nämlich Dick gesagt, daß mich Sarah diesen Abend erwarten soll – ob ich mich vielleicht umsehen oder horchen soll, wie's drüben steht – ich meinte nur so – ich wollte schon gestern deswegen fragen – Mr. Helmstedt ist so gut, und ich möchte so gern etwas thun. –«

Helmstedt hörte ihn an, bis er schwieg und nur noch verlegene Gesichter schnitt. »Du bist eine gute Haut, Cäsar,« sagte er dann, »und es wird schon einmal eine Zeit kommen, wo du mir deine Anhänglichkeit beweisen kannst. Drüben in Oaklea aber kümmere dich nur um deine eigenen Geschäfte; und so wenig ich von dort etwas hierher berichtet haben will, eben so wenig wünsche ich etwas von hier hinübergetragen.«

»*All right, Sir!*« lachte der Schwarze und nahm die Thür in die Hand; »sie sollen eher vor Neugierde blau werden, ehe sie von mir etwas erfahren.« – –

Es war eine Zeit der nüchternen poesielosen Arbeit, welche jetzt für Helmstedt folgte. Es waren nur noch sieben Wochen bis zu der Zeit, in welcher die Akademie der heißen Jahreszeit wegen geschlossen wurde. Bei diesem Schlusse der Schule aber fand ein Examen statt, dessen Hauptzierde die Musikschüler mit ihren Leistungen bildeten – und Helmstedt warf sich mit seinen ganzen Kräften auf die nöthigen Vorbereitungen. Er gab Extra-Lectionen und widmete seine freie Zeit den Uebungen seiner Schülerinnen; er fand darin das beste Mittel, um seinen eigenen Grübeleien zu entgehen. Abends unternahm er in der Regel einen Ritt in die Umgegend und sprach in dieser oder jener Farm ein, deren Besitzer er durch seine Stellung in der Akademie hatte kennen lernen, kam meistens erst mit beginnender Nacht wieder heim, wo er für alle seine Bedürfnisse von Cäsar aufmerksam gesorgt fand, und schlief den Schlaf der Ermüdung.

Vierzehn Tage waren auf diese Weise vergangen; Helmstedt hatte weder etwas von Mortons Haus, noch von Oaklea, dessen Umgegend er stets auf seinen Ritten vermied, gehört, und wenn ihm sein Leben auch oft selbst so nüchtern und ohne eigentlichen Endzweck vorkam, daß ihm die Frage vor die Seele trat, wohin dieses Verhältniß noch führen solle, so fühlte er doch auch, daß es ihm für den Augenblick den einzigen Halt bieten konnte.

Es war an einem Sonnabend, an welchem die Stadt meist voll von Pflanzern und kleineren Farmern der Umgegend war, als Helmstedt zur Mittagsstunde das Globe-Hotel betrat. Die geräumige Halle und der anstoßende Bar-Room waren gefüllt mit den hohen, kräftigen Gestalten, wie sie der Süden der Vereinigten Staaten erzeugt, und alle Arten von Anzügen, vom blauen Baumwollenfrack und geflochtenen Schilfhute bis zum Nankinghabit und dem modernen Panamahute, mischten sich bunt durch einander. Helmstedt nahm eine Zeitung und wollte sich eben an ein Fenster setzen, um das Läuten für den Mittagstisch abzuwarten, als sein Blick auf einen Mann fiel, der an einem der Kaminsimse lehnte und dem Anscheine nach einem neben ihm stehenden Farmer zuhörte, aber das Auge unverwandt auf den Deutschen geheftet hielt. Es war Elliot. Helmstedt blickte ihm einen Moment voll ins Gesicht; als jener aber jetzt das Ohr zu dem Farmer an seiner Seite bog, als wisse er durchaus nichts von der Richtung seiner Augen, ließ sich Helmstedt auf einem Stuhle nieder und barg das Gesicht hinter seiner Zeitung. Er fühlte, daß dieses Anstarren, ohne doch von ihm Notiz zu nehmen, eine Demonstration von Nichtachtung vorstellen sollte und er gab sich das Versprechen, sich diesem Hochmuth gegenüber kein Haarbreit etwas zu vergeben. Seine ferneren Gedanken schnitt die Mittagsglocke ab; die Anwesenden stürmten in amerikanischer

Manier nach dem Speisesaale, Einer suchte den Andern zu überholen, um einen Stuhl an der Tafel zu gewinnen, und Helmstedt, der als ständiger Kostgänger seinen Platz reservirt wußte, war einer der Letzten. Als er aber eben den Speisesaal betrat, hörte er neben sich Elliots Stimme: »Ich wünsche Sie nach Tische ein paar Minuten zu sprechen, Sir!« Helmstedt veränderte weder eine Miene, noch antwortete er. Das ganze Wesen des Pflanzers traf seinen Stolz an der wundesten Stelle. Er nahm langsam und mit aufgerichtetem Kopfe seinen Platz ein, nickte einigen bekannten Gesichtern in seiner Nachbarschaft zu und ging auf die um ihn her fallenden Bemerkungen so unbefangen ein, als habe nichts Ungewöhnliches seine Seele berührt.

Die Tafel war zu Ende. Helmstedt nahm seinen Hut, zündete in dem Bar-Room eine Cigarre an und wandte sich, um das Hotel zu verlassen, als er den Vater seiner Frau dicht vor sich erblickte.

»Ich sagte Ihnen, Sir, daß ich einige Worte mit Ihnen zu reden hätte!« begann dieser mit zusammengezogenen Augenbrauen.

»Das ist möglich, Mr. Elliot,« erwiderte der junge Mann, dem Pflanzer frei ins Gesicht sehend; »ich spreche aber mit Niemand, der nicht zu mir wie der Gentleman zum Gentleman redet. Sie mögen reicher sein als ich; in allem Uebrigen aber stelle ich mich mit Ihnen auf gleiche Stufe; auch bin ich mir nicht der kleinsten Handlung bewußt, welche mich hindern könnte, die nöthige Achtung gegen mich zu fordern.«

Elliot sah ihn einen Augenblick finster an. »Sie sprechen mit der ganzen Keckheit der Jugend, Sir,« sagte er dann, »und statt zu suchen, hier, wo Sie nicht einmal ansässig sind, sich Freunde zu erwerben, scheinen Sie durch einen übel angebrachten Stolz sich Ihren Weg recht absichtlich erschweren zu wollen.«

»Ich thue nur das, was jeder Mann von Ehre sich selbst schuldig ist,« erwiderte Helmstedt ernst, »und die Folgen dessen, Mr. Elliot, gut oder übel, trag' ich allein.«

»Gut Sir, so *erlauben* Sie mir, ein paar Worte mit Ihnen zu reden!« sagte der Pflanzer, den Kopf zurückwerfend.

»Mit Vergnügen, Sir,« erwiderte der Deutsche, sich höflich neigend, »bestimmen Sie über mich!«

Elliot schritt nach einem der Seitenzimmer voran, und untersuchte dort jede Thür, ob sie geschlossen sei. »Well, Sir,« begann er dann, sich langsam auf einem der Stühle niederlassend, während Helmstedt seinem Beispiele folgte, »Sie haben mich nicht in meinem Hause sprechen wollen, und so habe ich die Gelegenheit dazu hier wahrnehmen müssen.« Er machte eine kurze Pause und sah finster vor sich nieder. »Es ist gekommen,« fuhr er dann fort, »wie ich es meiner bethörten Tochter vorausgesagt; sie bereut den Schritt, den sie in einer Verblendung gethan, welche ich mir heute noch nicht erklären kann, und will das elterliche Haus nicht mehr verlassen.« Er sah auf, wie eine Antwort erwartend.

»Sie meinen wahrscheinlich unter diesem Schritte Ellens Verbindung mit mir;« erwiderte Helmstedt, ihm ruhig ins Gesicht sehend, »reden Sie weiter!«

»Ich glaube, Sir, wenn Sie mich nicht absichtlich mißverstehen wollen, genug gesagt zu haben – und wenn Sie durchaus ein directes Wort verlangen, so möchte ich Sie fragen: was soll jetzt werden?«

Helmstedt stützte Arm und Stirn auf die Lehne seines Stuhles.

»Worüber beklagt sich meine Frau, Mr. Elliot?« fragte er. »Hat sie Beschwerden gegen mich, oder gibt es andere triftige Gründe, welche es rechtfertigen können, daß sie nicht wieder in das Haus ihres Mannes zurückgekehrt ist?«

»Ich habe Ihnen bereits gesagt,« erwiderte der Pflanzer, ungeduldig auf seinem Stuhle rückend, »daß diese ganze Heirath ein Act der Verblendung seitens meiner Tochter war, daß endlich ihre Vernunft zurückgekehrt ist, und daß also nur noch die Frage vorliegen kann, auf welche Weise das bestandene Verhältniß am einfachsten zu lösen ist. Ich habe Sie früher von mancher vortheilhaf-

ten Seite kennen gelernt, Sir, und traue daneben Ihrem offenen
Verstand zu, daß Sie die vorliegenden Thatsachen richtig genug
beurtheilen können; ich frage Sie deshalb einfach: was soll geschehen? Und wenn meinerseits ein Opfer nöthig ist, um ein zufrieden-
stellendes Resultat zu erzielen, so stellen Sie ungescheut Ihre Bedingungen!«

Helmstedt setzte sich langsam aufrecht.

»In meiner Heimat, Sir,« begann er ernst, »gilt eine eingegangene
Ehe als Vertrag für das ganze Leben, und ich habe immer gemeint,
daß nur dadurch das Weib es vor ihrem eigenen Gefühle rechtfertigen kann, wenn sie sich ganz und gar dem Manne ihrer Wahl
hingibt. Was sollte aus unserm Familienleben, aus unsern ganzen
gesellschaftlichen Verhältnissen werden, wenn unter dem einfachen
Vorgeben: verblendet gewesen zu sein, sich Mann und Weib nach
wenigen Monaten scheiden könnten, um dann eine andere Verbindung, eine dritte und so fort nach Gefallen einzugehen? Ich glaube
Ellens weibliches Gefühl zu kennen, und wenn sie im Augenblick
mit Ihren Wünschen übereinstimmen sollte, so darf ich viel eher
annehmen, daß sie *jetzt* verblendet ist, als daß dies früher der Fall
gewesen, als sie mir Liebe für das ganze Leben gelobte.«

Elliot machte eine Bewegung zum Sprechen.

»Lassen Sie mich Ihnen noch zwei Worte sagen, und ich bin zu
Ende!« fuhr Helmstedt aufgeregter fort. »Sie wissen, daß kein un-
reiner Beweggrund irgend einer Art unsere Verbindung schuf, daß
der Drang der Verhältnisse Eins dem Andern in die Arme führte,
und daß ich deshalb mit freiem Auge zu Ihnen reden darf. Wenn
in dem letzten Monat Ellens Gefühle für mich ruhiger wurden,
wenn sie sich, abgeschnitten von dem elterlichen Hause und allein
in ihrer einfachen neuen Heimat, unbehaglich zu fühlen begann,
so theilte sie wol nur dasselbe Schicksal mit fast jeder jungen, früher
verwöhnten Frau, die unter ähnlichen Verhältnissen einem Manne
gefolgt ist, der noch für sein Brod arbeiten muß. Handelt es sich

nur um Ellens Zufriedenheit, so ist dem Uebel einfach dadurch abzuhelfen, daß Sie, Sir, unsere Verheirathung mit freundlicherem Auge ansehen, so daß Ellen nicht mehr gezwungen ist, die traurige Wahl zwischen Vater und Mann zu treffen, die einen von Beiden stets ausschließt, und daß Sie mir Gelegenheit geben, Sie nach und nach ganz mit den Dingen, die doch nun einmal geschehen sind, auszusöhnen. Im andern Falle,« fuhr er fort, als der Pflanzer heftig den Kopf schüttelte, »werde ich zwar meiner Frau nicht den gering-sten Zwang anthun, werde sie frei ihren Weg ziehen lassen, aber auch vorläufig zu keiner leichtfertigen Lösung unserer Ehe meine Hand bieten – ich glaube dies Ellens Ehre und meiner eigenen schuldig zu sein, Mr. Elliot.«

»Ist das Ihr letztes Wort, Sir,« fragte der Pflanzer, wieder finster vor sich niedersehend, »oder gibt es irgend ein Mittel, Sie kurz und bündig auf eine andere Weise zufrieden zu stellen? Wenn Sie die hiesige Gegend verlassen und Ihre augenblicklichen Rechte aufgeben würden, so sollte Ihnen ein genügendes Kapital zur anderweitigen Gründung Ihrer Existenz nicht fehlen.«

»Ich glaube, Mr. Elliot, Sie erlassen es mir, auf einen solchen Vorschlag nur zu antworten,« sagte Helmstedt, sich langsam erhebend, »wir thun wol am besten, ganz abzubrechen.«

»Nun, in des Himmels Namen, so sagen Sie mir, was Sie eigent-lich wollen!« rief Elliot aufspringend. »Wenn Sie meine Tochter lieben oder geliebt haben, so kann Ihnen nichts daran liegen, sie für ihr ganzes Leben einen einzigen unbesonnenen Schritt bereuen zu machen; wenigstens werde ich, an dem ihre ganze Seele hängt, niemals meine Billigung zu einer Verbindung geben, die meinen Ansichten vom Leben und meinem innersten Wesen direct entge-genläuft. Sie sagen, Sie wollen Ellen keinen Zwang anthun – wollen aber auch das Band zwischen ihr und Ihnen nicht lösen; das heißt, dem armen gefangenen Vogel die Freiheit geben, ihn aber mit ei-

375

nem Faden am Bein an das Fenster binden, damit er nicht entwische.«

Helmstedt schüttelte den Kopf.

»Sie beurtheilen eben mein Verhältniß zu Ellen nach Ihren Ansichten, Sir!« sagte er, »und deshalb wird eine Verhandlung zwischen uns Beiden auch stets unfruchtbar sein. Was ich will ist einfach: daß Ellen, welche ihre Verbindung mit mir ohne ihren Vater schloß, sich auch selbst mit mir wieder auseinander setze, falls sie wirklich auf einer Trennung besteht. Ich werde sie in diesem Falle nicht halten; ich habe aber ein Recht, ihr Vertrauen zu fordern; ich habe ein Recht, mich dagegen aufzulehnen, daß sie durch ein heimliches Verlassen ihres Mannes und ihrer neuen Heimat meine Ehre jeder beliebigen Deutung des Geschehenen blosstellt. Ellen soll, da es jetzt noch Zeit dazu ist, zu mir zurückkehren, soll ihren Platz in unserem Hause wie früher wieder einnehmen und dann wollen wir unsere Angelegenheit mit einander ordnen – einen andern Weg zur Ausgleichung der jetzigen Differenz kenne ich nicht, Sir!«

»In Ihrer Forderung ist wenigstens Selbstgefühl genug,« erwiderte Elliot mit einem frostigen Lächeln, während er langsam der Thür zuschritt, »ich sehe, daß wir uns schwerlich verständigen werden; lassen wir also die Dinge ihren natürlichen Gang gehen. Noch Eins will ich Ihnen aber sagen, junger Mann,« wandte er sich von der Thür zurück, »sollte der Fall eintreten, daß Sie es trotz Ihres Stolzes für gut befänden, auf ein Uebereinkommen zu Ihrer Abfindung einzugehen, so gebe ich Ihnen zwei Monate, von heute an, Zeit – *nach* diesem Termin werde ich meine Tochter ohne jede weitere Rücksicht selbst frei zu machen wissen.«

Er nickte leicht und schritt aus dem Zimmer.

Helmstedt hatte, ihm nach, das Hotel verlassen und ging, den Kopf gesenkt, langsam nach seiner Wohnung. Es war Sonnabend, der freie Tag für alle amerikanischen Schulen, und er konnte über seine Zeit verfügen. Zwei Gefühle stritten sich in ihm und ließen keine rechte Befriedigung über die eben stattgefundene Scene in ihm aufkommen. Er hatte die Kränkung, welche ihm Ellen durch ihre Uebersiedelung in das väterliche Haus angethan, zu tief empfunden, als daß er nicht auf ihre Rückkehr, als die einzige Genugthuung für ihn, hätte bestehen sollen, und seine Haltung ihrem stolzen Vater gegenüber erschien ihm schon durch die eigene Selbstachtung geboten. Im Hintergrunde seiner Seele aber wurde eine andere Stimme laut, die zweifelnd fragte, ob es nicht dennoch besser gewesen wäre, ein Verhältniß schnell zu lösen, in welchem die Grundbedingung, auf welche es gebaut worden: Ellens aufopfernde Liebe für ihn, geschwunden war, in dem er, selbst wenn eine neue Vereinigung möglich gewesen, wol nie wieder seine ganze Befriedigung hätte finden können, ob es nicht besser gewesen sei, die alten Bande von sich zu streifen, lieber auf eine Genugthuung zu verzichten, aber berechtigt zu sein, in neuer Freiheit ein neues Glück zu suchen?

Er war an seinem Hause angelangt und schloß, noch mit sich selbst beschäftigt, die Thür auf, als er seinen Schwarzen von einem Holzstück, das zur Seite im Schatten lag, aufstehen und herankommen sah. »Ich habe auf Sie gewartet, Master,« sagte er, und Helmstedt bemerkte einen Ausdruck in seinen Augen, welcher ihm auffiel; »ich möchte Ihnen ein paar Worte sagen.«

»Komm herein, Cäsar, was ist es?« Helmstedt hatte den Parlor geöffnet und setzte sich in den Schaukelstuhl am Fenster, während der Neger an der Thür stehen blieb.

»Ich habe heute morgen einen von den Schwarzen aus Little Valley gesprochen,« begann der Letztere. »Sie wissen, wo Little Valley ist, Sir?«

»Noch nicht einmal den Namen habe ich gehört, Cäsar.«

»Well, es ist eine Farm, etwa vier Meilen von Mortons Hause nach den Bergen zu, und gehörte Mr. Morton. Es ist ein Aufseher dort für die Arbeit und Mr. Morton ritt jede Woche ein Mal hinaus. Mr. Bartlett, das ist nämlich der Aufseher, soll immer strenger gewesen sein als ein Anderer, aber erst als Mr. Morton seit den letzten Monaten so kränklich war und nur selten hinkam, ist er so schlimm geworden, daß es jeden Tag blutige Rücken gegeben hat. Da hat nach Mortons Tod die Köchin in Little Valley das Elend der Köchin in Mortons Hause geklagt und die hat es der jungen Mistreß, der jetzt das ganze Eigenthum gehört, erzählt. Die Mistreß hat nun vor vierzehn Tagen den Mr. Bartlett kommen lassen, und hat ihm scharf zugesetzt, wie die Köchin in Mortons Hause wissen will, und ihm gesagt, daß sie keine Grausamkeiten dulden werde. Mr. Bartlett aber hat Alles abgeläugnet, ist böse nach Little Valley zurückgegangen, und hat zwölf Schwarze Einen nach dem Andern gehauen, bis er nicht mehr konnte, damit sie angeben sollten, wer über ihn geklagt habe, aber Keiner hat etwas gewußt. Die Köchin dort aber hat bald erfahren, was die junge Mistreß gesagt hat; es ist jetzt schon unter allen Schwarzen herum, denn die Köchin hat zwei Söhne mit auf dem Felde – und jetzt haben sie sich vorgenommen, bei dem ersten neuen Peitschenschlage Rebellion zu machen und den Aufseher todtzuschlagen. Das ist es, Sir, und ich erzähle es Ihnen, weil Sie mit der jungen Mistreß gut bekannt sind.«

Helmstedt hatte gespannt zugehört – mehr aber als die Sache selbst befremdete ihn die Angabe der beabsichtigten Empörung durch den Schwarzen. »Nun?« fragte er, als Cäsar schwieg, »willst du, daß der Aufseher gewarnt werde oder was sonst?«

Der Schwarze kratzte sich in seinem Wollhaar. »Ich gebe nichts um Mr. Bartlett, Sir,« sagte er endlich zögernd, »er ist ein böser Mensch, und nicht nur gegen die Nigger – es werden sonderbare Geschichten von ihm erzählt; aber es ist mir wegen der armen schwarzen Kerls. Jetzt schlagen sie ihn todt und denken Wunder, wie viel Recht sie dazu gehabt haben, und nachher werden sie Alle, die mit Hand an ihn gelegt haben, gehängt. Und ich wollte noch das sagen, wenn Sie mir es erlauben, Sir; es thut nicht gut, die heimliche Klatscherei von den schwarzen Weibern; junge Mrs. Morton weiß das noch nicht so, aber sie sollte sich davor in Acht nehmen – wo ein Master in seiner Stube ist, da hat die Köchin nichts zu thun, und kann auch nicht horchen, Sir. Ganz ohne Strenge geht's wol auf dem Felde nicht ab, Sir, ich muß das selber sagen; es ist manches faule Volk dort, das die Rüben und Süßkartoffeln roh äße, wenn sie nicht für Alle gekocht würden, und das am liebsten den ganzen Tag auf dem Rücken läge – 's ist nicht ein Nigger wie der andere, Sir – und so kann die junge Mistreß mit ihrer Güte viel Unglück anrichten, Sir; sie sollte, wenn Sie's erlauben, Sir, vielleicht Jemand zu sich nehmen, der hier recht Bescheid weiß – und Sie nehmen es nicht übel, Sir, was ein dummer Nigger da geredet hat, aber ich dachte, ich müßte es Ihnen sagen, Sir!«

Der Schweiß perlte in dicken Tropfen von des Redenden Gesicht und offenbar erleichtert, zu Ende zu sein, wischte er sich die Stirn mit dem Aermel seiner Jacke.

Helmstedt war von seinem Stuhle aufgestanden und ging einige Male nachdenkend das Zimmer auf und ab. »Du magst so Unrecht nicht haben, Cäsar,« sagte er, vor dem Schwarzen stehen bleibend, »glaubst du, daß in der nächsten Zeit etwas zu befürchten ist?«

»Heute ist Sonnabend, da ist der Aufseher meist in der Stadt, und morgen, am Sonntag, wird nicht gearbeitet,« erwiderte der Neger mit einem Gesichte voll Verstand; »aber am Montag früh, Sir, wo die Arbeit noch am wenigsten schmeckt und die Aufseher die Peitsche meist am lockersten haben, am Montag kann's etwas geben.«

»Es ist gut, Cäsar, sattle mein Pferd.« Der Schwarze verschwand mit befriedigter Miene, und Helmstedt setzte seinen Gang durch das Zimmer fort, bis er endlich am Fenster stehen blieb und in Gedanken verloren hinausstarrte. Er dachte nicht mehr an Cäsars Mittheilungen, es stand nur vor ihm, daß er wieder nach Mortons

Haus reiten wollte, welches er seit vierzehn Tagen gemieden; er suchte sich den Gesichtsausdruck zu vergegenwärtigen, mit welchem ihn nach dem letzten sonderbaren Scheiden Pauline empfangen würde, und er mußte dabei tief aufathmen, um sich die Brust frei zu machen. Und wieder sprach die heimliche Stimme vom Nachmittag zu ihm, wie wunderschön es doch wäre, wenn er Elliots Scheidungsanerbietungen kurz angenommen hätte, wenn er jetzt Paulinens beide Hände fassen und sagen könnte: Ich bin ein Narr gewesen und blind dazu, aber ich bin sehend geworden und habe meine Bande von mir geworfen; hier bin ich, und nun thue mit mir wie du willst. Stoße mich zurück, aber ich werde bei dir bleiben; fliehe mich, ich werde dir folgen, bis du mich erkannt hast und mir wieder zulächelst wie ehedem.

»Wahnsinn!« sagte Helmstedt, sich gerade aufrichtend und mit der Hand über seine Augen fahrend. »Erst das alleinstehende Mädchen mit ihrem warmen Herzen zurückgewiesen und dann ihr als reiche Frau die Cour gemacht – *ob* sie nicht ein Recht hätte, mich zu verhöhnen? Ja, wenn jetzt ein Erdbeben ihre Plantagen und Neger verschlänge, wenn sie wieder so arm oder ärmer würde als zuvor, daß sie einsehen müßte, was aus mir spräche – – aber Phantasie und Unsinn! Wende den Blick von dem Glücke, August, das du selbst verscherzt hast, und wahre dich vor einer neuen Demüthigung!«

Er durchschritt wieder das Zimmer, bis der Schwarze sein Pferd vorführte und das Geräusch der Tritte auf dem Pflaster ihn aus seinen Gedanken weckte.

»Bleibe hier, Cäsar, bis ich zurückkomme, falls ich dich brauchen sollte,« sagte Helmstedt beim Aufsteigen und trabte davon.

Es war ein Tag wie im hohen Sommer, und die Sonnenglut, an welche der Deutsche noch nicht gewöhnt war, schien ihm nach kurzer Zeit fast unerträglich; er war froh, als er den Waldschatten erreicht hatte. Aber auch hier war der Ritt in der stillen Mittagshitze so unleidlich, daß alle müßigen Gedanken, die in ihm aufsteigen wollten, von selbst verschwanden und daß er sich erschöpfter als jemals fühlte, als er Mortons Haus erreichte. Er band sein Pferd im Schatten an und ging nach der offenen Halle, wo ein leises Lüftchen hindurchzog, und ließ sich hier auf eine der Ruhebänke nieder, um sich einige Minuten abzukühlen, ehe er sich bei der Hausherrin melden ließ. Innerhalb des Hauses wie in seiner Umgebung schien kaum etwas Lebendiges vorhanden zu sein; eine Stille herrschte, daß Helmstedt das leise Rauschen der Blätter außerhalb vernehmen konnte, wenn ein Luftzug sie bewegte. Fast wirkte die Rast und die Kühle nach dem warmen Ritte einschläfernd auf ihn und nach kurzer Zeit raffte er sich wieder auf, um in dem hintern Theile des Hauses nach einem der schwarzen Dienstboten zu sehen – aber nirgends ließ sich ein menschliches Wesen entdecken. Helmstedt öffnete endlich den Parlor, dessen Fenster durch grüne Jalousien vor der Sonne geschützt waren, und trat in den halbdunkeln Raum, auf dessen Boden nur einzelne helle Lichtpunkte sich wie hingestreutes Gold abzeichneten. Er sah um sich und wollte eben wieder zurücktreten, als sein Auge in einer Ecke des Zimmers ruhen blieb, wo sich ihm ein Bild bot, wie man es eben nur im Süden beim frühen Eintritt der heißen Jahreszeit antreffen kann.

Auf einem der Divans leicht zurückgelehnt saß Pauline mit geschlossenen Augen. Der eine ihrer unverhüllten schönen Arme ruhte auf der Seitenlehne, während der andere, in ihren Schooß gesunken, einzelne Papiere hielt, mit deren Durchsicht sie beschäftigt gewesen schien. Ihr linker Fuß stützte sich auf einen niedern, weichen Schemel, während der rechte, unbedeckt von dem schwarzen Gazekleide, seine eleganten Formen bis über die seinen Knöchel zeigte. Zur Seite ihres Knies saß eine schlanke Mulattin, ein geschlossenes Contobuch auf dem Schooße, und den Kopf auf die Brust gesenkt. Beide schienen ohne ihr Wissen vom Schlaf überrascht worden zu sein.

Helmstedt stand eine Minute lautlos betrachtend. Das Märchen vom schlafenden Dornröschen in der hundertjährigen Stille, das der Ritter mit einem Kusse aus der Verzauberung weckte, kam in seinen Sinn. Sie lehnte da so mädchenhaft in ihrer Erscheinung und doch so alle Sinne aufregend, daß es eine Seligkeit hätte sein müssen, den erlösenden Ritter zu spielen. Kaum hatte er sich indessen zum geduldigen Warten in der Halle wieder niedergelassen, als auch Pauline in der geöffneten Parlorthür erschien. Ein leichtes Roth überflog sie, als sie Helmstedt, der von seinem Sitze aufsprang, erblickte.

»Wenn ich gestört habe, Mrs. Morton, so bitte ich von ganzem Herzen um Entschuldigung,« rief er, »aber es geschah ohne meine Schuld.«

»Ich glaube gern, Sir, daß es etwas Besonderes sein muß, was Sie einmal wieder nach Mortons Haus führt,« erwiderte sie, sichtlich noch in halber Verlegenheit, »der Tag scheint überhaupt ein eigenthümlicher zu sein; es ist das erste Mal, daß ich vom Klima überwältigt wurde, ohne etwas davon gewußt zu haben. Aber wollen Sie nicht eintreten?«

Eben schoß die Mulattin, das Gesicht zur Seite gewandt, zur Thür heraus, und Helmstedt folgte lächelnd der Hausherrin in das Zimmer.

»Ich war eben dabei, mir selbst etwas Einsicht in den Stand der Farm zu verschaffen,« sagte diese und räumte die umherliegenden Papiere bei Seite, »und ich denke, ich werde auch mit der Zeit das Hauptsächlichste übersehen können. Aber welcher besondere Grund ist es denn, der mir einmal wieder die Ehre verschafft, Mr. Helmstedt bei mir zu sehen?« fuhr sie fort und ließ sich in dem Schaukelstuhle nieder. Es klang etwas wie halbe Ironie in ihrer Frage, aber Helmstedt mochte nicht darauf achten und nahm der jungen Frau gegenüber Platz.

»Sie haben früher wol das Anerbieten meiner Dienste und meines Rathes zurückgewiesen, Ma'am,« begann er ruhig, »demohngeachtet muß ich mich heute noch einmal aufdrängen.«

»Aufdrängen, Mr. Helmstedt?« sagte sie, sich aufrecht setzend, »sind Sie denn wirklich noch so empfindlich, wie Sie es immer waren, daß Sie, vielleicht auf ein hastig gesprochenes Wort hin, einen solchen Ausdruck gebrauchen müssen? Lassen Sie mich offen zu Ihnen reden, und unser beiderseitiges Verhältniß feststellen,« fuhr sie lebhaft fort, »das wird uns manches Mißverständniß in der Zukunft ersparen. Sie glauben Mr. Morton einige Verbindlichkeiten schuldig zu sein, und da er Sie vor seinem Tode gebeten, mich künftig mit Rath und That zu unterstützen, so halten Sie es für eine Ehrensache, dieser Bitte nachzukommen. Es versteht sich nun von selbst, Sir, daß Sie zu jeder Zeit in Mortons Hause willkommen sind, und daß mir Ihre Ankunft stets eine besondere Freude machen wird – aber, Mr. Helmstedt, verpflichten mag ich Sie zu gar nichts mir gegenüber. Wir sind früher schon über unsere gegenseitigen Gefühle klar geworden. Sie waren zu stolz, auch nur die leiseste Hilfeleistung von Jemand anzunehmen, für den Sie kein Interesse fühlten, wie von mir zum Beispiel, und es kann Sie Niemand deshalb tadeln; ich aber habe in meiner Einsamkeit auch so viel gelernt, daß es mehr Befriedigung gewährt, sich selbst genug zu sein und nur auf die eigenen Kräfte zu bauen, als auf Hilfe zu rechnen, die nur des Anstandes und der Ehre wegen gewährt wird. So, Mr. Helmstedt, sind Sie mir als Gast und wohlmeinender Rathgeber immer hochwillkommen; ich möchte aber nicht, daß Sie sich auch nur unter der leisesten Verpflichtung gegen mich glaubten.«

Helmstedt sah in ihre glänzenden Augen und es stieg bei dem leichten, unbefangenen Tone ihrer Worte ein Weh in seinem Herzen auf, gegen welches sein Stolz vergebens ankämpfte. »Nicht wahr, Pauline,« begann er nach einer Pause plötzlich deutsch, »Sie wollen mich recht demüthigen?«

Ein schwaches Roth trat in das Gesicht der jungen Frau. »Bleiben wir beim Englischen, Mr. Helmstedt,« sagte sie und ihre Züge wurden ernster, »wir sprechen es Beide gut genug, um uns zu verstehen. Ich habe mit allen meinen Erinnerungen abgerechnet, als ich zuerst Mortons Haus betrat, und will auch nicht eine wieder wach rufen. – Ist Ellen noch bei ihren Eltern?« fragte sie nach einer Weile, als wolle sie den Gegenstand des Gesprächs wechseln.

»Sie ist noch dort und wird auch wol nicht wieder zurückkehren,« erwiderte Helmstedt und strebte umsonst, sich von einem innern Drucke zu befreien. »Ihr Vater, den ich heute sprach, dringt auf eine Scheidung, die ich meines eigenen Rufes halber in dieser kurzen Weise nicht bewilligen mochte; indessen wird es wol das Beste sein, mich hier von allen Täuschungen, die mir geworden, frei zu machen, sobald ich es kann, und im Osten eine neue Carriere zu beginnen. – Aber ich muß Ihnen den Zweck meines Besuchs mittheilen, Ma'am,« fuhr er fort, ohne den aufmerksamen Blick zu beachten, mit welchem ihn Pauline bei seinen letzten Worten betrachtete, und begann zu erzählen, was er von Cäsar gehört. »Wenn Sie auf meinen Rath hören wollen,« setzte er hinzu, »so handeln Sie in Bezug auf Ihre Schwarzen nicht ohne mit Jemand, welcher über die Plantagen-Verhältnisse ein gereiftes Urtheil hat, sich besprochen zu haben. Unser deutsches Gefühl ist darin für die Praxis oft der übelste Rathgeber. Ich habe Ihnen die Thatsachen, die mir nicht ohne Gefahr scheinen, mitgetheilt, und kann ich Ihnen in Bezug darauf in irgend einer Weise dienen, so disponiren Sie über mich.«

Pauline war sichtlich betroffen. Ehe sie aber antwortete, öffnete sich die Thür und der alte Arzt, welchen Helmstedt schon früher im Hause gesehen, trat ein.

»Da ist Jemand, der uns rathen wird!« rief die junge Frau aufstehend. »*Dr.* Ford – Mr. Helmstedt, wenn sich die beiden Herren noch nicht kennen. Das Kind scheint eine Thorheit begangen zu haben, Doctor, und Sie sollen den Schaden wieder gut machen helfen!«

»Hoffentlich wird sich den Folgen noch vorbeugen lassen,« sagte der alte Herr lächelnd, nachdem er Helmstedt begrüßt hatte, und nahm auf dem nächsten Stuhle Platz; »hat das Kind irgendwo ein scharfes Messer angefaßt, und sich in den Finger geschnitten?«

»Es ist wirklich so etwas, Doctor – aber lassen Sie sich von Mr. Helmstedt erzählen, der mir so eben die erste Nachricht von dem, was ich angerichtet habe, gebracht hat.«

Der junge Mann begann von Neuem zu berichten, und Pauline schien ängstlich das Gesicht des Arztes zu bewachen.

»Es ist jedenfalls eine unangenehme Geschichte,« begann dieser, nachdem Helmstedt geendet, und fuhr sich mit der Hand durch das buschige Haar, »ich glaube aber, daß, wenn die richtigen Schritte gethan werden, kaum viel Gefahr zu befürchten ist. Ich werde heute Abend selbst nach Little Valley reiten und ein wirksames Wort mit dem Bartlett reden – ich kenne ihn, aber ich mag ihn selbst nicht leiden, und es wird gut sein, wenn er, sobald ein anderer brauchbarer Mensch an seiner Stelle aufgefunden ist, entlassen wird. Zur Beruhigung der Schwarzen aber ist es am besten, Ma'am, ihre Köchin sofort und spätestens morgen früh nach Little Valley zu versetzen, sollte es auch nur auf vier Wochen sein – die dortige Köchin aber während dieser Zeit mit auf dem Felde arbeiten zu lassen. Die Schwarzen dort kennen jedenfalls den Kanal, durch welchen sie Nachricht von der Stimmung ihrer Herrschaft hier erhalten haben, und die rasche, unerwartete Strafe für die stattgefundene Horcherei wird mehr auf sie wirken und ihnen die Rebellionsgelüste schneller vertreiben, als irgend ein anderes Mittel. Für alle künftigen Fälle aber wird es gut sein.« fuhr er lächelnd fort, »wenn das Kind nicht mehr zu hastig den Regungen seines weichen Herzens folgt und ihren getreuen Räthen ein Wort gönnt, ehe sie handelt.«

»Sie reden gut, Doctor,« rief sie, den Mund zum halben Schmollen verziehend: »bin ich denn nicht in den meisten Fällen auf mich selbst angewiesen, und muß ich nicht Gott schon danken, daß Sie wenigstens hier im Hause zu unserm Schutze Ihr Quartier genommen haben, wenn ich Sie auch jeden Tag nur eine kurze Minute sehe? Aber ich verspreche Ihnen, vorsichtiger zu sein, Sie sollen noch an der festen Hand des Kindes, mit welcher es die Geschäfte leitet, Ihre Freude haben. Und damit Sie den guten Anfang sehen, Doctor, sollen heute noch Ihre Anordnungen befolgt werden.«

»Es ist unter allen Umständen das Beste!« erwiderte der Arzt und erhob sich. »Ich werde nachsehen, welche Geschäfte mir heute etwa noch obliegen, und dann bin ich wieder bei Ihnen, ehe ich nach Little Valley reite.«

Er grüßte und verließ das Zimmer und auch Helmstedt stand von seinem Sitze auf.

»Sie gehen doch nicht auch schon, Sir?« fragte die junge Frau.

»Well, Ma'am, was soll ich noch hier?« versetzte er und es klang wie halber Unmuth in seiner Stimme. »Meiner Dienste bedürfen Sie nicht, und um bloße Redensarten kann es Ihnen nicht zu thun sein – ich glaube auch nicht, daß ich der Mann dazu wäre. Ich habe Ihnen meine Mittheilung gemacht, Sie haben Ihre Maßregeln getroffen, und so bin ich mit dem Zwecke meines Besuchs zu Ende.«

»Ich hoffe nicht, Mr. Helmstedt, daß ich etwas gethan habe, was Sie beleidigen konnte?« fragte sie und sah ihn mit großen Augen an.

»Beleidigen? Gewiß nicht, Ma'am!« erwiderte er, »Sie haben mir ja nur vor die Augen geführt, daß ich in früherer Zeit Ihre Theilnahme an meinem Schicksale zurückgewiesen hatte, und daß ich also auch kein Recht habe, jetzt nach dem Ihrigen zu fragen. Mir schien es damals, als ob Sie meine Zurückweisung schmerzte, und ich konnte doch nicht anders; jetzt schmerzt mich Ihr Verfahren, und Sie sind doch darin in vollem Rechte. Das ist Alles! Aber ich rede da mehr, als ich wollte – entschuldigen Sie, Mrs. Morton, es soll nicht wieder geschehen, und so leben Sie wohl!«

Pauline hatte sich während seiner Rede erhoben, in ihrem Auge lag ein Ausdruck wie stille Sorge. »Gehen Sie nicht so fort, Mr. Hemstedt,« sagte sie, »Sie sind bitter, und ich kann, offen gestanden, keinen rechten Grund dafür finden – fast eben so verließen Sie mich das letzte Mal. Ich erkenne recht gut, daß Ihr jetziges Verhältniß zu Ellen Sie reizbar machen muß; kann ich aber etwas für Ihre Zufriedenheit thun, so sagen Sie es und Sie werden mich bereit finden.«

Sie hatte ihm ihre Hand geboten, Helmstedt ergriff sie und hielt sie eine kurze Weile schweigend in der seinigen. »Sie wollen etwas für meine Zufriedenheit thun –« sagte er dann und im Tone seiner Stimme, wie im Ausdruck seines Gesichts schienen die verschiedenartigsten Empfindungen mit einander zu kämpfen; »ich sollte fortgehen, Mrs. Morton, denn ich weiß, daß ich ein Narr bin – aber Sie haben mich aufgefordert zu reden. Nun, so denken Sie einmal, das vergangene Jahr sei nicht in der Welt gewesen, reden Sie deutsch zu mir und nennen Sie mich ›August‹, wie Sie es damals in New-York thaten.«

In das Gesicht der jungen Frau schoß das Blut, dann wurde sie blaß – sie wollte ihre Hand zurückziehen, aber Helmstedt hielt sie fest. »Ich glaube nicht, Herr von Helmstedt, daß Sie mich verhöhnen wollen?« sagte sie endlich deutsch, und ein innerer Druck schien ihr fast die Stimme zu benehmen.

»Verhöhnen, Pauline?« erwiderte er, ihre Hand fester pressend, »warum fragen Sie nur so etwas? Ich mag mit meiner Forderung wirklich ein Narr sein, aber ich möchte jetzt die Seligkeit dieser Narrheit um keinen Preis der Welt hingeben. Sagen Sie nur einmal: August, wir wollen Freunde sein, wie ehedem; und ich stelle mich zufrieden. Wollen Sie, Pauline?«

Sie hatte sich marmorbleich zurückgebogen und ihre Hand leicht aus der des jungen Mannes gewunden. »Sie wissen wol nicht, Herr von Helmstedt,« sagte sie und es zitterte eine tiefe Empfindung in ihrem Auge, »daß in einem Jahre der Mensch zehn Jahre älter werden kann? Die Zeit, von der Sie reden, liegt so weit hinter mir, daß ich kaum noch daran glauben würde, wenn Sie sie nicht zurückgerufen hätten. Mit Ihnen ist es anders gewesen, Sie sind einen Weg des innern Glücks gewandelt, und was für Sie jetzt die Erlangung einer leichten Befriedigung sein mag, das heißt bei mir, Todte aus dem Grabe rufen. Lassen wir sie ruhen, Herr von Helmstedt!«

Helmstedts Erregung war geschwunden, wie der Wellenschlag unter dem eisigen Nordwinde erstarrt. »Ich darf Ihnen nichts entgegnen,« sagte er nach einer Weile langsam und preßte die Hand gegen die Stirn, »denn Sie haben in einem Punkte nur zu Recht. Es ist so viel anders geworden in unseren gegenseitigen Beziehungen wie in unserer äußeren Lage – ich hatte mir das schon selbst vor die Augen gestellt, – es mußte ja Alles kommen, wie es soeben gekommen ist, mag es denn so sein! In einem süßen deutschen Liede heißt es:

Behüt’ dich Gott, es war’ zu schön gewesen,
Behüt’ dich Gott, es hat nicht sollen sein!

und so geben Sie mir noch einmal Ihre Hand, Pauline, ich werde Sie nicht wieder in Verlegenheit setzen!«

Er drückte leise ihre Finger und ging schweigend zum Zimmer hinaus; bald hatte er sein Pferd bestiegen und ritt, ohne sich umzusehen, davon.

Pauline aber setzte sich, halb hinter den Gardinen verborgen, aus Fenster, stützte Arm und Kopf auf die Stuhllehne und sah dem Davonreitenden sinnend nach, bis er hinter den Büschen verschwunden war.

6.

Als eine der schönsten Besitzungen im nördlichen Alabama galt Elliots Farm, Oaklea genannt, eben so unter den Freunden des Idyllischen, wie unter den praktischen Menschen, welche eine Plantage nur nach ihrer Größe und Ertragsfähigkeit beurtheilen. Das Landhaus, aus weißem Sandstein, auf einer sanft emporsteigenden Anhöhe erbaut und mit einem breiten, von Säulen getragenen Portico geschmückt, war von Gartenanlagen umgeben, durch welche sich helle Kieswege schlängelten; den Fuß des Hügels aber umzog ein dicker Kranz von Eichen und bildete dort ein schattiges Wäldchen. Ein Stück hinter dem Hause, den Abhang hinab, lagen die Negerhütten, ein kleines Dorf bildend, das von einem klaren Gebirgsbach durchströmt ward. Von hier aus erstreckten sich die weitläufigen, wohleingezäunten Felder und Wiesen weit nach allen Seiten hin und gaben sowol von der guten Bewirthschaftung, wie von dem Reichthum des Besitzers ein sprechendes Zeugniß.

Diese Ecke von Alabama, sowie ein Theil des angrenzenden nördlichen Staates Georgia war 1850 noch nicht fünfzehn Jahre in dem ausschließlichen Besitz weißer Ansiedler. Das Land hatte zur Reservation der Cherokee-Indianer gehört, welche hier indeß fast sämmtlich feste Wohnplätze gehabt, Ackerbau betrieben und das Land in einer Weise unter Cultur gebracht hatten, wie es nur der weiße, intelligente Ansiedler im Stande gewesen wäre. Unter ihnen hatten auch schon längst Amerikaner gelebt; aber erst in der zweiten Hälfte der dreißiger Jahre wurde eine amtliche Vermessung des Landes vorgenommen und den Indianern ein neuer, westlich liegender Landstrich für ihre Wohnstätten angewiesen – sie wurden, mit dürren Worten gesagt, von dem Boden, den sie urbar gemacht, vertrieben, der Früchte ihres Fleißes beraubt und ohne Rücksicht auf den Grad der Civilisation, welcher bei ihnen bereits Eingang gefunden, wieder in die Wildniß gejagt, um ihre wohlcultivirten Heimstätten dem weißen Manne zur Verfügung zu stellen.

Elliot, von Hause aus nur von geringem Vermögen, aber speculativ, hatte die Gegend durchreist, den Platz, auf welchem sich seine jetzige Plantage befand, zuerst mit Beschlag belegt und dann, als die vermessenen Ländereien zum öffentlichen Verkauf kamen, um einen geringen Preis erworben. Der Ackerboden war so vortrefflich ausgerodet, daß nirgends mehr ein alter Baumstumpf zu finden war, und so war es ihm, mit Hilfe eines Capitals, das ihm seine Frau zugebracht, und vorsichtigem Zusammenhalten des Erworbenen schon in den nächsten zehn Jahren gelungen, sich zu einer der respectabelsten Stellungen unter den Grundbesitzern der Umgegend in die Höhe zu arbeiten. Erst zwei Jahre zurück hatte er das steinerne Wohnhaus bauen und die Parkanlagen um dasselbe ausführen lassen.

Es war Nachmittags. In einem Zimmer des oberen Stockwerks, in welches das Licht des Sommertages kaum einen lichten Schein durch die dicht geschlossenen Jalousien und dicken Vorhänge zu werfen vermochte, lag Ellen nachlässig hingeworfen auf einem der gebräuchlichen, sophaähnlichen Ruhebetten. Am Fenster stand Sarah neben einem Korbe voll weißer, geplätteter Unterkleider und Nachtgewänder, welche sie sorgsam zusammenfaltete und in die ihr zur Seite stehende Kommode legte.

»Cäsar war schon zweimal Abends hier, Ma'am,« unterbrach die Schwarze das Schweigen, welches bis jetzt geherrscht hatte, ohne jedoch von ihrer Beschäftigung aufzusehen.

Die junge Frau erhob langsam den Kopf. »Etwas Besonderes, Sarah?«

»Gar nichts, als daß ich mich ärgere, Ma'am; er ist gerade so starrköpfig wie sein Herr – er will nichts weiter wissen, als daß der ruhig seinen Geschäften nachgeht.«

Ellen richtete sich halb aus ihrer liegenden Stellung auf. »Merke Eins, Sarah,« sagte sie, »Mr. Helmstedt ist noch immer dein Herr, wie er mein Mann ist, wenn wir auch jetzt in meines Vaters Hause wohnen; ich mag Ausdrücke, wie du sie eben gebraucht, nicht hören.«

Die Schwarze warf einen kurzen Blick in das Gesicht ihrer jungen Herrin. »Sie wollten doch selbst gern wissen, Ma'am, was im Hause in der Stadt vorging, seit Mr. Helmstedt zurück war!« entgegnete sie und bog den Kopf tiefer auf die Kleider, mit denen sie beschäftigt war.

»Well, Sarah, was hat das mit deinen Ausdrücken zu thun?«

»Ich habe mich doch geärgert, daß der Cäsar wie ein Stock schweigt, und wenn ich mich deshalb einmal vergesse, schelten Sie mich für den guten Willen.«

Die junge Frau schien antworten zu wollen, legte sich aber langsam zurück.

»Ich möchte wahrhaftig gern die Zeit ganz und gar vergessen, wo wir in der Stadt lebten und Mr. Helmstedt mich unter fremde Leute geben wollte, nur weil ich eine Stunde aus dem Hause gewesen war.« fuhr die Schwarze, eifriger ihre Wäsche faltend, fort, »ich will gern nicht wieder fragen, was dort vorgeht.«

Ein Pochen an der Thür unterbrach die Stille, welche den letzten Worten gefolgt war. Sarah verließ ihre Arbeit und öffnete halb. »Mr. Elliot!« sagte sie, sich zurückwendend.

Ellen sprang auf und ging ihrem eintretenden Vater entgegen. »Laß uns allein, Sarah, bis ich dich wieder rufe,« sagte sie, während der Pflanzer sich bequem auf einen Stuhl niederließ; und als die Schwarze das Zimmer verlassen, faßte sie beide Hände ihres Vaters und sah diesem erwartungsvoll ins Gesicht.

»Ich habe ihn gesprochen,« sagte Elliot nach einer kurzen Pause, in welcher beider Augen in einander hingen, »aber, meine Tochter, es ist wenig Aussicht vorhanden, glatt von ihm loszukommen. Er will einer Scheidung nichts in den Weg legen, aber er verlangt, daß du zuerst in sein Haus zurückkehrst und dich mit ihm auseinandersetzest.«

»Und was hast du ihm gesagt?« fragte sie, ihn mit ängstlicher Spannung ansehend.

»Daß daraus nichts werden könne,« erwiderte er mit Bestimmtheit. »Er mag sich seine eigenen Bedingungen für eine anderweite Abfindung stellen; ich habe ihm zwei Monate Zeit dafür gegeben – und wenn du, Kind, mit deinen Eltern wieder auf dem alten Fuße leben willst, so schlägst du dir die ganze Angelegenheit aus dem Sinne und läßt mich für dich handeln.«

»Aber ich kenne ihn, Pa!« sagte sie, die Hände des Pflanzers pressend, »er geht nicht ab von dem, was er seine Ehre nennt; du hast schon in seinem Processe gesehen, daß er sich lieber in Lebensgefahr brachte, ehe er mich bloßgestellt hätte. Und ich wußte es, als du mich bei Mortons Ableben mit dir nahmst, welche Kämpfe noch folgen würden. Wäre es denn nicht besser, ich ginge zu ihm und sagte: August, wir verstehen uns nicht; die Aufregung hat uns zusammengeführt, laß uns jetzt in Frieden scheiden? Er verdient es gewiß, Vater,« rief sie, als Elliot das Gesicht finster zusammenzog, seine Hände den ihrigen entwand und von seinem Stuhl aufstand.

Der Pflanzer ging nach der Thür, kehrte dann zurück und blieb vor seiner ängstlich harrenden Tochter stehen. »Wir müssen offen mit einander reden, Ellen, denn du hast dich jetzt zu entscheiden,«

sagte er. »Ich bin schwach gegen dich gewesen, nur zu schwach, während deiner ganzen Jugend, dafür habe ich aber auch von dem Augenblick deiner Flucht an mehr innerlich leiden müssen, als du weißt und dir Gott jemals auferlegen mag. Ich bin jetzt vollkommen klar mit mir, und sollte ich auch noch mehr zu leiden haben, so will ich doch frei von Vorwürfen gegen mich sein. Entweder hältst du jetzt zu deinen Eltern und gewährst ihnen die Genugthuung, welche sie sich selbst verschaffen werden, oder du kehrst zu diesem – zu deinem Manne zurück und scheidest dich dadurch ein- für allemal vom Vaterhause. Einmal kann das Elternherz einen Schritt, der unter besonderen Verhältnissen gethan wurde, vergeben, das zweite Mal aber, wenn die Gelegenheit verworfen wurde, wieder gut zu machen was geschehen, mag man wol noch Mitleid fühlen – die einmal zurückgestoßene Verzeihung aber kommt niemals wieder. Entweder habe ich mich, sowie Mr. Nelson in dir getäuscht und nur eine Laune hat dich für kurze Zeit zu uns zurückgebracht, oder du hältst fest an deinem natürlichen Boden und läßt mich zu deinem Besten handeln.«

Er sah der jungen Frau, die erblaßt, aber mit einem Ausdruck der reinsten Kindlichkeit die dunklen Augen zu ihm aufgeschlagen hatte, eine Minute schweigend ins Gesicht; dann nahm er ihre beiden Hände. »Ich will dich jetzt nicht drängen, Ellen,« sagte er; »überlege in Ruhe, aber ich denke, meine Tochter wird vernünftig sein.« Er küßte sie auf die Stirn und verließ langsam das Zimmer.

Ellen ging mit gesenkter Stirn nach ihrem früheren Platze und drückte den Kopf, das Gesicht in beide Arme geborgen, in das Polster.

»*How do you do, Squire?*« rief es in der Halle, als Elliot die Treppe hinabschritt; »ich freue mich, Sie zu Hause anzutreffen, habe schon in der ganzen Stadt gesucht, da ich Sie heute morgen dort sah.«

Das lachende Gesicht eines wohlgenährten Mannes, welcher, nach der Reitpeitsche und den Lederhandschuhen in seiner Hand zu urtheilen, eben vom Pferde gestiegen war, sah dem Pflanzer entgegen und dieser beeilte sich, ihn mit derbem Händeschütteln willkommen zu heißen. »Kommen Sie mit nach der Bibliothek, Sir,« sagte er und faßte den Angekommenen unter den Arm; »es ist dort am kühlsten und wir können es uns nach Belieben bequem machen. Sie haben mich schon in der Stadt gesucht und machen noch einen Extraritt hierher?« fuhr er fort, während er die Thür zu seinem Arbeitszimmer, das er gern Bibliothek nannte, obgleich kaum drei kleine Reihen Bücher darin zu sehen waren, öffnete und seinem Gaste Hut und Reitpeitsche abnahm; »es muß doch etwas ganz Besonderes sein, was Sie zu der Anstrengung treibt! Setzen Sie sich, Sir, hier sind Cigarren, und ich denke, ich habe auch noch einen Tropfen bei der Hand, um die Hitze niederzuschlagen.« Er nahm aus einem Wandschranke eine Flasche mit Brandy und setzte sie nebst dem weißen Wasserkruge und zwei Gläsern auf den Tisch.

»Ausgezeichnete Fürsorge bei der Hitze!« lachte der Angekommene und streckte sich bequem in einem Stuhle; »aber Sie haben Recht, es ist eine Teufelsgeschichte, die mich zu Ihnen treibt.« Er füllte die Hälfte eines Glases mit Brandy und mischte ihn mit Wasser. »Excellenter Stoff, Sie sind ein ganzer Mann, Squire,« fuhr er mit der Zunge schnalzend fort, »aber jetzt setzen Sie sich zu mir und rathen Sie, was mich herbringt.«

»Wie soll ich das wissen, Mr. Griswald?« erwiderte Elliot, sich ihm gegenüber setzend. »Irgend eine Rechtssache jedenfalls, denn zum Spaße setzt sich ein Advocat der Hitze nicht aus.«

»Richtig, und *was* für eine Rechtssache! Teufel! Ich habe soeben davon Wind bekommen. Sie kennen den jungen Murphy aus Limestone-County, der erst vor ein paar Monaten hierher kam und überall herumschnüffelte – nun, ich sage Ihnen, Sir,« fuhr der Redende lachend fort und schlug sich auf den Schenkel, »er ist der geriebenste Spitzbube, und es kann noch einmal etwas aus ihm werden. Was denken Sie, was er will, he? Ihnen die ganze Farm abprocessiren, Sir! Nichts Anderes, sag' ich Ihnen, und wenn Sie gesehen hätten, was mir vor die Augen gekommen ist, würden Sie auch sagen, das ist eine Teufelsgeschichte, Sir!«

Elliot sah den Sprechenden eine Weile ungewiß an. »Ich verstehe Sie nicht recht,« sagte er dann; »er will mir meine Farm abprocessiren? Auf welchen Grund hin – oder wie? Ich begreife kein Wort von dem, was Sie sagen.«

»Nicht wahr?« lachte der Advocat, »und doch ist es so! Ich sage Ihnen, ich habe Respect bekommen vor dem jungen Sappermenter; er muß eine Nase haben wie ein Spürhund, sonst weiß ich nicht, wie er zu seiner Kenntniß der Dinge hat kommen können. Und die Geschichte trifft Sie nicht allein, Sir, wenn Sie auch wol am schlimmsten dabei fahren werden –«

»Well, Sir, wollen Sie mir nicht kurz sagen, um was es sich handelt?« unterbrach ihn Elliot ernst.

»Ich bin eben dabei, Squire! Es ist ein älterer Besitztitel als der Ihrige da – Grenzen und Beschreibung des Landstücks äußerst richtig angegeben – ein Besitztitel, der Siebenachtel von Ihrer Farm und noch Stücke von Ihren nächsten Nachbarn in Anspruch nimmt –«

»Das ist unmöglich, Sir, oder es ist ein Betrug!« rief Elliot, aufgeregt in die Höhe springend. »Ich habe mein Land schon vor Beendigung der Vermessung gesetzlich mit Beschlag belegt und es dann in den Vereinigten Staaten gekauft; hier ist jeder Anspruch von irgend einer Seite herabgeschnitten.«

»Well, Squire, ich weiß, was Sie sagen wollen,« erwiderte der Advocat, sich das Kinn streichend, »aber Sie können nur glauben, daß ich mich nicht so geschwind zu Ihnen auf die Beine gemacht hätte, wenn die Sache so einfach wäre. Der Besitztitel stammt aus der Indianer-Zeit; es mag sein, daß das Stück Land mit einer Gallone Whiskey erworben worden ist – jedenfalls ist aber in dem Titel den gesetzlichen Kaufbedingungen genug gethan. Er ist während der kurzen Zeit, in welcher die erste Land-Office im Cherokee-Lande bestand, dort angemeldet worden, um spätern Claims vorzubeugen. Nachher brannte aber die Holzbude mit Allem, was sie enthielt, ab, und dann erst kamen Sie mit Ihrem Kaufe, ohne zu wissen, daß das Land schon einen Besitzer hatte. Daran ist nichts zu ändern. Die einzige Frage ist, wie weit die Vereinigten Staaten den frühern Kauf anerkennen werden. – Sie wissen, wie gerade dieser frühern Verhältnisse und der Liederlichkeit in der spätern Registrirung wegen unsere Besitztitel-Angelegenheiten im Argen liegen, wissen, daß jeder ältere Besitztitel mit genauen Bezeichnungen schon in sich selbst die größere Glaubwürdigkeit vor ungenauen spätern, wie es so viele in dem frühern Cherokee-Lande gibt, trägt, und daß die Angelegenheit jedenfalls einen langwierigen Proceß abgibt, in welchem die ersten Instanzen, wie es schon mehrfalls dagewesen, zu Gunsten des Klägers entscheiden. Sollte nun auch das Obergericht der Vereinigten Staaten den Verkauf während der Indianerzeit nicht anerkennen, was übrigens immer noch in Zweifel zu ziehen ist, so können doch, besonders wenn man einen so geriebenen Gegner wie den Murphy vor sich hat, so viele Kosten für Sie erwachsen, daß diese Ihre sämmtlichen Neger auffressen, denn es würde Ihnen nicht einmal gelingen, auf Ihre Ländereien, so lange Ihr Eigenthumsrecht daran in Frage gestellt ist, ein Kapital aufzunehmen. So, Squire, habe ich es für meine Pflicht gehalten, Ihnen den Rath zu geben, bei Zeiten und ehe die Sache zur gerichtlichen Procedur kommt, ein Abkommen mit dem Inhaber des alten Besitztitels zu versuchen – selbst ein großes Opfer muß noch immer ein Gewinn für Sie sein. Aber ich nehme eine Cigarre, Squire; Sie haben immer ausgezeichneten Stoff in jeder Beziehung!«

Elliot stand da, die Arme übereinander geschlagen und mit zusammengezogenen Augenbrauen in das Gesicht des Sprechers starrend. »Und woher kommt dieser ältere Besitztitel mit einem Male?« fragte er, als der Advocat seine Cigarre anzündete.

»Wie kommt der Teufel in die Welt, Sir,« sagte Griswald, den Dampf vor sich herblasend. »Ich habe Ihnen gesagt, der Murphy ist der geriebenste Spitzbube,« fuhr er lachend fort, »und Gott mag wissen, wo der Elementer das Papier aufgetrieben hat; aber richtig und vollkommen gesetzlich ist es, so weit ich sehen kann; ich habe es mit eignen Augen geprüft.«

»Aber in des Himmels Namen, es ist ja doch fast unmöglich!« rief Elliot und stand eine Weile, die Hand gegen die Stirn gepreßt. Dann schritt er einige Mal die Stube auf und ab und blieb zuletzt wieder vor dem Advocaten stehen. »Sie werden einsehen, Mr. Griswald,« sagte er, »daß, so viel ich auch auf Ihren richtigen Blick in allen Rechtsfragen gebe, ich mich doch erst näher über diesen beabsichtigten Raub zu unterrichten habe – als etwas Anderes kann ich es nicht betrachten – und zugleich die Meinung einiger Freunde hören muß.«

»Vollkommen verständig!« nickte der Advocat, einen Schluck aus seinem Glase nehmend. »Wir sind alte Bekannte, Squire, und deshalb habe ich Ihnen die Sache bündig und klar vor die Augen geführt, ohne mich selbst als Rechtsanwalt zu denken. Sie kennen den alten Spruch: Des Clienten Hoffnung ist des Advocaten Futter, und so wohlgethan es auch ist, die Meinung Anderer zu hören, so möchte ich Ihnen dabei nur den Rath geben, sich vor denen zu hüten, welche aus dem Fall eine Bagatelle machen wollen – wir haben lange keinen so fetten Proceß im County gehabt, als dieser es werden muß; daran denken Sie!«

»Sie meinen also auf Ehre und Gewissen, Griswald, daß eine wirkliche Gefahr aus dem Anspruch für mich erwachsen könnte?«

»Könnte? Sie kann nicht nur, sie wird nicht nur, sie ist schon da, Squire!«

»*Very well!*« sagte Elliot, den Kopf energisch aufrichtend, »so mag sie mich suchen; ich aber werde mein wohlerworbenes Eigenthum mit allen Mitteln vertheidigen, die mir zu Gebote stehen!«

Der Advocat zuckte die Achseln und erhob sich. »Ich habe Ihnen meine Meinung als Freund gesagt, Elliot, und kann nichts weiter thun,« erwiderte er. »Lassen Sie durch irgend einen andern Sachverständigen das Document untersuchen, Murphy hält seinen Anspruch nicht geheim, und Jeder, der nicht ein Nebeninteresse hat, wird meine Meinung bestätigen!«

»Warten Sie einen Augenblick,« sagte der Pflanzer, als Griswald nach Hut und Reitpeitsche griff. »Wie viel verlangt dieser Mr. Murphy für seinen Anspruch?«

Der Advocat sah ihn groß an. »Was er verlangt? Ihre Farm verlangt er, Sir! nichts mehr und nichts weniger. Wenn eine Uebereinkunft getroffen werden soll, so ist es an *Ihnen*, Sir, die nöthigen Schritte deshalb zu thun. Murphy denkt gar nicht daran, und nur unserer alten Bekanntschaft wegen bin ich hierher gekommen, um Sie von dem heranziehenden Ungewitter zu benachrichtigen und Ihnen zu rathen, sich jetzt, wo es vielleicht noch Zeit ist, nach einem Blitzableiter umzusehen.«

»Ich danke Ihnen, Griswald,« erwiderte Elliot finster, »der Schlag kommt in der That über mich wie ein Blitz aus heiterm Himmel; ich werde morgen bei Zeiten in der Stadt sein und dann sprechen wir weiter darüber. – Aber noch Eins,« rief er, als sich der Advocat zum Gehen wandte, und sah eine Weile sinnend vor sich nieder. »Steht der junge Nelson nicht in genauerer Beziehung zu diesem Mr. Murphy? Wenigstens entsinne ich mich, daß ich sie stets bei einander gesehen.«

»Wie nahe ihre gegenseitige Beziehung ist, kann ich nicht mit Bestimmtheit sagen,« entgegnete Griswald, »jedenfalls aber weiß ich, daß es ihr Plan war, mit einander gemeinsam eine Office zur Betreibung von Advocatengeschäften zu gründen.«

Elliot nickte und reichte dem Sprecher die Hand. »Ich will Sie nicht länger aufhalten,« sagte er; »morgen früh sehe ich Sie und dann denke ich ruhiger urtheilen zu können.«

Griswald ging, von dem Pflanzer bis an die Hausthür begleitet; dann aber kehrte dieser nach seinem Arbeitszimmer zurück und ging dort in tiefem Sinnen auf und ab. Erst nach einer Weile hielt er seinen Schritt an, strich mit der Hand über das Gesicht, als wolle er jeden sorgenvollen Zug daraus verwischen, und ging dann langsam nach dem Parlor. Dort saß in Gesellschaft mit der Frau vom Hause ein junger eleganter Mann, und das Gespräch schien, nach den aufgeregten Mienen Beider, ein belebtes gewesen zu sein.

»Es thut mir leid. Mr. Nelson, daß ich so lange abgehalten worden bin,« sagte der Pflanzer eintretend; »mein alter Freund Griswald sprach im Vorbeireiten ein und hatte so viele Geschichten zu erzählen, daß ich nicht eher abkommen konnte. Jetzt bin ich zu Ihrer Disposition, und wenn uns Mrs. Elliot entschuldigen will, so gehen wir nach der Bibliothek, machen es uns dort bequem und rauchen eine Cigarre. Ich denke, Liebe,« wandte er sich an seine Frau, »Ellen wird mit dir Einiges zu berathen haben.«

Der junge Mann verbeugte sich gegen die Hausfrau und folgte dem Pflanzer.

»Thun Sie wie zu Hause, Sir,« sagte dieser, als sie in das Arbeitszimmer traten, und zog den Schaukelstuhl näher dem Tische zu. »Hier ist Eiswasser und ein Schluck, um den Magen vor Erkältung zu hüten; hier sind Cigarren, langen Sie zu!« Er nahm aus dem Wandschranke ein reines Glas, setzte sich dann auf seinen früheren Platz und zündete sich selbst eine Cigarre an.

»Well, Sir,« begann er, »Sie wollen meine Ellen heirathen. Ich habe Ihnen bereits gesagt, daß ich im Grunde genommen nichts dawider haben kann; mit meiner Frau haben Sie ebenfalls gesprochen, und Ellen,« fuhr er lächelnd fort, »scheint mir auch nicht viele Einwendungen machen zu wollen. Die Scheidung von ihrem bisherigen Manne soll, hoffe ich, schon im nächsten Monate vor sich gehen, und so weit würde bald Alles in bester Ordnung sein. Jetzt erlauben Sie mir aber eine Frage: Wie stehen Sie mit Ihrem Freunde Murphy? Ich höre, Sie wollen Ihre Advocatenpraxis hier mit ihm gemeinschaftlich beginnen?«

»Wenn es bei unserer früheren Verabredung bleibt, allerdings, Sir,« erwiderte Nelson. »Er ist, wie ich heute hörte, von seiner New-Yorker Reise zurückgekehrt, und ich denke ihn morgen zu sprechen. Murphy ist ein gewandter Advocat, mit dem ich jedenfalls gut fahren werde.«

Elliot lehnte sich bequem zurück. »Gewandt scheint er wirklich zu sein,« sagte er; »Griswald erzählte mir soeben erst, daß er einen alten Besitztitel aufgespürt habe, wodurch er zweien oder dreien unserer Pflanzer im County das Land unter den Füßen wegnehmen wird.«

»O, wirklich so weit?« rief der junge Mann, überrascht aufstehend; »er hat mir nie recht klaren Wein über die Angelegenheit eingeschenkt, mit der seine Reise nach New-York in Verbindung stand – er prophezeite mir nur im glücklichen Falle einen splendiden Anfang für unsere hiesige Praxis.«

»Well, Sir,« sagte Elliot, seine Cigarre weglegend und seinen Gefährten fest anblickend, »ich weiß nicht, wie weit Ihre Liebe zu meiner Tochter geht, aber ich muß Ihnen als ehrlicher Mann sagen, daß der gute Anfang, von welchem Sie sprechen, wahrscheinlich der Ruin meiner Familie sein und somit auch Ellen zu einer blutarmen Partie machen wird. Der Hauptangriff, welcher gethan werden soll, geht gegen mein Besitzthum.«

Der junge Advocat sah ihn einen Augenblick groß an. »Ist denn das wol möglich?« rief er dann aufspringend.

400

»Ob es möglich ist, weiß ich noch nicht!« erwiderte Elliot, finster lächelnd; »daß aber Ihr Freund Murphy soeben versucht, es möglich zu machen, ist gewiß genug. Versichert mögen Sie sein, daß ich mich nicht gutwillig ergeben werde. Indessen ist jetzt für mich die Hauptfrage, welchen Weg Sie selbst in der Angelegenheit einzuschlagen gedenken. Wollen Sie nach den jetzigen Eröffnungen noch Ihre Absicht in Bezug auf Ellen festhalten, so werden Sie sich wahrscheinlich das einstige Erbe Ihrer Frau nicht selbst abprocessiren wollen – im andern Falle natürlich –«

»Lassen Sie mich ein Wort sagen,« unterbrach ihn Nelson. »Ich danke Ihnen, daß Sie mir die Sache sofort mitgetheilt haben; unser Verhältniß wird dadurch zur rechten Klarheit kommen. Wenn ich um Ellen geworben habe, so war mir jeder Nebenzweck dabei fremd, und mögen die Dinge sich jetzt gestalten wie sie wollen, so bleibt es bei unserer Verabredung. Ehe wir aber an den unglücklichsten Fall denken, wollen wir uns die Gefahr etwas näher betrachten. Ich werde sofort gehen, um mit eigenen Augen zu prüfen; ich werde Murphy sprechen und schon heute Abend, wenn es auch spät werden sollte, will ich Ihnen Bericht erstatten.«

»Gut, Sir,« rief Elliot, und hielt dem jungen Manne die Hand hin, welche dieser drückte; »wenn ich auch weiß, daß Ihr Einfluß auf Murphy kaum ins Gewicht fallen kann, wo es sich bei diesem um einen großen Gewinn handelt, so freue ich mich doch über Ihre Gesinnung, welche mir aus Ihnen einen natürlichen Bundesgenossen macht. – Sehen Sie zu, wie die Sache steht, und erwarten Sie mich morgen früh in der Stadt – ich möchte vor unsern Ladies im Hause vorläufig die ganze Angelegenheit noch verschwiegen halten, und da es auffallen müßte, wenn Sie noch am späten Abend hier ankämen, so lassen wir lieber jede weitere Besprechung bis morgen früh.«

»Wie Sie wollen, Sir,« erwiderte Nelson, »wenigstens will ich jetzt aber keinen Augenblick mehr verlieren, um an die Arbeit zu gehen. Sie werden mich doch bei den Ladies entschuldigen –«

»Schon recht, Sir!« sagte Elliot, dem jungen Manne nach der Thür folgend, »und ich verspreche Ihnen, daß ich die Hindernisse, welche noch zwischen Ihnen und Ellen liegen, so schnell beseitigen werde, daß Sie sich deshalb nicht eine einzige unruhige Minute mehr zu machen brauchen. Unser Interesse ist von heute an ein vereintes.«

Nelson drückte mit beiden Händen die Rechte des Pflanzers, und verließ dann, von diesem bis zum Portico begleitet, das Haus. – –

Es war mehrere Tage später, als Helmstedt von einem abendlichen Ritt nach der Stadt zurückkehrte. Zwischen seinen Augen lag ein Ausdruck von Sorge und Verstimmtheit; wenn er sich aber über das, was ihn drückte, hätte klar aussprechen sollen, wäre es ihm wol kaum möglich gewesen. Er hatte seit dem letzten Gespräche mit dem Vater seiner Frau den Rest seiner Liebe für diese zu Grabe getragen – wußte er doch, daß ohne ihren eigenen Willen Niemand den Versuch hätte machen können, sie von ihm zu scheiden; auch das neue Gefühl, was ihn zu Pauline Morton zog, hatte er so weit unterdrückt, daß es ihm nur noch dann und wann im Traume vor die Seele trat – seine ganze Natur war zu kräftig, als daß sie sich ohne Widerstand einer unerwiederten Neigung hätte hingeben sollen, und sah es nun auch so öde in ihm aus, daß er gar nicht mehr an die Zukunft denken mochte, so war es doch ein Druck anderer Art, der ihn, wie die Ahnung von einem herbeikommenden Unglück, auf dem Herzen lag. Seit zwei Tagen glaubte er in dem Wesen seiner meisten Schülerinnen eine Veränderung wahrzunehmen, die er sich nicht erklären konnte. An die Stelle der freundlichen Herzlichkeit, mit welcher ihm Einzelne sonst immer begegneten, waren Kälte und Einsilbigkeit getreten – rebellische Charaktere, welche die Achtung vor ihm stets in den gehörigen Schranken gehalten hatte, waren aufsäßig und schnippisch geworden, und wo er sonst Fleiß und Eifer gesehen, schien eine plötzliche Lässigkeit sich geltend zu machen. Er hatte am ersten Tage wenig darauf geachtet; als aber bei seinem abendlichen Besuch in einzelnen Familien ihn eine sonderbare Stille empfing, als ihm weder da, wo ein Piano im Hause war, die gewöhnliche Aufforderung, etwas vorzutragen, wurde, noch an andern Orten seine Schülerinnen es der Mühe werth fanden, während seiner kurzen Anwesenheit im Zimmer zu bleiben; als am zweiten Tage sich bei seinem Unterricht dieselbe Erscheinung wie Tags zuvor zeigte, und bei einem Ritt in die Umgegend ihm in zwei Pflanzerfamilien ein ähnlicher Empfang wie in der Stadt wurde, – da fühlte er, daß eine feindliche Macht in sein Leben griff, ohne daß er sich das Wie und Warum hätte erklären können.

Er hatte, sich mit zehnerlei Vermuthungen herumschlagend, von welcher keine Stich halten wollte, die ersten Häuser der Stadt erreicht, als er einen einsamen Spaziergänger in der Dämmerung sich entgegenkommen sah, bei dessen Erblicken er sein Pferd zu langsamerem Schritte zügelte. Er hatte den Vorsteher der Akademie erkannt, einen Mann, welcher ihm immer mit der herzlichsten Freundlichkeit begegnet war, und der Gedanke durchschoß ihn, daß, wenn ihm Jemand seine Zweifel lösen könne, dieser es sein müsse. Er fühlte sich innerlich so wund, daß er keinen Augenblick, in welchem ihm die Gelegenheit zu einer Aufklärung geboten wurde, vorüberstreichen lassen mochte, und ehe noch der Spaziergänger herangekommen, war Helmstedt abgestiegen, und ging, sein Pferd am Zügel nachführend, ihm entgegen.

»Mr. Pierce, ich freue mich, Sie zu treffen, und Sie entschuldigen, daß ich Sie hier so ohne Weiteres auf offener Straße anrede.«

»Sie sind mir an jedem Orte willkommen, Sir!«

»Ich danke Ihnen! Ich möchte eine offene Frage an Sie richten, Sir, und wenn das jetzt eben geschieht, wo ich Sie zufällig treffe, so ist es, weil ich die Stimmungen um mich her, die ich nicht verstehe und gegen welche mich mein Gewissen frei spricht, nicht ertragen kann. Wissen Sie irgend einen Grund, warum die Leute, mit denen ich in Berührung bin, anders gegen mich sind, als jemals früher? Wissen Sie eine Ursache, die mir meine Schüler entfremdet haben könnte, wie es mir seit zwei Tagen so auffällig entgegengetreten ist, daß es mir wehe gethan hat? Ich mag Ihnen mit meinen hastigen Fragen aufgeregt erscheinen, Mr. Pierce, und Sie müssen mich deshalb entschuldigen; aber die Veränderung um mich her ist seit einigen Tagen so sonderbar, und hat mich eben erst so empfindlich berührt, daß mir das Begegnen mit Ihnen wie eine Fügung erschien, um mir Gewißheit über meine Stellung zu verschaffen.«

»Ich glaube, ich kann Ihnen die nöthige Aufklärung geben, wenn wir es auch hier nicht vornehmen wollen,« erwiderte der Vorsteher in einem Tone, der Helmstedt wohlthat, »und ich gestehe Ihnen, daß ich selbst die aufrichtigste Betrübniß über den Stand der Dinge fühle. Wir haben nur wenige Schritte bis zur Akademie, lassen Sie uns dort einige Worte in Ruhe mit einander sprechen.«

Er wandte sich zurück und Helmstedt ging schweigend an seiner Seite, bis sie das Schulgebäude erreicht hatten. Dort band der junge Mann sein Pferd an die Stacket-Einzäunung und folgte dem Vorsteher nach dessen Arbeits-Zimmer.

»Ich muß Ihnen sagen,« begann der Letztere, nachdem Beide Platz genommen hatten, »daß ich wahrscheinlich schon morgen Sie ersucht haben würde, sich mit mir auszusprechen, und es ist mir lieb, daß Sie dem selbst zuvorkommen. Ich will ohne Umschweif zu Ihnen reden. Sie wissen, wie gern ich Sie hier engagirt habe, als Sie Mr. Morton mir empfahl, und wie sehr zufrieden ich mit allen Ihren Leistungen gewesen bin. Aber Mr. Morton, der unser beiderseitiger Freund war, ist jetzt todt und sein Einfluß, welcher Manches während seinen Lebzeiten ausglich, existirt nicht mehr. Ihre junge Frau ist zu ihren Eltern zurückgekehrt und die verschiedensten Versionen über die Ursachen dafür sind plötzlich in Umlauf gekommen – dabei ist aber das Schlimmste, daß Sie, wie es heißt, des zu erwartenden Vermögens wegen in keine Scheidung willigen wollen, und daß, wenn diese ja auf irgend eine Weise erzwungen werden sollte, alle Eltern für ihre Töchter, welche sie hierher zur Erziehung geben, fürchten, so lange Sie den Musik-Unterricht leiten.«

Helmstedt wollte sprechen, aber der Vorsteher unterbrach ihn. »Lassen Sie uns alle unnützen Worte sparen, Sir,« sagte er, »ich glaube von Allem, was in Umlauf gesetzt worden ist, kein Wort, ich habe Ihrem Processe beigewohnt und Sie während Ihres nachherigen Lebens genauer als vielleicht irgend Jemand kennen gelernt; aber ich hänge nicht von mir allein ab, ich bin selbst nur Beamter der Gesellschaft, welche die Akademie gegründet hat, und muß dem, was die Mehrzahl der mir zur Seite gesetzten Vertrauensmänner beschließt, folgen. Ich entlasse Sie ungern, sehr ungern, Mr. Helmstedt, aber ich wäre gezwungen gewesen, Ihnen diese Nachricht schon morgen zu geben.«

Helmstedt saß eine Weile ohne ein Wort zu reden da. »Well!« sagte er dann, »ich kenne die Quelle, aus welcher alles dieses fließt – wenigstens bin ich doch jetzt nicht mehr im Unklaren. Ich bin entlassen, weil ich so handelte, wie es jeder rechtliche Mann für allein ehrenhaft gehalten hätte; ich soll Ordre pariren, weil man glaubt, mich durch meine Armuth dazu zwingen zu können. Wir werden sehen! Ich danke Ihnen, Mr. Pierce, für die Freundlichkeit, mit welcher Sie mich stets behandelt haben,« fuhr er aufstehend fort, »danke Ihnen für Ihre gute Meinung über mich, vielleicht kann ich Ihnen noch einmal beweisen, daß Sie Recht hatten. Gute Nacht!« Er drückte kräftig die Hand des Vorstehers und schritt aus dem Zimmer. Als er sein Pferd losgebunden, saß er mit einem Schwung im Sattel, daß es zum Galopp ansprengte und bald hatte er sein Haus erreicht, wo Cäsar auf ihn wartete.

»Er ging nach seinem Zimmer, brannte Licht an und warf sich in den Lehnstuhl vor seinem Arbeitstische. Eine Weile ließ er alle Gedanken und Gefühle, welche das Gespräch mit seinem bisherigen Prinzipale in ihm erregt hatte, durcheinander wogen; bald aber setzte er sich aufrecht und begann seine augenblickliche Lage bestimmt ins Auge zu fassen. Ein Wunsch stand im Vordergrunde seiner Seele, dem Angriffe, welcher so heimtückisch auf seine Existenz gemacht worden war, nicht weichen zu müssen. Er wußte, daß wenn er den Staat verließ, wozu man ihn jetzt wahrscheinlich zwingen wollte, es leicht genug gemacht war, eine Scheidung seiner Frau von ihm zu erzielen – gaben doch schon seine jetzt mangelnden Subsistenzmittel Grund genug dafür ab, und wenn er auch, wie das Verhältniß zwischen ihm und Ellen stand, einer Trennung nie einen eigentlichen Widerstand hätte entgegensetzen mögen, sobald nur seine Mannesehre dabei gewahrt wurde, so empörte sich doch Alles in ihm gegen die Weise, wie sie ihm abgedrungen oder gegen seinen Willen bewerkstelligt werden sollte. Die Frage war jetzt: wie materiell bestehen, um nicht seinen Feinden ohne Schlag das Feld zu räumen. Mit einem ferneren Erwerbe durch Musik-Unterricht war es wenigstens in der nächsten Umgegend zu Ende, und seine ganzen Mittel bestanden in der Summe, welche ihm wenige Tage vorher als Betrag des Unterrichtsgeldes für den laufenden Monat ausgezahlt worden war. Sollte er sich an ein anderes Erziehungs-Institut im Staate um Erlangung von Beschäftigung wenden, oder mußte er nicht fürchten, daß der Einfluß, welcher ihn von hier vertrieb, ihm auch dorthin folgen würde?«

Während seines Grübelns hatte sich die Thür geöffnet und Cäsar sich an den Eingang postirt. Helmstedt sah auf – er kannte die verschiedenen Arten von Gesichtsausdruck des Schwarzen und wußte, daß dieser jetzt irgend etwas zu erzählen hatte – aber er kam ihm damit ungelegen. »Was ist es, Cäsar?« fragte er kurz.

»Ich wollte nur etwas fragen, wegen Little Valley, Sir, nichts Bedeutendes gerade –«

»Dann laß es bis ein andermal, ich bin jetzt beschäftigt.«

Der Schwarze verschwand, und Helmstedt gab seinen Gedanken wieder Raum. Er begann in Gedanken sein ganzes Besitzthum durchzugehen, um zu berechnen, was ihm aus dem Erlös desselben erwachsen könne; er öffnete zu dem Zweck ein Fach seines Schreibtisches, in welchem sich eine Kostenberechnung aller Anschaffungen bei seiner Verheirathung befand. Hier aber fiel ihm zuerst Mortons Brief in die Hände, der unerbrochen und vergessen dagelegen hatte, seit er ihn aus Paulinens Händen erhalten. Helmstedt wollte ihn im ersten Moment wieder bei Seite legen, aber als sein Auge auf die unsichere Handschrift der Adresse fiel, kam ihm wieder das ins Gedächtniß, was der Vorsteher der Akademie über die Freundschaft des Verstorbenen zu ihm und den Einfluß, den er zu seinem Besten geltend gemacht, gesprochen hatte; er sah das biedere Gesicht des alten Pflanzers vor sich, er erinnerte sich, daß dieser an ihn noch in seinen letzten Stunden gedacht, und in plötzlich gemilderter Stimmung löste er das Couvert. Ein neuer, mit Papieren gefüllter Umschlag und ein theilweise beschriebener Bogen zeigten sich. Helmstedt entfaltete den letztern und las:

»Mein lieber junger Freund!

Ich ahne, daß ich Sie nicht wiedersehen werde, und so benutze ich eine Stunde, welche mir vielleicht zum letzten Mal einige Kraft zurückgibt, um ein Lebewohl an Sie zu richten und Sie an das Versprechen zu mahnen, welches Sie mir bei unserm letzten Zusammensein gaben. Pauline weiß nichts von unserm Uebereinkommen: ihr Herz ist so stolz und stark, daß sie wol glauben mag, sich selbst genug sein zu können, daß sie jeden aufgedrungenen Beistand von sich weisen würde. Aber ich weiß auch, daß sie ihre Stärke nur durch Entsagung und Aufopferung erlangt hat: ich kenne mehr von diesem Herzen, dem ich doch nur Schutz und keine Befriedigung geben konnte, als sie weiß, und ich erkenne alle die Schwierigkeiten, welche ihr nach meinem Tode, so lange sie in den jetzigen Verhältnissen lebt, entgegentreten und sie verwunden müssen. Darum lassen Sie das Auge nicht von dem, was um sie vorgeht, wenn auch unbemerkt von ihr – der Blick eines von der Welt Scheidenden sieht klarer als sonst, und mir ist es, wenn ich die Dinge um mich her betrachte, als würde auch noch einmal ein Frühling für sie blühen, und ihr ein Schutz werden, unter dem sie sich gern bergen wird.

Die Werthpapiere, welche ich hier beigelegt habe, betrachten Sie als das Vermächtnis eines Freundes und als ein Zeichen meiner Achtung und Anhänglichkeit; es sind 2000 Doll. Auch hiervon weiß Pauline nichts, damit Ihr Zartgefühl, das so leicht verletzt ist, geschont bleibe, – mögen sie bei irgend einer Gelegenheit Ihnen einmal passend kommen.

Und nun sei es genug, das Schreiben wird mir schwer; – wenn wir uns nicht wiedersehen sollten, so widmen Sie bisweilen einem Manne, der Ihnen von Herzen wohlgewollt, einen freundlichen Gedanken.

Jas. Morton.«

Helmstedts Hand zitterte, als er zu Ende war; eine lange Weile sah er stumm vor sich hin, bis sich seine Brust endlich in einem tiefen Athemzuge Luft machte. Dann begann er die Zuschrift noch einmal von Anfang an durchzulesen. Mit jeder Zeile, die er langsam beendete, war es ihm, als liege ein tieferer Sinn in diesen letzten Worten des alten Pflanzers, als er bei der ersten raschen Durchsicht wahrgenommen; er hielt bei einzelnen Stellen an und begann darüber zu grübeln. Nicht die unerwartete Hilfe, welche ihm so plötzlich geworden, war es, die ihn hauptsächlich beschäftigte – seine Gedanken waren bei dem stolzen, starken Herzen, wie es Morton genannt, dem Herzen, das er doch so weich gekannt und dem er jetzt so gern alle Opfer und Entsagungen hätte vergessen machen mögen. »Des Todten Wille soll treulich erfüllt werden,« sagte er still vor sich hin, »ich will über sie wachen, ohne daß sie es weiß, will die Sorge für sie zu meinem Lebenszweck machen, bis sie selbst sich wieder einen natürlichen Schutz gewählt.« Er konnte einen halben Seufzer nicht unterdrücken, aber wie ärgerlich über sich selbst sprang er auf. »Wie das Schicksal will!« rief er, beide Arme von sich streckend, »jetzt aber heißt es: dem eigenen Herzen, wie der Außenwelt Trotz geboten!«

Soeben trat der Schwarze wieder ein, um frisches Wasser für die Nacht zu bringen. Er wollte sich nach Beendigung seines Geschäfts leise entfernen, aber Helmstedt, der seinen frühern Platz wieder eingenommen hatte, rief ihn zurück. »Jetzt magst du erzählen, Cäsar,« sagte er, »du hattest etwas wegen Little Valley auf dem Herzen, was ist es?«

Der Neger zog ein halb verlegenes Gesicht und rieb seine Hände. »'S ist nur etwas vom Hörensagen, Sir, aber ich möchte doch fragen, ob Sie etwas davon wissen? Es heißt, daß Mr. Barlett, der Aufseher, fortgeschickt werden soll, und das ist schon unter allen Schwarzen in Little Valley herum. Sie wissen ja wol, die Köchin in Mortons Haus ist wegen ihrer Horcherei dort nach Little Valley zum Kochen geschickt worden, und die hat im Aerger über ihre Versetzung dem Aufseher gesagt, lange werde sie doch nicht dableiben, nur so lange bis er weggejagt sei, und das werde bald genug geschehen, sie wisse das genau; wenn erst der neue Aufseher komme, dann sei keine Gefahr mehr, daß ihr gutes Herz ihr wieder einen Streich spiele. Der Aufseher hat geflucht und sich nach seiner Peitsche umgesehen, da hat sie aber nach einem Topf voll kochenden Wassers gegriffen und gesagt, er solle nur versuchen, sich an ihr zu vergreifen, sie fürchte sich gar nicht, ihn zu Tode zu brühen, sie wisse wie sie stehe. Da soll Mr. Bartlett ganz blaß geworden sein, über verdammte Weiberwirthschaft geflucht haben, und daß er sich schon helfen werde. Seit dem Tage aber ist er kaum ein paar Mal aufs Feld gekommen und hat die Arbeiter thun lassen, was sie gewollt; die zwei schwarzen Mädchen aber, mit denen er in seinem Hause lebt, haben erzählt, daß er noch einmal so viel Whiskey trinke, als sonst und die Hälfte des Tages verschlafe. Die Köchin hat sich bis jetzt noch nicht getraut, die junge Mistreß wissen zu lassen, wie es steht, und so habe ich gedacht, es wäre gut, wenn ich es Ihnen erzählte, Master.«

Helmstedt hatte aufmerksam zugehört und ein Zug von Befriedigung trat in seinem Gesicht hervor; war es ihm doch, als sei Cäsars Erzählung der erste Ruf an ihn, der übernommenen Pflicht gegen Pauline Genüge zu leisten. Er dachte eine kurze Weile nach. »Willst du mir wol angeben,« sagte er dann, »woher du den ganzen, genauen Bericht hast? Ist dir wieder einer von den Schwarzen aus Little Valley begegnet?«

Cäsar verzog das Gesicht und kratzte sich erst auf der einen und dann auf der andern Seite des Kopfes. »Wenn Sie es zu wissen verlangen, Master, so muß ich es Ihnen sagen,« erwiderte er mit einem Ausdrucke, der aus Laune und Aengstlichkeit gemischt schien. »Ich besuche jetzt bisweilen die Mary in Mortons Hause – es ist noch eine alte Liebschaft von früher her, Sir!« setzte er wie entschuldigend hinzu. »Seit ich der Sarah nichts klatschen wollte, was hier im Hause vorging, ist sie so bissig geworden, wie eine Katze, und hat mir, als ich das dritte Mal nach Oaklea kam, nicht einmal ihre Thür aufgemacht. Da habe ich an die Mary gedacht, die mich immer gern gehabt, als ich noch auf Mr. Mortons Farm war; ich bin aber damals so versessen auf die Sarah in Oaklea gewesen, ich glaube wahrhaftig nur, weil sie so stachlig war und nichts von mir wissen wollte, daß ich der Mary immer aus dem Wege

gegangen bin. Well, Master, der Mary ist die ganze Geschichte gesteckt worden und sie hat sie mir erzählt; sie hat aber der Köchin
wegen der jungen Mistreß noch kein Wort zu sagen gewagt.«

Helmstedt schüttelte, wie von einem eigenthümlichen Gedanken
berührt, langsam den Kopf. »Komm her, Cäsar,« sagte er nach einer
Pause, »du bist ein verständiger Bursche, du möchtest mir auch
etwas zu Liebe thun, wie du neulich sagtest – und so will ich dir
einen Auftrag geben, bei dem ich mich ganz auf dich verlassen
muß. Höre aufmerksam zu. Ich möchte gern, daß Mistreß Morton,
die seit ihres Mannes Tode jeden männlichen Beistand verloren
hat, von den Unannehmlichkeiten, die ihr bei den jetzigen Verhältnissen erwachsen könnten, befreit bliebe. Wenn ich aber auch gern
Alles zu ihrer Unterstützung thue, so habe ich doch nicht Zeit, jeden Tag nach Mortons Hause zu reiten, um zu sehen, was dort
geschieht, – nebenbei will es sich auch nicht recht schicken, daß
ich eine junge, alleinstehende Frau so oft besuche. Jetzt, Cäsar,
sollst du mir helfen. Gehe und mache deiner Mary den Hof, aber
theile mir jeden Morgen mit, was in Mortons Hause vorgegangen
ist – ob gering oder nicht, ist gleichgiltig; jede kleine Nachricht
wird mich über den Stand der Dinge dort im Klaren halten, wird
mir zeigen, ob es meinerseits nöthig ist, etwas zu thun, oder nicht,
und ich kann unbesorgt meinen eigenen Geschäften nachgehen.
Du wirst dabei einsehen, daß von deinem Auftrage nicht das Geringste verlauten darf, wenn die junge Mistreß nicht beleidigt
werden soll – ich hoffe, du hast mich vollkommen verstanden,
Cäsar?«

»Warum soll ich Sie nicht verstehen, Mr. Helmstedt?« erwiderte
der Schwarze mit einem fröhlichen Grinsen. »Entschuldigen Sie,
wenn ich lache; es kam mir nur eben so sonderbar vor, daß meine
Thorheit mit der Mary noch zu etwas Gutem helfen kann. Sie sollen
ordentlich bedient werden, Master, rechnen Sie auf den Cäsar –
und,« fuhr er mit einem halben Stocken fort, »Sie werden's gewiß

auch so einrichten, daß die Mary keinen großen Schaden von ihrer Gutmüthigkeit gegen mich hat.«

»Verlaß dich darauf!« nickte Helmstedt befriedigt, »sie soll nirgends erwähnt werden. Nun geh und laß mich sehen, ob du ein Bursche bist, dem sein Herr etwas anvertrauen kann.«

Der Schwarze antwortete nur mit einer Kopfbewegung voller Entschluß und verließ das Zimmer; Helmstedt aber lehnte sich nachdenkend in seinem Armstuhle zurück. Er war im Grunde seiner Seele nicht ganz einig mit sich selbst, ob er durch seinen Auftrag an Cäsar recht gehandelt oder nicht. Es sträubte sich etwas in ihm gegen die Weise, auf welche er sich Nachrichten von Paulinens Begegnissen verschaffen wollte, und doch sah er keinen andern Weg; zudem gab er, seit er in Amerika so manchen Kampf hatte kennen lernen müssen, etwas auf Schicksalswinke, und Cäsars Mittheilung von seiner Liebschaft in Mortons Hause, gerade zu einer Zeit, wo es dem jungen Manne schwer geworden wäre zu bestimmen, wie er sich von dort laufende Nachrichten verschaffen solle, war ihm wie ein bedeutsamer Fingerzeig erschienen. Er rieb sich lange die Stirn, ohne ganz mit sich klar zu werden, bis er endlich beschloß, wenigstens vorläufig den gemachten Anordnungen ihren Lauf zu lassen, bis sich ihm ein anderer Weg zu seinem Zwecke zeigen würde. Er putzte das Licht, suchte Papier hervor, und begann in einem Briefe an den alten Doctor Ford diesem die gegenwärtigen Verhältnisse in Little Valley mitzutheilen.

7.

Die »Law-Office« der Advocaten Griswald und Duncan galt als die bedeutendste im County, wenn auch die äußere Erscheinung derselben wenig davon wahrnehmen ließ. Ein vorderes Zimmer, das drei abgenutzte, mit langjährigen Tintenflecken verzierte

Schreibtische und verschiedene halbzerbrochene Stühle enthielt – und ein hinteres mit besonderm Eingange, welches einige Reihen Gesetzbücher, einen kleinen eisernen Geldschrank und sechs wackelige Sessel um einen eben so ausgedienten eirunden Tisch zeigte, bildeten die ganzen Räumlichkeiten, denen man es daneben noch ansah, daß jährlich kaum einige Mal sich der Besen darin blicken ließ.

Es war Abend und die Office geschlossen; in dem hintern Zimmer waren jedoch sämmtliche sechs Stühle von theils ältern, theils jüngern Männern besetzt, während ein siebenter auf dem niedern Geldschranke Platz genommen hatte. Zwei Talglichter auf verrosteten Leuchtern gaben eben Licht genug, um die einzelnen Gesichter erkennen zu lassen.

»Well, Gentlemen,« begann Griswald, welcher am obern Ende des Tisches saß, »es ist jedenfalls gut, wenn wir unsere Sache gemeinschaftlich betrachten und uns vollkommen verständigen. Mr. Murphy will, wie Sie wissen, den in seinen Händen befindlichen Anspruch an das uns bekannte Eigenthum durch den hiesigen Theil der allgemeinen Advocaten-Association vertreten wissen und dafür fünfzig Procent des Ertrages an die hiesigen Mitglieder der Association abgeben. Die einzige Frage, welche jetzt noch in Betracht zu ziehen wäre, ist die: ob die Klage auf vollständige Abtretung des Eigenthums eingeleitet, oder ob der jetzige Inhaber desselben zur Zahlung eines Abstandsquantums vermocht werden soll. Die Frage ist offen, Gentlemen, und ich werde meine eigene Meinung mir bis zuletzt vorbehalten.«

»Wie ich die Angelegenheit betrachte,« ließ sich ein ältlicher Mann vernehmen und bog seinen Stuhl schaukelnd auf die beiden Hinterfüße, »so sieht der Fall beim ersten Anblick allerdings bestechend genug aus; indessen glaube ich doch, daß unser Freund Murphy zu sanguinisch in seinen Hoffnungen gewesen ist. Die Giltigkeit indianischer Besitztitel in unserm Staate ist im Allgemeinen eine höchst zweifelhafte Sache und hängt zum großen Theile von der Auffassung des einzelnen Falles ab; und daß in dem gegenwärtigen der Titel in der Land-Office angemeldet worden ist, thut nichts zu seiner Verbesserung. Die Anmeldung hat durchaus keine andere Bedeutung, wie die jedes einfachen Claims, und die betreffende Person hätte sich auf dem beanspruchten Lande niederlassen müssen, was augenscheinlich nicht geschehen ist. Als einfacher Proceß zwischen zwei streitenden Parteien angesehen, würde der Fall sicherlich ein ausgezeichneter zu nennen sein; es läßt sich von beiden Seiten für den Advocaten viel daraus machen; soll aber die Association selbst Partei darin ergreifen, so muß ein schneller, reeller Erfolg vor allen Dingen ins Auge gefaßt werden, den ich bei einer Klage auf Eigenthumsabtretung im vorliegenden Falle nicht sehen kann, und es wäre deshalb meine Meinung, die nöthigen Anordnungen zu treffen, um den jetzigen Inhaber des Eigenthums zur Zahlung eines verhältnißmäßigen Abstandsgeldes für den erhobenen Anspruch zu bestimmen. Ich glaube, daß selbst Mr. Murphy mit mir darin einverstanden sein wird.«

»Well, Gentlemen,« klang Murphy's Stimme vom Geldschranke, »ich habe in den letzten Tagen privatim die Ansicht der meisten hier gegenwärtigen Herren gehört, und allerdings stimmt diese mit der des vorigen Redners überein. Aber was man nicht direct erreichen kann, Gentlemen, läßt sich vielleicht auf einem Umwege erlangen. Ich habe mir als Minimum eines Abstandsgeldes 30,000 Doll. gedacht, etwa der sechste Theil dessen, was der Boden und die Gebäulichkeiten der Farm werth sind, welcher Betrag in einer Mortgage auf das gesammte Eigenthum zu zahlen sein würde. Wie aber mit 30,000 Doll. Mortgage bei der Verfallzeit ein noch viel größerer Werth als das in Rede stehende Eigenthum erlangt werden könnte, wenn nur einigermaßen richtig und auf den Zweck gearbeitet wird, brauche ich den Herren nicht erst aus einander zu setzen.«

414

Ein Kopfschütteln Griswalds unterbrach den Sprechenden. »Ich glaube, daß derartige Speculationen über den Zweck der Association hinausgehen,« sagte der alte Advocat; »ich stimme ganz mit dem ersten Redner überein, daß nur ein schneller, reeller Erfolg ins Auge gefaßt werden kann, wie er durch ein Abstandsquantum zu erzielen ist, mag dieses auch durch Mortgage gezahlt werden; die Verwandlung derselben in baares Geld wird auf keine Schwierigkeiten stoßen und die Ansprüche eines Jeden von uns sofort befriedigt werden können.«

Ein vielfaches Nicken in dem Kreise der Anwesenden bekräftigte Griswalds Einwurf, und dieser fuhr nach kurzem Räuspern fort: »Wenn der hier anwesende Theil der Association in der Angelegenheit richtig verfährt, den Fall als einen hoffnungslosen für den bedrohten Theil ansieht und ihn so im Gespräche mit Andern behandelt, wenn wir den Einfluß, welchen unsere längere Erfahrung uns über die jüngeren Collegen in der Stadt gibt, richtig verwenden, wenn besonders Mr. Murphy den Besitztitel entfernt von einer möglichen allzugenauen Prüfung Unberufener hält, so bin ich fest überzeugt, daß der jetzige Inhaber des Eigenthums, schon wenn er die allgemeine Meinung der Gesetzkundigen gegen sich sieht und bei der dadurch naturgemäß erzeugten Entmuthigung, sich zu dem in Rede stehenden Abstandsquantum herbeilassen wird, besonders da es nicht in baarem Gelde geleistet werden soll. Ich betrachte zugleich den einzuschlagenden Weg als eine vollkommen ehrliche Taktik. Mit Sicherheit kann in dem vorliegenden Falle Niemand den Ausgang eines einzuleitenden Processes bestimmen; selbst aber den günstigsten Ausgang für den Beklagten angenommen, so würde dieser an Kosten und Gebühren dennoch eine jetzt kaum zu berechnende Summe zu zahlen haben, und wenn sich auch das Abstandsquantum etwas höher als die Proceßkosten belaufen dürfte, so wird für ihn der Unterschied reichlich durch die beseitigte Gefahr eines gänzlichen Verlustes seines Eigenthums und die schnelle Ordnung der Angelegenheit ausgeglichen.«

»Einverstanden!« ließ es sich von mehreren Seiten hören, und Murphy, der ungeduldig auf dem Geldkasten umher gerückt war, hielt sichtbar eine Erwiderung zurück.

»Wenn deshalb Niemand gegen den vorgeschlagenen Plan etwas einzuwenden hat,« fuhr Griswald fort, »so möchte ich empfehlen, langsam und vorsichtig unsere Operationen zu beginnen. Mr. Murphy hat versprochen, sich mit mir in fortwährender Verbindung zu erhalten, und sollte sich irgend etwas von Wichtigkeit ereignen, so soll Ihnen rechtzeitig Mittheilung davon werden. – Wer von den Herren noch irgend etwas vorzutragen hat, möge sich melden. – Niemand! Die Sitzung ist aufgehoben.«

Ohne Geräusch erhob sich ein Jeder. – Griswald schloß die Hinterthür auf, und einzeln, in Zwischenräumen von einer Minute verließen die Anwesenden die Office. Hinter dem letzten schloß Griswald die Thür wieder, löschte die Lichter aus und nahm seinen Weg durch das Vorderzimmer nach der Straße. Er hatte hier kaum einige Schritte gethan, als er seinen Namen nennen hörte.

»Halloh, Mr. Nelson!« rief er, den in der Dunkelheit Herankommenden erkennend, und reichte ihm die Hand; »habe Sie ja wer weiß wie lange nicht gesehen; betreiben jetzt angenehmere Geschäfte als Advocatenpraxis, wie ich mir sagen ließ, he?« Er brach in ein herzliches Gelächter aus und schüttelte dem jungen Manne derb die Hand. »Begleiten Sie mich nach dem Hotel, Sir? Mein Magen ist von der Hitze so schlaff, daß ich ihm einen derben Brandy-Smash zu kosten geben muß. Die Arznei schlägt aber auch das junge, hitzige Blut nieder; was meinen Sie also dazu, Sir?« Er lachte von Neuem.

»Well, ich danke Ihnen, Mr. Griswald, vielleicht nachher!« erwiderte der junge Advocat mit gedämpfter Stimme. »Ich möchte gern ein paar Worte ungestört mit Ihnen reden; ich war Nachmittags schon einige Male in Ihrer Office, ohne Sie treffen zu können.«

»Aber, Mann, doch nichts Geschäftliches heute mehr?« sagte Griswald mit komischem Entsetzen; »ich versichere Sie, mein Kopf und mein Magen sind so herunter, daß ich kaum noch einen Gedanken fassen kann – ist es so eilig? Was ist es denn?«

»Es wäre mir allerdings lieb gewesen, Sir, noch heute mit Ihnen zu reden,« war die Antwort. »Squire Elliot ist bis jetzt in der Stadt geblieben, um aus einer Conferenz zwischen mir und Ihnen etwas bessere Laune mit nach Hause nehmen zu können. Sie kennen ja den sonderbaren Fall, welchen Murphy gegen ihn vertritt!«

»Bah! und da auch noch ein Wort darüber reden!« versetzte Griswald geringschätzig. »Lassen Sie die ganze Sache ruhig gehen und trinken Sie einen Smash mit mir, das ist das Beste, was Sie in der Angelegenheit thun können.«

»Aber, Mr. Griswald –«

»Haben Sie das Document gesehen? Jedenfalls nicht, sonst bin ich von Ihrer eigenen Routine in solchen Dingen überzeugt, daß Sie nur die Achseln gezuckt und Squire Elliot gerathen haben würden, sich auf gute oder schlimme Weise, wie es eben gegangen wäre, mit dem Inhaber des Besitztitels abzufinden. – Ich mag mich irren,« fuhr er, die Schultern hebend, fort, »Elliot mag irgend einen andern erfahrenen Rechtsmann zu Rathe ziehen – ich selbst will aber mit einem solchen verlorenen Posten in keiner Weise mehr in Berührung kommen. Bei Jingo!« setzte er plötzlich lachend hinzu und schlug dem jungen Advocaten auf die Schulter, »da fällt mir ja ein, daß Ihr junges Herz einen Antheil an der Sache hat – Teufelsgeschichte das! Lassen Sie uns unsern Smash trinken und die Sorgen vergessen – das ist wirklich das Einzige, was man jetzt thun kann.«

»Das Document ist mir allerdings noch nicht zu Gesicht gekommen,« sagte Nelson und ging mit halb gesenktem Kopfe neben seinem ältern Collegen dem Hotel zu; »es war immer zur Beurtheilung in andern Händen –«

»Noch ein Wort!« unterbrach ihn Griswald, wie von einem plötzlichen Gedanken ergriffen stehen bleibend, »ich nehme im Grunde genommen so viel Antheil an Elliot, daß ich ihn gern von einem unausbleiblichen Ruin retten möchte. Sie haben Einfluß auf ihn, wenigstens kann bei dem Verhältniß, in welches Sie künftig zu ihm treten wollen, kein Verdacht gegen Ihre Aufrichtigkeit in ihm entstehen. Rathen Sie ihm, den alten Titel durch drei unserer erfahrensten Rechtsanwälte prüfen zu lassen – ich glaube kaum, daß Murphy bei der Gewißheit seiner Sache einen Einwand dagegen machen wird – und wenn der Squire dann die Gewißheit von seiner Gefahr, an die er noch gar nicht zu glauben scheint, eingesehen hat, so mag er seinen Stolz einmal in die Tasche stecken, sich zu Murphy begeben und mit diesem über ein Abstandsgeld unterhandeln. Elliot ist im Besitz des streitigen Eigenthums und hat dadurch, dem Sprichwort nach, zwei Drittel des Rechts für sich. Murphy wird jedenfalls alle seine Mittel aufbieten müssen, um, wenn sich Elliot wehrt, den Proceß durchzuführen, und wird so, wie ich mir denke, sein Ohr nicht gegen einen vernünftigen Vorschlag verschließen. Arbeiten Sie für diesen Gedanken, junger Mann, wenn Sie wirklich Elliots Freund sind, bringen Sie ihn zur vollen Erkenntniß seiner Lage; das ist der einzige Weg, um den Ruin von ihm und seiner Familie abzuhalten.«

Griswald ging schweigend weiter, bis sie das Hotel erreicht hatten und er in den Bar-Room eintreten wollte.

»Ich denke, ich trinke jetzt nichts, Sir, Mr. Elliot erwartet mich,« sagte Nelson und ergriff die Hand seines Begleiters, sie kräftig drückend, »es scheint mir wirklich, als sei Ihr Rath der beste, und wenn Murphy den von ihm vertretenen Anspruch einer Prüfung in der Weise, wie Sie es vorschlugen, unterwerfen will, so sehe ich keinen Grund, warum Mr. Elliot sich nicht jeder einigermaßen annehmbaren Forderung unterwerfen sollte. Entschuldigen Sie mich jetzt, Mr. Griswald, ich sehe Sie jedenfalls morgen wieder.«

Er wandte sich die Straße hinab. Griswald sah ihm mit einem kurzen Husten nach und trat dann in den Bar-Room, wo er mit einem gemüthlichen Lachen einen Brandy-Smash »für einen verdrießlichen Magen« forderte.

Es waren kaum zwei Tage vergangen, als auch die Gefahr, welche über dem Besitzer von Oaklea schwebte, schon das allgemeine Gespräch nicht nur in der Stadt, sondern auch im ganzen County bildete. Elliots Besitzrecht, welches dieser von den Vereinigten Staaten erworben hatte, war als so unantastbar betrachtet worden, daß unter die Grundbesitzer, welche aus zweiter Hand gekauft hatten, mit der Nachricht von der Bedeutsamkeit des erhobenen Anspruchs ein fast panischer Schrecken gefahren war. Alle die Advocaten, welche als routinirt in den Land-Verhältnissen galten, hatten beide Hände voll zu thun, um längst geprüfte Besitztitel einer neuen sorgfältigen Untersuchung zu unterwerfen; kleine Fehler darin, welche sonst stets unbeachtet gelassen worden waren, erhielten plötzlich eine beängstigende Wichtigkeit; man erzählte sich, daß den beiden Nachbarn Elliots, welche, wenn auch nur zu einem geringen Theile, von dem neu aufgetauchten Besitztitel betroffen wurden, von ihren Advocaten achselzuckend der Rath ertheilt worden war, abzuwarten, welchen Weg Elliot einschlagen werde, und sich diesem dann anzuschließen, wenn sie überhaupt sich Kosten zu machen gedächten; die erfahrensten Rechtsanwälte der Stadt sprachen es unverhohlen aus, daß nur in einem Uebereinkommen und einem großen Opfer von Elliots Seite einige Aussicht zur Rettung für diesen zu suchen sei, und keiner von Allen, welche Einsicht in das alte Document erhalten hatten, schien es nur der Mühe werth zu finden, sich in eine weitere Deduction des Falles einzulassen. Oaklea hatte in diesen Tagen mehr Besuche erhalten als jemals zuvor; jedem Ankommenden aber war durch die

Schwarze der Bescheid geworden, daß der Squire mit der Familie ausgefahren sei, und die Neugierigen hatten unverrichteter Sache wieder abziehen müssen.

Es war am fünften Abende, als Elliot in seiner Bibliothek mit großen Schritten auf- und abging. Zur Seite des Fensters wiegte sich seine Frau mechanisch im Schaukelstuhle und am Tische saß Nelson, den Kopf leicht in die Hand gestützt.

»Ich mag überlegen wie ich will,« sagte der Hausherr stehen bleibend, »so ist ein solcher Betrag kaum geringer als ein Ruin. 30,000 Doll. in einer Mortgage gegeben, machen jährlich 3000 Doll. Zinsen. Woher soll ich diese fortlaufend schaffen, wenn ich nicht nur für das Bestehen meiner Familie arbeiten will?« Er setzte seinen Gang von Neuem fort.

»Nehmen Sie meinen Vorschlag an, Mr. Elliot,« begann Nelson, den Kopf erhebend, »veräußern Sie einen Theil der Farm, und wenn es ein ganzes Viertel sein sollte, und decken Sie mit dem Erlöse die Mortgage, ehe sie zu viele Zinsen frißt. Sie haben das Gutachten unserer ersten Advocaten über den Fall gehört, Sie denken selbst nicht mehr an einen Proceß, und so heißt es jetzt, aus dem Schlimmen das Beste zu machen, was sich machen läßt. Murphy wird bald hier sein, und Sie sollten bis dahin einen klaren Entschluß gefaßt haben.«

»Ich weiß Alles und Sie haben vollkommen Recht!« erwiderte Elliot hastiger schreitend, »wenn der Entschluß nur so leicht wäre, als Sie meinen. Sie kennen meine Farm nicht, Sir, sie ist ein so abgerundetes Besitzthum, daß ich nicht weiß, wo lostrennen, wenn ich für einen Käufer nur ein halbwegs Ganzes daraus schaffen soll. Meine Nachbarn haben schon mehr Land als sie bewirthschaften, und wer würde außer diesen dreißigtausend Dollars für ein Eigenthum zahlen, das nichts Halbes und nichts Ganzes ist? Mein Land hat seinen Werth, die Höhe desselben liegt aber dennoch viel in der Liebhaberei und stützt sich auf den Zusammenhang der ganzen

Farm – dazu sind die Zeiten nicht eben brillant. Reißen Sie heute ein Stück ab, das erst neuer Gebäulichkeiten und neuer Einrichtungen bedarf, lassen Sie die Leute wissen, daß ich verkaufen *muß*, und ich will Ihnen danken, wenn Sie mir einen Käufer bringen, welcher nur die Hälfte des hier geltenden Ackerwerthes zahlt. Ich weiß, daß ich in den sauren Apfel beißen muß, nur weiß ich noch nicht wie, um mir nicht die Zähne für alle Zeit zu verderben.«

Nelson sah trübe vor sich nieder, und die Frau vom Hause verfolgte mit ängstlichem Auge den Gang ihres Mannes.

»Warten wir, bis dieser Murphy kommt, und erzählen Sie mir während der Zeit etwas Anderes,« begann Elliot nach einer Weile wieder und strebte sein Gesicht aufzuklären. »Haben Sie nichts von dem Thun und Treiben des Deutschen wahrgenommen, der noch ein Stein in unserm Wege ist? Ich denke, er wird in den nächsten Tagen selbst kommen und mir seine Propositionen stellen – aber billiger als Mr. Murphy!« fuhr er bitter lächelnd fort.

»Es ist schwer, über die jetzige Lage des Menschen ein Urtheil zu fällen,« versetzte Nelson aufblickend. »So oft ich ihn sehe, liegt eine Ruhe und Sicherheit in seinem Gesichte, als könne nichts seine Stellung hier erschüttern. Seit er aus der Akademie entlassen ist, verbringt er regelmäßig die Stunde nach Mittag bei den Zeitungen im Hotel, woraus er sich Notizen macht; außerdem hat er sich, wie ich höre, von seinem Tischnachbar die ›Reden großer amerikanischer Staatsmänner‹ geliehen, und ich glaube, daß er seine meiste Zeit mit einem Studium der englischen Sprache ausfüllt. In Geldverlegenheit scheint er durchaus nicht zu sein. Gestern hat er sein Kostgeld im Hotel für einen Monat vorausbezahlt, und am Abend sah ich seinen Schwarzen einen Wagen voll Welschkorn zu Pferdefutter abladen. Es will mir fast scheinen, als ständen ihm Mittel zu Gebote, welche ihm seinen Verdienst als Musiklehrer ganz entbehrlich machen.«

»Mittel – hah, ich kenne seine Verhältnisse!« sagte Elliot mit dem Ausdruck gründlicher Verachtung. »Was er hat, stammt von mir oder ist aus Ellens früheren Ersparnissen angeschafft worden. Er mag noch etwas von seinem bisherigen Verdienst übrig haben, mit dem er vielleicht glaubt, den Leuten Sand in die Augen streuen zu können; das kann aber nur noch kurze Zeit anhalten, und dann sitzt er hier ohne auch nur das nöthige Geld zu haben, um nach dem Osten zurückkehren zu können. Ich glaube kaum, daß weitere Schritte gegen ihn nothwendig sind. Hat er noch Umgang?«

»Wol kaum nennenswerth, Sir – seine früheren Besuche bei den Familien der Stadt hat er, so viel ich erfahren, vollständig eingestellt – wie lange das aber anhalten wird, weiß ich nicht. Erst vorgestern sprachen sich ein halbes Dutzend Ladies dahin aus, er habe eine Manier zu grüßen, wenn er ein bekanntes Gesicht auf der Straße treffe, man wisse nicht, solle man es stolz, oder verbindlich, oder beides zusammen nennen, jedenfalls aber sei es durchaus unmöglich, ihn unbeachtet zu lassen. Und wenn ich dazu das Bedauern rechne, welches sich bereits hier und da über den eingetretenen gänzlichen Mangel an Musikunterricht ausspricht, so scheint mir, daß wir bald die Zeit erleben können, wo er, wenn auch nicht in der Akademie, doch in den einzelnen Familien seine Beschäftigung wieder auf-nimmt.«

»Er wird es nicht thun, Sir, – niemals unter den jetzigen Umstän-den!« entgegnete Elliot mit zusammengezogenen Augenbrauen; »entweder läßt er seinen Hochmuth fahren und geht auf meine Bedingungen hin eine Scheidung ein, oder er verläßt den Staat. Lassen Sie mich nur das Dringendste, den Murphy'schen Anspruch, geordnet haben, und dann nennen Sie mich einen Lügner, wenn ich nicht binnen Kurzem mein Wort löse.«

Er setzte finster seine Wanderung durchs Zimmer fort, während sich Nelson, den Kopf wieder in die Hand gestützt, seinen Gedan-

422

ken überließ, und die Hausfrau matt zurückgelehnt aufs Neue sich in ihrem Stuhl zu wiegen begann.

Fünf Minuten mochten wortlos verstrichen sein, als sich die Thür halb öffnete und das Gesicht einer Schwarzen erschien. »Mr. Murphy ist im Parlor, Sir!«

Elliot blieb stehen und sah nach seiner Frau zurück. »Es ist besser, Liebe, du läßt uns jetzt allein,« sagte er halblaut, »ich mag die Angelegenheit nicht im Parlor verhandeln. – Ich lasse Mr. Murphy bitten, sich nach der Bibliothek zu bemühen. Zeige ihm den Weg, Flora,« wandte er sich dann gegen die Schwarze, während die Hausfrau sich erhob und an den Pflanzer herantrat. »Ordne die Sache so glatt und so schnell als du kannst, John, und mache dir keinen Kummer um mich,« sagte sie, ihre Hand auf seine Schulter legend, »was geopfert werden muß, geht ohne unsere Schuld verloren, und darum mache dir das Herz nicht zu schwer damit.«

Er küßte sie leicht auf die Stirn und führte sie nach der Thür, welche in diesem Augenblick durch die Schwarze von außen geöffnet ward, um den angekommenen Advocaten einzulassen. Murphy verbeugte sich tief vor der heraustretenden Hausfrau und wandte sich dann grüßend zu Elliot.

»Treten Sie ein, Sir!« sagte dieser und schloß hinter dem Advocaten die Thür. »Sie müssen entschuldigen, daß ich Ihnen die Mühe des Weges hierher gemacht habe, während ich selbst Sie hätte aufsuchen sollen; ich gestehe Ihnen aber, daß ich eine wahre Angst vor den neugierigen Gesichtern in der Stadt habe, so lange unsere Angelegenheit noch nicht geordnet ist. Sie haben mich durch Ihre Bereitwilligkeit, die Sache hier in Oaklea zu besprechen, wirklich zu Dank verpflichtet. Setzen Sie sich, Sir!«

Murphy neigte nur als Erwiederung auf die Worte des Pflanzers langsam den Kopf, warf Nelson einen vertraulich grüßenden Blick zu und ließ sich auf dem nächststehenden Stuhle nieder.

»Well, Sir,« begann Elliot, dem Advocaten gegenüber Platz nehmend, »lassen Sie uns sofort der Sache auf den Leib rücken. Mr. Nelson hat mir Ihren Vorschlag über die Höhe eines Abstandsgeldes für Ihren Anspruch mitgetheilt; ich habe ihm aber auch vor kaum einer Viertelstunde bewiesen, daß die Höhe des Betrages mit meinem Ruin und dem meiner Familie auf gleicher Stufe steht. Wenn ich einmal zu Grunde gehen soll, so gestehe ich Ihnen, daß ich das lieber im offenen Kampfe thue als erst Jahre lang alle Sorgen und Qualen durchzumachen, um die Zinsen für eine Mortgage aufzubringen, die mir am Ende doch noch den Hals brechen muß. Ist es Ihnen daher wirklich um einen Vergleich zu thun, Sir, so stellen Sie eine Summe auf, die ein Mensch in unsern Verhältnissen hier erschwingen kann, wenn es auch selbst mit großen Opfern geschehen müßte.«

Murphy hob den Kopf mit einem kalten Lächeln. »Ich weiß nicht, ob Sie die Verhältnisse richtig beurtheilen, Sir,« sagte er, »ich stehe nicht hier für einen Anspruch meinerseits, sondern bin nur Anwalt für die Erben eines Nachlasses, in welchem sich das bekannte Document vorgefunden hat. Wenn ich nun auch mit völliger Machtvollkommenheit bekleidet bin, um zur Vermeidung eines kostspieligen Processes ein Arrangement mit Ihnen zu treffen, so müßte ich doch die schwerste Verantwortung auf mich laden, wenn ich aus irgend welchen Rücksichten den sichern Erfolg eines so bedeutenden Processes für einen Betrag, der im Verhältniß dazu eine Bagatelle genannt werden könnte, eintauschen wollte. – Ich hatte nicht erwartet,« fuhr er fort, das dunkle Auge ruhig auf dem Pflanzer ruhen lassend, »daß mir hier überhaupt noch ein Einwand entgegentreten würde. Der Weg, welchen ich ursprünglich einzuschlagen beabsichtigte, war ein anderer, und nur ein längeres Gespräch mit meinem Freunde Nelson, dem ich, schon unserer gemeinschaftlichen Zukunft halber, gern einen Einfluß auf meine Handlungen als Anwalt gestatte, bewog mich, einen Betrag als

Abstandsgeld zu stipuliren, welcher kaum den sechsten Theil des Werthes Ihrer Farm ausmacht, und die Verantwortlichkeit dafür auf mich zu nehmen, bewog mich auch zu gleicher Zeit, Ihnen als dem Freunde Nelsons selbst entgegen zu kommen. Ich fühle mich unglücklich, störend in Ihr häusliches Glück treten zu müssen; das ist nun aber einmal des Advocaten Loos im Allgemeinen. Ich will Sie durchaus nicht zu einem Vergleich drängen, Mr. Elliot; ich werde mich vielleicht ruhiger fühlen, wenn ohne weitere Verantwortlichkeit meinerseits die Angelegenheit den gewöhnlichen Proceßweg nimmt. Da aber einmal ein Vorschlag gemacht ist, so lassen Sie mich einfach wissen, ob Sie ihn anzunehmen gedenken oder nicht.«

Der Pflanzer blickte in finsterm Schweigen vor sich nieder und schüttelte nur dann und wann, wie einen einzelnen Gedanken verfolgend, den Kopf.

»Wenn Sie auf ein einfaches Ja oder Nein dringen und keiner andern Verhandlung Raum geben wollen,« sagte er endlich aufsehend, »so ist es mir ganz unmöglich, Sir, mich sofort zu entschließen; wenigstens müßten Sie mir eine kurze Zeit lassen, um mich über die Möglichkeit zu versichern, einer Mortgage von so hohem Betrage zur rechten Zeit begegnen zu können.«

Murphy schien nachzudenken.

»Ich will Sie, wie gesagt, nicht drängen, Squire,« sagte er nach einer Weile; »ich glaube mit einer Bedenkzeit meinen Clienten nichts zu vergeben. Sind Ihnen acht Tage genug?«

»Wenn Sie glauben, mir nicht längere Zeit geben zu können, so muß ich zufrieden sein.«

»Gut, Sir, mag es so sein!« erwiderte Murphy, sich erhebend. »Heute über acht Tage mag mir Freund Nelson Ihren definitiven Bescheid überbringen. Die ganze Angelegenheit ist mir herzlich leid, Mr. Elliot, und ich kann Sie nur bitten, mich als Menschen nicht entgelten zu lassen, was der Advocat gegen Sie zu thun hat.«

»*All right, Sir!*« versetzte Elliot mit einem sauren Lächeln und verließ ebenfalls seinen Stuhl. »Jeder hat auf seinen eigenen Vortheil zu sehen, das ist der Welt Lauf.«

»Gute Nacht, Mr. Elliot!«

»Gute Nacht, Mr. Murphy« –

»Glauben Sie mit dem Aufschub etwas gewonnen zu haben?« fragte Nelson, als der Advocat das Zimmer verlassen hatte.

»Jedenfalls Zeit, die nichts kostet,« erwiderte der Pflanzer. »Die Hauptsache aber ist, daß ich während dieser Woche irgend eine Möglichkeit zum Verkaufe eines Theils meiner Ländereien ausfindig mache, und dazu sollen Sie mir helfen, junger Freund. Sollte ich auch alle die Opfer, welche ich voraussehe, dabei bringen müssen, so will ich lieber ein kleineres, freies Eigenthum haben, als ein großes mit einer Mortgage belastet, welche jede Nacht als ein Alp meine Träume heimsuchen würde. Kommen Sie jetzt zum Abendtisch, der wol schon lange auf uns wartet – wir sprechen später mehr über die weitern nothwendigen Schritte. –«

Murphy hatte die Stadt wieder erreicht, das gebrauchte Pferd wieder in den Leihstall zurückgeliefert und ging im Globe-Hotel die Treppe nach dem von ihm bewohnten Zimmer hinauf, um sich von dem Straßenstaube zu reinigen, als er einen Tritt hinter sich vernahm, der sich genau dem seinigen anpaßte. Er sah sich nur flüchtig nach der ihm folgenden Person um, schloß sein Zimmer auf und stellte hier das mitgebrachte Licht auf den Tisch. – Als er sich umwandte, fiel sein Blick auf die Gestalt eines Mannes neben der Thür, von dem sich indessen in der schwachen Beleuchtung nichts Bestimmtes erkennen ließ. »Wer ist da?« fragte Murphy barsch.

Die Gestalt kam einige Schritte näher, nahm den Hut ab, verbeugte sich und sagte: »Mein Name ist Wells, Sir – Henry Wells, Ihnen zu dienen!«

Der Advocat starrte den Mann eine Weile sichtbar betroffen an. Schwarzes, lockiges Haar umgab ein glattrasirtes Gesicht; über einer goldenen Brille zeichneten sich ein Paar dunkle, geschwungene Augenbrauen ab, und nur ein eigenthümlicher Zug von Sarkasmus um Mund und Kinn mahnte den Advocaten an frühere Bekanntschaft.

»Bei Gott, jetzt erkenne ich Sie erst wieder, Seifert,« rief dieser endlich wie in unangenehmer Ueberraschung. »Ihre Verwandlung ist gut, aber in des Himmels Namen, was führt Sie denn hierher, wo Sie keinen Augenblick sicher sind, festgenommen zu werden? Sie entsinnen sich doch noch des Sklavendiebstahls beim Squire Elliot?«

»Sklavendiebstahl – festnehmen – hm! Aus dem Loche pfeift also jetzt der Wind!« sagte der Andere ruhig, beide Arme über einander schlagend, »ich denke, wenn man Wells heißt und selbst von dem eigenen Geschäftspartner nicht wieder erkannt wird, so kann die Gefahr nicht so groß sein. Ist Ihnen denn mein Besuch so unangenehm, Sir, daß Sie gleich versuchen müssen, mir die Freude des Wiedersehens zu verbittern? Oder hatten Sie mit etwas zu großer Sicherheit darauf gerechnet, daß mir der Boden hier zu heiß sein würde?«

»Well, Sir, um kurz zu sein: was führt Sie eigentlich hierher?« fragte Murphy mit gerunzelter Stirn.

»Sonderbare Frage!« erwiderte Seifert mit anscheinender Befremdung den Kopf schüttelnd. »Sind wir nicht Partner in dem Geschäfte, welches Sie jetzt hier betreiben, habe ich nicht meinen Theil Arbeit gewissenhaft erfüllt, so daß ich jetzt als Zuschauer Ihre weitern Schritte beobachten darf? Fürchten Sie durchaus nicht, daß ich Ihnen lästig werde, Sir; ich habe bereits zu meinem großen Vergnügen gehört, wie meisterhaft Sie alles Nöthige eingeleitet haben, am unserm Geschäft einen vollständigen Erfolg zu sichern. Ich habe das größte Vertrauen zu Ihrem Talente, und ich gestehe

Ihnen, daß ich bereits in der Idee schwärme, endlich einmal etwas wie ein wohlhabender Mann zu werden.«

In Murphy's Gesicht bildete sich ein Zug, halb stiller Aerger, halb Hohn. »Und wenn ich Ihnen nun sage, Sir, daß Sie sich wegen des erwarteten Erfolges verrechnet haben,« sagte er sich gegen den Tisch lehnend, »daß der Proceß gar nicht eingeleitet werden wird und, Alles in Allem, kaum so viel bei dem Unternehmen herausspringen kann, um die von mir daran gewandten Kosten zu decken? Wenn ich Ihnen deshalb sage, daß durchaus keine Ursache für Sie vorhanden ist, um sich hier einer Gefahr der Erkennung preiszugeben?«

»So, so – hm, hm!« entgegnete Seifert mit vollkommener Ruhe. »Trotz alledem, lieber Herr, gedenke ich doch ein Weilchen die hiesige Landluft zu genießen. Ich habe nun einmal die fixe Idee, daß Henry Wells hier keine besondere Gefahr zu fürchten hat, selbst wenn Sie, Sir, um ihn los zu werden, ihm ein Freundschaftsstückchen spielen und die alten Geschichten, welche der Mann Seifert begangen haben soll, wieder aufwärmen wollten. In einem solchen Falle könnte ich eine unterhaltende Historie von einem gestohlenen Depositenscheine aus dem Nachlasse des Pedlars Isaak Hirsch erzählen, könnte ganz merkwürdige Enthüllungen über die Weise geben, wie der Anspruch gegen Squire Elliot in die Hand eines hiesigen Advocaten gespielt worden ist, und dergleichen mehr, was jedenfalls die Glaubwürdigkeit meines Anklägers etwas erschüttern dürfte. Ich halte mich nach dieser Seite hin nicht nur für gedeckt, sondern glaube auch noch erwarten zu dürfen, daß mich Mr. Murphy als seinen alten Freund Henry Wells aus New-York identifiziren würde, wenn es irgend einem andern Jemand einfallen sollte, daran zu zweifeln.«

Murphy hatte sich verfärbt. »Wer sagt Ihnen denn, Sir, daß ich etwas gegen Sie unternehmen will? Ich weiß leider nur zu gut, wie ich mit Ihnen stehe,« sagte er und suchte seinen Zügen sichtlich

Festigkeit zu geben; »aber ich frage, was ist der Zweck Ihres Hierseins, das nichts nützen, Sie aber jeden Augenblick in Verlegenheit bringen und mich mit hineinziehen kann?«

»Und wenn es nun kein anderer gewesen wäre, als das Andenken meiner geringen Person bei Ihnen etwas aufzufrischen – käme ich nicht gerade jetzt zur rechten Zeit?« lächelte Seifert mit seiner ironischen Höflichkeit. »Sie sagten so eben noch, es könne bei unserm Unternehmen kaum etwas für mich abfallen, – wäre es nicht besser, Sie überlegten sich die Sache noch einmal?«

»Ich habe Ihnen gesagt, daß der Fall nicht zum Proceß kommen *kann*,« versetzte der Advocat finster; »ich habe den Werth des Documentes, auf welchem die ganze Speculation ruht, überschätzt. Eine Kleinigkeit werde ich jedenfalls durch den erzeugten Schrecken herauspressen können, und Sie sollen nicht um Ihren Antheil kommen.«

»*Very well, Sir!*« unterbrach Seifert, ein ernstes, bedenkliches Gesicht ziehend, »ich darf natürlich an Ihrer Wahrheitsliebe nicht zweifeln – ich muß Ihnen aber Eins sagen. Wie es Leute gibt, welche hunderttausend Dollars mit Vergnügen stehlen würden, wenn sie könnten, während sie vor einem Diebstahl von fünf Dollars zurückschaudern, so würde ich selbst mir die größten Gewissensbisse machen, einen armen Judenjungen zu Tode und eine achtbare Pflanzerfamilie dem Ruin nahe gebracht zu haben, wie dies Letztere wenigstens die ganze Stadt behauptet – wenn ein reichlicher Erfolg diese Sünden nicht lohnte. Und Gewissensbisse sind ein erschreckliches Ding, Sir, wenn sie den Menschen treiben, wieder gut zu machen, was er verbrochen. Ueberlegen Sie also noch einmal, Mr. Murphy, was sich thun läßt, um dem Uebel vorzubeugen – in einigen Tagen sehe ich Sie wieder, und wir werden dann bestimmter mit einander reden. Einstweilen leben Sie wohl. Sollten wir uns heute noch im Bar-Room sehen, so wissen Sie, wer ich bin und wie lebhaft unsere alte Freundschaft für einander ist.« Er nickte dem Advocaten lächelnd zu und schritt langsam aus dem Zimmer.

Murphy, an den Tisch zurückgekehrt, hatte sich während der letzten Worte gezwungen, dem Sprechenden fest ins Gesicht zu sehen, und blieb in seiner Stellung, bis er Seiferts letzte Schritte auf der Treppe verhallen hörte. Mit einem unterdrückten Fluch schlug er dann mit der Faust auf den Tisch und warf sich auf den nächsten Stuhl. Eine Weile sah er finster sinnend vor sich nieder, plötzlich aber, wie von einem lichten Gedanken erfaßt, sprang er auf und sah nach seiner Uhr. »Noch Zeit!« brummte er, griff nach seinem Hut und verließ raschen Schrittes das Hotel. Er bog von der Hauptstraße des Städtchens in einen Nebenweg ein, bis er die Rückseite von Griswalds Office erreichte, wo sich durch die geschlossenen Jalousien ein schwacher Lichtstrahl stahl. Auf ein dreimaliges Klopfen öffnete sich die Thür und er verschwand dahinter.

Eine halbe Stunde mochte vergangen sein, als er, von Griswald begleitet, wieder heraustrat. »Keinen Schritt darf er unbeaufsichtigt thun, und Sie müssen noch heute die nöthigen Anstalten deshalb treffen,« sagte Murphy mit gedämpfter Stimme, »und sollte sich Ihre Vermuthung bestätigen, so werde ich für das Uebrige Vorsorge treffen.« Beide schieden, sich die Hände schüttelnd.

8.

Es war kaum sechs Uhr am nächsten Morgen, aber Helmstedt saß schon eine Weile vor seinem Arbeitstische, auf welchem sich an Stelle der früher vorhandenen Musikalien mehrere Stöße Bücher zeigten, und schien ganz in das Studium eines vor ihm liegenden dickleibigen Bandes versunken zu sein. Dann und wann machte er auf einem Papierbogen kurze Bemerkungen und fuhr dann um so eifriger in seiner Lectüre fort. – In den ersten zwei Tagen nach seiner Entlassung aus der Akademie hatte er kaum gewußt, was er mit seiner Zeit beginnen sollte; er hatte während der heißen Stunden des Tages, die ihn ins Haus bannten, stundenlang auf seinem Sopha gelegen und mit offenen Augen geträumt von dem vergangenen Jahre, das in seinen mannichfachen Ereignissen ihm oft wie ein halbes Leben dünkte, geträumt von einer Zukunft voller Seligkeit und Befriedigung, die er doch selbst für unmöglich hielt. Er hatte sich wol bald selbst gesagt, daß diese Lebensweise nicht lange fortdauern dürfe, wenn er nicht erschlaffen und sich untüchtig für eine spätere geregelte Thätigkeit machen solle – aber das: was beginnen, ohne seinen jetzigen Aufenthaltsort zu verlassen, war die Frage, welche er nicht zu beantworten vermochte. So hatte er sich am dritten Tage unzufrieden mit sich selbst wieder auf das Sopha geworfen. Seine Zukunft kam ihm fast eben so planlos vor, als zu der Zeit, wo er in New-York gelandet und in ungezwungenem Müßiggange sein Geld hatte verzehren müssen – da tauchte mit den Bildern aus seinem damaligen Leben plötzlich der Rath in seiner Erinnerung auf, welchen ihm Pauline nach ihrem ersten Zusammentreffen mit ihm gegeben, ein Rath, den er in jener Zeit bei seiner Unkenntniß der englischen Sprache und der ganzen amerikanischen Verhältnisse so kindlich naiv gefunden, daß er sich des Lachens nicht hatte erwehren können. »Sie sind doch von Haus aus Jurist und haben ein glänzendes Examen bestanden,« hatte sie ihm gesagt, »warum werfen Sie sich hier nicht wieder auf Ihr altes Fach, gehen zu einem Advocaten und lernen, was Ihnen in dem hiesigen Lande noch Noth thut, halten nachher Reden, werden bekannt, bekommen dadurch eine tüchtige Praxis, oder lassen sich in ein paar Jahren zu einem Amte wählen? Wenn ich ein Mann wäre, ich würde in Amerika gar nichts Anderes als Advocat!« – Jetzt war es ihm, als werde es mit einem Male hell in seiner Seele. Was damals für ihn unmöglich gewesen, das durfte er jetzt wenigstens als erreichbar betrachten – und in jedem Falle hatte er ein neues Ziel für sein Streben gefunden. Erregt setzte er sich aufrecht. Er dachte wol einen Augenblick an alle die Schwierigkeiten, welche dem Deutschen in einer solchen Carriere entgegentreten müssen, sobald er sich über den großen Troß des Standes zu erheben gedenkt – er dachte an alle die großen Lücken, welche er auszufüllen haben würde, an alle die Arbeit, welche vor ihm lag – aber Arbeit war es gerade, was er brauchte. Zuerst wollte er sich vollkommen zum Meister der englischen Sprache machen; er fühlte, daß er nur dies bedurfte, um überzeugend auf irgend ein Publikum wirken zu können, und mit einem stillen Behagen erinnerte er sich der Complimente, welche ihm seine eigene Vertheidigungsrede während des Baker'schen Mordprocesses von gewiegten Advocaten eingetragen hatte. Daneben sollte es zu einem gründlichen Studium der neuern Geschichte der Vereinigten Staaten, besonders wo diese auf Rechtsfragen Einfluß haben konnte, gehen – das war vorläufig Arbeit für die nächsten sechs Monate, und dann erst wollte er seinen weitern Studiengang nach den Verhältnissen, wie sie sich bis dahin für ihn gestaltet haben würden, bestimmen. Es kam eine Beruhigung, wie er sie noch niemals in Amerika gefühlt, über ihn, als er mit diesen Entschlüssen im Klaren war; er hatte längst gefühlt, daß sein bisheriger Beruf als Musiklehrer eben nur Nothbehelf für ihn gewesen war und stets nur geblieben wäre, so sehr auch bis jetzt sein ganzes Interesse sich darauf gerichtet hatte, und zum Handelsstande, wozu ihn der alte Pedlar gedrängt hatte, paßte seine ganze Natur nicht. Konnte er sich der Advocatur zuwenden, so kam er wieder auf den Boden, welchem er sein ganzes Arbeiten und Streben in Deutschland gewidmet, und wenn sich jemals eine Gelegenheit dazu für ihn bieten konnte, so war sie jetzt da, wo er für eine Zeitlang die Mittel zum Leben und volle Zeit für die nöthigen Studien hatte.

Noch an demselben Nachmittage hatte er sich von einigen Bekannten, welche ihm der Mittagstisch im Hotel näher gebracht, so viele Bücher zusammengeborgt, als er für die erste Zeit zu seinem Zwecke für nothwendig erachtete, und am nächsten Morgen begann er nach einem selbstgeschaffenen Systeme seine Arbeiten, denen er während der folgenden Tage ohne Hast, aber mit voller Beharrlichkeit oblag. Und so saß er auch jetzt am frühen Morgen bereits an seinem Schreibtische.

Eine halbe Stunde mochte er ohne Unterbrechung gearbeitet haben, als sich die Thür öffnete und Cäsar mit einer großen Tasse voll rauchenden Kaffee's erschien; es war dies eine Neuerung, die Helmstedt eingeführt hatte, um nicht in den Morgenstunden des Frühstücks wegen das Haus verlassen zu müssen, und Cäsar hatte schnell genug gelernt, seinen Herrn in deutscher Weise zu bedienen. – Helmstedt schob sein Buch bei Seite und lehnte sich in seinen Stuhl zurück.

»Well, Cäsar, etwas Neues?«

»Nichts Großes, Master,« entgegnete der Schwarze, die Tasse niedersetzend. »Mrs. Morton ist noch immer traurig und niedergeschlagen; sie habe, meinte Mary, gestern nicht so viel gegessen, daß ein Vogel daran genug haben könne. Doctor Ford hat ihr beim Mittagstische erzählt, daß Mr. Elliot wol seine Farm verlieren werde, und das hat sie so aufgeregt, daß ihr der Doctor ein niederschlagendes Pulver hat geben müssen. Der Doctor hat gesagt, ihre Reizbarkeit komme vom Klima, das sie noch nicht gewohnt sei und auch von ihrem einsamen Leben; sie solle sich mehr Zerstreuung machen; und Mrs. Morton hat gesagt, sie werde nächster Tage einmal nach Little Valley fahren, sich die Farm betrachten und zusehen, was dort gethan werden müsse; das werde ihr Arbeit und Zerstreuung geben.«

»Wie steht es jetzt in Little Valley?« fragte Helmstedt gedankenvoll.

»Es ist noch beim Alten, Sir!« antwortete der Schwarze. »Doctor Ford hat aber gesagt, er werde in den nächsten Tagen einen andern Aufseher schaffen.«

Helmstedt nickte langsam und griff nach seinem Kaffee. »Es ist gut, Cäsar.«

Der Schwarze verließ das Zimmer und Helmstedt wollte sich wieder seiner Beschäftigung zuwenden, aber er konnte seine Gedanken nicht festhalten. Schon Tags vorher hatte ihm Cäsar einen ähnlichen Bericht wie den heutigen gebracht, dem er nur wenig Wichtigkeit beigelegt hatte – heute indessen fiel ihm die wiederholte Meldung mit ihren Details auf. War es nur ein vorübergehendes körperliches Leiden, oder lag die Ursache von Paulinens krankhafter Stimmung tiefer – konnte nicht, bei ihrem jungen warmen Herzen ein Gefühl für irgend eine dritte Persönlichkeit in ihr leben, dem sie in ihrer abgeschlossenen Stellung nicht genug thun konnte und das zugleich die Ursache ihrer Schroffheit gegen ihn selbst und seine freundlichen Anerbietungen war? Helmstedt fühlte, wie ihm der Gedanke das Blut zum Herzen trieb; er erhob sich und durchschritt einige Male langsam das Zimmer; bald hatte er wol seine innere Haltung wieder gewonnen, aber mit dem Interesse an seinem Studium war es für den Augenblick vorbei. Eine erfrischende Luft wehte ihm aus dem offenen Fenster entgegen und er beschloß, einen Gang durch die Stadt zu machen, um sich andere Gedanken zu holen und dann mit neuer Lust an seine Arbeit zurückzukehren. Er kleidete sich an und wanderte dann langsam die Hauptstraße des Städtchens hinab, wo bereits Weiße und Schwarze in lebhaftem Marktverkehr sich durcheinander trieben.

»Es ist ein Brief für Sie da, Mr. Helmstedt – schon seit zwei Tagen!« hörte er eine Stimme neben sich und sah aufschauend in das Gesicht des Postmeisters, welcher indessen das Postamt nur als eine Unterabtheilung seines Stores führte, vor dessen Thür er eben jetzt auf- und ab spazierte.

»Für mich, Sir?« fragte der junge Mann zweifelnd.

»Wenigstens steht Ihr Name darauf, treten Sie ein, Sir, zehn Cents Porto!«

Helmstedt empfing ein dickgefülltes Couvert, auf welchem seine Adresse mit voller Genauigkeit verzeichnet stand, zahlte das Porto und verließ den Store. Er besah die sonderbar aussehende Zuschrift und schüttelte den Kopf; von wem konnte er wol einen Brief zu erwarten haben, wer bekümmerte sich in dem großen Amerika um ihn? Das Postzeichen war so undeutlich aufgedruckt, daß es nicht zu erkennen war, und es machte ihm Vergnügen, sich in zehnerlei verschiedenen Vermuthungen zu ergehen, ehe er den Umschlag öffnete. Eine Anzahl Bogen, mit einer Schrift bedeckt, von welcher jeder Buchstabe reichlich einen halben Zoll maß, fiel in seine Hände; trotz der Größe der Worte war es aber, wie es Helmstedt bei dem ersten Blick auf die Orthographie derselben scheinen wollte, eine nicht unbedeutende Arbeit, ihren Sinn zu ergründen. Er wandte die Bogen, um nach der Unterschrift zu sehen, hatte aber Mühe, das rechte Ende des Schreibens zu finden, bis seine Augen endlich auf den mit riesigen Buchstaben geschriebenen Namen: »Karl Meiners, genannt Dutch Charley,« fielen. Ein heiteres Lächeln ging über Helmstedt's Gesicht, er wandte sich quer über den Weg nach dem Globe-Hotel und setzte sich dort im Warte-Zimmer nieder, um in Ruhe den Inhalt des erhaltenen Schreibens zu entziffern. Eine kurze Zeit lang schien ihn das Studium der verschiedenen Worte zu belustigen; bald aber wurde sein Blick gespannter, hastiger, und mit zusammengezogenen Augenbrauen arbeitete er sich durch die Hindernisse, welche sich dem Verständniß des Sinnes entgegenstellten, bis er endlich zu Ende gelangt, die Hand aufs Papier legte und, wie vollkommen überwältigt von dem Gelesenen, vor sich ins Zimmer starrte. Was er herausbuchstabirt hatte, lautete:

»Lieber Mr. Helmstedt!

Ich habe Ihnen schon vor mehreren Tagen schreiben wollen, ich habe aber meinen Trouble mit dem Ben gehabt, welcher der Mary noch immer nachstellt und ausgefunden hat, wo sie sich im Lande aufhält. Sie haben es mit angesehen, wie ich ihn das erste Mal habe ablaufen lassen; weil ich aber nicht immer bei ihr sein kann, so habe ich sie nach einem sichern Orte bringen müssen. Sie ist eigentlich nur meine Landsmännin, aber ich habe auch ehrliche Absichten auf sie und sie ist damit zufrieden. Jetzt aber das Andere. Sie haben mir damals in New-York gesagt, daß Ihr Mündel um sein Erbe komme, weil sie ihn haben todt aus dem North-River gezogen. Den sie aber aus dem Wasser gebogen haben, war nur eine todte Leiche, die ich selber habe helfen vom Kirchhofe holen, und ich hätte Ihnen schon damals gesagt, wie die Sache steht, wenn ich bestimmt gewußt hätte, ob Ihre Geschichte auch wirklich die war, von der ich wußte. Jetzt weiß ich aber Alles: Bill und Ben haben mit dem Gelde, was sie bekommen haben, ein lustiges Leben geführt und haben mir im Rausche erzählt, um was ich sie gefragt habe. Also ist die Sache so: Der Graf, wie sie ihn nennen, und weiter weiß ich von ihm nichts, hat den jungen Verwandten vom Pfandleiher Meier, der wol Ihr Mündel sein muß, aus der Law-Office, wo er gearbeitet hat, weggelockt und gesagt, ein alter Onkel von ihm liege todtkrank in Philadelphia und wollte ihn noch einmal sehen, er müsse auf der Stelle mit ihm gehen, bei Meier's wüßten sie schon um Alles, hat ihn unterwegs in einem Kleiderladen vom Hemde bis zum Rocke neue Kleider anziehen lassen, damit er auf der Reise anständig aussehe, und hat ihn durch den Bill richtig nach Philadelphia in ein Versteck bringen lassen. Während der Zeit haben sie hier in New-York eine Judenleiche vom Kirchhofe gestohlen, haben ihr die alten Sachen von dem jungen Menschen angezogen und sie in den North-River geworfen. Nachher hat es geheißen, der aufgefundene Todte sei Ihr Mündel. Warum das Alles so gethan worden ist und warum der Graf so viel Geld dafür gespendet hat, kann ich nicht sagen. Der Graf hat nachher Ihren Mündel ins Land irgend wohin gebracht, wo sie ihn verwahrt haben, hat sich selber eine Weile in New-York herumgetrieben und mit einer Weibsperson, die sich durch schlechten Lebenswandel Geld gemacht hat, zusammen gewohnt. Ich habe selbige Weibsperson von früher her gekannt, gehe auch ab und zu jetzt noch einmal hin, weil sie mich besonders leiden mag und immer ein paar Quarters für mich hat, und so habe ich von ihr erfahren, daß der Graf eine Speculation in Alabama hat, die ihm viel Geld bringen soll, wovon er, zusammen mit dem Weibsbilde, ein seines, liederliches Haus in New-York errichten will. Bei der Speculation muß aber wol Ihr Mündel etwas zu thun haben, denn ich habe mir aus den gefallenen Reden zusammengereimt, daß er ihn mit hinunter nach dem Süden nehmen will. Vor etwa einer Woche ist nun der Graf nach Alabama abgereist und hat auch der Weibsperson hinterlassen, wohin sie ihm schreiben soll, wenn etwas vorkommen sollte; ich habe aber den Zettel noch nicht erwischen können. Das habe ich Ihnen also geschrieben, weil ich nicht mag dazu geholfen haben, daß ein junger Mensch um sein Erbe komme, und weil ich gedacht habe, daß Ihnen mit diesem Schreiben ein Gefallen geschähe. Jetzt muß ich aber noch etwas sagen. Ich möchte aus dem liederlichen Leben hier heraus, möchte was Ordentliches treiben und nachher die Mary heirathen. Wenn es also unten bei Ihnen Beschäftigung gäbe, die sich lohnte, so könnten Sie mir es wol schreiben, ich wohne noch immer beim alten Ormsby in James-street. Es heißt freilich, daß im Süden die Nigger alle Arbeit thäten, aber ich glaube, ich könnte es mit Dreien aufnehmen, und wenn Sie etwas für mich wüßten, so könnte ich auch, bis Sie mir wieder schreiben, den Zettel zu Gesicht bekommen, damit

Sie erfahren, wo Sie Ihren Mündel wiederfinden können. Das Geld zur Reise habe ich.«

Zehn verschiedene Gedanken über die Beweggründe und den Urheber des gespielten Betruges waren, einer den andern verdrängend, durch Helmstedts Kopf geschossen – vor einem Gedanken aber wichen alle übrigen zurück. Helmstedt hatte aus leicht begreiflichen Gründen sich tiefer für den drohenden Angriff auf Elliots Eigenthum interessirt, als viele Andere. Er hatte zu seiner Verwunderung erfahren, daß Murphy's Vollmacht, welche dieser gern vorwies, um jede Gehässigkeit von sich selbst abzulenken, von Rebekka, Ehefrau des Abraham Meier in New-York, als Erbin des verstorbenen Isaak Hirsch, ausgestellt war, und daß der verhängnißvolle Besitztitel von einer New-Yorker Advocaten-Firma als Eigenthum des Isaak Hirsch in die Erbschaftsmasse abgeliefert worden sein sollte. Wenn es ihm nun möglich wurde, den Aufenthaltsort des bei Seite gebrachten Knaben zu entdecken, so war für den Augenblick der ganze gegen Elliot beabsichtigte Proceß beseitigt, da mit Auffindung des ersten, alleinigen Erben jeder Anspruch einer dritten Partei an den hinterlassenen Besitztitel in sich selbst zerfiel, und alle ferneren Maßregeln lagen einzig in seiner, des Vormundes, Hand. Hieß es doch in des Pedlars letzten Willen:

»Ich bitte Mr. Helmstedt, sich meiner Papiere anzunehmen, welche sich in der Tasche dieses Buches befinden. Es sind die sämmtlichen Depositenscheine meiner Ersparnisse, welche nach meinem Tode meinem Schwestersohne gehören und von genanntem Mr. Helmstedt, falls ihm dies nicht zu viel erbeten dünkt, zum Vortheil meines Erben nach seinem, des Mr. Helmstedts, alleinigem Dafürhalten angelegt oder verwendet werden sollen.«

Helmstedt kannte die Stelle auswendig; zum ersten Mal aber fiel es ihm auf, wie der alte Isaak, der alle seine Angelegenheiten in so musterhafter Ordnung gehalten und mit so freiem Bewußtsein seinen letzten Willen abgefaßt hatte, nicht an ein so wichtiges Document wie der vielbesprochene Besitztitel hatte denken können. – Helmstedt wußte genau, daß sich in den hinterlassenen Papieren auch nicht die Spur einer Notiz darüber befunden hatte, und je mehr er darüber nachdachte und die kaum glaublichen Angaben des vor ihm liegenden Briefes damit verglich, je verdächtiger wollte ihm die ganze Angelegenheit erscheinen, wenn er auch noch nicht wußte, nach welcher Seite hin er einen Verdacht richten sollte. Er beschloß, jedenfalls Schritte zu thun, um sich Klarheit über das Woher der so plötzlich aufgetauchten Urkunde zu verschaffen – das war indessen nicht die Hauptsache. Schnelle, bestimmte Maßregeln mußten zur Herbeischaffung seines Mündels getroffen werden, denn in jedem Augenblick konnte Elliot, um sich Ruhe zu verschaffen, zu Schritten verleitet werden, die vielleicht niemals wieder gut zu machen waren. Helmstedt schwanke eine Weile, ob er nicht durch eine weitere Mittheilung des Briefes vorläufig allen möglichen Unterhandlungen mit dem Pflanzer Einhalt thun sollte; schnell genug aber erkannte er, daß, wenn irgend eine an dem jetzigen Proceß betheiligte Partei ihre Hand in dem Bubenstück gegen seinen Mündel gehabt, wie es nach Charley's Schreiben fast schien, das tiefste Schweigen über dessen Mittheilung walten müsse, sollte nicht der Knabe von seinem jetzigen Aufenthaltsort aufs Neue, und wahrscheinlich für immer, verschwinden. Eine kurze Weile dachte er scharf nach, dann barg er den Brief in die Brusttasche seines Rockes und schritt wieder über die Straße nach dem Store des Postmeisters. »Wie weit ist wol die nächste Telegraphenoffice, Sir?« fragte er diesen.

»Telegraphenoffice!« war die lachende Antwort, »so vorgeschritten sind wir hier im Hinterwalde noch nicht, Sir! Die nächste ist meines

Wissens in Nashville, Tennessee, etwa 150 Meilen oder so etwas weit.«

Helmstedt legte die Hand an seine Stirn. »Also gar keine Möglichkeit, eine dringende Nachricht schnell nach New-York zu befördern?«

»Warum nicht? Senden Sie Ihre Depesche nach Nashville an die Telegraphenoffice, heute Mittag geht eine Post dahin ab. Legen Sie eine Fünfdollar-Note bei und beauftragen Sie die Beamten, Ihnen die Rückantwort, falls Sie diese erwarten, augenblicklich hierher zu senden. Sie sollen von mir sogleich benachrichtigt werden, sobald etwas angekommen ist.«

Helmstedts Gesicht hellte sich auf; er dankte dem Postmeister und schlug ohne weitere Zögerung den Weg nach seinem Hause ein. Dort machte er sich noch einmal an die sorgfältige Durchsicht der erhaltenen Zuschrift und faßte dann die folgende Depesche, mit der von Dutch-Charley angegebenen Adresse versehen, an ihn ab:

»Kommen Sie augenblicklich, sobald Sie genau wissen, wo der Knabe ist; ich trage die Reisekosten. Senden Sie sogleich Antwort per Telegraph an die Nashville-Telegraphenoffice, daß Sie diese Zeilen empfangen haben; ich erhalte Ihre Antwort von dort.«

Das Begleitschreiben an die Telegraphenoffice war schnell angefertigt, die Banknote beigelegt, und nach einer Viertelstunde ruhte der Brief, von Helmstedt selbst überbracht, in der Hand des Postmeisters.

»Jetzt wollen wir weiter sehen!« brummte der junge Mann und wandte seine Schritte nach dem Bar-Room des Hotels, wo für die Morgenstunde der gewöhnliche Versammlungsplatz der männlichen Elite des Städtchens war. Gruppen von jüngern und ältern Herren standen bereits schwatzend darin umher, und Helmstedt hörte bald auch Murphy's helle Stimme im hinteren Theile des Lokals erklingen. Der Eingetretene ließ sich ein Glas Sherry mit Eis geben, lehnte sich gegen den Schenktisch und beobachtete still, was um ihn her vorging, bis die Gruppe von Advocaten, in welcher Murphy gestanden, sich löste und dieser langsam dem Ausgang zuschritt.

»Wollen Sie mir wol zwei Worte erlauben, Sir?« sagte Helmstedt, ihm einen Schritt entgegentretend.

Der Advocat sah auf. »Mit Vergnügen, Sir!« erwiderte er, augenscheinlich etwas verwundert.

»Sie werden einsehen,« begann Helmstedt mit gemäßigterer Stimme, »daß der von Ihnen vertretene Anspruch gegen Mr. Elliot, der mein Schwiegervater ist, mich mehr als jeden andern Dritte berühren muß.«

»Ich sehe das vollkommen ein,« erwiderte Murphy, höflich den Kopf neigend.

»Darf ich Sie also wol um Angabe der Advocatenfirma in New-York bitten, bei welcher das alte Document, welches den jetzigen Anspruch begründet, deponirt war?«

»Gewiß, Sir, wenn Sie sich auch dort nicht viel Trost holen werden; es ist die Law-Office der Herren Smith und Johnson in Duanestreet.«

»Ich danke Ihnen, Sir, das ist Alles.«

Murphy verbeugte sich mit einem verbindlichen Lächeln und verließ das Lokal. Helmstedt trank langsam seinen Wein aus und ging dann in gemessenem Schritte seinem Hause zu. Als er indessen sein Zimmer erreicht hatte, warf er, wie voll von einem Gedanken, seinen Hut bei Seite, suchte Papier hervor und begann zu schreiben. Es war ein Brief an die Herren Smith und Johnson, in welchem er als Vormund des verunglückten Erben einfach anfragte: ob bei Deponirung des in ihren Händen gewesenen, auf Isaak Hirsch überschriebenen Besitztitels kein Empfangsschein ihrerseits gegeben worden sei – und wenn dies der Fall, ob und durch wen derselbe an sie zurückgegeben worden.

Der Brief war fertig; ohne Zögern ging aber Helmstedt an einen zweiten, adressirt an Mrs. Rebekka Meier. Er zeigte ihr darin an, daß auf Grund eines Documentes, welches, wie er nachweisen könne, nicht zu dem Nachlasse des Pedlars Isaak Hirsch gehört habe, von ihr, als Erbin des Verstorbenen, Ansprüche auf ein Grundeigenthum erhoben würden, die seine eigenen Privat-Verhältnisse auf das Empfindlichste berührten. Ehe er nun eine Untersuchung über den Ursprung und die Aechtheit des Documentes einleiten lasse, bitte er sie um Nachricht, auf welche Weise sie zu dem alten Papiere gelangt oder wie sie von seiner Existenz unterrichtet worden sei, damit er in keinem Falle einem Unschuldigen zu nahe trete.

Die Briefe wurden geschlossen und schlüpften noch eine Stunde vor der abgehenden Post in den Briefschalter.

Helmstedt hatte sich nun wol vorgenommen, in Gelassenheit die verschiedenen Antworten abzuwarten, aber eine unruhige Spannung, welcher er nicht Herr werden konnte, ließ ihn nur selten eine Stunde bei seiner Arbeit ausdauern. Vom dritten Tage ab, an welchem er eine Antwort des Dutch Charley zu erhalten gehofft, hatte er regelmäßig bei Ankunft der Post nach Briefen für sich gefragt, aber es waren bereits sechs Tage verstrichen, und das eintönige: »*Nothing, Sir!*« des Postmeisters war ihm so oft in die Ohren geklungen, daß er an der Ueberlieferung seiner Depesche vollständig zu zweifeln begann. Er hatte sich während dieser Tage mehr auf der Straße und im Bar-Room des Hotels herumgetrieben, als jemals zuvor; er hatte geglaubt, irgendwo ein Wort auffangen zu können, das ihn über den Weg, welchen Elliot in Bezug auf den Angriff gegen ihn einzuschlagen beabsichtige, unterrichte, aber Niemand schien etwas von den Entschließungen des Pflanzers zu wissen, und für Helmstedt begann dieser Zustand des Harrens fast unerträglich zu werden. Er beschloß, noch einen einzigen Tag zu warten, und wenn wieder vergebens, durch ein ihm bekanntes New-Yorker Handelshaus nochmalige und sichere Nachricht an Dutch Charley gelangen zu lassen, dann aber auch zugleich, auf jede Gefahr hin, Elliot von dem Stande der Dinge zu unterrichten, um wenigstens den möglichen Schritten für einen Vergleich von dessen Seite vorzubeugen.

Ganz darauf vorbereitet, wieder ein »*Nothing, Sir!*« zu hören, begab er sich am siebenten Morgen nach der Postoffice; aber schon bei seinem Eintritte hielt ihm der Postmeister einen Brief von dem nämlichen Kaliber, wie den bereits erhaltenen, entgegen, und mit einem erleichternden »Endlich!« erkannte Helmstedt die majestätischen Schriftzüge von Charley's Hand auf der Adresse. Er zahlte das Porto und eilte nach Hause, um ein neues Studium dieser kühn alle Regeln verachtenden Schreibweise zu beginnen. Der Inhalt, in verständliche Worte übersetzt, lautete:

»Yes, Sir!

Ihr telegraphisches Schreiben habe ich erhalten, aber mit der telegraphischen Antwort war es nichts. Ich hatte einen Brief für Sie fein zugeklebt nach der Telegraphen-Office gebracht, aber die Kerle dort meinten, zum Telegraphiren müßten sie ihn aufmachen und durchlesen, was ich nicht leiden mochte, weil Manches darin stand, was nicht Jeder zu wissen braucht. Also habe ich ihn wieder mit fortgenommen, und das war ganz gut. Die Weibsperson, welche mit dem Grafen lebt, hatte von diesem am selbigen Tage einen Brief bekommen, daß er nur noch bis zum 14. Juni an dem bisherigen Orte bleiben werde; das sei der letzte Tag, welchen er als Frist gestellt habe, um sein Geld zu erhalten, nachher müsse er wegen des Jungen andere Maßregeln treffen; sie solle ihm also nicht wieder schreiben, bis sie weitere Nachricht von ihm bekomme. Ich habe selbigen Brief gefunden, als ich nach dem Zettel suchte, welchen wir haben mußten, um den Jungen aufzufinden, und den ich Ihnen gern mitschicken wollte, ehe ich durch die Post an Sie schrieb. Ich bin nämlich ein alter Freund von der Weibsperson und kann in ihre Stube kommen, auch wenn sie nicht zu Hause ist. Also hatte ich heute die rechte Zeit getroffen, habe ein paar Schlösser an ihrer Kommode verdorben und den Zettel gefunden und abgeschrieben. Hierbei will ich noch bemerken, daß sich der Graf ›Henry Wells‹ unterschrieben hat, wenn Ihnen der Name zu etwas dienen kann. Jetzt werde ich diesen Brief zumachen und auf die Post geben; nachher setze ich mich auf die Eisenbahn und gehe zur Mary, um ihr zu sagen, wie es mit mir steht, und von da geht es gerades Wegs hinunter zu Ihnen. Ich denke also, ich werde einen halben Tag, oder, wenn es viel wird, einen Tag später kommen als dieser Brief. Die Post-Office, wohin das Weibsbild dem Grafen geschrieben hat, heißt Rocky-Creek in Alabama, und er selber wohnt, wie es in seinem Briefe heißt, bei einem Farmer mit Namen McGraw.«

Helmstedt hatte bei dem Namen »Wells« den Kopf geschüttelt, er war ihm vollständig unbekannt; sein erster Blick aber, welchen er von dem Schreiben hob, fiel auf den Wandkalender über seinem Arbeitstische und blieb dort nachdenklich hängen. Es war heute der 13. Wenn ein rascher Erfolg erzielt werden sollte, so mußte die Aufhebung des sogenannten Grafen, wie des entführten Knaben in des Sheriffs Hände gelegt werden. Charley war aber der Einzige, welcher den Erstern persönlich kannte, und somit war seine Gegenwart die nothwendigste Bedingung für irgend einen Schritt. Helmstedt zweifelte keinen Augenblick, daß der Riese, wenn ihn nicht unterwegs ein Unglück betroffen, sich zur rechten Zeit einstellen werde, und beschloß deshalb, bis zum Nachmittag nichts zu thun, als einzelne nöthige Erkundigungen einzuziehen und einen Ritt

444

nach Oaklea zu machen. Während der ganzen Zeit, in welcher er auf Nachricht von New-York gehofft, hatte es ihm stets wie eine drückende Ahnung auf dem Herzen gelegen, daß Elliots Angreifer ihre Beute davon tragen würden, ehe er im Stande sei, sein Schweigen zu brechen; jetzt wenigstens wollte er nicht mehr zögern, um dem Pflanzer vorsichtig einen Wink zu geben, und er empfand eine eigenthümliche Genugthuung bei dem Gedanken, zur Vergeltung aller der gegen ihn gespielten Intriguen dem stolzen Manne eine Hoffnung in dessen jetziger Bedrängniß entgegenbringen zu können. Er dachte im Augenblicke nicht einmal daran, daß es für Elliot den bittersten Nachgeschmack abgeben mußte, wenn er hörte, daß sich sein Wohl und Wehe in Helmstedts Hand befinden würde.

Er nahm seinen Hut wieder und verließ das Haus. Sein erster Gang war nach der Postoffice. »Können Sie mir wol sagen, Sir, wo Rocky-Creek-Postoffice ist?« fragte er nachlässig, nachdem er sich mit einem schnellen Blick überzeugt hatte, daß er mit dem Postmeister allein sei.

»Kaum fünf Meilen von hier, gerade in die Berge hinein,« erwiderte dieser, mit der Hand die Richtung andeutend; »Sie können kaum fehlen, wenn Sie der Straße folgen; es ist das einzige Wirthshaus am Wege, und die Gegend ist dort ziemlich unbewohnt.«

»Also ist nicht viel zu holen,« lachte der junge Mann.

»Nicht die Spur, Sir! Es gibt dort nur einzelne kleine Farmer, die in dem steinigen Boden mit harter Arbeit ihr Leben fristen.«

Helmstedt dankte und ging. Er sah nach seiner Uhr – es war bereits neun vorüber und hohe Zeit für seinen Ritt, wenn er Mittags zurück sein wollte. Ohne weitern Aufenthalt machte er sich daran, sein Pferd zu satteln, und bald eilte er im scharfen Trabe Oaklea zu.

Es war lange her, daß er zum letzten Male diesen Weg betreten. Damals war er noch Elliots Hausgenosse gewesen, und sein Herz, erregt von der Jugendfrische und Lieblichkeit Ellens, hatte kaum begonnen gehabt, für diese zu schlagen; aber alle die bekannten Umgebungen der Straße mahnten ihn jetzt mir wie an ein längst abgeschlossenes Kapitel seines Lebens. Selbst Ellens Bild, wie er es sich vor die Seele rief, umgeben von all dem Reiz, welcher ihn damals zu jedem Wagniß für sie begeistert hatte, ließ ihn völlig gleichgiltig; er hatte erkennen gelernt, daß keine Regung ihrer Seele etwas Verwandtes mit der seinigen hatte, daß er, und würden sie ein Menschenalter mit einander leben, immer unverstanden an ihrer Seite stehen müßte. – Je näher er Oaklea kam, desto mehr fühlte er eine Sicherheit in sich, als reite er der Abschließung des alltäglichsten Geschäfts entgegen.

Die Pferdetritte wurden unhörbar, als Helmstedt von der Straße abbog und auf dem geschlängelten Sandwege Elliots Wohnung zuritt. Er band sein Pferd an die ihm so wohlbekannte Stelle nahe dem Hause und ging mit festem Schritt, um nicht ungehört einzutreten, die Portico-Treppe nach der Halle hinauf. Hier hatte er kaum die Thür geöffnet, als aus dem Parlor eine weibliche Gestalt ihm entgegeneilte, aber wie im plötzlichen Schrecken stehen blieb, als er ihr sein Gesicht voll zukehrte, und dann todesblaß zwei Schritte zurückwich. Helmstedt stand seiner Frau gegenüber; als er aber in ihre Augen blickte, die ihn mit einer Mischung von peinlicher Ueberraschung und halber Furcht anstarrten, überkam es ihn fast wie Mitleid mit dem jungen Wesen, in dessen Leben er jetzt als hemmendes Gespenst stand.

»Guten Tag, Ellen,« sagte er mit ausgestreckter Hand auf sie zugehend; »ich habe dir doch nicht so viel zu Leid gethan, daß du mich fürchten mußt?«

Sein Gesicht mochte wol noch mehr ausdrücken, als seine Worte thaten, denn ihr starrer Blick löste sich, und zögernd legte sie ihre Hand in die seinige.

»Ich komme nicht unserer Angelegenheit wegen hierher, Ellen,« fuhr er fort und führte sie einige Schritte weiter in den Parlor hinein, »aber ich freue mich, zwei Worte mit dir reden zu können. Ich will dir keinen Vorwurf über Das machen, was geschehen ist, ich habe es verschmerzt; wir wollen auch unsere gegenseitigen Gefühle nicht zergliedern. Ist es denn aber nothwendig, daß wir kein freundliches Wort für einander haben dürfen, wenn wir nicht mehr als Mann und Frau mit einander leben können? Müssen wir uns denn durchaus hassen, weil die Liebe zwischen uns gestorben ist? Haben wir uns denn gegenseitig so viel vorzuwerfen, daß wir uns am besten stumm trennen, um dann einander wie Todfeinde meiden zu müssen? Ich mag nicht, Ellen, daß wir uns im öffentlichen Leben auszuweichen brauchen und der Welt das Recht zu jeder beliebigen Vermuthung über die Gründe unserer Trennung geben – und so sage mir, wollen wir, wenn auch geschieden, Freunde bleiben, die sich gegenseitig achten, die, wenn auch gefesselt durch neue Bande, sich offen ins Auge sehen können? Wollen wir das, Ellen?«

»Ja, August,« sagte sie mit gepreßter Stimme, während die Thränen in ihre Augen schossen.

Helmstedt wollte weiter reden, aber ein rascher Männertritt in der Halle ließ ihn aufsehen – Elliot stand in der offenen Parlorthür und schien in seiner ersten Betroffenheit über die Gruppe, welche sich ihm bot, die Sprache nicht finden zu können.

Helmstedt fühlte Ellens Hand in der seinen zittern und ergriff sie fester. »Ich hoffe, Sie werden nichts dagegen haben, Squire, daß ich mich mit meiner Frau einmal ausgesprochen habe?« sagte er, dem Pflanzer mit einem offenen Lächeln ins Gesicht sehend; »wir haben eben beschlossen, gute Freunde zu bleiben –«

»Und ich hoffe, Sir, daß ich ein Recht habe, in meinem Hause zu dulden oder nicht zu dulden, was mir eben gut dünkt!« unterbrach ihn der Pflanzer heftig. »Wollen Sie etwas in Bezug auf meine Tochter sagen, so haben Sie sich an mich zu wenden, der ich jetzt ihr natürlicher Anwalt bin; so lange sie in meinem Hause lebt, hört jede direkte Verbindung zwischen ihr und Ihnen auf. Geh nach deinem Zimmer, Ellen!«

Helmstedts Stirn begann sich zu röthen; er hielt die Hand der jungen Frau so fest als vorher. »Sie handeln unklug, Sir,« erwiderte er und sein klares Auge wurzelte fest in dem des Pflanzers. »Wenn ich mein Recht, verstehen Sie wohl, mein *Recht* erzwingen wollte, so würde meine Frau noch heute Abend, zu ihrer Pflicht zurückgeführt, in meinem Hause wohnen. Sie scheinen ganz zu vergessen, Sir, daß nur die Rücksicht gegen Ellen selbst alle meine Schritte bisher geleitet hat. Ich wollte das Vertrauen, mit dem sie sich mir übergab, sie niemals bereuen lassen – sie sollte es auch selbst bei ihrer Trennung von mir noch gerechtfertigt finden – *das* waren die Gründe meines leidenden Verhaltens, Sir. Sie sind jetzt aufgebracht, mich hier zu sehen – *well*, Mr. Elliot, können Sie denn nicht vermuthen, daß mich freundliche Absichten hierher führten, da ich ohne mein persönliches Erscheinen mir längst hätte volle Genugthuung verschaffen können?«

Um Elliots Mund spielte ein Ausdruck von Verachtung. »Ich hatte Ihnen allerdings Zeit gegeben, mir Vorschläge zu machen,« sagte er; »ich sehe aber dabei durchaus keinen Grund, warum Sie meiner Tochter noch einmal nahe zu treten haben.«

»Sie sind eben im Irrthum, Sir,« erwiderte der junge Mann wieder mit vollkommener Ruhe. »Mich führen ganz andere Dinge hierher, als das Verhältniß zu meiner Frau, und wenn ich die Gelegenheit benutzte, mich gegen sie auszusprechen, so bot sie mir der Zufall. Wenn ich mich einmal von Ellen scheide, so geschieht dies in vollkommen freier Uebereinkunft zwischen ihr und mir, und ich habe Ihnen, Sir, weder Vorschläge in Bezug darauf zu machen, noch deren von Ihnen entgegen zu nehmen. Glauben Sie mir aber, Mr. Elliot, daß jeder Ihrer Eingriffe in meinen freien Willen nur Ihren Wünschen entgegen arbeitet. Sie werden es nie ins Werk setzen, und wenn Sie mir jeden Fuß breit Boden unter den Füßen abzugraben versuchten, mich zu einem Schritte zu zwingen, den ich meiner unwürdig halte. Ich kann leben und bestehen, Sir, ohne eines einzigen Menschen Gunst hier zu bedürfen. Das mußte ich Ihnen sagen, Mr. Elliot, und nun möchte ich Ellen bitten, uns zu verlassen, da mich Geschäftsangelegenheiten hierher geführt haben, welche sich nur unter Männern besprechen lassen.«

Er ließ die Hand der jungen, bleichen Frau los, und diese eilte mit einem besorgten Blick auf ihren Vater, der nur zu warten schien, was sich aus Helmstedts Worten entwickeln würde, aus dem Zimmer.

»Lassen Sie mich jetzt zu dem eigentlichen Zwecke meines Besuches kommen, Sir –« sagte Helmstedt.

»Ich glaube nicht, daß wir noch etwas mit einander zu reden haben,« unterbrach ihn der Pflanzer kurz; »wenigstens kann ich mir keinen weitern Berührungspunkt zwischen mir und Ihnen denken. Es ist heut ein Tag der dringendsten Geschäfte für mich, und ich werde Sie allein lassen müssen.«

»Ich glaube, Sir, daß ein kluger Mann erst hört, ehe er urtheilt,« erwiderte Helmstedt ruhig; »ich kam Ihrer Angelegenheiten und nicht der meinigen wegen hierher.«

Der Pflanzer hatte sich bereits halb nach der Thür gedreht und wandte jetzt den Kopf zurück, »Was ist es?« fragte er unfreundlich. »Wenn es mich betrifft, so sagen Sie es mit zwei Worten; ich habe keinen Augenblick mehr zu verlieren.«

»Haben Sie es denn wirklich so eilig, in Ihr eigenes Unglück zu laufen?« entgegnete Helmstedt, und ein Anflug von gutmüthigem Spott ging über sein Gesicht; »wollen Sie sich denn vorher nicht wenigstens die Zeit nehmen, einen Mann ruhig anzuhören, der auf die Gefahr hin, von Ihnen zum Hause hinaus gewiesen zu werden, hierher kam?«

Elliot drehte sich langsam um und warf einen durchdringenden Blick auf seinen Gast. »Was wollen Sie von mir, Sir?«

»Ich wünsche, Mr. Elliot, daß Sie die Thür schließen,« sagte Helmstedt ernst, »sich einige Minuten zu mir hersetzen und hören, was ich Ihnen zu sagen habe. Sie können sich versichert halten, daß ich mich nicht bis jetzt allen Aeußerungen Ihrer Nichtachtung Preis gegeben hätte, wenn ich meiner Genugthuung nicht sicher wäre.«

Der Pflanzer sah einen Augenblick in das leuchtende Auge des jungen Deutschen, der hoch aufgerichtet vor ihm stand, schloß dann langsam die Thür und rückte zwei Stühle einander nahe. »So setzen Sie sich denn und reden Sie,« sagte er, während er sich selbst niederließ und finster vor sich nieder sah.

»Zuerst eine Frage,« begann Helmstedt, Platz nehmend, »und um Ihrer selbst willen bitte ich, sie mir offen zu beantworten. Haben Sie schon irgend ein Arrangement wegen des Anspruchs auf Ihr Eigenthum getroffen?«

Elliot sah auf. »Was haben Sie mit diesem Anspruch zu thun, Sir?«

»Es scheint, Sie wissen nicht, daß der jetzt geltend gemachte Besitztitel ein Theil einer Erbschaft ist, für welche ich als Vormund des minorennen Erben unumschränkter Verwalter war, und daß erst während der letzten Zeit, seit, wie es hieß, der ursprüngliche Erbe verunglückte, die Hinterlassenschaft in diejenigen Hände überging, welche jetzt ihren Anspruch gegen Sie geltend machen wollen.«

»Das mag sein, Sir,« erwiderte der Pflanzer, aufmerksam werdend; »der Anspruch ist aber in andere Hände übergegangen. Was wollen Sie nun noch?«

Helmstedt warf einen Blick nach der Thür und den Fenstern. »Was ich will, Sir,« sagte er dann mit gedämpfter Stimme, »ist nichts weiter, als von allem Vorhandenen, den drohenden Besitztitel einbegriffen, wieder Besitz zu ergreifen, sobald es mir gelingt, rechtzeitig den Umtrieben einer Spitzbubenbande entgegen zu treten, welche meinen noch lebenden Mündel um sein Erbe und Sie um Ihr Eigenthum bringen will. Weiter etwas zu sagen, wäre eine strafbare Unvorsichtigkeit, da meine ganze Hoffnung augenblicklich nur in der geträumten Sicherheit der Gauner beruht. Trotzdem und ehe ich noch einen vollen Erfolg meiner Maßregeln verbürgen kann, habe ich es für meine Pflicht gehalten, Sie vor jeder Uebereinkunft mit den jetzigen Inhabern des Besitztitels zu warnen, und ich will nur hoffen, daß ich damit nicht zu spät gekommen bin.«

Elliot starrte ihn eine Weile wortlos an. »Ich verstehe zwar vollkommen, was Sie sagen,« erwiderte er endlich, und seine Stimme klang heiser, wie von einem innern Drucke; »ich weiß aber nicht, ob Sie nicht leichtsinnig oder vielleicht selbst getäuscht eine Hoffnung geben, wo keine ist. Ich kenne von den Verhältnissen, welche Sie mir andeuten, nichts, und darum merken Sie auf, Sir – es handelt sich um die Existenz einer ganzen Familie. Ich habe mich allerdings in Unterhandlungen eingelassen, die heute zum Abschluß kommen sollten, und so hoffnungslos das vorgeschlagene Uebereinkommen auch für mich ist, so vergebens ich auch acht Tage lang mich abgemüht habe, es nur auf den Verlust eines Theiles meiner Ländereien zu beschränken, so schützt es mich doch vor augenblicklichem, gänzlichem Ruin. Stoße ich heute den Vergleichs-Vorschlag zurück und ein für mich hoffnungsloser Proceß beginnt, so habe ich die sichere Aussicht, mit meinem Grundeigenthum auch noch meine ganze bewegliche Habe durch die Kosten des Processes zu verlieren. Wollen Sie mich nun, Angesichts dieses Standes der Dinge noch einmal vor einem Uebereinkommen warnen, Sir?«

Helmstedt sah sinnend vor sich nieder. »Es sei ferne von mir,« sagte er nach einer Pause, »eine schwere Verantwortung leichtsinnig auf mich zu nehmen; wie aber die Sachen stehen, muß ich Ihnen Alles, was ich selbst weiß, mittheilen; Ihr persönliches Interesse, Sir, wird Sie vor jedem unvorsichtigen Gebrauche desselben bewahren, und Sie mögen dann handeln, wie es Ihr eigenes Urtheil Ihnen vorschreibt.« Er gab darauf dem Pflanzer eine kurze Skizze von der seinerseits übernommenen Vormundschaft und seinen Erlebnissen in New-York; er hob es hervor, daß der aus dem Wasser gezogene Judenknabe nur durch seine Kleider und die bei ihm gefundenen Gegenstände recognoscirt worden war; er nahm Charley's ersten Brief *aus* der Tasche und gab die nöthigen Auszüge daraus. »Es handelt sich nur noch um zwei Tage Zeit, Sir,« schloß er; »ich habe weitere Nachricht, die mich wenigstens zu der Hoffnung berechtigt, meinen Mündel wieder aufzufinden und unter meine Obhut zu bringen. Können Sie also noch einige Tage Zeit gewinnen, so thun Sie es, und warten Sie den Lauf der Ereignisse ab.«

Elliot, die Arme in einander geschlagen, saß stumm, wie mit sich selbst Rath pflegend, da.

»Es ist dies die sonderbarste Geschichte, die mir jemals vorgekommen ist, und sie mag Ihre Warnung vollkommen rechtfertigen,« begann er nach einer Weile. »Sagen Sie mir aber Eins, Sir!« fuhr er, sich gerade aufsetzend, fort. »Ich mache durchaus nicht darauf Anspruch, bei Ihnen in besonders gutem Andenken zu stehen, und nun frage ich mich vergebens, welche Ursache Sie zu Ihren jetzigen Mittheilungen veranlaßt habe – die Sorge für mein Wohlergehen doch sicherlich am wenigsten. Ich sehe den Angelegenheiten, welche mich berühren, immer gerne auf den Grund, und so wenig ich in die Wahrheit Ihrer Darstellung den geringsten Zweifel setze, so sehr verlangt es doch mein Interesse, daß ich die eigentliche Absicht, welche Sie bei Ihrem jetzigen Schritte gehabt, kennen lerne.«

Helmstedt sah den Pflanzer einen Augenblick groß an, dann stieg ein sonderbares lächeln in sein Gesicht und er erhob sich.

»Ich will Ihnen die Frage beantworten, Sir,« sagte er. »Es liegt im deutschen Charakter, lieber ein selbsterlittenes Unrecht zu vergessen, wenn es nothwendig wird, als mit offenen Augen ein Unrecht an Andern geschehen zu lassen. Ich kann mir denken, daß ein so einfacher Grund Sie fremdartig berührt; ich habe aber keine andere Erklärung für mein Handeln zu geben. Sie wissen jetzt, was ich Ihnen mitzutheilen für nothwendig fand, nun handeln Sie nach eigenem Ermessen.«

»Warten Sie noch einen Augenblick, Sir,« sagte Elliot, als der junge Mann Miene machte, seinen Stuhl bei Seite zu tragen. »Gesetzt den Fall, Ihre Maßregeln zur Auffindung Ihres Mündels gelängen, und der Anspruch auf Oaklea käme in Ihre Hand – welche bessern Aussichten erwüchsen *mir* daraus? Oder um mit einer directen Frage der Sachlage näher zu kommen – tragen Sie sich vielleicht mit einer Idee, später durch verständige Behandlung der Angelegenheit in genauere Beziehung zu mir zu treten als bisher?«

Helmstedt sah eine Secunde lang in des Pflanzers forschende Augen.

»Wenn ich Sie recht verstehe,« erwiderte er dann ernst, »so bezieht sich Ihre letzte Frage auf meine Stellung zu Ihnen durch Ellen. Es gab allerdings eine Zeit, Sir, wo ich jede Gelegenheit, mich Ihnen näher zu bringen, mit tausend Freuden ergriffen hätte; diese Zeit, Sir, ist aber vollkommen vorüber. Ich habe eingesehen, daß unserer Beider Wahl eine verfehlte war, und ich hätte Ellen längst ihre volle Freiheit zurückgegeben, wenn auf die Forderungen meiner Ehre nur die geringste Rücksicht genommen worden wäre. Jetzt, nachdem ich lernen mußte, mich über die absichtlich gegen mich ausgestreuten Gerüchte hinwegzusetzen, bin ich sogar von meiner frühern Bedingung für eine Trennung – Ellens Rückkehr in mein Haus – zurückgekommen; ich kann ihre gegenwärtige Lage sogar bedauern, und ich mag ihrem fernern Glück nicht hindernd im Wege stehen. Sie hat wir heute versprochen, mir diejenige Achtung in Wort und That zu bewahren, auf welche ich jedenfalls ihr gegenüber Anspruch machen kann, und so, Sir, bin ich jeden Augenblick bereit, einen Trennungsact ohne weitere Bedingungen zu unterzeichnen.«

Er machte eine kurze Pause, während der Pflanzer, den Kopf zurückgebogen, den erwartenden Blick fest auf ihn geheftet hielt.

»Was den Besitztitel, sobald er in meine Hände gelangt, betrifft,« fuhr Helmstedt fort, »so will ich mich erst überzeugen, mit welchem Recht der jetzige Angriff gegen Sie gemacht wurde. Ich habe verschiedene Gründe, unter der ganzen Angelegenheit eine Gaunerei zu vermuthen, und einer der einleuchtendsten dafür ist wol der, daß Isaak Hirsch, welcher trotz seines seltenen Charakters doch seinen Vortheil wie der beste Advocat wahrzunehmen wußte, sicherlich nicht einen solchen Anspruch unbenutzt hätte liegen lassen, um ihn zuletzt der Verjährung Preis zu geben. Jedenfalls, Sir, haben Sie später einen ehrlichen Mann gegen sich und nicht eine Schaar von gewissenlosen Advocaten. Ich bin mit meinem Geschäft zu Ende, und so überlasse ich Ihnen, nach eigenem Gutdünken zu handeln.«

Er trug seinen Stuhl bei Seite und Elliot erhob sich.

»Ich habe Ihnen zu danken,« sagte der Letztere, und hielt dem jungen Manne die Hand hin, in welche dieser die seinige kalt und ohne einen Finger zu rühren legte; »ich werde vorläufig Ihrem Rathe folgen und hoffe Sie in zwei oder drei Tagen in Ihrem Hause sehen zu können.«

»Mein Haus wird für Sie offen sein,« erwiderte Helmstedt, sich leicht verbeugend. – »Guten Morgen, Sir.«

Er schritt nach der Thür und verließ das Haus, ohne sich umzusehen, ob Elliot ihm folge. Bald saß er im Sattel, und trabte der Hauptstraße wieder zu.

Eine drückende Luft empfing ihn, als er das Freie erreichte; das Aussehen der Landschaft hatte sich in kaum einer Stunde so verändert, daß jeder Gedanke an die eben erlebten Scenen in dem jungen Manne schwand und er sich besorgt umsah. Der Himmel in seinem Rücken war dick mit gelbgrauen Wolken umzogen, die einen unheimlichen Schatten über die Gegend warfen, und während nur leichte Staubwirbel vom Boden aufstiegen, bogen sich die Kronen der riesigen Waldbäume und brausten wie unter einem gewaltigen Drucke. Helmstedt kannte diese Zeichen und trieb sein Pferd zu schärferem Trabe an, um womöglich noch vor Ausbruch des Wetters die Stadt zu erreichen; fast schien es auch, als solle ihm noch Zeit dafür bleiben; die Staubwirbel legten sich, die Bäume schwankten nur noch leise und bald war eine Stille eingetreten, in welcher kein Halm und kein Blatt sich mehr rührte; eben als Helmstedt aber an einer freien Stelle des Wegs anlangte und noch einmal sich nach dem Wetter umsehen wollte, schien es urplötzlich, als stehe der ganze Himmel in Feuer – der Schein verschwand, aber ein Donnerschlag folgte unmittelbar nach, als berste die Erde von einander, als brächen, eins dem andern folgend, die Gebirge rings umher zusammen, so daß Helmstedt aus der plötzlich ihn überkommenen Betäubung nur durch einen Sprung seines erschreckten Pferdes wieder zur Besinnung gerufen wurde. Er hatte Mühe, das geängstigte Thier zu beruhigen und machte sich bereit, einem neuen Schlage mit der erforderlichen Geistesgegenwart zu begegnen; aber das Gewitter schien sich in der einzigen gewaltigen Kraftäußerung erschöpft zu haben und nur dann und wann grollte noch ein ferner Donner nach. Als er endlich aus dem bis jetzt verfolgten Waldwege in die große Straße einbog, lag die County-Stadt wieder im Sonnenscheine vor ihm, während hinter ihm in der Ferne schwarzblaue Wolken und herniederströmender Regen die Aussicht verdeckten.

Mittag war schon einige Stunden vorüber, als er die Stadt erreichte, und er nahm seinen Weg ohne Aufenthalt nach dem Globe-Hotel, um seinen knurrenden Magen zu befriedigen. Kaum war er aber dort abgestiegen und beschäftigt, sein Pferd anzubinden, als aus der Piazza eine mächtige Gestalt auf ihn zuschritt und ohne lange Ceremonie seine Hand faßte. »Hier ist der Dutch-Charley, Sir,« klang eine gewaltige Stimme, »und nun sehen Sie zu, was Sie mit ihm anfangen können!«

Helmstedt hatte überrascht aufgesehen und drückte nach Kräften die Hand des Angekommenen. »Freut mich von Herzen, daß Sie da sind,« sagte er, »es thut mir nur leid, daß Sie auf mich haben warten müssen.«

»*Never mind!*« erwiderte der Goliath lustig, »ich wünschte, Sie hätten auf meinen Brief nicht länger zu warten brauchen.«

Helmstedt warf einen Blick auf die offene Thür des Bar-Rooms. »Wir brauchen nicht englisch zu reden, daß uns Jeder versteht,« begann er dann deutsch, »sehen Sie sich vor, Charley, daß Sie kein Wort von dem fallen lassen, was Sie mir schrieben; mit einer einzigen Unvorsichtigkeit können wir den Vogel, den ich fangen will, wieder aus dem Garne scheuchen. Ist der sogenannte Graf, dieser Mr. Wells, ein Yankee?«

»Nicht die Spur davon,« entgegnete der Andere, seine Stimme in einer Weise mäßigend, daß sie den Zuhörer an das ferne Grollen des abziehenden Gewitters mahnte; »ächtes deutsches Sauerkraut, Sir; Sie können ihn aber in der Sprache schwer von dem wirklichen Amerikaner unterscheiden.«

Helmstedt schüttelte den Kopf. »Ich verstehe kein Wort von der ganzen Intrigue,« sagte er, »wir werden ja aber sehen. Nehmen Sie vorläufig einen Schluck, während ich ein paar Bissen esse, und dann sprechen wir weiter.«

Eine Viertelstunde später traten Beide in Helmstedts Haus, wo dieser eins der Hinterzimmer öffnete. »Hier mag vorläufig Ihr

Quartier sein, bis wir mit unserm Hauptgeschäfte zu Ende sind und ich Sie an einem ordentlichen Platze untergebracht habe,« sagte er, »jetzt machen Sie es sich vor allen Dingen bequem.«

»Well, Sir, das Bequemmachen kommt mir gerade gelegen,« erwiderte Charley, kopfnickend die Ausstattung des Raumes betrachtend, »ich fühle wirklich, als müßte ich ein paar Stunden schlafen, ehe ich zu was Rechtem tauge. Ich gebe nichts um die zwei Nächte in der Postkutsche, auf einem Wege durch das Gebirge, der eher wie eine steinerne Treppe als eine vernünftige Straße aussah; aber die Hitze hat mir meinen dicken Kopf so dumm gemacht –«

»*All right,* schlafen Sie,« lachte Helmstedt, »ich werde einstweilen überlegen, was wir zunächst zu thun haben, und wenn ich Sie brauche, werde ich Sie rufen.«

Er schloß die Thür und ging nach seinem Zimmer. Als er dort Hut und Rock von sich gethan, warf er sich aufs Sopha und wollte nochmals Alles, was ihm Charley geschrieben und was er bereits als nothwendig in Bezug darauf beschlossen, sich als klares Bild vor die Seele stellen, aber der schwüle Tag, zusammen mit seinem Ritte in der Mittagshitze, machten auf ihn ihren Einfluß geltend – er wurde vom Schlafe überfallen, ehe er nur dessen Annäherung bemerkt hatte.

Wie lange er gelegen hatte, wußte er beim Erwachen nicht – seine erste Erinnerung war die an unangenehme Träume, deren Eindruck er sich jetzt noch nicht ganz zu entreißen vermochte – ein leichtes Rütteln brachte ihn indessen zur vollen Besinnung. Es war bereits halbe Dämmerung in der Stube, aber über seinem Gesichte erkannte er den Kopf seines Schwarzen, welcher sich mit ängstlicher Miene über ihn gebeugt hatte.

»Was gibt es?« rief Helmstedt und saß rasch aufwärts.

»Sie müssen entschuldigen, Master,« erwiderte Cäsar, augenscheinlich halb außer Athem, »aber ich dachte, ich müßte Sie wecken – mir scheint etwas nicht richtig – ich bin gelaufen – –«

9.

Kurz vor Mittag desselben Tages rollte eine leichte, halbverdeckte Kutsche den Bergen zu. Drinnen saß eine junge, blasse Frau in Trauerkleidern und an ihrer Seite eine Mulattin, welche Zügel und Peitsche regierte. Der Weg war wenig befahren und so von Baumwurzeln durchzogen und mit großen Steinen übersäet, daß es der vollen Aufmerksamkeit der Fahrenden bedurfte, um wenigstens den bedeutenderen Hindernissen auszuweichen. Die junge Frau schien indessen wenig der einzelnen, unvermeidlichen Stöße zu achten, und ließ, als die erste Anhöhe erreicht war, mit aufglänzendem Auge den Blick über die Gegend vor ihr schweifen. Nach allen Richtungen hin breiteten sich sanft abgedachte Hügel, mit jungem Pfirsichgebüsch und dunkeln Gruppen riesiger Wallnußbäume bedeckt, aus; einzelne Schluchten, die sich ausnahmen, wie ein romantisches Stück Landschaft auf einem Miniaturbilde, unterbrachen die Hügelreihe und ließen hier und da einen schäumenden Gebirgsbach hindurch. Hinter diesen Anhöhen indessen erhoben dichtbewaldete Berge von allen Formationen und Schattirungen ihre Häupter – wieder in weiterer Ferne überragt von dem dunkelblauen Zuge des eigentlichen Gebirges, dessen höchste Spitzen noch weiter hinaus mit dem helleren Blau des Himmels zu verschmelzen schienen. Links hinüber, zwischen den verschiedenen Höhenzügen brachen sich die Sonnenstrahlen glitzernd in einem Gebirgssee.

Ein leises Roth begann nach und nach die seinen Züge der jungen Frau zu beleben und als bei Erreichung einer der folgenden Anhöhen sich plötzlich ein weites Waldthal vor ihnen öffnete, dessen frischgrüne Rasendecke nur mit einzelnen Gruppen dichtbelaubter Bäume besetzt war, durch welche sich der Weg in mannichfachen Windungen schlängelte, so daß man eher hätte glauben mögen, in einen geschmackvoll angelegten Park, als in ein wildes Thal der

Alleghany's hinabzusteigen, da hob ein tiefer, langer Athemzug ihre Brust. »Ich wußte nicht, Mary, daß es so viel Schönheiten hier gibt!« sagte sie.

»Ja, es ist schön in den Bergen!« erwiderte die Mulattin, aber ihrem Blicke nach, der forschend in die Ferne gerichtet war, schienen ihre Gedanken kaum bei der Antwort zu sein. Sie trieb das Pferd, das jetzt ebenen Weg unter den Hufen fand, zu rascherem Laufe, und bald war die jenseitige Höhe erreicht, wo die wieder beginnenden Schwierigkeiten des Wegs neue Vorsicht geboten.

»Ich glaube, Ma'am, wir haben in Kurzem ein Gewitter über uns,« sagte die Mulattin, den Himmel vor sich betrachtend, dessen früheres reines Blau durch einen dicken gelblichen Dunst verdeckt schien, »ich wünsche nur, daß wir Little Valley bei Zeiten erreichen!«

»Wie weit haben wir noch?« fragte die junge Frau, mit ihren Augen dem Blick der Farbigen folgend.

»Nur noch zwei Meilen, Ma'am, aber der Weg ist so, daß wir nirgends rasch fahren können, ohne den Wagen zu zerbrechen.«

»Glaubst du, daß irgend eine Gefahr droht, wenn uns das Wetter überrascht?«

»Ich weiß von keiner besonderen Gefahr, Ma'am, der Blitz kann auch ins festeste Haus schlagen, aber die Gewitter in den Bergen sind schrecklich!«

»Dann laß es kommen – höchstens werden wir naß!«

Die Mulattin schien indeß wenig auf den erhaltenen Trost zu geben, sie nahm jede einigermaßen ebene Stelle des Wegs wahr, um das Pferd anzutreiben und theilte, sichtlich besorgt, ihre Aufmerksamkeit zwischen der Beobachtung des Wetter? und dem Fuhrwerk.

Der Himmel schien sich mit jeder Minute dichter zu umziehen, der Sonnenschein war längst verschwunden und ein eigenthümlicher Druck der Luft machte sich bemerkbar. Die Berge, kaum noch so freundlich in der klaren Mittagsbeleuchtung, schienen jetzt wie finstere, drohende Riesen herabzublicken und die Wipfel der Bäume begannen bereits in langsamen Schwingungen sich vor dem heraufziehenden Wetter zu beugen.

Der Wagen hatte eben die Spitze einer neuen Anhöhe erreicht. »Dort ist Little Valley, Ma'am!« sagte die Mulattin mit einem Seufzer der Erleichterung und zeigte nach der Tiefe, wo ein langgestrecktes Thal mit Baumwollenfeldern und einer Gruppe von Hütten sich vor dem Blick aufthat, »in einer Viertelstunde können wir dort sein!« Das Pferd trabte auf dem abwärts gewundenen Wege scharf vorwärts, so daß die junge Frau mit beiden Händen das Wagengestell faßte und sich in der Schwebe zu halten versuchte, um den unvermeidlichen Stößen zu entgehen.

»Gibt es dort kein anderes Obdach als die Negerhütten?« fragte sie nach einer Weile, als eine ebenere Stelle des Wegs ein Gespräch möglich machte.

»Gleich vorn an der Umzäunung ist die Wohnung des Aufsehers, dort das einzeln stehende große Blockhaus,« erwiderte die Farbige, die Richtung mit dem Finger andeutend, »und dort hinten bei den Hütten, das Haus mit dem großen Schornstein, ist die Küche.«

Sie ließ das Pferd von Neuem die Peitsche fühlen, im nämlichen Augenblick aber richtete sie sich hoch auf und zog die Zügel an – das Thal und die Berge ringsumher erglänzten einen Moment in weißem Feuer, im nächsten aber erfolgte ein prasselnder, betäubender Donnerschlag, dem unmittelbar wie das Pelotonfeuer einer Artillerie-Salve neue krachende Schläge von allen Seiten antworteten, und als wären plötzlich die Banden der schweren Wolken zersprungen, strömte der Regen hernieder, gleich einer Sündflut. Hochauf hatte sich das Pferd gebäumt und einen Satz zur Seite gethan, daß der Wagen gegen einen Baum flog und die Mulattin in die Mitte der Straße geschleudert wurde – auf und davon jagte das Thier, die zerbrochene Deichsel und einen Theil des Vorderwagens hinter sich herschleifend.

Die junge Frau war schnell aus dem ersten Schrecken wieder zur Besinnung gelangt. Der Wagen, seiner Vorderräder beraubt, lag nach vorn über und das Verdeck bildete ein genügendes Dach gegen den Regen; aber ohne an den eigenen Schutz zu denken, sprang sie heraus, um nach ihrer Dienerin zu sehen. Das farbige Mädchen lag mit blutendem Kopfe, anscheinend ohne Besinnung, auf der Straße; als ihre Herrin sie aber aufrecht zu setzen versuchte, begann sie zu stöhnen und Anstrengungen zu machen, sich selbst zu erheben. Die junge Frau half, ihr empor, faßte sie unter die Arme und geleitete sie unter ermuthigenden Worten nach dem Wagen. Kaum aber war die Verwundete unter das Verdeck gelangt, als sie in ihrer Bewußtlosigkeit auf die Kissen des Sitzes fiel. Ihre Herrin schloß das Schutzleder des Wagens, schürzte ihre Kleider auf und wanderte raschen Schrittes durch den strömenden Regen nach dem Thale hinab.

Es war ein Haus im rauhesten Hinterwaldstyle, weit ab von den Negerhütten, welches ihr von Mary als die Wohnung des Aufsehers bezeichnet worden war. Eine einzige kleine Fensteröffnung mit zerbrochenen Scheiben zeigte sich daran und der Weg nach dem Eingange führte durch Morast und tiefe Pfützen, welche der Regen gebildet hatte. Die Thür stand offen und ohne langes Besinnen trat die junge Frau ein. Sie nahm zuerst ihren triefenden Sommerhut vom Kopfe und blickte dann in dem düsteren Raume umher, der sich ihren Blicken bot.

Das Haus mochte einmal wohnlich gewesen sein, die Wände wiesen noch Spuren von angeworfenem Kalke; jetzt aber sahen überall die nackten Baumstämme, aus denen das Gebäude erbaut worden, hervor, der Fußboden war ausgetreten und voll klaffender Spalten und eine zerbrochene Stiege führte nach einem von außen angebauten obern Raume, an welchem nur noch eine halb abgerissene Thürbekleidung zeigte, daß er einmal verschließbar gewesen war. Auf einem schmutzigen Tische lagen neben einem großen blinkenden Messer die Ueberreste eines groben Mittagsmahles, ein schwarzes Mädchen kniete am Kamine, bemüht, einen Haufen nasser Reiser zum Brennen zu bringen, und von einem Bett im Hintergrunde erhob sich langsam eine männliche Gestalt mit wirrem Haar, nur mit einem schmutzigen Paar Beinkleidern und einem dunklen Hemd, welches die behaarte Brust sehen ließ, bekleidet.

Ein einziger Rundblick hatte der Eingetretenen alle diese Einzelheiten gezeigt, und es überkam sie ein unheimliches Gefühl, als sie den frech-neugierigen Blick der Schwarzen und das wüste Auge des Mannes auf sich gerichtet sah. »Sie sind Mr. Bartlett, wenn ich mich nicht irre?« fragte sie.

»Das bin ich,« erwiderte dieser, sich langsam auf die Beine stellend und die unerwartete Erscheinung von Kopf bis zu Fuß musternd.

»Ich hoffe, Sie werden Mrs. Morton noch kennen, Sir! Das Gewitter hat unser Pferd scheu gemacht und mein Mädchen hat einen schweren Fall gethan. Sie liegt jetzt in dem zerbrochenen Wagen nicht weit von hier auf der Straße, und ich wünsche, daß Sie sogleich ein Fuhrwerk hinausschicken, um sie hierher transportiren zu lassen.«

Der Aufseher betrachtete sie noch immer mit einem Ausdrucke von dreister Unverschämtheit. Dann wandte er den Kopf langsam nach der Seite. »Geh, Jane, du hast gehört, Bob soll den kleinen Wagen anspannen. – Noch Eins!« rief er, als das Mädchen eben das Haus verließ, und folgte ihr vor die Thür.

Pauline konnte nichts von seinen weitern Worten vernehmen, und nur ein plötzliches rohes Gelächter, in welches die Schwarze ausbrach, drang zu ihren Ohren. Einen Augenblick kam eine ungewisse Furcht über sie, und sie fragte sich, ob es nicht trotz des noch immer strömenden Regens besser sei, das Haus zu verlassen –

462

schon im nächsten aber schalt sie sich selbst eine Thörin und trat schaudernd vor Nässe an das eben entzündete prasselnde Kaminfeuer.

Bald erschien der Aufseher wieder und schloß die aus schwerem Eichenholze gefertigte Thür.

»Lassen Sie offen!« gebot Pauline, sich nach ihm wendend.

»Der Regen schlägt herein, Ma'am!« war die Antwort, mit welcher er sich langsam auf sein Bett setzte, die Arme in einander schlug und seinen Gast von Neuem anzustarren begann.

Der jungen Frau begann es unheimlicher als zuvor zu werden; sie fühlte, daß sie diesem Zustande ein Ende machen müsse. »Haben Sie nicht einen andern Raum, wo etwas Feuer gemacht werden könnte, um meine Kleider zu trocknen?« fragte sie und suchte die möglichste Festigkeit in ihre Stimme zu legen.

»Keinen als diesen – wir leben hier nicht so sein, Ma'am!« erwiderte der Aufseher ohne sich zu rühren, aber Pauline glaubte einen unverhohlenen Spott in seinem Tone zu hören.

»Dann verlassen Sie wenigstens auf einige Minuten das Haus, Sir!« rief sie, und die aufsteigende Entrüstung ließ sie ihre Furcht vergessen.

»Ich gehe nicht gern im Regen spazieren, Ma'am,« erwiderte er trocken; »hören Sie nur, wie es gießt.«

»So zwingen Sie mich, selbst zu gehen!« Mit drei Schritten war sie am Ausgange, aber die Thür wich ihrer Bemühung nicht, und dem angestrengten Rütteln antwortete nur ein kurzgestoßenes Lachen des Mannes hinter ihr.

»Oeffnen Sie augenblicklich, Sir – ich will hinaus!« rief sie, und es schien, als sei erst mit der bestimmten Vermuthung von einer ihr drohenden Gefahr ihr Muth erwacht.

»Jetzt nicht,« erwiderte der Aufseher kalt; »ich habe zuerst etwas mit Ihnen zu reden.«

»In dieser Weise kein Wort!« erwiderte sie energisch; »öffnen Sie die Thür und dann reden Sie.«

»Sie werden es doch wol anhören müssen, Ma'am!« sagte er, sich mit einem bösen Lächeln zurücklegend und den Kopf auf seinen Arm stützend.

Pauline warf einen Blick um sich. Das einzige Fenster war zu hoch, als daß sie es hätte erreichen können, und sie fühlte eine Sekunde lang, als komme ein Schwindel über sie. Aber das Bewußtsein, keinen andern Beistand als ihre eigene Besonnenheit zu haben, überwand die augenblickliche Schwäche, und nach kurzer Ueberlegung nahm sie den einzigen Stuhl, der sich im Zimmer befand und setzte sich zur Seite des Tisches nieder, so daß dieser sich zwischen ihr und dem Aufseher befand. »Sie zwingen mich also, in Ihrer Gesellschaft auszudauern; *very well,* ich werde warten bis meine Leute ankommen, und dann werden wir weiter sehen.«

»Ohne Sorge! Es wird uns Niemand vor später Nacht stören!« sagte Bartlett mit einem heisern Lachen, »und bis dahin, denke ich, sind wir mit einander fertig.« Er setzte sich wieder langsam aufrecht. »Die Nigger haben mich bei Ihnen verklagt, Ma'am, und Sie haben mich, einen weißen Mann, zum Narren des schwarzen Viehzeugs gemacht,« fuhr er mit finsterm Auge fort. »Sie sind jetzt hierher gekommen, um mir die Stelle aufzukündigen, in der ich nun drei Jahre bin. Ich weiß, daß Sie schon einen neuen Aufseher an der Hand haben, und ich konnte von einem Weiber-Regimente nichts Anderes erwarten. Weiber sind nur halbe Geschöpfe, sind nur da zum Vergnügen für den Mann, und wo sie zur Herrschaft kommen, soll ein rechter Kerl den Platz räumen. Ich wäre von selber gegangen, diese Nacht schon, und deshalb habe ich mit Ihnen als Mistreß nichts mehr zu thun. Sie sind aber die Frau, welche einen weißen Mann zum Spott der Nigger gemacht hat, und deshalb wird Ihnen der Mann noch heute zeigen, zu was die Weiber nur in der Welt sind, und wird seine Genugthuung haben, mögen Sie sich dagegen wehren oder nicht!«

Ein wilder, begehrlicher Blick traf die junge Frau, daß ihr Herz still zu stehen drohte – sie hatte mit einem Blick ihre ganze Lage erkannt.

»Beruhigen Sie sich aber jetzt, Ma'am,« begann der Mensch von Neuem und sah mit einem häßlichen Lächeln in Paulinens entsetzte Augen, »wir haben noch Zeit bis ich mich zur Abreise fertig mache; trocknen Sie sich ungenirt Ihre Kleider!«

Er erhob sich und warf, während ihre Blicke jede seiner Bewegungen bewachten, ewige Stücke Holz auf die Glut. Dann legte er sich zurück auf das Bett, ohne indessen den unheimlich leuchtenden Blick von ihr zu lassen.

Paulinens Augen flogen durch den Raum. Der einzig offene Ausgang war die Stiege hinauf nach dem angebauten Zimmer, unweit des Platzes, welchen sie eingenommen, der aber eben so wenig Rettung bieten konnte, als ihr jetziger Aufenthalt, und in ihrem Herzen begann es sich zu regen wie halbe Verzweiflung. Sie wußte, daß sie in Mortons Hause nicht vor spät Abends zurücker-wartet werden konnte, daß Doctor Ford meist nicht vor zehn Uhr nach Hause kam; sie konnte aus der Sicherheit des Aufsehers schließen, daß die verwundete Mary unter irgend einem Vorwande bei Seite geschafft worden war und daß kein fremder Mensch, den nicht ein besonderes Geschäft in diese abgelegene Gegend führte, sich hierher verirren würde. Die Negerhütten waren so weit entfernt, daß, selbst wenn sie das Fenster hätte erklimmen können, kein Hilferuf dahin gelangt wäre. Da fiel ihr irr umherschweifender Blick auf das große spitze Messer unter den Speise-Ueberresten auf dem Tische, und eine plötzliche Beruhigung überkam sie – jetzt war die Partie wenigstens gleich, und sie konnte kämpfen für ihre Ehre. Ohne einen weitern Blick nach ihrem Feinde zu wenden, dessen Auge sie jede ihrer Bewegungen hatte belauern sehen, beschloß sie, ruhig zu warten. Die Hitze vom Kamin zog wohlthuend durch ihre Glieder, und ihr Blut begann wieder rascher seinen Kreislauf zu nehmen.

Der Regen hatte aufgehört und die frische Helle, welche durch das kleine Fenster strömte, ließ den wiedergekehrten Sonnenschein vermuthen. Pauline horchte scharf, ob nicht irgend ein Ton außerhalb laut werde, aber das einzige Geräusch, welches zu ihren Ohren drang, war das Knarren des Bettes, wenn Bartlett sich halb aufrichtete, um aus einer großen Whiskeyflasche lange Züge zu thun.

Die Sonnenhelle verschwand und eine leichte Dämmerung begann sich in dem Zimmer einzustellen. Pauline fühlte sich in ihrer Stellung, die sie kaum durch die Bewegung eines Armes verändert hatte, fast steif werden – da erhob sich der Aufseher langsam. Er warf zwei große Scheite in das fast erloschene Feuer und drehte sich dann mit verschränkten Armen nach der jungen Frau um.

»Well, süßes Herz, wie steht's?« sagte er mit einem abschreckenden Grinsen. »Vor Gott sind wir Alle gleich, und jetzt in Little Valley auch; Mann ist Mann und Weib ist Weib – verlangt dich's nicht nach meiner Umarmung? Ergib dich in Ruhe, kleines Lamm, ich kann das Schreien nicht hören; der Bartlett will seine Genugthuung haben, darum mache nicht, daß er mit seinen großen Händen dir die kleine Kehle stopfen muß.« Mit einem Blicke voll thierischer Begierde ging er auf sie los; Pauline aber, welche bis jetzt starr ihre Augen auf ihn gerichtet hatte, war mit einem Sprunge in die Höhe, und der Aufseher prallte vor seinem eigenen Bowie-Messer, das ihm in ihrer Hand entgegenblitzte, zurück.

»Keinen Schritt gegen mich, oder ich thue, was ich nicht ändern kann!« rief sie. »Oeffnen Sie die Thür und ich will vergessen, was ich erlitten, wenn Sie auf der Stelle die Farm verlassen!«

Bartlett hatte sich nach dem Hintergrunde des Zimmers zurückgezogen, wo ein Haufen Feuerholz aufgeschichtet lag, und blickte von hier aus die hoch aufgerichtete junge Frau mit dem Auge eines ergrimmten Bulldoggen an. »Will die Hummel stechen?« sagte er verbissen und zog einen starken Knittel aus dem Holzstoße neben sich; »schade, wenn ich ihr die seinen Hände zerschlagen müßte.«

Pauline sah ihn vorsichtig gegen sie herankommen, und der Muth wollte sie verlassen. In einer Eingebung ihrer Verzweiflung stürzte sie ihm den schweren Tisch entgegen und eilte die Stiege nach dem obern Raum hinan.

Sie hörte hinter sich den Tisch zu Boden schlagen und einen ergrimmten Fluch Bartletts, welcher dem Geräusch nach mit niedergerissen sein mußte. Sie warf einen hilfesuchenden Blick durch das Gemach, welches sein Licht nur durch die Ritzen zwischen den Baumstämmen der Wände erhielt; aber hier zeigte sich nichts, das ihr nur einige Hoffnung auf Entrinnen hätte geben können. Zwei schmutzige Betten und ein im Bau begriffenes Kamin mit einem Haufen noch unbenutzter Ziegelsteine daneben war Alles, was ihre Augen entdecken konnten. Sie wandte sich wieder der Thür zu, jeden Augenblick erwartend, das bestialische Gesicht des Aufsehers erscheinen zu sehen – aber kein Laut von dort ließ sich hören. Vorsichtig und das Messer für alle Fälle bereit haltend, schlich sie endlich heran, wo die äußerlich abgerissene Thürbekleidung ihr durch die Ritzen der Zwischenwand einen Blick in den untern Raum gestattete, ohne selbst gesehen zu werden.

Einen Schritt von der Stiege entfernt stand Bartlett, den Kopf vorwärts gestreckt, wie der Tiger auf der Lauer, aber sichtlich unentschlossen. »Er ist feig!« klang es durch Paulinens Innere und die frühere Scene zwischen dem Aufseher und ihrer Köchin, welche ihr Doctor Ford mitgetheilt, trat plötzlich vor ihre Erinnerung. Ein neuer Muth begann in ihr aufzuleben, und mit dem Entschlusse, ihre jetzige Stellung mit aller Energie zu vertheidigen, bis irgend eine Hilfe von Außen erscheine, kehrte ihre fast erloschene Hoffnung zurück.

In diesem Augenblicke sah sie, wie Bartlett, stets seinen Knittel vor sich haltend, die Stiege herauf zu kriechen begann. Ein Gedanke durchzuckte sie. Im Fluge hatte sie zwei der großen Ziegelsteine neben dem unvollendeten Kamine ergriffen und trat, einen derselben hoch in beiden Händen haltend, in die Thür. »Zurück, oder ich zerschmettere Ihnen den Schädel!«

Der Aufseher warf einen Blick empor und sprang vor der drohenden Bewegung nach dem Zimmer hinab. »Ich fasse dich doch, und sollte ich dich ausräuchern – wir haben noch Zeit!« sagte er mit der vollen Wuth der Enttäuschung. Er setzte sich wieder auf sein Bett, den gierigen Blick nicht von dem Eingange zu dem obern Raume lassend, und schien zu überlegen.

In dem Hause war es von Minute zu Minute dunkler geworden; Pauline konnte in ihrem fensterlosen Zufluchtsorte schon geraume Zeit keinen Gegenstand mehr unterscheiden, und in dem untern Zimmer begann der Schein des Feuers die Hauptbeleuchtung zu bilden. Bartlett saß noch immer auf seinem Bett, den Blick auf die Stiege geheftet, und schien fruchtlos mit sich Rath zu pflegen. Durch die Glieder der jungen Frau, die keinen Blick von der unverwandten Beobachtung ihres Feindes abzuziehen gewagt hatte, begann es langsam wie eine unbesiegliche Abspannung herauf zu kriechen, während ein dumpfes Gefühl in ihrem Kopfe sich immer mehr bemerkbar machte. Schon zum zweiten Male kam es über sie wie die Anwandlung einer Ohnmacht und diese war nur einer entsetzlichen Furcht, die zugleich in ihr auftauchte, gewichen – sie fühlte, daß sie diesen Zustand keine halbe Stunde länger ertragen könne und dann wehrlos ihrem Feinde zum Opfer fallen müsse; da begann sich Bartlett zu bewegen und sonderbare Maßregeln zu treffen. Pauline suchte nochmals alle ihre Kräfte wach zu rufen und lauschte mit athemloser Aufmerksamkeit. Er nahm zwei mit Baumwolle gestopfte Kissen von seinem Lager und band sie sich mit einem Strick um Leib und Brust; dann ergriff er die Strohmatratze, hielt sie wie ein Dach über seinen Kopf und schritt auf die Stiege los. Pauline stieß einen Schrei aus, sie wußte, daß diesen Vorbereitungen gegenüber alle ihre Waffen nutzlos waren; kaum ihrer selbst noch mächtig, warf sie, als der Angreifer die Stiege betrat, den ersten Stein nieder, der indessen harmlos von der Matratze abprallte und in den untern Raum flog; der zweite folgte, aber nur ein kurzgestoßenes Lachen Bartletts war die Folge des Wurfs; die junge Frau brach in die Knie zusammen, nur noch instinktmäßig das Messer vor sich haltend – Bartlett aber, bei jedem Tritte innehaltend und scharf vor sich spähend, schritt langsam Stufe für Stufe hinan. – –

Eine Viertelstunde vorher ritten drei Männer im scharfen Trabe durch eine wilde Schlucht des Gebirges, in welcher bei der hereinbrechenden Dunkelheit kaum noch etwas von dem Boden, welchen die Pferde betraten, zu erkennen war. An der Spitze des kleinen Zuges befand sich ein Schwarzer, der mit Sicherheit sein schlankes, flüchtiges Thier durch alle Hindernisse, welche der unebene Pfad bot, leitete, und die beiden Reiter hinter ihm folgten genau den Wendungen, welche er vorzeichnete.

»Bist du sicher, Cäsar, daß wir auf dem rechten Wege sind?« fragte der mittlere Reiter.

»Ohne Sorge, Master,« erwiderte der Schwarze, »ich kenne den Weg in finsterer Nacht. Dort ist das Ende der Schlucht, und dann kommen wir auf die Straße, die von Mortons Haus nach Little Valley führt.«

»Und du bist auch der Geschichte sicher, die du mir erzählt hast?«

»Harriet ist wol ein schlechtes Mädchen geworden und hat sammt der Jane zwei Jahre mit dem Aufseher gelebt« – erwiderte Cäsar, ohne seine Aufmerksamkeit von dem Wege abzuwenden; »aber lügen kann sie nicht, Sir, ich kenne sie, ich bin auf Mortons Farm mit ihr groß geworden. Der Aufseher hat sie vorige Woche geschlagen und aus seinem Hause geworfen, weil sie ihm eine derbe Wahrheit gesagt hat, aber sie hält noch immer zur Jane, und von der ist ihr heute Mittag die Geschichte in die Ohren gezischelt worden. Sie hat gleich wollen nach Mortons Haus laufen, denn von den Niggern hätte sich doch keiner etwas zu thun getraut, und ich traf sie glücklich auf halbem Wege, da ich wußte, daß Mary heute in Little Valley sein würde. So viel ist sicher, Sir, Mary liegt krank und mit zerschlagenem Kopfe bei der Köchin, von Mrs. Morton hat aber noch keine Seele etwas gesehen!«

»Laß die Stute ausstreichen, Cäsar: Gott weiß, was dem Allen zu Grunde liegt!« erwiderte der Andere, und in größerer Eile ging es vorwärts. Bald bog der Schwarze aus der Schlucht in einen schmalen, auswärts steigenden Pfad ein; mit sicherem Tritte klommen die Pferde, augenscheinlich an solche Ritte gewöhnt, den Berg hinan, und die Fahrstraße zeigte sich.

»Ausgezeichnete Thiere hier zu Lande, Mr. Helmstedt,« sagte der letzte Reiter, »ich glaubte kaum, daß meine dreihundert und so viel Pfunde so geschwind heraufkommen würden.«

»Geht es mit dem Reiten, Charley?« fragte der Angeredete.

»Müßte nicht zwei Jahre Karrenfuhrmann und Mitglied unserer Dragoner-Compagnie gewesen sein,« war die Antwort; »nur vorwärts, Sir!«

Aufs Neue ging es in scharfem Trabe die jetzt abwärts führende Straße entlang, bis Cäsar plötzlich anhielt. »Dort ist das Haus, Sir,« sagte er, sich zurückwendend, »das Feuer scheint durchs Fenster, aber die Thür ist geschlossen.«

»Wir werden schnell ins Klare kommen, nur jetzt keinen Aufenthalt!« rief Helmstedt, und sprengte dem Schwarzen voraus. An der Umzäunung angelangt, band er hastig sein Pferd fest, und wollte sich eben nach dem Hause wenden, als dort der laute Schrei einer weiblichen Stimme hörbar wurde. Ein elektrischer Schlag schien durch seinen Körper zu zucken, in der nächsten Minute schlugen

470

aber auch schon seine Fäuste gegen die verschlossene Thür und seine Schulter dagegen gestemmt versuchte er vergebens, sie zum Weichen zu bringen.

»Dort liegt ein Balken, wir müssen die Thür einstoßen!« schrie er den Nachfolgenden entgegen.

»*Never mind,* Sir! wenn sie nicht von Eisen ist, geht es so!« erwiderte Charley, mit dem Fuße nach einem festen Halt suchend; ein Druck mit der Schulter dagegen, und alle Fugen stöhnten; ein zweiter, gewaltigerer und prasselnd flogen Riegel und Schloß los. Helmstedt stürzte in den geöffneten Eingang, aber ein furchtbarer Hieb, mit einem dicken Knittel geführt, sauste ihm hier entgegen, noch zeitig genug von Charley's linkem Arm aufgefangen.

»Meinst du's so, Brüderchen?« rief der Goliath, und ein Faustschlag traf Bartletts Gesicht, daß dieser einen Schritt zurücktaumelte – ein zweiter und dritter folgten in wunderbarer Schnelligkeit, und wie ein gefällter Baum fiel der riesige Aufseher neben seiner Matratze und den abgeworfenen Kissen zu Boden.

Helmstedt hatte kaum etwas von dem kurzen Kampfe gesehen, sein Blick war angstvoll suchend durch den Raum geflogen. »Pauline! Pauline!« rief er, als sein Auge nirgends auf ein Zeichen von ihr traf. »August, August!« erklang es jauchzend, und die Stiege herab, das Messer noch immer in der krampfhaft geschlossenen Hand, stürzte die gequälte junge Frau. Helmstedt eilte ihr entgegen, kam aber nur recht, um die bewußtlos Zusammenbrechende in seinen Armen aufzufangen.

Cäsar, welcher von der Thür aus scheu den rasch folgenden Ereignissen zugesehen, kam jetzt herbei, und eine unverhohlene Befriedigung zeigte sich in seinem Gesicht, als Charley, nach einem Blick auf das der jungen Frau entfallene Messer, mit einer Art Wuth nach dem am Boden liegenden Stricke griff und dem in halber Bewußtlosigkeit grunzenden Aufseher Hände und Füße zusammenschnürte.

»Rasch nach der Küche hinüber und Beistand geholt!« rief Helmstedt dem Schwarzen zu und trug, nach einem halb rathlosen Blick durch den Raum, die Ohnmächtige nach dem einzigen Stuhle, sich selbst darauf setzend und sie auf seinem Schooße ruhen lassend; kaum aber hatte er sie in eine bequeme Lage gebracht, als sie die Augen groß aufschlug, mit dem Oberkörper emporschnellte, und einen Blick des Schreckens um sich warf.

»Sie sind sicher, Pauline, beruhigen Sie sich!« sagte Helmstedt mild.

Sie wandte die Augen wie noch geistesabwesend nach ihm; plötzlich aber schlang sie mit einem unartikulirten Ausrufe beide Arme um seinen Hals. »August, August, bleibe bei mir, verlaß mich nicht wieder, ich habe hart gebüßt!« Das letzte Wort erstarb und ihre Arme lösten sich in neuer Bewußtlosigkeit – in Helmstedts Innern aber sprang es auf wie ein Born junger Seligkeit; eine Minute noch hielt er sie an seiner Brust, dann aber legte er behutsam ihren Kopf in seinen Arm, daß er ihr Gesicht sehen konnte, und hielt sie an sich gedrückt, wie eine Mutter ihr schlafendes Kind.

Charley hatte einige dünne Scheite in das Feuer geworfen, daß es ein helles Licht durch den Raum warf, und kam jetzt mit einem Arm voll Baumwollenkissen die Stiege herunter.

»Da oben scheinen die Betten der Mädchen zu sein,« sagte er und begann seine Last in der leeren Bettstelle des Aufsehers auszubreiten; »lassen Sie uns die Lady hierher legen, bis frisches Wasser kommt, zum Tode scheint's ja noch nicht gehen zu wollen – aber auf den Kissen des Halunken dort sollte sie nicht liegen – halloh! Du bleibst wo du bist, Gevatter, bis andere Leute kommen« rief er, nach dem Aufseher blickend, als dieser eine vergebliche Anstrengung machte, sich zu erheben, und fuhr dann ruhig in seiner Beschäftigung fort. Es bot ein sonderbares Bild, die große, massive Gestalt die Kissen zurechtlegen und sorgsam jede Falte ausstreichen zu sehen; als ihm aber endlich Alles recht zu sein schien, wandte er sich nach dem jungen Mann:

»Soll ich helfen?«

Helmstedt schüttelte den Kopf und trug die Ohnmächtige nach dem Lager. Ein aufsteigendes Roth in ihrem Gesicht schien die Rückkehr des Bewußtseins zu verkünden, ihre Lippen begannen sich leise zu bewegen, als spreche sie im Traume, aber ihre Augen blieben geschlossen. Helmstedts Blick haftete gespannt auf ihren Zügen, jede Veränderung darin beobachtend, bald aber wurde seine Aufmerksamkeit unterbrochen. Die Köchin und Mary mit verbundenem Kopfe voran, drang ein ganzer Haufen Neger, Alt und Jung ins Zimmer. Nur die beiden ersten richteten ihre Aufmerksamkeit sofort auf die bewußtlose junge Frau – die Blicke der Uebrigen wandten sich zuerst theils scheu, theils schadenfroh dem am Boden liegenden Aufseher zu. Helmstedt sah sich unmuthig um.

»Es ist Niemand hier nothwendig, als Mary und die Köchin,« sagte er, »ihr Uebrigen geht, wohin ihr Abends gehört!«

Ein Haufen halb dummer, halb verwunderter Gesichter wandte sich nach der Allen unbekannten Persönlichkeit, aber Niemand bewegte sich und Helmstedt fühlte, daß hier eine andere Autorität als die seinige nothwendig werde.

»Hier ist der neue Aufseher!« sagte er, – »Charley machen Sie das Zimmer frei!«

»Platz gemacht, hier!« sagte der Gerufene, vom Fuße des Bettes vortretend, »oder ich nehme den Ersten von euch bei den Beinen und prügele damit die Andern hinaus!« und ein panischer Schrecken schien beim Anblicke der riesigen Gestalt, wie beim Klange der gewaltigen Stimme unter das schwarze Volk zu fahren. Ein kurzes Drängen nach dem Ausgange erfolgte, und in kaum zwei Minuten war das Zimmer leer. Charley, der mit derben Worten zur Eile treibend dem Haufen bis nach der Thür gefolgt war, drehte sich jetzt um, ließ die Augen durch den Raum gleiten

und stand eine Weile wie sich besinnend. »Da fehlt mir doch etwas,« sagte er endlich, »da ist doch etwas nicht richtig?! Donner-
wetter, *das* ist es,« brach er dann los, »der Halunke ist mit fort!«
und mit einer plötzlichen Wendung war er hinter der Thür verschwunden.

Helmstedt hatte den Ausruf gehört und wandte den Blick nach
der Stelle, wo der Aufseher gelegen, die jetzt nur durch den zer-
schnittenen Strick bezeichnet war; aber seine Gedanken waren
schnell durch Paulinens unruhige Bewegungen, die noch immer
mit geschlossenen Augen da lag, in Anspruch genommen. »Das ist
mehr, als eine gewöhnliche Ohnmacht,« sagte er nach kurzer Beobachtung. »Sie, Mary, öffnen alle Bänder und Haken an dem Anzuge
Ihrer Mistreß, damit sie von nichts beengt wird – und du, Cäsar,
reitest scharf los und siehst, wo Doctor Ford zu finden ist.« Mit
einem Blicke, aus tiefer Innigkeit und Besorgniß gemischt, wandte
er sich von der Kranken, diese ihren beiden Dienerinnen überlassend, und folgte dem Schwarzen ins Freie, wo die Sterne bereits
in wunderbarer Klarheit aufgezogen waren und ihr mattes Licht
über die Landschaft warfen.

»Er ist fort, Sir, er ist fort!« empfing ihn hier Charley's unmuthige
Stimme, »der Teufel mag wissen, wie er los gekommen ist, ich
hatte ihn so fest geknüpft.«

»Ich habe Jane's Gesicht unter den Niggern gesehen,« sagte Cäsar,
der eben sein Pferd losband, »sie hat ihn sicher losgeschnitten, Sir,
kein Anderer hätte es gethan.«

»Mag er jetzt laufen, wenn es nicht zu ändern ist, er entläuft
dem Galgen doch nicht!« erwiderte Helmstedt und begann langsam
vor dem Hause auf- und abzugehen.

Cäsar jagte davon und Charley stand eine Weile, mit dem Blicke
Helmstedts Schritten folgend, bis dieser wieder in seine Nähe kam.
»War das Ihr Ernst, Sir, wegen der Aufseher-Anstellung?« fragte
er dann.

»Es war eigentlich nur ein Nothbehelf, was ich sagte, Charley,« erwiderte der Angeredete stehen bleibend, »aber wenn Sie die Stelle annehmen wollen, so denke ich die Sache arrangiren zu können.«

Der Riese schlug mit der Faust in seine Hand, daß es knallte. »Mir gefallen die schwarzen Kerls, Sir,« lachte er, »und ich denke in der rechten Manier mit ihnen umspringen zu können; das Haus ordentlich zurecht gemacht, die Mary bei mir, und es muß eine Lust sein, hier zu wirthschaften. Wenn Sie nichts dagegen haben, Sir, gehe ich einmal nach den Negerwohnungen hinüber und sehe mir das Treiben an.«

»Gehen Sie, wenn es Ihnen Spaß macht,« erwiderte der Gefragte, seinen Gang wieder aufnehmend, »wir werden doch in den ersten Stunden noch nicht von hier wegkommen!« Und mit einem zufriedenen Kopfnicken entfernte sich der Riese, ohne Aufenthalt über die Umzäunung und Gräben hinweg, wie eine gespenstige Erscheinung durch die Nacht schreitend.

Helmstedt blickte in den dunklen Himmel hinauf, und es war ihm, als sähe er des alten Morton Gesicht mit demselben wohlwollenden Ausdruck ihm zulächeln, wie er ihn zum letzten Male in seiner Krankheit gesehen. Er dachte nicht daran, daß er seiner übernommenen Pflicht als stiller Beschützer Paulinens genügt hatte – ihm stand eine Stelle aus dem Briefe des Verstorbenen vor Augen, zu welcher er erst jetzt das Verständniß gefunden zu haben glaubte: »Mir ist es, als würde auch noch einmal ein Frühling für sie blühen und ihr ein Schutz werden, unter dem sie sich gern bergen wird.« Hatte der alte Mann Helmstedts unhaltbare Verhältnisse zu Ellen erkannt und tiefer in Paulinens verschlossenes Herz gesehen, als diese selbst geahnt? – Er nahm langsam seinen Gang wieder auf und Träume von einem stillen Glücke kamen über ihn, bis die Mulattin die Thür des Hauses öffnete und ihn heranrief. »Sie redet im Schlafe, Sir,« sagte sie, »es ist wol besser, Sie sehen einmal nach ihr; mir ist selbst, als könnte ich nicht mehr lange aufrecht stehen.«

Helmstedt folgte in Hast. Das Zimmer war jetzt in leidliche Ordnung gebracht, eine Lampe brannte auf dem Kamin und beschien das Lager, auf welchem Pauline verhüllt unter einer leichten Decke ruhte. Ihre Wangen leuchteten in hellem Roth, ihre Lippen bewegten sich in schnellen, abgebrochenen Sätzen und eine einzige Prüfung des fliegenden Pulses gab Helmstedt volle Einsicht in den Zustand der Kranken. »Wir können im Augenblicke nichts thun,« sagte er nach einer Weile sorgenvoller Betrachtung; »die Köchin mag gehen und nach ihren Geschäften sehen; Sie, Mary, sind selbst krank, nehmen Sie was an Kissen umher liegt und machen Sie sich, so gut es gehen will, ein Lager zurecht; ich werde wach bleiben und den Doctor erwarten; sollten Sie nöthig sein, so werde ich es Ihnen sagen.« –

Es war schon eilf Uhr vorüber, als endlich Cäsar mit dem alten Arzte anlangte.

»Das kommt davon, wenn die Kinder zu selbstständig sein wollen,« sagte der Letztere kopfschüttelnd, nachdem er die Kranke eine Weile beobachtet. »Cäsar hat mir die ganze Geschichte erzählt; sie muß gestanden haben wie ein Held gegen das Unthier – aber die Lust, Alles selbst zu verwalten, wird ihr jetzt wol vergangen sein.«

»Halten Sie den Zustand für gefährlich, Doctor?« fragte Helmstedt mit ängstlicher Erwartung im Auge.

»Kann noch nichts sagen, Sir, wir werden erst im Laufe der Nacht sehen, was sich entwickelt. Ich bleibe jedenfalls hier und Cäsar mag vorläufig die Köchin rufen, damit ich einige Anordnungen treffen kann.«

Er wandte sich nach dem Lager der Mulattin, welche sich horchend aufgesetzt hatte, löste die Tücher von ihrem Kopfe und untersuchte ihre Wunden. »Nichts Besonderes, wenn's auch noch etwas weh thut,« sagte er, als das Mädchen unter dem Drucke seines

476

Fingers zusammenzuckte, »morgen wird wenig mehr davon zu spüren sein; magst aber Gott danken, daß noch Negerschädel genug an dir ist, sonst hätte der Puff verdrießlichere Folgen haben können.« Er ging nach Paulinens Lager zurück, zog den Stuhl heran und blieb hier, das seine Handgelenk der Kranken zwischen seinen Fingern haltend, beobachtend sitzen.

Helmstedt begann leise das Zimmer auf und abzugehen, dann und wann einen Blick auf die Kranke und das Gesicht des Arztes werfend, bis Cäsar mit der Köchin und hinter ihnen Charley eintrat.

»Well, Sir,« sagte der Letztere, mit gedämpfter Stimme sich an Helmstedt wendend, »es ist das eine sehr traurige Geschichte mit der Lady, aber ich dachte, ich müßte Ihnen sagen, daß morgen der 14te ist. Sie wissen weswegen – es ist nur, daß ich der Weibsperson in New-York nicht umsonst ihre Kommodenschlösser verdorben habe.«

Helmstedt griff an seine Stirn – die ganze Angelegenheit war vor den eben durchlebten Ereignissen aus seinem Gedächtnisse gewichen. Der Doctor hatte sich bei dem Klange von Charley's dumpfrollender Stimme umgesehen und ließ die Augen bewundernd über die riesigen Gliedmaßen desselben laufen. Er erhob sich vorsichtig und trat zu dem Sprechenden. »Das also ist der Mann, der das Unthier niedergeboxt hat,« sagte er, »freut mich, Sie zu sehen, Sir!«

»Einen Augenblick, Doctor, wenn Sie abkommen können,« unterbrach ihn Helmstedt und führte ihn abseits nach dem Kamin. Mit kurzen Worten gab er ihm hier einen Ueberblick dessen, was ihm Charley in seinen Briefen gemeldet, erzählte ihm zugleich von seinem Besuche bei Elliot am Morgen und wie dessen augenblickliches Heil allein von seiner Thätigkeit abhänge.

»Well, Sir, ich gratulire Ihnen und Elliot zu dem Stande der Dinge,« sagte der Arzt, als Helmstedt eine kurze Pause machte,

»jedenfalls wird dies Ihre beiderseitigen Differenzen auf dem schnellsten Wege ausgleichen.«

Helmstedt schüttelte den Kopf. »Ich handle hierin nur als ehrlicher Mann, ohne Rücksicht auf mich,« erwiderte er, »ich habe Elliot meine Zustimmung zu einer Scheidung von meiner bisherigen Frau gegeben, und werde sie jetzt selbst betreiben; eine viel wichtigere Verpflichtung als für Elliots Interesse hält mich hier an dem Bette von Mrs. Morton fest, eine Verpflichtung, die ich gegen den alten Mr. Morton kurz vor dessen Tode eingegangen bin und die mich die ganze Angelegenheit, an welche mich soeben mein großer New-Yorker Freund gemahnt, vergessen ließ. Ich theile Ihnen das Alles nur mit, Doctor, weil ich im Augenblicke selbst mit mir im Zwiespalt über das bin, was ich zu thun habe.«

Der alte Arzt ließ eine Secunde lang einen eigenthümlich forschenden Blick auf Helmstedt ruhen. »Für jetzt,« sagte er dann mit halbem Lächeln, »können Sie hier nichts helfen, junger Freund. Ich habe Ihnen schon gesagt, daß ich diese Nacht wachen werde. Sehen Sie also, wo Sie mit Ihrem großen Kameraden einen Platz zum Schlafen finden und legen Sie sich aufs Ohr, damit Sie morgen frisch und klaren Geistes sind. Am Morgen werden wir ja sehen, wie die Sachen stehen.« Er wandte sich weg und winkte die Köchin herbei.

»Wenn Sie erlauben, Sir, so meine ich wirklich, der alte Herr hat Recht,« begann Charley; »man kann nicht wissen, was es morgen wieder durchzufechten gibt – nach der Geschichte von heute Abend halte ich Alles für möglich. Oben in den Mädchenbetten sind noch Kissen genug für uns, und so bleiben wir auch bei der Hand, wenn hier etwas vorkommen sollte.«

Helmstedt rieb sich die Stirn. Es widerstrebte seinem ganzen Gefühle, die Nacht nicht an Paulinens Bette wach zu bleiben, und doch mußte er den Vernunftgründen dagegen ihr Recht lassen. Endlich rief er Cäsar herbei. »Sorge für die Pferde und sieh, wo du unterkommst; wir bleiben die Nacht hier,« sagte er. Dann ging er langsam auf den Arzt zu, der wieder am Krankenbette Platz genommen hatte, und legte die Hand auf dessen Schulter. »Well, Doctor, ich werde Ihrem Rathe folgen, aber versprechen Sie mir wenigstens, mich zu rufen, sobald irgend eine Aenderung zum Schlimmen eintritt.«

Der Doctor nickte nur schweigend, und nach einem langen Blicke auf die Kranke, deren Brust sich in kurzen, hastigen Athemzügen hob, winkte er Charley und klomm diesem voran die Stiege nach dem obern Raum hinauf.

10.

Im Hinterzimmer der Law-Office von Griswald und Duncan saßen kurz vor Mittag des nächsten Tages der Senior der Firma, die Hände über dem wohlgenährten Bauch gefaltet, und Murphy, die Stirn leicht in die Hand gestützt, einander gegenüber. »Mir scheint etwas in der Sache nicht ganz richtig zu sein, ohne daß ich doch irgendwo einen bestimmten Halt für einen Verdacht fassen könnte,« sagte der Letztere. »Elliot hat seine Entschließung wieder auf zwei Tage weiter hinausgeschoben, und wenn das in den Augen eines Andern vielleicht nichts ist, so will mir doch die ganze Weise, in der es geschehen ist, nicht gefallen. Gestern war die erste Frist, welche er sich selbst gestellt hatte, abgelaufen, und Nelson, der gute Junge, der wirklich Angst um Elliots Eigenthum und das Erbtheil seiner künftigen Frau hat, mahnte ihn an eine Entscheidung, da er mir Antwort versprochen habe. Alles aber, was er als Erwiderung erhielt, lautete: Es hat wol keine so große Eile, Sir; ich hoffe, Ihr Freund Murphy wird noch zwei Tage warten, damit ich mich arrangiren kann! – Ich habe den Mann kennen gelernt, Sir, und weiß, daß, wenn er nicht eine bestimmte Hoffnung auf irgend

eine Hinterthür hätte, er heute ohne Weiteres den Vergleich abgeschlossen haben würde.«

»Well, Sir, ich glaube, die Sache macht Sie zu nervös,« erwiderte
Griswald ruhig und ließ die Daumen seiner beiden Hände um
einander laufen; »es ist Ihre erste große Speculation, und natürlich
ist da kaum etwas Anderes zu erwarten. Der einzige fragliche Punkt
in der ganzen Angelegenheit war der Mann, welchen Sie zur Erlangung des Besitztitels benutzten. Ich habe ihn aber auf das Schärfste
beobachten lassen; er wohnt im Rocky-Creek-Wirthshause – wenigstens hat er dort meist sein Nachtquartier – und keine Art von
Nachfragen hat etwas ergeben, was den Verdacht rege machen
könnte, als habe er noch etwas im Hintergrunde. Der Mann will
Geld haben, und darum gibt er, um es heraus zu schrauben, Dinge
zu verstehen, die niemals existirt haben. Ich kenne diese Art Kameraden. Zugleich kann ich Ihnen die bestimmte Versicherung geben,
daß er weder Elliot hier gesprochen hat, noch in dessen Hause gewesen ist, und so sehe ich bei ruhiger Betrachtung und nach allen
den Arrangements, welche unsererseits getroffen worden sind, nicht
das geringste Verdächtige in Elliots Zögerung. Eine Mortgage von
30,000 Doll. ist keine Bagatelle, lieber Herr, und mich wundert allein, daß er nur zwei und nicht nochmals acht Tage Zeit sich ausbedungen hat. Lassen Sie diese zwei Tage ruhig verstreichen, und
dann werde ich ihm mit der Anzeige auf den Leib rücken, daß Sie
mich, als seinen Advocaten, von der nach Verlauf der nächsten
zwölf Stunden stattfindenden Einreichung Ihrer Klage benachrichtigt
hätten. Sie sollen sehen, wie das ziehen wird!«

»Wenn ich nur den Menschen mit seiner Forderung vom Halse
hätte,« sagte Murphy, in seinen Haaren wühlend, und erhob sich.
»Ich habe ihn für heute wiederbestellt, um ihm, sollte es auch mit
tausend Dollars sein, die er am Ende verdient hat, den Mund zu
stopfen. Er ist im Stande, mich zu blamiren, wenn er von einer
neuen Zögerung hört.«

»Alles zu übereilt, Sir; warum nicht vierzehn Tage für mögliche Zwischenfälle rechnen? Er hätte auch bis dahin gewartet. Wie aber die Sachen jetzt stehen, so kümmern Sie sich nicht um das, was Sie Blamage nennen. Sehen Sie irgend eine verdächtige Maßregel seinerseits, so lassen Sie ihn als Negerdieb festnehmen und bezeichnen alle Sie compromittirenden Angaben des Menschen als Lügen. Wir werden dann kurzen Proceß mit ihm machen.«

»Ich muß versuchen, wie sich ein Arrangement ohne zu viel Aufsehen machen läßt,« versetzte Murphy nach der Thür gehend; »ich sehe Sie Nachmittags wieder, Sir!«

Vor der Thür des Hotels läutete einer der schwarzen Aufwärter die Mittagsglocke, als der junge Advocat aus der Office trat, und dieser nahm seinen Weg dem Rufe nach. Er hatte sich kaum, mit seinen Gedanken beschäftigt, an der Mittagstafel niedergelassen, als ihm von der andern Seite des Tisches ein Teller entgegengereicht wurde. »Etwas Huhn, Mr. Murphy?« hörte er eine bekannte Stimme; »ich hoffe, Sie freuen sich, Ihren alten Freund Wells hier zu sehen.«

Murphy warf nur einen Blick nach dem Sprechenden und ergriff das Dargereichte mit einem kurzen: »Danke Ihnen, Sir!« Ohne ferner aufzusehen, verzehrte er sein Mahl, erhob sich dann und winkte seinem Gegenüber mit dem Kopfe. Beide gingen schweigend nach Murphy's Zimmer hinauf.

»Ich muß Ihnen sagen, Seifert,« begann der Advocat, als er die Thür geschlossen, »daß, wenn wir ein Geschäft machen wollen, Sie mich nicht in dieser Weise drängen dürfen. Ich komme soeben von einer Berathung mit einigen andern Advocaten, und es ist die Gewährung einer neuen Frist für die Zahlung eines Abstandsgeldes als das Beste erkannt worden. Dergleichen Dinge lassen sich nicht über das Knie brechen!«

»Sehr schön, lieber Herr,« entgegnete Seifert mit einem höflichen Lächeln; »ich dränge Sie durchaus nicht, wenn Sie mich nur sicher stellen wollen, daß ich – Sie entschuldigen, wenn ich geradeaus rede – daß ich um meinen Antheil am Geschäft nicht betrogen werde. Bei unserer ersten Unterredung meinten Sie, es werde gar nichts für mich abfallen, bei unserer zweiten ließen Sie die Hoffnung auf tausend Dollars oder etwas Aehnliches blicken und bestimmten den heutigen Tag als den letzten zu einer Ausgleichung. Heute ist ein neuer Aufschub eingetreten, und wenn ich jetzt fünftausend Dollars forderte, würden Sie mir dieselben wahrscheinlich unter der Bedingung zusagen, zu warten – bis Sie Ihr Geld in der Tasche haben und der Seifert mit langer Nase abziehen kann. Ich habe Alles das vorausgesehen, lieber Herr, und mich deshalb genügend gedeckt. Ich stelle Ihnen jetzt zwei Propositionen. Entweder führen Sie mich noch heute Nachmittag bei Mr. Elliot ein und stellen mich diesem als Bevollmächtigten Ihrer Clientin vor, an welchen er in Ihrem Beisein das stipulirte Abstandsgeld zu entrichten hat – oder Sie zahlen mir heute noch fünftausend Dollars in Gold oder in verkäuflichen Papieren.«

»Und wenn ich keins von Beiden thue?« fragte Murphy, die Arme verschränkend.

»Dann werde ich meinen eigenen Weg gehen und mir selbst ein Abstandsgeld verschaffen, so hoch als mir gut dünkt.«

»Thun Sie das!« erwiderte Murphy mit Hohn.

»Thun Sie das!« ahmte ihm Seifert nach; »mit welcher Leichtigkeit Sie das aussprechen. Sie glauben also wirklich den Teufel ungestraft betrügen zu können, und ich hatte Sie doch vor *dem* Versuche gewarnt. Ich sehe wohl, ich muß meine Karten auflegen. Wir haben den Erben beseitigt, das ist richtig, Sir,« fuhr er fort, ebenfalls die Arme in einander schlagend; »wie wäre es denn aber, wenn ich mir besagten Erben zu meiner Privat-Disposition lebendig in irgend einem Eckchen der Welt aufbewahrt hätte, wenn ich jetzt zu Mr. Elliot ginge und ihn fragte: Was geben Sie mir, wenn ich Sie mit einem Male aus Ihrer jetzigen Gefahr erlöse? Wie wäre das wol, Mr. Murphy?«

Der Advocat hatte sich einen Augenblick verfärbt. »Ich halte Sie für vollkommen fähig, die Komödie von einem auferstandenen Erben in Scene zu sehen,« sagte er dann kalt. »Sie müssen aber nicht glauben, Sir, Leute damit zu schrecken, welche den Hergang der Dinge und Sie selbst kennen.«

»Ist das Ihr letztes Wort, Sir, auch wenn ich Ihnen sage, daß es sich nicht um eine Komödie, sondern um eine wirklich vorhandene Person handelt?«

»Ich lasse mich, Drohungen gegenüber, auf nichts ein, Mr. Seifert. Kommen Sie nach acht Tagen in einer vernünftigeren Weise zu mir, so hoffe ich, tausend Dollars für Sie bereit zu haben.«

Seifert sah ihm eine Secunde lang scharf ins Auge. »Sie glauben mir nicht – *very well!* Nehmen Sie dann auch die Folgen auf sich!«

Er setzte bedächtig seinen Hut auf den Kopf und schritt aus dem Zimmer; er sah nicht zurück, als ihm Murphy die Treppe hinab folgte, und wanderte, als er das Hotel verlassen, gemächlich die Straße hinauf.

Der Advocat war eiligen Schritts in den Bar-Room getreten, wo Griswald, wie jeden Tag in der Stunde nach Mittag, conversirend stand, und zog diesen nach dem anstoßenden Wartezimmer. Eine kurze Weile waren Beide im eifrigen Gespräche. »Wir machen den Menschen sofort unschädlich, das ist das Einfachste, mag nun hinter seinem Geschwätz etwas stecken oder nicht!« rief endlich Griswald; »warten Sie, bis ich vom Richter zurück bin, es dauert nur zwei Minuten. Unser Mann, welcher den Schwerenöther bis jetzt beobachtet hat, geht mit einem Verhaftsbefehl nach Elliots Farm, falls er diesen Weg eingeschlagen haben sollte, und Sie gehen mit der gleichen Vollmacht nach Rocky-Creek. Sie Beide kennen allein den Menschen, also werden Sie für heute zu Deputies des Sheriffs ernannt, und Beistand finden Sie, wo es sich um einen Negerdieb handelt, nöthigenfalls überall.«

Der alte Advocat verschwand und Murphy durchmaß unruhig das Zimmer.

Seifert war ins Freie gelangt und blieb unter einer breitästigen Eiche wie überlegend stehen. Links zog sich die große Straße an Farmen und Plantagen vorüber fernhin durch daß Thal. Rechts führte ein schmaler Fahrweg in den Wald hinein, dem Gebirge zu. Seifert nahm den Hut ab, wischte sich die Stirn und sah die helle, brennend heiße Straße hinab; mit einem kurzen Kopfschütteln wandte er sich dann dem Wege rechts zu und hatte bald ein schattiges Laubdach zwischen sich und der Mittagssonne. Ohne auf seine Umgebung zu achten, wanderte er vorwärts; dann und wann zuckte es wie ein bitteres, höhnisches Lächeln über sein Gesicht, und erst nach einer Stunde, als vor ihm aus einem Nebenwege ein Reiter in seine Straße einbog, sah er auf und beobachtete mit aufmerksamen Blicken die in der nächsten Biegung des Wegs wieder entschwindende Erscheinung. Er begann hastiger zu schreiten und nach Verlauf der nächsten halben Stunde tauchte ein einsames Haus vor ihm auf. An dem Pfahle vor der Thür stand ein gesatteltes Pferd angebunden. Seifert hielt seinen Schritt an und schien mit sich Rath zu pflegen; bald aber ging er mit einem Kopfschütteln, als wolle er ein aufsteigendes Bedenken beseitigen, wieder vorwärts. Kurz vor dem Hause mündete ein schmaler, steiniger Fahrweg in der Straße aus – hier bog Seifert ein und ein Zug von Spott legte sich über sein Gesicht, als das Haus hinter dem dichten Gebüsche verschwunden war.

Fünf Minuten mochte er ruhig weiter geschritten sein, als er plötzlich den Schlag einer Hand auf seiner Schulter fühlte. »Seifert, ich verhafte Sie im Namen des Gesetzes!« klang es in seine Ohren; aber mit einer kräftigen Wendung war er frei und stand seinem Gegner Aug’ in Auge. »Ah – M. Murphy – auf diese Weise also!« preßte es sich aus dem Munde des Angegriffenen, »wollen Sie mir wol noch einmal sagen, was Sie wünschen?«

»Ich nehme Sie fest auf Grund dieses Verhaftsbefehls,« erwiderte der Advocat, ein Papier aus der Tasche ziehend und sein Gesicht zu einer finstern Gleichgiltigkeit zwingend, »und rathe Ihnen wohlmeinend, weder Widerstand zu leisten, noch einen Versuch zur Flucht zu machen!«

»Und was ist mein Verbrechen?« fragte Seifert, die Hand nachlässig in die Brusttasche steckend.

»Ich habe Ihnen nichts darauf zu antworten; ich handle nur auf Befehl des Richters in meiner Eigenschaft als Deputy-Sheriff.«

»Jedenfalls als ziemlich neugebackener!« erwiderte Seifert bleich, aber ohne sein höhnisches Lächeln zu verlieren. »Das ist also die Art, wie man hier zu Lande unbequeme Personen beseitigt. Trotz alledem, Herr Deputy-Sheriff, rathe ich Ihnen, umzukehren und den Seifert ruhig seines Wegs gehen zu lassen. Sie wissen aus Erfahrung, daß er für jeden Zug gegen ihn sich immer doppelt gedeckt hat!« Er warf einen raschen Blick über die nächsten Gebüsche und machte eine Wendung, um sich zu entfernen; aber die Mündungen eines Revolvers, welche ihm plötzlich aus Murphy's Hand entgegenstarrten, hießen ihn stillstehen. »Keinen Schritt, Sir, wenn Ihnen Ihr Leben lieb ist!« rief der Advocat.

Das Hohnlächeln in Seiferts Gesicht ging in Verzerrung über; seine Hand fuhr mit Blitzesschnelle aus der Brusttasche, ein Schuß knallte – und Murphy stürzte mit einem Aufschrei rücklings zu Boden. Der Rauch verzog sich und Seifert stand, mit vorgebogenem Oberkörper die stieren Augen auf den Gefallenen gerichtet; als aber auch nicht ein Glied mehr an diesem zuckte, schien ein plötzliches Entsetzen über ihn zu kommen; er warf den hervorgezogenen Revolver weit von sich ins Gebüsch und lief, wie von allen Furien der Hölle gejagt, auf dem einsamen Wege dem Gebirge zu. – –

Am Mittag desselben Tages hatten drei Reiter die Straße, welche von der Stadt nach den Bergen führt, eingeschlagen. Kein Wort fiel, während sie neben einander dahin trabten, Jeder schien mit seinen eigenen Gedanken beschäftigt, und erst als nach einer Stunde das einsame Haus am Wege auftauchte, hob einer von ihnen aufmerksam den Kopf. »Ist das dort Rocky-Creek-Haus, Sheriff?« fragte er. Der Angeredete nickte mit einem kurzen: »*Yes, Sir!*«

»Was meinen Sie,« fuhr der Erstere fort, »wenn mein Freund Charley dort erst einmal nach unserm Manne ausschaute?«

»Es kann nichts schaden,« erwiderte der Sheriff achselzuckend, »obgleich es kaum etwas nützen wird; ich fürchte, wir kommen überhaupt zu spät. Wäre mir gestern im Laufe des Tages eine Mittheilung gemacht worden, so hätte ich während der Nacht meine Maßregeln treffen und den Burschen früh noch im Neste fangen können. Jetzt läßt sich nur vermuthen, daß er schon längst seinen Geschäften nachgegangen ist.«

»So wird doch wenigstens der junge Mensch zu finden sein, um den es sich hauptsächlich handelt.«

»Wir wollen es hoffen,« war die Antwort; »hat aber unser Bursche gerade heute einen Schlag ausführen und dann die Gegend verlassen wollen, so sollte es mich wundern, wenn er sich durch Hinterlassung des jungen Menschen selbst gezwungen hätte, nochmals an seinen alten Platz zurückzukehren – wenigstens müßte er dann nicht halb so gerieben sein, wie ihn Ihr New-Yorker Freund hier schildert.«

Charley zog ein nachdenkliches Gesicht. »Es mag wirklich so sein, Mr. Helmstedt,« brummte er, »es ist verdammt viel Sinn in dem, was der Sheriff sagt, und nur der Sicherheit halber will ich einmal das Haus dort in Augenschein nehmen.«

»Reiten Sie zu!« sagte der Beamte, »unser Weg führt hier rechts ab, wir werden langsam vorausreiten, damit Sie uns bald wieder nach sein können.«

Die beiden Parteien trennten sich und der Sheriff bog mit Helmstedt in einen steinigen Waldweg ein, welcher nach Angabe des Ersteren zu Mr. Graws Farm, dem Aufenthaltsorte Seiferts, führen sollte. Sie ritten im langsamen Schritte weiter, bis der harte Trab von Charley's großem Pferde wieder hinter ihnen laut wurde. »Nichts von ihm zu erblicken,« sagte dieser herankommend, »die Leute dort sagen, er habe am Morgen da gefrühstückt, sei aber nach dieser Zeit nicht wieder gesehen worden.«

Der Sheriff nickte nur schweigend und trieb sein Thier zu schnellerem Laufe an; die beiden Andern folgten, bald aber ward der Weg so rauh und eng, daß sich ein langsamer Schritt von selbst gebot.

»Ich hoffe, Sir,« sagte Charley, näher an Helmstedts Seite reitend, »daß Sie es mir nicht zu hoch anrechnen werden, wenn der Graf entwischt? Ich hätte freilich wol einen halben Tag früher hier sein können, aber ich hatte mit keiner Silbe daran gedacht, daß ich selber bei der Sache nothwendig sein könnte.«

Helmstedt schüttelte ruhig lächelnd den Kopf. »Hätten Sie sich einen halben Tag früher eingefunden, so wären wir wahrscheinlich nicht bei der Hand gewesen, um ein Unglück in Little Valley zu verhüten, an das ich kaum denken mag!« sagte er. »Es geht Alles in der Welt, Charley, wie es soll, und der Mensch mit seinem Fünkchen Verstand thut meist das Wenigste dazu. Wer nach rechtem Gewissen seine Pflicht thut, damit er sich selbst nichts vorzuwerfen hat, der soll sich um das nicht grämen, was vielleicht anders hätte sein können – und so wollen wir auch jetzt thun, was sich mit besten Kräften thun läßt, und schießen wir dennoch fehl, so mag es vielleicht gerade zu etwas dienlich sein, was wir jetzt noch nicht einmal ahnen.«

Charley kratzte sich unter seinem Hute; »'s ist das gewiß recht schön gesagt, Sir, aber der Teufel mag sich immer damit zufrieden geben, und ich hätte wol auch sehen mögen,« setzte er mit einem launigen Blicke auf Helmstedts Gesicht hinzu, »wie Sie sich hineingefunden hätten, wenn wir der Lady in Little Valley zu spät zu Hilfe gekommen wären.«

Helmstedts Gesicht überflog ein dunkler Schatten, welcher sich aber bald wieder in einem klaren Blicke, den er in die Ferne schickte, auflöste. »Sie mögen Recht haben, Charley,« erwiderte er mit einem tiefen Athemzuge, »das Schicksal bewahre Jeden vor *solchen* Proben.«

Der Sheriff war vorausgeritten und öffnete jetzt das niedere Thor einer Einzäunung, hinter welcher sich auf einem Hügel inmitten von dürftigen Feldern ein rohes Blockhaus zeigte. »Bleiben Sie hier, bis ich zurückkomme oder Ihnen winke,« sagte der Beamte, und schritt, nachdem er sein Pferd festgebunden, dem Hause zu; ehe er es aber erreichte, trat ihm schon der Farmer aus der offenen Thür entgegen. Beide standen eine Weile in angelegentlichem Gespräche, der Farmer mehrmals mit dem Kopfe schüttelnd, bis sie endlich, der Beamte vorweg, in das Haus traten. Zehn Minuten mochten vergangen sein, als Beide wieder erschienen und der Sheriff mit einem kurzen Nicken gegen den Farmer nach den Wartenden zurückschritt. »Es ist genau wie ich gesagt, wir kommen sechs Stunden zu spät!« begann er, als er die Einzäunung erreicht hatte, und bestieg sein Pferd. »Heute Morgen hat er mit dem jungen Menschen und einer starkgefüllten Reisetasche die Farm verlassen, hat Abschied genommen und reichlich für seinen Unterhalt gezahlt; jedenfalls scheint der Bursche aber in unserer Gegend besser bekannt zu sein, als ich vermuthete; er hat sich schon im vergangenen Winter im Riverhause, wo damals stark gespielt wurde, aufgehalten, und dort will ihn Mr. Graw beiläufig kennen gelernt haben. Weg ist er von hier, das steht fest« – fuhr er fort und setzte sein Thier wieder in Bewegung, »ich habe die drei Stuben des Hauses durchgesehen und nirgends einen Gegenstand wahrgenommen, der an einen Mann von feineren Gewohnheiten erinnert hätte – indessen will ich doch die Angelegenheit noch nicht aufgeben. Mit einer schweren Reisetasche läuft man nicht gern die fünf Meilen bis zur Stadt und wenn es sich bei dem jungen Menschen um Verborgenheit handelt, so wird er diesen auch nicht am hellen Tage dorthin geführt haben. Im Rocky-Creekhause soll jetzt Abends gespielt werden – lassen Sie uns bis zur ebenen Straße hinabreiten und ich werde Ihnen dann Weiteres sagen!«

Schweigend wurden die Pferde zu schärferem Schritte angetrieben; der größere Theil des felsigen Weges war bereits zurückgelegt und die letzte Biegung nach der Hauptstraße hinab zeigte sich, als plötzlich unweit vor ihnen ein Schuß knallte und fast mit ihm zugleich ein Schrei hörbar wurde. Kaum hatte der voranreitende Sheriff sein Pferd aufhorchend angehalten, als ein Mann hinter der nächsten Buschecke hervorgejagt kam, beim Anblicke der Reiter stutzte und nach einem Augenblicke wilden Umsichsehens auf das nächste Gebüsch zusprang. Aber sein Fuß verwickelte sich in die offen liegenden Wurzeln und Schlingpflanzen am Rande des Weges und in toller Hast, loszukommen, schlug er der vollen Länge nach zu Boden.

Das ganze Ereigniß war so plötzlich eingetreten, daß die Zeit dafür eben nur genügt hatte, die Pferde zu zügeln; jetzt aber richtete sich Charley hastig in den Bügeln auf und war mit einem: »Das ist er ja, das ist er!« vom Pferde, ehe noch einer der Andern Miene dazu gemacht hatte. Mit zwei Sprüngen hatte er den Mann, der von dem Falle halb betäubt schien, erreicht und richtete ihn wie ein Kind in die Höhe. »Bei Gott, er ist es, ich sagt' es ja, und nur die verdammte Brille, die er trug, machte mich einen Augenblick unsicher!« rief er, den Mann, der ihn wie geistesabwesend anstarrte, an beiden Armen festhaltend.

»Halloh, Graf, wie geht's? Kennen Sie den Dutch Charley nicht mehr?«

Helmstedt hatte, als auch der Sheriff eilig abstieg, nach den Zügeln der beiden Pferde gegriffen; aber seine Augen thaten sich weit auf, als der Beamte zur Verhaftung des Menschen schritt und dieser sein verstörtes Gesicht nach ihm wandte. Sichtlich gespannt folgte der junge Mann seinen beiden Gefährten und trat, die Pferde nach sich führend, zu der Gruppe.

»Also Sie, Seifert, sind der Graf, oder der Mr. Wells, oder wie Sie sonst heißen mögen?« fragte er. »Kennen Sie mich nicht, Seifert?«

»Was wollen Sie von mir?« fragte der Gefangene, die drei Männer der Reihe nach mit starrem Blick ansehend. »Ich habe in Selbstvertheidigung gehandelt und kann nichts dafür, daß der Schuß so unglücklich traf. Er hatte den Revolver auf mich gerichtet, Sie sollen meine Zeugen sein, es ist gut, daß Sie da sind – kommen Sie!«

»Sachte, lieber Mann, wir folgen schon!« erwiderte der Sheriff, als Seifert seinen Arm aus dessen geschlossener Hand reißen wollte, und winkte bedeutsam den beiden Andern, zu folgen.

Sie erreichten bald die nächste Buschecke; wenige Schritte davon zeigte sich die Leiche Murphys quer über den Weg liegend.

»Daß dich –!« rief Charley, erschreckt stehen bleibend, während Seifert an der Hand des Sheriffs gerade auf den Körper losschritt.

»Hier liegt sein Revolver, den er mir entgegenstreckte,« sagte der Gefangene und wollte sich nach der Waffe bücken, aber der Beamte zog ihn rauh zurück.

»Das Alles wird sich finden; jetzt aber, lieber Mann, ist die Sache ernster als zuvor!« entgegnete er und zog ein paar Handschellen aus der Tasche; »ich ersuche Sie, ruhig Ihre Arme herzuhalten, damit ich nicht Gewalt anwenden muß!«

»Warum das?« rief Seifert zurückprallend, »ich habe Sie selbst hierher geführt; ich habe in Selbstvertheidigung gehandelt und verlange eine Untersuchung. Ich folge Ihnen ganz freiwillig!«

Helmstedt, welchem beim ersten Anblick der Leiche eine peinliche Erinnerung aus seinem eigenen Leben vor die Seele getreten war, die ihn gespannt den Vorgängen folgen ließ, drückte jetzt die Zügel der Pferde in Charley's Hand und ging rasch auf den Sheriff zu. Eine kurze Weile sprach er in dessen Ohr, und als ein nachdenkliches Nicken desselben seine leise Rede beantwortete, wandte er sich an den Gefangenen.

»Ich hoffe, Sie kennen mich noch, Seifert?«

»Und was weiter, Sir?« erwiderte dieser, den Frager starr anblickend.

»Sie wissen wahrscheinlich noch nicht, daß Sie wegen Entführung des Manuel Goldstein und wegen des damit verbundenen Betrugs und Schwindels jetzt verhaftet worden sind und daß Alles, was hier geschehen ist, ursprünglich gar nichts mit dieser Verhaftung zu thun hatte.«

»Manuel Goldstein – was soll es doch mit dem?« erwiderte Seifert, als habe er von Allem, was zu ihm gesprochen, nur den einen Namen gehört. »Seit der hier todt ist, bezahlt mir doch Niemand mehr einen Gewinn, was soll ich noch mit dem Jungen machen? Armer, kleiner Kerl, wenn er nur schon wieder in New-York wäre, er ist mir so gutwillig überallhin gefolgt, um endlich einmal den alten Pedlar zu finden.«

»Aber wo ist er, Seifert, damit für ihn gesorgt werden kann? Reden Sie die Wahrheit, und wir wollen glauben, daß Sie bei diesem Morde hier nur in Selbstvertheidigung gehandelt haben; der Sheriff wird die Handschellen wieder einstecken und Sie anständig nach der Stadt bringen.«

Der Gefangene sah mit halb irren Blicken auf.

»Das ist also der Sheriff,« sagte er; »well, Sir, war der Advocat Murphy, der hier todt liegt, einer von Ihren Deputies?«

Ein bittender Blick Helmstedts traf den Beamten.

»Nicht, daß ich wüßte!« erwiderte dieser.

Ein halb verzerrtes Lächeln ging über Seiferts Gesicht.

»Es ist schon wie ich gedacht und Alles recht; der Teufel rächt sich nur, wo er betrogen werden soll. Ich gehe mit Ihnen nach der Stadt, Gentlemen.«

»Und wie soll es mit dem Manuel werden?« fragte Helmstedt dringend.

»Ja, er wird wol jetzt ausfinden müssen, daß der alte Pedlar schon längst todt ist,« erwiderte Seifert mit bedauerndem Kopfschütteln; »es ist am besten, Sie gehen selbst nach dem Rocky-Creek-Hause und sagen es ihm. Er mag warten, bis ich aus der Stadt zurückkomme, dann will ich ihn selbst wieder nach New-York bringen.«

Helmstedt tauschte mit dem Beamten einen Blick aus und ließ dann das Auge über die Leiche streifen.

»Wenn Sie sich einige Minuten gedulden wollen,« sagte er halblaut zu dem Sheriff, »so hole ich aus dem Wirthshause Jemanden als Wächter herbei, der bis zur Ankunft des Koroners hier bleibt. Dann mögen Sie den Gefangenen auf meinem Pferde zwischen sich und Charley nach der Stadt führen und brauchen ihn nicht zu schließen.«

»Ich kann Ihnen nur dankbar sein, wenn Sie die Mühe übernehmen wollen,« erwiderte der Angeredete – und nach einigen Minuten sprengte Helmstedt dem Rocky-Creek-Hause zu. –

Es war Abend geworden und der Platz, auf welchem der Mord vollbracht wurde, wieder so öde wie vorher; nur die geknickten Büsche und das zertretene Gras am Wege zeigten, daß ein besonderer Vorfall mehr Menschen als gewöhnlich auf der Stelle versammelt hatte. Mit der nach der Stadt gebrachten Leiche war aber die Aufregung dort eingezogen, das Hotel, worin der Ermordete lag, umstanden die Menschen in dichten Haufen, und die verschiedensten Gerüchte über die Art und Ursache des Mordes gingen von Mund zu Mund.

Im Bar-Room des Hotels, wo es wie in einem Bienenstocke aus- und einging, stand Griswald in der Vertiefung neben dem Kamin und stürzte so eben den dritten Brandysmash hinunter.

»Ich muß bekennen,« sagte er zu einem an seiner Seite lehnenden ältlichen Manne, »daß ich mich alterirt habe, so kalt ich auch sonst in allen Dingen bin – Teufelsgeschichte das!«

»Und was wird jetzt aus unserer Speculation?« brummte der Andere halblaut; »ist schon etwas geschehen, daß die Sache von den richtigen Händen weiter fortgeführt werden kann?«

»Weitergeführt? Damit ist es vorläufig zu Ende, Sir, und das ist mir eben wie eine Eispille in den Magen gefahren,« erwiderte Griswald, einen Blick um sich werfend. »John, noch einen Smash – Sie nehmen einen Schluck mit mir, Sir? Zwei Smash, John! Wissen Sie denn nichts von der Geschichte, welche der Sheriff erzählt?« fuhr er fort, als er nirgends einen Lauscher in seiner Nähe bemerkte, »nichts von dem jungen Menschen, welchen der Mörder irgendwo hier verborgen gehabt?«

Der Andere sah ihn groß an.

»Nun?«

»Nun? Dieser junge Mensch ist der eigentliche Eigenthümer des Besitztitels. Murphy hat sich durch eine Nachricht von seinem Tode düpiren lassen und das Document von Parteien erworben, welche kein Recht darauf haben.«

»Aber ich verstehe nicht –«

»Ich auch noch nicht, Sir; was ich Ihnen aber da sagte, steht so fest wie Murphy's Tod, und daß es überhaupt eine Thorheit bleibt, junge Advocaten, bei denen die Illusionen immer die Gründlichkeit überwiegen, in die Association aufzunehmen. Jetzt können wir mit unserm Gutachten über die Unfehlbarkeit des Besitztitels die schönste Blamage auf den Hals bekommen. Geht morgen das Document in andere als uns befreundete Hände über, so müssen die schlimmsten Vermuthungen über unsere Gesetzeskenntniß oder unsere Ehrlichkeit laut werden – und das kommt Alles davon, wenn junge Leute wie Murphy zu Dingen zugelassen werden, die sie noch nicht zu behandeln verstehen. John, noch einen Smash!«

»Aber was denken Sie, daß nun geschehen sollte?«

»Weiß noch nicht, Sir! Zuerst wollte ich nach Oaklea gehen, um dort zu sondiren – heute Nacht, denke ich werden sich die meisten von unsern Freunden von selbst in meiner Office einfinden, und dann werden wir weiter sehen!«

Er trat an den Schenktisch, um zu bezahlen, und schritt dann in die Straße, wo ein aufgezäumtes Pferd bereits auf ihn wartete. Bald saß er im Sattel und trabte davon.

Zu derselben Stunde schritt Elliot, ein offenes Billet in der Hand, mit großen Schritten in seiner Bibliothek auf und ab. Im Schaukel- stuhle wiegte sich die Frau vom Hause und am Finster saß Ellen, daß Kinn in die Hand gestützt, und sah träumerisch in die däm- mernde Landschaft hinaus.

»Diese Gefahr wäre also vorläufig vorüber,« sagte der Pflanzer, stehen bleibend; »aber ich weiß kaum, ob ich mich darüber freuen soll. Im Grunde genommen ist es kaum mehr als eine Galgenfrist, und ich hatte bis jetzt wenigstens Gegner, mit denen man, ohne sich etwas zu vergeben, unterhandeln konnte. Was soll ich aber mit diesem Deutschen thun, der jetzt das Heft gegen mich in die Hand bekommt? Soll ich ihn aufsuchen, wie ich es ihm in einer Stunde der Bedrängniß zugesagt, und seinem Hochmuthe die Krone aufsetzen? Er mag das erwarten, sonst hätte er mir wol kaum so eilig die Meldung von der Auffindung seines Mündels geschickt.«

»Ich glaube, Pa, du beurtheilst Helmstedt ungerecht,« unterbrach ihn Ellen, vom Fenster aufsehend, »und ich möchte dir das zu deiner eigenen Ruhe sagen. Ich habe in den letzten Tagen viel darüber nachgedacht, warum er mir in so kurzer Zeit entfremdet werden konnte; ich habe mein ganzes Zusammenleben mit ihm durchgegangen, und es war nicht sein Charakter, nicht das, was er als Mensch werth war, was unsere Uebereinstimmung hinderte; es waren unsere verschiedenen Ansichten vom Leben überhaupt, oft bis zu den kleinsten Dingen herab, die, wol Jedem anerzogen, sich immer einander entgegen traten. Helmstedt ist großherzig; er hat es bewiesen, und denkt gewiß jetzt am wenigsten an die Befriedigung irgend eines unedlen Gefühls.«

Der Pflanzer nickte unmuthig. »Das mag die Ansicht junger Ladies sein, Mistreß Tochter; bejahrte Männer aber urtheilen anders!« sagte er und nahm seinen Gang wieder auf. »Ich hasse diese Großherzigkeit, diese Uneigennützigkeit, welche sich dann zu Hause hinsetzt und in der Genugthuung schwelgt, die sie Leuten von mehr Gewicht gegenüber errungen – es hat mein innerstes Gefühl beleidigt, als dieser junge Mann, der mein Brod gegessen und dessen armselige Finanz-Verhältnisse ich kenne, wenn er sie bisher auch noch vor der Welt zu bemänteln gewußt, sich vor mich als Retter hinstellte und zugleich, um seine Uneigennützigkeit zu beweisen, jeden Anspruch auf eine nähere Beziehung zu mir von sich wies. Hätte er damals noch zu mir gesagt: Rücksicht gegen Rücksicht, Sir, ich nehme Ihre Sorgen von Ihnen und trete dafür als anerkanntes Glied in Ihre Familie ein – so weiß ich nicht, zu was ich mich hätte verleiten lassen, denn es wäre Verstand und Gegenseitigkeit in dem Vorschlage gewesen; aber er ging weg, kaum daß er es der Mühe werth fand, meine Hand zu ergreifen, mit der einzigen Genugthuung den Großmüthigen gespielt und mich ihm gegenüber in eine unsichere Stellung gebracht zu haben.«

»Aber, Pa, hast du nicht selbst versucht, ihn mit allen Mitteln zu einer Scheidung zu treiben?« sagte Ellen erregt, »und nun willst du es ihm zum Vorwurf machen, daß er dir nachgegeben hat und Alles, was gegen ihn gethan worden ist, mit guten Absichten vergilt?«

»Ich glaube, du hast alle Bescheidenheit gegen deinen Vater verlernt!« ließ die Mutter vom Schaukelstuhle vernehmen.

»Laß sie, sie ist von meinem Schlage,« sagte Elliot mit einem Anfluge von Laune; »wenigstens kann ich mich dabei doch einmal aussprechen und brauche nicht Alles still mit mir herumzutragen.

Und was glaubt denn nun meine kluge Tochter, daß ich unter den gegenwärtigen Verhältnissen thun sollte?«

»Nichts, Pa, aber dir auch den Kopf nicht schwer machen um Dinge, die wahrscheinlich gar nicht existiren!« erwiderte die junge Frau. »Ich glaube bestimmt, Helmstedt wird selbst kommen, sobald er nur weiß, wie die Angelegenheiten stehen, und dir die nöthigen Mittheilungen machen, und ich bin überzeugt, daß du ihn nur als Gentleman, der er wirklich ist, zu behandeln brauchst, um jeder Rücksicht sicher zu sein.«

»Und wo möglich bis dahin auch die Scheidungsangelegenheit aufzuschieben,« versetzte Elliot, stehen bleibend, »und zuzusehen, ob der junge Herr sich nicht vielleicht eines Bessern besonnen hat, und sich zu einer Aussöhnung bewegen läßt; nicht so?«

»Vater!« rief Ellen vorwurfsvoll, und die Thränen traten in ihre Augen, »womit habe ich das verdient? Ich vertheidige nichts als seinen Charakter. Hätte ich nicht erkannt, wie wenig wir für einander passen, so wäre ich dir sicher nicht nach Oaklea gefolgt, und seit du in meinem Namen eine Rückkehr in sein Haus verweigert hast, weißt du, daß ich nur auf eine Scheidung in deinem Sinne gerechnet habe. Aber wenn Helmstedt nichts weiter verdient, so verdient er Achtung, Vater, und die werde ich ihm bewahren, so lange ich lebe!«

»Mr. Griswald ist im Parlor!« rief in diesem Augenblick eine Schwarze, den Kopf zur Thür hereinsteckend.

Elliot sah auf, als komme ihm die Unterbrechung eben erwünscht. »Führe ihn hierher, Flora, und bringe Licht!« sagte er und setzte dann schweigend seinen Schritt fort.

Nach wenigen Minuten öffnete sich die Thür wieder. »Teufelsgeschichte, das!« rief der Advocat eintretend, » – oh, bitte um Entschuldigung, Ladies; ich hatte keine Ahnung von Ihrer Gegenwart. Familien-Berathung? Ich hoffe, ich störe nicht?«

»Nicht im Geringsten, Sir, setzen Sie sich!« erwiderte Elliot, während die Schwarze zwei Lichter auf den Tisch stellte; »wir besprachen eben nur den außerordentlichen Fall von heute. Ich bin aufrichtig betrübt über Murphy's Tod; er war jedenfalls ein Gegner, mit dem sich sprechen ließ.«

»So – da komme ich also mit meiner Nachricht zu spät,« hustete Griswald, sich niederlassend; »ich habe noch einige Meilen weiter hinaus Geschäfte und dachte, Ihnen im Vorbeireiten die Sache mitzutheilen. Aber – darf ich in der Ladies Gegenwart von Geschäften reden?«

»Immer zu, Sir,« erwiderte der Pflanzer; »leider haben Sie in der letzten Zeit mehr daran Theil nehmen müssen, als mir lieb war.«

»Well – ich wollte nur fragen, um etwa nöthige Schritte in Ihrem Interesse thun zu können – hatten Sie mit Murphy bereits ein Uebereinkommen getroffen, was, falls der Anspruch jetzt durch einen andern Bevollmächtigten vertreten werden sollte, gegen diesen geltend gemacht werden könnte?«

»Ich muß Ihnen gestehen, Sir,« sagte Elliot, sich langsam niedersetzend, »daß mir erst in der letzten Zeit manches Unklare in diesem Anspruche aufgestoßen ist, weshalb ich mir auch von Mr. Murphy noch eine weitere Frist ausbitten ließ. Wie die Sache jetzt steht, habe ich mich entschlossen, sie an mich kommen zu lassen.«

»So? – merkwürdig, Sir!« erwiderte Griswald, sich den Schenkel reibend; »ich wünschte, Sie hätten mir Ihre Gedanken mitgetheilt, die vielleicht schon bei der Untersuchung des Documents von Wichtigkeit hätten sein können.«

»Sie meinen doch nicht, daß drei der erfahrensten Advocaten von den Gedanken eines einfachen Farmers etwas hätten profitiren mögen?« lachte Elliot; »meine Bedenken sind ganz privater Natur, und ich muß selbst abwarten wie weit sie Stich halten. Wissen Sie vielleicht schon, wer die Angelegenheit jetzt in die Hand bekommt?«

»Habe noch nicht die Idee davon, Sir; es muß sich aber jedenfalls binnen Kurzem herausstellen, und deshalb meinte ich, es sei gut, Sie schon heute darauf aufmerksam zu machen.«

»Ich danke Ihnen, Mr. Griswald; wir wollen aber, wie gesagt, erst einmal abwarten, was neuerdings in der Sache gethan werden wird, und dann sehen Sie mich jedenfalls in Ihrer Office.«

»Wie Sie meinen, Squire – es ist Ihre eigene Sache,« murmelte Griswald, »und so will ich mich nicht weiter aufhalten.«

Er erhob sich, verbeugte sich gegen die Damen und verließ mit einem: »Gute Nacht, Sir!« das Zimmer.

»Hat hier der Teufel schon ein Ei in die Wirthschaft gelegt?« brummte er, als er sein Pferd bestiegen hatte und langsam davon ritt; »was will er mit seinen Bedenken? Bedenken – lächerlich! Der Anspruch gegen ihn bleibt immer bestehen, ob in dieser oder jener Hand – und daß der jetzige Eigenthümer, oder wer diesen vertritt, recht berathen werde, dafür wird der Griswald sorgen.«

Er zog die Zügel an und ritt im scharfen Trabe der Stadt wieder zu.

11.

Als Helmstedt am Nachmittage den Sheriff verlassen und das Rocky-Creek-Haus erreicht hatte, war seine erste Frage nach dem jungen Menschen gewesen, welcher am Morgen mit Mr. Wells hier angekommen sei; aber da war Niemand, der etwas wissen wollte, kaum daß ihm überhaupt eine Antwort gegeben wurde. Als aber Mr. Helmstedt ungeduldig den Wirth, der ihn eben mit einem halben Wort abspeisen wollte, kräftig beim Arme festhielt und ihm erklärte, daß hinter den nächsten Büschen ein Mord begangen worden, daß der Mann, welcher sich Wells nenne, sich bereits als den Mörder bekannt habe und in der Gewalt des Sheriffs sei – daß dieser Letztere ihn hierher sende, um Leute zur Bewachung der Leiche zu fordern und den jungen Begleiter des sogenannten Wells unter seine Obhut zu nehmen, als die anwesenden Gäste wie die Hausbewohner sich bei Helmstedts lauter Erzählung um die Sprechenden gruppirten, da hatte der Wirth andere Saiten aufgezogen. Er hatte zwar überhaupt von einem Manne, der Wells heiße, nichts wissen wollen, aber wenn es derselbe Fremde sei, der am Morgen angekommen, so überlasse er es Helmstedt selbst, in dessen Zimmer nachzusehen. Damit hatte er ihm einen Schlüssel eingehändigt und zwei von seinen Leuten nach dem von dem jungen Manne bezeichneten Platze gesandt, denen Alles, was sonst noch im Hause Beine hatte, nachgeströmt war. Helmstedt hatte das ihm vom Wirthe bezeichnete Zimmer geöffnet und dort wirklich einen halberwachsenen Knaben auf dem Bette liegend und in einem Buche lesend getroffen, der indessen bei seinem Anblick überrascht aufgesprungen war. »Kennen Sie mich noch, Manuel?« hatte der Eintretende, langsam auf ihn zugehend, gefragt, aber nur ein zweifelndes Kopfschütteln war die Antwort gewesen. Da hatte sich Helmstedt neben ihn auf das Bett gesetzt und ihn an die Zeit erinnert, wo er ihn als kleinen Pedlar mit seinem zertrümmerten Krame am Broadway in New-York getroffen – hatte dem Knaben dann mitgetheilt, was dessen Oheim, der alte Isaak Hirsch, für ihn selbst gethan und wie er ihn bei seinem Tode zum Vormund Manuels eingesetzt – hatte diesem dann eine Uebersicht der Betrügereien gegeben, deren Opfer er geworden war, und ihm erzählt, wie jetzt die rächende Hand über seinen Entführer gekommen sei. – Der Knabe hatte mit großem, verständigen Auge der Erzählung zugehört, er hatte Helmstedt lange betrachtet und endlich gesagt, er erinnere sich seiner und auch dessen, was sein Oheim Isaak immer von Helmstedts Rechtschaffenheit gesprochen; er habe schon längst Verdacht gegen Seifert gehegt, der ihn von einem Orte zum andern mitgenommen, immer unter dem Vorgeben, ihn dem alten Isaak, der ihn bei sich haben

wolle, nachzuführen – ihn oft wochenlang an einem Ort unter
Aufsicht anderer Leute gelassen, ihn aber immer gut behandelt
habe und allen seinen Wünschen nachgekommen sei, so daß er
sich endlich gar keinen rechten Grund für eine Unredlichkeit gegen
ihn habe vorstellen können. Manuel hatte dann angelegentlich gefragt, wo und wie der alte Pedlar gestorben, und Helmstedt hatte
von Allem, was er wußte, Bericht gegeben, wie auch dem Knaben
versprochen, ihn die letzten Zeilen seines Oheims lesen zu lassen,
sobald sie nach der Stadt kämen. Manuel hatte sichtlich bald volles
Zutrauen zu ihm gewonnen und war mit ihm nach dem Wartezimmer des Wirthshauses gegangen; und als in den Gesprächen und
Ausrufen der von dem Schauplatz des Mordes zurückgekehrten
Menschen sich jedes Wort bestätigte, was Helmstedt über die letzten
Erlebnisse erzählt, als endlich der Koroner anlangte und Seiferts
Reisetasche in Beschlag nahm, da rückte er, als komme eine plötzliche Furcht über ihn, dichter an Helmstedt heran und hatte sich,
als Charley mit den Pferden angekommen war, bereitwillig hinter
seinem Beschützer in den Sattel heben lassen.

Die Sonne war eben untergegangen, als Helmstedt von seiner
Wohnung aus, wo er seinen Mündel unter der Obhut Charley's
gelassen, den Weg nach Mortons Hause einschlug. Er sehnte sich
mit ganzem Herzen, dort zu sein. Als er am Morgen Little Valley
verlassen, hatte ihm der alte Doctor nur gesagt: »Sie liegt in gesun-
dem, festen Schlaf, gehen Sie in Gottes Namen, ich stehe für Alles.
Sobald sie erwacht, vielleicht am Mittag, werde ich sie nach Hause
bringen lassen.« – Eine Art von Furcht beschlich ihn jetzt, wenn
er an sein Wiederbegegnen mit Pauline dachte. Waren die nächtlichen Scenen noch in ihrem Gedächtniß, oder waren die süßen
Worte, die immerfort in seinen Ohren klangen, schon im Paroxis-
mus des Fiebers gesprochen? Er scheute sich seinen Träumereien
Raum zu geben, und ritt scharf vorwärts; aber das letzte Tageslicht
war schon eine Weile erstorben, als er mit stiller Befriedigung die

erleuchteten Fenster von Mortons Haus erblickte. Sie war also wenigstens zurückgekehrt. – Auf dem Vorplatze des Hauses sah er in dem Lichtscheine den zerbrochenen Vorderwagen einer Kutsche liegen – eine Erinnerung an die unglückliche Fahrt. Das scheugewordene Thier hatte die Stücke jedenfalls nach Hause geschleift. Helmstedt band sein Pferd an und schritt nach dem Parlor, den er langsam öffnete. Doctor Ford lag dort bequem im Schaukelstuhle ausgestreckt und las in einer Broschüre.

»Sind Sie endlich da?« rief er, sich aufsetzend, als er den Eintretenden kannte, »entweder hat unser Kind Unrecht, oder Sie haben eine lange Jagd gehabt, Sir!«

»Wie befindet sich Mrs. Morton?« fragte Helmstedt, dem Arzte die Hand reichend.

»Danach mögen Sie selbst sehen, Sir!« lachte der Gefragte; »mit solchen Naturen hat unsereins nicht lange zu schaffen Sie sitzt in ihrem Zimmer und hat mir vordemonstrirt, daß sie nicht mehr krank sei und daß sie auf Sie warten müsse, da Sie jedenfalls hier sein würden, sobald Sie nur abkommen könnten. Das Warten ist etwas lang geworden, Sir, und jetzt mögen Sie sich verantworten.«

Helmstedt drückte in einer seltsamen Gefühlsspannung die Augen in seine Hand und wandte sich nach dem Hinterzimmer. Es war dasselbe, in welchem er die letzte Unterredung mit Morton gehabt. Er klopfte an, und die Mulattin, noch immer mit verbundenem Kopf, öffnete ihm.

Matt auf einen Divan, der Thür gegenüber, zurückgelehnt, saß Pauline und richtete sich bei seinem Eintritt mit einem hellen Lächeln der Befriedigung auf.

»Hole noch ein Licht, Mary!« sagte sie, und die Mulattin verschwand mit einer Miene voll Verständniß.

Helmstedt ging auf die junge Frau zu, sah in ihre klaren Augen und fühlte seine Brust wie eingeschnürt.

»Ich freue mich, Mrs. Morton, Sie so schnell hergestellt zu sehen!« sagte er endlich.

Sie blickte lächelnd zu ihm auf.

»Wollen Sie sich einmal zu mir hersetzen, August?« begann sie dann deutsch, und streckte ihm die Hand entgegen; »wir müssen ein paar nothwendige Worte mit einander reden.«

Helmstedt faßte die kleine, weiche Hand, küßte sie – mit mehr Innigkeit, als es wol die Convenienz erlaubt hätte – und zog dann einen der niedern weichen Sessel ohne Rücklehne heran, auf welchem er sich dicht neben dem Divan niederließ. So war sein Gesicht, als sie sich wieder in ihre frühere Stellung zurücklehnte; in gleicher Höhe wir dem ihrigen.

»Wollen Sie mir wol sagen, August, welcher Zufall Sie gestern nach Little Valley geführt hat?« sagte sie, und ihr Blick ruhte in stiller Spannung in dem seinigen.

Helmstedt sah sie einen Augenblick wortlos an.

»Zufall!« sagte er dann langsam und bemühte sich vergebens, das Beben in seiner Stimme zu unterdrücken, »*muß* es den Zufall gewesen sein? Wollen Sie mir denn durchaus nicht das Verdienst gönnen, etwas aus Herzensantrieb für Sie gethan zu haben?«

»Aber, August –«

»Nein, Pauline!« rief er aufspringend, »ich kann jetzt nicht in dieser förmlichen, bedachten Weise mit Ihnen reden. Sie haben mich von sich gewiesen, als ich mich Ihnen als Schützer anbot, aber ich bin doch immer im Geiste bei Ihnen gewesen und habe auf jeden Ihrer Schritte gemerkt; Sie haben wir Ihr kältestes Gesicht gezeigt, und doch war der Gedanke an Sie mein liebster und oft der einzige, der mich aufrichtete. Sie haben es mich bitter empfinden lassen, daß ich ein pedantischer Narr, daß ich blind gewesen bin, als Sie mir wie die Verheißung eines ganzen Lebens voll Glück entgegentraten; Sie haben sich ehrlich und empfindlich gerächt – und doch, Pauline,« fuhr er fort, und faßte ihre beiden Hände, –

»doch bin ich wieder hier und gehe auch nicht mehr von Ihnen, und will Ihnen jetzt das Wort abzwingen, daß Sie mich noch lieb haben wie ehedem –«

Ein wunderbares Leuchten strahlte in Paulinens Augen, als sie sich jetzt, seine Hände fest in den ihrigen drückend, langsam erhob.

»Ich habe mich rächen wollen, August?« fragte sie weich, »konnte ich denn anders handeln, als ich es gethan? Hatten Sie sich denn nicht so kalt von mir gewandt, so consequent selbst die leiseste Freundlichkeit abgewiesen, daß ich der eigenen Selbstachtung halber Alles vergraben mußte, was in mir lebte – hatte ich denn nicht so tief gelitten, daß, als es einmal überwunden war, ich davor zurückbebte, noch einmal die alten Gefühle auferstehen zu lassen, und vielleicht noch einmal in neuer Täuschung den alten Kampf durchzufechten? Sage mirs doch jetzt, August,« es sie plötzlich mit verdunkeltem Auge, »sage mir doch, daß du mich liebst, damit ich daran glauben lerne; sage mirs doch zehnmal, tausendmal!« und in ein schluchzendes Weinen ausbrechend, fiel sie an seine Brust.

Fest hielt sie Helmstedt umschlossen.

»Ich liebe dich, Pauline,« sagte er, zu ihrem Ohre geneigt, und der volle Drang seines Herzens zitterte in den leisen Worten, – »ich liebe dich mit meiner ganzen Seele, und will es dir sagen, immer und immer, so lange ich noch athmen kann!« Und als sie in Thränen lächelnd zu ihm emporsah, küßte er ihren Mund, küßte die Thränen von ihren Wimpern und sah ihr dann lange und tief in das feuchte Auge.

»Dies ist der Blick, nach dem ich mich so manchen Tag gesehnt, und von dem ich Nächte hindurch geträumt!« sagte er leise.

»Und doch kamst du heute so spät, August, obgleich du wissen konntest, wie es in mir aussah?« unterbrach sie ihn, sich in seinen Armen aufrichtend.

»Merke auf, du mißtrauisches Kind,« sagte er mit einem Lächeln des Glücks, »dafür habe ich mir aber auch die Macht erobert, alle drückenden Bande von mir zu werfen und dir anzugehören, sobald du mich nur annehmen kannst und magst.«

Er führte sie nach dem Divan, nahm ihre beiden Hände in die seinen und begann ihr einen Ueberblick seiner Verhältnisse zu Elliot zu geben; bald aber hielt er wieder inne und seine Blicke hingen schweigenden Glückes voll an den ihrigen, bis sie, ihm mit der Hand die Augen zuhaltend, ihn an den weitern Bericht mahnte.

So mochten sie eine Stunde Hand in Hand bei einander gesessen haben, ohne nur das rasche Schwinden der Zeit zu bemerken, als ein Pochen an die Thür sie aufstörte. Pauline eilte zu öffnen und Doctor Ford streckte seinen Kopf herein.

»Ich wollte nur zusehen, ob sich meine Patientin nicht zu sehr im Gespräch aufgeregt,« sagte er, mit einem Lächeln voll gutmüthiger Laune eintretend; »das Kind, sollte sich Ruhe gönnen und jetzt nicht stundenlange Berathungen halten!«

»Stundenlange, Doctor?« rief Pauline, leicht erröthend einen Blick nach der Uhr auf dem Kaminsims werfend; »es ist kaum *eine* Stunde, und hat Ihnen das Kind nicht gesagt, daß es nicht mehr krank ist?«

»Jetzt glaub' ichs gern,« lachte der Doctor, »und ich gehe gleich wieder, vollkommen zufrieden, – aber,« unterbrach er sich, als das helle Roth in Paulinens Gesicht schoß, »kennt unser Kind nicht die alte Wahrheit: vor dem Arzte und den Eltern soll man sich nicht geniren? Wenn der alte Ford eine ganze Nacht am Krankenbett gesessen und alle stillen Geheimnisse, die das Fieber ausgeplaudert, in seinen Ohren aufgefangen hat, darf er dann nicht sagen, wenn sich die rechte Medicin gefunden: ich bin zufrieden?«

»Gott behüte Sie, Doctor, für Ihre Meinung von mir,« rief Helmstedt, welchen ein Seitenblick des alten Arztes getroffen, und trat, diesem die Hand reichend, herzu; »nehmen Sie, was die Gesunden noch nicht gegen Sie ausgesprochen, als bereits geschenktes Vertrauen an. Wenn erst auch äußerlich vollkommen klarer Weg vor uns liegt, dann sprechen wir weiter.«

»Es ist schon recht so,« nickte Ford, »und jetzt nehmt meine Störung nicht übel; der alte Knabe war neugierig, und mußte nachsehen, wie die Sachen standen.«

»*Super is ready!*« rief die Mulattin durch die halbgeöffnete Thür.

»Supper! – Jetzt erst?« fragte Helmstedt verwundert.

»Ich hatte auf dich gewartet, August,« erwiderte Pauline deutsch, mit einem innigen Blicke zu ihm aufsehend »und jetzt schlägst du mir es doch nicht wieder ab, hier zu bleiben?«

Es war ein seltsamer Abendtisch. Der Doctor schien in seiner rosigsten Laune zu sein, und erzählte eine Schnurre nach der andern, ohne sich darum zu kümmern, daß seine jungen Tischgenossen bisweilen kaum zu hören schienen, und nur das Kichern der beiden aufwartenden Negermädchen seine Späße belohnte. Helmstedt ging wol dann und wann auf seine Bemerkungen ein, oft aber auch saß er wie versunken in sein neues Glück, Paulinens Bewegungen beobachtend, wenn sie mit rosig aufgeblühten Wangen die Pflichten der Wirthin erfüllte; und schlug sie dann das Auge zu ihm auf, und die Blicke Beider blieben tief in einander hängen, als hätten sie ihre ganze übrige Welt vergessen, dann schien der Doctor plötzlich einen wahren Wolfshunger zu bekommen; er setzte die beiden Schwarzen in Bewegung, ihm Alles, was nur von Gerichten auf dem Tische war, einzeln herzureichen, schien aber dann doch keine Wahl treffen zu können und sandte die Aufwärterinnen mit einem derben Spaße zurück, um nur, als habe er sich eines Bessern besonnen, sich dieselben Teller aufs Neue reichen zu lassen. Sie hatten noch nie beim Supper so viel zu lachen gehabt, die schwarzen Mädchen, und konnten an demselben Abend in der Küche nicht genug von dem lustigen alten Doctor erzählen.

Es war spät in der Nacht, als Helmstedt die Stadt wieder erreichte, aber erst beim grauenden Morgen kam der Schlaf über ihn.

Die Sonne stand schon hoch am Himmel, als Cäsar, bereits zum dritten Mal an demselben Morgen, mit dem Kaffee in seines Herrn Schlafzimmer trat, wo er diesen endlich mit offnen Augen daliegend fand.

»Schon spät, Cäsar?«

»Neun Uhr vorüber, Sir; Sie schliefen so fest, daß ich Sie nicht wecken mochte.«

Helmstedt schnellte in die Höhe.

»Ist es möglich? so lange wollte ich nicht schlafen!« rief er. »Wo ist der Knabe?«

»Er ist mit dem großen Gentleman nach dem Hotel zum Frühstück gegangen, wie Sie es angeordnet hatten, Sir; sie sind aber noch nicht zurück. In der Stadt ist so viel Aufregung, daß sie wahrscheinlich noch hören was vorgeht.«

»Aufregung! noch wegen des Mordes?« fragte Helmstedt verwundert.

»Ja, es ist aber noch etwas dazu gekommen, Sir. Es hat geheißen, der Mörder sei ein alter Negerdieb, und schon gestern Abend hatte sich ein Haufen unruhiges Volk vor dem Gefängniß versammelt, um es zu stürmen und ihn zu hängen. Da hat der Gefangene zu dem Schließer gesagt, er wolle durch das Fenster zu den Leuten reden; was er gethan habe, hätte jeder Andere an seiner Stelle auch gethan; als aber der Schließer wegen der Negerstehlerei zu ihm gesprochen und ihm erzählt hat, daß gerade deswegen Mr. Murphy als Deputy-Sheriff beauftragt gewesen sei, ihn zu verhaften, und daß er also einen Beamten in Ausübung seiner Pflichten getödtet habe – da ist er still geworden. Und heute früh, als ihm der Schließer das Frühstück bringen will, findet er ihn todt, an seinem eigenen Halstuch aufgehängt.«

»Erhängt?« rief der junge Mann mit halb entsetztem Blick.

»Yes, Sir! und vorhin hörte ich, daß der Koroner bereits mit der Todtenschau fertig geworden ist.«

Helmstedt sah dem Schwarzen noch immer ins Gesicht.

»Das ist gräßlich!« sagte er endlich wie zu sich selbst. »Laß mich jetzt allein, Cäsar,« fuhr er dann fort, »ich will aufstehen.«

»Hier ist auch noch ein Brief, Sir, den mir der Postmeister gestern Abend gab!« sagte der Schwarze, auf das Kaffeebret deutend, und wandte sich der Thür zu.

Helmstedt erhob sich langsam. Ueber das still-selige Gefühl, mit welchem er erwacht war, hatte sich ein tiefer Schatten gelegt. Seifert war mit seinen Erlebnissen in Amerika so verwebt gewesen – was ihm dieser zu Leid gethan, hatte sich so zum Besten für ihn selbst gewandt, daß er nicht ohne Erschütterung das grauenvolle Ende des Menschen hatte vernehmen können. Noch eine lange Weile, nachdem er sich angekleidet, saß er den Kopf in die Hand gestützt in seinem Schaukelstuhl, und alle seine früheren Begegnungen mit dem Unglücklichen gingen an seinem Geiste vorüber, bis er sich endlich mit Gewalt aus diesen Erinnerungen zu reißen versuchte und nach seinem Kaffee griff. Der neben der Tasse liegende Brief kam ihm gerade willkommen, um andere Gedanken zu fassen; es war die Antwort von Smith und Johnson, Advocaten in New-York, auf seine frühere Zuschrift an diese und gab ihm Klarheit über Manches, was ihm bisher noch dunkel gewesen war. Der Brief lautete:

Geehrter Herr!

In Erwiderung auf Ihre Zeilen können wir Ihnen nur anzeigen, daß allerdings eine Empfangsbescheinigung über den von Ihnen angedeuteten Besitztitel an den Deponenten Isaak Hirsch gegeben wurde, welche auch Seitens des Advocaten der jetzigen Erbin, eines Mr. Murphy aus Ihrem Staate, an uns zurückgeliefert und dafür unserseits das fragliche Document verabfolgt worden ist.

Sie äußern, daß sich weder dieser Depositenschein, noch eine Notiz darüber in dem Nachlasse vorgefunden habe; indessen scheint uns in dieser Thatsache kein besonderes Gewicht zu liegen, *da das Document*, nach verschiedenen abgegebenen Entscheidungen des Obergerichts der Vereinigten Staaten über die Giltigkeit ähnlicher Besitzurkunden, *durchaus keinen Werth hat.* Die Vereinigten Staaten erkennen Landverkäufe durch die Indianer nicht als bindend für sie selbst an, und wir haben deshalb auch nach unserm Gewissen dem verstorbenen Isaak Hirsch den Rath ertheilen müssen, sich keiner Hoffnung wegen eines zu erhebenden Anspruchs auf Grund des fraglichen Besitztitels hinzugeben. Mit Achtung

Smith und Johnson.

Eine halbe Stunde später war Helmstedt wieder auf dem Wege nach Oaklea. »Erst reine Bahn machen, und dann glücklich sein!« klang es in ihm. Kurz vor Elliots Farm konnte er seitwärts in der Ferne Mortons Haus blinken sehen; er ließ sein Pferd eine kurze Weile im Schritt gehen und suchte sich eine Vorstellung von Paulinens augenblicklicher Beschäftigung zu machen – sie dachte an ihn, sie erwartete ihn, dessen war er sicher. Er warf einen Kuß hinüber und sprengte weiter.

Seine Ankunft mußte in Elliots Landhause bemerkt worden sein, denn kaum war er in die Nähe desselben gelangt, als auch schon ein Schwarzer ihm entgegen kam und sein Pferd in Empfang nahm. »Mr. Elliot ist in der Bibliothek, Sir!« hieß es.

Helmstedt ging den ihm so bekannten Weg und fand den alten Pflanzer allein, augenscheinlich seiner harrend. »Ich dachte Ihnen den Weg nach der Stadt zu ersparen, den Sie nach meiner gestrigen Mittheilung wahrscheinlich gemacht hätten, Mr. Elliot,« sagte der Eintretende mit einer Art von Herzlichkeit, die aus seinem innern Glück entsprang, ohne sich an die steife Haltung des Pflanzers, mit welcher dieser ihn empfing, zu kehren, »und meinte, es sei besser, Sie einmal zu verfehlen, als daß Sie mich nicht zu Hause träfen.«

Elliot neigte wie zustimmend den Kopf. »Lassen Sie uns setzen, Sir,« sagte er.

»Ich glaube, Sir,« begann Helmstedt, nachdem er sich niedergelassen, ihm frei ins Gesicht sehend, »Ihre beiden größten Wünsche sind im Augenblicke die, meine Verbindung mit Ihrer Familie rückgängig zu machen, und die Sorgen, welche Ihnen der gegen Ihr Eigenthum erhobene Anspruch macht, von Ihnen genommen zu sehen. Ihre beiden Haupt-Verdrießlichkeiten aber sind wol die, daß ich selbst mit der Erfüllung dieser Wünsche etwas zu thun habe, und daß Sie sich mir zu Dank verpflichtet fühlen müssen, wenn ich in Bezug auf den bestehenden Anspruch das Mögliche zu Ihrer Erleichterung thue. Ist das nicht so, Sir?«

Elliot hatte sich wieder steif zurückgelehnt und sah mit halb verschleiertem Auge auf den Sprechenden. »Es mag so sein Sir,« erwiderte er kalt.

»Da es mir hiernach,« fuhr Helmstedt lächelnd fort, »auf keine Weise möglich ist, Ihnen ein unangenehmes Gefühl zu ersparen, so hielt ich es für das Beste, unsere Beziehungen auf möglichst schnelle Weise zu lösen. Wenn Sie Ihrem Advocaten heute noch die nöthigen Vollmachten zukommen lassen wollen, so bin ich bereit, mich morgen mit ihm in Bezug auf die gewünschte Scheidung in Verbindung zu setzen. Ich habe in den nächsten Tagen eine Reise nach New-York zu machen, um meinen Mündel in seine Rechte wieder einsetzen zu lassen, und so könnte vorher das Nöthige für die Erfüllung Ihres Wunsches gethan werden.«

»Es soll geschehen, Sir!« erwiderte der Pflanzer ohne sich zu bewegen.

»Es gibt aber bei derartigen Trennungen, wo jeder Theil zu viel Stolz hat, um irgend etwas dem andern Zugehöriges in Besitz zur behalten, Auseinandersetzungen, die peinlich und oft gar verletzend sind,« fuhr Helmstedt fort. »Ich zum Beispiel befinde mich in dem Falle, daß ich bei vor sich gehender Scheidung Alles, was mir von Ellen oder Ihnen, Sir, überkommen ist, zurückzugeben, mich für verbunden halte, wenn ich nicht von Ihnen auf so vollständig gleicher Stufe behandelt werde, daß ich es vor mir selbst verantworten kann, kein Gewicht auf diesen Punkt zu legen.«

»Well, Sir, ich weiß nicht, warum Sie diese Angelegenheit jetzt berühren,« erwiderte der Pflanzer, unruhig auf seinem Stuhle hin und her rückend, »ich glaube aber, daß man schon gezwungen sein kann, Jemand auf gleicher Stufe zu behandeln, wenn man sich so in seinen Händen befindet, wie ich mich wahrscheinlich jetzt in den Ihrigen«

»Und um Ihnen zu zeigen,« fuhr Helmstedt fort, als habe er Elliots Worte überhört, »wie wenig ich mich irgend eines Vortheils, der vielleicht in meiner Hand liegt, gegen Sie bedienen mag, übergebe ich Ihnen hier einige Zeilen, die ich soeben von New-York erhalten, und die Sie zugleich jeder Furcht entheben werden, mir für irgend eine Rücksicht gegen Sie Dank zu schulden. Wenn Sie gelesen haben werden, mögen Sie mir gefälligst sagen, wie wir mit einander stehen.«

Elliot entfaltete mit sichtlicher Spannung den dargereichten Brief und Helmstedt trat, während Jener las, ihm den Rücken zukehrend, ans Fenster.

Er währte eine lange Weile, ehe der Pflanzer mit dem Lesen der wenigen Zeilen oder auch vielleicht mit seinen eignen Empfindungen fertig wurde. Endlich hörte Helmstedt seinen Namen nennen, und als er sich umwandte, blickte er in Elliots Gesicht, der ihm mit dem Ausdruck derselben freundlichen Biederkeit die Hand entgegenstreckte, wie sie Helmstedt an ihm gekannt, als er noch in seinem Hause lebte.

»Ich erkenne Ihre Verfahrungsweise vollkommen an, Sir,« begann Elliot, während ihm Helmstedt langsam die Hand reichte. »Sie müssen einem Manne verzeihen, der alle Hoffnungen und alle stillen Pläne, die sich an seine einzige Tochter knüpften, durchkreuzt fand und so unter dem Einfluß eines stets gereizten Gemüths handelte. Sie haben mit diesen Zeilen nicht nur jede Sorge von mir genommen, sondern mich auch gezwungen, Sie wieder so hoch zu achten, wie ich es nur jemals früher vermocht habe. Wenn es Ihnen irgend eine Befriedigung gewähren kann, so will ich Ihnen sagen, daß Ellen, die stets Ihre Partie gegen mich genommen, mir eine ähnliche Scene wie die jetzige erst noch gestern vorausgesagt hat. Kann ich jetzt etwas für Sie thun,« fuhr er fort, die Hand des jungen Mannes drückend, »möchte es auch selbst mit einem Opfer meinerseits verbunden sein, so sagen Sie es und es wird mir zu einer wohlthuenden Genugthuung gereichen, Ihnen das, was in der letzten Zeit geschehen ist, vergessen zu machen!«

»Ich danke Ihnen von Herzen,« erwiderte Helmstedt mit befriedigtem Lächeln; »ich wollte nichts von Ihnen hören, als daß Sie mir Unrecht gethan, und damit bin ich so zufrieden, als Sie es im Augenblick nur selbst sein können. Lassen Sie uns jetzt damit scheiden, Sir, und wenn ich mit Ihrem Advocaten morgen die nöthigen Schritte zur Ordnung meines Verhältnisses mit Ellen gethan haben werde, so lassen Sie uns Alles begraben und vergessen, was Unangenehmes zwischen uns vorgefallen sein mag. Bringen Sie Ellen meinen freundlichen Gruß, Sir, und leben Sie wohl.«

Er drückte Elliots Hand leicht und ging, von diesem begleitet, nach der Thür. Der Pflanzer sah durch das Fenster ihn in den Sattel steigen und schüttelte den Kopf wie vor einem ungelösten Räthsel. Helmstedt aber ließ seinem Pferde die Zügel und sprengte Mortons Hause zu.

Es war acht Tage später, als von Chatham-Street in New-York ein junger Mann mit einem halb erwachsenen Knaben an der Hand nach Pearl-Street einbog. »Was meinst du wol, Manuel, was sie sagen werden, wenn sie dich wieder sehen?« fragte der Erstere.

»Ich bin bange, Sir, Muhme Rebecke bekommt einen Schrecken, der ihr schaden kann. Wir haben lange mit einander gelebt, auch in Zeiten der Noth, und sie hat doch für mich gesorgt und mich lieb gehabt wie ihr eigenes Kind; das war, ehe der alte Isaak Hirsch etwas für mich thun konnte und der Meier die Rebecke heirathete. Ich möchte nicht, daß sie mich so unerwartet wieder sieht. Machte doch schon Mr. Johnson ein paar Augen, als sähe er ein Gespenst, als Sie mich auf ihn zuführten, und ich glaube, es ist besser, wenn Sie erst in das Haus gehen und mich dann rufen.«

Der junge Mann nickte, und nach einem kurzen Wege hatten sie das Haus des Pfandleihers Meier erreicht. Der Knabe trat in das Nebengäßchen, welches nach der Hinterthür des Hauses führte, und sein Begleiter wandte sich nach der Leih-Office. Ein fremdes Gesicht zeigte sich hier hinter dem Gitter. »Ich möchte Mr. Meier persönlich sprechen,« sagte der Eingetretene; »mein Name ist Helmstedt.«

»Bedaure, Sir; Mr. Meier arbeitet nur noch in Stocks und andern Werthpapieren und hat die Office hier an mich vermiethet,« war die Antwort. »Mr. Meier wohnt jetzt in Bondstreet, das dritte Haus vom Broadway; Sie würden ihn gerade jetzt dort antreffen können.«

Helmstedt dankte mit einiger Verwunderung und ging. Bald traf er mit seinem Schutzbefohlenen einen Omnibus, welcher sie in der bezeichneten Richtung weiter führte, und nach kurzer Zeit stiegen Beide an Bondstreet aus. »Dein Vetter scheint großartig geworden zu sein,« sagte Helmstedt, kopfschüttelnd das elegante Haus, welches ihm angegeben worden war, betrachtend; »setze dich dort hinter das Eisengitter auf die Bank, bis ich dich rufe.« Er ging die steinerne Treppe nach dem Portico hinauf, unter welchem auf silberner Platte der Name »Abraham Meier« an der Thür prangte, und zog die Klingel. Ein Dienstmädchen öffnete, und auf seine Frage nach dem Hausherrn wurde er in einen Parlor gewiesen, dessen Geschmack und Ausstattung zeigten, daß er von kundigerer Hand als der frühere in Pearlstreet eingerichtet worden war. Helmstedt hatte nicht lange zu warten. Mr. Meier erschien mit steif zurückgebogenem Kopfe, ließ einen taxirenden Blick über die elegante Toilette seines Gastes laufen und deutete dann nach dem Sopha.

»Sie kennen mich wol kaum mehr, Mr. Meier?« fragte Helmstedt; »ich war der Vormund Ihres jungen Vetters Manuel, und kam gerade an dem unglücklichen Tage zu Ihnen, an welchem die Leiche in Ihr Haus gebracht worden war.«

»Ah – ich entsinne mich jetzt,« erwiderte Meier, und zeigte in einem steifen Lächeln seine Zähne; »es war das ein sehr trauriger Tag. Was führt Sie zu mir, Sir?«

»Ich hatte vor kurzer Zeit mir erlaubt, eine schriftliche Anfrage an Mrs. Meier zu richten, auf welche Weise ein dem alten Isaak Hirsch gehöriger Besitztitel in ihre Hände gelangt sei, da sich dieser nachweislich in der Hinterlassenschaft nicht befunden – habe aber darauf keine Antwort erhalten.«

Meier fixirte einen Moment lang seinen Gast. »Der Brief ist allerdings angekommen,« sagte er, »ich glaube aber nicht, Sir, daß wir verpflichtet sind, auf jede Zuschrift an uns zu antworten.«

»Wie Sie das für gut befinden, Sir,« erwiderte Helmstedt, sich lächelnd verbeugend; »so haben Sie jetzt wenigstens die Güte, mich Mrs. Meier zu melden, mit welcher ich eigentlich nur zu thun habe.«

»Mrs. Meier ist jetzt nicht zu sprechen, Sir!« versetzte der gewesene Pfandleiher eifrig; »was Sie mit ihr zu reden haben, können Sie eben so gut mir sagen.«

»Es thut mir leid, daß Sie mir meinen Zweck so schwer machen,« sagte Helmstedt ruhig; »ich wollte ihr auf glimpflichere Weise, als Sie es vielleicht thun könnten, beibringen, daß nicht allein die ganze Angelegenheit auf einem Betruge beruht, sondern daß auch eine schändliche Komödie mit Ihnen Allen und Ihrem kleinen Vetter Manuel gespielt worden ist.«

»Wie so, Sir?« unterbrach ihn Meier mit großen Augen, als Helmstedt eine kurze Pause machte.

»Well, Sir, Ihnen gegenüber kann ich ohne Umschweife reden,« fuhr der Letztere fort. »Manuel Goldstein ist unsichtbar gemacht worden, damit, so viel ich in der Sache erkennen kann, eine andere Partei sich in den Besitz des erwähnten Titels hat setzen können. Die Leiche, welche nach Ihrem Hause gebracht wurde, hatte wol Manuels Kleider an, war aber eben so wenig die seinige wie die Ihrige – sie war nichts als ein vom Kirchhofe gestohlener ähnlicher Todter, und Manuel Goldstein ist heute noch so frisch und gesund als wir Beide.«

Meier sah ihn, ohne eine Antwort zu geben, mit weit aufgerissenen Augen an. »Das – das lügen Sie, Sir!« brach er endlich aus; »das soll sicher erst der Betrug werden, von dem Sie redeten!«

In diesem Augenblicke öffnete sich die Parlorthür; eine Dame, einfach in schwarze Seide gekleidet, trat mit verstörtem Gesicht ein und ging, ohne Helmstedt zu beachten, auf Meier los. »Abraham, komm' her, Abraham, ich glaube, ich bin wahnsinnig!« sagte sie mit aufgeregter Stimme, und führte ihn nach dem Fenster, »Abraham, wer sitzt dort unten?«

Helmstedt, ahnend was vorging, war an das zweite Fenster getreten und erblickte Manuel, dem es wahrscheinlich auf der ihm angewiesenen Bank in der Sonnenhitze zu heiß geworden war und der sich jetzt von einer schattigeren Stelle aus das Haus betrachtete.

»Es ist Betrug, Betrug, sage ich!« rief Meier, auf das Fensterbret schlagend, als er einen Blick auf die Straße geworfen; »sie wollen uns wieder um die Erbschaft bringen, es ist ein Complot!«

»Ist das der Manuel, der dort sitzt, oder ist er es nicht, Abraham?« fragte die Frau, wie erschöpft vor innerer Bewegung.

»Fassen Sie sich, Ma'am!« sagte Helmstedt, herzutretend, »und wenn Sie den Manuel wirklich so lieb haben, wie er sagt, so freuen Sie sich, daß Sie nur betrogen und er nicht todtgeschlagen worden ist.«

Frau Meier wandte sich nach Helmstedt um, als bemerke sie ihn erst jetzt. »Ist er's denn?!« rief sie plötzlich und riß im gleichen Augenblicke das Fenster auf. »Manuel, Manuel!« tönte ihre Stimme über die Straße. Der Knabe stand auf und blickte um sich. Kaum aber hatte sein Auge die Gestalt in dem offenen Fenster getroffen, als er mit zwei Sprüngen an der Eingangstreppe war und hinauf eilte. Fast im gleichen Momente hatte die Frau, aus dem Parlor stürzend, die Hausthür geöffnet und brach hier in die Knie, als der Knabe mit dem Ausrufe: »Rebecke, Rebecke!« an ihren Hals flog. Helmstedt war nachgeeilt und führte Beide nach dem Parlor zurück, wo ihnen Meier mit erdfahlem Gesichte entgegenstarrte. »Regen Sie sich nicht zu stark auf, Ma'am,« sagte der junge Mann; »nehmen Sie Ihren Vetter mit in ein stilles Zimmer und sprechen Sie sich mit ihm aus, das wird Ihnen am schnellsten die Fassung wieder geben; ich rede unterdessen mit Mr. Meier.«

»Ich will, Sir, ich will!« entgegnete sie schluchzend und führte den Knaben, ihn umschlingend, mit sich fort.

»Well, Sir, was wollen Sie von mir? Die Erbschaft wollen Sie haben, das ist Alles, deshalb sind Sie gekommen und wegen weiter nichts!« begann Meier, als sich die Thür geschlossen hatte. »Aber ich werde erst sehen, was Sie für ein Recht haben, für den Manuel aufzutreten, wenn er es wirklich ist, und ob ich nicht eben so gut ein Recht habe, sein Vermögen zu verwalten, als irgend ein Anderer, der hierher kommt, man weiß nicht woher und weiß nicht wer er ist!«

»Das wird sich Alles finden, Mr. Meier,« erwiderte Helmstedt lächelnd; »es sollte mich freuen, wenn ein Arrangement gemacht werden könnte, welches Ihnen eine unangenehme Veränderung

Ihrer jetzigen Stellung ersparte; jedenfalls muß aber der verstorbene Isaak Hirsch seine Gründe gehabt haben, warum er Ihnen die Vormundschaft nicht übertragen hat. Ich habe das Interesse meines Mündels in die Hände der Herren Smith und Johnson, ausnehmend rechtliche Advocaten, welche Sie kennen müssen, gelegt, und ihnen auch den Hauptzeugen, welcher nötigenfalls den ganzen gespielten Betrug offen legen wird, zur Disposition gestellt, und so ist kein Grund vorhanden, Sir, daß wir uns jetzt persönlich irgend ein unangenehmes Wort sagen. Lassen wir den Dingen ihren Lauf!«

»*Very well, Sir,* so wollen wir die Dinge abwarten; ich habe jetzt durchaus keine Zeit mehr, ich bin Ihr Diener, Sir.«

»Vorläufig. Mr. Meier,« sagte Helmstedt lächelnd, »müssen Sie mir schon erlauben, hier zu bleiben, bis ich den Manuel wieder unter meine Obhut nehmen kann. Ich glaube gern, daß ich Ihnen lästig bin, aber ich kann es jetzt bei dem besten Willen nicht ändern.«

Meier sah ihn, die Augen bald niederschlagend, bald wieder öffnend, an. »Lästig? Ja, Sie sind mir lästig, Sir,« begann er wieder; »aber ich wünschte, Sie würden es nicht noch mehr. Können Sie nicht ein Arrangement machen, daß ich das Vermögen wenigstens in meinem Geschäfte behalte? Was thut Ihnen das? Was thäte es dem Manuel?«

»Ich glaube nicht, Mr. Meier, daß irgend ein rechtlicher Vormund das Geld seines Mündels zu Fonds-Speculationen benutzen lassen würde,« erwiderte Helmstedt. »Zu was bedürfen Sie es auch? Hatten Sie nicht Ihr ausgezeichnetes Brod, als Sie noch in Pearlstreet wohnten?«

»Pearlstreet, pschaw!« rief der Pfandleiher, die Lippen zu einem verächtlichen Ausdrucke verziehend. »Lassen Sie sich noch ein Wort sagen. Wollen Sie einen Antheil haben an meinen Geschäften und den Manuel in meinem Hause lassen? Sagen Sie, wie viel

Procente Sie verlangen; ich geb's Ihnen schriftlich, und Sie können ein gutes Stück Geld dabei machen, Sir!«

»Es ist besser, wir reden über die Sache nicht mehr,« erwiderte Helmstedt, und ließ sich bequem auf einen Stuhl am Fenster nieder.

Meier sah ihn von der Seite an und begann an seinen Nägeln zu kauen.

»Kann ich Ihnen durchaus nicht mit etwas dienen, Sir?« fragte er nach einer Weile.

»Sie würden mich verbinden, Mr. Meier, wenn Sie dem Manuel sagten, daß ich wegzugehen wünsche. Mrs. Meier kann ihn jeden Tag in der Office der Herren Smith und Johnson sehen, wo er seine Studien in der Advocatur wieder aufnehmen soll, oder auch im Hause des Mr. Johnson, der ihn vorläufig in seiner Familie beherbergen wird.«

»Well, Sir, wo logiren Sie?«

»Im Metropolitan-Hotel, Mr. Meier.«

»Ich möchte Sie heute Abend noch einmal sehen.«

Um Helmstedts Mund zuckte es, als fange er an sich zu belustigen.

»Wie Sie wollen, Sir, ich werde jedenfalls zu Hause sein.«

»So will ich den Manuel rufen!« sagte Meier eifrig und verließ das Zimmer.

Ein Jahr war vergangen. Schon längst hatte Helmstedts Scheidung von Elliots Tochter stattgefunden. Diese hatte gleich darauf eine Besuchsreise zu Verwandten im Osten angetreten, und eine lange Zeit glücklichen Stilllebens war für Helmstedt gefolgt. Die Vormittagszeit hatte er in seinem Arbeitszimmer, seinen begonnenen Studien obliegend, verbracht, und es hatte Paulinens Herzen keine geringe Genugthuung gewährt, als er ihr erzählte, daß ihre eigenen Worte es gewesen waren, welche ihn auf den Gedanken einer neuen Verfolgung der juristischen Laufbahn gebracht, als sie gehört, wie treu er diese Worte in seinem Gedächtniß bewahrt gehabt. Helmstedt hatte in New-York ein Uebereinkommen mit der Advocatenfirma Smiths und Johnson getroffen, um für die Zukunft den praktischen Theil seiner Studien bei diesen zu machen; es war eine selbstverstandene Sache zwischen ihm und seiner Braut, wenn es auch noch niemals bestimmt ausgesprochen war, daß sie mit einander den Süden, in dem sie nie hätten ganz heimisch werden können, und der nur eine Reihe unangenehmer Erinnerungen für sie hatte, verlassen würden, sobald nur irgend Arrangements in Bezug auf Mortons hinterlassenes Grundeigenthum getroffen werden konnten. Helmstedt bracht seine Nachmittage und Abende sämmtlich in Mortons Hause zu, sah die alten Contobücher durch und rechnete oder machte in Gesellschaft des alten Doctors Ritte durch das ausgedehnte Eigenthum, um einen vollkommenen Einblick in den Werth der Besitzungen zu ermöglichen. Es war eine größere Hinterlassenschaft als er jemals geahnt und oft nur, wenn er in Paulinens Auge sah, die ganz in ihrer Leibe zu ihm aufgegangen schien, die erst recht zu leben begann, wenn Nachmittags der Tritt seines Pferdes vor dem Hause laut wurde, warf er alle Bedenken seines Stolzes bei Seite, der ihm in einzelnen Stunden zuflüsterte, daß er sich doch nur durch seine künftige Frau zum reichen Manne machen lasse.

Für Charley hatte Pauline in Little Valley ein neues bequem eingerichtetes Aufseherhaus bauen lassen, und dieser schien dort mit seiner Mary wie der Vogel im Hanfsamen zu leben. Die Schwarzen hatten einen heiligen Respect vor seiner Körperkraft bekommen, als er einen riesigen Neger, den bei dem frühern Aufseher keine Peitsche zur Arbeit hatte bringen können, wenn er nicht gewollt, wie ein Stück Holz über die Feldeinzäunung geworfen und ihm erklärt hatte, daß wer nicht arbeite auch nicht essen solle, und daß wenn der Faullenzer verhungere, er es sich selbst zuzuschreiben habe – als schon nach kurzer Zeit der Neger wie ein

Bulldog, der seinen Meister gefunden, scheu herangeschlichen war und von selbst zur Arbeit gegriffen hatte. Die Meisten der Schwarzen aber hingen auch, wie Doctor Ford jede Woche berichtete, wie Kinder an dem deutschen Goliath, da er mit seinem allezeit fertigen, derben Humor die Arbeiter in guter Laune erhielt, wo er nur hinkam – ein williges Ohr für jeden hatte, der seine Pflicht that, und oft selbst die Runde durch die Hütten machte, um sich von dem Zustande der Dinge zu überzeugen. Noch war keine Peitsche in Charley's Hand gesehen worden – über die Feldeinzäunung geflogen und vom Abendessen ausgeschlossen waren freilich schon mehrere, und fast hatte es geschienen, als thue das tolle Gelächter, das bei einer solchen Gelegenheit unter den Schwarzen ausbrach, dem Betheiligten weher als alle früheren Peitschenhiebe.

»Ja, was soll es werden?« hatte bei einem gemeinschaftlichen Ritte Doctor Ford zu Helmstedt gesagt; »das Trauerjahr für unser Kind ist bald um, und Sie scheinen mir auf etwas Anderes loszustudiren, als hier bei uns Baumwolle zu pflanzen.«

»Ja, was soll es werden, wissen Sie einen Rath für uns, Doctor? Pauline und ich sind Tannenbäume, die, wenn sie hierher versetzt werden, unter dem milden Himmel und in dem reichen Boden wol leben, aber niemals sich recht entwickeln können.«

»Ich habe das gewußt und mich schon eine Zeitlang damit herumgeschlagen,« hatte der Doctor erwidert. »Für den Verkauf eines so werthvollen Eigenthums muß ruhig die Zeit abgewartet werden, und es zu zerreißen, wäre so jammerschade, daß ich glaube, der alte Morton würde sich darüber im Grabe umkehren. Eine sichere Verpachtung wird das Vortheilhafteste für Sie sein, und Ihnen mehr einbringen, als vielleicht die eigene Bewirthschaftung. Ich will, damit Sie eine Sicherheit haben, die ganze Geschichte auf mich nehmen. Ich will Ihnen gestehen, daß ich einen jungen Menschen in der Welt herumlaufen habe, dem ich wahrscheinlich einmal meine paar Kapitalien vermache, und hier ist eine Gelegenheit für ihn, sich schon vorher auf die Beine zu bringen; ich denke gerade noch lange genug zu leben, um ihm, wenn er brav ist, einen sichern Boden unter die Füße zu schaffen. Sprechen Sie mit dem Kinde, meine Garantie für das Pachtgeld wird ihr genügen, und dann ordnet die Sache für meinen Jungen so gut als Ihr könnt.«

Es war ein schweres Stück Arbeit für Helmstedt gewesen, den Auftrag des Doctors auszuführen – es war das erste Mal, daß er der jungen Wittwe gegenüber deren Vermögensverhältnisse berühren sollte. Aber schon bei seinem ersten Worte gegen sie, das wol mehr gezwungen gesprochen worden war, als daß er es hätte verbergen können, war sie aufgesprungen.

»Jetzt kommt es, ich habe es lange ängstlich erwartet!« hatte sie gerufen. »Sage mir, August, wenn ich deine Frau werden soll, mußt du mich nicht hinnehmen, mit allem Bösen und Guten, was an mir ist? Weißt du nicht, daß wenn jetzt noch dem Stolz größer sein würde, als deine Liebe zu mir, ich sterben müßte? Rede nicht ein einziges Wort zu mir über Alles, was doch nun einmal so ist und was ich nicht mehr ändern kann; verfüge darüber, verschenke, verkaufe, thue was du willst, aber laß mich nie wieder ein Gesicht sehen wie jetzt, das mich an den unglücklichsten Tag meines ganzen Lebens mahnt.«

Es war ein Ausdruck von unendlicher Liebe, der sich in diesen letzten Worten aussprach, – Helmstedt kannte den Tag, den sie meinte, den Tag, an welchem er in New-York ihr volles Herz in falschem Stolz von sich gewiesen, den Tag, an welchem sie nach langem Seelenkampfe sich entschlossen hatte, den alten Pflanzer zu heirathen – und Helmstedt hatte keine Einwendung mehr zu machen gehabt, hatte sie in seine Arme genommen und, sie küssend, gesagt:

»Ich will dein Verwalter sein, Pauline, und also kein Wort mehr darüber.«

Einen Monat darauf hatte die stille Trauungsfeier zwischen ihnen stattgefunden, die beiden Farmen waren an den Doctor übergeben worden und das junge Paar trat in Begleitung von Cäsar und Mary die Uebersiedelungsreise nach New-York an.

»Es ist doch eigentlich sonderbar,« sagte der Schwarze, welcher das Gepäck auf den Wagen lud, um es nach dem Landungsplatze der Dampfboote zu bringen, zu der helfenden Mulattin; »als sich Master Helmstedt verheirathete, that ich's auch; als ihm seine Frau fortlief, ging meine auch mit davon – jetzt hat er sich neu verheirathet und ich auch – meinst du, daß die Sachen jetzt halten werden?«

»Wenn du gescheid bist, ja!« erwiderte die Mulattin, und gab ihm davonspringend einen Schlag auf den Kopf, »sonst aber kümmere ich mich nicht darum, was die Herrschaft thut und gehe meinen eigenen Weg.«

Cäsar sah ihr mit einem fröhlichen Grinsen nach

»Ich denke, es wird halten, bei mir wie beim Master!« sagte er dann kopfnickend und fuhr in seiner Arbeit fort.

Henry Herz hatte seine Concerte in New-York angekündigt und der Theatersaal, in dem er sich hören ließ, war schon fast eine Stunde vor dem Beginn mit der fashionablen Welt gefüllt. Besonders war die südliche Aristokratie vertreten, welche fast sämmtlich von ihrem Sommeraufenthalt in den Bädern des Ostens nach New-York gekommen war, um den großen Pianisten zu hören.

In einer Loge des ersten Ranges saß noch allein ein junges elegantes Paar, das gegen eifrig einzelne Bemerkungen über die Personen und Gegenstände, welche sich dem Auge darboten, austauschte, während an der Brüstung ein halberwachsener Knabe lehnte und mit unverhohlener Bewunderung seine großen schwarzen Augen über die Pracht um sich her laufen ließ.

»Ich habe Cäsar gesagt, daß er bei Zeiten mit dem Wagen hier sein soll, falls du nicht das ganze Concert anhören magst,« jagte der junge Mann, »und wir fahren dann, wenn es dir recht ist, noch einen Augenblick zum alten Smith. Seit er nur noch dem Namen nach in der Firma existirt und ich als arbeitendes Glied mit eingetreten bin, kann er kaum leben, wenn er nicht täglich von dem, was vorgeht, wenigstens etwas erfährt und darüber schwatzen kann.«

»Ich gehe gern mit, August,« erwiderte die junge Frau; »die Familie ist gewissermaßen für uns die Thür in die gute Gesellschaft New-Yorks gewesen, und ich habe schon eine ganze Anzahl angenehmer Bekanntschaften dort gemacht.«

»Dort unten sitzt auch Meier mit der Muhme Rebecke!« wandte sich jetzt der Knabe von der Brüstung zurück.

Helmstedt nickte freundlich.

»Ich habe lange nichts von ihm gehört,« sagte er, »weißt du, mit was er sich jetzt beschäftigt?«

»Kann's nicht recht sagen, Sir,« erwiderte der Gefragte; »er treibt sich in Wallstreet unter den Geldwechslern herum, und Muhme Rebecke sagte, sie wünsche nur, daß es mit seinem Hochmuth kein böses Ende nehme.«

In diesem Augenblick öffnete sich, ein Stück von dem jungen Paare entfernt, eine Logenthür und beide sahen mechanisch hin. Hart an der Brüstung setzte sich eine bildhübsche, junge Frau nieder, an deren Seite ein junger Elegant mit einem gewissen Selbstbewußtsein Platz nahm.

»Mr. und Mrs. Nelson!« sagte Helmstedt überrascht, »ich wußte nicht, daß sie schon verheirathet sind, wie es scheint.«

Pauline war einen Schatten blässer geworden.

»Was meinst du, Pauly,« wandte sich Helmstedt mit einem launigen Lächeln an sie, »wäre es nicht artig, wenn ich sie als gewesene Landsleute begrüßte?«

»August, wenn du gehen würdest –« rief sie, mit einem Ausdruck von halbem Bangen zu ihm aufsehend.

»O, du mißtrauisches Kind!« sagte er mit einem leisen, innigen Lachen an ihre Seite rückend und ihre Hand ergreifend, – »denkst du denn wirklich, den bitter Getäuschten gelüstet es danach?«

Sie sah mit einem zärtlichen Lächeln zu ihm auf.

»Sieh, August!« erwiderte sie, seine Hand fest drückend, »wer erst durch Schmerzen und Kämpfe sich hat ein Gut erringen müssen, der fürchtet immer, wieder etwas davon zu verlieren, und sei es auch nur den kleinsten Theil!«

Aus dem Orchester ließ sich das Klopfen des Dirigentenstabes hören, Stille verbreitete sich über die versammelte Menge und in mächtigen Akkorden nahm die Ouvertüre ihren Anfang.

Ende.

Biographie

1819   *1. Februar:* Otto Ruppius wird als Sohn eines Beamten in Glauchau geboren. Er leistet seinen Militärdienst und macht sowohl eine Kaufmanns- als auch eine Buchhändlerlehre, hegt jedoch auch schriftstellerische Ambitionen.

1845   Umzug nach Berlin. Hier gehört Ruppius zu den Mitbegründern des »Norddeutschen Volksschriftenvereins«, dessen Ziel es ist, Literatur »unters Volk« zu bringen.

1848   Ein Artikel über die Auflösung der Preußischen Nationalversammlung in der »Bürger- und Bauernzeitung« beschert Ruppius eine Verurteilung zu neun Monaten Festungshaft. Durch seine Flucht in die USA entzieht sich Ruppius jedoch dieser Strafe. Dort arbeitet er als Musiklehrer und Orchesterleiter.

1853   Ruppius zieht nach Milwaukee, eines der Zentren deutschsprachiger Auswanderer.

1855   In Milwaukee gründet er das Unterhaltungsjournal »Westliche Blätter«. Anfang der 60er Jahre ermöglicht ihm die preußische Amnestie die Rückkehr nach Deutschland. Ruppius veröffentlicht unter anderem Erzählungen in der »Gartenlaube«.

1864   *25. Juni:* In Berlin stirbt Otto Ruppius im Alter von 45 Jahren.